건셀러

The Gun Seller

The Gun Seller

건 셀러

1판 1쇄 발행 2011년 1월 25일 | 지은이 휴 로리 | 옮긴이 정병선 | 펴낸곳 가우디 | 북디자인 송원철 · 서진원 |
2010년 11월 26일 | 출판등록 제395-2010-000168호 | 경기도 고양시 덕양구 성사동 727 704동 1402
호 | 전화 031)907-4934(대) | 팩스 031)907-4935 | 이메일 hvline@naver.com | ISBN 978-
89-965599-0-0 03840

값은 표지 뒷면에 표기되어 있습니다.
잘못된 책은 구입하신 서점에서 바꾸어 드립니다.

THE GUN SELLER

건 셀러

HUGH LAURIE

휴 로리 지음 | 정병선 옮김

Gㅏ우디

아버지에게 바친다.

이분들에게 많은 신세를 졌다.

작가이자 방송인인 스티븐 프라이는 이런저런 논평을 해주었다.

킴 해리스와 새라 윌리엄스가 보여준 고상한 취미와 지성은 나를 압도했다. 출판 대리인 앤서니 고프는 나를 끊임없이 격려해줬고, 또 아낌없이 지원했다. 연극 대리인 로레인 해밀턴은 내게 출판 대리인이 생기는 사태를 문제 삼지 않았다. 그리고 아내 조(Jo)는 이것보다 더 긴 책을 가득 채울 사건들의 연출자이자 주인공이다.

Chapter
One

THE *GUN SELLER*

1

오늘 아침 한 남자를 보았는데,
그는 죽고 싶어 하지 않았다.

P. S. 스튜어트

당신이 누군가의 팔을 부러뜨려야 한다고 상상해보라. 오른팔이든 왼팔이든 상관없다. 요는 당신이 팔을 부러뜨려야 한다는 것이다. 안 그러면…….

그런 일은 있을 수 없다. 당신이 팔을 부러뜨리지 않으면 안 좋은 일이 일어날 것이라는 정도만 말해두자.

난 궁금하다. 당신은 잽싸게 팔을 부러뜨릴 것인가? 딱! 하고 꺾은 다음, 어머나! 하고 미안해 하다가, 부목이라도 대주겠다고 제안할까? 아니면 한 8분 정도 질질 끌면서 이따금 압박을 가해 고통에 겨워 울부짖게 만들까?

바로 그거다. 당연하다. '하나만' 잘하면 된다. 가능한 한 빨리 끝내기. 냉큼 팔을 부러뜨리고, 브랜디를 마신 다음, 선량한 시민으로 돌아가기. 다른 답은 있을 수 없다.

안 그러면.

안 그러면, 안 그러면, 안 그러면…….

만약 당신이 팔이 꺾인 사람을 미워한다면? 내 말은 그가 '정말로' 밉다면 말이다.

사실 이게 지금 내가 고민해야만 하는 문제였다.

내가 말하는 지금이란 내가 지금 설명하고 있는 이 순간을 말한다. 내 손목이 목덜미 뒤로 올라갔고, 왼쪽 상박골이 적어도 두 개, 아니 그 이상으로 부러지기 직전의 순간을 말하는 것이다.

눈치 챘겠지만, 지금 얘기하고 있는 팔은 사실 내 거다. 내 팔은 무슨 철학자의 추상적인 팔이 아니다. 뼈와 살과 털, 그리고 게이츠힐 초등학교에서 라디에이터 모서리에 데어 생긴 선물인 팔꿈치의 작은 흉터도 있다. 아무튼 이 모든 것이 나다. 이제 난 내 등 뒤에서, 내 손목을 움켜쥐고, 성적 관심이 드러날 정도로 내 척추 위로 손목을 꺾고 있는 이 남자가 날 미워할 가능성을 생각해 봐야 한다. 그러니까 내 말은, 그가 '정말로' 날 미워하는가이다.

그가 엄청나게 시간을 들이고 있었기 때문이다.

남자의 성은 레이너였다. 이름은 모른다. 내가 모르니 아마 여러분도 모르겠지.

어딘가의 누군가는 그의 이름을 알고 있겠지 라고 짐작해본다. 분명 누군가는 이름을 부르면서 그에게 세례를 베풀었을 것이고, 이름을 부르면서 내려와서 아침을 먹으라고 했을 것이고, 이름을 쓰는 법을 가르쳐준 사람도 있을 것이다. 다른 누군가는 술집에서 한잔하자고 그의 이름을 외쳤을 것이고, 섹스하면서 낮은 목소리로 그의 이름을 속삭였거나, 생명보험 계약서의 공란에 그 이름을 써넣었을 것이다. 그들이

이 모든 걸 했다는 걸 난 안다. 상상하기가 어려울 뿐이지, 젠장.

나는 레이너가 나보다 열 살쯤 많을 거라고 짐작했다. 그건 상관없다. 그게 문제는 아니다. 난 나보다 열 살 더 많지만 팔 따위는 부러뜨리지 않는 우호적인 관계를 맺고 있는 사람들이 아주 많다. 나보다 열 살 더 먹은 사람들은 대개가 훌륭한 분들이다. 그러나 레이너는 나보다 8센티미터 더 컸고, 25킬로그램이 더 나갔으며, 폭력 측정기라는 게 있다면 나보다 적어도 8단위 정도는 더 사나웠다. 그의 얼굴은 변두리 주차장보다 더 못 봐줄 인상이었다. 크고 올록볼록한 대머리는 스패너를 잔뜩 집어넣은 풍선 같았고, 코는 권투 선수처럼 납작하게 뭉개져 있었다. 누군가가 왼손, 아니 어쩌면 왼발을 사용해서 대충 틀만 잡아 놓은 마빡 아래 종잡을 수 없이 한쪽으로 기울어진 삼각 지대 안에 펼쳐놓은 게 분명했다.

그리고 맙소사, 그 이마는 정말! 소싯적엔 벽돌, 칼, 병, 논리적 명제들이 그 큼직한 앞판과 충돌했겠지만 아무 상해도 입힐 수 없었을 것이라는 사실이 눈에 선했다. 웅숭깊은 땀구멍 사이로 베이거나 파인 자국이 약간 보이기는 했지만. 내 평생 인간의 피부에서 본 것 중 가장 깊고 넓은 모공이었다. 1976년 여름, 기록적인 장기 가뭄으로 망가진 댈비티 골프장의 퍼팅그린이 연상될 정도였다.

이제 얼굴 옆으로 가보자. 누군가 오래전에 레이너의 귀를 물어뜯었다가 다시 뱉어서 붙였다는 것을 알 수 있다. 이를테면 왼쪽 귀는 위아래와 안팎이 분명히 바뀌어 있었다. 요컨대 레이너의 귀는 한참을 빤히 쳐다봐야 '아하, 저게 귀로군' 하는 생각이 들 정도로 요상한 물건이었다.

이 모든 것 외에도 레이너는 상대방이 주제 파악을 못할 경우를 대비해 검정 터틀넥 위에 검정 가죽재킷을 걸치고 있었다.

물론 누구나 레이너의 흉악한 얼굴에 겁을 집어먹었을 것이다. 설사 그가 하늘거리는 비단옷에, 머리칼에 난초를 꽂았던들 길에서 그와 부닥친 사람들은 후딱 그에게 돈부터 쥐어 주고는 어? 그에게 갚을 돈이 있었나? 라고 나중에 고민했을 것이다.

물론 나는 그에게 갚을 돈이 없었다. 난 레이너에게 아무것도 빚진 게 없는 그런 선택 받은 집단의 사람이었다. 따라서 우리 사이가 좀 더 우호적으로 굴러갔다면 난 어쩌면 그와 그의 동료들에게 결속을 다지자는 취지로 넥타이라도 맞추자고 제안했을지도 모른다. 십자로 문양이 괜찮을 듯했다.

그러나 이미 말했듯 우리 사이는 썩 좋지 못했다.

클리프라는 외팔이 전투 교관 — 그래, 맞다. 비무장 전투 기술을 가르쳐준 그는 팔이 하나뿐이었다. 아주 가끔은 삶이 그런 것이기도 하다 — 은 고통이란 실상 자신이 만들어 내는 것이라고 말한 적이 있다. 사람들은 우리에게 해코지는 할 수 있다. 때리고, 칼로 찌르고, 팔을 부러뜨리고 말이다. 그러나 고통은 자신이 만드는 것이다. 따라서 고통을 멈추는 것도 자신의 능력이라는 게 클리프의 주장이었다. 그는 2주 동안 일본에 다녀온 후, 정신을 통일하면 이런 종류의 불쾌한 기분을 축출할 수 있는 능력을 갖게 됐다고 확고히 믿었다. 그러나 클리프는 3개월 후 술집에서 쉰다섯의 과부와 말다툼을 하다가 죽임을 당했다. 내가 그의 말이 틀렸음을 지적하고 바로잡을 기회가 사라져 버린 것이다.

고통은 현실이다. 그런 일이 당신에게 일어나면 당신은 온갖 방법으로 고통을 해결한다.

지금까지 아무 소리도 입 밖에 내지 않았다는 게 나로서는 유일하게 잘한 일이었다.

물론 용기를 발휘하고 자시고 할 게 없었다. 난 그저 버티고 있는 중이다. 지금 이 순간까지 레이너와 나는 벽과 가구에 부딪치면서 내는 소리 외엔 아무 소음도 만들지 않았다. 우리는 땀을 뻘뻘 흘리며 사나이다운 침묵 속에서 대화하고 있었다. 아, 물론 가끔씩 으르렁거리는 소리를 내는 건 어쩔 수 없었다. 우리 둘 다 몸으로 하는 대화에 집중하고 있던 것이 분명했다. 하지만 이제 한계에 도달했다. 5초 후면 나는 정신을 잃거나 마침내 뼈가 작살이 날 것이다. 새로운 방법을 시도해야 할 때가 됐고, 내가 생각해낸 것은 비명을 지르는 것뿐이었다.

나는 코로 숨을 깊게 들이쉬었다. 그리고는 몸을 똑바로 일으켜 최대한 그의 얼굴 가까이 일어섰다. 잠시 숨을 참았다. 그리고 마침내 일본 무도인들이 '기합'이라고 부르는 고함을 외쳐댔다. 당신은 이 외침을 아주 커다란 소음 정도로 치부할 것이다. 사실 그와 비슷하다. '충격과 공포를 불러일으키는 젠장 할 비명?' 정말 나도 엄청 놀랐다.

예상한 대로 레이너에게도 효과가 상당했다. 그는 자기도 모르게 한쪽으로 쏠렸고, 내 팔에 가해지던 압박은 12분의 1초가량 무디어졌다. 나는 내 머리로 최대한 강하게 그의 얼굴을 들이받았다. 그 자식의 코연골이 내 머리와 부딪치면서 뭉개졌고, 미끈한 액체가 머리 가죽에 퍼지는 게 느껴졌다. 나는 발뒤꿈치로 그의 사타구니를 가격했다. 큼직한 음경과 연결된 허벅지 안쪽 부위를 후렸다. 그 12분의 1초가 지난 후, 레이너는 더 이상 내 팔을 붙들고 있지 못했다. 난 내가 땀에 흠뻑 젖어 있었다는 걸 그때 비로소 깨달았다.

나는 그에게서 벗어나 물러섰다. 나는 늙어빠진 세인트버나드처럼 발끝으로 춤추듯 비틀거렸다. 주변을 둘러보며 무기가 될 만한 것을 찾았다.

1라운드 15분짜리 이 프로암 경기*는 벨그라비아**의 한 작은 거실에서 벌어졌다. 가구가 별로였다. 인테리어 디자이너가 형편없었다. 사실 모든 인테리어 디자이너들은 한 치의 어김이나 예외 없이 다들 이 모양이다. 하지만 그 순간, 묵직한 장식용 '오브제'에 대한 인테리어 디자이너의 기호가 나의 필요와 일치했다. 나는 성한 팔로 벽난로 장식물 중에서 45센티미터 정도 되는 불상을 골랐다. 그리고 그 골동품의 귀가 한 손밖에 쓸 수 없는 사람이 만족스럽게 쥐고 휘두르기에 안성맞춤이라고 생각했다.

레이너는 바닥에 무릎을 꿇고, 중국산 카펫에 구토를 하면서 새로운 예술품을 만드는 중이었다. 나는 자세를 잡고, 약간 점프를 한 다음 백핸드 스윙으로 그를 가격했다. 불상의 받침 모서리가 그의 왼쪽 귀 뒷부분의 부드러운 부위에 퍽하고 꽂혔다. 둔탁한 소리가 났다. 타격을 받는 사람의 조직만이 낼 수 있는 그런 소리였다. 그는 한쪽으로 픽 쓰러졌다.

레이너가 살아 있는지 확인하고 싶지 않았다. 무정하다고 할지 모르지만 아무튼 그랬다.

나는 얼굴의 땀을 훔쳤고, 현관 마루로 걸어갔다. 귀를 기울였다.

* **Pro-am contest** | 프로와 아마추어가 함께하는 경기. (앞으로 각주와 본문의 [ ]는 모두 옮긴이와 편집자의 주이다.)
** **Belgravia** | 런던 하이드 파크 남쪽의 고급 주택지구.

그러나 집안이든 바깥쪽 길이든 무슨 소리가 났어도 결코 듣지 못했을 것이다. 심장이 착암기처럼 뛰고 있었기 때문이다. 아니 어쩌면 정말 밖에서 착암기가 가동 중인지도 몰랐다. 나는 엄청나게 큰 여행 가방 부피만큼 공기를 들이마시느라 정신이 없었고, 상황 파악이 안 됐다.

현관문을 열자 시원한 가랑비가 얼굴을 때렸다. 빗방울이 땀과 섞였다. 땀은 묽어졌고, 팔의 통증도 완화되었고, 모든 게 눈 녹듯 사라지는 것 같았다. 나는 눈을 감고, 그 모든 게 가라앉기를 기다렸다. 내가 해본 최고의 경험 중 하나였다고 말해도 좋으리라. 당신은 내가 정말 가련한 인생이라고 생각할지 모르겠다. 하지만 아시다시피 모든 상황에는 이유가 있는 법이다!

나는 문을 닫고, 보도로 나가 담배에 불을 붙였다. 서서히 심장박동이 잦아들었고, 호흡도 느려졌다. 팔의 통증은 끔찍했다. 몇 주는 아닐지라도 며칠은 날 괴롭힐 것이라는 예감이 들었다. 하지만 적어도 담배를 피우는 팔은 괜찮으니까.

나는 다시 집 안으로 들어갔다. 레이너는 여전히 그대로 있었다. 그는 토사물 속에 엎어져 있었다. 죽었을까? 중상을 입었을까? 어느 쪽이든 최소 5년은 감방에서 살아야 한다. 죄질이 나쁘다고 형량이 추가되면 10년도 가능하다. 내가 볼 때 사태가 좋지 않았다.

사실 난 옥살이 경험이 좀 있다. 물론 불과 3주였고, 임시 구류였지만 말이다. 그러나 만약 당신이 모든 대화를 한 음절로 해결해버리는 퉁명스럽기 짝이 없는 웨스트햄* 서포터와 하루에 2회씩 폰 6개, 루크 전부, 비숍 2개를 뺀 채로 체스를 둬야 한다면** ― 게다가 그가 한 손에 'HATE'(증오)라는 단어를 문신으로 새겼고, 다른 손도 사정은 마찬가지였다면 ― 당신은 삶의 작은 일상을 소중히 여기게 될 것이다. 이를테면 감옥에 가지 않는 것 같은.

나는 이 문제와 관련된 다른 것들을 곰곰이 생각했고, 한 번도 방문 해본 적 없는 열대의 나라들을 떠올리기 시작했다. 바로 그때 어떤 소 리가 들렸다. 낮고 조용하게 삐걱거리는 소리. 발이 끌리면서 나는 마 찰음이었다. 확실히 내 심장에서 나는 소리는 아니었다. 허파에서 나는 소리도 아니었고, 아프다고 고함을 질러대던 신체의 어느 기관에서 나 는 소리도 아니었다. 그 소리는 분명히 내 몸 밖에서 들려오고 있었다.

누군가 혹은 무언가가 조용히 계단을 내려오고 있었다. 소리를 내지 않으려고 딱할 정도로 애를 쓰면서 말이다.

나는 바닥에 놓인 불상 대신 설화석으로 만든 끔찍한 탁상용 라이터 를 집어 들고 문 쪽으로 갔다. 문 역시 끔찍했다. 어떻게 이렇게 끔찍 한 문을 만들 수 있지? 라고 당신도 물었을 것이다. 분명 여간 힘든 일 이 아닐 것이다. 하지만 내 말을 믿어주기 바란다. 최고 수준의 인테리 어 디자이너들은 이런 일쯤이야 순식간에 뚝딱 해치워 버린다.

숨을 죽이려고 했지만 그럴 수 없었다. 결국 나는 씩씩거리면서 기 다렸다. 어디선가 전등 스위치를 켜는 소리가 들렸다. 잠깐의 멈춤. 다 시 끄는 소리가 들렸다. 문 여는 소리가 들렸다. 잠깐의 침묵. 거기에 도 아무것도 없다. 문 닫히는 소리가 들렸다. 정적. 생각. 거실을 확인 할 것.

옷 스치는 소리가 났다. 낮은 발걸음 소리도. 다음 순간 불현듯 설화 석 라이터를 쥐고 있던 내 손이 풀리고 있음을 깨달았다.

---

*West Ham | 영국 프리미어리그 소속 축구팀.

**pawn(卒), rook(車), bishop(비숍)은 체스의 말.

나는 안도감 비슷한 것을 느끼며 벽에 기댔다. 비록 겁이 났고, 부상을 당한 상태일지언정 니나 리치의 '플뢰르 드 플뢰르'*를 뿌리고 싸움에 나설 사람은 없다는 사실에 기꺼이 내 목숨을 걸었다.

여자는 입구에서 멈췄고, 방을 둘러보았다. 전등은 꺼져 있었지만 커튼이 열려 있었기 때문에 길 쪽에서 빛이 충분히 들어오고 있었다.

나는 여자의 시선이 엎어져 있는 레이너를 포착할 때까지 기다렸다가 손으로 그녀의 입을 틀어막았다.

우리는 할리우드 영화와 상류사회가 가르쳐준 예의 그 모든 상황을 시연했다. 그녀는 비명을 질렀고, 내 손바닥을 물어뜯으려고 했다. 나는 그녀에게 소리치지만 않으면 해칠 마음이 없으므로 조용히 하라고 말했다. 그러나 어디 그런가? 그녀는 비명을 질렀고, 나는 그녀를 제압했다. 상투적인 절차였다.

이윽고 그녀는 끔찍한 소파에 앉았다. 손에는 액체가 0.3리터 정도 담겨 있는 술잔이 들려 있었는데, 처음엔 브랜디라고 생각했지만 알고 보니 칼바도스**였다. 나는 문 옆에서, '난 정신 의학적으로 완벽하게 정상입니다' 하는 표정을 최대한 지어 보이며 서 있었고.

나는 이미 레이너를 굴려서 모로 눕혔는데, 그가 자신의 토사물 때문에 질식해서 죽는 사태를 막기 위한 일종의 구조 행위였다. 누구라도 닥치면 다 이 정도는 한다. 그녀는 일어나서 레이너를 흔들어 보려고 했다. 그가 괜찮은지 알고 싶었으리라. 베개, 젖은 수건, 붕대, 측은지심으로 인해 제3자가 느끼는 양심의 가책을 덜어주는 온갖 구조 행위를 생각해볼 수 있다. 그러나 나는 그녀에게 가만히 있으라고 지시했다. 벌써 구급차를 불렀고, 대체로 그를 그냥 놔두는 게 더 나을 거라면서 말이다.

그녀는 이미 가볍게 떨고 있었다. 손을 떠는가 싶더니 유리잔이 흔들렸고, 팔꿈치와 어깨가 들썩였고, 레이너를 보면서 계속해서 악화됐다. 물론 한밤중에 카펫의 토사물 위에 시체가 나뒹구는 걸 보면 그럴 만도 했다. 하지만 나는 그녀가 더 이상 나빠지는 걸 원하지 않았다. 나는 설화석 라이터로 담배에 불을 붙였다. 젠장, 라이터 불꽃마저 끔찍했다. 나는 칼바도스에 취해 그녀가 이런저런 질문을 시시콜콜 던지기 전에 정보를 최대한 얻어내야 했다.

나는 이 방에서 그녀의 얼굴을 세 번 보았다. 벽난로 위의 은제 사진틀 속에서 그녀는 레이밴 선글라스를 착용한 채 스키 리프트에 앉아 있었다. 창문 옆에 걸린 커다랗고 끔찍한 유화도 보았다. 그녀를 그다지 좋아하지 않은 누군가가 그림을 그렸음에 틀림없다. 마지막으로 3미터 떨어진 소파 위에 그녀가 실물로 앉아 있다. 분명 셋 중 제일 나앗다.

그녀는 기껏해야 열아홉 정도일 것이다. 어깨는 떡 벌어졌고, 긴 갈색머리가 풍성하게 물결치며 목 뒤로 넘어가 있었다. 높고 둥근 광대뼈는 동양적인 느낌을 자아냈다. 하지만 눈은 그렇지 않았다. 그녀의 두 눈은 둥글고 컸으며 연한 회색이었다. 그런데 이게 말이 되기는 하는 건가? 그녀는 비단 소재의 빨간색 가운을 입고 있었다. 우아한 슬리퍼 한 짝의 발가락 부분엔 금실로 놓인 화려한 자수가 보였다. 방을 대충 훑어보았지만 나머지 한 짝은 도통 눈에 띄지 않았다. 어쩌면 한 짝밖에 살 수 없었는지도.

---

*Fleur de fleurs | '꽃 중의 꽃' 향수.

**Calvados | 프랑스 노르망디산(産) 사과 브랜디.

그녀가 헛기침을 했다.

"저 사람은 누구죠?" 그녀가 물었다.

나는 그녀가 입을 열기 전부터 미국인이 틀림없을 거라고 생각했다. 혈색도 좋고 건강해 뵈는 게 다른 나라 사람일 수가 없었다. 게다가 달리 어디서 그런 이빨을 얻겠는가?

"레이너라는 사람입니다." 내가 답했다. 곧 나는 이 말이 대답치고는 약간 부실하다는 걸 깨달았다. 뭐라도 말을 보태야 했다. "아주 위험한 사람입니다."

"위험하다고요?"

내 말에 그녀는 걱정스런 표정이 되었다. 당연했다. 레이너가 위험하고, 그래서 내가 그를 죽였다면 자연스럽게 나도 위험한 사람일 거라는 생각이 내 머리에 떠올랐다. 그녀도 그렇게 생각하는 게 틀림없었다.

"예." 나는 되풀이 말하면서 그녀가 시선을 돌리는 모습을 주의 깊게 관찰했다.

그녀는 덜 떠는 것 같았다. 다행이었다. 아니 그녀가 떠는 게 나와 동조 반응을 일으켜 덜 떠는 것처럼 비치는지도 몰랐다.

"그런데…… 저 사람은 여기서 뭘 하는 거죠? 도대체 이게 다 뭐죠?"

"답하기 힘든 문제로군요."

아무튼 나로서는 그랬다.

"돈이나 어쩌면 은그릇 같은 걸 훔치러 왔을 것 같군요……."

"그럼…… 당신도 모른다는 말인가요?" 그녀의 목소리가 별안간 커졌다. "누군지도 모르면서 저 남자를 때려눕혔다고요? 저 사람은 여기서 뭘 하고 있었던 거죠?"

그녀의 머리는 충격적인 사건을 접하고도 꽤 잘 돌아가는 듯했다.

"날 죽이려고 해서 때려눕힌 겁니다. 나도 죽을 지경이라고요."

나는 짓궂은 미소를 지어 보였다. 하지만 벽난로 위의 거울에 비친 내 미소는 그리 효과적이지 못했다.

"당신도 죽을 지경이라고요? 당신은 누구죠?" 그녀가 무정하게 말했다.

이런 이런. 이 중대한 시점에는 훨씬 신중하게 대응해야만 했다. 갑자기 사태가 지금보다 훨씬 더 나빠지려 하고 있었다.

나는 놀란 표정을 지어 보였다. 어쩌면 정말로 약간 놀라기도 했다.

"저를 모르시겠어요?"

"모르겠는데요."

"어, 이상하네. 저 핀첨입니다. 제임스 핀첨이요."

나는 손을 내밀었다. 그녀는 응대하지 않았다. 젠장. 나는 잽싸게 머리를 쓸어 넘겼다.

"그건 이름이고요." 그녀가 말했다. "당신이 누구냐고요?"

"저는 아버지의 친구입니다."

그녀는 잠깐 생각에 잠겼다.

"함께 사업하시는 분인가요?"

"그렇다고 할 수 있죠."

"그렇군요." 그녀가 고개를 끄덕였다. "당신은 제임스 핀첨이고, 아버지의 사업 동료로군요. 또, 우리 집에서 한 남자를 막 죽였고요."

나는 머리를 한쪽으로 기울이면서 뭐 엿 같은 세상이 다 그렇지 하는 태도를 보여주었다.

그녀의 이빨이 다시 드러났다.

"그게 다인가요? 그걸로 당신 소개를 마친 거예요?"

나는 다시 한 번 짓궂은 미소를 지어보였다. 하지만 이번에도 별 효과는 없었다.

"잠깐만요." 그녀가 말했다.

그녀는 레이너에게 시선을 돌렸고, 몸을 좀 더 꼿꼿이 세우고 앉았다. 무슨 생각이 떠오른 듯했다.

"당신은 아무한테도 전화하지 않았어요. 그렇죠?"

그러고 보니 모든 걸 고려해봤을 때 그녀는 스물넷은 되는 게 확실했다.

"당신 말은……."

나는 허둥대고 있었다.

"내 말은 여기 오는 구급차가 없다는 거예요. 맙소사!" 그녀가 말했다.

그녀는 술잔을 카펫 위 발치에 내려놓고, 자리에서 일어나 전화기가 있는 곳으로 걸어갔다.

"이봐요. 어리석은 짓 하지 말고……." 내가 말했다.

나는 그녀에게 다가가려고 했다. 그러나 그녀가 휙 돌아서서 방향을 바꾸는 걸 보고는 가만히 있는 게 차라리 더 나을 수 있겠다고 판단했다. 앞으로 몇 주간 얼굴에서 수화기 파편을 뽑아내고 싶지는 않았으니까.

"거기 그대로 있어요, 제임스 핀첨 씨." 그녀가 내게 뱉은 말이었다. "전혀 어리석지 않아요. 구급차를 부를 거예요. 그리고 경찰에도 전화하겠어요. 이건 국제적으로 공인된 절차라고요. 경찰이 와서 당신을 잡아가겠죠. 여기서 어리석은 점이라곤 하나도 없어요."

"잠깐. 내가 당신에게 다 솔직하게 털어놓은 건 아니에요."

그녀는 내게 돌아서더니 눈을 가늘게 떴다. 무슨 말인지 알겠는가? 그러니까…… 세로가 아닌 가로로 가늘게 떴다는 말이다. 나는 사람이라면 다 그녀가 눈의 크기를 줄였다고 말해야 한다고 본다. 그러나 그렇게 말하는 사람은 아무도 없다.

그녀는 눈을 가늘게 떴다.

"무슨 말이에요? '다 얘기하지 않았다'니? 당신이 내게 털어놓은 건 두 가지뿐이라고요. 그 가운데 하나가 거짓말이었다는 소리예요?"

그녀는 나를 궁지로 몰았다. 의문의 여지가 없었다. 난감했다. 그녀가 몸을 돌리고 첫 번째 9번을 눌렀다.*

"내 이름은 핀첨입니다. 당신 아버지도 알고요."

"그래요? 아버지가 어떤 담배를 피우시죠?"

"던힐이요."

"아버지는 평생 담배를 피운 적이 없어요."

그녀는 아마 20대 후반쯤 되었을 것이다. 많아야 서른이었다. 나는 심호흡을 했고, 그녀는 두 번째 9를 눌렀다.

"좋아요. 나는 아버지를 모릅니다. 하지만 난 그를 돕고 있다고요."

"그렇군요. 샤워기라도 고치러 오셨나 보죠."

그녀는 이제 세 번째 9번을 눌렀다. 대담하게 나가야 했다.

"아버지를 죽이려고 하는 사람이 있어요." 내가 말했다.

* 영국의 119는 999번.

희미하게 딸깍이는 소리가 들렸다. 누군가 "무엇을 도와 드릴까요?" 물었다. 그녀는 천천히 몸을 돌렸고, 수화기를 얼굴에서 떼었다.

"뭐라고요?"

"당신 아버지를 죽이려는 사람이 있다고요." 내가 다시 말했다. "나도 누군지는 모릅니다. 이유도 모르고요. 하지만 내가 그들을 저지한 거라고요. 그게 나의 정체고, 내가 여기서 한 일이죠."

그녀는 한동안 나를 뚫어져라 쳐다보았다. 어디선가 시계 소리가 났다. 끔찍했다.

"이 남자가 그 일과 관련이 있습니다." 나는 레이너를 가리켰다.

그녀가 내 얘기를 교활한 것으로 생각한다는 게 한눈에 보였다. 레이너가 내 얘기를 반박할 처지에 있지 못했으니까. 해서 나는 어조를 조금 누그러뜨렸다. 그녀만큼이나 나도 당혹스럽고 초조한 것처럼 주위를 불안하게 둘러보면서 말이다. 내가 부드러운 말투로 말을 이었다.

"저 사람이 살인을 하려고 여기에 왔다고 확실히 말할 수는 없어요. 얘기할 시간이 많지는 않았으니까요. 하지만 불가능한 건 아니죠."

그녀는 계속해서 나를 쳐다보았다. 전화 교환원의 "여보세요" 하는 소리가 수화기 너머로 들려왔다. 아마도 발신지를 추적하고 있을 터였다.

그녀는 잠시 기다렸다. 무엇 때문인지 나도 알 수 없었다.

"구급차를 보내 주세요." 이윽고 그녀는 여전히 나를 보면서 이렇게 얘기했다. 그러더니 몸을 돌려 교환원에게 주소를 알려주었다.

그녀가 고개를 끄덕였다. 그리고는 천천히, 아주 천천히 수화기를 전화기에 올려놓고 나를 바라보았다. 아시겠지만 한 번 시작되면 끔찍이 오래 갈 침묵이 전개되려 하고 있었다. 타개책이 필요했다. 나는 담배를 하나 꺼내 물고, 그녀에게도 담뱃갑을 건넸다.

그녀가 내게 다가와 섰다. 방 저쪽에서 봤을 때보다 키가 더 작았다. 나는 다시 미소를 지었다. 그녀가 담뱃갑에서 담배를 하나 꺼냈다. 그러나 불을 붙이지는 않았다. 그녀는 담배를 천천히 만지작거렸을 뿐이다. 그러더니 한 쌍의 회색 눈동자로 나를 빤히 쳐다보았다.

나는 '한 쌍'이라고 했다. 그녀가 두 눈으로 나를 보았다는 말이다. 그녀가 서랍장에서 누군가 다른 사람의 눈 한 쌍을 꺼내서 그걸로 나를 바라본 게 아니었다. 그녀는 자신의 크고 창백한 회색 눈으로 나를 응시했다. 나 큰 남자를 횡설수설하게 만들 수 있는 그런 종류의 눈동자였다. 오, 제발, 정신 바짝 차려야 한다.

"당신은 거짓말쟁이예요." 그녀가 말했다.

화가 난 게 아니었다. 겁에 질리지도 않았다. 그저 사실을 얘기하는 말투. '당신은 거짓말쟁이예요.'

"예, 맞아요." 내가 말했다. "대체로 저는 거짓말을 많이 하지요. 하지만 지금 이 순간만큼은 사실을 말하고 있습니다."

그녀는 계속해서 내 얼굴을 응시했다. 내가 면도를 마치고 이리저리 살펴보는 방식 그대로였다. 하지만 그녀는 더 이상 어떤 답변도 얻고 싶어 하지 않았다. 그러더니 그녀가 눈을 한 번 깜박였다. 그 한 번의 깜박임으로 사태가 조금 바뀐 듯했다. 무엇인가 해제되거나 꺼졌다. 아니 적어도 조금 약해진 게 분명했다. 나는 긴장이 풀렸.

"내 아버지를 누가 왜 죽이려 한다는 거죠?"

이제 그녀의 목소리는 상당히 부드러워졌다.

"솔직히 말해서 나도 모릅니다. 당신 아버지가 담배를 피우지 않는다는 것만 이제 겨우 알았는걸요.”

그녀는 내 말을 듣지 못한 양 재차 물었다.

“말해 봐요, 핀첨 씨. 이 모든 게 도대체 어떻게 된 일이죠?”

이건 좀 골치 아픈 문제였다. 아니, 상당히 골치 아픈 문제였다. 골치 아픈 정도가 아니라 어지러웠다.

“내가 그 일을 제안 받았어요.”

그녀가 숨을 멈추었다. 내 말은, 그러니까 그녀가 정말로 숨을 멈추었다는 얘기다. 게다가 그녀는 가까운 미래에 다시 숨쉬기를 재개할 것 같지도 않아 보였다.

나는 최대한 차분하게 말을 이어갔다.

“누군가 당신 아버지를 죽이려고 내게 거금을 제안했습니다.” 나는 이렇게 말했고, 그녀는 믿을 수 없다는 듯 인상을 찌푸렸다. “나는 그 제안을 거절했습니다.”

그 말을 덧붙이지 말았어야 했다. 정말로.

‘대화에 관한 뉴턴의 제3법칙’이란 게 존재한다면 모든 발화에는 등량의 정반대 발화가 수반된다고 주장할 것이다. 내가 그 제안을 거절했다고 말하자 거절하지 않았을지도 모른다는 가능성이 부풀어 올랐다. 바로 이 순간, 그 가능성이 방 여기저기에 떠도는 사태를 난 원하지 않았다. 아무튼 그녀는 다시 숨을 쉬기 시작했다. 어쩌면 그녀가 눈치 채지 못했을지도 몰랐다.

“왜죠?”

“뭐가 왜란 말입니까?”

그녀의 왼쪽 눈 동공에는 북동 방향으로 뻗어나간 작은 녹색 줄이 있었다. 나는 그녀의 눈을 응시하면서도 눈을 보지 않으려고 애썼다.

지금 이 순간, 난 여러 면에서 최악의 곤경에 처해 있었다.

"당신은 왜 그 제안을 거절하셨죠?"

"그러니까……." 나는 말문을 열려다가 곧 그만두었다. 이번에는 정말 제대로 말해야 했기 때문이다.

"뭐라고요?"

"나는 사람을 죽이지 않기 때문입니다."

그녀는 잠시 내 말을 음미하는가 싶더니 다시 몇 차례 중얼거렸다. 그리고는 쓰러진 레이너를 힐끗 보았다.

"말했지요. 그가 먼저 시작한 겁니다." 내가 말했다.

그녀는 나를 뚫어져라 바라보았다. 시간이 300년은 흐른 것 같았다. 그러더니 손가락 사이에 들고 있던 담배를 천천히 돌리면서 소파로 걸어갔다. 골똘히 생각하는 게 분명했다.

"솔직히 얘기하면." 나는 내 자신과 상황을 통제하려고 애쓰면서 말했다. "난 착한 사람입니다. 옥스팸*에 기부도 한다고요. 신문도 재활용하고, 기타 등등."

그녀가 레이너에게 다가갔다.

"그 모든 게 언제 일어난 거지요?"

"응…… 그러니까, 방금이요." 나는 바보처럼 말을 더듬었다.

그녀가 잠시 눈을 감았다.

"내 말은, 당신이 의뢰받은 것 말이에요."

"아, 예. 그건 열흘 전이로군요."

"어디서요?"

*Oxfam | 영국의 구호 단체.

"암스테르담."

"네덜란드 말이에요?"

천만다행이었다. 나는 한결 편안해졌다. 가끔 젊은이들에게서 존경의 시선을 받는 것도 나쁘지는 않다. 물론 항상 그렇지는 않고 가끔씩이어야겠지만.

"맞아요." 내가 말했다.

"누가 당신한테 그 일을 맡겼는데요?"

"전에도 본 적이 없고, 이후로도 만난 적이 없습니다."

그녀는 허리를 숙여 술잔을 들고 칼바도스를 한 모금 들이켰다. 그리고 술맛에 이맛살을 찌푸렸다.

"나한테 지금 그 말을 믿으라는 거예요?"

"예, 그러니까……."

"내 말 좀 들어봐요." 그녀의 목소리가 다시 커졌다. 그녀는 레이너를 향해 고개를 숙였다. "여기 한 남자가 쓰러져 있어요. 그런데 유감스럽게도 당신 얘기가 맞다고 증언해줄 것 같지는 않군요. 그런데 무슨 근거로 내가 당신 얘기를 믿어야 한다는 거죠? 얼굴이 잘 생겨서?"

도리가 없었다. 수를 내야 한다는 걸 알았지만 어쩔 수가 없었다.

"왜 안 돼죠?" 나는 매력덩어리처럼 보이려고 애쓰면서 말했다. "나라면 당신 말은 뭐든지 믿겠구만."

엄청난 실언이었다. 정말이지 바보 같은 말이었다. 바보 어록으로 점철된 내 오랜 인생에서도 우둔하고 어리석기가 최고 수준에 달한 말이었다.

그녀가 내게 몸을 돌렸다. 화가 난 게 분명했다.

"그런 거짓부렁일랑 당장 집어치워요."

"그러니까 내 말은……."

말을 꺼내기는 했지만 그녀가 잘라먹어서 정말 다행이었다. 솔직히 무슨 말을 해야 할지 난감했기 때문이다.

"집어치우라고 말했어요. 여기 사람이 죽어가고 있다고요."

나는 가책을 느끼면서 고개를 끄덕였다. 우리 두 사람은 고개를 숙이고 레이너를 살폈다. 사정을 모르는 사람들이 보았더라면 우리가 조의를 표하는 줄 알았을 것이다. 그녀 어깨의 긴장이 풀렸다. 그녀가 유리잔을 내게 건넸다.

"나는 새라예요. 가서 콜라 한 잔 갖다 주세요."

그녀는 결국 경찰에 전화를 했다. 구급대원들이 레이너를 접이식 들 것에 옮기고 있을 때 경찰이 당도했다. 레이너는 아직 숨이 붙어 있었다. 그들은 와자지껄 웅성댔고, 벽난로의 물건들을 살펴보았고, 전반적으로 별로 여기 있고 싶지 않다는 낌새를 내비쳤다.

대체로 경찰들은 새로운 사건이 맡겨지는 것을 좋아하지 않는다. 태만해서가 아니다. 다른 모든 사람들처럼 그들도 의미와 연계를 발견하고 싶기 때문이다. 그들이 파묻혀서 일하는 불행한 무작위적 혼란상에서 벗어나려면 그런 의미 부여가 필요할 것이다. 자동차 휠을 뜯어가는 10대를 체포하다가 살인현장에 호출되면 휠이 있는지 살펴보려고 소파 밑을 확인하는 게 그들이다. 그들은 자신들이 이미 본 것과 연계되는 무언가를, 그래서 혼란 속에서 의미를 취할 수 있는 무언가를 찾고자 한다. 그렇게 그들은 이것 때문에 이렇게 되었다고 말할 수 있는 것이다. 그런 의미와 연계를 발견하지 못하면, 다시 말해 접수되는 사건 일체가 기록되어 보관되지만 잊혀졌다가 누군가의 책상 맨 아래 서랍에서 발견된 후 다시금 잊혀져서 결국 누구의 것도 아니게 되고 마는 또 하나의 사건으로 전락한다면 그들은 실망하는 것이다.

그들은 특히 우리 이야기에 실망한 것 같았다. 새라와 나는 함께 그럴싸한 시나리오라며 생각해낸 각본을 자세히 얘기했다. 우리는 계급이 각기 다른 경관들을 거쳐 올라가면서 세 번이나 똑같은 얘기를 반복했다. 브록이라는 아주 젊은 수사관이 마지막이었다.

브록은 소파에 앉아 가끔 자기 손톱을 내려다보면서 용감한 제임스 핀첨의 진술을 젊은이다운 태도로 청취했다. 제임스 핀첨은 가족의 친구로 1층의 손님방에 머물고 있던 게 되었다. 핀첨이 수상한 소리를 듣고 계단을 내려와 봤더니 가죽 재킷과 검정색 터틀넥을 입은 험악한 남자가 있었다. 처음 보는 사람이었고, 싸움이 벌어졌으며, 불행하게도 머리를 가격해 그를 쓰러뜨리게 됐다. 새라 울프(출생연월, 1964년 8월 29일)는 싸우는 소리가 들려서 내려왔고, 사태의 전말을 그대로 목격했다. 경관님, 마실 거 드릴까요? 차? 주스?

물론 무대가 도움이 됐다. 만약 뎁포드의 시영 아파트에서 똑같은 진술을 했다면 즉각 경찰차로 끌려갔을 것이다. 더불어 짧은 머리를 한 건장한 청년들에게 괜찮다면 머리 좀 부딪치지 않게 신경 써줄 수 있겠느냐고 부탁하고 있었을 것이다. 그러나 장식 벽토를 바른 벨그라비아에서라면 경찰도 증언의 신뢰성에 무게를 두는 경향이 있다. 나는 이것이 계급의 문제라고 생각한다.

우리가 진술 조서에 서명하자 그들은 해당 관서에 알리지 않고 출국하는 것 같은 짓은 하지 말라고 당부했다. 그리고 괜찮을 거라고도 격려해주었다.

레이너가 내 팔을 부러뜨리려고 한 지도 2시간이 흘렀고, 성(姓)밖에 모르는 그자가 남겨놓은 것이라고는 토사물의 악취뿐이었다.

나는 집을 나와 걷기 시작했다. 통증이 스멀거리며 심해지는 게 느껴졌다. 나는 담배에 불을 붙였고, 모퉁이로 걸어가면서 내내 연기를 홀짝였다. 모퉁이에서 왼쪽으로 돌면 포도가 깔린 주택가가 나온다. 옛날에 말을 키웠던 곳을 주택가로 개조한 동네였다. 이제는 말이 여기서 살려면 엄청난 부자여야 했다. 그럼에도 이 동네의 마구간 분위기는 여전했다. 내가 거기에 오토바이를 매어두기 딱이라고 느꼈던 이유다. 뒷바퀴 아래에 귀리를 담은 양동이와 밀짚도 조금 놔두고 말이다.

오토바이는 내가 둔 곳에 그대로 있었다. 바보 같은 말이라는 건 안다. 하지만 요즘 때가 어느 땐가? 오토바이 운전자들 사이에서는 1시간 이상 후미진 곳에 오토바이를 주차한 다음 ─자물쇠와 경보장치가 있다고 해도─ 돌아와서 그 상태 그대로 발견하면 화제가 되는 세상 아니던가! 하물며 그 오토바이가 가와사키 ZZR1100이라면 더욱!

나는 일본 사람들이 진주만에서 반칙을 저질렀다는 것, 그리고 그들의 생선요리 철학이 빈곤하기 이를 데 없다는 것을 부정하지 않는다. 하지만 그들은…… 오토바이라면 뭘 알고 있다. 이 오토바이는 어떤 기어에서도 연료통 밸브를 열 수 있다. 그렇게 속도를 높이면 뒤통수로 눈알이 밀리는 것 같은 느낌을 받게 된다. 좋다. 어쩌면 그것은 대부분의 사람들이 개인 교통수단을 선택하는 데서 고려하는 느낌은 아닐 것이다. 하지만 난 이 오토바이를 백개먼 게임*에서 땄고, 그 점을 매우 즐겼다. 그렇게 얻은 내 오토바이는 큰 검정색이고, 보통의 운전자라도 이 오토바이면 다른 은하를 방문할 수 있을 정도였다.

*backgammon | 15개의 말을 주사위로 진행시켜서 먼저 전부 자기 쪽 진지에 모으는 쪽이 이기는 반상(盤上) 놀이.

오토바이의 시동을 걸었다. 벨그라비아에 사는 뚱보 자본가들 서너 명은 잠에서 깰 만한 굉음으로 회전속도를 끌어올렸다. 그리고 나서 노팅힐로 출발했다. 비가 와서 감속했고, 해서 간밤의 일을 돌이켜볼 시간은 많았다.

노란 가로등이 켜진 미끄러운 도로를 따라 오토바이를 몰고 가면서 내내 마음속을 떠나지 않았던 한 가지는 새라가 내게 한 말이었다. '그런 거짓부렁일랑 집어치워요.' 내가 그런 거짓부렁을 집어치웠던 이유는 방에서 사람이 죽어가고 있었기 때문이었다.

나는 뉴턴의 대화법칙을 조용히 생각했다. 방에서 사람만 안 죽어 갔더라도 내가 계속해서 거짓부렁을 주워섬겼을 거라는 얘기다.

생각이 거기에 미치자 기분이 좋아졌다. 내가 언젠가 죽어 나가는 놈들이 없는 방에서 그녀를 만날 기회를 만들지 못한다면 난 제임스 핀첨의 이름을 갈겠다고 다짐했다.

물론 제임스 핀첨은 내 이름이 아니다.

2
오랫동안 나는 일찍 잠자리에 들었다.
마르셀 프루스트

아파트에 도착한 나는 평소처럼 자동응답기를 켰다. 의미 없는 삐 소리가 두 번 울렸다. 하나는 잘못 걸려온 전화였고, 또 하나는 친구 전화였는데 첫 문장이 잘려 있었다. 세 사람이 더 메시지를 남겼다. 통화하고 싶지 않은 사람들이었지만 전화를 해주어야만 했다.

젠장, 나는 이 기계가 싫었다.

책상에 앉아서 그날 온 우편물을 살폈다. 고지서 몇 장은 쓰레기통에 던져버렸다. 이런, 쓰레기통을 주방으로 옮겨놨지. 짜증이 인 나머지 우편물을 서랍에 처박았다. 집안일을 하면 심란한 정신 상태가 정리되면서 차분해진다는 생각을 단념했다.

음악을 크게 틀기에는 너무 늦었다. 아파트에서 내가 시도할 수 있는 남은 유일한 기분전환 거리는 술이었다. 술잔과 페이머스 그라우스* 한 병을 꺼냈고, 손가락 마디 세 개 정도 깊이까지 술을 따른 다음 주방으로 갔다. 잔에 물을 부어 위스키소다를 만들었다. 그리고 구술 녹음기가 있는 탁자에 앉았다. 큰소리로 말하면 사태를 명료하게 이해하는 데 도움이 된다는 말을 누구한테 들었기 때문에 구입한 것이다. 아부에도 효과가 있나요 하고 물었더니, 그건 아니지만 마음에 걸리는 걸 푸는 데는 확실히 도움이 될 거라는 대답이 돌아왔다.

나는 기계에 테이프를 집어넣고, 녹음 스위치를 눌렀다.

"Dramatis personae(등장인물)." 나는 말을 시작했다. "첫째, 알렉산더 울프. 새라 울프의 아버지. 벨그라비아의 리올 스트리트에 있는 조지 왕조 시대풍의 괜찮은 집의 주인. 안목 없고 복수심에 눈먼 실내장식가를 고용했음. 게인 파커(Gaine Parker) 사의 소유자겸 최고 경영자. 미지의 백인 남성. 미국인 혹은 캐나다인으로 추정. 50대쯤. 둘째, 레이너. 거구에 난폭한 인물. 현재 병원 신세를 지고 있음. 셋째, 토머스 랭. 36세. 웨스트본 클로스 42번지 아파트 D호 거주. 최근까지 스코츠 가드**에서 복무했음. 대위로 명예 제대. 지금까지 알려진 바는 이 정도."

녹음기가 내 말투를 왜 이렇게 바꾸는지는 모르겠다. 아무튼 녹음기만 틀면 나도 모르게 이렇게 말을 한다.

"미지의 백인 남자가 A. 울프를 불법으로 살해하기 위해 T. 랭을 고용하려고 함. 랭은 착한 사람이므로 그 제안을 거절함. 그는 절도 있고 예의바른 신사임."

나는 위스키를 한 모금 들이킨 뒤 구술 녹음기를 바라보았다. 과연 이런 혼잣말을 누구에게 재생해 들려줄지 나도 궁금했다. 회계사가 말했다. 세금을 환급받을 수 있기 때문에 그걸 사면 좋다고 말이다. 그러나 나는 어차피 세금을 내지 않았고, 구술 녹음기 자체가 아예 필요 없었을 뿐만 아니라 회계사는 믿을 족속이 아니라고 생각하고 있기 때문에 이 기계를 현명치 못한 구매 품목 가운데 하나로 보고 있었다.

아이고.

"랭은 울프의 집으로 갔음. 울프에게 암살 시도가 있을 예정이니 대비하라고 경고하기 위해. 울프는 부재 중. 랭은 직접 조사 활동에 나서기로 함."

나는 잠시 숨을 고르며 생각을 가다듬었다. 그런데 그 잠시가 오랜 시간으로 바뀌었다. 나는 위스키를 더 마셨고, 생각을 하느라고 구술 녹음기를 옆으로 밀어 났다.

내가 한 유일한 조사 활동은 '뭐지?' 라는 말을 내뱉은 것뿐이었다. 내가 겨우 그 말을 입 밖으로 내뱉었을까 할 즈음 레이너가 나를 의자로 가격했던 것이다. 그 외에 내가 한 일이라고는 사람 하나를 반쯤 죽여 놓고, 나머지 반도 죽여 버렸어야 했는데 하면서 현장을 떠났다는 것뿐이었다. 당신이라면 이런 말을 녹음기의 자기(磁氣) 테이프에 남기고 싶지는 않을 것이다. 무슨 일을 하는지도 모른다면야 더더욱. 놀라운 것은 나도 내가 뭘 하고 있는지 몰랐다는 것이다.

그의 이름을 알기 전에 난 레이너를 알아볼 만큼 사정을 꿰고 있었다. 그가 나를 미행하고 있었다는 것을 자세히는 알지 못했다. 그러나 나는 사람의 얼굴을 잘 기억한다. 이름 외우는 데 그토록 젬병이니 반대급부는 있어야겠지. 더구나 레이너는 알아보기 힘든 얼굴도 아니었다.

히스로 공항, 킹스 로드의 데번셔 암스인가 하는 술집, 레스터 스퀘어 지하철역 입구에서 나는 그를 거듭 목격했다.

* **Famous Grouse** | 스코틀랜드산 위스키.
* * **Scots Guards** | 영국 육군의 근위사단을 구성하는 한 연대.

나는 우리가 결국에 가서는 만나리라고 직감했다. 만일의 경우에 대비해야 했다. 나는 토튼햄 코트 로드에 있는 '블리츠 일렉트로닉스'에서 2파운드 80펜스를 주고 30센티미터 길이의 대구경 전기케이블을 샀다. 전기케이블은 낭창낭창하면서 묵직했고, 산적이나 노상강도를 격퇴할 때면 호신용 곤봉보다 더 쓸 만했다. 그게 무기로 쓰이지 않을 때라곤 포장을 뜯지 않고 부엌 서랍장에 보관해 둘 때뿐이다. 그럴 때면 그건 정말이지 완전 무용지물이다.

살인을 의뢰한 미지의 백인 남자의 경우, 그를 추적해야겠다는 생각 따위 하지도 않았다. 2주 전 나는 암스테르담에서 맨체스터의 한 마권업자를 경호했다. 그는 자신이 난폭한 경쟁자들에게 둘러싸여 있다고 믿고 싶어 환장한 인간이었다. 그는 나를 고용함으로써 그 망상을 자족했다. 그래서 나는 그를 위해 자동차 문을 열어줬고, 없다는 걸 뻔히 알면서도 저격수들에 대비해 건물들을 점검해야 했다. 나이트클럽에서 그자 옆에 앉아 보낸 48시간은 고역이었다. 그는 사방팔방에 돈을 뿌려댔다. 하지만 내 쪽으론 안 왔다. 마침내 그는 제풀에 지쳤고, 나도 호텔 내 방으로 들어와 텔레비전에서 틀어주는 포르노 영화를 보면서 늘어져 있을 수 있었다. 그때 전화벨이 울렸다. 기억하기로는 꽤 괜찮은 장면이 펼쳐지려던 참이었다. 남자 목소리였는데, 내려와서 한잔 하자고 청했다.

나는 내가 경호하는 마권업자가 따뜻하고 친절한 창녀의 품에 안전하게 파묻혀 있는지 확인한 다음 조용히 계단을 내려왔다. 함께 복무한 옛 군대 동료에게서 술 몇 잔을 얻어 마시면 40파운드는 굳겠다는 생각을 하면서 말이다.

그러나 전화상으로 들었던 목소리의 주인공은 값비싼 양복을 걸친 단신의 똥보였다. 나는 그와 일면식도 없었다. 솔직히 그가 누군지 알고 싶지도 않았다. 그런데 그가 재킷 안쪽 주머니에 손을 집어넣어 나만큼이나 두툼한 지폐 뭉치를 꺼내는 게 아닌가!

달러였다. 말 그대로 전 세계 수천 곳의 가게에서 곧장 쓸 수 있는 돈이었다. 그가 테이블 위로 백 달러짜리 지폐 한 장을 내밀었다. 한 5초 동안은 그 땅딸보가 마음에 들었다. 하지만 즉시 그런 감정은 시들었다.

그는 내게 울프라는 사람의 '신원 정보'를 알려주었다. 그가 어디에 사는지, 무엇을 하는지, 왜 하는지, 얼마나 버는지 등등. 그리고는 울프를 은밀히 제거해주면 탁자 위에 놓인 백 달러 지폐의 친구들 1,000장이 내 것이 될 거라고 약속했다.

나는 술집에서 우리 자리 주변의 손님들이 빠질 때까지 기다렸다. 짐작한 대로 손님들이 자리를 비우는 데는 시간이 그리 오래 걸리지 않았다. 청구되는 술값을 보아 하니 두 잔 이상 마시며 버틸 수 있는 사람은 전 세계에 수십 명에 불과할 듯했다.

술집에 손님이 빠지고 나자 나는 그 똥보에게 몸을 기울여 한바탕 연설을 했다. 바보 같은 연설이었다. 설사 그렇다고 해도 그는 열심히 들어야만 했다. 내가 테이블 아래로 팔을 뻗어 그의 불알을 움켜쥐고 있었기 때문이다. 난 그에게 내가 어떤 사람이며, 그가 무슨 실수를 했고, 그가 돈으로 무얼 없앨 수 있는지 알려주었다. 그러고 나서 우리는 헤어졌다.

그걸로 끝이었다. 내가 아는 것이라곤 그게 다였다. 팔이 계속 아팠다.

나는 잠자리에 들었다.

꿈을 많이 꾸었다. 대부분 얼굴을 붉힐 만한 내용이라 밝히지는 않겠다. 아무튼 내가 카펫을 진공청소기로 청소해야만 하는 상황이 마지막 꿈의 내용이었다. 나는 계속해서 청소기를 돌리고 있었다. 그런데 카펫에 얼룩을 만드는 것들이 도무지 사라지지 않았다.

그때 나는 내가 잠에서 깨었음을 깨달았다. 카펫의 얼룩은 누군가 커튼을 열어서 들어온 햇빛임도 알았다. 순간 나는 몸을 움직여 잔뜩 긴장한 자세로 웅크렸다. 손에는 전기 케이블을 쥐고 있었고, 심장은 살의로 쿵쾅거렸다.

그러나 거듭 그것 역시 꿈이었다. 나는 그저 침대에 누워 얼굴 가까이 다가온 커다란 털북숭이 손을 보고 있었다. 그 손이 찻잔을 내려놓고 사라졌다. 찻잔에서 수증기가 모락모락 피어올랐다. PG 팁스라는 이름으로 팔리는 차 음료의 냄새도 났다. 사람 목을 따려는 침입자들이 찻물을 데우고, 커튼을 열지는 않으리라는 것쯤은 알 수 있었다.

"몇 시지?"

"8시 35분입니다. 아침 드실 시간이에요, 본드 씨."

나는 침대에서 일어나 솔로몬을 쳐다보았다. 그는 변함없이 단신에다가 쾌활했다. 소름이 끼치는 갈색 우비를 입고 있는 것도 똑같았다. 「선데이 익스프레스」의 마지막 면 광고를 보고 통신구매한 것이었다.

"절도사건 수사하러 왔어?" 나는 하얀 빛이 나타날 때까지 눈을 비비면서 말했다.

"무슨 절도요, 선배?"

솔로몬은 상관을 제외한 모든 사람을 '선배'라고 불렀다.

"초인종 훔쳐간 거." 내가 말했다.

"조용히 여기 들어온 걸 빈정대는 거라면 내가 마법을 부릴 줄 안다는 걸 상기해드려야겠군요. 마법사 자격을 계속 유지하려면 실습도 해야 하고요. 마음 좀 곱게 쓰시고, 이제 옷이나 걸치세요. 늦었다고요."

그는 주방으로 갔고, 내 고물 토스터가 작동하는 소리가 들려왔다.

나는 침대를 박차고 일어나려다 움찔했다. 왼팔에 무게가 느껴졌던 탓이다. 나는 겨우 셔츠를 걸치고, 바지를 입었다. 그리고는 전기면도기를 들고 주방으로 갔다.

솔로몬이 부엌 식탁에 나를 위한 식사를 준비해놓고 있었다. 식기 시렁에 구운 빵을 차려 놓았는데, 나도 그런 게 있는 줄 몰랐다. 솔로몬이 직접 들고 온 게 아닐까도 생각해보았지만, 그럴 리는 없지.

"차 더 드실래요, 폐하?"

"뭐가 늦었다는 거야?" 내가 물었다.

"약속이 있어요, 대장. 약속이요. 넥타이 있죠?"

솔로몬이 커다란 갈색 눈동자를 반짝이면서 기대하는 눈치로 나를 바라보았다.

"두 개 있어." 내가 대꾸했다. "하나는 개릭 클럽 건데, 난 거기 회원은 아니고, 나머지 하나는 화장실 수조를 벽에 고정시켜주고 있지."

식탁에 앉았다. 그가 어딘가에서 킬러스 던디 마멀레이드* 병까지 찾아냈다는 걸 알았다. 어떻게 이런 일을 해낼 수 있는지 신기하기만 했다. 그러나 솔로몬은 쓰레기통에서도 뭔가를 찾아낼 수 있다. 아마 마음만 먹는다면 자동차도 찾아낼 수 있으리라. 솔로몬은 사막에 떨어졌을 때 함께하면 좋을 그런 친구였다.

어쩌면 그곳이 우리가 가야 할 곳이었는지도 모르겠다.

* Keiller's Dundee marmalade | 스코틀랜드 던디에서 생산하는 마멀레이드.

"그건 그렇고, 대장. 요즘은 고지서 비용을 누가 납부하죠?"

그는 식탁에 엉덩이를 반쯤 걸치고 내가 먹는 것을 지켜보고 있었다.

"난 자네가 내준 걸로 아는데."

마멀레이드가 너무 맛있어서 끝장을 보고 싶었지만 솔로몬은 어서 출발했으면 하는 눈치였다. 그가 시계를 힐끗 보더니 침실로 갔다. 옷장 뒤지는 소리가 났다. 재킷을 찾는 모양이었다.

"침대 밑에 있어!" 내가 큰소리로 말했다.

나는 구술 녹음기를 숨겼다. 테이프가 여전히 안에 들어 있었다.

내가 차를 쭉 들이켜고 있을 때 솔로몬이 두 줄 단추가 달린 블레이저를 들고 왔다. 단추가 두 개나 떨어지고 없었다. 그가 블레이저를 시종처럼 내밀었다. 난 자리에 그대로 앉아 있었고.

"대장." 솔로몬이 말했다. "까다롭게 굴지 마세요. 수확물을 곳간에 쌓고, 나귀들을 마구간에 풀어 놓기 전에는."

"우리가 어디로 가는지나 알려주게."

"나가시면 번쩍번쩍 빛나는 큼직한 자동차가 대기하고 있습니다. 맘에 드실 거예요. 집으로 오는 길엔 아이스크림도 먹을 수 있고요."

나는 천천히 일어서서 블레이저를 입었다.

"데이비드." 내가 불렀다.

"여기 대령이오, 도련님."

"도대체 무슨 일이야?"

그는 입술을 오므리고 미간을 살짝 찌푸렸다. 그렇게 묻는 것은 버릇없지요 라는 투였다. 하지만 나는 한 걸음도 물러서지 않았다.

"내가 곤란한 처지인가?" 내가 물었다.

그는 눈살을 더 찌푸렸다. 그리곤 은은하고 담담한 눈길로 날 쳐다 보았다.

"그런 것 같습니다."

"그런 것 같다?"

"저기 서랍 속에 30센티미터짜리 묵직한 케이블이 있더군요. 젊은 도련님의 무기겠죠."

"그래서?"

그는 내게 예의바른 미소를 지어 보였다.

"누군가는 곤란을 겪겠죠."

"오, 제발, 데이비드. 그건 산 지 여러 달 됐다고. 오래전부터 전선을 연결하려고 했던 거고."

"그래요, 영수증엔 이틀 전으로 찍혀 있던데요. 아직도 가방에 있 고요."

우리는 잠시 서로를 바라보았다.

"미안해요, 대장." 그가 말했다. "흑마술이었습니다. 이제 가시죠."

자동차는 로버(Rover)였다. 이 일이 공식적이라는 얘기였다. 이 멍 청하게 젠체하는 차를 일부러 나서서 모는 사람은 아무도 없다. 터무 니없는 나무 장식과 가죽 내장재가 실내 여기저기에 덕지덕지 붙어 있는 차를 누가 몬단 말인가! 정부 관리와 로버 사 이사들만 이 차를 운전한다.

나는 솔로몬의 운전을 방해하지 않았다. 차들을 헤쳐 나가는 그의 신경이 곤두서 있었기 때문이다. 그는 라디오를 켜는 것도 싫어했다. 그는 운전 장갑, 운전모, 운전용 안경을 착용했고, 운전용 표정까지 짓고 있었다. 솔로몬은 운전면허를 갓 딴 사람처럼 운전대를 잡고 있었다. 그러나 호스가즈 퍼레이드*를 뒤로 하고 시속 40킬로미터 정도까지 속력을 낼 수 있게 되자 나는 모험을 해보기로 했다.

"내가 뭘 하게 될지 알 수는 없겠나?"

솔로몬은 이를 깨물면서 운전대를 더 단단히 쥐었다. 그는 아주 위험한, 다름 아닌 텅 빈 대로로 진입하기 위해 더욱 운전에 집중했다. 그는 속도, RPM, 연료, 유압, 온도, 시간, 안전벨트를 두 번씩 점검하더니 답변을 할 수 있겠다고 판단했다.

"대장은 의젓하고 품위 있게 구시기만 하면 돼요. 항상 그렇듯이요."

우리는 차를 몰고 국방부 안마당으로 들어갔다.

"이제 안 그렇단 말이야?"

"옳거니. 저기다 대면 되겠군. 자, 죽어서 천국에 왔습니다."

모든 국방부 시설물은 비키니 앰버** 경보 단계에 놓여 있다고 적힌 대형 보안 표지판이 보였지만 문을 지키는 경비병들은 우리를 힐끗 한 번 보고는 통과시켰다.

영국의 경비병들은 항상 이런 식이다. 당신이 그들이 경비를 서는 건물에서 일한다면 그들은 15분 전에 샌드위치를 사러 나간 사람과 당신이 동일인인지를 확인한답시고 치아 충전재부터 바짓단까지 모든 것을 조사할 것이다. 그러나 당신이 낯선 얼굴이라면 무사통과다. 낯선 사람에게 얼굴을 붉히면서 폐를 끼치면 안 되기 때문이다.

정말이지 만약 당신이 어떤 장소를 제대로 지키고 싶다면 독일인을 고용하라.

솔로몬과 나는 계단 세 개, 복도 예닐곱 개, 승강기 두 대를 갈아탔다. 솔로몬은 가는 도중에 수차 내 신분을 알렸고, 마침내 우리는 C188이라고 적힌 암녹색 문 앞에 도착했다. 솔로몬이 문을 두드렸다. 한 여자가 "기다리세요!", 이어 "OK"라고 비명을 질렀다.

문에서 1미터 떨어진 곳에 벽이 있었다. 이 협소한 공간에 레몬색 셔츠를 입은 여자가 책상에 앉아 있었다. 컴퓨터, 화분, 연필이 담긴 머그잔, 털 인형, 오렌지색 종이 뭉치가 보였다. 이런 공간에서 사람이든 무엇이든 업무를 보고 기능을 수행할 수 있다는 게 믿겨지지 않았다. 신발 속에서 수달 가족을 발견하고 놀란 기분이랄까!

그런 일을 경험했다면 말이다.

"기다리고 계십니다." 여자가 말했다. 우리가 뭐라도 가져갈까 봐 책상 너머로 소심하게 두 팔을 내뻗으면서 말이다.

"고맙습니다, 부인." 솔로몬이 책상 앞을 지나치면서 말했다.

"광장 공포증인가?" 나는 그를 따라가면서 물었다. 사실 충분한 공간이 있었더라면 아마 난 따귀를 맞았을 것이다. 그 얘기를 하루에 50번쯤 들을 게 틀림없었을 테니까.

솔로몬이 안에 있는 문을 두드렸고, 우리는 곧바로 걸어 들어갔다.

비서가 한 치도 쓰지 못한 공간을 이 사무실이 다 차지하고 있었다.

---

* Horseguards Parade | 영국 육군 총사령부 건물이 있는 거리.
* * Bikini Amber | 비키니(BIKINI)는 영국 국방부가 제정한 경보 단계 표지이다. 레드, 앰버, 블랙 스페셜, 블랙, 화이트의 5단계가 있고, '앰버'는 비상 2단계이다.

천장은 높았고, 창문은 양쪽으로 나 있었고, 정부가 지급한 가는 레이스 커튼이 달려 있었다. 양쪽 창문 사이로 스쿼시 코트만 한 책상이 놓여 있었다. 책상 안쪽에 머리가 벗겨지기 시작한 어떤 사람이 고개를 숙이고 업무에 몰두 중이었다.

솔로몬은 페르시아산 수직(手織) 융단의 한가운데를 장식한 장미 문양 위로 나아갔다. 나는 그의 왼쪽에 자리를 잡았다.

"오닐 씨? 랭 씨를 모셔왔습니다."

우리는 기다렸다.

오닐 —그게 그의 이름일지 난 의심스러웠다— 은 대형 책상 안쪽에 앉아 있는 여느 사람과 똑같은 모습을 하고 있었다. 개하고 개주인은 닮는다는 말이 있다. 하지만 나는 책상과 책상 주인에게도 그 이상은 아니어도 똑같은 말을 할 수 있다고 늘 생각했다. 오닐의 면상은 크고 납작했고, 귀 역시 크고 납작했으며, 종이 클립을 보관해 둘 유용한 곳도 많았다. 반듯이 면도를 한 것도 책상에 바른 번질번질한 프랑스산 광택제와 꼭 닮았다. 그는 값비싼 소매의 셔츠를 입고 있었고, 재킷은 눈을 씻고 찾아봐도 안 보였다.

"9시 반으로 약속했던 것 같은데요." 오닐은 우리는 물론 손목시계도 쳐다보지 않고 말했다.

목소리가 전혀 신뢰가 안 갔다. 귀족적인 권태를 보여주려 했지만 멀어도 한참 멀었다. 그의 목소리는 답답하고 새된 음성이었다. 다른 상황에서라면 오닐 씨가 안쓰럽다고 느꼈을지도 모르겠다. 정말로 오닐이 그의 이름이라면 말이다. 나는 의혹의 눈길을 거두지 않았다.

"죄송합니다. 차가 많이 막혀서요. 최대한 빨리 온 겁니다." 솔로몬이 말했다.

솔로몬은 창밖을 내다보았다. 자기는 할 일을 다 했다고 말하는 듯했다. 오닐은 그를 응시하더니 나를 흘낏 보았다. 그리고는 '뭔가 중요한 것을 읽는' 아까 전의 퍼포먼스를 다시 연출했다.

솔로몬은 나를 무사히 데려왔고, 그가 난처해질 일도 전혀 없었기 때문에 나는 내가 나설 때가 되었다고 판단했다.

"안녕하십니까, 오닐 씨." 나는 멍청하게 큰소리로 인사를 건넸다. 인사말이 먼 데 벽에 부딪쳐 돌아왔다. "좋은 시간이 아닌 듯해서 유감이로군요. 내게도 그리 좋은 시간은 아니지만요. 제 비서에게 당신 비서와 상의해 새로 약속을 잡도록 하는 건 어떨까요? 비서들끼리 함께 점심을 먹는 것도 좋지 않겠습니까? 세상이 질서를 찾게 되는 거죠."

오닐은 잠시 이빨을 갈았다. 그리고는 고개를 들어 날카로운 시선으로 날 쳐다보았다. 그가 그 시선을 염두에 두었던 게 분명했다.

한참을 그러더니 서류를 내려놓고는 책상 가장자리에 손을 올려놓았다. 이어 책상에서 손을 떼 무릎 위에 올렸다. 내가 그 어색한 절차를 한 치도 놓치지 않고 보고 있다는 것에 짜증이 난 듯했다.

"랭 씨, 당신이 지금 어디 있는지 압니까?" 그는 이렇게 묻고는 능숙한 방식으로 입술을 오므렸다.

"알다마다요, 오닐 씨. C188호 방 안에 있지 않습니까?"

"여기는 국방부예요."

"음, 정말 좋군요. 그런데 어찌 의자도?"

그는 성난 눈초리로 날 다시 쨰려보더니 솔로몬에게 고갯짓을 했고, 솔로몬은 문 쪽으로 가서 19세기 섭정시대풍 의자를 카펫 한가운데로 끌고 왔다. 나는 꼼짝하지 않았다.

"앉으십시오, 랭 씨."

"고맙습니다만 그냥 서 있겠습니다." 내가 대꾸했다.

오닐은 정말로 당황한 것 같았다. 우리는 학창 시절에 지리 선생님에게 이런 식의 장난을 치곤 했다. 그 선생은 두 학기를 마치고 학교를 그만두더니 스코틀랜드 서쪽 열도로 건너가 성직자가 되었다.

"당신은 알렉산더 울프에 대해 뭘 압니까?" 오닐은 팔뚝으로 책상을 짚으며 몸을 앞으로 당겼다.

금시계가 어렴풋이 보였다. 너무 금 같아서 금일 리가 없어 보였다.

"어떤 울프 말입니까?"

그가 얼굴을 찡그렸다.

"'어떤 울프'라니, 무슨 말이요? 알렉산더 울프를 몇이나 압니까?"

나는 입술을 가볍게 움직이면서 세어 보았다.

"다섯이요."

그는 짜증스럽게 한숨을 내쉬었다. 이봐, 진정하라고.

"난 지금 벨그라비아의 리올 스트리트에 집이 있는 알렉산더 울프를 말하고 있는 겁니다." 다 알고 있다는 투의 빈정대는 어조였다. 책상 안쪽에 자리를 잡고 앉아 있는 영국인은 전부 이렇게 된다.

"리올 스트리트라. 그렇군요." 나는 혀를 차면서 말했다 "그렇다면 여섯으로 늘었군요."

오닐은 솔로몬을 힐끗 보았다. 그러나 그의 어떤 도움도 기대할 수 없었다. 그가 다시 내게 몸을 돌렸다. 이번엔 느글느글한 미소와 함께.

"랭 씨, 난 당신이 그에 관해 뭘 아느냐고 묻고 있습니다."

"그는 벨그라비아 리올 스트리트에 집을 한 채 갖고 있지요. 도움이 되었는지요?"

오닐은 방침을 바꾸었다. 그는 숨을 깊게 들이쉬었다가 천천히 내뱉었다. 자신의 통통한 외관 밑에 강렬한 살인 본능이 잠재해 있음을 깨닫게 하려는 의도였다. 오닐은 여차하면 책상을 뛰어넘어 나를 죽도록 패주겠다는 메시지를 전달했다. 참으로 애처로운 퍼포먼스였다. 결국 서랍에서 누런 서류철을 하나 꺼내더니 거칠게 서류를 뒤적이기 시작했다.

"어젯밤 10시 30분에 어디 있었습니까?"

"코트디부아르 해안에서 윈드서핑을 하고 있었습니다." 그가 말을 마치기도 전에 내가 답을 해버렸다.

"난 지금 진지하게 묻고 있는 겁니다, 랭 씨. 강력하게 권고하는데 진지하게 답변해주시기 바랍니다."

"난 지금 이게 당신 소관이 아니라고 말하고 있는 겁니다."

"내 소관……." 그가 말을 받았다.

"당신 임무는 국방 업무죠!" 난 별안간 큰소리로 말했다.

정말로 큰소리였다. 곁눈질로도 솔로몬이 고개를 돌리는 게 보일 정도였다. 내가 말을 이었다.

"당신이 돈을 받으면서 지켜야 되는 게 바로 내가 이런 엿 같은 질문에 대답할 필요 없이 내 하고 싶은 대로 하면서 살 수 있는 권리란 말이요."

나는 다시 평상심을 되찾고 말을 이었다.

"다른 건 없습니까?"

그는 답하지 않았고, 나는 몸을 돌려 문 쪽으로 걸어갔다.

"안녕, 데이비드."

솔로몬도 대답하지 않았다. 내가 문손잡이에 손을 올려놓았을 때 오닐이 입을 열었다.

"랭, 당신이 이 건물을 나서자마자 체포될 수도 있다는 걸 아셨으면 좋겠는데."

나는 몸을 돌려 그를 바라보았다.

"무슨 죄목으로?"

갑자기 예감이 좋지 않았다. 여기 들어온 후 처음으로 오닐이 느긋한 표정을 보였기 때문에 더욱 불길하게 느껴졌다.

"살인 모의죠." 그가 말했다.

방은 일순간 정적에 휩싸였다.

"모의라고?" 내가 반복했다.

사건이나 사태가 연속적으로 걷잡을 수 없이 벌어지면 일이 어떻게 되는지 다들 알 것이다. 보통은 단어가 뇌에서 입으로 전달된다. 그 과정 어딘가에서 당신은 단어를 점검하고, 의도하는 내용과 부합하는지, 또 포장은 잘 했는지 확인하는 시간을 갖는다. 그런 다음 단어들을 묶어서 입으로 보내면 신선한 대기와 만나게 되는 것이다.

그러나 사건들이 속발하면 점검을 담당하는 마음의 부위가 기능 장애를 일으킨다.

오닐은 세 단어를 입 밖에 냈다. "살인 모의(Conspiracy to murder)."

내가 믿을 수 없다는 투로 되풀이해서 말했어야 할 단어는 '살인'이었다. 물론 인구 집단 가운데 정신적으로 문제가 있는 극소수는 전치사 'to'를 골랐을지도 모르겠다. 아무튼 내가 세 단어 중 되풀이해서 말하지 말았어야 할 가장 확실한 단어는 '모의'였다.

물론 우리가 대화를 재개했다면 난 아주 다른 방식으로 상황에 대처했을 것이다. 그러나 우리는 그러지 못했다.

솔로몬은 나를 바라보고 있었고, 오닐은 솔로몬을 쳐다보았다. 나는 쓰레받기와 빗자루로 내뱉은 말을 쓸어 담느라 정신이 없었고.

"당신 도대체 지금 무슨 말을 하고 있는 겁니까? 할 일이 그렇게 없어요? 당신이 어젯밤 그 일을 이야기하는 거라면 이걸 알아두세요. 내 진술 조서를 읽어봤다면 말입니다. 난 내 평생 그 남자를 본 적이 없어요. 난 불법적인 공격 행위에 맞서 나 자신을 보호한 것뿐입니다. 몸싸움을 하는 과정에서 그가…… 자기 머리를 친 것이고요."

나는 내가 하는 말이 얼마나 형편없는 횡설수설인지 깨달았다. 아무튼 나는 말을 이었다.

"경찰도 문제없음을 인정했어요, 게다가……."

나는 말을 멈추었다.

오닐은 이미 의자에 기대어 앉아 두 손으로 머리를 받치고 있었다. 양쪽 겨드랑이로 10펜스 동전 크기만 한 땀자국이 보였다.

"물론 그들이야 문제없었겠지. 안 그렇겠습니까?" 그가 응수했다. 자신감이 넘치는 태도였다.

그는 내가 무슨 말이라도 하기를 기다렸다. 그러나 내 머릿속에선 아무 생각도 안 났고, 난 그가 말을 계속하게 됐다.

"경찰은 지금 우리가 알고 있는 사실을 당시에 몰랐지요."

나는 한숨을 토해냈다.

"이런. 대화가 너무 재미있어서 코피가 다 날 지경이로군. 그래 이 바보 같은 시간에 날 여기로 끌고 와야 할 만큼 중요한 뭘 당신이 알고 있는 겁니까?"

"끌고 와요?" 그의 눈썹이 머리털이 난 선까지 치고 올라갔다. 그는 솔로몬에게 몸을 돌려 물었다.

"랭 씨를 여기로 '끌고' 왔나요?"

오닐의 말투가 갑자기 장난스러워져 있었다. 정말이지 역겨운 광경이었다. 솔로몬도 나만큼이나 그 말에 기함을 했음에 틀림없었다. 그는 입도 뻥긋하지 못하고 있었다.

"이 방에서 내 인생이 시들어가고 있습니다. 제발 요점을 말하세요." 나는 짜증스럽게 말했다.

"좋습니다." 오닐이 말했다. "우리는 이제 알고 있습니다. 하지만 당시 경찰은 몰랐죠. 일주일 전에 당신이 맥클러스키라는 캐나다인 무기거래상과 몰래 만났다는 사실을요. 맥클러스키는 울프를 제거하는 대가로 당신에게 10만 달러를 주겠다고 제안했습니다. 우리는 당신이 런던에 있는 울프의 집에 나타났고, 레이너라는 남자와 맞닥뜨렸다는 걸 알고 있습니다. 와이어트 또는 밀러라고도 하는 그 남자는 실은 울프가 경호원으로 정당하게 고용한 사람입니다. 레이너는 그 충돌 과정에서 심각한 부상을 입었지요."

위장이 크리켓 공만 한 크기와 밀도로 쪼그라든 것 같았다. 땀 한 방울이 등줄기를 타고 흘러내렸다. 꼭 아마추어 같이.

오닐이 말을 이어갔다.

"우리는 당신이 경찰에 진술한 내용에도 불구하고 999 통화가 어젯밤 한 번이 아니라 두 번 있었다는 것도 알고 있습니다. 첫 번째 전화는 구급차만 불렀지요. 두 번째 전화는 경찰에 신고했고요. 두 전화 사이에 15분의 간격이 있더군요. 마지막으로 당신은 경찰에 이름을 거

짓으로 댔습니다. 그 이유가 궁금하군요." 그는 토끼가 들어 있는 중산
모를 지닌 마술사처럼 나를 쳐다보았다. "우리는 2만 4,400파운드, 그
러니까 미화로 5만 달러가 스위스 코티지에 있는 당신의 은행 계좌로
나흘 전에 이체되었다는 것도 알고 있습니다."

그는 서류철을 홱 닫고 웃음을 띠며 말을 마쳤다.

"그게 착수금이었습니까?"

나는 오닐의 사무실 한가운데 의자에 앉아 있었다. 솔로몬은 내게
줄 커피와 자기가 마실 카밀레 차를 준비하러 자리를 뜨고 없었다. 온
세상이 조금 느린 속도로 움직이고 있었다.

"이것 보세요. 잘 모르겠지만 내가 함정에 빠졌다는 게 분명합니
다." 내가 말했다.

"말해보세요, 랭 씨. 그런 결론이 분명한 이유를." 오닐이 말
했다.

오닐의 말투가 다시 장난스러워졌다. 나는 심호흡을 했다.

"먼저 말씀드릴 것은, 그 돈에 대해선 난 아는 게 아무것도 없습니
다. 누구라도 그런 일을 할 수 있어요. 전 세계 어느 은행에서라도 말
이죠. 너무 쉬운 일이죠."

오닐은 듀오폴드 파커 펜 뚜껑을 열고, 메모장에 뭔가를 적었다.

"그리고 울프 씨에게는 딸이 있지요." 내가 말했다. "그녀는 싸우는
광경을 목격했습니다. 지난밤엔 날 위해 경찰에 증언도 해주었고요.
그런데 그 여자는 왜 안 데려온 겁니까?"

문이 열리고, 솔로몬이 들어왔다. 잔 세 개의 내용물이 흘러넘치지
않게 조심하면서. 어딘가에 갈색 우비를 벗어놓고 온 모양이었다. 같

은 색깔에, 지퍼로 잠글 수 있는 카디건을 입고 있었다. 오늘은 화가 난 게 분명했다. 나라도 그 옷이 방과 어울리지 않는다는 걸 알 수 있을 정도였으니까.

"확실히 말해두겠는데, 우리는 적당한 시점에 울프 양과도 면담을 할 겁니다." 오닐은 조심스럽게 커피를 홀짝이면서 말했다. "그러나 우리 부서는 일차적으로 당신에게 관심을 갖고 있습니다. 랭 씨, 당신은 살인 청부를 받았습니다. 당신이 수락을 했든 안 했든 돈이 당신의 은행 계좌로 이체되었고요. 당신은 공격 목표 인물이 살고 있는 집에 나타났을 뿐만 아니라 경호원까지 거의 죽일 뻔했지요. 그리고……."

"잠깐만요." 내가 말했다. "잠깐만 기다려 봐요. 경호원 얘기는 또 뭡니까? 울프는 거기 있지도 않았어요."

오닐은 차분하지만 음흉하게 나를 응시했다.

"그러니까 내 말은……" 나는 말을 이어갔다. "어떻게 경호원이라는 사람이 한 집에 있지도 않은 사람을 경호한단 말입니까? 전화로? 디지털 경호라는 게 새로 생겼나 보지요?"

"당신은 그 집을 조사했습니다. 그렇지요, 랭? 당신은 그 집에 갔고, 알렉산더 울프를 찾았지요?" 그의 입술에 꼴사나운 미소가 걸렸다.

"그가 없다는 사실은 딸이 알려줬습니다." 내가 대꾸했다. 오닐이 즐거워하는 표정에 나는 약이 올랐다. "아무튼 다 집어치워요."

그가 약간 움찔했다가 다시 입을 열었다.

"하지만 그런 상황에서 당신이 그 집에 나타났으니 우리가 시간과 노력을 들일 만한 충분한 사유가 되지."

나는 그 말을 도저히 이해할 수 없었다.

"이유가 뭡니까? 왜 경찰이 아니고 당신입니까? 울프라는 사람이 뭐가 그리 대단하길래?" 나는 오닐에서 솔로몬에게로 시선을 돌렸다. "그런 문제라면 난 또 뭐가 그렇게 특별합니까?"

오닐의 책상 위에서 전화벨이 울렸다. 그가 예의 과장된 몸짓으로 수화기를 낚아챘다. 그는 팔꿈치에 걸린 전화선을 가볍게 튕겨내고 수화기를 귀에 가져다댔다. 그는 수화기에 대고 말을 하면서 나를 바라보았다.

"그래요? 알겠습니다……. 예, 감사합니다."

수화기를 다시 전화기에 놓자 순식간에 조용해졌다. 나는 그가 전화 통화하는 모습을 보면서 이거야말로 오닐의 위대한 기술 가운데 하나임을 알 수 있었다.

그는 메모장에 뭔가를 급히 갈겨썼고, 솔로몬을 손짓으로 불러 책상으로 오게 했다. 솔로몬은 메모 내용을 자세히 들여다보았고, 이어 두 사람이 함께 내게 시선을 돌렸다.

"총기를 소지하고 있습니까, 랭 씨?"

오닐은 활달하고 민완하게 웃으면서 이렇게 물었다.

나는 역겨워지기 시작했다.

"아니요. 총은 없습니다."

"어떤 종류의 무기도 없습니까?"

"예. 제대 후로는 무기 따위는 취급 안 합니다."

"알겠습니다." 오닐은 고개를 끄덕이면서 말했다. 그는 한참을 뜸 들이면서 메모장을 확인했다. 그는 전적으로 사실인 세부 항목들을 갖고 있었다. "그렇다면 당신 아파트에서 9밀리 브라우닝 권총과 탄약 15발이 발견되었다는 소식이 당신에게는 놀라운 일이겠군요?"

잠시 곰곰이 생각했다.

"내 아파트가 수색 당했다는 것은 놀라운 일 이상이로군요."

"그건 신경 쓰지 마시고." 그가 말했다.

나는 한숨을 토해냈다.

"그렇다면 좋습니다. 그래요, 별로 놀랍지 않군요." 내가 말했다.

"무슨 말입니까?"

"내 말은 오늘 일진이 어떻게 굴러가고 있는지 내가 이해하기 시작했다는 거요."

오닐과 솔로몬은 멍한 표정으로 나를 바라보았다.

"이봐요, 정신들 차려요." 내가 그들에게 말했다. "날 살인 청부업자처럼 보이게 하려고 3만 파운드를 쓸 사람이라면 내가 총을 소지한 것처럼 만들려고 3백 파운드를 더 못 쓸까요?"

오닐은 엄지손가락과 집게손가락으로 아랫입술을 잠깐 만졌다. 마치 한쪽으로 쥐어짜는 듯했다.

"내게 문제가 있다는 거죠, 랭 씨?"

"그런가요?"

"그래요. 차라리 그렇다고 생각하고 싶군요."

그가 입술에서 손가락을 뗐는데도 입술은 삐죽여진 상태 그대로였다. 마치 원래의 모양으로 돌아가기를 원하지 않는 것처럼. 그가 말했다.

"당신이 암살자이거나, 아니면 당신이 암살자처럼 비치도록 공작 중인 누군가가 있다는 말이군. 문제는 내가 수집한 모든 증거가 두 가지 가능성을 다 시사하고 있다는 거네요. 어렵군요."

나는 어깨를 으쓱했다.

"윗분들께서 당신에게 이렇게 큰 책상을 내준 이유가 그것 아니겠습니까?" 내가 대꾸했다.

　결국 그들은 나를 보내줘야만 했다. 무슨 이유에서인지 그들은 불법 무기 기소 건으로 경찰을 끌어들이지는 않았다. 내가 아는 한 국방부에는 자체 구류 시설이 없다.

　오늘은 내게 여권을 요구했다. 내가 세탁기 건조기에서 잃어버렸다고 거짓말을 늘어놓으려는 찰나 솔로몬이 자신의 뒷주머니에서 내 여권을 꺼냈다. 나는 연락 가능한 상태를 유지하라는 말을 들었고, 이상한 놈들이 또 접근하거든 알려달라는 요구도 받았다. 나는 그러마고 선선히 수락하는 것 말고는 달리 할 게 없었다.

　나는 국방부 건물을 빠져나와 드물게 화창한 4월의 햇빛을 받으며 세인트 제임스 파크를 천천히 걸었다. 레이너가 자기 임무를 수행 중이었다니……. 그렇다면 뭐가 달라지는 거지? 그가 울프의 경호원이라는 걸 내가 왜 몰랐는지도 궁금했다. 울프에게 경호원이 있을 것이라는 점은 왜 또 몰랐던 거지?

　그러나 그것들보다 훨씬, 정말 훨씬 더 중요한 궁금증은 왜 울프의 딸이 레이너의 실체를 몰랐느냐는 것이었다.

3

우리는 하나님과 의사를 사랑하지만
그것은 위험이 닥치고 나서이지,
그전은 아니라네.

존 오언

사실 나는 자기 연민에 빠져 있었다.

나는 무일푼인 상태에 익숙하다. 일거리가 없어 빈둥거리는 것도 일상이다. 내가 사랑한 여자들은 날 떠났고, 꽤나 지독한 치통으로 고생도 했다. 하지만 이런 것들은 세상이 날 무시하고 외면한다는 느낌과는 비교도 안 된다.

도움의 손길을 기대할 수 있는 친구들을 떠올려보았다. 그러나 이런 종류의 사회적 회계감사를 해보면 늘 깨닫게 된다. 그런 친구들은 해외 출타 중이거나, 죽었거나, 나를 싫어하는 사람들과 결혼해 살고 있다는 사실을. 아! 또 있다. 생각해봤더니 사실은 친구가 아닌 경우도 있다.

어느새 난 피커딜리 광장의 공중전화 부스에 들어가 폴리에게 전화를 하고 있었다.

"지금 법정에 가 계신 것 같습니다." 수화기 너머로 들려온 목소리였다. "전하실 말씀이라도?"

"토머스 랭이 전화했다고 전해주시길. 그리고 1시 정각까지 스트랜드 가에 있는 심슨 식당으로 안 오면 앞으로 변호사 생활은 못 할 거라고도 알려주시고."

"변호사 생활은…… 못 한다." 사무원이 똑같이 반복했다. "전화가 오시는 대로 그대로 전달해드리겠습니다, 랭 씨. 안녕히 계세요."

폴리(Paulie)의 생략하지 않은 성명은 폴 리(Paul Lee)였다. 나와 그의 관계는 생각해보면 좀 이상하다.

우리는 두세 달에 한 번씩 만나 그냥 노는 정도이다. 술집에 가고, 저녁 식사를 하고, 폴리가 좋아하는 극장과 오페라 구경도 간다. 그러나 우리 모두 서로를 조금도 좋아하지 않는다는 사실을 선선히 인정했다. 털끝만큼도. 우리의 감정이 증오만큼 강렬했다면 그걸 뒤틀린 애정이라고 해석할 수 있을지도 모르겠다. 그러나 우리는 서로를 미워하지 않았다. 우린 다만 서로 좋아하지 않을 뿐이다. 그게 다다.

난 폴리를 패기만만하고 탐욕스런 녀석으로 판단했다. 그는 날 게으르고 믿을 수 없는 굼벵이 같은 놈으로 생각했다. 우리의 '우정'과 관련해 긍정적으로 얘기할 수 있는 것이라곤 우리의 관계가 상호적이라는 것뿐이었다. 우리는 함께 1시간쯤 시간을 보내고, '하나님의 은총이 없었다면 나도 저놈처럼 되었을 것……'이라고 똑같이 생각하면서 헤어지곤 했다. 나는 폴리가 내게 50파운드어치의 로스구이와 적포도주의 점심 식사를 사는 대가로 정확히 50파운드어치의 우월감을 챙긴다는 것을 인정했다.

식당 매니저에게 넥타이를 하나 빌려달라고 했더니 자주색과 다른 자주색 중 하나를 고르라며 나를 응징하고 나섰다. 아무튼 12시 45분에 나는 심슨 식당의 테이블 하나를 차지하고 앉아 있었다. 불쾌했던 오전 일을 삭이기 위해 커다란 잔에 보드카 토닉을 마시면서. 식사를 하는 많은 사람들이 미국인이었다. 양고기보다 쇠고기가 더 빨리 팔리는 이유를 알 수 있는 대목이었다. 미국 사람들은 양을 먹는다는 생각을 해본 적이 없는 것 같다. 그들은 그 발상이 어리석고 계집애 같다고 생각하는 듯하다.

폴리는 1시 정각에 도착했다. 그렇지만 난 그가 늦어서 미안하다고 사과하리라는 것을 알고 있었다.

"늦어서 미안. 거기 마시고 있는 게 뭐야? 보드칸가? 나도 같은 걸로 주세요!"

급사가 주문을 받고 떠날 때까지 폴리는 실내를 두리번거리면서 셔츠 앞으로 넥타이를 쓰다듬고, 가끔씩 턱을 쳐들면서 목을 감싸고 있는 옷깃의 압박을 완화해주었다. 머리칼은 여느 때와 마찬가지로 솜털처럼 부드러웠고 청결했다. 그는 그렇게 신경을 써줘야 배심원들에게 좋은 인상을 줄 수 있다고 말했지만 난 이미 오래 전부터 그의 머리칼 집착이 자신의 약점 때문임을 알고 있었다. 그는 육체적으로 그리 축복받았다고 할 수 없는 조건이었다. 그러나 짜리몽땅한 데다가 발육부전인 듯한 신체 조건을 보상해주고 싶으셨는지 신께서 그에게 곱고 아름다운 머리칼을 주셨고, 이제 그는 여든 살이 될 때까지 다양한 음영으로 바뀌어 갈 그 머리칼을 잘 유지 관리해야 하는 임무를 안고 있던 것이다.

"마시자고, 폴리." 나는 이렇게 말하고, 남은 보드카를 목구멍 안으로 털어 넣었다.

"좋았어. 어떻게 지내?"

폴리는 말하면서 상대방을 보지 않았다. 상대가 벽을 등지고 서 있다고 해도 그는 여전히 그 어깨 너머를 볼 것이다.

"그럭저럭. 너는?"

"그 호모 새끼를 무죄로 만들어 줬지. 별 짓을 다했다니까." 그는 머리를 절레절레 흔들었다.

그 동작과 자세는 경탄하는 자의 그것이었다. 항상 자기 능력에 도취되어 사는 남자의 그것.

"동성애 사건도 취급하는 줄은 몰랐네."

그는 웃지 않았다. 폴리는 주말에만 아주 가끔씩 웃는다.

"안 맡아. 내가 전에 말한 놈 있지? 삽으로 조카를 패 죽였다는 놈. 그놈을 무죄 방면시켰어."

"하지만 조카를 패 죽인 건 맞다면서?"

"그랬지."

"그런데 어떻게 한 거야?"

"말이 안 되는 거짓말을 했지. 뭐 먹을래?"

우리는 주문한 수프를 기다리면서 각자 하는 일의 형편을 들려주고, 들었다. 폴리가 승소한 얘기는 하나같이 지루했고, 하는 것마다 안 되는 내 일 얘기에 그는 흡족해 했다. 그는 내게 혹시 돈이 필요하냐고 물었고, 물론 난 그가 내게 돈을 꾸어줄 의사가 전혀 없다는 것을 잘 알고 있었다. 나는 그에게 지난 휴가는 어땠으며, 휴가 계획은 없는지까지 물었다. 휴가 얘기라면 폴리는 할 말이 많았다.

"단체로 지중해에서 요트를 빌리려고. 스쿠버다이빙, 윈드서핑, 그런 거 있잖아. 일류 요리사랑, 다."

"돛배야? 아니면 엔진이 달린 거?"

"당연히 돛배지."

그가 순간적으로 이맛살을 찌푸렸다. 그러자 이십 년은 더 늙어보였다.

"생각해보면, 엔진도 달려 있지 않을까? 하지만 어차피 그건 승무원들 업무잖아. 넌 휴가 계획 있어?"

"생각 안 해봤는데."

"음, 하긴 넌 매일 휴가니까. 안 그래? 따로 시간을 내서 쉬거나 할 필요가 없겠네."

"제대로 맞췄어, 폴리."

"맞는 말 아닌가? 그럼 제대 후엔 뭘 한 거야?"

"자문역이지."

"너부터 자문해야 되는 것 아니야?"

"나한테 그럴 능력이 없다고 보는군, 폴리."

"뭐, 솔직히. 그건 그렇고, 우리가 주문한 망할 수프에 도대체 무슨 일이 생겼는지 요리 담당자에게 한 번 물어나 볼까."

우리는 주위를 둘러보면서 급사를 찾았다. 바로 그때 나는 미행이 붙었음을 깨달았다.

두 놈이었다. 문 옆 테이블에 앉아서 탄산수를 마시고 있었는데, 내가 바라보자 즉시 고개를 돌렸다. 나이가 많은 사람은 솔로몬과 행색이 비슷했고, 젊은 친구도 그 방향으로 가고 있는 중이었다. 둘 다 다부져 보였고, 내가 그놈들을 달고 다녔다고 생각하니 우선은 기분이 좋았다.

수프가 나왔고, 폴리가 맛을 봤다. 그럭저럭 먹을 만하다는 판정이 이어졌다. 나는 의자를 옮겨서 폴리에게 다가갔다. 사실 그의 머리를 빌리고 싶은 생각은 애초에 없었다. 솔직히 말해 그는 이런 일에 전혀 익숙하지 않았기 때문이다. 아무튼 난 별로 잃을 게 없다는 생각에 그렇게 했다.

"울프라는 이름 들어본 적 있어, 폴리?"

"사람이야? 아니면 기업이야?"

"사람. 미국인일 거야, 아마. 사업을 하고."

"그 사람이 뭘 했는데? 음주운전? 난 이제 그런 일은 취급하지 않는다고. 뭐, 돈만 많이 준다면야 하겠지만."

"내가 알기로는 특별히 뭘 한 것 같진 않아. 난 그저 네가 그런 사람에 대해 들어본 적이 있는지 궁금해서. 게인 파커가 그 사람 회사거든."

폴리는 어깨를 으쓱하고, 빵을 찢었다.

"알아봐 줄 수는 있을 거야. 그런데 무슨 일 때문인데?"

"일거리 때문이야. 제안을 거절했는데, 그냥 궁금하기도 하고."

그는 고개를 끄덕였고, 빵을 입에 집어넣었다.

"내가 두어 달 전에 널 추천한 적은 있어."

사발을 출발해서 입으로 향하던 내 스푼이 중간에서 멈추었다. 내 인생에서 폴리가 도움의 손길을 내밀다니!

"어떤 일이었어?"

"캐나다 사람이었는데, 힘 좀 쓰는 사람을 찾더라고. 경호원 같은 거."

"그 사람 이름이 뭐였어?"

"생각이 안 나네. J로 시작했는데."

"맥클러스키?"

"야, 맥클러스키가 J로 시작하냐? 조셉이나 제이콥, 뭐 그런 거였어." 그는 이내 생각하기를 그만두었다. "연락은 받은 거야?"

"아니."

"이런! 건수 하나 올렸다고 생각했는데."

"내 이름도 알려줬어?"

"아니. 네놈 신발 사이즈만 알려줬다. 당연히 이름을 알려줬지. 그런데 일사천리로 진행된 건 또 아니야. 우리가 가끔 이용하는 사설탐정 사무소와 먼저 연결해줬거든. 경호 업무를 하는 떡대들이 거기 좀 있으니까. 그런데 그가 내켜하지 않더라고. 급이 좀 높아야 한다나. 군 출신자는 없느냐고 하더군. 생각나는 사람이 너밖에 더 있겠어. 또 앤디 힉도 있지만, 그 친구는 상업은행*에서 1년에 20만 파운드나 버는 걸."

"그렇게 해서 나한테 연락이 온 거였군. 감동이야, 폴리."

"천만에. 잘 됐구만."

"그 사람은 어떻게 만났어?"

"토피(Toffee)를 찾아왔더라고. 그래서 내가 엮인 거고."

"토피가 사람이야?"

"스펜서라고, 우리 사장. 이유는 모르겠는데, 아무튼 자기를 토피라고 부르거든. 골프랑 관련이 있는 것 같기도 하고. 티오프**인가?"

나는 잠깐 생각에 잠겼다.

"그가 무슨 일로 스펜서를 찾아왔는지는 모르고?"

"내가 모른다고 누가 그래?"

"그럼 알아?"

"아니, 몰라."

폴리가 내 뒤쪽으로 시선을 고정하고 있었다. 나도 무슨 일인가 하고 몸을 돌렸다. 문 쪽에 있던 두 남자가 서 있는 게 보였다. 늙은 놈이 매니저에게 무슨 말인가를 하고 있었고, 매니저는 우리 테이블 쪽으로 급사를 한 명 보냈다. 점심을 들던 몇몇 사람들이 이 상황을 지켜보고 있었다.

"랭 씨 되시나요?"

"내가 랭입니다만."

"선생님을 찾는 전화가 왔습니다."

나는 폴리에게 어깨를 으쓱해보였다. 그는 손가락을 빨고, 식탁보에서 빵부스러기를 털어내고 있었다.

내가 문 쪽으로 다가갔을 때 두 명의 미행자 중 젊은 친구는 이미 자리를 뜨고 없었다. 나는 늙은 놈과 눈을 마주치려고 시도했다. 하지만 그는 무명 화가의 벽화를 이리저리 훑어보고 있었다. 나는 전화를 받았다.

"대장." 전화선에서 솔로몬의 목소리가 들려왔다. "덴마크 상황이 아주 안 좋아요."***

"저런, 난감하군. 잘 돌아갔었잖아." 내가 대꾸했다.

솔로몬이 얘기를 시작했지만, 우지끈 뚝딱 하는 소리와 함께 전화선에서 오닐의 격앙된 목소리가 들려왔다.

---

* merchant bank | 기업 장기대출을 전문으로 하는 영국의 금융기관.

** tee off | 골프 용어로, 티(tee, 臺)에 공을 올려놓고 첫 타를 치는 일. 「햄릿」의 대사를 원용한 표현.

*** 「햄릿」의 대사를 원용한 표현.

"랭, 당신이요?"

"옙."

"랭, 그 여자 있잖아요. 아가씨 말입니다. 그 여자가 지금 어디 있을 것 같습니까?"

나는 웃음을 터뜨렸다.

"그걸 지금 '나한테' 묻는 겁니까?"

"그렇소. 그녀의 소재를 파악하는 데 문제가 생겼어요."

나는 여전히 벽화를 들여다보고 있는 미행자를 힐끗 보았다.

"유감이로군요, 오닐 씨. 도움을 드리지 못하게 돼서. 아시겠지만 제게는 사람들의 소재를 확인하고 미행을 시킬 9천 명의 인원과 2,000만 파운드의 예산 따위는 없으니까요. 이건 어떻습니까? 국방부의 보안 요원들을 동원할 수도 있을 듯한데요. 그들이라면 이런 일에는 도사들일 테니까요."

그러나 '국방부'라는 말을 내뱉을 즈음 그는 이미 전화를 끊어버렸다.

나는 폴리에게 밥값을 내게 하고는 홀랜드 파크행 버스에 올라탔다. 오닐의 패거리가 내 아파트를 얼마나 난장판으로 만들었는지 확인해야 했다. 『구약』에 나오는 이름들을 갖고 있는 캐나다의 무기 거래상들한테서 또 다른 접선 시도가 있었는지도 알아봐야 했고.

솔로몬의 부하들도 나를 좇아 버스에 올랐다. 그러더니 처음 런던 나들이에 나선 것 마냥 창밖을 뚫어져라 바라보았다.

노팅힐에 도착했을 때 나는 그들에게 가까이 다가갔다.

"이제 내리셔야 할 것 같은데요." 내가 말했다. "다음 정류장에서 뛰어오려면 힘드실 테니까요."

늙은 놈은 시선을 피했지만 젊은 녀석은 이를 드러내고 싱긋 웃었다. 결국 우리는 다 함께 버스에서 내렸다. 그들이 길 건너편에서 죽치고 있는 동안 나는 아파트로 들어갔다.

내 보금자리가 영장도 없이 수색 당했다는 것을 알 수 있었다. 솔직히 그들이 침대보를 갈고 진공청소기를 돌려줬을 것이라고는 기대하지 않았다. 하지만 눈앞에 펼쳐진 꼬락서니보다는 상태가 더 나을 것이라고 예상했다. 제 자리에 놓인 가구가 하나도 없었다. 몇 개 가지고 있던 그림은 뿔뿔이 흩어져 있었고, 책꽂이의 책들도 딱할 정도로 나동그라신 상태였다. 심지어는 음향기기의 CD마서 바꿔 끼워놓았나. 아파트 수색 중에는 롱헤어 교수*의 음반이 더 낫다고 생각한 모양이었다.

나는 물건들을 제자리로 돌려놓는 수고 따위는 하지 않았다. 대신 주방으로 걸어갔고, 주전자를 가볍게 두드리면서 큰소리로 말했다.

"차 드실래요, 커피 드실래요?"

침실에서 희미하게 옷 스치는 소리가 났다.

"아니면 콜라가 좋으신가?"

주전자의 온도가 올라가면서 보글거리는 소리가 나는 중에도 나는 내 등 뒤에서 나는 발소리를 들을 수 있었다. 나는 분쇄한 커피 가루를 찻잔에 넣고, 몸을 돌렸다.

---

* Henry Roeland Byrd(일명 Professor Longhair, 1918~1980) | 미국 뉴올리언스의 전설적인 뮤지션으로 독특한 피아노 주법으로 유명하다. '로큰롤의 바흐'로 불리며, 뉴올리언스의 리듬앤블루스 사운드 형성에 크게 기여했다.

이번에는 비단 소재의 가운이 아니었다. 새라 울프는 물 빠진 청바지와 면 소재의 암회색 터틀넥 셔츠를 입고 있었다. 머리는 느슨하게 뒤로 묶어 올렸는데, 여자들에 따라서는 5초면 되는 사람도 있고, 5일씩 걸리는 사람도 있는 걸로 나는 안다. 그녀는 셔츠 색깔과 꼭 어울리는 액세서리를 오른손에 들고 있었다. 발터 TPH 22구경 자동 권총이었다.

TPH는 앙증맞고 귀여운 물건이다. 가스 역류 방식으로 작동하고, 여섯 발들이 상자형 탄창을 쓰며, 71밀리 총열이 채택된 총이렸다. 이 권총은 총으로서는 완전 실격의 무용지물이기도 했다. 첫 발에 상대방의 심장이나 머리를 확실히 맞출 수 없으면 표적으로 삼은 사람의 화만 돋울 뿐이기 때문이다. 대부분의 사람들에게는 차라리 냉동고에서 꺼낸 고등어가 무기로선 더 나은 선택일 것이다.

"핀첨 씨." 그녀가 입을 열었다. "난 줄 어떻게 알았죠?"

목소리와 표정이 딱 일치했다.

"플뢰르 드 플뢰르." 내가 말했다. "지난번 크리스마스 때 파출부 아줌마에게 드렸는데 사용하지 않더군요. 당신일 수밖에 없는 거죠."

그녀는 아파트 내부를 둘러보면서 말도 안 된다는 표정으로 눈썹을 치켜 올렸다.

"당신이 파출부 아줌마를 부린다고요?"

"아, 알아요. 우리 아줌마의 행운을 좀 빌어주세요. 계속해서 건강 상태가 안 좋으시거든요. 관절염이 있답니다. 아줌마는 무릎 아래와 어깨 위로는 아무것도 청소하지 못하세요. 나는 더러운 것들을 전부 허리 높이에 맞춰놓아야 한답니다. 하지만 가끔씩은……."

나는 미소를 지었다. 하지만 그녀는 미소를 지어 답하기를 거부했다.

"그건 그렇고 여기는 어떻게 들어온 겁니까?" 내가 물었다.

"안 닫혀 있었어요."

나는 넌더리가 났고, 고개를 가로저었다.

"이런 젠장할 놈들, 헌병대에 고발해야겠어."

"뭐라고요?"

"영국 보안부대원들이 오늘 아침 이곳을 수색했거든요. 납세자들의 세금으로 훈련받은 놈들인데도 일을 마치고 성가시다고 문을 잠그지 않았네요. 당신이라면 이런 종류의 일처리를 뭐라고 부르겠습니까? 다이어트 콜라뿐인데, 괜찮아요?"

그녀가 손에 쥐고 있는 총은 여전히 나를 지향하고 있었다. 그러나 그녀는 냉장고까지 나를 따라오지는 않았다.

"그 사람들이 뭘 찾고 있었던 거죠?"

그녀는 이제 창밖을 내다보고 있었다. 정말이지 그녀는 지옥 같은 아침을 보낸 것처럼 보였다.

"전혀 모르겠어요. 옷장 맨 아래에 싸구려 셔츠가 있는데. 어쩌면 그게 법을 위반한 것인지도 모르지요."

"총 나왔죠?"

그녀는 여전히 나를 보지 않고 있었다. 주전자에서 딸깍거리는 소리가 났고, 나는 커피 잔에 뜨거운 물을 부었다.

"예, 그렇답니다."

"당신이 내 아버지를 죽이는 데 쓰려던 총이겠군요."

나는 몸을 돌리지 않았고, 계속해서 마실 커피를 만들었다.

"그런 총 따위는 없어요. 그들이 발견한 총은 누군가 다른 사람이

갖다놓은 겁니다. 내가 당신 아버지를 살해하는 데 그 총을 쓰려 한 것
처럼 비치도록요."

"음, 그거 말 되네요."

그녀는 이제야 나를 똑바로 쳐다보았다. 그건 발터 TPH 22구경도
마찬가지였다. 그러나 난 언제나 내 태연자약한 태도에 자부심을 가져
왔다. 나는 계속해서 커피 잔에 우유를 붓고는, 담배에 불을 붙였다.
나의 이런 태도에 그녀가 화를 냈다.

"당신 정말로 개자식이로군요."

"내게 그런 말을 할 수는 없지요. 우리 엄만 그래도 날 사랑한다고
요."

"그러시다? 당신에게 총을 쏘지 말아야 할 이유가 그건가요?"

영국 국방부가 도청을 하고 있을 수도 있었기 때문에 난 내심 그녀
가 총이나 총질 같은 얘기를 하지 않기를 바랐다. 그러나 그녀가 그 얘
기를 꺼냈으니 마다할 도리도 없었다.

"당신이 그 지랄 같은 총을 쏘기 전에 내가 한 마디 해도 될까요?"

"해보세요."

"내가 당신 아버지를 죽이기 위해 총을 쓸 생각이었다면 어젯밤 당
신 집에 갔을 때 내가 왜 총을 안 갖고 갔을까요?"

"가지고 있었겠지."

나는 잠시 뜸을 들이면서 커피를 한 모금 홀짝였다.

"좋은 답변입니다. 좋아요. 어젯밤 내가 총을 가지고 있었다면 왜
레이너에게 사용하지 않았을까요? 그놈이 내 팔을 비트는데도."

"아마 사용하려고 했겠지요. 당신이 총을 쓰려고 하니까 그가 당신
팔을 비튼 거고요."

이 여자는 나를 나가떨어지게 만들고 있었다.

"다시 한 번 훌륭한 답변을 하셨군요. 좋아요, 그럼 말해보세요. 그들이 여기서 총을 발견했다는 얘기는 누구한테 들은 겁니까?"

"경찰이요."

"그럴 리 없습니다. 자기들이 경찰이라고 말했을지도 모르지만 그들은 경찰이 아니에요."

나는 그녀에게 달려들 생각을 하고 있었다. 아니 어쩌면 먼저 커피물을 뿌려야 했다. 하지만 지금은 그게 요점이 아니었다. 그녀 어깨 너머로 솔로몬의 부하 두 명이 살금살금 거실로 들어오는 게 보였던 것이다. 늙은 놈은 두 손으로 대형 리볼버 권총을 빼어들고 있었고, 젊은 놈은 실실 웃고 있었다. 나는 정의가 실현되도록 가만히 있기로 했다.

"누가 알려줬는지는 중요하지 않아요." 새라가 말했다.

"하지만 내 생각에는 아주 중요한 것 같거든요. 판매원이 세탁기의 품질을 설명하면, 그건 당연하죠. 하지만 캔터베리 대주교가 세탁기의 품질을 보증하고 나서면 어떻겠어요? 물 온도가 낮아도 때가 잘 빠진다고 외판원처럼 말하는 거예요. 그건 다른 문제인 거죠."

"당신 지금 무슨……."

그녀는 두 사람이 1미터 이내로 접근하고서야 비로소 낌새를 알아챘다. 그녀가 몸을 돌리자 젊은 놈이 손목을 잡았고, 능숙한 솜씨로 총구를 안전한 쪽으로 제압했다. 그녀는 짧게 비명을 질렀고, 손에서 총을 놓쳤다.

나는 재빨리 총을 낚아채 늙은 놈에게 넘겼다. 세상 사람들이 알아주기만 한다면야 나도 내가 얼마나 착한 사람인지 기꺼이 보여주고 싶었던 것이다.

오닐과 솔로몬이 당도했을 즈음 새라와 나는 편한 자세로 소파에 붙들려 있었다. 미행하던 두 명은 문 옆에 도열했고, 우리는 별다른 얘기를 하지 않았다. 오닐이 아파트 여기저기를 부산하게 움직이자 별안간 아주 많은 사람들이 북적거리는 모양새가 되고 말았다. 나는 잠깐 나가서 과자라도 좀 사오겠다고 말했다. 그러나 오닐은 단호했다. '서방세계의 안전이 자신의 어깨에 달렸다'는 그의 표정은 사뭇 진지했다. 우리 모두는 잠자코 그의 손만 바라보았다.

오닐은 부하들과 몇 마디 대화를 주고받았다. 나를 미행했던 자들이 조용히 방을 빠져나가자 오닐은 방안을 이리저리 왔다 갔다 하면서 입술을 비죽거렸다. 그는 분명 무언가를 기다리고 있었는데, 그 무언가는 방안에 있지도 않았고, 출입문으로 들어오는 것도 아닌 게 분명했다. 나는 자리에서 일어나 전화기가 있는 곳으로 걸어갔다. 그때 마침 전화벨이 울렸다. 아주 가끔씩 그런 일이 일어나는 법이다.

나는 수화기를 들었다.

"그레쥬에이트 연구." 귀에 거슬리는 미국 억양이 들렸다.

"누구십니까?"

"거기 오닐인가?"

목소리에는 어느새 분노가 배어 있었다. 설탕 컵을 달라고 부탁할 만한 사람은 아니었다.

"아닙니다. 하지만 여기 계시네요. 누구라고 전해드릴까요?"

"당장 바꾸기나 하시오!"

고개를 돌리자 오닐이 성큼 다가오고 있었다. 그가 손을 뻗었다.

"가서 예의범절이란 걸 배우고 오세요." 나는 이 말을 남기고 전화를 끊어버렸다.

잠깐 동안의 침묵. 그러고 나서 아주 많은 일이 일어난 것 같았다. 솔로몬은 날 다시 소파 쪽으로 데려갔다. 그렇게 거칠게는 아니었지만 그렇다고 뭐 대단히 친절한 것도 아니었다. 오닐은 부하들에게 고함을 쳤고, 부하들은 서로 삿대질을 했다. 그러고 있던 차에 다시 전화벨이 울렸다.

오닐이 수화기를 들었고, 그는 전화선을 비비 꼬기 시작했다. 그의 모습은 방금 전의 능숙한 침착함과는 상당한 거리가 있었다. 오닐의 머릿속은 전화선 건너편의 난폭한 미국인 말고도 신경 쓸 게 많은 듯 했다.

솔로몬은 나를 새라 옆으로 떼밀어 앉혔다. 이에 새라가 싫다는 듯 몸을 움츠렸다. 자기 집에서 이렇게 많은 사람들한테 미움을 받는 것도 참 대단한 일이다.

오닐은 고개를 끄덕였고, 1분가량 예, 예, 하는 소리를 연발했다. 그러더니 조심스럽게 수화기를 내려놓고, 새라를 바라보았다.

"울프 양." 그는 최대한 정중하게 새라의 이름을 불렀다. "당신은 최대한 빨리 미국 대사관의 러셀 반스 씨를 찾아가도록 하십시오. 여기 있는 신사들 중 한 명이 당신을 모시도록 하겠습니다."

오닐은 시선을 돌렸다. 그녀가 냉큼 자리에서 일어나 사라져주기를 바라는 듯했다. 그러나 새라는 꼼짝 앉고 자리를 지켰다.

"전봇대로 이빨 쑤시는 소리 하지 마세요." 그녀가 말했다.

나는 웃음을 터뜨렸다.

공교롭게도 웃는 게 나뿐이었다. 오닐이 점점 더 익숙해지는 표정으로 날 쏘아보았다. 그러나 새라는 여전히 그를 노려보고 있었다.

"난 이 남자와 관련해서 무슨 일이 벌어지고 있는지 알아야겠어요."
그녀가 말했다.

그녀는 턱으로 나를 지목했다. 이제 그만 웃는 게 상책일 것 같
았다.

"랭 씨 문제는 우리 소관입니다, 울프 양." 오닐이 말했다. "당신은
귀하의 나라의 국무부에 문의하면 되고요. 그리고……."

"당신들 경찰이 아니군요? 그렇죠?" 그녀가 말했다.

오닐의 표정은 어색했다.

"맞습니다. 우리는 경찰이 아닙니다." 그의 태도는 조심스러
웠다.

"그렇다면 난 경찰을 부르겠어요. 이 사람을 살인미수로 체포해야
해요. 우리 아버지를 살해하려고 했으니까요. 내가 아는 바에 따르면
이 사람은 다시 살해를 시도할 거라고요."

오닐은 새라를 바라보았고, 이어 나와 솔로몬을 바라보았다. 그는
우리 중 한 명한테서 도움을 기대하는 눈치였다. 하지만 생각해보면
그는 아무 도움도 받지 못한 것 같다.

"울프 양. 난 당신에게 상황을 전달하라는 권한을 부여 받았습니
다……."

그가 말을 중단했다. 자신이 정말로 위임을 받았는지 기억이 안 나
는 것 같기도 했고, 위임을 받았을지언정 권한을 부여한 사람이 정말
그러라고 했는지 자신도 헷갈리는 눈치였다. 그의 콧등에 잠깐 주름이
잡혔다. 아무튼 그는 밀어붙이기로 작정한 게 분명했다.

"나는 귀하의 아버지가 현 시점에서 미 정부 기관의 수사 대상임
을 당신에게 알려드립니다. 내가 소속된 영국 국방부가 이를 돕고

있고요."

마루가 울리는 듯했다. 우리는 모두 제 자리에 얼어붙은 듯 앉아 있었다. 오닐이 내게 시선을 돌렸다.

"우리가 랭 씨를 기소하는 문제나, 당신 아버지가 그간 해온 활동과 관련해서 어떤 조치를 취할지는 합동 수사본부에서 신중하게 판단해서 결정할 것입니다."

나는 사람의 얼굴 표정을 잘 읽는 사람이 아니다. 그런 나조차도 이 모든 게 새라에게 커다란 충격으로 받아들여지고 있음을 알 수 있었다. 그녀의 얼굴이 창백해졌다.

"뭘 했다는 거죠?" 그녀가 물었다. "뭘 조사하는 거예요?" 그녀의 목소리에는 긴장의 기색이 역력했다.

오닐은 마음이 편치 못하다는 표정을 지었다. 그는 그녀가 울어 버릴까 봐 난감해 하고 있었다.

"우리는 당신 아버지를 의심하고 있습니다." 그가 드디어 입을 열었다. "A등급으로 분류된 금지 물품을 유럽과 북미로 밀수한 혐의가 있어요."

방안은 일순간 조용해졌다. 모두가 새라를 쳐다보았다.

오닐이 헛기침을 했다.

"당신 아버지는 마약을 밀매하고 있습니다, 울프 양."

이번에는 새라가 웃음을 터뜨리고 말았다.

4

풀밭에 뱀 한 마리가 숨어 있었다.

베르길리우스

모든 좋은 일에도, 그리고 모든 나쁜 일에도 끝은 있는 법이다. 솔로몬의 판박이들은 새라를 로버에 태우고 그로브너 스퀘어로 떠났다. 오닐은 택시를 불렀지만, 도착하는 데 엄청 시간이 걸렸고, 그는 그동안 내 아파트의 물건들을 비웃었다. 진짜 솔로몬은 남아서 찻잔을 씻었고, 그러더니 내게 함께 나가서 영양 만점의 따뜻한 맥주를 마시자고 제안했다.

시간은 겨우 5시 30분. 그러나 술집은 이미 엉터리 콧수염에 양복을 입은 젊은이들로 신음하고 있었다. 그들은 아주 큰소리로 떠들어댔다. 세상만사가 힘겹게 그들의 불평을 들어주고 있었다. 우리는 스완 위드 투 넥스*라는 펍에서 남은 테이블을 하나 겨우 발견했다. 솔로몬은 없는 돈을 주머니에서 뒤지는 척하며 원맨쇼를 벌였다. 나는 술값을 좀 내라고 말했다. 그러자 그는 내게 3만 파운드에서 좀 쓰라고 받아쳤다. 우리는 동전 던지기를 했고, 나는 지고 말았다.

"고마워요, 대장."

"자, 마시자고, 데이비드."

우리 두 사람은 쭉 들이켰다. 나는 담배에 불을 붙였다.

나는 솔로몬이 지난 24시간 동안의 사건들에 관한 얘기로 말문을 열어줄 것을 기대했다. 그러나 그는 옆자리의 부동산 중개업자들이 주고받는 자동차 경보 시스템 얘기를 멍하니 앉아 들으면서 즐거워했다. 술집에 온 게 내가 가자고 해서 온 것으로 생각될 정도였다. 나는 애초에 그러고 싶은 생각도 없었다.

"데이비드."

"예, 선배."

"이거 그냥 노는 건가?"

"노는 거라니요?"

"자네는 날 데리고 나가라고 지시 받았지, 그렇지? 등을 두드리며 나를 격려하고, 취하게 만들어서 내가 마거릿 공주**와 자는지 알아내라고 요구받은 거지?"

함부로 왕가 얘기를 들먹이자 솔로몬이 화를 냈다. 사실 내가 그 얘기를 꺼낸 건 솔로몬을 자극하기 위해서였다.

"바짝 붙어 있으라는 지시는 받았죠." 그가 결국 인정했다. "우리가 한 테이블에 앉아 있는 것도 재미있을 것 같다고 생각했어요. 그게 답니다."

그는 그걸로 나의 질문에 답했다고 생각하는 듯했다.

---

*Swan With Two Necks('머리 둘 달린 백조') | 런던의 유명한 펍.

**엘리자베스 여왕의 막내 동생.

"그래서 형편은 어떤가?"

"어떻다니요?"

"데이비드. 그냥 거기 앉아서 눈을 크게 뜨고 내가 하는 말을 시시콜콜 되풀이하면 저녁이 꽤나 지루할 텐데."

잠시 침묵이 흐른 후.

"꽤나 지루한 저녁이요?"

"입 다물게, 데이비드. 자네는 날 잘 알잖아."

"물론 제게는 그런 특권이 있지요."

"나는 여러 가지가 될 수 있지만 절대 될 수 없는 것 한 가지가 바로 암살자야."

그는 맥주를 쭉 들이켜고서 입맛을 다셨다.

"이런 일을 오래 겪어본 나로서는 말이죠. 암살자가 될 때까지는 그 누구도 절대로 암살자가 아니라는 사실이죠."

나는 잠시 그를 바라보았다.

"맹세하지, 데이비드."

"좋으실 대로요, 선배."

"그게 대체 무슨 말이지?"

부동산 중개업자들은 이제 여자 가슴 얘기를 하고 있었다. 그리고 그 화제에서는 단연코 우스갯소리가 더 나왔다. 그 작자들 얘기를 듣고 있자니 내가 한 140살은 먹은 것 같았다.

"개 주인과 같아요." 솔로몬이 말했다. "그들은 '내 개는 절대로 물지 않는다'고 말하죠. 하지만 어느 순간 이렇게 말하는 스스로를 발견하게 되잖아요. '이 녀석이 한 번도 그런 적이 없었는데.'"

그는 나를 바라보았고, 나는 눈살을 찌푸렸다.

"그러니까 제 말은, 열 길 물속은 알아도 한 길 사람 속은 모른다는 겁니다. 사람이든 개든요. '아무도' 몰라요."

나는 맥주잔을 테이블에 쾅 하고 내려놓았다.

"열 길 물속은 알아도 한 길 사람 속은 모른다? 그 말 참 의미심장하군. 그러니까 자네 말은, 우리가 2년씩이나 서로의 주머니에 의존해서 살았으면서도 내가 돈 받고 사람을 죽일 사람인지 아닌지 모르겠다는 거로군?"

내가 그 말에 기분이 상했음을 인정해야겠다. 사실 나는 대체로 실망하거나 화를 내는 부류의 사람이 아니다.

"난 어떨 거 같아요?" 솔로몬이 물었다. 그의 입에는 유쾌한 미소가 머물고 있었다.

"자네가 돈을 받고 사람을 죽일 수 있는지 생각하느냐는 거지? 아닐세. 난 자네를 그런 사람으로 보지 않아."

"제가 그렇지 않을 거라고 자신하세요?"

"아무렴."

"그렇게 생각하신다면 선배는 바보예요. 나는 남자 한 명과 여자 두 명을 이미 죽였는걸요."

그 사실은 알고 있었다. 그 일이 얼마나 버거운 짐이 되어 그를 압박하는지도 잘 알고 있었다.

"하지만 돈 때문이 아니었지. 그건 암살이 아니잖아." 내가 대꾸했다.

"저는 한낱 공무원이에요, 선배. 정부는 내게 연금을 줍니다. 선배가 어떻게 보시든, 사실 저도 여러 모로 생각해봤는데, 그 세 사람이 죽었기에 제가 먹고 사는 거예요. 한 잔 더 하시겠어요?"

내가 무슨 말을 꺼내기도 전에 그는 내 맥주잔을 집어 들고 카운터로 향했다.

부동산 중개업자들의 인파를 헤치고 나아가는 그의 뒷모습을 지켜보았다. 솔로몬과 벨파스트에서 함께 했던 카우보이 인디언 게임이 떠올랐다.

대체로 참혹한 시절이었지만 가끔은 즐거운 날도 있었다.

때는 1986년. 솔로몬은 런던시 경찰국 특수 부대에서 다른 대원 십여 명과 함께 선발 특파되었다. 잠시나마 기진맥진한 상태에 놓였던 왕립 얼스터 경찰대를 지원하기 위해서였다. 함께 온 무리 중에서 유독 솔로몬만 비행기를 타고 날아올 자격을 지녔음이 곧 드러났다. 런던으로 돌아갈 때가 되자 기분 맞추기가 유독 까다로운 얼스터 대원들마저 그에게 충성파 준(準)군사 조직에 계속 남아달라고 부탁할 정도였다. 그는 그들의 요청을 받아들였다.

800미터쯤 떨어진 곳에 프리덤 여행사 건물이 있었고, 나는 그곳 위층의 방 두세 개를 들락거리며 예정된 8년의 군복무 중 마지막 한 해를 때우고 있었다. GR24라는 그럴싸한 명칭의 군 정보부대 소속이었는데, 당시 북아일랜드에는 이런 일을 하는 부대가 많았다. 아마 아직도 그러고 있을 것이다. 나와 함께 복무한 장교들은 거의 대부분 이튼교 동문들이었는데, 그들은 사무실에서 넥타이를 착용했고, 주말에는 스코틀랜드로 날아가 뇌조를 사냥했다. 나는 솔로몬과 점점 더 많은 시간을 보냈고, 그 활동의 대부분은 히터가 작동하지 않는 차 안에서 죽치고 있는 일이었다.

물론 가끔씩 차 밖으로 나와 쓸 만한 일을 하기도 했다. 9개월 후 우리는 단짝이 되었다. 나는 솔로몬이 용감하고 비상한 일을 여러 차례 해내는 걸 보았다. 그는 세 사람의 목숨을 앗았지만 나를 포함해 수십 명의 목숨을 구했다.

부동산 중개업자들이 솔로몬의 갈색 우비를 보고 낄낄댔다.

"울프는 악당입니다." 솔로몬이 말했다.

우리는 세 잔째였다. 솔로몬은 우비의 맨 위 단추를 끄르고 있었다. 나도 우비가 있었다면 똑같이 했을 것이다. 술집은 이제 한산했다. 사람들은 마누라가 있는 집으로 돌아갔거나 영화관이라도 찾은 모양이었다. 나는 한 개비 남은 담배에 불을 붙였다.

"마약 때문인가?"

"그렇죠."

"다른 건?"

"다른 게 있어야 하나요?"

나는 솔로몬을 물끄러미 바라보았다.

"그럼, 그래야지. 마약 수사반이 이 문제를 다루고 있지 않으니 틀림없이 뭔가 다른 게 있는 거야. 울프는 자네 패거리와 무슨 관계가 있는 거지? 아니면 단지 별로 할 일이 없어서 자네들이 맡고 있나?"

"분명히 해두겠는데 저는 한 마디도 하지 않았습니다."

"그거야 당연한 거고."

솔로몬은 주저했다. 내게 털어놓을 얘기를 심사숙고했건만, 그중 일부가 조금은 심각하다고 생각하는 게 분명했다.

"엄청난 부자 사업가가 이 나라에 투자를 하고 싶다고 얘기를 해요. 통상산업부가 그에게 백포도주와 그럴듯한 브로슈어를 제공하면 그는 일에 착수하겠죠. 그는 자기가 각종 금속 및 플라스틱 제품을 생산할 거고, 스코틀랜드와 잉글랜드 북동부에 공장을 대여섯 개 정도 건설하고 싶은데 가능한지를 묻습니다. 상공회의소 사람들은 흥분한 나머지 정신을 못 차리고 그에게 2억 파운드의 보조금과 첼시 지역 거주민 주차 허가증을 준단 말이죠. 어느 게 더 비싼 건지는 나도 잘 모르겠고요."

솔로몬은 맥주를 한 모금 마시고, 손등으로 입을 닦았다. 그는 화가 나 있었다.

"시간이 흐릅니다. 수표는 현금화되고, 공장은 지어져요. 그런데 화이트홀*에 전화벨이 울립니다. 워싱턴 DC에서 걸려온 국제 전화예요. 플라스틱 제품을 만드는 부자 사업가가 아시아에서 아편을 대량으로 밀수하고 있다는 사실을 우리가 알았을까요? 맙소사! 우리는 그 사실을 몰랐어요. 알려줘서 고마운 거죠. 아내와 자식을 사랑하는 우리는 공포에 휩싸이는 거고요. 부자 사업가는 지금 우리 돈을 왕창 깔고 앉아 있을 뿐만 아니라 우리나라 시민 3천 명을 고용하고 있다고요."

말을 여기까지 하고나자 솔로몬은 힘이 다 빠진 듯했다. 자신의 분노를 통제하려면 엄청난 에너지가 필요한 듯했다. 하지만 난 기다릴 수 없었다.

"그래서?"

"그래서 얼간이들로 위원회가 하나 구성되고, 가능한 조치들을 취하기로 하죠. 그 목록에는 아무것도 안 한다, 아무것도 안 한다, 아무것도 안 한다, 999에 전화한다, 그리고 별 볼일 없는 경찰을 부른다가 포함되어 있죠. 그들이 확신하는 건 마지막 시나리오가 마음에 들지 않는다는 것뿐이에요."

"그래서 오닐이……?"

"그래서 오닐이 그 일을 맡게 된 거죠. 감시, 견제, 수습책. 당신 원하는 대로 망할 이름을 한 번 붙여 보세요."

솔로몬에게는 '망할'이 강경한 단어였다.

"물론 이건 알렉산더 울프하고는 아무 상관도 없는 겁니다."

"물론 당연히 그렇겠지." 나는 맞장구를 쳐주었다. "그런데 지금 울프는 어디 있는 거야?"

솔로몬이 자기 시계를 힐끗 보았다.

"지금쯤이면 워싱턴발 런던행 영국 항공 747편 좌석 6C에 앉아 있겠군요. 그가 뭘 좀 아는 사람이면 기내식으로 비프 웰링턴**을 선택하겠죠. 생선을 좋아할지도 모르지만 그것까지야 내가……."

"그럼 영화는?"

"「당신이 잠든 사이에」."

"대단하군."

"대가는 디테일에 강한 법이죠, 대장. 직업이 안 좋다고 대충 해서는 안 되죠."

우리는 좀 더 편안한 상태에서 조용히 맥주를 홀짝였다. 하지만 난 그에게 묻지 않을 수 없었다.

"그런데 말이야, 데이비드."

"말씀하세요, 대장."

---

* Whitehall | 각 부처와 공공기관이 밀집한 런던 웨스트민스터 가. 영국 정부를 가리킴.

* * Beef Wellington | 소 등심에 푸아그라 퍼티를 발라 파이 옷에 싸서 구운 요리.

"내가 이 모든 사태에 어디서부터 엮이게 됐는지 설명해주겠나?"

그는 처음으로 '자기도 모르겠다'는 표정으로 날 물끄러미 바라보았다. 해서 내가 말을 보탰다.

"그러니까 내 말은, 울프가 죽기를 원하는 사람이 누구지? 나를 킬러처럼 보이도록 하려는 이유가 뭘까?"

솔로몬이 잔을 비웠다.

"그 이유는 모르겠고." 그가 대꾸했다. "누구의 문제로 말할 것 같으면 우리는 CIA라고 생각해요."

나는 밤에 잠을 못 이루고 계속 뒤척였다. 두 번이나 자리에서 일어나 세금을 절약해준다는 구술 녹음기에 대고 사태의 전개 상황을 바보처럼 독백으로 읊어댈 정도였다. 나는 일이 전개되는 형국에 골치가 아팠고, 겁도 났다. 그런데도 새라 울프가 계속해서 머릿속에 떠올라 떠나지를 않았다.

난 그녀를 사랑하지 않았다. 내가 어찌 그럴 수 있겠는가? 그녀와 함께 한 시간은 두세 시간에 불과했다. 1분 1초도 긴장을 풀고 편안하게 보낸 적은 없었다. 난 절대로 그녀와 사랑에 빠지지 않았다. 날 홀딱 반하게 하려면 밝은 회색 눈동자와 암갈색의 풍성한 머릿결 이상이 필요한데.

이런 맙소사! 제발!

• • •

다음날 아침 9시에 나는 개릭 클럽 넥타이를 매고, 언더버튼 블레이저를 걸쳤다. 이어 9시 30분에는 스위스 코티지에 있는 내셔널 웨스트민스터 은행을 찾았다. 무슨 뚜렷한 행동 계획 같은 건 없었다. 그러나 내 계좌에 들어왔다는 돈이 비록 내 것은 아니라 해도 십 년 만에 처음으로 나와 거래하는 은행의 지점장을 대면하면 사기 진작에 도움이 되리라고 여겼다.

나는 지점장의 집무실 밖에 딸린 대기실로 안내를 받았다. 싸구려 커피가 플라스틱 컵에 담겨 나왔다. 막 받아 들었을 때는 너무 뜨거워서 마실 수 없을 지경이었는데, 순식간에 차가워지는 마술 같은 상황에는 놀라지 않을 수 없었다. 고무나무 화분에 커피를 버리려는데, 밝은 적갈색 머리에 아홉 살쯤 되어 보이는 소년이 문 밖으로 머리를 삐죽 내밀고는 나를 불러들였다. 그는 자신이 지점장 그레이엄 홀커스턴이라고 소개했다.

"무엇을 도와드릴까요, 랭 씨?" 그는 밝은 적갈색이 도는 책상에 앉으면서 이렇게 말했다.

나는 거만한 사업가처럼 거드름을 피우면서 그의 맞은편 의자에 자리를 잡고 앉아 넥타이를 어루만졌다.

"네, 홀커스턴 씨. 최근에 내 계좌로 이체된 돈의 액수가 궁금해서요."

그는 책상 위에 놓인 컴퓨터 출력 정보를 힐끗 보았다.

"4월 7일에 송금된 걸 말씀하시는 거죠?"

"4월 7일이요." 난 조심스럽게 되풀이 말했다. 내가 그 달에 받은 다른 돈 3만 파운드와 헷갈리지 말아야 했다. "예. 그게 맞는 것 같군요."

지점장은 고개를 끄덕였다.

"2만 9,411파운드 76펜스입니다. 돈을 이체하시게요? 고수익 상품이 아주 많습니다. 선생님 마음에 드실 겁니다."

"내 마음에요?"

"예. 입출금이 자유롭고, 이자율도 높고, 60일마다 배당금이 나오죠. 선생님 마음에 드실 겁니다."

사람이 직접 그런 말을 하는 걸 들으니 좀 이상했다. 이제껏 살아오면서 난 광고판에서나 그런 말들을 보았을 뿐이었는데.

"좋습니다, 좋아요." 내가 말했다. "홀커스턴 씨, 그 돈은 당분간 문에 제대로 된 자물쇠가 달린 방에 보관해주시면 됩니다." 그가 멍청하게 나를 쳐다보았다. "사실 궁금한 건 그 돈을 누가 내게 보냈는가예요." 그의 얼굴이 멍한 표정에서 멍 때리는 표정으로 바뀌었다. "내게 그 돈을 보낸 사람이 누구죠?"

자발적 기부는 은행 업무상 흔한 일이 아니다. 홀커스턴이 멍 때리는 표정에서 다시 미끈하고 멋진 지점장으로 돌아오는 데는 시간이 좀 더 필요했다. 곧이어 서류 뒤적이는 소리가 들려왔다.

"이체는 현금으로 이루어졌습니다." 그가 말했다. "그래서 정확히 누가 송금을 했는지는 알 수 없군요. 잠시 기다려 주시면 입금표 사본을 가져다 드리겠습니다." 그는 인터폰 버튼을 눌렀고, 뭐든 해결해주는 지니 같은 비서를 호출했다. 비서는 당연히 서류철을 가져왔다. 홀커스턴이 서류철을 살펴보는 동안 나는 그의 지니가 온갖 화장품으로 얼굴을 떡칠하고도 어떻게 머리를 똑바로 들고 서 있을 수 있는지 궁금했다. 화장을 지우면 꽤 예쁠지도 몰랐다. 어쩌면 더크 보가드*가 튀어 나왔을지도. 물론 알 길은 없다.

"여기 있습니다." 홀커스턴이 말했다. "입금자 이름은 없지만 서명은 있네요. 오퍼(Offer), 아니 오피(Offee)인가? 아, 티 오피(T. Offee)

로군요."

　폴리의 사무실은 미들 템플에 있었다. 미들 템플이 플리트 스트리트 근처에 있다고 그가 얘기했던 게 생각났다. 나는 검정색 택시를 잡아 타고 그곳으로 갔다. 웬만해서 택시는 잘 안 타지만 은행에 있는 동안 청부살인 착수금에서 몇 백 파운드쯤은 비용으로 써도 큰 문제가 없겠다고 생각했다.

　폴리는 뺑소니 사건으로 법정에 가고 없었다. 인간 브레이크 패드가 되어 정의의 바퀴를 제어하는 자신의 직분을 성실히 수행하고 있으리라. 해서 내가 밀턴 크롤리 스펜서 법률 사무소로 들어갈 연고가 일절 없어지고 말았다. 나는 내 '문제'가 무엇인지 묻는 질문서를 작성해 접수계에 제출해야만 했다. 접수를 마쳤을 즈음에는 성병 클리닉을 찾았을 때보다 기분이 더 나빴다.

　성병 클리닉을 자주 찾는 것은 아니지만 말이다.

　예비로 실시되는 자산 조사에 통과한 나는 대기실로 안내되어 하염없이 기다리기 시작했다. 대기실엔 「익스프레션스」(Expressions) 기간 호가 즐비했다. 이 잡지는 아메리칸 익스프레스 카드 소지자들을 대상으로 한 정간물이다. 거기 앉아서 잡지를 뒤적였다. 기사는 저민 스트리트의 맞춤 바지 재단사들, 노샘프턴의 양말 짜는 사람들, 파나마 모자(帽子) 풀 재배농, 케리 패커**가 올해 스미스 론에서 열리는 뵈브 클리코배(盃) 폴로 대회에서 우승할 확률 따위 등이었다.

* Dirk Bogarde(1921~1999) | 영국의 미남 배우.
** Kerry Packer(1937~2005) | 호주의 언론 재벌.

나는 뉴스 이면에서 벌어지는 중요한 얘기들에 정통한 사람이었고, 이 정도는 읽어줘야 했다. 바로 그때, 내게 질문서를 작성케 하면서 이 것저것 캐물었던 사무원이 들어왔다. 그가 뻔뻔스럽게 눈썹을 치켜 올리며 나를 바라보았다.

나는 그를 따라 오크 목으로 벽을 두른 커다란 방으로 들어갔다. 세 면의 벽은 '여왕 VS(對) 나머지 세상 사람들'의 사건 서류가 서가 빽빽이 차 있었고, 네 번째 벽에는 원목으로 된 서류함 캐비닛이 일렬로 늘 어서 있었다. 책상 위에는 십대 아이들 세 명이 사진틀에 담겨 있었다. 마치 대학교 요람에서 뽑아온 사진 같았다. 그 옆에는 사인이 담긴 데니스 대처*의 사진도 보였다. 두 사진 모두 책상 맞은편을 향하고 있다는 것이 이상했다. 바로 그때 연결된 문이 열리면서 스펜서가 들어 왔다.

두둥! 스펜서는 렉스 해리슨**을 닮았지만 키는 더 컸다. 희끗희끗한 머리에 반달형 안경을 썼고, 지독하게 새하얀 셔츠를 입고 있었다. 난 그가 자리에 앉으면서 시계를 누르는 것도 알아차리지 못할 지경 이었다.

"핀첨 씨, 기다리시게 해서 죄송합니다. 자리에 앉으시지요."

그는 내게 마음에 드는 의자를 골라잡으라는 듯한 몸동작을 연출했다. 하지만 방 안에 의자는 하나뿐. 난 그 자리에 앉았다. 그런데 의자가 삐걱거리는 소리가 내면서 나무가 빠개졌다. 순간적으로 벌떡 일어섰다. 소리가 어찌나 크고 불쾌했는지 밖의 보행자들조차 걸음을 멈추고 창문 안으로 고개를 들이밀면서 경찰에 신고해야 되는 것 아니냐고 의아해 할 것 같았다. 스펜서는 못 본 체했다.

"클럽에서 당신을 만난 것 같지는 않군요." 그는 느글느글한 미소를 지으며 말했다.

나는 다시 자리에 앉았고, 의자는 또 한 번 끽음을 터뜨렸다. 나는 끽끽거리는 의자에도 불구하고 우리의 대화가 대강이라도 서로에게 전달될 만한 자세를 잡으려고 애썼다.

"클럽이요?" 내가 대꾸했다. 그는 내가 하고 있는 넥타이를 가리켰고, 나도 아래를 내려다보았다. "아, 개릭 클럽 말씀이시군요?"

그는 계속해서 미소를 지으며 고개를 끄덕였다.

"예, 그러니까 시내에 자주 나오는 건 아니거든요." 나는 월트셔***에 수천 에이커의 땅이 있고, 래브라도 리트리버****도 많다는 투로 손짓을 했다. 그는 나의 영지가 정확히 어떤 곳인지 알겠다는 듯 고개를 끄덕였다. 다음에 근처에 들를 때면 점심이라도 함께 먹자고 해야겠다는 생각을 하고 있었을지도.

"그건 그렇고. 뭘 도와드릴까요?" 그가 말했다.

"글쎄요, 좀 미묘한 문제라서……." 내가 입을 열었다.

"핀첨 씨." 그가 구변 좋게 끼어들었다. "어떤 의뢰인이 오셔서 제게 조언을 구하는 문제에 하등 복잡한 것이 없다고 하는 날이 오면 전 그날 부로 영원히 가발을 벗겠습니다."*****

얼굴 표정을 보니 이걸 재담이랍시고 말했다는 걸 알 수 있었다. 하지만 드는 생각이라곤 그 따위 농담을 하는 통에 내가 30파운드를 더 물게 될 것이라는 정도였다.

"그렇다면 참 다행이로군요." 나는 그 농담을 알아차렸다는 신호로 이렇게 말했다.

우리는 서로를 바라보며 기분 좋게 웃었다. 나는 말을 이어갔다.

"실은 최근에 제 친구에게 들은 말인데, 당신이 특별한 기술을 가진 사람을 그에게 소개해줘서 큰 도움을 받았다고 하더군요."

예상했던 대로 잠시 침묵.

"그렇군요." 스펜서가 말했다.

그의 미소가 엷어졌다. 그는 안경을 벗고, 턱을 5도 정도 쳐들었다.

"귀하의 친구 분 존함을 제가 알 수 있을까요?" 그가 물었다.

"지금은 말하지 않는 게 좋겠군요. 친구에게 경호원이 필요했다더군요……. 그러니까 꽤나 비정통적인 임무를 기꺼이 맡아서 할 수 있는 사람 말이지요. 그런데 선생께서 명단을 제공하셨고."

스펜서는 의자에 등을 기대고 지그시 나를 살펴보았다. 머리에서 발끝까지. 이제 난 이 면담이 끝났다는 걸 알 수 있었다. 그는 가장 우아하고 세련된 방식으로 내게 던질 최후통첩을 구상하고 있음에 틀림없었다. 잠시 후, 그가 조각 같은 코로 느리게 심호흡을 했다.

"귀하께서는 우리가 여기서 제공하는 서비스를 오해하고 계신 듯합니다, 핀첨 씨. 여기는 법률 사무소입니다. 우리는 법정에서 사건을 변호하지요. 그게 우리의 일이고요. 여기는 직업소개소가 아닙니다. 뭔가 착오가 있는 것 같군요. 귀하의 친구 분께서 우리 회사에 만족하셨다면 저도 기쁩니다. 하지만 직원 고용과 계약 문제를 조언해서이기보다는 우리가 제공할 수 있는 법률 서비스와 관계가 더 많았기를 바라고, 또 그러리라 믿습니다."

그가 내뱉은 '직원'이라는 말이 꽤나 역겹게 들렸다.

"뭐가 됐든 귀하가 원하는 정보를 얻으려면 친구 분에게 연락하시는 게 더 낫지 않을까요?" 그가 말했다.

"그런데 그게 문제예요. 내 친구가 사라져 버렸거든요."

잠깐 동안 침묵이 흘렀다. 스펜서가 천천히 눈을 가늘게 떴다. 천천히 눈을 가늘게 뜨는 행위에는 이상하게도 모욕적인 뭔가가 있다. 나 사신이 가끔 그 짓을 하기 때문에 잘 안다.

"비서의 집무실에서 전화를 사용하시면 됩니다."

"전화번호를 남기지 않았어요."

"애석하게도 곤경에 처하셨군요, 핀첨 씨. 그럼 전 이만……." 그는 다시 코 위로 안경을 걸쳤고, 바쁘게 책상 위의 서류를 살펴보기 시작했다.

"내 친구는 누군가를 죽여줄 사람을 찾았습니다." 내가 말했다.

그가 다시 안경을 벗었고, 턱을 쳐들었다.

"그렇단 말이죠?"

긴 침묵이 흘렀다.

"그렇군요." 그가 다시 말했다. "살인 자체가 불법이고, 따라서 그가 우리 회사 직원에게서 도움을 받았을 리는 없겠군요, 핀첨 씨……."

"그 친구는 당신이 가장 도움이 될 거라던데……."

"핀첨 씨, 나는 숨길 게 없는 사람입니다."

그의 목소리는 이미 상당히 굳어 있었다. 스펜서를 법정에서 보면 꽤 재미있겠다는 생각이 들었다.

"나는 당신이 '아장 프로보카퇴르'* 같다는 생각이 드는군요." 그가 뱉은 말이었다.

그의 프랑스어 발음은 완벽했고, 자신감이 배어 있었다. 틀림없이 프로방스에 별장을 갖고 있었다. 그가 말을 이었다.

"왜 그러시는지는 모르겠지만, 난 더 이상 흥미가 없군요. 더 이상 당신하고는 아무 말도 하지 않겠습니다."

"당신의 변호사가 입회하지 않아서겠죠."

"안녕히 가십시오, 핀첨 씨."

그가 다시 안경을 코에 걸쳤다.

"친구는 새로 고용한 직원의 지불건도 당신이 처리해줬다고 하더군요."

아무런 대답도 들을 수 없었다. 나도 스펜서에게서 들을 수 있는 대답 따위는 더 이상 없다는 걸 알고 있었다. 하지만 계속해서 밀어붙여 보기로 했다.

"당신이 직접 입금표에 서명을 했다고 하던 걸요. 당신 손으로 직접 말입니다."

"귀하의 친구가 했다는 얘기를 계속 듣고 있자니 무척 힘들군요, 핀첨 씨. 다시 말합니다. 안녕히 가십시오."

나는 자리에서 일어나 문 쪽으로 향했다. 의자의 비명 소리는 안도의 한숨이었으리라.

"전화를 사용해도 좋다는 말씀은 아직 유효합니까?"

그는 나를 쳐다보지도 않았다.

"청구서에 통화료가 추가될 겁니다."

"청구서요?" 내 입에서 신음 소리가 새어나왔다. "당신은 내게 베푼 게 아무것도 없습니다."

"아니요. 나는 당신에게 내 시간을 할애했죠, 핀첨 씨. 당신에게 그 시간을 활용할 의사가 전혀 없었다고 해도 그건 제 소관이 아닙니다."

나는 문을 열었다.

"알겠습니다. 아무튼 감사드립니다, 스펜서 씨. 그건 그렇고……." 나는 그가 고개를 들고 나를 바라볼 때까지 기다렸다. "개릭 클럽에 안 좋은 얘기가 돌고 있어요. 당신이 브릿지 게임에서 사기를 쳤다고요. 물론 전부 거짓부렁이고, 헐뜯는 얘기라고 내가 말하기는 했습니다. 하지만 당신도 이런 추문이 어떻게 비화되리라는 것쯤은 알고 있겠죠. 클럽 회원들도 나름대로 생각을 할 테니까요. 이건 당신도 알아야 할 것 같군요."

딱할 정도로 서투른 반격이었다. 허나 그때 내가 생각해낼 수 있는 것이라곤 그게 전부였다.

사무관은 내가 결코 달갑지 않은 인물임을 감지했고, 이삼 일 안에 청구서를 수령할 거라고 퉁명스럽게 말했다.

나는 그에게 친절하게 응대해줘서 고맙다는 인사를 하고, 계단으로 향했다. 방금 전의 나처럼 「익스프레션스」 기간호를 들춰보는 사람이 눈에 띄었다. 아메리칸 익스프레스 카드 소지자들을 대상으로 발행되는 잡지.

회색 양복을 걸친 단신의 뚱뚱한 남자. 이 범주에 속하는 사람은 아주 많다.

---

* agent provocateur | 함정수사에 이용되는 경찰관의 앞잡이(원문은 프랑스어).

암스테르담의 호텔 술집에서 내가 불알을 움켜쥐었던, 회색 양복을 걸친 단신의 뚱뚱한 남자. 이 범주에 속하는 사람은 소수이다.

아니, 사실을 말하자면 그 수가 손에 꼽을 수 있을 정도다.

5

짚을 한 오라기 집어서 공중에 던져보면
바람의 방향을 알 수 있다.

존 셀던

들키지 않고 누군가를 미행하는 것은 영화에서 보는 것처럼 그렇게 쉬운 일이 아니다. 나도 직업적으로 미행을 한 경험이 조금은 있다. 본부로 복귀해서 '놈을 놓쳤다'고 변명한 직업적 경험은 훨씬 더 많고. 미행 대상이 귀머거리에 눈이 어둡고 다리를 절지 않는다면 최소 십여 명의 요원과 1만 5천 파운드 상당의 단파 무전기를 준비해야 겨우 어지간한 미행 추적이라는 걸 할 수 있다.

맥클러스키의 경우는 전문용어로 그가 소위 '선수'였다는 게 문제였다. 자기가 미행당하고 있음을 간파하고는 뭘 해야 할지 아는 사람이 바로 선수이다. 근접 미행에 따른 위험을 감수할 수는 없었다. 유일한 방법은 달리는 것이었다. 직선도로에서는 뒤에서 어정거린다. 그가 모퉁이를 돌면 전속력으로 달린다. 그가 갑자기 되돌아서면 잽싸게 멈춘다. 물론 전문가 집단은 이런 방식을 선호하지 않는다. 그를 감시하는 또 다른 미행자가 있을 가능성 따위는 완전히 배제되기 때문이다. 그런 사람이 있다면, 이런 식으로 달리고 어슬렁거리고 진열장 안의 물건이나 들여다보는 미치광이를 의심할 터이다.

처음에는 아주 쉬웠다. 맥클러스키는 플리트 스트리트를 출발해 스트랜드 가를 향해 쭉 걸어갔다. 그런데 사보이 호텔에 이르자 길을 건너더니 북쪽으로 방향을 틀어 코번트 가든으로 가는 것이었다. 그는 거기서 수많은 가게를 들락거리며 어슬렁거렸다. 액터스 처치 밖에서 공연을 하는 마술사를 오 분 동안 서서 구경하기도 했다. 기분이 상쾌해졌는지 그는 다시 활발한 걸음걸이로 세인트 마틴스 레인을 향했다. 레스터 광장으로 가는 도중에 길을 건넜고, 별안간 남쪽으로 방향을 틀어 트라팔가 광장으로 진입해서 나를 따돌리려고 했다.

헤이마켓의 막다른 곳에 이르렀을 때는 땀이 비 오듯 쏟아졌다. 난 그가 택시라도 잡아타기를 간절히 바랐다. 하지만 그는 로워 리전트 스트리트에 이르러서야 택시를 탔다. 20초 동안 필사적으로 노력해 겨우 다른 차를 잡을 수 있었다.

그렇다, 분명 다른 택시였다. 아무리 초짜라도 자기가 추적하는 사람과 같은 택시를 타서는 안 된다는 것쯤은 알리라.

나는 좌석에 털썩 주저앉아 기사에게 "저 택시를 쫓아가 달라"고 말했다. 그리고 깨달았다. 현실에서 그런 말을 하는 게 얼마나 이상할까를 말이다. 그러나 택시 기사는 그렇게 생각하지 않는 모양이었다.

"저기요, 저 사람이 당신 마누라하고 잔 겁니까? 아니면 당신이 저 사람 마누라하고 잔 겁니까?"

난 그 농담이 근래 몇 년 동안 들었던 것 중에서 최고의 농담이라도 되는 양 큰소리로 웃었다. 실제로, 사기를 당하지 않고 제대로 된 경로로 목적지에 정확하게 도달하려면 택시 기사와 반드시 이런 관계를 터야 한다.

맥클러스키는 리츠 호텔에서 내렸다. 그러나 기사에게 미터기를 켜고 대기하라고 지시했음에 틀림없었다. 나는 삼 분 정도 그대로 기다렸다. 이윽고 내 차에도 앞 차와 같은 지시를 하고 문을 열려는 순간, 맥클러스키가 차로 급히 돌아오는 게 보였다. 우리는 다시 출발했다.

우리는 한동안 피커딜리 대로를 느릿느릿 움직였다. 이윽고 그가 오른쪽으로 방향을 틀어 차가 없는 비좁은 거리로 들어섰다. 전혀 모르는 곳이었다. 말하자면, 숙련된 장인들이 아메리칸 익스프레스 카드 소지자들이 착용하는 팬티를 수제(手製)로 만드는, 그런 영역이었던 셈이랄까.

나는 몸을 앞으로 기울여 기사에게 너무 가까이 접근하지 말라고 주의를 주었다. 그러나 분명 그는 전에도 이런 일을 해봤거나 텔레비전에서 이런 상황을 보았던 게 틀림없었다. 그는 계속 일정 거리를 유지했다.

맥클러스키가 탑승한 택시는 코르크 스트리트에서 멈췄다. 그가 요금을 내는 게 보였다. 나는 기사에게 앞 차를 지나 200미터 정도 더 가서 내려달라고 했다.

미터기에 6파운드가 찍혔다. 나는 얼른 창문 너머로 10파운드 지폐를 건넸고, 이어 택시 운전면허 99102번을 받은 자가 출연하는 15초짜리 공연을 봐야 했다. 공연 제목은 「내가 이 일로 거스름돈을 챙겨도 좋은지 모르겠다」였고. 나는 택시에서 내려 길을 되돌아갔다.

그 15초 사이에 맥클러스키는 이미 사라지고 없었다. 20분 동안 8킬로미터를 추적했는데, 마지막 200미터를 남겨놓고 놓쳐버린 것이다. 팁을 가지고 쩨쩨하게 굴어 벌 받은 것이라는 생각이 밀려왔다.

코르크 스트리트는 화랑들뿐이고, 대부분 전면이 대형 유리창이고,

그걸 보면서 깨달은 사실 하나는 안에서 밖을 내다보기 좋은 것만큼 밖에서도 안을 들여다보기 좋겠다는 것이었다. 그를 찾을 때까지 모든 화랑을 일일이 다 들여다볼 수는 없었기에 난 운에 맡기기로 했다. 맥클러스키가 택시에서 내린 곳을 감안해서 가장 가까운 건물에 들어가 보기로 했다.

문이 잠겨 있었다.

문 앞에 선 채 손목시계를 바라보았다. 12시에도 개관을 안 하면 도대체 화랑은 몇 시에 문을 여는 것일까 헤아려보면서. 바로 그때 검은색의 깔끔한 시프트 드레스를 입은 금발 아가씨 한 명이 어둑한 곳에서 나타나더니 빗장을 푸는 게 보였다. 그녀는 문을 열면서 환영한다는 미소를 지어 보였다. 안으로 들어가는 것 말고 다른 선택의 여지가 없었다. 맥클러스키를 찾을 전망이 매 순간 사라지고 있었다.

나는 안내를 받아 상대적으로 어두운 화랑 안쪽으로 이끌리면서도 전면의 창유리를 계속 주시했다. 금발 아가씨 외에 다른 사람은 아무도 없는 것 같았다. 그림들을 보아하니 그리 놀랄 일도 아니었다.

"테렌스 글래스를 아세요?" 그녀가 내게 명함과 가격표를 주면서 물었다.

이 여자는 머리부터 발끝까지 부르주아 티를 내고 있었다.

"알다마다요. 세 개나 가지고 있는 걸요."

그러니까 내 말은, 가끔 이런 시도를 무릅써야 한다는 것이다. 아닌가?

"뭘 세 개 갖고 있다는 거죠?"

물론 매 번 일이 술술 풀리는 것은 아니지만.

"그림이죠."

"이런, 맙소사! 그가 그림을 그렸다는 건 몰랐어요." 그녀가 외쳤다.

그러더니 더 큰소리로 불렀다.

"새라! 테렌스가 그림을 그렸다는 거 아셨어요?"

화랑 저쪽 건너편에서 낭랑한 미국인의 목소리가 들려왔다.

"테리[테렌스의 애칭]는 평생 그림을 안 그렸어요. 자기 이름을 써본 적도 없을 걸요."

나는 고개를 들고 위를 올려보았다. 새라 울프가 아치형으로 된 통로를 따라 이쪽으로 오고 있었다. 송곳니 장식의 치마와 재킷을 걸쳤는데, 완벽했다. 예의 부드러운 플뢰르 드 플뢰르 향수 냄새가 물결쳤다. 그러나 그녀는 날 보고 있지 않았다. 새라는 화랑의 정면을 응시하고 있었다.

그녀의 시선을 좇아 몸을 돌렸다. 출입구에 맥클러스키가 서 있었다.

"그런데 이 신사 분께서 그림을 세 개 갖고 계시다는데……." 금발 아가씨가 웃으면서 말했다.

맥클러스키는 재빨리 새라 쪽으로 걸어갔다. 그가 오른손을 가슴 부분에서 외투 안쪽으로 집어넣는 게 보였다. 나는 오른손으로 금발 아가씨를 밀어냈다. 그녀는 놀라서 숨이 막히고 헐떡이는 것조차 품위가 있었다. 그와 동시에 맥클러스키가 고개를 돌려 날 바라보았다.

맥클러스키가 몸을 돌리는 순간, 난 그의 배를 겨냥해 발차기를 시도했다. 맥클러스키가 나의 공격을 막아내려면 외투에서 오른손을 꺼내 아래쪽으로 당겨야만 했다. 나는 연속해서 발길질을 시도했고, 맥클러스키는 순간적으로 중심을 잃고 쓰러졌다. 그가 머리를 숙이고 가쁘게 숨을 몰아쉬었다. 나는 잽싸게 그의 뒤로 가서 왼팔로 목을 감았다. 금발 아가씨는 아주 우아한 어조로 "오 하나님"을 외쳐대면서 탁자 위에 놓인 전화기로 달려갔다. 그러나 새라는 제자리에 꼼짝 않고 있었다. 두 팔을 옆구리에 짚은 채로. 나는 새라에게 달아나라고 고함쳤다. 하지만 그녀는 내 말을 못 들었거나 아니면 듣기 싫었던 모양이다. 내가 맥클러스키의 목을 세게 조이자 그도 빠져나오려고 내 팔꿈치의 접힌 부분과 자기 목 사이에 손가락을 집어넣으려고 시도했다. 하지만 그렇게 일이 쉽게 풀릴 가능성은 전혀 없었다.

나는 맥클러스키의 어깨에 오른팔 팔꿈치를, 그의 뒷머리에 오른손을 위치시켰다. 그리고 왼손을 오른팔 팔꿈치의 접힌 부분에 밀어넣었다. 이것은 「목 부러뜨리기 기초」 장(章)의 그림 C에 나오는 방법이다.

맥클러스키는 발길질을 하면서 버둥거렸고, 나는 왼쪽 아래팔과 오른손의 힘을 약간 뺐다. 그러자 그도 빠르게 발길질하던 것을 멈추었다. 그가 발길질을 멈춘 것은 내가 아는 것, 아니 그가 알았으면 하고 내가 바라는 것을 그도 깨달았기 때문이었다. 조금만 더 압박을 가하면 난 그의 목숨을 끊을 수도 있었기 때문이다.

확실히는 모르겠다. 하지만 바로 그때 총이 발사되었던 것 같다.

총에 맞은 기억은 없다. 단지 화랑 안에 진동했던 먹먹한 폭음, 그리고 요즘 탄창에 넣는 뭔가가 타는 냄새가 났다는 기억뿐.

처음에는 그녀가 맥클러스키를 쐈다고 생각했다. 내가 다 알아서 했는데 왜 일을 크게 벌이느냐며 욕을 퍼부었다. 더구나 난 그녀에게 여기서 나가라고 말하지 않았던가. 그런데 맙소사, 내가 땀을 비 오듯 흘리고 있음에 틀림없었다. 땀이 옆구리를 타고 흘러내리는 게 느껴졌다. 허리띠까지 흠뻑 젖어 똑똑 방울져 떨어지는 것이었다. 고개를 들었다. 새라가 다시 총을 쏘려 하고 있었다. 아니 어쩌면 이미 쏘았는지도. 맥클러스키는 꿈틀거리며 풀려난 상태였고, 난 그림들 가운데 하나로 풀썩 쓰러진 것 같았다.

"멍청한 계집 같으니." 새라에게 그런 말을 내뱉은 것 같다. "내가…… 당신 편이라고. 저놈이…… 바로 그놈이야……. 저자가 바로 당신 아버지를 죽이려는…… 사람이라고. 제길."

'제길' 소리가 나온 것은 바로 그때부터 모든 게 이상하게 굴러갔기 때문이었다. 조명, 음향, 연기, 모두.

새라는 바로 내 위에 서 있었다. 난 아마 이런 생각을 했겠지. 상황이 달랐다면 그녀의 다리를 흐뭇하게 감상하고 있었을 텐데. 하지만 상황은 다르지 않았고, 그대로였다. 내 눈에 보이는 거라곤 총뿐이었다.

"그것 참 이상하군요, 랭 씨." 그녀가 말했다. "이분은 집에서 그럴 수 있는데."

별안간 난 아무것도 이해할 수 없었다. 많은 것들이 잘못되어, 아주 잘못되어 있었다. 특히 왼쪽 옆구리의 상당한 마비 상태까지. 새라가 내 옆에 무릎을 꿇더니 턱밑에 총구를 겨누었다.

"이분이……" 그녀는 엄지손가락으로 맥클러스키를 가리키며 내뱉듯이 말했다. "내 아버지야."

더 이상 아무 기억이 없다. 아마 의식을 잃었을 것이다.

"기분은 어때요?"

병원 침대에 누워 있을 때 필시 받게 되는 질문이다. 하지만 난 이 여자가 그 말을 하지 않기를 원했다. 내 머리는 급사를 불러 환불을 요구해야 할 정도로 뒤죽박죽이었다. 차라리 내가 '이 여자에게' 내 기분이 어떠냐고 묻는 것이 더 말이 될 듯했다. 그러나 그녀는 간호사였고, 날 죽이려고 할 가능성은 없었다. 나는 당분간 그녀를 좋아하기로 마음먹었다.

초인적인 힘을 발휘해 입술을 떼고 쉰 목소리로 그녀에게 말했다.

"괜찮아요."

"다행이군요." 그녀가 대꾸했다. "잠시 후 의사 선생님이 오셔서 살펴보실 거예요."

그녀는 내 손등을 다독여주고, 자리를 떴다.

나는 얼마 동안 눈을 감고 있었는데, 다시 눈을 떠보니 밖이 어두웠다. 흰색 외투가 내 위에 서 있었다. 흰옷을 입은 사람은 지난번에 만난 은행 지점장만큼 젊어 보였지만 나는 그가 의사이겠거니 하고 생각했다. 내 손목을 잡고 있었는지도 몰랐는데, 잡았던 내 손목을 내려놓는 게 보였다. 그는 클립보드에 뭔가를 적어 넣었다.

"기분은 좀 어떠세요?"

"좋습니다."

그는 계속해서 뭔가를 적었다.

"글쎄, 좋을 수가 없을 텐데요. 당신은 총에 맞았습니다. 피도 많이 흘렸고요. 하지만 운이 좋았어요. 겨드랑이를 관통했으니까요."

그의 말투는 이 모든 게 내가 바보 같은 짓을 했기 때문이라는 식이었다. 사실 어떻게 보면 맞는 말이기도 했다.

"내가 어디에 있는 거죠?"

"여긴 병원입니다."

그는 가버렸다.

이어 아주 뚱뚱한 여자가 운반 카트를 굴리면서 방으로 들어왔다. 그녀는 내 침대 옆 탁자 위에 갈색의 뭔가가 담긴 접시를 올려놓았다. 냄새가 지독했다. 내가 그 여자한테 뭘 잘못했는지 모르겠지만 뭐가 됐든 원한을 쌓았음에 틀림없었다.

그녀는 자신이 과잉반응을 했다는 것을 깨달았음이 분명했다. 30분 후에 돌아와 다시 접시를 가져간 것만 봐도 알 수 있었다. 그녀는 방을 나가기 전에 내가 어디 있는지 알려주었다. 미들섹스 병원 윌리엄 호일 병동이었다.

제대로 된 첫 번째 문병객은 솔로몬이었다. 병실로 들어오는 그의 모습은 꾸준하고 한결같았다. 그는 침대에 걸터앉아, 탁자 위에 포도가 담긴 종이 봉지를 턱 하고 내려놓았다.

"좀 어떠세요?"

정해진 유형의 질문이 계속되고 있었다.

"난 그러니까 정확히 총을 맞은 기분이야. 지금은 병원에 누워 회복 중이고. 그런데 유대인 경찰 한 명이 내 발을 깔고 앉아 있군."

솔로몬이 몸을 살짝 움직여줬다.

"병원 사람들이 그러는데 운이 좋았다네요, 대장."

나는 포도 한 알을 뜯어냈다.

"운이 좋았다고……?"

"총알이 몇 센티미터 차이로 심장을 비껴갔대요."

"몇 센티미터 차이로 날 못 맞출 뻔했을 수도 있지. 관점에 따라 다른 거야."

그는 나의 대꾸를 곰곰 생각하면서 고개를 끄덕였다.

"선배는 어떤데요?" 마침내 그가 물었다.

"나의 뭐가 뭐?"

"관점 말이에요."

우리는 서로를 바라보았다.

"영국이 네덜란드와 축구를 할 때는 일자형 포백 수비를 해야 해." 내가 말했다.

솔로몬이 침대에서 내려와 우비를 벗었다. 이해할 만했다. 온도가 섭씨 30도대였음에 틀림없었다. 게다가 병실에 이산화탄소가 너무 많았다. 사람들로 혼잡했다. 병실을 직접 보았다면 누구라도 출퇴근 시간대의 복잡한 지하철 객차를 연상했을 것이다.

간호사에게 실내온도를 좀 낮춰줄 수 있느냐고 부탁하자 그녀는 난방은 레딩의 컴퓨터*가 통제한다고 대꾸했다. 내가 「데일리 텔레그래프」에 독자 투고를 하는 사람이라면 「데일리 텔레그래프」에 편지를 썼을 것이다.

솔로몬이 문 뒤쪽에 우비를 걸었다.

"그건 그렇고, 선배. 믿거나 말거나지만 내게 봉급을 주는 신사 숙녀분들이 선배가 어쩌다가 웨스트엔드의 고급 화랑에서 가슴에 총을 맞고 쓰러지게 되었는지 알아내라고 하더군요."

"겨드랑이야."

"그래요, 원한다면, 겨드랑이요. 자 말해보세요, 대장. 안 그러면 협조할 때까지 얼굴 위에 베개를 대고 눌러드리겠어요."

"그러니까." 나는 바로 본론에 들어가는 게 낫겠다고 생각하며 입을 열었다. "맥클러스키가 실은 울프라는 걸 자네는 알 것 같은데."

물론 내가 정말로 그렇게 생각한 것은 아니었다. 나는 다만 극적 요소를 만들려고 했다. 솔로몬의 표정을 보니 그가 전혀 몰랐다는 게 분명했다. 나는 말을 이어갔다.

"맥클러스키를 미행해 화랑까지 갔었지. 그자가 거기 가서 새라에게 험한 일을 할지도 모른다고 생각했거든. 내가 그를 제압했는데, 새라가 내게 총을 쏘더군. 그러더니 내가 두드려 팬 자가 실은 자기 아버지 알렉산더 울프라고 하더군."

솔로몬은 태연하게 고개를 끄덕였다. 이상한 얘기를 들을 때면 그는 항상 이런 식으로 반응했다. 이윽고 그가 입을 열었다.

"그러니까 알렉산더 울프를 죽여 달라면서 돈을 준 사람을 선배가 제압했다는 거군요?"

"그렇지."

"어떤 사람이 누군가를 죽여 달라고 요청했는데 그 누군가가 본인 자신일 수 없다는 것쯤은 많은 사람들처럼 대장도 능히 짐작하시는 거겠지요."

"지구라는 행성에서 사람들이 그런 식으로 일처리를 하지 않는다는 건 분명하지."

"흠."

솔로몬은 어느새 창가에 가 있었다. 그는 BT 타워**의 야경을 물끄러미 바라보고 있었다.

---

* Reading | 잉글랜드의 한 지명으로, International Computers Ltd(ICL)라는 영국 컴퓨터 산업의 본산지.

** 원문은 Post Office Tower. 런던에 있는 높이 189미터에 이르는 영국 텔레콤 탑(British Telecom BT Tower).

"그게 뭔 말이야? '흠'? 이 문제에 관한 국방부 보고서는 '흠'으로 이루어지겠구만. 가죽 끈으로 묶이고, 금으로 봉인되어 내각의 서명을 받겠고?"

솔로몬은 대꾸하지 않았다. 그는 BT 타워*의 야경에 넋을 잃고 있었다.

"그건 그렇고." 내가 말을 이었다. "말해보게. 울프 씨와 울프 아가 씨는 어떻게 됐어? 난 여기 어떻게 온 거고? 구급차는 누가 부른 거야? 구급차가 올 때까지 그들이 나랑 함께 있었나?"

"저 식당에서 밥 먹은 적 있어요? 저기 꼭대기에 있다는 회전 식당 말이에요?"

"데이비드, 제발……."

"전화를 걸어서 구급차를 부른 사람은 테렌스 글래스 씨라는 분이 었습니다. 선배가 총을 맞은 화랑의 주인이더군요. 선배가 자기 화랑 의 마룻바닥에 흘린 피를 제거하는 데 들어간 비용을 국방부 예산에 청구하겠다고 벼르는 사람이기도 하고요."

"와우, 감동적이군."

"하지만 선배 목숨을 구한 사람들은 그린과 베이커예요."

"그린하고 베이커?"

"계속해서 대장을 따라다녔거든요. 베이커가 손수건으로 상처 부위를 지혈했습니다."

놀랠 노자였다. 솔로몬과 맥주를 마신 이후 그 두 요원은 철수했다고 생각했기 때문이다. 경계심을 풀어버렸던 것이다. 고맙기도 해라.

"베이커 만세로군." 내가 말했다.

솔로몬이 뭔가 다른 말을 보태려는 순간, 문이 열리면서 말이 끊겼

다. 오닐이 곧바로 우리 곁으로 다가와 내 침대 옆에 섰다. 그의 표정
에서 알 수 있었다. 내가 총을 맞은 사건이 중대한 사태 진전이라고 생
각한다는 것을.

"기분은 좀 어떠십니까?" 그가 가까스로 웃음을 참으면서 내게 물
었다.

"아주 좋습니다. 고맙습니다, 오닐 씨."

잠시 침묵이 이어졌고, 그의 표정이 약간 어두워졌다.

"듣자하니 치명적일 수 있었다는데, 목숨을 부지하게 되어 다행입
니다. 하지만 이제부터는 살아 있는 게 불행이라고 생각할지도 모르겠
습니다."

오닐은 그 말을 하면서 아주 즐거워했다. 이 작자가 승강기 안에서
부터 그 말을 연습했으리라는 게 눈에 선했다.

"그러니까 이런 겁니다, 랭 씨." 그가 말했다. "나로선 경찰이 수사
를 마무리 짓는 걸 어떻게 막아야 할지 모르겠어요. 목격자들이 보는
앞에서 당신은 분명 울프의 목숨을 노렸으니까요……."

개가 신음하는 소리에 오닐이 말을 중단했고, 그와 나 모두 병실 바
닥을 둘러보았다. 다시 그 소리가 났다. 주인공은 헛기침을 하는 솔로
몬이었다.

"저 죄송한데요, 오닐 씨." 우리의 주의를 끄는 데 성공한 솔로몬이
끼어들었다. "랭은 자기가 공격한 사람이 실은 맥클러스키라고 생각
하고 있습니다."

오닐이 눈을 감았다.

"맥클러스키라고? 울프는 신원이 확인됐잖아……."

"예, 물론이죠." 솔로몬이 조용히 답했다. "하지만 랭은 울프와 맥클

러스키가 한 사람이라고 주장하는데요."

이 긴 침묵.

"뭐라고?" 오닐이 입을 열었다.

우월감이 묻어나던 미소는 이미 얼굴에서 사라지고 없었다. 나는 문득 침대에서 박차고 일어나고 싶은 충동에 휩싸였다.

오닐이 약간 거칠게 콧김을 뿜어냈다. 그가 갈라진 목소리로 말했다.

"맥클러스키와 울프가 같은 사람이라고? 지금 제정신인가?"

솔로몬은 확인을 해달라며 나를 쳐다보았다.

"맞아요, 사실입니다." 내가 말했다. "암스테르담에서 내게 접근해 온 사람은 울프였습니다. 그런데 바로 그자가 내게 울프라는 사람을 죽여달라고 청탁한 거죠."

오닐은 이제 완전히 사색이 되어 있었다. 주소를 잘못 쓴 연애편지를 보냈다는 걸 막 깨달은 사람 같았다고나 할까.

"어떻게 그런 일이." 그가 더듬거리며 말했다. "말도 안 돼."

"그렇다고 불가능한 것도 아니죠." 내가 대꾸했다.

하지만 오닐의 귀에는 아무 말도 들리지 않는 것 같았다. 그의 모습은 정말이지 가관이었다. 나는 솔로몬을 지원하기 위해 압박을 계속했다.

"나는 당사자도 아니고, 끼어들 처지가 아니라는 것도 압니다. 하지만 내 생각은 이래요. 울프는 전 세계 여기저기에 자기가 죽었으면 좋겠다고 생각하는 패거리가 있다는 걸 아는 거죠. 그는 통상적인 대책을 강구합니다. 개를 구입하고, 경호원을 고용하고, 목적지에 도착할 때까지는 행선지를 누구에게도 알리지 않습니다. 하지만……." 오닐이 몸을 떨면서 정신을 집중하는 모습이 보였다. "그도 이런 조치만으로는 충분치 않다는 걸 잘 압니다. 그가 죽기를 원하는 사람들은 빈틈이 없는 데다가 프로죠. 그들은 조만간 개에게 독을 먹이고, 경호원은 뇌물로 매수할 겁니다. 그는 두 가지 중 하나를 선택해야만 했을 겁니다."

오닐이 나를 빤히 쳐다보고 있었다. 그는 별안간 자신이 입을 헤 벌리고 있음을 깨닫고는 냉큼 입을 다물었다.

"그래서요?"

"상대방과 전쟁을 하는 게 첫째죠." 내가 말했다. "하지만 우리 모두가 알고 있듯 그런 일은 가능하지 않아요. 두 번째는 그 타격을 감내하는 거죠."

솔로몬은 입술을 깨물었다. 그럴 만도 했다. 이 모든 얘기가 터무니없게 들렸기 때문이다. 그러나 지금 당장은 그들이 생각해낼 수 있는 그 어떤 시나리오보다 더 나은 추론이었다. 내가 말을 이었다.

"그는 자신을 죽이는 일을 결코 받아들이지 않을 확실한 누군가를 찾죠. 그리고 그에게 그 일을 맡기죠. 그런 다음 한 청부살인 업자가 자신을 죽이려 한다는 사실을 퍼뜨립니다. 자신의 적들이 잠시나마 행동을 유보하리라고 기대하는 거죠. 누군가 그를 담당하고 있으니 적들도 직접 위험을 감수하거나 돈을 쓰지 않아도 된다고 생각할 테니까요."

솔로몬은 다시 BT 타워를 바라보았고, 오닐은 얼굴을 찡그리고 있었다.

"정말로 그렇게 생각하는 겁니까?" 그가 물었다. "그러니까 그게 가능한 일이라고 생각합니까?"

나는 그가 단서를 간절히 원하고 있음을 알 수 있었다. 설사 허무맹

랑한 단서일지라도.

"예, 가능하다고 생각합니다. 나도 믿기는 힘들지만요. 하지만 총상에서 회복 중인 사람이 이 정도면 대단하지 않나요?"

오닐은 손으로 머리칼을 쓰다듬으면서 방 안을 분주히 왔다 갔다 하기 시작했다. 방안의 열기가 그에게도 미쳤지만 오닐은 외투를 벗지 않았다.

"좋아요." 그가 말했다. "울프가 죽기를 원하는 사람이 있다고 칩시다. 그가 내일 버스에 치여 죽는다고 해도 영국 정부가 비탄에 잠길 거라고 생각할 수는 없겠죠. 그에게 적이 많을 수 있다는 것은 맞는 말이에요. 평범한 사전 대책도 소용이 없었을 테고. 거기까지는 좋습니다. 그래요, 그가 상대방과 전쟁을 할 수도 없죠." 오닐은 그 말이 꽤 마음에 드는 모양이었다. "좋소. 그래서 누군가 자신을 죽일 살인 청부업자를 고용했다고 그가 소문을 낸다. 그런데 그 일이 꼬여 버렸다."

오닐은 걸음을 멈추고 내게 물었다.

"내 말은, 가짜 청부 살인이 성사되지 않으리라는 걸 그가 어떻게 자신할 수 있었을까? 그러니까, 당신은 무엇 때문에 그를 죽이지 않았느냐는 거요."

나는 솔로몬을 쳐다보았고, 그는 내가 쳐다보는 걸 알고 있었지만 내 시선을 회피했다.

"전에도 그런 요구를 받은 적이 있습니다." 내가 대답했다. "돈도 더 많이 주겠다고 했고요. 난 계속 거절했습니다. 그도 이 사실을 알았겠지요."

오닐은 별안간 자신이 나를 얼마나 싫어했는지 떠올랐던 모양이다.

"당신은 늘 거절했다?"

난 차가운 눈초리로 오닐을 노려보았다.

"내 말은, 당신이 변할 수도 있지 않았느냐는 거요." 그가 말했다. "급전이 필요할 수도 있고. 위험 부담이 너무 큰 일이잖소."

나는 어깨를 으쓱했다. 겨드랑이의 통증이 아렸다.

"그렇지도 않아요." 내가 대답했다. "그에겐 경호원이 있었고, 내가 그였다면 위협이 어디서 올지는 알고 있죠. 내가 그 집에 도착하기 전까지 레이너가 며칠 동안 나를 미행했으니까요."

"하지만 랭, 당신은 그 집에 갔습니다. 사실상……."

"내가 거기 간 건 경고하기 위해서였습니다. 그렇게 하는 게 당연하다고 생각했으니까요."

"좋습니다, 좋아요." 오닐이 다시 분주히 걷기 시작했다. "그는 살인 청부가 이루어졌다는 걸 어떻게 '소문낼' 수 있죠? 공중화장실 벽에 낙서를 해서 알리나? 아니면 「스탠더드」*에 광고를 하나? 어떻게 하죠?"

"글쎄요. 당신은 이미 알고 있었잖습니까?"

나는 피곤함을 느꼈다. 나는 자고 싶었고, 심지어 악취를 풍기던 그 갈색 음식조차 먹고 싶었다.

"우리는 그의 적이 아닙니다, 랭 씨. 아무튼 그 점은 아니라는 겁니다."

"그렇다면 내가 울프를 죽이려고 한다는 정보는 어떻게 알았습니까?"

오닐이 걸음을 멈추었다. 내게 너무 많은 얘기를 해버렸다고 생각하고 있음이 빤히 보였다. 솔로몬을 넘겨보는 그의 시선은 심사가 뒤틀려 있었다.

---

* London Evening Standard | 런던 최고의 무가지(일간).

　자신을 충분히 엄호해주지 않는 그를 탓하는 눈빛이었다. 솔로몬은 고요함의 화신처럼 버티고 있었다.

　"오닐 씨, 저는 토머스에게 왜 그 이야기를 해서는 안 되는지 모르겠습니다." 솔로몬이 말했다. "그는 아무런 잘못이 없는데도 가슴에 총을 맞았습니다. 이 일이 왜 일어났는지 알려주면 더 빨리 완쾌할 텐데요."

　오닐은 이 제안을 소화하느라 약간의 시간이 필요했고, 이윽고 내게 몸을 돌렸다.

　"좋습니다. 우리는 당신이 맥클러스키, 그러니까 울프와 접촉했다는 정보를 입수했습니다……." 그는 이런 상황이 내키지 않는 게 분명했다. "그 정보는 미국이 제공했죠."

　문이 열리고, 간호사가 들어왔다. 처음 깨어났을 때 내 손을 다독여준 그 여자였던 것 같은데, 자신할 수는 없었다. 그녀는 솔로몬과 오닐을 똑바로 쳐다보았고, 내게 다가와 베개를 만지작거렸다. 베개를 불룩하게 만들어서 새로 받쳐준 것이었는데, 불행히도 전보다 훨씬 더 불편해졌다는 게 문제였다.

　나는 오닐을 올려다보았다.

　"CIA를 말하는 겁니까?"

　솔로몬은 미소를 지었고, 오닐은 우거지상이었다.

　간호사는 눈도 깜박이지 않았다.

6
시간이 됐지만 그 사람은 오지 않았다.

월터 스콧

　　　　　　나는 식사를 일곱 번 할 동안 병원 신세를
졌다. 그 시간은 길었다. 나는 텔레비전을 시청했고, 진통제를 복용했
고, 여성지 「우먼스 오운」(Woman's Own)의 기간호에서 다른 사람들
이 풀다 만 낱말 맞추기를 전부 채워 넣었다. 그리고 끊임없이 스스로
자문했다.

　내가 무엇을 하고 있었지? 내가 왜 알지도 못하는 이유로 나도 모르
는 사람들이 쏜 총에 맞았을까? 이게 내게 무슨 의미이지? 그럼 울프
에게는? 오닐과 솔로몬에게는? 낱말 맞추기는 왜 하다가 만 것일까?
환자들이 낱말 맞추기를 완성하기 전에 회복된 것일까, 아니면 죽은
것일까? 그들이 병원에 와서 뇌의 절반을 제거한 것일까? 그렇다면
외과 의사는 자질이 있었을까? 누가 이 잡지들의 표지를 뜯어간 것일
까? 그리고 왜, 가로 3번 열쇠 '여자가 아님'의 답은 정말로 '남자'인
걸까?

　그건 그렇고, 왜 새라 울프의 사진은 내가 마음의 문을 열고 뭔가를

생각하려고 할 때마다 그 안쪽에 큼직하게 붙어 있는 것일까? 오후에 텔레비전을 켤 때, 병동 끝에 있는 화장실에 가서 담배를 피울 때, 근질거리는 발가락을 긁을 때, 왜 그녀는 날 향해 미소를 지으면서 동시에 못마땅한 얼굴로 노려보고 있는 것일까? 난 이 여자는 절대 내가 사랑하는 사람이 '아니다'라고 백 번쯤 되뇌었다.

레이너라면 이런 궁금증에 조금이라도 답해줄 수 있을지 모른다는 생각이 들었다. 그래서 자리에서 일어나 어기적거리면서라도 걸어 다닐 수 있게 되었을 때, 나는 가운을 빌려 입고 위층의 배링턴 병동으로 향했다.

솔로몬이 레이너도 미들섹스 병원에 있다고 알려줬을 때 나는 잠시였지만 깜짝 놀랐다. 두 사람 다 결국 같은 병원 신세를 지고 있다는 사실이 얄궂게 느껴졌다. 요컨대 함께 동고동락하게 된 것이었으니까. 다만 솔로몬이 지적한 것처럼, 요즘은 런던에 병상이 많지 않아 행여 왓포드 고갯길* 남부에서 다쳤을 경우라도 결국 미들섹스 병원 신세를 져야 한다는 것이었다.

레이너도 독실에 있었다. 바로 맞은편에 간호사들의 책상이 보였다. 삐삐 소리를 내는 여러 대의 기계장치가 연결되어 있었고, 그는 눈을 감고 있었다. 잠을 자는 것이었거나 혼수상태였을 것이다. 온통 붕대를 동여맨 머리를 보고 있자니 로드 러너**가 심하게 금고를 떨어뜨린 상황이 연상되었다. 그는 면플란넬 소재의 파란색 잠옷을 입고 있었는데, 어쩌면 그것 때문에 참으로 오랜 세월 만에 그가 처음으로 어린아이 같아 보였을 것이다. 난 한동안 그의 침대 곁에 서 있었다. 미안한 마음이 들었다. 그때 간호사가 나타나 용건이 뭐냐고 물었다. 나는 이것저것 물어볼 게 많다고 얘기했다. 그러나 레이너의 이름을 아는 것으로 일단 만족해야 했다.

밥. 그녀가 알려준 레이너의 이름이었다. 간호사는 문손잡이를 잡고 내 옆에 선 채 내가 나가주기를 바랐지만, 내가 가운을 입고 있었기 때문인지 막무가내이지는 않았다.

'미안하오, 밥.' 나는 속으로 생각했다.

당신은 거기서 지시 받은 일, 돈을 받고 하는 일을 수행하고 있었을 따름이지. 그런데 어떤 바보가 쳐들어와 대리석 불상으로 당신을 가격한 거고. 섬세함이 좀 모자랐지.

물론 나는 밥이 절대로 성가대원은 아니라는 걸 알고 있었다. 성가대원을 괴롭히는 소년도 아니었다. 그는 성가대원을 괴롭히는 소년을 괴롭히는 소년의 형 정도였다. 솔로몬이 국방부 기록에서 레이너를 조사한 바에 따르면 그는 암거래 행위가 들통 나서 로열 웨일즈 퓨질리어 연대에서 쫓겨난 인물이었다. 전투화 끈에서부터 사라센 장갑차***에 이르는 온갖 비품이 밥 레이너의 제복 속에 숨겨져 병영 출입구를 통과했다고 한다. 허나 어쨌든 난 그를 때려눕힌 사람이었고, 당연히 미안한 마음이 들었다.

나는 솔로몬이 가져온 먹다 남은 포도를 그의 침대 옆 탁자 위에 올려놓고 병실을 나왔다.

* Watford Gap | 잉글랜드 남부와 북부를 가로지르는 도로, 철도, 운하망.
* * Road Runner | 워너브라더스의 애니메이션 Adventures of the Road-Runner의 한 캐릭터로, '코요테'를 끊임없이 골탕 먹인다.
* * * Saracen armoured car | 영국 육군의 보병 전투 차량의 일종.

하얀색 가운을 걸친 남자와 여자들이 나를 병원에 며칠 더 머물게 하려고 했다. 그러나 나는 고개를 가로 저으며 그들에게 괜찮다고 말했다. 그들은 혀를 끌끌 찼고, 몇 가지 서류에 서명을 하게 했고, 팔 아래쪽 붕대 교체 방법을 알려주었으며, 상처 부위가 뜨겁거나 가려우면 즉시 내원하라고 지시했다.

나는 그들의 친절함에 감사를 표했지만 휠체어에 앉혀 퇴원시키려는 것은 거절했다. 마침 승강기도 작동하지 않았고, 그것도 다행이었다.

나는 절뚝거리며 걸어서 버스를 타고 집으로 갔다.

아파트는 내가 떠날 때 있던 그곳에 그대로 있었지만 왠지 훨씬 더 작아 보였다. 자동응답기에 녹음된 메시지도 없었고, 냉장고도 전 세입자가 놓고 간 천연 요구르트 0.3리터와 셀러리 줄기를 제외하곤 텅 비어 있었다.

의사들의 말마따나 가슴이 욱신거렸다. 나는 소파에 주저앉아 '이들펑은 분명 어디선가 본 적이 있어'*라고 찍힌 큰 잔을 옆에 끼고 동커스터 경마대회를 시청했다.

잠시 꾸벅꾸벅 졸았음에 틀림없었다. 전화소리에 잠을 깼으니까. 재빨리 일어나 앉았다. 겨드랑이가 아파서 숨이 막혔다. 손을 뻗어 위스키 병을 찾았다. 텅 비어 있었다. 정말이지 지독하게 아팠다. 손목시계를 보면서 수화기를 들었다. 8시 10분, 아니 1시 40분? 분간이 안 됐다.

"랭 씨?"

남자. 미국인의 억양. 혀 차는 소리. 씽 하는 소리. 어라, 아는 목소리였다.

"그런데요."

"토머스 랭 씨 맞습니까?"

마이크, 그래, 기다리고 있었다. 5초 후면 누군지 안다.

나는 고개를 흔들면서 정신을 집중하려고 애썼다. 나는 쉿소리를 냈다.

"안녕하세요, 울프 씨?" 내가 말했다.

전화선 저쪽에선 아무 대답이 없었다. 잠시 후,

"듣자 하니 당신보다는 내가 훨씬 더 나은 것 같은데요."

"그렇지도 않죠." 내가 대꾸했다.

"예?"

"살면서 가장 큰 걱정은 손자 손녀들에게 해줄 근사한 얘기가 하나도 없다는 거였죠. 그런데 울프 씨 가족과 얽힌 이야기라면 걔들이 열다섯 살이 되도록 써먹을 수 있을 것 같네요."

난 그의 웃음소리를 들었다고 생각했다. 그러나 그 소리는 딱딱거리는 전화선 소리였을 수도 있다. 아니면 오닐의 졸개가 도청기로 감청을 하고 있는지도 몰랐다.

"잘 들어요, 랭." 울프가 말했다. "우리 어디서 좀 만나죠."

"물론 그러셔야죠, 울프 씨. 어디 보자…… 이번에는 당신 몰래 당신에게 정관수술을 해주는 대가로 내게 돈을 주고 싶으신가? 어디 비슷하게 맞췄나요?"

"당신만 괜찮다면 해명을 하고 싶소. 이탈리아 음식 좋아합니까?"

---

*I'm Sure I've Seen That Grouse Somewhere Before. 스코틀랜드산(産) 위스키 Famous Grouse를 빗댄 글귀로 추정됨.

아까 본 셀러리 줄기와 요구르트가 떠올랐다. 사실 나는 이탈리아 음식을 정말 좋아한다. 그러나 작은 문제가 있었다.

"울프 씨." 내가 말했다. "내게 식당을 말씀하시기 전에 그곳에 십여 명이 앉을 수 있는지부터 확인해야 할 겁니다. 이 전화를 우리만 듣고 있는 게 아닌 것 같거든요."

"좋아요." 그가 명랑하게 대꾸했다. "당신 전화기 바로 옆에 관광안내 책자가 있어요."

탁자를 내려다보니 표지가 빨간 책이 한 권 보였다. 『이언의 런던 가이드』였다. 새 책이었고, 난 이 책을 산 적이 없다.

"잘 들어요." 울프가 말했다. "26쪽의 다섯 번째 항목을 보세요. 30분 후에 거기서 봅시다."

전화선이 한바탕 요동을 쳤다. 순간 그가 전화를 끊었다고 생각했는데 이내 그의 목소리가 다시 들렸다.

"랭?"

"예?"

"그 안내 책자를 아파트에 두지 마세요."

나는 따분하다는 투로 긴 한숨을 쉬었다.

"이봐요, 울프 씨. 내가 멍청해 보일지는 몰라도 멍청하진 않습니다."

"내가 기대하는 바가 바로 그거요."

이번에는 제대로 전화가 끊겼다.

대(大) 런던에서 돈을 왕창 쓰는 이언의 종합 안내서 26쪽 5번째 항목에는 이렇게 적혀 있었다. '지아레, 로즈랜드 216번지, 화장실 2개,

이탈리아 식당, 두당 60파운드, 냉난방, 비자, 마스터, Amex 카드 통용.' 총 세 종목에서 스푼 2개의 별점을 받았다. 책을 대충 훑어봤더니 이언이 스푼 3개를 붙여주는 데 꽤 인색하다는 걸 알 수 있었다. 그렇다면 내가 아주 괜찮은 저녁 식사를 기대해도 좋다는 얘기였다.

갈색 우비를 걸친 십여 명의 공무원을 떼어버리고 거기로 갈 수 있는 방법을 해결해야 했다. 울프가 미행을 따돌릴 수 있을지도 자신할 수 없었다. 그러나 그가 빨간 책자를 우리 집에 성공리에 갖다 놓았다면 낯선 남자들의 방해를 받지 않고 움직일 수 있다고 꽤 자신하고 있음에 틀림없었다. 솔직히 난 그가 쓴 수법이 마음에 들었다.

계단을 따라 1층 현관까지 내려왔다. 헬멧은 연료 계량기 위에 놓여 있었다. 낡은 가죽 장갑도 그대로 있었다. 현관을 열고 고개를 내밀어 거리의 동정을 살폈다. 가로등 기둥을 끼고 똑바로 선 채 필터 없는 담배를 버리고 있는 펠트 모자를 쓴 사람은 보이지 않았다. 그러나 생각해보면 내가 정말 그걸 기대했던 건 아니었다.

왼쪽 50미터 지점쯤에 암녹색의 리랜드(Leyland) 밴이 한 대 서 있었다. 고무 안테나가 차체 지붕 위로 삐죽 솟아나온 게 보였다. 오른쪽으로 시선을 돌렸다. 저 멀리 도로 보수원들이 사용하는 적색과 백색의 줄무늬 텐트가 설치되어 있었다. 둘 다 나의 행적에는 관심이 없는 패들인 것 같았다.

살며시 현관문을 닫고 안으로 들어왔다. 이어 헬멧과 장갑을 착용하고, 주머니를 뒤져 열쇠고리를 찾았다. 나는 현관문의 우편함을 천천히 열고, 무선 리모컨을 밖의 오토바이에 조준했다. 버튼을 누르자 가와사키 오토바이가 삑 소리를 냈다. 이제 경보장치는 꺼졌다. 나는 부리나케 문을 열고, 겨드랑이 부상이 허용하는 한 최대 속도로 도로를 달리기 시작했다.

일제 오토바이가 흔히 그렇듯 내 오토바이도 단번에 시동이 걸렸다. 손잡이를 돌려 해프 초크*에 맞추고, 1단 기어를 넣었다. 그리고 서서히 클러치를 놓았다. 노파심에서 하는 말인데 당연히 난 거기 타고 있었다. 암녹색 밴을 지날 쯤에는 분명 시속 60킬로미터 정도로 달리고 있었다. 후드가 달린 재킷을 입은 사내 여럿이 팔꿈치를 여기저기 부딪치고는 욕을 해댈 걸 생각하니 잠시나마 기분이 좋아졌다. 도로 끝에 이르자 추적에 나선 차량 한 대의 불빛이 거울에 보였다. 로버였다.

나는 왼쪽으로 방향을 틀었고, 계속해서 최고 속도에 근접해서 베이스워터 로드(Bayswater Road)로 나아갔다. 그리고 일 년 내내 내가 지날 때마다 단 한 번도 초록색이었던 적이 없는 교통신호등에 붙잡혀 멈추어 섰다. 하지만 짜증이 나지는 않았다. 잠시 장갑과 헬멧의 보호 유리를 만지작거렸다. 마음속으로 로버가 다 쫓아왔겠거니 하는 생각이 들 때까지. 슬쩍 보니 콧수염이 운전을 하고 있었다. 상황이 곤란해질 테니까 집에나 가라고 얘기해주고 싶었다.

신호등이 노란색으로 바뀌었다. 나는 초크를 완전히 닫았고, 카부레터 조절판을 조작해서 약 5천 회전까지 끌어올렸다. 그리고 몸의 체중을 휘발유 탱크 위 앞쪽으로 옮겼다. 앞바퀴가 들리지 않게 하려는 조치였다. 신호등이 초록색으로 바뀌었고, 나는 클러치를 풀었다. 가와사키의 거대한 뒷바퀴가 공룡 꼬리처럼 좌우로 미친 듯이 몸부림쳤다. 그러던 놈이 드디어 접지면을 발견했고, 나는 도로를 따라 쏜살같이 질주했다.

2.5초 후에 나는 시속 100킬로미터로 달리고 있었다. 그로부터 다시 2.5초 후에는 가로등들이 하나로 보였다. 로버를 운전하던 추적자

의 인상착의는 잊은 지 오래였다.

지아레 레스토랑은 매우 유쾌한 곳이었다. 벽은 흰색으로 칠해져 있었고, 바닥은 타일이 깔려서 반향 효과가 장난이 아니었다. 온갖 속삭임은 고함 소리로, 온갖 미소는 엄청난 폭소로 변질되고 있었다.

랄프 로렌(Ralph Lauren)을 걸친 큰 눈동자의 금발 아가씨가 헬멧을 받아주었고, 나를 창가 테이블로 안내했다. 나는 마실 걸로는 탄산음료를, 겨드랑이 통증을 다스릴 물건으로는 커다란 보드카를 주문했다. 울프가 도착할 때까지 시간을 때우려면 이언의 안내 책자를 보거나 식당의 메뉴를 살펴보면 됐다. 메뉴가 약간 길어 보였고, 나는 살펴보기 시작했다.

첫 요리는 '밀드 타로체 크로스티니와 베나토레 감자'**라는 이름 아래서 우열을 다투고 있었다. 12파운드 65펜스라는 가격도 인상적이었다. 랄프 로렌 아가씨가 오더니 주문을 도와드려도 되겠느냐고 물었다. 그녀에게 이 감자가 어떤 것인지 알려달라고 부탁했다. 그녀는 웃지 않았다.

두 번째 요리의 정체를 해명하려던 찰나였다. 바로 그때 문간에 서 있는 울프가 힐긋 보였다. 급사가 옷을 받아주는 와중에도 서류 가방만은 내려놓지 않으려는 그의 모습이 유독 눈에 들어왔다.

이 테이블이 세 명을 위해 마련된 식탁임을 깨달은 순간, 그의 뒤로 새라 울프가 모습을 드러냈다.

---

* half-choke | 혼합 공기를 짙게 하기 위해 카뷰레터의 공기 흡입을 막는 것을 엔진을 초크(choke)한다고 칭한다.

** Crostini of Mealed Tarroce, with Benatore Potatoes | 작가의 신조어 말장난.

이렇게 말하고 싶진 않지만, 그녀는 눈이 부셨다. 세상이 깜짝 놀랄 정도로 눈이 부셨다. 이 말이 진부한 표현임을 잘 안다. 그러나 진부한 표현이 왜 진부한 표현으로 자리 잡게 되었는지를 깨닫게 될 때가 있다.

그녀는 초록색 비단 소재의 평범하게 재단된 드레스를 입고 있었다. 세상의 모든 드레스가 기회만 주어진다면 그녀에게 달려들고 싶을 정도로 그녀와 드레스의 조화는 완벽했다. 그 초록색 드레스는 가만히 있어야 할 지점에서는 가만히 있었고, 움직임이 필요한 부분에서는 매끄럽게 움직였다. 식당 내의 모든 사람이 그녀가 이 테이블로 걸어오는 모습을 지켜보았다고 자신 있게 말할 수 있다. 울프가 의자를 빼고 그녀가 앉는 걸 도와주는 동안 온 식당이 정적에 휩싸였다.

"와주셔서 감사합니다, 랭 씨." 연장자 울프가 말했다.

그를 향해 고개를 끄덕였다.

"내 딸은 아시지요?" 그가 물었다.

나는 새라를 훑어보았다. 그녀는 얼굴을 찡그린 채 앞에 놓인 냅킨을 내려다보고 있었다. 그녀의 냅킨조차 다른 누구의 것보다 더 멋져 보였다.

"예, 알다마다요." 내가 대꾸했다. "어디 보자…… 윔블던 대회에서였든가? 헨리온템스*에서였나? 딕 캐번디시의 결혼식? 아, 알았다. 가장 최근에는 총구를 사이에 두고 만났었지. 또 보게 돼서 반가워요!"

친한 척하려고 한 농담이었다. 그러나 그녀는 여전히 날 쳐다보지 않았고, 내 말은 공격적 언사로 굳어지는 듯했다. 그래서 나는 입 닥치고 그저 미소만 지어야겠다고 마음먹었다. 새라가 식탁 위의 날붙이들을 나름의 대형으로 바꿔놓았다. 그녀는 그래야 더 만족스럽다고 생각하는 게 분명했다.

"랭 씨." 그녀가 나를 불렀다. "내가 여기 온 건 미안하다는 말이라도 하라는 아버지의 제안 때문이에요. 내가 뭘 잘못했다고 생각해서가 아니라 그래서는 안 되는데 애석하게도 당신이 부상을 입었기 때문이라는 말입니다. 정말이지 그렇게 된 건 미안해요."

울프와 나는 그녀가 계속 말하도록 기다렸다. 그러나 그게 우리가 기대할 수 있는 전부인 것 같았다. 그녀는 물끄러미 자리에 앉아서 가방을 뒤적였다. 나를 보지 않으려는 구실인 듯했다. 그녀가 가방에서 몇 가지를 찾아냈다. 저 작은 가방에서 그런 게 나오다니 참으로 묘하다는 생각이 들었다.

울프가 손짓으로 급사를 불렀고, 이어 나를 돌아보았다.

"메뉴를 보셨나요?"

"얼핏요. 뭘 선택하든 최고일 거라고 하더군요."

급사가 당도했고, 울프는 넥타이를 약간 느슨하게 풀었다.

"마티니 두 잔을 주시는데요." 그가 말을 보탰다. "톡 쏘면서 산뜻한 걸로요. 그리고……."

그는 나를 바라보았다. 나는 고개를 끄덕였다.

"저는 보드카 마티니로 하겠습니다. 톡톡 쏘면서 산뜻한 걸로요. 있으면 고춧가루도 팍팍 쳐서요."

급사가 떠났고, 새라는 벌써 따분해졌다는 듯 식당 안을 둘러보기 시작했다. 목의 힘줄이 참으로 아름다웠다.

---

* Henley-on-Thames | 영국 옥스퍼드셔 주의 템스강가에 있는 도시.

"그래요, 토머스." 울프가 입을 열었다. "내가 토머스라고 불러도 될
지?"

"상관없습니다." 내가 대꾸했다. "이름일 뿐인 걸요."

"좋습니다, 토머스. 무엇보다 어깨는 좀 어떻습니까?"

"괜찮습니다." 내가 이렇게 답하자 그는 안도하는 표정이었다. "총
을 맞은 겨드랑이보단 훨씬 낫죠."

마침내, 마침내, 마침내 그녀가 고개를 돌려 날 바라보았다. 새라의
두 눈은 그녀의 태도보다 훨씬 더 부드럽고 온화했다. 그녀가 머리를
약간 숙였다. 새라의 목소리는 저음으로 갈라져 있었다.

"제가 말했죠, 미안하다고." 그녀가 말했다.

나는 뭔가 근사하고 점잖은 말로 화답하고 싶어 미칠 지경이었다.
그러나 내 머리는 텅 비어 있었다. 잠시 침묵이 흘렀다. 그녀가 미소를
짓지 않았다면 상황은 난처하고 고역스러웠을 것이다. 다행히 그녀가
미소를 지었고, 문득 피가 귀로 몰리는 것 같았고, 혈관 길목마다 와지
끈 무너지고 쓰러지는 것 같았다. 나는 미소로 답했다. 우리는 계속 서
로를 바라보았다.

"상황이 더 나빴을 수도 있었다는 것을 알려드려야만 할 것 같아
요." 그녀가 말했다.

"물론 그랬을 수도 있었겠죠. 내가 세계적인 겨드랑이 모델이라면
몇 달간 일거리 없이 지내야 했을 테니까요."

이번에는 그녀가 웃었다. 정말로 웃었다. 나는 올림픽 메달을 다 딴
것 같은 기분이 들었다.

우리는 먼저 수프를 먹었다. 내 아파트 크기만 한 대접에 담겨 나왔

는데, 아주 맛이 좋았다. 대화는 별로 없었다. 울프도 경마팬이라는 것, 내가 그날 오후 벌어진 동커스터 경마 대회에서 그의 말들 중 한 마리가 달리는 것을 보았다는 사실 정도. 그래서 우리는 경마 얘기를 짧게 주고받았다. 두 번째 코스가 나왔을 즈음 우리는 예측할 수 없는 영국의 기후와 관련된 잘 다듬어진 3분 발언을 마무리하고 있었다. 울프는 소스를 듬뿍 바른 고기 같은 것을 한입 가득 베어 물었고, 살짝 입을 닦았다.

"그래요, 토머스." 그가 말문을 열었다. "내게 묻고 싶은 게 몇 가지 있을 것 같소만."

"그렇겠지요." 이번엔 내가 살짝 입을 닦았다. "나도 새로운 일이라 곤 아무것도 없는 뻔한 일상은 싫습니다. 하지만 젠장, 당신 지금 도대체 뭘 하고 있는 겁니까?"

옆 테이블에서 깜짝 놀라는 숨소리가 들렸다. 그러나 울프는 미동도 하지 않았고, 그건 새라도 마찬가지였다.

"좋습니다." 그가 고개를 끄덕이며 말했다. "지당한 질문입니다. 우선, 영국 국방부가 당신에게 무슨 말을 했다고 해도 난 마약하고는 아무 상관이 없습니다. 절대로요. 젊었을 때는 페니실린을 했지요. 하지만 그게 답니다. 이상, 끝이에요."

글쎄, 그렇게 말하는 걸로는 충분치 않았다. 조금도 설득력이 없었다. '이상, 끝'이라고 해서 명명백백한 절대적 사실이 되는 것은 아니다.

"그렇군요." 내가 말했다. "구닥다리 영국인의 지겨운 냉소를 용서해주시기 바랍니다. 하지만 이거야말로 '당신이라면 그렇게 말하겠지요' 상황 아닌가요?"

새라가 심사가 뒤틀린 표정으로 날 바라보았고, 문득 내가 좀 지나쳤을지도 모르겠다는 생각이 밀려왔다. 그러나 그녀의 힘줄이 아무리 아름다울망정 난 분명하게 짚고 넘어가야 할 문제들이 있다고 거듭 다짐했다.

"불쑥 따지듯 물어서 미안합니다." 내가 말했다. "하지만 허심탄회하게 얘기하려고 만난 걸로 알고 있고, 그래서 나도 솔직하게 말하는 겁니다."

울프는 음식을 한 입 더 베어물었고, 계속 자기 접시에 시선을 고정하고 있었다. 잠시 후 그의 시선이 접시를 떠나 새라에게 향하고 있음을 감지했다. 그녀에게 대답하라는 신호였다.

"토머스." 그녀가 말했다.

나는 고개를 돌려 그녀를 바라보았다. 새라의 두 눈은 크고 둥글었다. 우주의 이쪽 끝에서 저쪽 끝을 가로지를 만큼.

"난 오빠가 한 명 있었어요. 마이클이라고, 나보다 네 살이 많았죠."

저런! '있었다'고.

"오빠는 베이츠 대학교 1학년 때 죽었죠. 암페타민, 퀘일루드, 헤로인. 마이클은 그때 스무 살이었어요."

그녀가 말을 중단했다. 내가 응답해야 했다. 뭐든, 아무 말이라도.

"유감입니다."

달리 무슨 말을 하겠는가? 힘드냐고? 소금 좀 건네 달라고? 나도 모르게 그녀의 슬픔에 공감하려고 테이블 앞쪽으로 몸을 기울였지만 아무 소용이 없었다. 이런 문제에서는 누구라도 국외자일 수밖에 없다.

"당신에게 이 말을 하는 것은." 그녀가 드디어 입을 열었다. "딱 한

가지 이유 때문이에요. 아버지는……" 그녀는 그렇게 말하면서 아버지에게 고개를 돌렸다. 그는 머리를 숙이고 있었다. "마약 밀수를 할 수 없다는 것을 당신에게 알려드리려는 겁니다. 달나라에 갈 수 없는 것처럼요. 아주 간단해요. 그것만은 분명하게 말씀드릴 수 있습니다."

이상, 끝이었다.

잠시, 두 사람 누구도 서로를 바라보려고 하지 않았다. 그리고 나도.

"정말 유감입니다. 정말 애석한 일입니다." 내가 말했다.

우리는 한동안 그렇게 앉아 있었다. 웅성거리는 식당 한가운데 있는 침묵의 정자처럼 말이다. 별안간 울프가 미소를 지었다. 활달해진 듯했다.

"고마워요, 토머스." 그가 말했다. "뭐, 다 지난 일입니다. 새라와 내겐 다 옛날 일이죠. 우리도 오래 전에 극복을 했고요. 이제 내가 왜 당신에게 날 죽여 달라고 부탁했는지 알고 싶을 겁니다."

옆 테이블의 여자가 고개를 돌려 울프를 보면서 얼굴을 찡그렸다. 그는 그렇게 말해서는 안 되었다. 여자는 고개를 저었고, 다시 자신의 바다가재 요리에 집중했다.

"간단하게 말씀해주시지요."

"아주 간단합니다. 당신이 어떤 부류의 사람인지 알고 싶었던 거예요."

그는 나를 바라보았다. 일자로 꼭 다문 입술이 맘에 들었다.

"그렇군요." 나는 아무것도 모르면서 이렇게 말했다.

사태를 간단히 설명해달라고 하면 이런 일이 일어나는가 보다. 나는 몇 차례 눈을 깜박였다. 그리고 나서 의자 깊숙이 파고 앉아 언짢은 표정을 지어 보였다.

"내가 다녔던 학교의 교장선생님에게 전화하는 데 무슨 문제라도 있었나요? 내 옛 여자 친구와 접촉하는 게 어려웠습니까? 그딴 건 너무 구려 보였나 보죠?"

울프가 고개를 가로저었다.

"아뇨, 아뇨. 난 그 모든 걸 다 조사했어요."

대단한 충격이었다. 정말 충격이라고 하지 않을 수 없었다. 화학 학력고사에서 경험 많은 선생님들이 F 학점을 예상했는데 부정행위로 A를 받은 일을 생각할 때면 난 아직도 얼굴이 화끈거린다. 언젠가 이 일이 들통 나고 말 것임을 난 알고 있었다. 정말이다.

"정말이에요? 내가 어땠는데요?"

"당신은 아주 잘 했더군요." 울프가 미소를 지었다. "옛 여자 친구들 몇 명은 당신을 아주 골치 아픈 인간으로 평가하더군요. 하지만 그것 말고는 다 괜찮았습니다."

"다행이군요."

울프는 무슨 목록을 읽는 것처럼 말을 이어갔다.

"당신은 영리합니다. 또 강인하죠. 정직하기도 하고요. 스카치 가드에서도 근무 성적이 좋았고요."

"스코츠 가드죠." 내가 정정했다.

그러나 그는 내 말은 안중에도 없었다.

"무엇보다도 내가 보기에 당신은 빈털터리더군요."

그가 다시 미소를 지었다. 그 웃음에 짜증이 밀려왔다.

"당신은 내 수채화 작품을 빼먹으셨습니다."

"그런 것도 있었나요? 굉장한 분이로군요. 내가 정말 알고 싶었던 것은 당신을 매수할 수 있는지 여부였습니다."

"그렇지요. 그래서 5만 달러가 입금되었고."

울프가 고개를 끄덕였다.

이야기가 걷잡을 수 없이 진행되고 있었다. 나는 타이밍을 노리고 있었다. 내가 어떤 사람인지, 그리고 대체 당신들은 스스로 무엇이라고 여기길래 여기저기 쑤시고 다니면서 내 정체를 탐문했는지와 관련해 강하게 이의를 제기하고, 푸딩을 한 숟가락 떠먹은 다음 다시 내가 어떤 사람인지에 관한 얘기로 사태를 총정리해야 함을. 그런데 웬일인지 그런 순간은 결코 오지 않을 것 같았다. 울프가 나를 다루는 방식이 마음에 안 들었고, 학적부까지 조사했음에도 불구하고 난 여전히 그를 미워할 수 없었다. 정말 그는 내가 좋아하는 뭔가를 가지고 있었다. 더구나 새라의 경우라면 두말할 나위도 없었다. 목 안으로 보이는 저 근사한 힘줄이라니!

그렇다고 해도 칼을 한 번 빼서 휘둘러 주는 것도 그리 나쁠 것 같지 않았다.

"내가 어디 한 번 맞춰볼까요." 나는 울프를 흘겨보면서 말했다. "당신은 내가 매수되지 않는다는 걸 알면서도 여전히 나를 매수하려 하고 있군요."

그는 전혀 밀리지 않았다.

"바로 맞췄소."

그거였다. 바로 그것이었다. 그 순간이 바로 지금이었다. 사람에겐 누구나 참을 수 있는 한계라는 게 있다. 나도 마찬가지다. 나는 테이블 위로 냅킨을 던졌다.

"이거 아주 재미있는데요. 다른 사람이라면 그 알랑방귀에 기분까지 좋아졌을 것 같군요. 하지만 난 이 모든 게 도대체 어찌된 일인지 알아야겠습니다. 당장 내게 자초지종을 설명하지 않으면 자리를 뜨겠어요. 당신들 인생에서는 물론 이 나라에서도 사라져 주죠."

새라가 나를 지켜보고 있었다. 그러나 나는 울프에게 시선을 고정했다. 그는 마지막 남은 감자 한 조각을 포크로 찍더니 육즙에 담갔다. 그러나 다음 순간 그는 포크를 내려놓고 빠른 속도로 말하기 시작했다.

"걸프전쟁 아시지요, 랭 씨?"

이런, 대체 토머스에게 무슨 일이 벌어진 것일까? 분위기가 확 바뀐 것 같았다.

"그럼요, 울프 씨. 걸프전쟁이라면 좀 알지요."

"아뇨, 당신은 모릅니다. 당신이 걸프전의 실체를 모를 것이라는 데 내가 가진 전부를 걸겠소. '군산복합체'라는 말은 익숙할까요?"

말투가 영락없는 외판원이었다. 나를 몰아붙이고 있었다. 침착해져야 했다. 나는 포도주를 한 모금 천천히 마셨다.

"드와이트 아이젠하워가 그 주역이죠." 내가 입을 열었다. "맞아요, 잘 압니다. 나 역시 그 일부였으니까요."

"랭 씨에게는 실례입니다만 당신은 아주 작은 일부였을 뿐입니다. 너무나 작은 일부요. 이렇게 말하는 것을 용서해주기 바랍니다. 당신이 군산복합체의 일부라는 사실을 알기에는 너무나 하찮은 존재라는 것이죠."

"그러시다면야."

"이제 이 세상에서 가장 중요한 단 하나의 상품을 맞춰보십시오. 다른 모든 상품의 제조와 판매가 거기에 좌우될 정도로 중요한 상품 말입니다. 석유, 금, 식량, 뭐겠습니까?"

"당신은 내게 군비라고 말하려는 듯하군요."

울프가 테이블 앞으로 몸을 굽혔다. 빠르고 깊게. 나는 흠칫 놀랐다.

"그렇습니다, 랭 씨. 세계에서 가장 큰 산업이지요. 지구상의 모든 나라의 정부가 그 사실을 알고 있고요. 만약 당신이 정치인이고, 더구나 어떤 형태로든 군수산업과 대결해야 한다고 해봅시다. 아마 다음날 일어나 보면 당신은 더 이상 정치인이 아닐 것입니다. 어떤 경우엔 어쩌면 다음날 침대에서 아예 눈을 뜨지 못할지도 모르지요. 당신이 아이다호 주에서 총기 소유 등록과 관련된 입법 활동을 하거나, 이라크 공군에 F16 전투기를 판매하는 것을 중단시키려는 노력 따위는 아무 의미가 없어요. 당신이 그들의 코털을 건드리면 그들은 당신의 머리를 밟죠. 그게 요점입니다."

울프는 몸을 뒤로 젖히고 의자 깊숙이 앉았다. 그리고 이마의 땀을 훔쳐냈다.

"울프 씨. 당신은 이곳 영국 생활이 참으로 낯선 모양입니다. 어쩌면 비행기로 입국하기 전날에야 겨우 영국이 상수도가 깔린 촌뜨기들의 나라로 비칠지도 모르겠군요. 그러나 아무리 그렇다고 해도 당신의 얘기는 전에도 무수히 들은 말이라는 점을 알려드려야겠습니다."

"입 닥치고 그냥 들으세요." 새라가 끼어들었다. 그녀의 목소리는 화가 나 있었고, 나는 약간 움찔했다.

그녀에게 고개를 돌려보았더니 정말 나를 노려보고 있었다. 꼭 다문 두 입술이 아주 인상적이었다.

"스톨토이의 허세라고 들어보셨습니까?" 울프가 말했다.

나는 다시 그에게 시선을 돌렸다.

"스톨토이……. 아니요, 못 들어본 것 같습니다."

"상관없습니다. 아나톨리 스톨토이는 소련의 장군이었죠. 흐루시초 프 밑에서 육군 참모총장으로 일했습니다. 러시아가 실제보다 30배 더 많은 로켓을 보유하고 있다고 미국이 믿게 만드는 데 전 생애를 바 친 사람이죠. 그게 그의 일이었으니까요. 필생의 작업이었던 셈이죠."

"아마도 꽤 효과가 있었지요?"

"그랬죠. 우리한테 말이오."

"우리라니…… 어떤?"

"펜타곤은 처음부터 끝까지 그게 거짓임을 잘 알고 있었습니다. 하 지만 그들은 그 엉터리 거짓말을 바탕삼아 사상 유례없는 거대한 규모 의 무기비축 행위를 정당화할 수 있었죠."

아마 술 때문이었을 것이다. 울프가 얘기하는 바의 요점을 냉큼 파 악하기가 힘들었다.

"좋습니다." 내가 말했다. "그렇다면 그와 관련해서 우리도 뭔가를 합시다. 내가 타임머신을 어디에 두고 왔더라? 아, 알았다. 다음 주 수 요일에 두고 왔지."

새라가 한심하다는 듯 콧소리를 내고는 테이블에서 시선을 돌려버 렸다. 어쩌면 새라의 생각처럼 내가 무례하게 굴고 있었는지도 모르겠 다. 하지만 아무리 그래도 그렇지, 우리가 지금 어디로 가고 있단 말인 가?

울프는 잠시 두 눈을 감았다. 어딘가에서 인내심을 끌어 모으는 듯 했다. 그가 천천히 입을 열었다.

"군수산업에서 가장 필요한 게 무엇일 거라고 생각합니까?"

나는 머리를 긁적였다.

"고객?"

"전쟁이죠. 갈등, 분쟁이 필요한 겁니다."

'젠장, 이제야 나오는군.' 난 속으로 생각했다. 지겨운 이론일 뿐이었다.

"아, 알겠습니다. 걸프전을 군비업체들이 시작했다는 말씀을 하시려는 거군요."

솔직히 나는 최대한 예의를 갖추어 말하고 있었다.

울프는 대꾸하지 않았다. 그는 머리를 한쪽으로 약간 기울인 채 가만히 앉아 있었다. 나를 바라보면서 결국 자신이 사람을 오판한 것인지 고민하는 듯했다. 난 전혀 그럴 필요가 없었지만 말이다. 내가 말을 이었다.

"아뇨. 난 진지하게 말하는 겁니다. 당신이 내게 하고 싶은 말이 그것입니까? 내 말은 당신이 무슨 생각을 하는지 알고 싶다는 겁니다. 이 모든 게 다 뭐란 말인가요?"

"당신도 텔레비전으로 방송되는 영상을 보셨겠지요?" 새라가 말했다. 울프는 그저 바라보고만 있었다. "스마트 폭탄, 패트리어트 미사일, 그런 거요."

"당연하죠."

"토머스. 그 무기를 만드는 사람들이 전 세계 무기박람회에서 판촉용 비디오로 그 영상을 틀고 있어요. 사람들이 죽어 가는데 그들은 그걸 광고로 보여주는 거예요. 끔찍하고 역겨운 일이죠."

"맞아요, 동의합니다." 내가 말했다. "지구가 너무 끔찍하게 변했죠. 차라리 토성에서 사는 편이 훨씬 더 나을 겁니다. 그런데 그 일이 구체적으로 나랑 무슨 상관이 있는 거죠?"

울프 씨 부녀가 의미심장한 눈빛을 교환했고, 나는 그들에게서 느꼈던 안타까움을 애써 감춰야만 했다. 그들은 지겨운 음모이론에 빠져 있는 게 분명했다. 그들은 인생의 가장 좋은 시절을 그 황당한 이론에 바칠 게 거의 확실했다. 신문에서 관련 기사를 스크랩하고, '초록 둔덕'*을 주제로 삼는 세미나 따위에 참석하면서 말이다. 내가 무슨 말을 해도 그들은 자신들이 선택한 인생의 행로에서 결코 벗어나지 않을 것이었다.

이럴 때는 스카치테이프 살 돈이나 몇 푼 쥐어주고 자리를 뜨는 게 상책이다.

나는 열심히 머리를 굴렸다. 자리를 뜰 그럴싸한 핑계를 생각해내려고 골몰했다. 그때 울프가 자신이 가져온 서류 가방을 여는 게 보였다. 그가 25.4 x 20.32센티미터 크기의 사진을 한 무더기 꺼냈다.

울프가 맨 위 사진을 내게 건넸고, 나는 받았다.

비행 중인 헬리콥터를 촬영한 사진이었다. 그 크기가 가늠이 안 됐다. 게다가 생김새마저 전에 보거나 들은 것과는 전혀 딴판인 항공기였다. 주 회전날개 2개가 몇 십 센티미터를 사이에 두고 한 개의 축에 박혀서 회전하고 있었고, 꼬리 회전날개는 없었다. 길이와 비교해서 좌우 너비는 짧아 보였고, 식별 번호나 문자도 전혀 없었다. 헬리콥터는 온통 검은색으로 칠해져 있었다.

나는 울프에게 설명해보라는 눈짓을 했다. 그러나 그는 내게 다음 사진을 건네줄 뿐이었다. 이번 사진은 위에서 촬영한 것이었고, 배경을 확인할 수 있었다. 배경이 도시여서 깜짝 놀랐다. 동일한 항공기 혹은 같은 기종이 알 수 없는 두 고층빌딩 사이에서 정지 비행을 하고 있었다. 이 헬리콥터가 작다는 것을 분명히 알 수 있었다. 어쩌면 1인승

일지도 몰랐다.

세 번째 사진은 훨씬 더 가까이서 촬영한 것이었다. 지상에서 이륙 대기 중인 헬리콥터였다. 다른 건 몰라도 군용인 것만은 확실했다. 무지막지해보이는 다량의 장비가 조종실 아래쪽 동체의 무기 탑재대에 장착되어 있었다. 히드라 70밀리 로켓, 헬파이어 공대지 미사일, 50구경 기관총, 기타 등등. 이건 어른들의 거대한 장난감이었다.

"이 사진들은 다 어디서 난 겁니까?"

울프는 고개를 가로저었다.

"그게 중요한 게 아닙니다."

"글쎄요, 나는 그게 중요한 것 같은데요." 내가 대꾸했다. "울프 씨, 당신이 이런 사진을 갖고 있어서는 안 될 것 같은 생각이 강하게 드는 건 나뿐만일까요?"

울프가 고개를 뒤로 젖혔다. 참아주는 데도 한계가 있다는 투였다.

"이 사진들을 어디서 입수했는지는 중요하지 않아요." 그가 말했다. "중요한 건 사진 속의 물건입니다. 이건 아주 중요한 항공기라고요, 랭 씨. 내 말을 믿으세요. 아주아주 중요한 항공기란 말입니다."

나는 그의 말을 믿었다. 안 믿을 이유가 어디 있겠는가?

"펜타곤에서 LH 프로젝트를 시작한 지도 12년이 넘었습니다." 울프가 말했다. "미 육군, 공군, 해병대가 베트남전에서부터 사용 중인 코브라와 슈퍼 코브라를 대체하려는 거지요."

"LH요?" 나는 주저하면서 대꾸했다.

"경량 헬리콥터(Light Helicopter)를 말하는 거예요." 새라가 알려줬다.

---

* Grassy knoll | 존 F. 케네디가 댈러스에서 암살당할 당시 최소한 한 발의 총알이 발사되었다고 추정되는 덤불.

'어떻게 그런 걸 모를 수가 있지' 하는 표정이었다.

연장자 울프가 말을 받았다.

"이 항공기는 그 프로그램의 산물입니다. 맥키 코퍼레이션 오브 아메리카 사에서 만들죠. 반군활동 진압 작전용으로 설계되었고요. 이를테면 테러 행위 같은 거죠. 펜타곤에 조달되는 것 말고도 전 세계의 경찰과 민병대가 이 헬리콥터를 탐내고 있습니다. 하지만 대당 가격이 무려 250만 달러에요. 쉽게 구할 수 없는 물건이라는 겁니다."

나는 사진을 다시 힐끗 보고는 뭔가 근사한 말을 쥐어짜내려고 애썼다.

"예. 알겠습니다. 그런데 회전날개가 왜 2개죠? 약간 복잡해보이는데."

두 사람이 서로를 바라보는 게 눈에 들어왔다. 그러나 난 그 표정의 의미를 알 수 없었다.

"당신은 헬리콥터에 대해서 아는 게 없지요?" 이윽고 울프가 말했다.

나는 어깨를 으쓱했다.

"시끄러운 물건이죠. 추락 사고도 잦고요. 뭐, 그 정도."

"헬리콥터는 느리죠." 새라가 말했다. "느리니까 전장에서 취약한 거고요. 현대의 공격용 헬리콥터는 시속 400킬로미터로 비행할 수 있죠."

나는 그 정도면 꽤 빠른 것 같다고 말하려고 했다. 그런데 그녀가 계속해서 말을 이어갔다.

"현대의 전투기는 초속 0.4킬로미터의 속도로 날지요."

급사를 불러서 연필과 종이를 가져다 달라고 부탁하지 않는 한 그게 시속 400킬로미터보다 느린지 빠른지 내가 알아낼 수 있는 방법은 거의 없었다. 나는 그저 고개를 끄덕이며 그녀가 계속 말하도록 내버려 둘 수밖에 없었다.

"재래식 헬리콥터가 속도를 못 내는 건." 그녀는 내가 곤란해 하는 걸 눈치 채고는 천천히 말했다. "회전 날개가 하나뿐이기 때문이에요."

"당연하죠."

나는 이렇게 대꾸하면서 내 의자에 편히 기댔다. 굉장히 전문적인 새라의 강의를 들으려면 그래야 할 것 같았다. 나는 새라가 말한 내용의 상당 부분을 흘려들었다. 내가 제대로 알아들었다면 요점은 이런 것인 듯했다.

새라에 따르면 헬리콥터 날개의 횡단면은 대체로 비행기의 날개와 동일하다고 한다. 그 모양을 바탕으로 윗면과 아랫면을 통과하는 공기 속에서 차별적인 압력이 발생해 상승하게 되는 것이다. 그러나 헬리콥터 날개는 비행기 날개와 다르다. 헬리콥터가 앞으로 이동하면, 앞쪽으로 회전하는 날개를 지나는 공기가 뒤쪽으로 회전하는 날개를 지나는 공기보다 더 빠른 속도로 이동하게 된다는 점에서 그렇다. 그 때문에 헬리콥터 양쪽에 비대칭적 양력이 발생한다. 결국 헬리콥터가 빨리 날면 날수록 양력의 차이가 더욱더 커진다. '후퇴'익은 더 이상 아무런 양력도 산출하지 못하게 되고, 헬리콥터는 뒤집어져 추락하고 만다. 새라에 따르면 바로 이게 헬리콥터의 약점이었다.

"맥키 사의 기술자들은 한 개의 축에 반대 방향으로 도는 회전날개를 두 개 설치했어요. 양쪽으로 양력이 동일하게 분산되었고, 속도도 거의 두 배까지 낼 수 있게 된 거죠. 동체가 비틀리는 현상도 제거돼서 꼬리 회전날개도 필요없게 된 겁니다. 더 작아졌고, 더 빨라졌고, 조종 반응성도 더 좋아졌죠. 아마 시속 640킬로미터도 너끈할 거예요."

나는 천천히 고개를 끄덕였다. 감동하기는 했지만 '그다지' 대수롭지 않다는 인상도 심어줘야 했기 때문이다.

"음, 그렇군요." 내가 말했다. "하지만 지대공 미사일 재블린은 시속 1,600킬로미터까지 날 수 있습니다."

새라가 나를 물끄러미 바라보았다. 내가 어떻게 감히 기술적인 문제로 그녀에게 도전장을 내밀 수 있겠는가?

"그러니까 내 말은." 내가 말을 이었다. "사태가 그렇게 크게 달라지지는 않는다는 겁니다. 그래 봤자 여전히 헬리콥터고, 격추당할 수 있는 거죠. 무적이 아니라는 얘깁니다."

새라가 잠시 두 눈을 감았다. 어떻게 설명해줘야 이 바보를 이해시킬 수 있을지 궁리하는 듯했다.

"샘 미사일* 사수가 실력이 좋다면요." 그녀가 말했다. "숙달된 사수가 미리 대기하고 있어야죠. 그래도 기회는 한 번뿐이에요. 요컨대 이 헬리콥터의 특장점은 표적에게 대비할 시간을 전혀 주지 않는다는 것이에요. 표적이 눈을 비비고 잠을 털어내는 사이, 상황이 종료되는 거죠."

그녀는 나를 뚫어져라 보았다. 이제 알겠어?

"내 말을 믿으세요, 랭 씨." 그녀는 나의 건방진 태도를 책망하면서 말을 이었다. "이건 차세대 군용 헬리콥터라고요." 그녀는 사진 쪽으로 고개를 숙였다.

"그래요. 좋습니다. 그렇다면 그 사람들은 아주 기뻐하고 있겠군요."

"그렇고 말고요, 토머스." 울프가 말했다. "이 무기에 아주아주 만족하고 있답니다. 이제 맥키 사 사람들에게 남은 문제는 딱 한 가지뿐입니다."

누군가가 '그게 뭐죠?' 하고 물어야만 했다.

"그게 뭐죠?" 내가 물었다.

"펜타곤엔 이 헬리콥터의 임무 수행 능력을 믿는 사람이 아무도 없죠."

나는 잠시 생각에 잠겼다.

"시험 비행을 해보자고 요구할 수 있지 않습니까? 몇 번 날아보면 될 텐데요?"

울프는 숨을 깊게 들이쉬었고, 난 드디어 우리가 오늘 저녁 만남의 핵심에 다다랐음을 직감했다.

"이 물건을 펜타곤과 전 세계의 다른 50개 공군에 팔려면" 그가 천천히 입을 열었다. "테러 세력을 응징하는 작전에 투입된 헬기를 실제로 보여줘야 합니다."

"그렇겠지요. 그들이 뮌헨 올림픽 같은 사태를 기다려야만 한다는 얘기시죠?" 내가 대꾸했다.

울프는 뜸을 들였다. 어떻게든 정곡을 찌르는 말을 준비하려면 시간이 필요했던 것이다.

"아뇨, 그게 아니에요, 랭 씨. 그들은 오히려 적극적으로 나서서 뮌헨 올림픽 같은 사태를 '만들' 겁니다."

---

*SAM | 지대공 및 함대공 미사일.

"그런데 당신들은 이 얘기를 왜 나한테 하는 겁니까?"

우리는 식사를 이미 끝냈고, 커피를 마시는 중이었고, 사진도 다시 파일 속에 들어가 있었다.

"그러니까 내 말은, 당신들이 옳다면…… 나 자신 당신들의 그 '만약'이라는 가정에 갇혀버렸지만 말입니다. 그래, 당신들의 말이 옳다 한들 어떻게 하겠다는 겁니까? 「워싱턴 포스트」에 독자 투고라도 하실 거예요? 에스더 란첸*이라도 찾아가실 겁니까? 도대체 무얼 하겠다는 겁니까?"

울프 부녀는 잠자코 입을 다물고 있었고, 나는 그 이유를 전혀 알 수 없었다. 어쩌면 그들은 그저 이론을 제시하는 것만으로도 충분하다고 생각했는지 모른다. 설마 내가 그 얘기를 듣자마자 버터 접시를 날카롭게 갈면서 자리를 박차고 일어나서 '군수회사에 죽음을!'이라고 외치기라도 할 것으로 기대했을까? 그러나 그것으로 충분치 않았다. 어떻게 그럴 수 있겠는가?

"당신은 자신을 선한 사람이라고 생각합니까, 토머스?"

울프의 입에서 이런 말이 새어나왔다. 그러나 그는 나를 보고 있지는 않았다.

"아닌데요."

새라가 고개를 들었다.

"그렇다면 뭐죠?"

"나는 내가 키가 크다고 생각해요. 가난하기도 하고. 오늘은 한 끼를 잘 때우기도 했군요. 또 오토바이를 탄답니다."

난 잠시 멈추었다. 그녀의 두 눈이 내게 꽂히는 게 느껴졌다.

"선하다니, 무슨 말인지 모르겠어요." 내가 말했다.

"정의의 편을 드는 거라고 생각합니다." 울프가 말했다.

"정의는 없습니다. 안 됐지만 천사는 없어요." 나는 재빨리 대꾸했다.

잠시 정적이 흘렀다. 울프는 천천히 고개를 끄덕였다. 그것도 하나의 관점일 수 있다고 인정하는 투였다. 물론 내 발언이 아주 실망스런 태도라는 의중도 함께 내비치면서. 바로 그때 새라가 한숨을 내쉬면서 자리에서 일어섰다.

"잠깐 실례할게요." 그녀가 말했다.

울프와 나는 허겁지겁 자리에서 일어났다. 그러나 새라는 우리가 채 일어나기노 선에 이미 저만지 가고 있었다. 그녀는 급사에게 가서 뭔가를 속삭였다. 그리고 그의 대답에 고개를 끄덕였고, 식당 뒤쪽의 아치형 통로로 향했다.

"토머스." 울프가 말했다. "이렇게 얘기해보면 어떨까요? 악당들이 못된 짓을 꾸미고 있습니다. 우리에겐 그들을 저지할 수 있는 기회가 있어요. 우리를 도와주시겠습니까?"

울프는 말을 멈추었다. 한동안 침묵이 이어졌다.

"이봐요. 내 질문에 아직 답하지 않았잖습니까?" 내가 말했다. "당신들은 뭘 할 생각입니까? 말해보세요. 언론에 무슨 문제가 있습니까? 경찰은? CIA는? 안 그래요? 전화번호부하고 동전 몇 개만 있으면 해결할 수 있잖아요."

울프는 고개를 저었다. 화가 난 그가 주먹으로 테이블을 두드렸다.

---

* **Esther Rantzen**(1940~) | 영국의 유명 여성 저널리스트이자 방송인.

"당신은 내 말을 듣지 않았군요, 토머스." 그가 말했다. "내가 지금 얘기하는 건 이해관계란 말입니다. 이 세상에서 가장 거대한 이해관계, 바로 자본 말입니다. 지역구 의원에게 전화나 편지 몇 통 하고 쓰는 걸로는 어림없습니다."

나는 자리에서 일어났다. 술 때문인지 몸이 비틀거렸다. 아니 어쩌면 대화 때문인지도 몰랐다.

"가시는 겁니까?" 울프가 고개를 들지 않고 이렇게 말했다.

"글쎄요, 어쩌면요." 내가 대꾸했다. 난 뭘 해야 할지 몰랐다. "하지만 먼저 화장실에 좀 가야겠습니다."

그 순간 화장실에 가고 싶다는 건 분명했다. 나는 혼란스러웠고, 변기를 보면서 생각을 정리하는 버릇이 있기 때문이다.

천천히 식당을 가로질러 아치형 통로 쪽으로 걸어갔다. 머릿속은 온통 뒤죽박죽이었다. 비유하자면, 잘못 실은 온갖 개인 소지품이 쏟아져서 다른 승객을 다치게 할 것만 같았다. 더구나 이륙, 활주로, 긴 여정의 시작까지 생각하고 있다니, 도대체 내가 뭘 하고 있는 거지? 여기서 벗어나야 했다. 그것도 빨리. 그 사진을 받아든 것만으로도 이미 충분히 어리석었다.

방향을 틀어 아치형 통로로 걸어 들어갔다. 새라는 벽감(壁龕) 안쪽에 설치된 공중전화 옆에 서 있었다. 그녀의 등이 눈에 들어왔다. 벽에 거의 닿을 만큼 머리를 앞으로 숙이고 있었다. 나는 잠시 그 자리에 서서 그녀의 목과 머리칼과 어깨를 유심히 살펴보았다. 그리고 엉덩이에도 눈길을 한 번 준 것 같다.

"이봐요." 내가 말을 걸었다. 바보같이.

그녀가 몸을 돌렸다. 일순간이었지만 그녀의 얼굴에 두려움이 스치

는 것을 보았다. 물론 그녀가 무엇을 두려워하는지 전혀 알 길이 없었
지만. 새라는 미소를 지으면서 수화기를 내려놓았다. 그녀가 내게 한
걸음 다가서면서 말했다.

"그래서, 함께하실 건가요?"

우리는 잠시 서로를 마주 보았다. 나는 미소를 지어 보였고, 어깨를
으쓱했다. 그리고 나서 "음" 하는 소리를 내뱉었다. 할 말이 없거나 궁
리 중일 때 내 입에서 새어나오는 간투사(間投詞)다. 사실 해보면 알겠
지만 '우' 소리를 내려면 삐죽거리듯 입술을 오므려야 한다. 이를테면,
휘파람을 불 때도 아주 비슷한 입모양을 만들어야 한다. 그리고 키스
도 마찬가지이다.

새라가 내게 키스를 했다.

'그녀'가 '내게' 키스를 했다.

그러니까 내 말은, 난 거기에 서서 입술을 오므린 채 뇌까지 잔뜩 주
름살을 만들고 있었는데 그녀가 다가와 자기 혀를 내 입안에 집어넣었
다는 말이다. 새라가 바닥 널에 걸려 넘어지면서 일종의 반사작용으로
혀가 튀어나온 게 아닐까 하는 생각도 들었다. 그러나 아무래도 그럴
가능성은 없었다. 그랬다면 몸의 균형을 회복한 다음 다시 혀를 집어
넣어야 했을 테니까.

새라는 확실히 내게 키스를 하고 있었다. 영화에서처럼 말이다. 내
가 내 인생을 살고 있는 것 같지 않았다. 난 몇 초 동안 너무 놀랐다.
뭘 해야 할지 몰라 허둥댔다. 너무 오랜만에 이런 일이 내게 일어났기
때문이다. 기억이 맞다면 내가 키스를 받아본 건 람세스 3세 치하에서
올리브를 따던 때였다. 그때 어떻게 대처했는지도 가물가물하다.

새라의 키스에서는 치약, 포도주, 향수, 천국의 화창한 날 맛이

났다.

"함께하실 거죠?" 그녀가 다시 말했다. 새라의 목소리는 선명했다. 그녀가 어느새 혀를 거두어 갔음을 알 수 있었다. 물론 나는 여전히 입과 입술로 그 맛을 느끼고 있었다.

이 느낌이 영원히 사라지지 않으리라는 걸 알았다. 나는 눈을 떴다.

그녀가 제자리에 서서 나를 쳐다보고 있었다. 분명 새라였다. 급사나 모자걸이가 아니고 말이다.

"음." 내가 대꾸했다.

⋯

우리는 다시 테이블로 돌아와 앉았다. 울프가 신용카드 영수증에 서명을 하고 있었다. 어쩌면 다른 일들도 벌어졌을 텐데, 확실히는 모르겠다.

"저녁 잘 먹었습니다." 나는 로봇처럼 말했다.

울프는 내게 손사래를 치면서 싱긋 웃었다.

"별 말씀을요, 톰." 그가 말했다.

그는 내가 알았다고 하자 기분이 좋았던 모양이다. '알았다'는 말은 '알았습니다, 한 번 생각해보지요'의 '알았다'였는데도 말이다.

내가 정확히 '뭘' 생각하고 있는지 아는 사람은 아무도 없었을 것이다. 그러나 그 정도로도 울프는 아주 기뻐했다. 사실 우리 각자는 한동안이나마 기분 좋을 이유가 나름 다 있었다. 나는 파일을 집어 들고, 사진들을 다시 한 장씩 차례로 쭉 훑어보았다.

작고, 빠르고, 강렬한.

난 새라도 만족했으리라고 생각한다. 그녀가 비록 지금 괜찮은 식사와 새 시대를 모의하는 약간의 대화 외엔 별일 없었다는 듯 행동하고 있지만.

강렬하고, 빠르고, 작은.

아마 그 침착한 평정 상태의 이면에선 부글부글 끓는 감정의 소용돌이가 휘몰아치고 있었으리라. 아버지가 동석한 마당에 그런 심리 상태를 노출할 수는 없었을 테니까.

작고, 빠르고, 강렬한.

새라 생각은 그만 접지 않을 수 없었다.

끔찍한 살상 무기 사진들이 눈앞에 계속 펼쳐지자 놓았던 정신줄을 붙잡고 긴장하고 있는 나 자신을 발견했다. 물론 비현실적으로 들릴 것이다. 출력된 사진에 드러난 이 헬리콥터의 준엄함, 호전성, 완벽한 효율성, 뻔뻔한 무자비함이 내 손으로 스멀스멀 기어들어오는 것 같았다. 모골이 송연해졌다. 어쩌면 울프도 내 감정 상태를 눈치 챈 듯했다.

"공식 명칭은 없습니다." 그가 사진을 가리키며 말했다. "하지만 임의로 '도시 통제 및 법집행 항공기'*라고 부릅니다."

"UCLA로군." 내가 대꾸했다. 별 뜻은 없었다.

"글자도 알아요?" 새라가 웃는 듯한 표정으로 말했다.

"그래서 이 헬리콥터엔 이름이 하나 더 있지요." 울프가 말했다.

"뭔데요?"

*Urban Control and Law-enforcement Aircraft.

아무도 대답을 하지 않길래 내가 고개를 들었다. 울프는 내가 자기와 시선을 마주하기를 기다리고 있었다.

"그레쥬에이트(Graduate)라오." 그가 답했다.

7

여자의 머리카락 한 올이면
소 수백 마리를 옮길 수 있다.

제임스 호웰

나는 빅토리아 임뱅크먼트를 따라 가와사키를 몰았다. 그냥 그러고 싶었다. 오토바이의 기관을 깨끗이 뚫어주고 싶었고, 나 자신도 기분 전환이 필요했다.

울프 부녀에게 내 아파트로 걸려온 전화와 불쾌한 목소리의 미국인 얘기는 하지 않았다. '그레쥬에이트 연구'(Graduate studies)는 뭐든지 의미할 수 있었다. 심지어 대학원에서 하는 연구까지도. 전화를 건 사람 역시 누구라도 될 수 있었다. 음모이론에 빠진 사람들과 엮였을 때는 그들을 자극할 만한 우연한 사건을 절대로 제공해서는 안 된다. 키스를 했든 안 했든 그게 바로 내가 '처한' 상황이었다.

식당을 나섰을 때 우리 셋은 우호적인 휴전 상태였다. 울프는 인도에서 내 팔을 꼭 잡고는 하룻밤 자면서 잘 생각해보라고 당부했다. 마침 새라 엉덩이를 보고 있던 나는 그 말에 외설적인 상상을 하며 가볍게 몸을 떨었다. 그러나 그가 무슨 말을 하는지 곧 깨닫고는 그러마고 약속했다. 그리고 나서 필요할 때면 어떻게 연락을 취하면 되느냐고 정중하게 물었다. 울프는 한쪽 눈을 찡긋하고는, 연락은 자기가 하겠다고 말했다. 그러든 말든 난 별로 상관이 없었지만 말이다.

물론 내가 울프 쪽에 붙어 있을 나름의 이유는 하나 있었다. 아버지는 괴짜에 기인이었다. 딸은 매력적인 외모의 소유자에 지나지 않을 수도 있었다. 그러나 그 둘에게는 사람을 끄는 어떤 힘이 있다는 건 부정할 수 없었다.

그러니까 내가 말하고 싶은 것은 그들이 엄청난 양의 매력을 내 은행 계좌에 쏟아 부어줬다는 얘기다.

오해하지는 마시라. 나는 돈에 크게 구애받는 성격이 아니다. 그렇다고 공짜로 일을 해주는 사람도 아니다. 변변치는 않아도 난 내가 한 일에 대해서는 꼭 돈을 받는다. 누군가 내 돈을 떼먹었다는 생각이 들면 화도 난다. 그러나 난 내가 돈만 좇으면서 살아오지는 않았다고 솔직히 말할 수 있다. 그저 돈을 더 벌겠다고 내키지 않는 일을 해본 적은 단 한 번도 없다. 일례로 폴리 같은 사람은 깨어 있는 시간의 대부분을 돈을 벌거나 돈 벌 궁리를 하며 보낸다. 물론 이 얘기는 그가 내게 여러 차례 해준 말이다. 폴리는 내키지 않는 일, 심지어 비도덕적인 일도 맡는다. 보수만 두둑하면 그는 조금도 신경 쓰지 않는다. 폴리는 '얼마든지'라며 반길 것이다.

그러나 난 그런 부류의 사람이 아니다. 만듦새 자체가 다르다고나 할까. 내가 볼 때 돈의 유일한 장점은 필요한 물건을 살 수 있다는 것뿐이다. 그 한 가지 긍정적인 측면을 제외하면 정말 재미없고 진부한 대상이 바로 돈이다.

아무튼 마음에 드는 물건을 살 수 있다는 것은 좋은 일이다.

물론 울프가 준 5만 달러로 영원한 행복을 살 수는 없다. 그 돈으론

앙티브*에 빌라 한 채조차 구입할 수 없고, 하루 반 이상 빌리는 것도 불가능하다. 그러나, 그럼에도 불구하고 그 돈이 내 수중에 있다. 위안이 되고, 마음이 놓인다. 원하면 담배도 마음대로 살 수 있으니까.

그런 안락함을 놓치지 않기 위해 가끔 아름다운 여인의 키스를 받으며 로버트 러들럼**의 소설에 나오는 저녁 시간을 몇 번 더 보내야 한다면 뭐 그 정도야 그런 대로 참아줄 수 있다.

자정을 넘긴 시각이라 빅토리아 임뱅크먼트에는 차가 많지 않았다. 노면에는 물기가 없었고, ZZR은 좀 달려줄 필요가 있었다. 나는 카뷰레터 조절기를 3단 기어로 개방하고, 뒷바퀴 주위에서 우주가 재배치되는 동안 커크 선장이 체호프***에게 한 몇몇 대사를 상기했다. 웨스트민스터 다리가 보일 때쯤 나는 시속 177킬로미터의 속도로 달리고 있었을 것이다. 나는 브레이크를 잡고 몸을 약간 기울였다. 오른쪽으로 돌기 위해 오토바이를 조작하는 예비 조치였다. 의회 광장 진입을 통제하는 신호등이 초록색으로 바뀌었고, 암청색 포드 한 대가 출발하고 있었다. 나는 바깥쪽으로 더 큰 호를 그리며 돌 요량으로 속도를 줄였다. 오른쪽 무릎이 노면에 거의 닿을 정도로 비스듬히 달리고 있었는데 포드가 왼쪽으로 움직이기 시작했다. 나는 더 크게 돌아야겠다고 판단하고 몸을 세웠다.

그때까지만 해도 나는 포드가 나를 못 봤겠거니 하고 생각했다. 그가 평범한 운전자라고 생각했던 것이다.

* Antibes | 프랑스 남동부의 휴양 도시.

** Robert Ludlum(1927~2001) | 미국의 스릴러 소설가.

*** 텔레비전 시리즈 「스타 트렉」의 주인공들.

시간은 참으로 기묘하다.

공군 소속 조종사에게서 들은 얘기가 있다. 조종사와 항법사가 요크셔 골짜기 90미터 상공에서 그 비싸다는 토네이도 GR1을 버리고 탈출한 사연이었다. 조종사는 사고 원인이 '조류 충돌' 때문이었다고 말했다. '조류 충돌'이라니, 내가 볼 때는 아주 불공정한 용어이다. 새들이 무슨 잘못이라도 한 것처럼 들리지 않나? 날개가 달린 그 작은 녀석들이 음속에 가까운 속도로 정반대 방향에서 날아오는 20톤짜리 쇳덩이에 일부러 박치기라도 했다는 말인가?!

아무튼 그 얘기의 요점은 이랬다. 사고 후 조종사와 항법사는 조사관들에게 충돌 당시 자신들이 보고, 듣고, 생각하고, 취한 행동을 무려 1시간 15분 동안 막힘없이 진술했다는 것이다.

1시간 15분 동안 말이다.

그러나 잔해에서 회수한 비행 기록 장치인 블랙박스를 분석해보았더니, 새가 엔진에 말려들고 승무원이 탈출하는 데 걸린 시간이 4초가 채 안 되더라는 것이었다.

4초. 꽝 하고 충돌. 1초, 2초, 3초, 사출돼서 신선한 공기를 마심.

처음 들었을 때는 그 이야기가 믿기지 않았다. 다른 무엇보다 조종사 자신이 작고 단단한 체구에 깐깐한 성격이었다. 게다가 육체적으로 우월한 사람들이 흔히 그렇듯 오싹할 정도로 파란 눈의 소유자였다. 뿐만 아니라 난 그 이야기에서 새를 편들고 싶어 미칠 지경이었다.

그러나 이제는 그 이야기를 믿지 않을 수 없다.

포드 운전자는 우회전을 하지 않았다. 그가 나를 도로에서 의사당 건물 쪽 가드레일로 몰아붙였을 때, 난 몇 번이나 생사를 넘나들었다. 그렇게 넘나든 생이 다 즐겁고 만족스럽지는 못했다는 사실도 첨언해야겠다. 내가 브레이크를 잡으면 그도 브레이크를 밟았고, 내가 가속을 하면 그도 가속을 했다. 방향을 틀기 위해 오토바이를 기울였지만 그는 계속 다가와 가드레일 쪽으로 나를 밀어붙였다. 포드의 조수석 창문이 내 어깨에 닿을 지경이었다.

그렇다. 나도 이제 그 가드레일에 관해 1시간 동안 말할 수 있다. 포드를 몰던 자가 평범한 운전자가 아니라는 것을 자각한 찰나의 깨달음에 관해서도 분명 주구장창 설을 풀 수 있다. 정말이지, 그는 운전 실력이 대단했다.

그 차는 로버가 아니었다. 뭔가 다른 의미가 있었다. 빅토리아 임뱅크먼트에서 나를 추월한 사람이 없었으므로 그는 무선 교신을 통해 미리 위치를 잡고 있었음에 틀림없었다. 조수석에 탄 놈은 곁을 지나갈 때도 나를 빤히 바라보았고, 차가 나를 향해 물밀듯이 다가올 때도 "저 오토바이 탄 사람 조심해"라고 말하지 않았다. 차에 달린 두 개의 백미러는 어느 모로 봐도 포드의 기본 장비가 아니었다. 불알까지 아팠다. 정신을 바짝 차려야 했다.

아시겠지만 오토바이를 타는 사람들은 안전벨트를 하지 않는다. 그런데 여기엔 좋은 점만 있는 게 아니라 나쁜 점도 있다. 도로를 질주할 때 200킬로의 뜨거운 쇳덩이에 묶여 있겠다고 할 사람은 없을 것이다. 그러나 브레이크를 꽉 잡으면 오토바이는 멈추는데 탑승자는 멈추지 못한다는 게 약점이다. 오토바이 운전자는 몸이 앞으로 쏠리게 되고, 성기가 휘발유 탱크와 닿게 되면 눈물이 앞을 가린다. 결국 애초에 피하기 위해 브레이크를 밟은 대상을 못 보게 되는 것이다.

가드레일 말이다.

가드레일은 튼튼하고, 장식이 없었으며, 미려하게 제작되어 있었다. 모든 의회의 어머니를 에워싸서 보호하는 임무를 수행하기에 걸맞은 가드레일이라고 할 만했다. 사람들은 1940년 봄에 이 가드레일을 뜯어내서 스핏파이어와 허리케인과 웰링턴과 랭카스터*를 만들었다. 분리형 수평 꼬리날개를 한 비행기가 또 뭐였더라? 블렌하임이었던가?

물론 이 가드레일은 1940년에 거기 없었다. 이건 1987년에 리비아 미치광이들이 자동차 트렁크에 고폭탄 4분의 1톤을 싣고 의회 업무를 마비시키려고 한 공작을 저지하기 위해 세워진 가드레일이다.

이 가드레일, 나의 가드레일은 일 하나만큼은 똑 부러지게 했다. 민주주의를 수호하고 있었던 것이다. 이 가드레일은 테드나 네드, 아니 어쩌면 빌이라는 장인이 손수 제작했을 것이다.

영웅에게 걸맞은 그런 가드레일이었다.

감각이 없어졌다.

얼굴이 보였다. 아주 큰 얼굴이었다. 아주 작은 얼굴을 가릴 살갗 면적밖에 없는 아주 큰 얼굴. 그래서 얼굴이 온통 꽉 짜여 보였다. 꽉 찬 턱, 꽉 찬 코, 꽉 찬 두 눈. 얼굴의 모든 근육과 힘줄이 튀어나와 요동치고 있었다. 혼잡한 승강기를 보는 것 같았다. 나는 눈을 감았고, 그 얼굴은 사라졌다.

1시간을 잤지만 그 얼굴은 59분 동안 곁에 있었을지도 모른다. 어떻게 알겠는가. 얼굴 말고는 천장뿐이었다. 내가 방 안에 있다는 의미였다. 내가 옮겨졌다는 얘기였다. 자연스럽게 미들섹스 병원이 떠올랐다. 그러나 이곳이 완전히 다른 병실임을 이내 알 수 있었다.

나는 몸의 여러 부위를 움직여 보았다. 조심스럽게. 그러나 목이 부러졌을지도 모른다는 불길한 예감 때문에 머리를 움직여 볼 생각은 감히 하지 못했다. 두 발은 약간 멀리 떨어져 있는 것 같았지만 그래도 괜찮아 보였다. 190센티미터 이상만 안 떨어져 있으면 별 불만은 없었다. 왼쪽 무릎은 신호가 오는 걸로 봐서 무사했다. 오른쪽 무릎은 아팠다. 부어 있었고, 열이 났다. 거긴 나중에 다시 확인하기로 했다. 허벅지. 왼쪽은 괜찮았고, 오른쪽은 그다지 좋지 못했다. 골반은 괜찮아 보였다. 그러나 몸무게를 실어볼 때까지는 자신할 수 없는 부위였다. 불알. 이게 또 문제였다. 힘을 줘볼 필요도 없었다. 상태가 좋지 않다는 게 분명했다. 개수가 너무 많았고, 또 너무 아팠다. 배와 가슴은 B 마이너스 정도. 오른팔은 완전 낙제점이었다. 전혀 움직일 수 없었다. 그건 왼팔도 마찬가지였다. 물론 손은 간신히 움직일 수 있었다. 나는 그 때문에 윌리엄 호일 병동에 있지 않다는 사실도 알게 됐다. 국민건강보험(NHS) 병원에서는 요즘 별일이 다 일어난다고 한다. 그러나 아무리 그렇다고 해도 별다른 이유 없이 환자의 손을 침대에 묶어놓지는 않는다. 목과 머리는 다음에 살펴보기로 했다. 나는 불알 일곱 쪽 달린 녀석이 해낼 수 있는 최대한도로 깊은 잠에 빠져들었다.

얼굴이 다시 나타났다. 전보다 더 꽉 찬 얼굴이었다. 게다가 이번에는 뭔가를 씹고 있었다. 그의 두 볼과 목 안의 근육들이 『그레이 해부학 교과서』에 나오는 그림처럼 불거져 있었다. 입술 주위로 부스러기들이 보였고, 가끔씩 분홍색 혀가 튀어나와서 하나씩 떼어 다시 입 속으로 들어갔다.

---

* Spitfire, Hurricane, Wellington, Lancaster | 2차 세계대전 당시 영국이 제작한 항공기.

"랭?"

그 혀가 이제 입안에서 움직이고 있었다. 잇몸 위를 달리면서 입술을 오므렸다. 순간 나는 그가 내게 키스를 하려 한다고 생각했다. 나는 그를 제지해야 했다.

"여기가 어디죠?"

다행히도 아픈 사람처럼 엄청나게 쉰 목소리였다.

"음." 그 얼굴이 말했다.

살갗이 충분했다면 그 얼굴에 미소가 어릴 수도 있겠구나 라는 생각이 들었다. 그 얼굴은 별 반응 없이 내가 누운 자리에서 멀어졌고, 난 문이 열리는 소리를 들었다. 그러나 그가 문을 닫지는 않았다.

"깨어났습니다." 같은 목소리가 들려왔다. 꽤 우렁찼다. 문은 여전히 닫지 않은 채였다.

그건 방을 통제하는 사람이 복도까지 통제한다는 의미였다. 밖의 공간이 복도라면 말이다. 어쩌면 이곳은 우주 왕복선의 발사 정비탑이었을지도 모른다. 그러니까 난 우주 왕복선 안에 있고, 지구를 떠날 예정인지도 모르는 것이었다.

발자국 소리가 났다. 두 사람이었다. 하나는 고무 밑창, 다른 하나는 가죽 신발이었다. 바닥은 딱딱했다. 가죽 구두의 걸음걸이가 더 느렸다. 가죽이 책임자다. 고무 밑창은 부하이다. 그는 문을 열고, 가죽 구두가 들어올 수 있도록 조치한다. 고무 밑창은 아까 그 얼굴이었다. 고무 얼굴. 까먹을 일은 없겠군.

"랭 씨?"

가죽 구두가 침대 옆으로 왔다. 이게 침대였다면 말이다. 나는 눈을 감은 채로 얼굴에 약간 아프다는 표정을 지었다.

"좀 어떤가?"

미국인이었다. 갑자기 내 인생에 미국인이 많아졌다. 분명 환율 때문일 것이다.

그가 침대 주위로 움직이기 시작했다. 구둣발 아래로 쓰레기 밟히는 소리가 났다. 면도 후에 바르는 로션 냄새도 났다. 너무 강했다. 혹시라도 사귀게 되면 말해줘야겠다. 하지만 지금은 아니다.

"난 어렸을 때 내내 오토바이를 타고 싶어 했지." 가죽 구두가 말했다. "할리 데이비슨 말이야. 그런데 아버지가 위험하다고 말리셨지. 그래서 운전을 배운 첫 해에 네 번이나 차를 박았지. 일부러 복수하려고 말이야. 아버지는 성질 싫어."

시간이 흘렀다. 나는 아무것도 할 게 없었다.

"목이 부러진 것 같은데요." 내가 말했다. 나는 계속해서 눈을 감고 있었고, 목쉰 소리도 여전히 근사하게 나왔다.

"그래? 그거 안 됐구만. 자, 이제 자기소개 좀 해주실까, 랭. 당신 누구야? 뭐 하는 사람이야? 영화 좋아하나? 책은 어때? 여왕이랑 다과회는 해봤나? 말해보라고."

나는 구두가 돌아설 때까지 기다렸다가 천천히 눈을 떴다. 그는 보이지 않았고, 그래서 나는 천장에 시선을 고정했다.

"의사 선생님이세요?"

"나는 의사가 아니야, 랭." 그가 말했다. "의사는 확실히 아니지. 내 정체는 개자식이라고나 할까."

방 안 어딘가에서 숨죽여 웃는 웃음소리가 들렸다. 고무 얼굴이 여전히 방에 있다는 걸 알 수 있었다.

"뭐라고요?"

"개자식. 그게 바로 나야. 그게 내 일이고, 내 삶이지. 자 이제 자네 얘기를 해보자고."

"의사를 불러주세요. 목이……."

눈물이 나왔고, 나는 흐르도록 내버려 두었다. 코도 훌쩍거렸고, 목이 메인 체했다. 내 입으로 직접 말하긴 좀 그렇지만 아주 멋진 환자 연기를 펼쳤다.

"목 상태를 알고 싶은 모양인데." 가죽 구두가 말했다. "난 네 목 따위에는 아무 관심이 없어."

그가 면도 후에 사용하는 로션에 관해선 난 아무 얘기도 해주지 않겠다고 다짐했다. 절대로.

"내 관심사는 다른 거야. 그것도 아주 많이." 가죽 구두가 말했다.

계속 눈물이 나왔다.

"저기요, 누구신지도 모르겠고, 여기가 어딘지도 모르겠지만……."

나는 더듬더듬 말하면서 베개에서 머리를 들려고 애썼다.

"리치, 나가서 바람 좀 쐬고 와." 가죽 구두가 말했다.

문 저쪽에서 툴툴거리는 소리가 났고, 신발 두 개가 방을 나갔다. 리치가 그 주인공이라고 생각하지 않을 수 없었다.

"자, 이렇게 한 번 생각해보자고, 랭. 넌 내가 누군지 알 필요가 없어. 네가 어디 있는지 몰라도 돼. 그러니까 네가 나에게 뭘 말해주는 거지, 내가 너에게 뭘 말해주는 게 아니라는 거야."

"하지만 뭘……."

"내 말 못 들었어?"

별안간 내 앞에 얼굴이 나타났다. 매끈하게 잘 씻은 피부에 폴리처럼 머리칼이 복슬복슬하게 청결했고, 우스꽝스러울 정도로 완벽하게 빗질이 되어 있었다. 한 마흔 살쯤 되어 보였고, 실내 운동용 자전거 위에서 하루에 2시간씩 보내는 듯했다. 딱 한 단어면 족했다. 모범생. 그 모범생이 나를 자세히 들여다보았다. 그의 시선이 내 아래턱에 머무는 걸 보면 거기에 꽤나 볼 만한 상처가 있는 것 같았다. 나는 기분이 약간 좋아졌다. 어색한 분위기를 깨는 데는 흉터만 한 게 없기 때문이다.

결국 그와 눈이 마주쳤다. 물론 네 개의 눈이 사이가 좋을 리는 없었다.

"좋아." 그의 얼굴이 사라졌다.

틀림없이 이른 아침이었다. 향수 냄새가 이렇게 강렬하니 그가 막 면도를 했다고 결론 내릴 수 있었다.

"자네 울프를 만났더군. 멍청한 딸년도 같이." 모범생이 말했다.

"예."

잠시 침묵이 흘렀고, 난 그가 내 반응에 기뻐하고 있음을 알았다. 웃음 때문에 숨소리가 바뀌었으니까. 만약 내가 그 사실을 부인했거나, 혹은 번지수를 잘못 찾았다고 말했거나, 아니 '노 스피크 잉글리시'라고 말했다면 그는 날 선수로 생각했을 것이다. 반대로 내가 죄다 불면 날 바보로 취급했을 것이다. 요컨대 모든 정황상 사태는 후자 쪽으로 흘러가고 있었다.

"좋아. 자, 무슨 얘기를 했는지 말해보실까?"

"그러니까." 나는 집중하느라 미간을 찌푸렸다. "제 군 경력을 물어보더군요. 제가 군인 출신입니다, 이래봬도."

"젠장! 울프가 이미 알고 있던 건가, 아니면 자네가 얘기한 건가?"

바보는 또 한 번 짱구를 굴려야 했다.

"잘 모르겠습니다. 말씀하시는 걸 듣고 보니 울프가 이미 알고 있었던 것 같습니다."

"여자도 알고 있었나?"

"글쎄요, 그건 잘 모르겠습니다. 여자에겐 별 관심이 없었으니까요."

그 얘기를 할 때 거짓말 탐지기를 달고 있지 않아서 천만다행이었다. 그걸 부착하고 있었다면 계측기 바늘이 자기 좀 누워야겠다며 옆방으로 갔을 것이다.

"그가 제 꿍꿍이를 캐묻더군요. 무슨 일을 꾸미고 있는 거냐고 말입니다. 그런데 솔직히 전 진짜 별것 없습니다."

"정보부에 있었나?"

"예?"

그렇게 말하면 대답이 될 줄 알았다. 그러나 모범생은 멈추지 않았다.

"군대에 있을 때 아일랜드에서 테러리스트와 싸웠더군. 거기서 정보업무에 관여했겠지."

"세상에나, 아닙니다."

그렇게 생각해주니 기분은 좋다는 투로 미소를 지어 보였다.

"재밌어?"

그만 웃어야 했다.

"아닙니다. 그냥…… 저는 뭐."

"모르니까 지금 내가 묻고 있잖아. 군정보부에 있었어?"

나는 고통스럽게 한숨을 돌리고 대답을 했다.

"얼스터 경찰대는 하나의 체계로 움직였습니다." 내가 말했다. "그게 다예요. 거기서 일어나는 모든 일은 이미 백 번쯤 일어났던 일입니다. 조직이 전부였죠. 아시겠지만 저 같은 사람들은 머릿수를 채울 뿐이에요. 그냥 근무하면서 스쿼시나 좀 치고, 농담이나 하면서 보냈죠. 물론 재미는 있었습니다."

과장해서 말한 것 같다는 생각이 들었다. 그러나 그는 신경 쓰지 않는 눈치였다.

"이봐요. 목이…… 잘 모르겠지만, 좀 이상합니다. 정말 의사 좀 불러주세요."

"그는 악당이야, 톰."

"누구 말입니까?"

"울프 말이야. 진짜 악당이고말고. 그자가 자기소개를 어떻게 했는지는 모르겠어. 하지만 지난 4개월간 자기가 유럽으로 반입한 코카인 36톤 얘기는 아마 하지 않았겠지. 혹시 했나?"

나는 고개를 가로 저으려고 했다.

"아니, 당연히 하지 않았겠지. 하지만 그건 악질적인 범죄야. 안 그런가, 톰? 나 같으면 그렇다고 말하겠어. 이 세상엔 악마가 살고 있는 거야. 그자가 코카인을 팔고 있는 걸 보라고. 음, 이거 꼭 노래 가사 같은데. 코카인(cocaine)과 운율이 맞는 단어가 뭐가 있지?"

"고통(pain)이요." 내가 말했다.

"그렇지." 모범생이 말했다. 그는 내 대답을 마음에 들어 했다. "고통." 가죽 구두가 다시 걸음을 내딛었다. "악당은 악당들과 어울리는 거 아나, 톰? 난 알고 있는데 말이야. 항상 그런 식이지. 모르겠어, 그놈들이 서로 만나서 마음이 편해지고 싶은 건지. 관심사가 같은 거겠지? 별자리가 같은 건지도 모르겠고. 수도 없이 봐왔지. 수도 없이."

가죽 구두가 걸음을 멈추었다. "그렇기 때문에 너 같은 사람이 울프 같은 자와 손을 잡으면 난 네가 좋아질 수 없는 것이지."

"제발 그만 하세요." 내가 화를 내며 말했다. "의사를 데려올 때까지는 더 이상 아무 말도 하지 않겠습니다. 지금 무슨 말을 하고 있는지 하나도 모르겠습니다. 울프도 그렇고, 당신도 그렇고, 전혀 모릅니다. 그리고 정말 목이 부러진 것 같다니까요."

아무 대꾸가 없었다.

"의사를 불러주세요, 당장."

내가 되풀이했다. 프랑스 세관 화물 창고에 간 영국인 관광객 흉내를 최대한 내면서 말이다.

"아니, 톰. 의사의 귀중한 시간을 낭비해서는 안 되지."

그의 목소리는 차분했지만 나는 그가 흥분했다는 걸 알 수 있었다. 저벅거리는 가죽 구두 소리가 났다. 문이 열렸다.

"계속 감시해. 화장실 갈 거면 먼저 내게 얘기하고."

"잠깐만요." 내가 말했다. "시간 낭비라니요? 난 다친 사람이란 말입니다. 아파 죽겠다고요."

가죽 구두가 다시 내게 다가왔다.

"그럴 수도 있겠지, 톰. 그럴 수도 있을 거야. 그런데 일회용 종이접시를 닦아서 쓰는 사람도 있나?"

내 상황과 관련해 좋은 얘기를 많이 할 수는 없었다. 긍정적인 판단을 내릴 수가 없었다. 그러나 졌든 이겼든 교전을 했으면 마음속으로 복기를 해봐야 사태를 파악할 수 있는 법이다. 리치가 문 옆 벽에 죽치고 앉아 있을 때 내가 한 일이 그거였다.

첫째로, 모범생은 많은 것을 알고 있었고, 그것도 단시간에 입수한 게 틀림없었다. 그건 그에게 부하들이 있거나 정보 교환 채널이 많다는 얘기였다. 둘 다일 수도 있었다. 둘째로, 그는 "이고르나 뭐 다른 사람에게 보고하라"고 말하지 않았다. 모범생은 "내게 얘기하라"고 말했다. 아마 이 우주 왕복선에는 모범생과 리치뿐이라는 의미이리라.

셋째이자 이 시점에서 가장 중요한 사실은, 내 목이 부러지지 않았음을 확실히 아는 사람은 나뿐이라는 것이었다.

8

난 군에 입대했지, 명예를 얻고 싶었던 거야.
그리고는 총알 세례 대가로 매일 6펜스
은화를 한 닢씩 받았다네.

찰스 딥딘

       시간이 얼마나 흘렀을까? 한참이 지났는지도 모르겠다. 어쩌면 그랬을 것이다. 그러나 오토바이 사고 이후 난 이 시간이란 놈을 약간 의심하게 되었다. 헤어지고 나면 반드시 주머니를 매만지는 식으로 말이다.

이 방 안에서는 도무지 뭘 가늠할 수 있는 게 전혀 없었다. 인공조명이 계속 켜져 있었고, 소음은 전혀 없었다. 상자에 담긴 우유병이 달그락거리는 소리라든가 「이브닝 스탠더드」 5시 판이 막 나왔다"는 외침 소리라도 들렸다면 조금이나마 도움이 됐을 것이다. 하지만 세상 일이 꼭 내 마음대로 되는 건 아니니까.

내가 가진 것 중에 시간을 잴 만한 물건이라곤 방광 밖에 없었다. 식당을 나오고 대충 4시간 정도 지났다는 게 방광이 내게 알려준 정보였다. 모범생이 면도 후에 바른 로션 정보와 일치하지 않는군. 하지만 다시 생각해보면 이 싸구려 방광이란 물건은 믿을 게 못 됐다.

리치는 의자를 가지러 딱 한 번 방을 나갔다. 그가 자리를 비운 사이

나는 결박을 풀고, 침대 시트로 매듭을 만들어 바닥으로 내려가 보려고 했다. 그러나 그가 자리로 돌아왔을 때 나는 겨우 허벅지를 긁는 데까지밖에 진도를 못 나간 상태였다. 일단 편하게 자리를 잡고 앉자 리치는 더 이상 별다른 소리를 내지 않았다. 읽을거리도 가져왔다는 생각이 들었다. 그러나 책장 넘기는 소리가 전혀 들리지 않았다. 읽는 게 무지하게 느리거나 그냥 앉아서 벽 쳐다보는 걸 즐기거나, 둘 중의 하나였다. 아니 어쩌면 나를 바라보고 있었을지도.

"화장실에 가야겠어요." 내가 쉰 목소리로 말했다.

대답이 없었다.

"화장실 좀……."

"아가리 닥쳐."

그렇게 험한 말을. 좋았어. 내가 리치를 막 대해도 큰 문제는 없겠군.

"아니, 아무리 그래도……."

"내 말 안 들려? 아가리 닥치라고. 오줌 마려우면 그냥 거기서 싸."

"리치……."

"누가 나를 리치라고 부르래?"

"그럼 뭐라고 불러요?" 나는 눈을 감았다.

"그냥 부르지 마, 알았어? 거기서 오줌이나 싸. 알아들어?"

"오줌이 아닌데요."

그의 뇌가 돌밭에서 굴러가는 소리가 들리는 듯했다.

"뭐?"

"똥 마렵다고요, 리치. 영국 전통이 그래요. 내가 싸는 동안 여기 있겠다면 그건 알아서 하세요. 알려드려야 할 것 같네요."

리치는 잠시 생각에 잠겼고, 난 그의 코에 주름이 잡히는 소리를 확실히 들을 수 있었다. 의자 삐걱대는 소리가 났고, 고무 밑창 구두가 내게 다가왔다.

"화장실도 가지 말고 똥도 싸지 마."

놈의 얼굴이 보였다. 여전히 꽉 찬 얼굴이었다.

"알아들어? 여기 계속 있는 거다, 아가리도 닥치……."

"어린 애들 없죠, 리치?"

그가 얼굴을 찡그렸다. 그의 꽉 찬 얼굴로는 엄청난 노력이 필요한 표정이었다. 단 하나, 약간 바보스럽기까지 한 그 표정을 짓기 위해 그는 눈썹, 근육, 힘줄 등 모든 것을 동원했다.

"뭐야?"

"사실 나도 애는 없습니다. 하지만 대자(代子)는 몇 있죠. 그런데 아이들에겐 똥 싸지 말라고 다그쳐도 소용이 없어요."

인상이 더 험악해졌다.

"무슨 개소릴 하고 있는 거야, 지금?"

"그러니까 내 말은, 시도는 해봤죠. 차에 애들을 태우고 가는데, 한 녀석이 똥이 마렵대요. 그래서 어떻게든 참아 보라고 다그쳤죠. 하지만 소용이 없더군요. 몸은 똥을 싸고 싶으면 싸버리는 거죠."

찌푸린 인상이 조금 누그러졌다. 잘 된 일이었다. 그 면상을 쳐다보는 것만으로도 이미 충분히 짜증이 밀려왔으니까. 리치가 내게 몸을 숙였고, 놈의 코와 내 코가 일직선으로 맞닿았다.

"너 이 새끼, 내 말 잘 들……."

리치가 말한 건 거기까지였다. '잘 들'에서 난 내 오른 무릎을 최대한 세게 들어 올려 리치의 얼굴을 가격했다. 리치는 그 충격과 놀람으로 잠시 동안 움직이지 못했다. 나는 잽싸게 왼쪽 다리를 들어 올려 놈의 목덜미를 감았다. 내가 리치를 침대로 끌어당기자 그는 앞으로 왼손을 뻗어 몸을 일으켜 세우려고 시도했다. 그러나 리치는 다리라는 물건이 얼마나 힘이 센지 전혀 모르고 있었다. 다리는 정말이지 힘이 세다.

사람 목보다는 훨씬 더 말이다.

리치가 꽤 오래 버텼다는 건 인정해야겠다. 그는 통상적인 해결법을 시도했다. 내 사타구니를 잡고, 내 얼굴을 발로 차려고 했다. 그러나 그런 일을 하려면 산소가 필요한 법. 나는 그가 자유롭게 숨을 쉬도록 내버려둘 기분이 아니었다. 리치의 저항은 분노를 경유해 광란 상태까지 올라갔다가 공포에서 정점을 이룬 다음, 다시 기절 상태로 떨어졌다. 그의 마지막 발길질이 있고 나서도 나는 족히 5분은 더 그를 붙잡고 있었다. 내가 리치였다면 게임이 안 되겠다 싶은 순간 바로 죽은 척했을 것이기 때문이다.

그러나 분명 리치는 죽은 척하고 있는 게 아니었다.

두 손 모두 끈으로 묶여 있던 탓에 한참이 걸렸다. 쓸 수 있는 도구라고는 이빨밖에 없었다. 드디어 결박을 다 풀었을 때쯤엔 작은 집 두어 채를 씹어 먹은 기분이었다. 턱에도 상처가 났음을 그제야 알았다. 턱이 결박 끈의 쇠붙이에 닿는 순간 나는 정말이지 아파서 죽는 줄 알았다. 겨우 진정하고 아래를 내려다보았다. 가죽 끈에 피가 묻어 있었다. 오래 돼서 검게 말라붙은 것도 있었고, 막 흘려서 새빨간 피도 보였다.

상황이 종료되었고, 나는 쓰러지듯 다시 누웠다. 심장이 마구 뛰었다. 나는 피가 통하지 않는 손목을 주물렀다. 그리고 나서 다시 일어나 앉아 조심스럽게 발을 침대 가장자리로 옮겨 바닥으로 내려왔다.

여기저기 온몸이 너무 아파서 소리를 지를 수도 없었다. 온갖 부위가 다채로운 민속의상을 입고 저마다의 언어로 고통을 호소했다. 꼬박 15초 동안 입을 쩍 벌리고 가만히 있는 수밖에 없었다. 침대 한 쪽을 잡고, 그 아우성이 잦아들 때까지 두 눈을 질끈 감았다. 그리고 나서 몸 상태를 다시 점검해보았다. 뭐에 부딪쳤든 처음에 오른쪽으로 부딪친 게 확실했다. 무릎, 허벅지, 엉덩이가 비명을 질러대고 있었다. 게다가 막 리치의 머리와 한바탕해서인지 그 아우성은 한층 더 신랄했다. 갈비뼈는 누가 뺐다가 엉터리로 다시 집어넣은 것 같았고, 목은 부러지진 않았지만 거의 움직일 수 없었다. 그리고, 내 불알.

뭔가 달라져 있었다. 평생 달고 살아온, 친구처럼 지내온 불알이라는 게 도저히 믿겨지지 않았다. 더 커져 있었다. 훨씬 더 컸고, 모양도 완전히 잘못되어 있었다.

방법은 딱 하나뿐이었다.

무술을 연마하는 사람들은 낭심이 아플 때 쓰는 기술이 하나 있다. 동료 수련생이 열심히 하다가 성기 부분을 가격했을 때 일본 '도장'에서는 흔히 이 방법을 사용한다.

이렇게 하는 것이다. 공중으로 15센티미터 정도 뛰어올라 뒤꿈치로 착지한다. 이때 다리는 최대한 빳빳하게 해야 한다. 잠깐 동안이나마 낭심에 가해지는 중력을 높이기 위해서다. 이 방법이 어떻게 효과를 발휘하는지는 모르지만 아무튼 효과가 있다. 아니 정확히 말하면 효과가 없다. 해서 나는 몇 번이나 그짓을 해야 했다. 오른쪽 다리가 버텨주는 한 최고로 세게 스카이콩콩을 하면서 방 안을 여기저기 뛰어다녔다. 이윽고 서서히, 아주 조금씩, 울부짖던 고통이 가라앉기 시작했다.

이제 리치의 시신을 조사할 차례였다.

양복에는 명품 폴커스(Falkus) 라벨이 붙어 있었다. 다른 건 별게 없었다. 오른쪽 바지 주머니에는 6파운드 20펜스가 들어 있었고, 왼쪽 주머니에는 위장 무늬 주머니칼이 있었다. 셔츠는 흰색 나일론, 구두는 검붉은 가죽 소재의 백스터(Baxter) 제품. 대충 그게 다였다. 예리한 수사관이 리치를 주목하고 설렐 만큼 대단한 물건은 없었다. 버스표도 없었고, 도서관 대출증도 없었고, 빨강색 펠트펜으로 동그라미를 친 지역 신문의 구인광고 페이지도 없었다.

아주 예외적이라고 생각할 수 있는 것은 걸메어진 비앙키 권총집과 거기 들어 있는 9밀리 글록 17 신형 자동 권총뿐이었다.

여러분은 글록의 성능을 엉터리로 과대 포장한 글을 읽었을지도 모르겠다. 총몸이 플라스틱 중합체로 제작된다는 사실에 기자 몇몇이 흥분해서 공항의 X선 검색대를 무사통과할 가능성을 대서특필한 적이 있었다. 그건 말이 안 되는 허튼소리이다. 슬라이드, 총열, 내부 구조의 상당 부분이 금속 재질이다. 파라벨룸 총탄 17발이 립스틱처럼 검색대를 그냥 통과할 수 없다는 사실도 보태야 할 것이다. 글록의 장점은 다른 데 있다. 탄창에 총알이 많이 들어가고, 가볍다. 명중률이 높다. 실제로 그 믿음직함은 견줄 무기가 없을 정도이다. 전 세계의 주부들이 글록 17을 선택하는 이유가 바로 이런 것들이다.

나는 슬라이드를 당겨서 탄알을 한 발 장전했다. 글록에는 안전장치가 없다. 그냥 조준하고 쏜 다음 미친 듯이 달리면 된다. 내 성미에 맞는 총이었던 셈이다.

나는 천천히 문을 열고 복도로 나갔다. 우주 왕복선 같은 건 없었다. 하얀 페인트가 칠해진 평범한 복도였다. 복도를 따라 출입문이 일곱 개 더 있었다. 문은 전부 닫혀 있었다. 복도 끝에 창문이 있었고, 창문 밖으로 어느 도시라고 해도 상관없을 스카이라인이 내다보였다. 낮이었다.

건물은 용도가 뭐였든 오랫동안 폐쇄 방치되고 있었다. 복도는 먼지투성이에 쓰레기 천지였다. 종이 상자, 종이 무더기, 쓰레기봉투. 복도 중간쯤엔 바퀴가 빠진 산악자전거도 있었다.

좋다. 대항군이 있는 건물을 소탕하려면 세 명 이상이 필요하다. 여섯이면 가장 좋다. 한 사람이 보좌역 두 명의 지원을 받으며 방 안을 확인하고, 나머지 세 사람은 복도를 감시한다. 그렇게만 할 수 있다면 최상이다. 만약 혼자서 모든 걸 해야 하는 상황이라면 방법은 완전히 달라진다. 출입문은 천천히 열어야 한다. 당연히 뒤도 조심해야 한다. 경첩 사이로 안을 관찰하는 것도 필수다. 그렇게 복도 10미터를 전진하려면 1시간가량 소요된다. 건물 소탕작전을 설명한 모든 교범에 그렇게 쓰여 있다.

교범에 대한 내 생각을 말하라면, 아마 다른 사람도 다 읽었을 것이라는 정도.

나는 총을 겨누고 최대한 빨리 복도를 지그재그로 나아가야 했다. 일곱 개의 출입문을 확보하고, 끝까지 간 다음 창문 밖으로 뛰어내려야 했다. 혹시라도 그 과정에서 머리를 내미는 놈이 있으면 탄창을 다 비워 벌집을 만들어버릴 태세였다. 다행히 내다보는 놈은 아무도 없었다.

그러나 문들이 열려 있었다. 왼쪽 첫 번째 문을 열자 계단이 나왔다. 난간이 보였고, 그 위로 거울이 있었다. 나는 몸을 웅크린 채 문으로 달려갔고, 최대한 위협적인 동작으로 계단 위아래를 총으로 제압했다. 아무것도 없었다.

나는 오른손을 뒤로 당겨 글록의 개머리판으로 거울 한가운데를 쳤다. 유리가 산산조각났다. 크게 깨진 조각을 하나 집어 들었다. 그 과정에서 왼손을 베었다. 궁금해 할까 봐 말씀드리면, 그건 사고였다.

깨진 거울 조각을 들고 턱을 비춰보았다. 상처가 그닥 멋있지는 않았다.

다시 복도로 돌아왔다. 나는 지연 소탕작전으로 전환했다. 문틀 가장자리까지 살금살금 다가가 거울을 이용해 방 안을 살펴보기로 했다. 사실 꼴사나운 방법이었다. 벽판은 두께 2.54센티미터 미만의 플라스터 보드로, 놀다가 지친 세 살짜리 아이가 손가락으로 튕겨내는 버찌 씨도 막아낼 수 없었을 것이기 때문에 위험하기 짝이 없는 방법이기도 했다. 그래도 그냥 문간에 서서 '누구냐?'고 외치는 것보다 낫다는 생각이 들었다.

처음 두 방은 복도와 상태가 똑같았다. 먼지투성이에 쓰레기가 가득했다. 고물 타자기, 전화기, 다리가 한 개 없는 의자 등등. 세상 어느 박물관에 가도 십 년 된 복사기보다 더 오래된 것처럼 보이는 물건은 없을 거란 생각이 들었다. 바로 그때 소리가 들렸다. 사람 소리였다. 그건 신음 소리였다.

잠시 기다렸다. 더 이상 소리가 나지 않았고, 난 머릿속으로 그 신음을 떠올려 보았다. 다음 방에서 나는 소리였다. 남자였다. 섹스를 하는 게 아니라면 상태가 좋지 못했다. 물론 함정이었을 수도 있고.

나는 다시 복도로 나왔다. 다음 방 문간까지 가서 벽에 기댄 채 몸을 숙였다. 거울을 앞으로 내밀어 안이 보이도록 조작했다. 방 한가운데 의자가 있었고, 거기에 남자 한 명이 고개를 가슴팍께로 푹 숙인 채 앉아 있었다. 단신에 뚱뚱했고, 중년이었으며, 의자에 묶여 있었다. 가죽 끈이 보였다.

셔츠 앞쪽으로 피가 보였다. 그것도 많이.

이게 함정이라면 적은 바로 지금 내가 뛰어 들어가서 "이를 어째, 어떻게 도와드리면 돼죠?" 하고 외치기를 기다리고 있을 것이다. 해서 나는 그 자리에 남아 계속 지켜보았다. 남자와 복도를 말이다.

남자는 더 이상 소리를 내지 않았고, 복도 역시 우리가 복도에서 통상 기대할 수 있는 일 외에는 아무것도 없었다. 1분을 꽉 채워 감시한 뒤 나는 거울을 옆으로 내려놓고, 문설주를 타고 기어가 방 안으로 들어갔다.

지금 생각해보면 처음 신음 소리를 들었을 때부터 그게 울프였다는 걸 알았던 것 같다. 울프의 목소리를 바로 인지했거나, 모범생이 나까지 잡았는데 울프를 잡는 건 일도 아닐 거라고 줄곧 짐작했던 것 같다.

그렇다면 새라도 무사할 수 없었다.

나는 문을 닫고, 문손잡이 아래에 의자를 괴었다. 그렇게 한다고 해서 사람이 못 들어오는 건 아니다. 그러나 문이 열리기 전 내가 총탄을 서너 발 쏠 수 있는 시간 여유는 생긴다. 울프 앞으로 무릎을 꿇었는데 뭔가가 박히는 듯하면서 통증이 느껴져 욕이 저절로 나왔다. 뒤로 물러나 바닥을 살펴보았다. 기름을 바른 볼트와 너트가 울프의 발 아래 예닐곱 개 떨어져 있었다. 그것들을 치워버리려고 몸을 숙였다.

하지만 그것은 볼트와 너트가 아니었다. 기름도 아니었다. 나는 울프의 이빨 위로 무릎을 꿇었던 것이다.

나는 묶여 있던 끈을 풀고, 머리를 들어올렸다. 눈이 둘 다 감겨 있었는데, 의식이 없어서인지 아니면 뺨과 안와(眼窩) 주위의 조직이 끔찍하게 부어올라서인지 판단이 안 섰다. 입 주위는 피와 침으로 뒤범벅이었고, 숨소리는 참혹했다.

"괜찮을 겁니다." 내가 말했다.

그러나 나도 내 말을 믿진 않았다. 지금 생각해보면 울프 역시 내 말을 믿었을까 싶다.

"새라는요?"

울프는 대답하지 않았다. 하지만 그가 왼쪽 눈을 떠보려고 애쓰는 게 보였다. 그는 머리를 뒤로 젖혔고, 낮게 가르랑거리는 소리와 함께 피거품을 토해냈다. 나는 몸을 앞으로 숙이고, 울프의 손을 잡았다.

"새라는 어디 있어요?" 내가 되풀이 물었다.

묵직하고 오싹한 걱정이 내 목구멍을 움켜쥐고 있는 듯했다.

울프는 한동안 가만히 있었다. 그가 죽었나 하는 생각이 들기 시작했다. 그러나 바로 그때 가슴이 들썩였고, 울프가 하품이라도 하듯 입을 열었다.

"어떤 거 같소, 토머스?" 가는 목소리였고, 귀에 거슬릴 정도로 상태가 안 좋았다. 울프의 호흡은 점점 나빠지고 있었다. "당신은……."

울프는 말을 중단하고 숨을 몰아쉬었다.

나는 그가 더 이상 말을 해서는 안 된다는 걸 알았다. 입을 다물고 힘을 아끼라고 말해야 한다는 걸 알았다. 그러나 그럴 수 없었다. 들을 얘기가 있었다. 뭐라도 말이다. 상태가 얼마나 안 좋은지, 누가 한 짓인지, 새라는, 동커스터 경마는. 살아가는 것과 관련 있는 것이라면 뭐든 말이다.

"내가 뭐요?"

"당신은 좋은 사람입니까?"

그가 미소를 지었던 것 같다.

나는 한동안 그렇게 있었다. 울프를 살펴보면서 뭘 해야 할지 생각했다. 섣불리 옮겼다가는 죽을 수도 있었다. 옮기지 않는다고 해도 울프는 죽을 운명이었다. 마음 한구석엔 그가 죽기를 바란다는 생각도 들었다. 그래야 이 속수무책의 상황에서 벗어나 뭔가 시도라도 해볼 수 있었을 테니 말이다. 복수를 하거나, 줄행랑을 치거나, 분노하거나.

바로 그 순간, 나는 빠르게 울프의 손을 놓고 글록을 집어 들었다. 그리고 최대한 몸을 웅크리면서 신속하게 방을 가로질러 옆으로 이동했다. 그 일련의 동작과 과정은 자의적인 판단과 결정에 의한 것이 아니었다.

누가 문손잡이를 돌리고 있었다.

다행히 의자가 두어 번 정도 버텨주었다. 그러나 발차기가 들어오자 힘없이 문손잡이에서 떨어져 나갔다. 문이 활짝 열렸고, 거기에 한 남자가 서 있었다. 내가 생각했던 것보다 키가 더 컸다. 그래서 그자가 모범생이라는 것을 깨닫는 데 순간이지만 약간의 시간이 걸렸다. 그가 방 한가운데로 총을 겨누고 있었다. 울프가 의자에서 일어났다. 아니 그냥 앞으로 쓰러진 건지도 모르겠다. 커다란 굉음이 길게 메아리쳤다. 일련의 단조로운 총성이 이어졌다. 내가 모범생의 머리와 몸에 여섯 발을 퍼부었던 것이다. 그가 복도 쪽으로 나가떨어졌다. 나는 쫓아가면서 쓰러지는 놈의 가슴팍에 세 발을 더 쏴서 넣었다. 그가 들고 있던 권총을 발로 차버리고, 글록으로 놈의 머리 한가운데를 겨냥했다.

탄피가 복도 바닥에 나뒹굴었다.

다시 방 안으로 들어왔더니 울프가 아까 있던 곳에서 2미터가량 떨어진 지점에 쓰러져 있었다. 큰 대자로 누워 있었는데, 주변 바닥이 검정색으로 흥건해지고 있었다. 어떻게 그렇게 멀리까지 몸이 움직일 수 있었는지 이해할 수 없었다. 나는 아래를 내려다보았고, 모범생의 무기를 확인하면서 그 이유를 깨달았다.

맥 10이었다. 주머니에 집어넣을 수도 있는 지독한 기관단총이다. 이 기관단총은 타격 대상의 상태는 아랑곳하지 않으며, 2초 안에 30발들이 탄창을 전부 비워버리는 무지막지한 놈이다. 모범생은 그 30발의 대부분을 울프에게 퍼부었고, 울프는 만신창이가 되어 버렸다.

나는 몸을 숙여 모범생의 아가리에 한 발을 더 쑤셔 넣었다.

1층에서 옥상까지 건물 전체를 확인하는 데 1시간이 걸렸다. 조사를 마쳤을 무렵에는 이 건물이 하이 호번에 인접해 있다는 것, 과거엔 한때 꽤 커다란 보험회사가 입주해 있었다는 것, 그리고 지금은 텅 비어 있다는 것을 알아냈다. 예상한 대로였다. 총격전이 발생했는데도 경찰이 사이렌을 울리며 출동하지 않았다는 것은 필경 건물에 아무도 없다는 얘기였다.

글록은 두고 갈 수밖에 없었다. 나는 리치의 시신을 울프가 있는 방으로 끌고 와 바닥에 뉘었다. 그리고 셔츠로 글록의 개머리판과 방아쇠를 닦은 다음 리치의 손에 쥐어주었다. 맥 10도 집어서 남은 세 발을 리치의 시체에 먹인 다음 모범생 옆에 내려놓았다.

내가 연출한 상황이 딱히 말이 되는 건 아니었다. 그러나 현실의 삶도 말이 안 되기는 매한가지 아닌가! 사람들은 흔히 혼란스런 현장을 명약관화한 현장보다 더 쉽게 믿어버린다. 아무튼 난 그렇게 되었으면 하고 바랐다.

나는 킹스 크로스에 있는 소버린으로 갔다. 아침을 제공하는 구접스런 숙박시설이다. 거기서 2박 3일을 묵었다. 그 사이 턱도 아물었고, 몸의 타박상은 아름다운 색깔로 바뀌었다. 영국인들은 마약을 거래했고, 돈을 받고 몸을 팔았으며, 술에 취해 아침에는 기억하지도 못할 싸움을 했다. 나는 창밖에서 펼쳐지는 광경을 바라보았다.

거기 머물면서 헬리콥터와 총과 알렉산더 울프와 새라 울프와 그 모든 재미난 일들을 생각해보았다.

나는 좋은 사람일까?

9

부츠를 신고, 안장을 얹고, 말에 타라.
자, 출발!
브라우닝

"대학원 뭐라고요?" 여자는 꽤 예뻤다. 그
것도 놀랄 만큼. 나는 이 여자가 지금 이 일을 얼마나 오래 할지 문득
궁금해졌다. 그로스버너 광장의 미국 대사관 접수계에서 일하면 모르
긴 몰라도 봉급이 꽤 많을 거라고 감히 말할 수 있다. 일용할 나일론
스타킹을 구입하는 것도 문제없을 테고 말이다. 그러나 이 일은 분명
작년치 예산 결산 발표보다 지루할 것이다.

"그레쥬에이트 연구요. 러셀 반스 씨를 보러 왔습니다." 내가 말
했다.

"약속은 하셨나요?"

난 그녀가 6개월을 버티지 못할 거라고 판단했다. 이 여자는 나를
지루해 했고, 이 건물을 지루해 했고, 세상만사를 지루해 하고 있었다.

"예, 그랬을 겁니다." 내가 말했다. "우리 사무실에서 오늘 일찍 확
인 전화를 드렸습니다. 사람이 마중 나올 거라고 했다는데요."

"성함이 솔로몬 맞으시죠?"

"예."

여자는 명단을 훑어보았다.

"M은 하나만 들어가요." 나는 도움이 되었으면 좋겠다는 투로 말했다.

"선생님 사무실이?"

"오늘 아침에 전화한 사무실이죠. 아까 말한 것 같은데."

여자는 어찌나 따분한지 더 이상 묻지도 않았다. 그냥 어깨를 으쓱하고는 방문자 출입증을 내주었다.

"칼?"

칼은 그냥 칼(Carl)이 아니었다. 떡대 칼(CARL)이었다. 그는 나보다 키가 4센티미터가량 컸고, 일이 없을 땐 피트니스 센터에서 사는 듯했다. 짐작컨대 여유 시간도 많은 게 분명했다. 그는 미군 해병대원이기도 했다. 입고 있는 제복이 어찌나 새것인지, 발목 부분은 아직도 누군가 마지막 감침질을 하고 있는 건 아닌가 생각될 정도였다.

"솔로몬 씨예요." 접수원이 말했다. "5910호 반스, 러셀 씨를 만나러 오셨습니다."

"러셀 반스인데요." 내가 정정을 시도했지만 신경 쓰는 사람은 아무도 없었다.

나는 칼을 좇아 비싸 보이는 검색대를 여러 개 통과했다. 통과할 때마다 다른 칼들이 내 몸을 금속 탐지기로 훑으면서 옷을 온통 구겨놓았다. 그들은 내 서류 가방에 특별히 관심을 보였는데, 들어 있는 게 고작 「데일리 미러」한 부뿐임을 알고는 걱정하는 눈치였다.

"서류 가방은 그냥 장식으로 들고 다니는 거예요."

나는 쾌활하게 설명했다. 이유는 모르지만 그들은 이 말에 만족하는 눈치였다. 만약 내가, 이 가방은 외국 대사관에서 기밀문서를 빼올 때만 쓰는 것이에요 라고 했다면 그들은 내 등을 한 번 찰싹 때린 뒤 대신 들어주겠다고 나섰을지도 모르겠다.

칼은 나를 승강기로 데려갔고, 내가 탑승하는 동안 옆에 서 있었다. 음악이 흘러나오고 있었고, 짜증스럽게 작은 소리였다. 여기가 대사관이 아니었다면 난 조니 마티스가 「뱃 아웃 오브 헬」을 연주하고 있는 거라고 단언했을 것이다.* 칼이 나를 따라 들어왔고, 플라스틱 카드를 판독기에 통과시켰다. 그리고 하얀 장갑을 낀 손가락으로 아래 숫자판의 층 번호를 눌렀다.

승강기가 위로 향하는 동안 분명 막연하고 종잡을 수 없는 서로의 면접이 될 향후의 사태를 머릿속에 그리며 단단히 마음을 먹었다. 급류에 휩쓸려 바다로 떠내려갔을 때 해야 할 일을 하고 있는 것뿐이라고 계속 다짐했다. 사람들은 해류를 거스르지 말라고, 따라서 헤엄치라고 말한다. 언젠가 육지에 닿을 테니까. 우리는 5층에서 내렸고, 나는 칼을 따라 왁스칠이 잘 된 복도를 걸어 5910호로 갔다. 유럽 조사국 부국장, 반스, 러셀 P.

칼이 대기 중인 가운데 내가 문을 두드렸다. 문이 열렸고, 난 하마터면 장갑을 낀 칼의 손에 동전 몇 푼을 쥐어주면서 프랑스 식당 레피퀴르(L' Epicure)에 자리를 예약해 놓으라고 말할 뻔했다. 거친 경례로 그가 나를 제지한 게 천만다행이었다. 칼은 홱 돌아서서 분당 110보의 속도로 총총히 사라졌다.

---

* **Johnny Mathis**(1935~) | 미국 대중음악 가수이고, 반면「지옥의 박쥐」(Bat out of Hell)는 미국 록가수 미트 로프(Meat Loaf, 1947~)의 세계적인 히트 음반이다(1977). 음악이 전혀 어울리지 않음을 뜻함.

러셀 P. 반스는 전 세계를 돌아다닌 사람이 틀림없었다. 내가 사람을 알아보는 데 무슨 특별한 재주가 있는 건 아니지만 인생의 절반은 책상 머리에 앉아 지내고, 나머지 절반은 대사관 만찬에서 칵테일이나 홀짝 이면서 지내고도 러셀 P. 반스처럼 생길 수 없다는 것쯤은 알고 있다. 그는 오십에 가까웠고, 키가 크고 말랐으며, 햇볕에 그을린 얼굴에선 일군의 흉터와 주름살이 서로 잘났다며 다투고 있었다. 오닐이 그렇게 열심히 되고 싶어 하는 존재가 바로 그라는 생각밖에 안 들었다.

내가 방 안에 들어서자 그는 반월형 안경 너머로 나를 바라보았다. 그러나 곧 다시 읽기를 계속했다. 비싸 보이는 만년필로 여백에 무언 가를 메모하면서. 죽은 베트콩과 니카라과의 콘트라 반군은 물론 슈워 츠코프 장군*마저 그를 '꼴통'으로 부른다는 사실을 반스의 근섬유와 신경 모두에서 읽을 수 있었다.

반스는 페이지를 넘기면서 내게 반응했다.

"예."

"반스 씨." 나는 그의 맞은편 의자에 서류 가방을 내려놓고, 손을 내 밀면서 말했다.

"문에 씌어 있잖소."

반즈는 읽기를 계속했고, 나는 악수를 청한 손을 거두어들이지 않 았다.

"처음 뵙겠습니다, 대장님."

잠시 침묵. 나는 '대장님'이라는 정중한 호칭이 그의 관심을 끌 거라 고 예상했다. 반스는 코를 킁킁거리더니 전우의 냄새를 맡고는 천천히 나를 향해 고개를 들었다. 그리고 내 손을 한참 내려다보더니 자기 손 을 내밀었다. 시체처럼 건조한 손이었다.

반스가 눈짓으로 의자를 가리켰고, 나는 자리에 앉았다. 벽에 걸린 사진이 눈에 들어왔다. 아니나 다를까, 위장복을 입은 '폭풍의 노면'** 이 거기 있었다. 얼굴 아래로 손으로 뭔가를 길게 쓴 필적도 보였다. 글씨가 너무 작아 읽을 수는 없었지만 끼적인 내용 어딘가에 '놈들'이나 '박살' 같은 말이 들어 있으리라는 데에 내가 가진 모든 걸 걸 수 있었다. 그 사진 옆에 더 큰 사진이 걸려 있었다. 낙하복 같은 걸 입은 반스가 그 주인공이었다. 그는 비행용 헬멧을 옆구리에 끼고 위풍당당하게 서 있었다.

"영국인입니까?"

반스는 안경을 벗어 책상 위에 내려놓았다.

"뼛속까지 그렇죠, 반스 씨. 뼛속까지요."

나는 그가 영국군 출신이냐고 물었음을 알고 있었다. 우리는 군인 특유의 비딱한 웃음을 주고받았다. 어엿하게 일 잘 하는 사람들의 수족을 묶어놓고 그걸 정치라고 부르는 불순한 모리배들을 우리가 얼마나 증오하는지가 그 비딱한 웃음에 담겨 있었다. 이윽고 내가 입을 열었다.

"데이비드 솔로몬입니다."

"무슨 일이시오, 솔로몬 씨?"

"비서가 얘기했겠지만, 오늘 씨 부서에서 왔습니다. 반스 씨가 답변해주실 수 있는 몇 가지 의문 사항을 오늘 씨가 궁금해 하십니다."

"쏴 보시오."

* General Schwarzkopf | (1934~). '사막의 폭풍' 작전을 지휘한 미군 사령관.
** 슈워츠코프 장군의 별명.

반스의 입에서 아무 일도 아니라는 듯 그 말이 튀어나왔다. 그가 얼마나 다양한 상황에서 얼마나 자주 이 말을 내뱉었을지 궁금해지는 대목이었다.

"그레쥬에이트 연구와 관련된 일입니다, 반스 씨."

"그렇군."

그 말뿐이었다. '그렇군.' 결코 '테러 진압하는 군사장비 판매를 촉진키 위해 모종의 집단이 꾸미고 있다는 작전 계획 말입니까?'가 아니었다. 난 그런 반응이 나올 거라고 철썩 같이 믿고 있었다. 그게 아니면 뭔가 찔리는 기색이라도 말이다. 그러나 '그렇군'이라는 말뿐이었다. 더 이상 어떤 실마리도 끄집어낼 수 없는 반응이었다.

"오닐 씨는 반스 씨께서 이 일의 진행과 관련해서 어떤 생각을 하시는지 알려주셨으면 하고 기대하고 있습니다."

"그래요?"

"그렇지요." 나는 단호하게 말했다. "최근 벌어진 일련의 사태와 관련해서 선생님의 의견을 듣고 싶어 하십니다."

"최근에 무슨 일이 벌어졌다는 거죠?"

"지금 시점에서 자세한 얘기를 할 수는 없겠지요, 반스 씨. 이해해 주시리라 믿습니다."

반스는 미소를 지었고, 나는 그의 입안 어딘가에서 금이빨이 반짝이는 걸 보았다.

"군수품 조달 부문에서 일하시나요, 솔로몬 씨?"

"당연히 아니죠." 나는 약간의 자기 연민을 더해서 이렇게 보탰다. "마누라도 내게는 절대 장보기를 안 시킵니다."

반스의 얼굴에서 웃음기가 사라졌다. 러셀 P. 반스가 속해 있는 세계에서 결혼은 사생활 문제였다. 결혼이란 걸 했다면 말이다.

책상 위의 전화가 조용하게 울렸다. 반즈는 수화기를 낚아채 귀에 갖다 댔다.

"반스입니다."

그는 상대방의 얘기를 들으면서 만년필 뚜껑을 여러 번 열었다 닫았다 했다. 고개를 끄덕이면서 예, 예, 거리기도 몇 번이었다. 이윽고 그가 전화를 끊었다. 그는 계속해서 만년필을 보고 있었고, 이제는 내가 말할 차례인 것 같았다.

"아무튼 이 말은 해야 할 것 같습니다. 현재 영국 영토에 머물고 있는 미국 시민 두 명의……." 나는 완곡하게 말하고 있음을 알리기 위해 뜸을 들였다. "우리는 그들의 안전을 우려하고 있습니다. 성(姓)은 울프죠. 오닐 씨는 그 두 사람을 계속 보호하는 데 도움이 될 만한 정보를 반스 씨께서 제공해주시기를 기대하고 있습니다."

반스는 팔짱을 끼고 의자에 몸을 깊숙이 묻었다.

"별일이 다 있군."

"예, 대장님?"

"세상 오래 살다 보니 별일이 다 있단 말이오."

나는 애써 무슨 말인지 모르겠다는 표정을 지었다.

"대단히 죄송합니다만, 반스 씨, 제 말을 이해하지 못하시는군요."

"이렇게 황당한 일을 한 번에 겪는 것도 참 오랜만이군."

어딘가에서 시계 소리가 났다. 아주 빨랐다. 내게는 초침이 너무 빨리 재깍대는 것 같았다. 그러나 여기는 미국 건물이었고, 미국 사람들은 초의 진행이 너무 느리다고 판단해 1분을 20초로 세는 시계를 설치해놓기로 했는지도 모를 일이었다. 그렇게 하면 이 촌뜨기 영국놈들보다 하루 시간이 더 많아질 거 아냐, 하고 말이다.

"정보가 있으신가요, 반스 씨?" 난 끈질기게 물고 늘어졌다.

그러나 반스는 전혀 서두르지 않았다.

"내가 그런 정보를 어디서 얻겠습니까, 솔로몬 씨? 수하를 부리는 건 당신네들이잖소. 나야 오닐이 주는 정보만 알지."

"이것 참. 실은 그렇지 않으리라고 생각합니다만."

"그래요?"

뭔가 잘못 돌아가고 있었다. 그게 뭔지는 전혀 감이 안 왔지만 분명 뭔가 심각하게 잘못 돌아가고 있었다.

"그 문제는 제쳐놓도록 하지요, 반스 씨." 내가 말했다. "영국 국방부가 현재 약간의 인원 부족에 시달리고 있다고 해보죠. 독감이 돌았다든가, 여름휴가가 겹쳤다든가 하는 이유로 말입니다. 그래서 우리 요원들이 잠시 잠깐 그 두 사람을 놓쳤다고 해보자는 말입니다."

반스는 손가락 관절을 우두둑대더니 책상 위로 몸을 숙였다.

"어떻게 그런 일이 일어날 수 있는지 이해가 안 갑니다만."

"그런 일이 실제로 일어났다는 얘기가 아니고요. 단지 가정을 해보자는 거죠."

"그래도 그렇지, 난 당신 전제에 동의할 수 없군요. 만약 무슨 일이 있었다고 해도 현재는 인원이 넘쳐나는 것처럼 보이는데 말이오."

"무슨 말씀이신지?"

"당신네 사람들이 쫙 깔렸단 말이오. 그것도 각자의 흔적을 쫓으면서."

시계가 재깍대고 있었다.

"도대체 무슨 말입니까?"

"내 말은, 같은 일을 추진하는 데 당신네 국방부가 데이비드 솔로몬을 두 명이나 고용할 수 있다면 내가 염려하지 않아도 될 만큼 예산이 풍족하겠다는 뜻이오."

이런 제길.

반스가 자리를 털고 일어나 책상 주위를 걷기 시작했다. 위협을 주는 건 아니었고, 그저 다리를 움직이며 긴장을 풀어주는 행동이었다.

"혹시 솔로몬이 더 있는 건 아닙니까? 데이비드 솔로몬들로 구성된 사단이 하나 있을지도 모르겠군요. 그런 겁니까?"

반스가 잠시 말을 멈추었다. 그가 말을 이었다.

"오닐과 통화를 했소. 데이비드 솔로몬이 지금 프라하로 날아가고 있다더군요. 그런데 오닐은 자신의 부하 데이비드 솔로몬은 그 한 사람 뿐이라고 생각하는 것 같습니다. 당신네 데이비드 솔로몬들은 한 명치 월급을 나눠 갖나 보지요?"

반스가 출입문을 열었다.

"마이크, E팀 올려 보내. 당장."

반스는 몸을 돌리고, 팔짱을 낀 채 문설주에 기대서 나를 바라보았다.

"40초 정도 여유가 있겠군."

"좋습니다. 저는 솔로몬이 아닙니다." 내가 말했다.

E팀은 칼 두 명으로 구성되어 있었다. 두 명의 칼이 내가 앉은 의자 양쪽에 도열했고, 마이크는 문 쪽에 자리를 잡았다. 반스는 다시 책상으로 돌아가 앉았다. 나는 낙담한 얼간이 연기를 펼쳤다.

"제 이름은 글래스입니다. 테렌스 글래스요." 나는 최대한 따분하게 들리도록 애썼다. 어떻게 그런 따분한 이름을 지어낼 수 있겠느냐는 생각이 들 정도로 말이다. "코르크 스트리트에서 화랑을 운영하고 있죠." 나는 윗주머니를 뒤져서 가정교육을 잘 받은 금발 아가씨가 준 명함을 찾아냈다. 그걸 반스에게 넘겨주었다. "여기요. 마지막 한 장 남은 겁니다. 그러니까, 새라는 제 직원입니다. 정확히 말하면 직원이었죠." 나는 한숨을 내쉬고, 몸을 약간 수그렸다. 내기에 모든 걸 걸었지만 다 잃고 만 사람처럼. "지난 몇 주간 새라의 행동이…… 그러니까 잘은 모르겠지만 뭔가 걱정하는 눈치였습니다. 아니 겁에 질렸다고 해야 할까요. 이상한 얘기를 하는 겁니다. 그러더니 어느 날부터 출근을 하지 않는 거예요. 사라진 거죠. 전화도 했고, 백방으로 수소문해봤는데 단서가 없어요. 아버지에게도 전화를 수차 했습니다. 그런데 그 사람도 사라진 것 같더군요. 하는 수 없이 새라의 책상을 살펴봤습니다. 시시한 잡동사니더군요. 그런데 파일이 하나 있더라고요."

이 말에 반스가 약간 긴장하는 것 같았다. 그래서 나는 좀 더 죄어보기로 마음먹었다.

"표지에 '대학원 연구'라고 되어 있더군요. 처음에는 무슨 미술사 자료인가 생각했더랬죠. 그런데 아니더군요. 솔직히 뭐가 뭔지 잘 모르겠더라고요. 사업 얘기며, 뭘 제작한다는 내용인데. 그런데 새라가 거기에 메모를 남겼습니다. 솔로몬이라는 사람, 그리고 당신 이름도요. 미국 대사관도 나오고. 저…… 솔직하게 말씀드려도 될까요?"

반스가 나를 빤히 쳐다보았다. 얼굴에 보이는 거라곤 흉터와 주름뿐이었다.

"제발 새라한테는 말하지 말아 주세요." 내가 말했다. "그러니까 제 말은, 새라는 모르고 있거든요. 하지만…… 저는 새라를 사랑하고 있습니다. 몇 달 됐죠. 실은 그래서 채용한 겁니다. 다른 직원이 필요하지도 않았는데, 가까이 두고 싶었던 거죠. 생각해낼 수 있는 수가 그것뿐이었거든요. 치사해보인다는 거 압니다. 하지만…… 혹시 새라 아세요? 그러니까 혹시 본 적 있으세요?"

반스는 대답이 없었다. 내가 준 명함을 만지작거리고 있었을 뿐이었다. 이윽고 그가 눈썹을 치켜뜨고 마이크를 올려다보았다. 내가 몸을 돌려 확인한 건 아니지만 마이크는 틀림없이 분주했다.

"글래스." 목소리가 들렸다. "확인됐습니다."

반스는 잠깐 입맛을 다시다가 창밖을 내다보았다. 시계 소리를 제외하면 이 방은 놀랍도록 조용했다. 전화벨 소리도, 타자기 소리도, 교통 소음도 없었다. 창문이 4중창 정도 되는 것 같았다.

"오닐은?"

나는 최대한 무기력한 표정을 지어 보였다.

"그 사람이 뭐요?"

"오닐 얘기는 어디서 들었지?"

"파일에서 봤죠."

나는 어깨를 으쓱했다.

"말씀드렸잖아요, 파일을 읽었다고. 새라한테 무슨 일이 생긴 건지 알아야만 했으니까요."

"왜 그럼 처음부터 그렇게 얘기하지 않았나? 그 거짓부렁은 다 뭐야?"

나는 한 번 웃고는, 해병대원 칼들을 힐끗 올려다보았다.

"당신은 만나기가 쉬운 분이 아니더군요, 반스 씨. 전 며칠 동안 전화 연락을 시도했습니다. 그런데 계속해서 비자과로 돌리지 뭡니까.

내가 영주권을 얻으려고 사기를 친다고 생각한 모양입니다. 미국인이랑 결혼해서 말입니다."

긴 침묵이 흘렀다.

정말이지 이건 이제껏 내가 꾸며낸 얘기 중에서도 가장 엉터리였다. 그러나 난 반스의 허세와 자부심에 기대어 도박을 하고 있었다. 분명 도박이었다. 내 판단에 반스는 오만한 사람이었다. 그것도 타국에서 옴짝달싹하지 못하는 오만한 사람. 나는 반스가 자기가 다루고 대하는 모든 사람이 내 얘기만큼이나 어리석을 것이라고 믿어줬으면 하는 바람이었다. 그가 더 어리석지 않다면.

"오닐과도 접촉을 시도했나?"

"국방부에 알아보니까 그런 이름을 가진 사람이 없다던데요. 동네 경찰서에 실종 신고를 하는 게 더 나았던 거죠."

"그래서 실종 신고는 했나?"

"하기는 했죠."

"어느 경찰서지?"

"베이스워터(Bayswater)요."

나는 그들이 확인해보지 않으리라는 걸 알았다. 그는 단지 내가 얼마나 빨리 대답하는지를 알아보려고 했을 뿐이다.

"경찰은 몇 주 기다려보라고 말하더군요. 새라가 다른 애인한테 간 거라고 생각하는 것 같았습니다."

내가 말해 놓고도 만족스러웠다. 그가 걸려들었음을 알 수 있었다.

"'다른' 애인?"

"그게……." 나는 얼굴을 붉히는 체했다. "뭐, 애인이겠죠."

반스는 입술을 깨물었다. 꼴이 너무 한심해서 그는 내 말을 믿지 않을 도리가 없었다. 나라도 내 말을 믿었을 것이다. 웬만해서는 나 역시 사람 말을 잘 믿지 않지만 말이다.

드디어 반스가 결정을 내렸다.

"지금 그 파일은 어디에 있지?"

나는 고개를 쳐들었다. 파일에 관심을 보이다니 뜻밖이었다.

"화랑에 있죠. 왜요?"

"설명해 봐?"

"그냥…… 화랑이죠. 순수미술 쪽으로."

반스는 심호흡을 했다. 나를 상대하는 게 정말 짜증나는 모양이었다.

"파일이 어떻게 생겼냐고?"

"파일처럼 생겼죠. 마분지에……."

"망할." 반스가 말했다. "어떤 색이었지?"

나는 잠시 고민했다.

"노란색이었던 것 같은데요. 예, 노란색 맞아요."

"마이크. 출동 준비해."

"잠깐만요……."

내가 자리에서 일어서려고 하자 칼들 중의 한 명이 내 어깨를 제지했고, 나는 그냥 앉아 있기로 마음을 고쳐먹었다.

"지금 뭐 하는 겁니까?" 내가 물었다.

반스는 볼 일 다 봤다는 듯 진작 서류를 살펴보고 있었다. 나를 쳐다보지도 않았다.

"여기 루카스와 함께 자네 영업장으로 가서 파일을 넘겨주게. 알았나?"

"내가 왜 그래야 합니까?"

난 화랑 주인들이 보통 어떤 식으로 말하는지는 몰랐지만 최대한 성질을 부리며 화를 냈다.

"내가 여기 온 건 우리 직원한테 무슨 일이 생겼나 알아보기 위해서지 당신들에게 새라의 개인 소지품을 넘겨주러 온 게 아니란 말입니다."

반스는 별안간 아래를 힐끗 보았다. 그리고는 '내가 얼마나 가차 없고 무서운 녀석인지를 만인에게 과시하기'가 의사일정의 마지막 항목임을 깨달은 것 같았다. 마이크는 이미 방을 나갔고, 칼들은 자리에서 물러나 있었지만 아무래도 상관없었다.

"잘 들어, 이 호모 새끼." 그가 말했다. 솔직히 이건 지나치다는 생각이 들었다. 칼들은 그 자리에 멈춰 테스토스테론이 분출하는 이 사태를 탄복하며 바라보았다. "두 가지를 말하겠다. 첫째, 그게 그년 건지 우리 건지는 파일을 보고 우리가 판단한다. 둘째, 내가 뭐라고 하든 닥치고 그대로 해야 그 미친 계집을 다시 볼 확률이 높아진다. 알아듣겠나?"

마이크는 건실한 청년이었다. 이십 대 후반이었고, 아이비리그 출신에, 무지하게 똑똑했다. 난 그가 이런 막중한 일을 내켜하지 않는다는 걸 알 수 있었고, 그 때문에 난 그가 더 마음에 들었다.

우리는 감청색 링컨 디플로매트를 타고 파크 레인을 따라 남쪽으로 달리고 있었다. 이 차는 대사관 주차장에 세워져 있던 서른 대의 똑같은 링컨 디플로매트 중 하나였다. 외교관들이 디플로매트(Diplomat)라는 이름의 차를 탄다는 게 좀 노골적이라는 생각이 들었다. 그러나 미국인들은 이런 식의 명확한 지침과 안내를 좋아하는지도 모른다. 어쩌면 미국 보험 판매원들은 '시보레 인슈어런스 세일스맨'이라는 이름의 자동차를 몰고 다닐 것 같았다. 인생에서 머리 싸매고 고민할 일이 하나 줄어들기는 하겠군.

나는 뒷좌석에 앉아 재떨이를 가지고 놀았고, 사복을 입은 칼은 마이크와 함께 앞좌석에 앉았다. 칼이 셔츠 속으로 이어지는 선이 달린 수신기를 귀에 꽂고 있는 게 보였다. 그 선은 대체 어디로 가는 건지.

"반스 씨는 좋은 분이네요." 내가 결국 입을 열었다.

마이크가 백미러로 나를 바라보았다. 칼은 고개를 2.5센티미터쯤 돌렸나. 칼의 목 굵기로 봤을 때 다 놀린 게 그 정도인 듯했다. 나는 칼의 운동시간을 잡아먹게 되어 미안하다고 말하고 싶어졌다.

"일도 물론 잘 하시겠죠. 반스 씨는 유능하신 분 같습니다."

마이크가 칼에게 눈길을 주었다. 답을 내게 해줘야 하는 것인지 묻는 눈치였다.

"반스 씨는 정말 대단한 분이죠." 마이크가 말했다.

내가 볼 때 마이크는 십중팔구 반스를 싫어했다. 내가 반스 부하라도 그랬을 것이다. 그러나 마이크는 원만하고, 명예를 존중하며, 충성을 다하려고 애쓰는 프로였다. 칼이 동석한 상황에서 마이크에게서 뭔가를 더 끄집어내는 게 온당치 않다고 생각했다. 그래서 난 다시 전자동 창문을 만지작거리며 노는 데 집중했다.

내가 탄 자동차는 외교 업무 수행용이 아니었다. 뒷좌석 출입문의 잠금장치가 일반 자동차와 똑같았다는 말이다. 원하면 교통신호 대기 중에 언제라도 문을 열고 탈출할 수 있었다. 그러나 나는 그렇게 하지 않았고, 심지어 그렇게 하고 싶지도 않았다. 이유는 모르겠지만 별안간 기분도 아주 좋아진 상태였다.

"대단하시죠, 그래요." 내가 맞장구를 쳤다. "내가 하고 싶었던 말이 바로 그거예요. 아참, 그건 당신이 한 말이로군요. 하지만 제가 한 번 더 말해도 괜찮은 거죠?"

난 정말 즐거운 시간을 보내고 있었다. 이런 경험은 흔치 않은 일이다.

우리는 피커딜리로 접어들었고, 계속해서 코르크 스트리트로 향했다. 마이크가 글래스의 명함을 끼워뒀던 차광판을 내리고 번지수를 확인했다. 그가 내게 대신 읽어달라고 하지 않아서 난 정말 크게 안도했다.

우리는 48번지 앞에 차를 댔다. 칼은 차가 완전히 서기도 전에 문을 열고 내렸다. 그리고는 뒷문을 열고, 길 위아래를 살피며 내가 내리는 것을 경호했다. 대통령이라도 된 기분이었다.

"48번지 맞죠?" 마이크가 물었다.

"예." 내가 말했다.

내가 벨을 눌렀고, 우리 세 사람은 기다렸다. 잠시 후 키가 좀 작고, 말쑥하게 생긴 남자가 나타나 서둘러 문을 열었다.

"어서 오십시오, 여러분." 그가 말했다. 엄청난 후설음(後舌音)이었다.

"좋은 아침이에요, 빈스. 다리는 좀 어때요?" 나는 이렇게 말하면서 화랑 안으로 들어섰다.

이 말쑥한 남자는 본토 영국인답게 누가 빈스? 무슨 다리? 도대체 지금 무슨 말을 하는 거냐고 묻지 않았다. 그보다는 품위 있는 미소와 함께 뒤로 물러서며 마이크와 칼을 안으로 들였다.

우리 네 사람은 화랑 한가운데로 이동해서 전시된 그림들을 살펴보았다. 정말이지 형편없었다. 일 년에 한 점이라도 팔면 그게 놀라운 일이다.

"마음에 드시는 그림이 있으면 10퍼센트까지 할인해드리겠습니다." 나는 눈을 깜박거리고 있는 칼에게 이렇게 말했다.

예전의 금발 미녀가 뒷방에서 걸어 나와 밝게 미소를 지었다. 이번에는 빨강색 시프트 드레스를 입고 있었다. 이윽고 그녀가 날 알아보았다. 그녀의 잘 발육된 아래턱이 훨씬 더 잘 발육된 가슴까지 쩍 벌어졌다.

"당신은 누구십니까?" 마이크가 말쑥한 남자에게 말을 걸고 있었다.

칼은 그림들을 빤히 쳐다보고 있었고.

"저는 테렌스 글래스입니다만." 말쑥한 남자가 말했다.

굉장한 순간이었다. 결코 잊지 못할 그런. 그 자리에 있던 다섯 명 가운데 온전하게 입을 다물고 있는 사람은 글래스와 나뿐이었다. 먼저 말문을 연 건 마이크였다.

"잠깐만요. 당신이 글래스잖아." 그가 말했다.

마이크는 제발 도와달라는 표정으로 날 돌아보았다. 연금생활과 세이셸 제도 휴가 여행이 보장되는 40년 경력이 마이크의 눈앞에서 주마등처럼 스쳐 지나가고 있었다.

"미안해요." 내가 말했다. "사실 그렇지가 않아요."

나는 고개를 숙여 바닥을 살피면서 내 핏자국을 찾아보았지만 아무것도 남아 있지 않았다. 글래스가 세제를 엄청 쏟아 부었거나, 비용 청구를 재빨리 부풀렸거나 둘 중의 하나였다.

"무슨 문제라도?" 글래스는 분위기가 심상치 않음을 느꼈다.

우리가 사우디의 왕자들이 아니었으니 좋지 않을 만도 했다. 더구나 이제 우리는 그림 사는 일 따위에는 전혀 관심이 없는 사람들이라는 게 분명해지고 있었다.

"당신은 그때 그…… 살인자."

금발 아가씨는 말을 잇지 못했다.

"다시 만나게 되니 반갑군요." 내가 말했다.

"세상에." 마이크는 이렇게 말하면서 칼에게 돌아섰고, 칼은 날 바라보았다.

칼은 엄청난 거한이었다.

"사소한 오해가 생긴 것 같아 미안하게 생각합니다." 내가 말했다. "하지만 볼 일을 다 보셨으니 그만 돌아가시지요."

칼이 내게로 다가왔다. 마이크는 칼의 팔을 붙잡고, 질겁한 채 나를 바라보았다.

"잠깐만. 당신이 글래스가 아니라면…… 지금 당신이 무슨 짓을 저지른 건지 알아?"

그는 무슨 말을 해야 할지 정말 몰랐던 것 같다.

나는 글래스와 금발 아가씨에게 몸을 돌렸다.

"도대체 지금 무슨 일이 벌어지고 있는지 궁금해 하시리라는 건 압니다. 두 분에게 사태를 설명해드려야 안심하실 것 같군요. 난 당신들이 생각하는 그런 사람이 아닙니다. 저 사람들이 생각하는 그런 사람도 아니고요." 나는 손가락으로 글래스를 콕 찔렀다. "저 사람들은 날 당신이라고 생각하고 있습니다." 이번에는 금발 아가씨 차례였다. "그리고 당신, 다른 사람들 다 내보내고 나랑 얘기 좀 할 수 있을까요? 이해 됐죠?"

모두 묵묵부답이었다. 나는 문으로 걸어가서 배웅하는 자세를 취했다.

"파일을 내놓으세요." 마이크가 말했다.

"무슨 파일?" 내가 대꾸했다.

"그레쥬에이트 연구 파일 말입니다."

마이크는 여전히 사태 파악을 못 하고 있었다. 그렇다고 그를 탓할 수도 없는 노릇이었다.

"안 됐습니다만 파일은 없어요. '그레쥬이에트 연구' 파일도 없고, 다른 것도 있을 리가 없지요."

마이크가 고개를 떨어뜨렸고, 난 정말로 그가 안 됐다고 생각했다.

"이봐요." 내가 입을 열었다. 상황을 좀 쉽게 정리해줘야지 싶었다. "난 건물 5층에 있었습니다. 창문은 이중창에, 알고 보니 미국 영토더군요. 거기서 빠져나오려면 파일 얘기를 꺼내는 수밖에 없다고 생각했죠. 당신들이 혹할지도 모른다는 생각이 듭디다."

또 다시 긴 침묵. 글래스가 이빨을 다닥 치기 시작했다. 요즘 왜 이렇게 황당한 일이 자주 일어나는지 알 수 없다는 투였다. 칼이 마이크에게 몸을 돌렸다.

"체포할까요?" 뜻밖에도 칼의 목소리가 아주 높았다. 거의 가성에 가까울 정도로.

마이크가 입술을 씹었다.

"그건 마이크가 결정할 일이 아니죠." 내가 입을 열었다.

두 사람이 날 쳐다보았다.

"내 말은, 체포되고 말고는 나한테 달렸단 뜻이오." 내가 말했다.

칼은 나를 노려보았고, 내 실력을 가늠하고 있었다.

"이봐요." 내가 말했다. "솔직하게 말하지. 당신 덩치 크고, 팔굽혀펴기도 나보다 많이 하겠지. 존경스러워요. 이 세상에는 팔굽혀펴기 잘 하는 사람도 필요하지. 중요하다고 봐요."

칼이 위협적으로 턱을 쳐들었다. 그래, 계속 나불대 봐라. 그래서 난 계속 나불거렸다.

"하지만 싸움은 다르지. 아주 다른 거죠. 싸움이라면 나도 좀 해. 아, 물론 내가 그쪽보다 더 세다든가 정력이 좋다든가 뭐 그런 건 아니고. 하지만 싸움은 나도 좀 해."

칼은 이런 대화가 익숙하지 않았고 불편해보였다. 그는 '네놈 심장을 갈기갈기 찢어버리겠다 등등' 학파에서 배웠을 가능성이 아주 높았고, 거기에 대응하는 방법도 잘 알고 있었다. 허나 문제는 거기에 반응하는 법밖에 몰랐다는 것.

"내 말은." 나는 최대한 친절하게 말했다. "쪽 팔리기 싫으면 이제 그만 어디 가서 점심이라도 드시라는 거요."

마이크와 칼은 서로 응시하며 잠시 귓엣말을 주고받았고, 결국 점심을 먹으러 자리를 떴다.

1시간 후. 나는 이탈리아 카페에 금발머리와 앉아 있었다. 이제부터 이 여자를 로니라고 부르겠다. 친구들이 그렇게 부를뿐더러 나도 이제 그중 한 명이 되었으니까.

마이크는 기가 죽어서 자리를 떠났고, 칼은 '너 이 자식 두고 보자'라는 표정을 지었다. 나는 답례로 그에게 손을 흔들어 주었다. 그러나 저런 놈은 다시 보지 않아도 인생에 해가 되지 않을 거라고 생각했다.

내가 사건의 개요를 설명하는 동안 로니는 눈을 동그랗게 뜨고 앉아 있었다. 물론 죽은 사람 얘기는 뺐다. 얘기를 듣더니 나에 대한 생각이 많이 바뀐 듯했다. 이젠 내가 정말 괜찮은 사람이라고 생각하는 듯했다. 지극히 우호적인 반전이 이루어진 셈이다. 나는 커피를 한 잔 더 주문하고는 의자에 깊숙이 앉아 로니의 존경어린 시선을 한껏 즐겼다.

로니가 약간 난색을 표했다.

"그렇다면 새라가 지금 어디 있는지는 모르시는 거죠?" 로니가 말했다.

"전혀요. 무사히 몸을 숨겼을 수도 있고, 곤경에 처했을 수도 있죠."

로니는 의자에 몸을 기대고 창밖을 내다보았다. 새라에게 상당한 호감을 갖고 있다는 걸 알 수 있었다. 아주 진지하게 걱정을 하는 게 눈에 보였다. 별안간 어깨를 으쓱하더니 커피를 한 모금 마셨다.

"적어도 그들에게 파일을 넘겨주지는 않았잖아요." 로니가 말했다. "그것만 해도 어디에요."

거짓말을 해서 안 좋은 게 바로 이런 것이다. 뭐가 사실이고 뭐가 거짓인지 헷갈리게 된다. 뭐, 놀랄 일도 아니다.

"아니, 이해를 못 하신 모양인데." 나는 천천히 설명을 시작했다. "파일은 없어요. 내가 그들에게 파일이 있다고 한 건 날 잡아서 강에 던져버리거나 다른 무슨 해코지를 하기 전에 그게 진짜로 있는지 확인해볼 거라는 확신이 들어서 그런 겁니다. 알다시피 사무실에서 서류업무를 하는 치들은 파일이라면 사족을 못 쓰죠. 그들에겐 파일이 신이니까. 무슨 파일이 있다고 말만 해주면 그냥 믿어 버리거든요. 그 사람들에겐 파일만 있으면 돼요." 나는 심리학 권위자라도 된 듯한 기분이었다. "하지만 유감스럽게도 내가 거짓말한 파일은 애초부터 있지도 않았어요."

로니가 불쑥 허리를 꼿꼿하게 세웠다. 그녀가 흥분했다는 걸 알 수 있었다. 양 볼에 붉은색 반점까지 생겼다. 꽤 볼 만했다.

"정말 있어요." 로니가 말했다.

나는 고개를 한 번 흔들었다. 귀가 제대로 붙어 있나 확인해 봐야 했다.

"뭐라고요?"

"그레쥬에이트 연구요." 로니가 말했다. "새라의 파일 말이에요. 본 적이 있어요."

10

우리가 재가 되더라도 그 속에 타는
불씨는 남을 것이니.
초서

나는 4시 30분에 로니를 만나기로 약속했
다. 그 시간은 화랑이 하루를 마감하고 문을 닫는 시간이다. 그 시간이
면 많은 고객들이 화랑을 나와 야외용 침대와 수표책을 갖고 도로에서
철야를 해야만 했다.

내가 로니의 도움을 적극적으로 구한 건 아니었다. 오히려 투지만만
한 이 아가씨는 무슨 이유에서인지 선행과 짜릿한 모험의 조합을 발견
하고는 혹해 있었다. 난 지금껏 이 일에서 내가 얻은 것이라곤 총알구
멍과 작살난 불알밖에 없다고 말해주진 않았다. 혹 로니가 큰 도움이
될 수도 있다는 점을 무시할 수 없었기 때문이다. 첫째, 나는 이제 교
통수단이 없었고, 다음으로 내 대신 생각해줄 다른 사람이 있으면 내
머리도 더 잘 굴러갈 것이라고 판단했다.

나는 국립도서관에서 여러 시간 동안 맥키 코퍼레이션 오브 아메리
카에 관한 정보를 찾았다. 물론 그 시간 대부분을 도서관 서지정보 활

용법을 익히는 데 써버렸지만 말이다. 그러나 마지막 십 분 동안 이런 귀중한 정보를 손에 넣을 수 있었다. 맥키는 스코틀랜드 출신의 기술자로, 로버트 애덤스와 합작해서 방아쇠로 장전되는 뇌관형 리볼버를 개발했고, 이 제품을 1851년 런던 만국박람회에 출품했다. 물론 난 그 내용을 수고스럽게 옮겨 적지 않았다.

자리를 뜨기 1분 전, 다른 참고서로 J. S. 해먼드 소령(전역)이 쓴 『호랑이 이빨』이라는 엄청나게 지루한 책을 한 권 발견했다. 그 책에서 나는 맥키가 회사를 설립했고, 회사는 성장을 거듭해서 지금은 펜타곤에 군수 '물자'를 공급하는 제 5위의 군납업체가 되었다는 사실을 알아냈다. 본사는 현재 캘리포니아 벤섬에 위치해 있었고, 이 회사의 작년 세전 수익은 내가 손등에 그 숫자를 다 기입할 수 없을 정도로 뒷자리에 0이 많았다.

나는 다시 코르크 스트리트로 향했다. 오후의 쇼핑객들 사이를 이리저리 빠져나가는데 신문 판매인의 외침이 들려왔다. 아마 내가 신문 판매인이 뭐라고 외치는 소리를 알아들은 건 그때가 처음이 아니었나 싶다. 다른 행인들은 거의 틀림없이 '도심 총각 사귀므로 세 명 사망'이라고 들었겠지만, 나는 헤드라인을 보지 않고도 그게 '도심 총격 사건으로 세 명 사망'이라는 걸 알 수 있었다. 신문을 한 부 샀고, 걸으면서 읽기 시작했다.

런던 금융 지구 한가운데 방치된 사무 빌딩에서 시체 3구가 발견되어 '대규모 경찰 수사'가 진행 중이었다. 3명 전부 총상을 입고 사망한 것으로 보도되었다. 신원 미상의 시체를 발견한 사람은 51세로 세 아이의 아버지인 데니스 폴크스 씨라고 알려졌다. 경비원으로 일하는 그가 치과 치료를 마치고 업무에 복귀하다가 시체를 발견했다고 한다.

경찰 대변인은 살해 동기를 속단하지 않았지만 약물 개입 가능성을 배제할 수 없다고 했다. 사진은 없었다. 지난 2년 동안 수도 런던에서 약물 관련 사망자 수가 증가했다는 두서없는 배경 기사만 실려 있었다. 나는 신문을 쓰레기통에 던져 넣고 계속 걸었다.

누군가 데니스 폴크스에게 돈을 찔러줬다는 것만큼은 분명했다. 모범생이 그에게 돈을 줬을 가능성이 높았다. 모범생이 죽은 걸 확인한 폴크스가 경찰에 신고하지 않을 별다른 이유가 없었을 것이다. 폴크스 자신을 위해서라도 치과 진료 얘기가 사실이기를 나는 바랐다. 그게 사실이 아니라면 경찰과 엮이면서 폴크스의 인생이 아주 골치 아파질 것이니까.

로니는 자기 차를 타고 화랑 밖에서 나를 기다리고 있었다. 차는 밝은 빨강색의 TVR 그리피스였다. 5리터가 들어가는 8기통 엔진의 이 차는 배기음이 북경까지 들릴 정도로 시끄러웠다. 신중한 감시 작전에 적합한 차량이 아니었다. 그러나 첫째, 나는 이러쿵저러쿵 따질 처지가 아니었다. 둘째, 미녀가 모는 컨버터블 스포츠카에 탑승하는 게 기분 좋은 일임을 부정할 수 없었다. 무언가 상징적인 대상에 올라타는 기분이 드는 것이다.

로니는 의욕이 대단했다. 그녀가 신문에 난 울프 사망 기사를 보지 않았다고 단정할 수도 없었다. 기사를 봤더라도, 그래서 울프가 죽었다는 걸 알았더라도 별로 달라질 건 없었다. 로니는 배짱이 두둑한 여자였다. 수 세기에 걸친 가계 혈통을 통해 로니는 도드라진 광대뼈, 모험과 도박에 대한 열망을 간직하게 된 것이었다. 나는 다섯 살짜리 로니가 윈스턴이라는 조랑말을 타고 2.4미터 높이의 담장을 뛰어넘으며 아침 식사 전에 70번쯤 목숨을 위태롭게 하는 광경을 상상해보았다.

화랑의 새라의 책상에서 찾은 게 있냐고 묻자 로니는 고개를 가로저었다. 오히려 벨그라비아로 가는 내내 온갖 질문을 하면서 날 괴롭힌 건 그녀였다. TVR의 배기음이 큰 게 고마웠다. 로니의 질문이 하나도 들리지 않았던 것이다. 나는 그냥 적절하다 싶을 때를 골라서 고개를 끄덕이거나 저어 주었다.

차가 리올 스트리트로 접어들었을 때 난 로니에게 새라의 집을 그냥 지나쳐 달리라고 외쳤다. 그냥 앞만 보고 가라고 말이다. AC/DC*의 테이프가 보이길래 플레이어에 집어넣고 소리를 최대한 키웠다. 그러니까 난 다음과 같은 원리에 따라 움직이고 있었다. 목적과 의도를 분명히 드러낼수록 숨은 의도를 파악하기 힘들어진다는 원리. 선택을 해야 할 경우, 보통은 속셈이 뻔할수록 환히 들여다보인다고 할 수 있다. 그러나 당시엔 다른 선택의 여지가 없었다. 필요는 자기기만의 어머니이다.

울프의 집을 지나면서 나는 눈에 손을 대고 콘택트렌즈를 바로잡는 척하며 최대한 집 앞을 자세히 관찰했다. 집은 비어 있는 것 같았다. 하긴 바이올린 케이스를 든 사람들이 현관에 서 있는 광경을 기대한 건 아니니까.

나는 한 블록을 더 지나쳐 로니에게 차를 세우라고 지시했다. 울프의 집에서 약 200미터가량 떨어진 거리였다. 로니는 시동을 껐고, 내 귀는 갑작스런 조용함에 한동안 적응하지 못해 여전히 윙윙거렸다. 내게 고개를 돌린 로니의 양 볼이 빨갛게 상기되어 있었다. 전처럼 말이다.

"이젤 뭘 하죠, 대장?"

그녀는 정말 이 일에 몰두하고 있었다.

"지나가면서 무슨 일이 벌어지는지 한 번 봐야죠."

"알았어요. 전 뭘 하면 되죠?"

"그냥 여기 있는 게 좋을 것 같아요."

내가 이렇게 말하자 그녀는 고개를 떨구었다.

"잽싸게 도망갈 경우를 대비해서죠." 내가 말을 보탰다.

그러자 로니가 다시 얼굴을 들었다. 그녀는 핸드백에서 구리색 작은 깡통을 꺼내 손에 쥐어주었다.

"이게 뭡니까?"

"강간 경보기에요. 여기를 누르면 돼요."

"로니……."

"가져가세요. 경보음이 들리면 출동할게요."

늘어선 집들의 채당 가격이 200만 파운드를 상회한다는 점을 제외하면 거리는 더 없이 정상적으로 보였다. 길 양편으로 주차된 차들 가격만 해도 아마 작은 나라 여럿의 국민 총생산액보다 많을 것이다. 벤츠 12대, 재규어와 다임러 12대, 벤틀리 설룬 5대, 벤틀리 컨버터블 1대, 애스턴 마틴 3대, 페라리 3대, 애스턴 마틴 3대, 젠슨 1대, 람보르기니 1대.

그리고 포드가 1대 보였다.

암청색의 꽁무니가. 길 저쪽으로 울프의 집 맞은편에 주차되어 있었다. 그래서 처음에 못 알아봤군. 안테나 2개, 백미러 2개. 조수석 옆으로 차체 앞부분이 움푹 들어가 있었다.

* 호주 출신의 록 밴드.

큰 오토바이와 옆으로 충돌하면 생길 것 같은 그런 흠집이었다.

조수석에 한 남자가 타고 있었다.

처음 든 생각은 안도감이었다. 놈들이 새라의 집을 감시하고 있다면 아직 그녀를 붙잡지 못했기 때문일 가능성이 아주 높았다. 집이 차선의 선택이었을 테니까. 하지만 다시 생각해보면 새라를 이미 붙잡았고, 그녀의 칫솔을 가지러 아무나 보냈을지도 모를 일이다. 새라에게 여전히 닦을 이빨이 남아 있다면 말이다.

이제 와서 걱정해 봐야 아무 소용없었다. 나는 포드가 있는 쪽으로 계속 걸어갔다.

군사 이론을 배운 사람이라면 혹시 '보이드의 순환고리'*라는 주제를 들어봤을지도 모르겠다. 보이드는 한국전쟁 중에 공중전을 연구하면서 많은 시간을 보낸 작자다. 그는 조종사 A가 조종사 B를 격추할 수 있었던 이유, 조종사 B가 그 일을 당하고 기분이 어땠는지, 두 사람 중 누가 아침 식사로 케저리**를 먹었는지 알아내기 위해 전형적인 '사건들의 연쇄'를 분석했다. 우리처럼 평범한 사람들이 이해하기 쉬운 말로 바꾸면 '연쇄적인 사건들'이다. 보이드의 이론은 아주 간단한 관찰 결과에 기초하고 있다. A가 뭔가를 하면 B가 반응하고, A가 다른 뭔가를 하면 B가 다시 기타 등등의 반응을 하는 식으로 해서 행동과 대응의 순환고리가 형성된다는 것이다. 그게 바로 보이드의 순환고리이다. 독자 여러분은 나도 그런 이론은 만들겠다고 생각하고 있을지 모르겠다. 그러나 보이드의 이름이 오늘날까지 전 세계의 사관학교에서 토론되는 '진짜 이유'는 그가 다음과 같은 개념을 고안해낼 수 있었기 때문이다. 만약 B가 통상 하나의 일을 하는 데 걸리는 시간에 두 가지 일을 할 수 있다면 '순환고리의 내부로 들어가게' 되고, 이를 바탕으로 사태를 장악할 수 있다는 것이다.

훨씬 더 적은 비용으로 거의 똑같은 효과를 볼 수 있는 랭의 이론도 있다. 주먹이 날아가는 경로에서 얼굴을 치우기 전에 상대방을 가격하라는 게 바로 그것이다.

나는 왼쪽 뒤에서 포드에 접근해 바로 옆에서 멈췄다. 그리고 울프의 집을 쳐다보았다. 포드에 탄 남자는 나를 보지 못하고 있었다. 그냥 평범한 시민이라면 당연히 나를 알아봤어야 했다. 사람들은 다른 할일이 없을 때 대개는 사람을 보기 마련이다. 나는 몸을 숙이고 창문을 두드렸다. 남자는 몸을 돌렸고, 그는 한참 동안 날 바라보다가 이윽고 창문을 내렸다. 그가 나를 모르는게 분명했다. 나이는 사십 대 정도였고, 술깨나 먹게 생겼다.

"당신이 로스?" 나는 짤막하게 쏘아붙이듯 말했다. 지금껏 내가 해본 최고의 미국 말투였다. 내 입으로 이런 말 하기는 뭐하지만 내 미국식 억양은 꽤 그럴 듯하다.

남자는 고개를 저었다.

"로스 여기 안 왔어?" 나는 재차 물었다.

"대체 로스가 누군데요?"

미국인이라고 생각했는데, 완전 토박이 런던 놈이었다.

"염병할." 나는 똑바로 서서 집을 쳐다보며 말했다.

"당신 누구요?"

---

* **Boyd OODA Loop. OODA** | 관찰(Observe), 반응(Orient), 결정(decide), 행동(Act).

* * **kedgeree** | 쌀, 콩, 양파, 달걀, 향신료 등을 넣은 인도 요리.

"댈러웨이다." 나는 이맛살을 찌푸리며 대꾸했다. "나 온다는 얘기 못 들었어?"

남자는 다시 고개를 저었다. 나는 큰 목소리로 빠르게 말하면서 남자를 밀어붙였다.

"차 밖으로 나갔다가 연락 못 받은 건 아니고?" 놈은 당황하고 있었다. 당연히 수상쩍어할 여지도 없었다.

"뉴스 들었어? 젠장, 신문도 안 보나? 세 명 죽었는데, 랭은 안 죽었다잖아."

남자는 나를 지그시 올려다보았다.

"염병할." 나는 다시 한 번 말했다. 내가 그 욕을 처음 내뱉었을 때 못 들었을까봐서 말이다.

"그럼 어떻게 하죠?"

랭 선생 승리. 걸려들었어. 나는 잠시 입술을 깨물었고, 모험을 감행해보기로 마음을 먹었다.

"혼자 있나?"

남자는 집 쪽을 향해 고개를 끄덕였다.

"미키는 안에 있고요." 그가 시계를 흘깃 쳐다보았다. "10분 후에 교댄데요."

"지금 교대해. 안에 들어가봐야 한다고. 누구 온 사람 있나?"

"아무도요."

"전화는?"

"한 번이요. 여자 목소리였는데, 1시간 전쯤에요. 새라를 찾았습니다."

"알았어. 가자고."

분명한 사실은 내가 놈의 보이드 순환고리 안에 들어왔다는 것이다. 첫 단추만 잘 꿰면 다른 사람에게 무엇이든 다 시킬 수 있다. 남자는 자기가 얼마나 빨리 차에서 빠져나올 수 있는지 보여주겠다는 기세로 차에서 빠져나왔다. 나는 집 쪽으로 성큼성큼 걸어갔고, 그도 뒤에서 날 따라왔다. 나는 주머니에서 내 아파트 열쇠를 꺼냈고, 걸음을 멈추었다.

"노크하는 건가?" 현관문에 다다랐을 때 나는 물었다.

"예?"

나는 못 참겠다는 듯 두 눈을 굴렸다.

"노크 말이야. 신호. 이 망할 놈의 문을 열고 들어가다가 미키가 내 몸에 바람구멍이라도 내면 어떻게 하냐고?"

"아니요, 우리는 그냥……. 그냥 '미키'라고 부르는데요."

"아이고, 정말 간단하고만. 그건 누구 생각이야?"

나는 약간 강경하게 얘기했다. 군기가 바짝 들어야 놈은 자신이 얼마나 유능한지를 증명하려고 더 애쓸 테니까.

"그럼 불러 봐." 내가 말했다.

남자가 우편함에 입을 갖다 대고 소리쳤다.

"미키, 나야."

남자는 이름을 부르고 미안하다는 듯 위를 쳐다보았다.

"그렇군, 알겠어. 저렇게 해서 자넨 줄 아는구만. 멋진데!"

잠시 아무 소리가 없다가 자물쇠가 열렸고, 나는 바로 안으로 들어갔다.

나는 미키에게 시선을 많이 주지 않았다. 자신이 관심사가 아님을 재깍 알아차리도록 하려는 의도에서였다. 그래도 스치듯이 짧게 살펴본 바에 의하면 이랬다. 미키도 사십 대였고, 체격은 나무막대처럼 말랐으며, 손등이 뚫린 가죽 장갑을 끼었고, 권총을 휴대하고 있었다. 아마 옷도 입고 있었을 테지만 거기까진 신경을 쓰지 않았다.

권총은 니켈 도금이 된 스미스 앤 웨슨이었다. 총열이 짧고, 공이치기가 안으로 들어가 있어서 주머니에 집어넣고도 사격이 가능한 모델이었다. 아마도 보디가드 에어웨이트 모델이나 그 비슷한 종류였을 것이다. 아주 비열한 물건이라 할 만했다. 그렇다면 정직하고, 너그러우며, 공정한 총이 있는 것이냐고 물을지도 모르겠다. 물론 그런 총도 없다. 무릇 총이란 해를 입힐 목적으로 사람들에게 납덩이를 쑤셔 넣는 기계이다. 그러나 그 점을 고려한다고 해도 총은 저마다 뚜렷이 구별되는 나름의 특징을 갖고 있기 마련이다. 어떤 총은 다른 총보다 확실히 더 비열하다.

"자네가 미킨가?" 나는 방 안을 부지런히 둘러보며 물었다.

"그런데요."

미키는 스코틀랜드 출신이었다. 그는 도대체 내가 뭐하는 놈이냐며 동료에게서 정보를 얻으려고 애쓰고 있었다. 미키는 만만치 않아 보였다.

"데이브 카터가 안부 전해달라더군."

데이브 카터는 내 동창이다.

"아, 예, 카터."

신난다. 5분 만에 보이드의 순환고리를 2개나 진입했다. 나는 승리감에 취해 거실을 가로질러 탁자 위에 놓인 전화를 집어들었다.

"기네비어다." 나는 수수께끼 같은 소리를 지껄였다. "진입 완료."

나는 수화기를 내려놓고, 계단으로 향했다. 쓸데없는 짓거리를 했다

고 스스로에게 악담을 퍼부으면서. 놈들이 그런 짓거리에 속아 넘어갈
리는 없었다. 그런데 뒤를 돌아보니 두 놈 다 여전히 순한 양처럼 거기
서 있었다. '당신이 보스입니다'라는 표정을 쌍으로 짓고서 말이다.

"여자 침실이 어디야?" 나는 버럭 소리를 질렀다.

양 두 마리는 긴장된 시선을 서로 주고받았다.

"방은 이미 확인했겠지?"

둘은 고개를 끄덕였다.

"그러니까 레이스 달린 베개와 스테판 에드베리* 포스터가 있는 방
이 어디냐고?"

"왼쪽에서 두 번째 방입니다." 미키가 말했다.

"알았어."

"저, 그런데……."

나는 걸음을 멈추었다.

"그런데 뭐?"

"포스터는 없던데요……."

나는 두 놈 모두에게 정말이지 지친다는 표정을 공평하게 지어주고
는 다시 계단을 올라갔다.

미키 말대로 스테판 에드베리 포스터는 없었다. 레이스 달린 베개도
그렇게 많지 않았다. 한 여덟 개쯤. 그러나 플뢰르 드 플뢰르는 미세하
나마 공기 중에 부유하고 있었다. 나는 별안간 몸이 찔리는 듯한 걱정
과 열망에 휩싸였다.

---

* **Stefan Edberg**(1966~) | 스웨덴의 테니스 선수.

처음으로 난 내가 새라를 얼마나 지키고 싶어 하는지 깨달았다. 그게 무엇이 되었든. 그들이 누가 되었든.

어쩌면 이것은 곤경에 빠진 처녀를 구출해낸다는 엉터리 구닥다리 얘기의 재탕일 수도 있다. 다른 날이었다면 내 호르몬이 완전히 다른 대상을 향해 분출했을지도 모를 일이다. 그러나 침실 한가운데 서 있던 바로 그 순간만큼은 진심으로 새라를 구하고 싶었다. 새라가 좋은 편이고 다른 놈들이 악당이어서가 아니라 내가 새라를 좋아하고 있었기 때문에. 그것도 아주 많이.

그런 얘기는 이제 그만.

나는 침대 옆 탁자로 가서 전화 수화기를 들어 송화구를 레이스가 달린 베개 아래 밀어 넣었다. 양들 중의 한 놈이 용기를 내거나 단순한 호기심에서라도 상부에 문의를 한다면 큰일이었기 때문이다. 베개를 쓰면 놈들은 내가 듣고 있다는 걸 눈치 채지 못할 터였다.

나는 먼저 옷장을 살펴보았다. 새라의 옷이 많이 사라졌는지 확인해야 했다. 여기저기에 빈 옷걸이가 몇 개 있었다. 그러나 계획을 하고 먼 데로 떠난 것은 아님을 알 수 있었다.

화장대 위에는 화장품 병과 브러시가 흩어져 있었다. 얼굴 크림, 손 크림, 코 크림, 눈 크림. 술에 취해 집으로 들어와 실수로 얼굴 크림을 손에 바르거나 손 크림을 얼굴에 바르면 어떻게 될까 하는 생각이 잠시 스쳤다.

화장대 서랍도 대동소이했다. 현대 여성이 여행 중에 갖춰야 할 준비물 일습이 고스란히 보관되어 있었다. 하지만 파일은 없었다.

서랍을 전부 닫고, 방에 딸린 화장실로 들어갔다. 처음 만났을 때 새라가 입고 있던 비단 가운이 문 뒤쪽에 걸려 있었다. 세면대 위에 설치된 선반에는 칫솔이 있었다.

나는 다시 침실로 걸어 나와 주위를 살펴보았다. 뭔가 단서를 기대하면서 말이다. 립스틱으로 거울에 갈겨쓴 주소 같은 구체적인 단서는 기대하지도 않았다. 원래 있어야 하는데 없는 것, 원래는 없어야 하는데 있는 것 따위를 찾아내고자 했다. 하지만 그런 흔적은 전혀 찾을 수 없었다. 그러나 뭔가 잘못돼 있었다. 나는 방 한가운데 서서 잠시 가만히 있었고, 드디어 그게 무엇인지 깨달았다.

양 두 마리가 얘기하는 게 안 들렸다. 그건 문제가 있었다. 두 놈 다 서로에게 할 말이 많아야 했기 때문이다. 요컨대 나는 댈러웨이였고, 댈러웨이는 그들의 삶에서 낯선 존재였다. 따라서 그들은 내 얘기를 하고 있어야만 했다.

창문 쪽으로 걸어가 거리를 내다보았다. 포드의 문이 열려 있었고, 거기로 양의 다리가 삐져나와 있는 것 같았다. 놈이 무선 교신을 하고 있었다. 나는 베개 밑에 쑤셔넣었던 수화기를 꺼내서 다시 제자리에 올려놓았다. 동시에 자동적으로 침대 옆 탁자 서랍을 열었다. 작은 서랍이었다. 그러나 방에 있는 나머지 모든 물건보다 더 많은 게 거기 들어 있는 것 같았다. 화장지, 탈지면, 화장지, 손톱 깎는 가위, 먹다 만 슈샤드 초콜릿바, 화장지, 펜, 족집게, 화장지, 화장지를 차례로 뚫고 들어갔다. 아니 여자들은 이 망할 것들을 먹으려고 쌓아놓는 거야, 뭐야? 마침내 난 서랍 맨 밑바닥 화장지 위에 똬리를 틀고 있는 묵직한 덩어리를 찾아냈다. 가죽 끈이 감긴 그 꾸러미는 새라의 매혹적인 소형 발터 TPH였다. 나는 탄창을 뽑아서 탄약을 확인했다. 가득 차 있었다.

나는 총을 주머니에 집어넣고, 니나 리치의 향수 플뢰르 드 플뢰르를 한 번 더 깊이 음미한 다음 방을 나섰다.

양들의 태도가 아까 얘기했을 때와 달라져 있었다. 확실히 안 좋은 방향으로. 현관문은 열려 있었고, 미키는 오른손을 주머니에 집어넣은 채 문 옆 벽에 기대어 서 있었다. 위스키 —어느새 나머지 한 놈을 이렇게 부르고 있었다— 가 바깥 계단에 서서 거리를 살펴보고 있다는 것도 알 수 있었다. 그는 내가 계단을 내려오는 소리를 듣고 이쪽을 향했다.

"아무것도 없어" 라고 말한 뒤에야 내가 미국인을 가장했다는 것을 깨달았다. "망할, 하나도 없다고. 문 좀 닫아, 거기?"

"두 가지를 물어보지." 미키가 말했다.

"그래? 읊어 봐."

"도대체 데이브 카터가 누구야?"

데이브 카터가 학창 시절 16세 이하 파이브스* 우승자였고, 졸업 후엔 호브에 있는 자기 아버지 전기회사에서 일했다는 사실을 말해줘도 별로 소용이 없을 것 같았다. 그래서 이렇게 물었다.

"두 번째 질문은?"

미키가 위스키를 쳐다보았다. 위스키는 어느새 문까지 다가왔고, 내 탈출 경로를 심하게 틀어막고 있었다.

"당신 도대체 뭐야?"

"댈러웨이라니까. 종이에 써 줘? 도대체 뭐가 문제야?"

나는 오른손을 주머니에 집어넣었고, 미키의 오른손이 주머니 안에서 움직이는 것도 보았다. 놈이 날 죽이려고 마음먹었다면 총소리조차 못 들으리라는 것을 알았다.

그렇지만 나도 내 손을 오른쪽 주머니에 집어넣는 데 성공했다.

젠장, 발터를 왼쪽 주머니에 집어넣고 내려왔다는 게 유감이었다. 나는 주먹을 쥔 채 다시 천천히 손을 꺼냈다. 미키가 뱀처럼 날카롭게 날 지켜보고 있었다.

"굿윈이 당신 얘기는 금시초문이라던데. 아무도 안 보냈다는 거야. 우리가 여기 있는 걸 아는 사람도 없고."

"그 덜 떨어진 개자식은 왜?" 나는 짜증스럽다는 듯 대꾸했다. "그놈이 여기랑 무슨 상관이 있다고?"

"상관없지." 미키가 말했다. "왜 그런지 말해줘?"

나는 고개를 끄덕였다. "좋아, 들어보자고."

미키가 웃었다. 치아 상태가 끔찍했다.

"그런 사람 없거든. 내가 꾸며낸 사람이라고."

젠장, 당했다. 이번에는 내가 순환고리 진입을 허용하고 만 것이다. 뿌린 대로 거두리니.

"다시 묻겠다." 미키가 내게 다가오며 말했다. "너, 누구야?"

어깨가 축 늘어졌다. 게임 오버. 나는 '경관 나리, 수갑이나 채우쇼' 하는 자세로 손목을 내밀었다.

"내 이름을 알고 싶다고?" 내가 말했다.

"그래."

놈들은 내 이름을 결코 들을 수 없었다. 고막을 찢을 듯한 소음이 우리 모두를 방해했기 때문이다. 그 소리는 현관 바닥과 천장에 반사되어 두 배로 강해졌다. 뇌가 요동쳤고, 눈앞이 안 보였다.

미키는 주춤하더니 벽을 따라 뒷걸음질 쳤고, 위스키는 손으로 귀를 막았다.

* fives | 두 사람 또는 네 사람이 하는 핸드볼 비슷한 구기.

두 놈은 그렇게 내게 0.5초의 여유 시간을 허락했다. 나는 문 쪽으로 달렸고, 오른쪽 어깨로 위스키의 가슴팍을 밀쳤다. 위스키가 튕겨 나가 난간에 넘어졌다. 나는 왼쪽으로 돌아, 열여섯 살 이후로 내본 적이 없는 속도로 거리를 내달렸다. 에어웨이트로부터 20미터만 벗어날 수 있다면 해볼 만했다.

솔직히 말해서 놈들이 내게 총을 쐈는지조차 모르겠다. 로니가 건네준 작은 구리 깡통이 그렇게 큰소리를 낼 줄도 미처 몰랐다. 내 귀는 그런 정보를 처리할 수 있는 상태가 아니었다.

내가 아는 거라곤 그들이 나를 강간하지 않았다는 것뿐이다.

11

어리석음보다 더한 죄악은 없다.

오스카 와일드

로니는 킹스 로드에 있는 자기 아파트로 차를 몰았다. 하지만 우리는 사방팔방으로 열 번 넘게 아파트를 지나쳐야만 했다. 미행과 감시를 확인하기 위한 것이 아니라 단지 주차할 공간을 찾기 위해서. 사실 그때는 차를 가진 런던 사람(결국 런던 사람 대다수) 모두가 탐욕의 대가를 톡톡히 치르는 시간대였다. 시간이 멈추거나, 뒤로 흐르거나, 우주의 정상적 운행과 일치하지 않는 해괴한 짓을 한다. 인적이 드문 시골길을 달리는 섹시한 스포스터*가 나오는 온갖 TV 광고들도 조금씩 짜증이 나기 시작한다. 물론 나는 그렇지 않다. 오토바이를 타니까 말이다. 두 바퀴는 선이고, 네 바퀴는 악이다.

로니는 마침내 주차 공간을 하나 발견하고 TVR을 겨우 밀어 넣을 수 있었다. 아파트까지 택시를 타고 가자는 얘기가 나왔지만 기분 좋은 저녁이라는 데에 생각이 미치자 함께 산책을 하기로 했다.

---

* Sportster | 할리 데이비슨의 오토바이 브랜드.

우리 둘 다 걷고 싶었다. 아니 더 정확히 말하면, 로니가 걷고 싶어 했다. 로니 같은 사람들은 원래 산책을 좋아한다. 나 같은 사람들은 로니 같은 사람들을 좋아하고 말이다. 우리는 튼튼한 한쌍의 산책용 다리로 무장을 하고 출발했다. 길을 걸으면서 나는 리올 스트리트에서 있었던 일을 로니에게 간단히 설명했다. 로니는 말없이 내 말을 열심히 들었다. 그녀가 내 말을 감탄하며 들었다는 얘기인데 사람들, 특히 여자들은 그러는 법이 없다. 대개는 무시하면서 걷다가 넘어져서 발목을 삔 뒤 내 탓을 하는 식이었으니까.

그러나 로니는 웬일인지 달랐다. 로니는 내가 다르다고 생각하는 것 같았기 때문에 달랐을 것이다.

아파트에 도착하자 로니가 자물쇠를 열었다. 그녀는 한쪽으로 비켜서서 이상한 소녀 목소리로 먼저 들어가 달라고 부탁했다. 난 잠시 로니를 바라보았다. 아마 로니는 사태가 얼마나 심각한지 알아보고 싶었던 것 같다. 로니는 이 일이나 나에 대해 여전히 확신이 없는 듯했다. 그래서 나는 험상궂은 표정을 하고 아파트 내부를 수색했다. 문을 발로 밀어서 열고, 잽싸게 벽장을 열면서 나는 클린트 이스트우드 흉내를 냈다. 로니는 얼굴이 빨갛게 상기된 채 복도에 서 있었고.

"이런 세상에." 부엌에 들어간 내가 이렇게 외쳤다.

헉 소리가 나더니 로니가 달려오는 듯했다. 그녀가 문설주 너머로 고개를 내밀었다.

"이거, 볼로네즈 소스예요?" 나는 오래되고 요상하게 변한 뭔가를 나무 숟가락으로 하나 가득 떠 보이며 물었다.

로니는 혀를 끌끌 차더니 안심이 된 듯 웃기 시작했다. 나도 따라 웃었다. 별안간 우리는 아주 오래된 친구처럼 느껴졌다. 그것도 아주 절친한.

그래서 나는 그녀에게 물어봐야만 했다.

"언제 돌아오나요?"

로니는 나를 보더니 얼굴을 살짝 붉히고는 다시 소스 냄비에서 볼로네즈를 긁어냈다.

"누가 돌아온다는 거예요?"

"로니." 나는 그녀를 불렀다. 그리고 옆으로 돌아서서 그나마 그녀를 정면에서 바라볼 수 있는 위치까지 이동했다. "당신은 몸매가 아주 근사해요. 하지만 44사이즈를 입지는 않을 겁니다. 만약 그런다고 해도 똑같은 세로줄 무늬 옷을 저렇게 많이 가지고 있을 수는 없겠죠."

로니는 옷장이 떠올랐는지 침실 쪽을 힐끗 보았다. 그리고 싱크대로 가서 소스 냄비에 뜨거운 물을 받았다.

"한 잔 하실래요?" 로니는 돌아보지도 않고 말했다.

로니가 보드카를 꺼내는 사이 난 주방 조리대 위에 얼음을 얹고 있었다. 이윽고 로니가 마음을 정했는지 내게 자초지종을 설명해주었다. 시티 지구(the City)에서 선물(先物)을 거래하는 남자 친구가 매일 자신의 아파트에 오는 것은 아니며, 온다고 해도 열 시 이후에나 온다고 했다. 충분히 예상할 수 있는 내용이었다. 솔직히 말해서 여자가 그런 말을 내게 할 때마다 1파운드씩 받았다면 나는 지금쯤 적어도 3파운드는 모았을 것이다. 지난번에 이런 일이 벌어졌을 때는 남자 친구가 일곱 시에 돌아왔고, 나를 의자로 내려쳤다. "전에는 남자 친구가 그런 적이 단 한 번도 없었다"는 여자의 얘기도 들었고 말이다.

로니의 말투와 이야기에서 두 사람의 관계가 원만하지 못하다는 것을 알 수 있었다. 이런 일은 궁금한 법이지만 난 호기심을 억누르고 화제를 바꾸기로 했다. 그게 가장 좋을 것 같다는 생각이 들었다.

우리는 소파에 자리를 잡고 앉았다. 얼음이 유리잔 속에서 달콤한 음악을 연주했다. 나는 로니에게 지금까지의 일을 조금 더 자세히 이야기했다. 암스테르담에서 시작해 리올 스트리트에서 끝나는 대서사시 말이다. 물론 헬리콥터와 그레쥬에이트 연구는 빼고. 비록 그렇다고는 해도 대담한 활약상이 잔뜩 들어 있는 꽤 괜찮은 모험담이었다. 물론 '감히 하진 못했지만 듣기엔 근사한' 이야기도 조금 꾸며서 보탰다. 로니는 날 호의적으로 보고 있었고, 나도 그녀의 기대를 저버리고 싶지 않았다. 이야기가 끝나자 로니가 이마를 살짝 찌푸렸다.

"하지만 파일은 못 찾았잖아요." 그녀는 낙담한 표정이었다.

"그렇죠. 그렇다고 파일이 아예 없는 건 아니에요. 새라가 정말로 작정하고 집에 파일을 숨겼다면 건축업자를 한 트럭 싣고 와도 숨긴 곳을 정확히 찾아내는 데 일주일은 걸릴 겁니다."

"화랑을 살펴봤지만 정말 아무것도 없었어요. 서류를 좀 남겨놓긴 했는데, 전부 화랑 업무와 관련된 거예요."

로니는 탁자로 가서 가방을 열었다.

"수첩을 찾긴 했는데 도움이 될지 모르겠네요."

로니가 진지하게 그 얘기를 하는 것인지 알 수 없었다. 그녀는 수첩을 발견하면 거의 언제나 좋다는 것을 알 만큼 애거서 크리스티를 많이 읽었음에 틀림없다.

그러나 새라의 수첩은 그렇지 않을 수도 있었다. 수첩은 A4 용지 크기에 가죽 장정이 된 제품으로, 낭포성 섬유증 재단이 나눠준 물건이었다. 이미 짐작할 수 있었던 내용 외에 별다른 게 없었다. 새라는 화랑 일을 진지하게 받아들였고, 점심을 조금 먹었으며, 소문자 i 위에 동그라미 대신 점을 찍었고, 전화 통화를 할 때는 낙서로 고양이를 그렸다. 앞으로의 계획도 많지 않았다. 마지막 기록은 'CED OK 7.30'이라고만 되어 있었다. 이전 주들로 거슬러 올라가봤더니 CED가 전에 3번 OK였다는 것을 알 수 있었다. 한 번은 7.30이었고, 나머지 두 번은 12.15였다.

"이게 누군지 혹시 알겠어요?" 나는 로니에게 기재된 내용을 보여주며 물었다. "찰리? 콜린? 칼, 클라이브, 클라리사, 카르멘?"

C로 시작하는 여자 이름이 더는 생각나지 않았다.

로니는 난색을 표했다.

"왜 두 번째 이니셜이 E일까요?"

"전혀 모르겠는데요." 내가 대꾸했다.

"그러니까 이름이 찰리 던스라면 CD라고 쓰면 되잖아요?"

나는 수첩의 그 페이지를 내려다보았다.

"찰리 에더링턴 던스(Charlie Etherington-Dunce)인가? 나야 모르죠. 이거야 당신들이 전문이지."

"그게 무슨 말이에요?"

로니는 불같이 화를 냈다.

"미안, 미안. 난 그냥, 그러니까…… 보통은 당신들이 애매하게 말을 바꾸는 사람들이라고 생각하잖아요……."

나는 말끝을 흐렸다. 로니가 이 말도 마음에 들어 하지 않는다는 걸 단박에 알 수 있었다.

"그래요. 나는 목소리도 간드러지고, 바가지나 씌우는 부도덕한 일을 해요. 게다가 남자 친구는 시티 지구에서 일하죠."

로니가 자리에서 일어나 걸어가더니 보드카를 한 잔 더 따랐다. 내게는 한 잔 더 하겠느냐고 권하지도 않았다. 내가 남의 죄를 뒤집어쓰고 있다는 게 확실했다.

"쩝, 미안합니다. 별 뜻은 없었어요."

"내가 내 말투를 어떻게 할 수 있는 게 아니잖아요, 토머스. 생긴 것도 그렇고요."

로니는 보드카를 단숨에 들이키고는 내게 다가왔다.

"어떻게 하다니요? 목소리도 좋고, 외모는 더욱 출중하신데요."

"제발 그 입 다무세요."

"일 분만요. 그게 왜 그렇게 싫은데요?"

로니는 한숨을 푹 쉬고는 다시 자리에 앉았다.

"지치는 거죠. 만나는 사람 중 절반은 내 말투 때문에 날 진지하게 받아들이지 않아요. 나머지 절반만 내 말을 진지하게 받아들이죠. 조금만 지나면 얼마나 신경이 거슬리는데요."

"글쎄, 이렇게 말하면 아첨하는 것 같겠지만 난 당신 말을 진지하게 받아들이고 있어요."

"진지하시다?"

"당연하죠. 아주 진지합니다."

나는 잠시 뜸을 들였다.

"당신이 점잔 빼는 거만한 계집인 게 내겐 전혀 문제가 되지 않습니다."

로니는 꽤 오랫동안 날 바라보았다. 어쩌면 내가 오해를 한 것일지도 모른다는 생각이 들기 시작했다. 그녀는 뭔가를 던져버릴 기세였다. 그러더니 고개를 저으며 갑자기 웃기 시작했다. 나는 마음이 많이 놓였고, 로니도 기분이 나아졌기를 바랐다.

여섯 시쯤 전화벨이 울렸다. 로니가 수화기를 들고 있는 모습에서 통화 상대가 남자 친구임을 알 수 있었다. 아마도 자기가 언제 도착할지 알리고 있으리라. 로니는 마루를 응시했고, 응 응 소리를 많이 냈다. 내가 한 방에 있거나 두 사람의 관계가 이미 그런 단계에 접어들었기 때문이었을 것이다. 나는 재킷을 걸쳤고, 술잔을 들고 부엌으로 가서 씻은 다음 행주로 물기까지 닦았다. 로니가 잊을까봐. 유리잔을 찬장에 집어넣고 있는데 로니가 들어왔다.

"전화해줄 거죠?"

로니는 약간 슬픈 표정이었다. 아마 나도 그랬을 것이다.

"그럼요."

나는 선물(先物)을 거래하시는 남자 친구의 귀환에 대비해서 양파를 썰고 있는 로니를 뒤로 하고 아파트를 나왔다. 저녁은 로니가 준비하고, 아침 식사는 남자 친구가 담당하는 식으로 역할 분담을 한 것 같았다. 로니는 포도 쪼가리 몇 개만 놓고도 진수성찬이라고 우길 사람이었다. 생각이 거기까지 미치자 남자 친구가 거래를 더 잘한 것인지 의심스러워졌다.

정말이지 남자들이란.

나는 택시를 타고 킹스 로드를 지나 웨스트엔드로 갔고, 6시 30분경에는 국방부 건물 바깥을 어슬렁거리고 있었다. 내가 천천히 왔다 갔다 하자 경관 몇 명이 나를 주시했다. 그러나 나는 이미 지도와 일회용 카메라로 무장을 하고 있었다. 내가 비둘기 사진을 찍으면서 얼치기 관광객 행세를 하자 그들도 곧 안심하기에 이르렀다. 오히려 가게에 들어가 지도를 사면서 아무 도시나 상관없다고 말했을 때, 그곳 주인이 날 훨씬 더 많이 의심했을 것이다.

여행 준비물은 그 두 가지 말고는 없었다. 국방부에 전화를 해서 내 목소리가 등록되도록 하고 싶지도 않았다. 내가 볼 때 오닐은 일벌레였다. 나는 그 점에 운을 맡기고 있었다. 최초 답사 결과 내 판단이 맞는 것 같았다. 7층 모퉁이의 오닐 사무실이 밝게 빛나고 있었다. 모든 '민감한' 정부 부처 건물의 창문에는 규정에 따라 커튼이 설치된다. 가는 레이스의 그런 커튼이 망원렌즈를 동원한 사진 촬영을 막을 수 있을지는 모르지만 안에서 나오는 빛까지 차단할 수는 없는 노릇이다.

옛날 옛적 냉전이 치열하게 전개되던 시절, 고위 안보 부서의 어떤 명청이가 '표적이 될 수 있는' 모든 사무실은 하루 24시간 내내 조명을 켜놓으라는 지침을 하달했다. 적국 공작원이 누가 어디에서 얼마나 오랫동안 일하는지 파악하지 못하도록 하는 게 목적이었다. 그 묘안은 당시 대환영을 받았다. 사람들은 고개를 끄덕였고, 등을 두드리며 격려해주었다. "저 캐러더스라는 친구, 성공은 떼논 당상이군. 내 말 믿어" 하고 얘기하는 사람도 많았다. 그러나 전기세 고지서가 관련 재정 부서 바닥에 쌓이면서 사태가 급변했다. 그 이후, 이 지침과 캐러더스는 아주 깔끔하게 퇴출되었다.

7시 10분에 오닐이 국방부 정문 밖으로 나왔다. 그는 경비병에게 말없이 고개를 숙여 인사했고, 경비병은 그걸 무시했다. 오닐은 건물을 빠져나와 저녁 어스름에 휩싸인 화이트홀 지구[런던의 관청 소재 지역]로 들어갔다. 그는 서류 가방을 하나 들고 있었는데, 이건 뜻밖이었다. 휴지 같은 것 말고는 어떤 것도 반출이 안 되기 때문이다. 어쩌면 오닐도 서류 가방을 소도구로 활용하는 이상한 사람일지도 모른다. 글쎄.

215

오닐이 국방부 건물을 200미터쯤 벗어나자 나는 미행을 개시했다. 그런데 걷는 속도를 늦춰야만 했다. 오닐이 아주 느리게 걸었던 탓이다. 오닐이 날씨를 즐기고 있는 것이라고 생각할 수도 있었다. 도대체 즐길 날씨라는 게 있었다면 말이지만.

오닐이 맬*을 지나 속도를 내기 시작하고 나서야 비로소 나는 그가 산책 중이었다는 것을 깨달았다. 그는 화이트홀이라는 정글을 호랑이처럼 어슬렁대고 있었던 것이다. 평범한 얼뜨기 관광객은 절대로 알 수 없는 국가의 중대사에 은밀히 관여하며, 조사 중인 모든 내용을 꿰고 있는 사나이. 오닐은 정글을 벗어나 계속해서 사바나로 나아갔고, 더 이상 수고스럽게 어슬렁댈 필요도 없었다. 그는 정상적인 속도로 걷기 시작했다. 참 안 됐다는 생각이 들 수도 있는 그런 사람이었다.

이유는 모르겠지만 난 그가 곧장 집으로 갈 것으로 예상했다. 퍼트니(Putney)의 연립주택쯤에 살 거라고 생각했다. 인고의 세월을 견뎌 온 아내가 오닐에게 백포도주와 구운 대구 요리를 내놓고 셔츠를 다림질해주는 가운데 그는 텔레비전 뉴스를 시청하며 자신은 온갖 뉴스의 더 어둡고 특별한 의미를 안다는 듯 고개를 흔들거나 툴툴거리는 영상이 스쳐 지나갔다. 그러나 오닐은 내 기대를 저버렸다. 그는 현대미술연구소 너머에 있는 계단을 황급히 지나 팰맬 가**의 트래블러스 클럽으로 들어갔다.

거기서 내가 할 수 있는 건 아무것도 없었다. 나는 유리문 너머로 오닐이 직원에게 우편물을 확인해달라고 얘기하는 광경을 지켜보았다.

---

* The Mall | 런던 세인트 제임스 공원의 나무 그늘 우거진 산책길.

* * Pall Mall | 런던의 트라팔가 광장에서 세인트 제임스 궁전까지 이르는 클럽 가.

우편물은 없었다. 오닐이 외투를 벗고 바로 입장하는 게 보였다. 나는 잠시 한숨을 돌려도 되겠다고 판단했다.

헤이마켓의 한 노점에서 햄버거 한 개와 감자튀김을 샀고, 요기를 하면서 잠시 어슬렁거렸다. 밝은색 셔츠를 입은 사람들이 뮤지컬을 보려고 줄을 서서 입장하는 광경이 눈에 들어왔다. 그 뮤지컬은 내가 태어났을 때부터 상연되었을 것이다. 어슬렁대다 보니 우울함이 밀려왔다. 나는 불현듯 내가 오닐과 똑같은 짓을 하고 있음을 깨달았다. 지친 상태에서 나 같은 사람들에게 싸늘한 시선을 던지며 "불쌍한 놈들, 그래 모르는 게 약이지" 하고 뇌까리고 있지 않은가! 나는 몸을 부르르 떨었고, 먹던 햄버거를 쓰레기통에 던져 버렸다.

오닐은 8시 30분에 클럽을 나왔다. 그는 헤이마켓을 지나 피카딜리로 향했고, 거기서 다시 샤프츠베리 애버뉴를 지나 왼쪽으로 방향을 틀어 소호(Soho)로 들어섰다. 극장 순례객들의 재잘거림은 어느새 근사한 술집과 스트립쇼를 보여주는 클럽들의 묵직한 저음 진동으로 바뀌어 있었다. 큼직한 콧수염을 한 남자들이 출입구 주위에서 어슬렁거리고 있었고, 내가 지나가자 '화끈한 쇼'를 보여주겠다며 호객 행위에 나섰다.

오닐도 문지기들의 집중 표적이 되었다. 그러나 그는 어디로 가야 하는지 알고 있는 듯했다. 쇼 내용을 광고하는 간판들에도 시선 한 번 주지 않았다. 그는 좌우로 몇 번 몸을 피하긴 했지만 단 한 번도 뒤를 돌아보지 않았다. 이윽고 오닐은 자신의 오아시스에 당도했다. 샬라라고 하는 곳이었다. 오닐은 곧장 안으로 걸어 들어갔다.

나는 길 끝까지 계속 걸었고, 일 분 동안 어슬렁거리다 다시 방향을 틀어 샬라로 향했다. 샬라의 흥미로운 입구 장식이 탄성을 자아냈다.

'라이브', '아가씨', '에로틱', '댄스', '섹시' 같은 단어가 문 주위에 아무렇게나 씌어 있었다. 흥미가 동하면 그걸 재료로 문장을 만들어 보라는 듯 말이다. 유리 진열장 안에는 속옷만 걸친 여자들을 찍은 빛바랜 스냅사진 여섯 장이 핀으로 고정되어 있었다. 꼭 끼는 가죽 치마를 입은 아가씨 한 명이 문간에 기대어 서 있었다. 나는 그녀에게 미소를 날렸다. 내가 노르웨이 사람이고, 하루 동안 힘겹게 노르웨이인 행세를 했으니 원기를 회복하는 데 샬라만 한 곳도 없겠다는 의미를 그 미소에 담았다. 나는 지금 당장 화염방사기를 들고 들어가겠다고 외쳤고, 여자는 눈 하나 깜짝하지 않았던 것 같다. 아니 마스카라 무게 때문에 눈을 깜박할 수 없었던 것 같기도 하고.

나는 아가씨에게 15파운드를 내고 회원 카드에 이름을 적었다. 런던 경시청 풍기사범 단속반 소속 라스 피터슨이라고. 그리고는 계단을 따라 지하로 내려갔다. 이제 샬라가 라이브, 섹시, 에로틱, 댄스, 아가씨라는 말들에 과연 얼마나 부합하는지 알아봐야 했다.

샬라는 구린 술집이었다. 정말 정말 구렸다. 사장은 조명을 어둡게 하면 청소비를 줄일 수 있다고 간파하고 오래 전부터 그렇게 해왔음에 틀림없었다. 걸음을 옮길 때마다 카펫 타일이 벗겨지는 게 느껴졌다. 작은 무대 주위로 테이블이 스무 개 정도 놓여 있었고, 무대 위에서는 게슴츠레한 눈동자를 한 아가씨 세 명이 시끄러운 음악에 맞춰 몸을 흐느적거리고 있었다. 천장이 너무 낮아서 가장 큰 무용수는 몸을 웅크리고 춤을 춰야만 했다. 그러나 세 명 다 나체였고, 음악이 비지스(Bee Gees)였다는 걸 감안하면 놀랍게도 그녀들은 꽤 품위 있게 임무를 수행하고 있었다.

오닐은 무대 앞쪽 테이블을 차지하고 있었다. 그는 왼쪽 무용수에

반한 듯했다. 얼굴이 창백한 그 아가씨는 내가 볼 때 밥 좀 든든하게 먹고 한숨 푹 자야 될 것 같았다. 그녀는 클럽 뒤쪽 벽에 시선을 고정하고, 결코 웃지 않았다.

"술 드릴까?"

목에 부스럼이 난 남자가 바에 기대어 나를 보고 있었다.

"위스키 주세요." 나는 이렇게 말하고, 무대 쪽으로 몸을 돌렸다.

"5파운드."

나는 남자를 돌아보았다.

"뭐라고요?"

"위스키 값 5파운드 내쇼, 지금."

"그건 안 되지." 내가 말했다.

"먼저 위스키를 줘요. 그럼 내리다."

"돈부터 내쇼."

"정원용 쇠스랑 가지고 자위나 하셔."

내뱉은 말이 지나치게 들리지 않도록 나는 웃어 보였다. 그가 위스키를 가져왔고, 나는 5파운드를 냈다.

바에서 십 분 동안 관찰한 결과 오닐이 여기 온 건 쇼를 즐기기 위해서였다는 결론을 내렸다. 다른 목적은 없는 것 같았다. 오닐은 시계를 보거나 문 쪽을 쳐다보지 않았다. 그는 흥겹게 진을 들이켰고, 나는 그가 분명히 업무를 종료했다고 확신했다. 나는 내 잔을 비우고, 슬며시 오닐의 테이블로 다가갔다.

"어디 보자. 설마 저 여자가 당신의 조카딸이고, 배우 조합 카드를 얻거나 왕립 셰익스피어 극단에 들어가려고 이 일을 하는 것뿐이라고 말하진 않겠죠?"

오닐이 고개를 돌리고 빤히 쳐다보는 가운데 나는 의자를 꺼내 자리에 앉으면서 말했다.

"안녕하세요."

"여기서 지금 뭐 하는 거요?"

오닐은 짜증을 냈다. 아니 사실은 조금 당황했던 것 같다.

"잠깐만요. 거꾸로 됐잖아요. 당신이 '안녕하세요'라고 말하고, 내가 '여기서 뭐 하시는 거예요?' 하고 물어야 되는 거 아닙니까?"

"당신 도대체 어디 있었던 겁니까, 랭?"

"뭐, 여기저기요. 아시다시피 저야 가을바람에 날리는 꽃잎 같은 존재니까요. 파일에도 적혀 있을 텐데."

"나를 미행한 거군."

"쯧쯧. 미행이라니, 그렇게 심한 말을. '협박'이라고 해두죠."

"뭐라고?"

"물론 진짜 협박이라는 건 아니고. 아, 뭐 좋아요. 미행했다고 하죠."

오닐은 이미 주변을 둘러보기 시작했다. 내가 어깨들을 데려오지 않았나 확인하는 눈치였다. 아니 어쩌면 자신이 대동하고 다니는 어깨들을 찾고 있었던 건지도 모르겠다. 그러더니 몸을 숙이고는 낮은 목소리로 날 협박했다.

"당신 아주 곤란하게 됐어, 랭. 미리 알려주기라도 해야 공평할 것 같군."

"그래요, 당신 말이 맞는 것 같군요." 내가 대꾸했다. "내가 곤경에 처해 있는 건 사실이죠. 이름을 숨긴 고위 공직자와 적어도 1시간 동안 스트립쇼 클럽에 머물고 있기도 하고요."

오닐은 몸을 의자 뒤로 기댔다. 특유의 심술궂은 표정이 얼굴에 번지고 있었다. 눈썹이 치켜 올라갔고, 입꼬리가 위로 둥글게 말렸다. 난 그게 웃음을 조립하기 직전의 예비 동작임을 깨달았다.

"맙소사. 자네 진짜로 날 협박하고 있군. 정말 감동적이야."

"그래요? 감동적이면 안 되는데."

"여기서 만날 사람이 있단 말이오. 장소도 내가 정한 게 아니고." 오닐이 세 번째 잔을 비웠다. "이제 엉덩이를 들고 자리를 비켜주신다면 심히 고맙겠소. 문지기를 불러 쫓아내기 전에."

음악은 어느새 시끄럽고 무감동한 「워, 왓 이즈 잇 굿 포?」*로 넘어가 있었고, 오닐의 조카는 무대를 내려와 우리 앞에서 박자에 맞춰 하반신을 흔들기 시작했다.

"어, 글쎄요. 전 여기가 마음에 드는데요." 내가 말했다.

"랭, 경고하겠어. 당신 요즘 은행 신용이 형편없더군. 난 여기서 지금 중요한 약속이 있어. 당신이 그걸 망치거나 어떤 식으로든 방해할 땐 아주 차압을 당하게 해주겠어. 내 말 알아들었나?"

"당신 말을 듣고 있자니 매너링 대위**가 떠오르네요."

"랭, 마지막으로 경……."

오닐은 내가 겨눈 새라의 권총을 보고 입을 다물었다. 아마 내가 그의 처지였더라도 똑같았으리라.

"무기는 안 가지고 다닌다고 얘기했던 것 같은데." 오닐이 잠시 후에 말문을 열었다. 겁은 먹었지만 그걸 드러내지 않으려고 애쓰고 있었다.

"내가 유행을 좋아해서 말이지. 누가 그러는데 올해는 권총이 유행이라는군. 해서 나도 하나 장만했어."

221

나는 천천히 재킷을 벗었다. 오닐의 조카는 불과 1미터 이내에 있었다. 하지만 그녀는 여전히 벽만 쳐다보고 있었다.

"설마 여기서 총을 쏘는 건 아니겠지, 랭. 그렇게까지 미치지는 않았을 거야."

나는 재킷을 둘둘 말고 그 안에 총을 밀어 넣었다.

"아니, 나 미쳤어. 완전히 맛이 갔지. 내 옛날 별명이 '미친 개' 토머스 랭이야."

"자꾸 이러면……."

오닐의 빈 잔이 깨졌다. 탁자와 마룻바닥 여기저기에 파편이 튀었다. 오닐의 얼굴이 창백해졌다.

"맙소사……." 오닐이 말을 더듬었다.

리듬을 타는 것이 중요하다. 이건 타고나는 것이다. 나는 「워, 이즈 잇 굿 포?」의 커다랗게 울리는 코드에 맞춰 총을 쐈고, 그 소리는 편지 봉투에 침을 바를 때보다 결코 더 크지 않았다. 물론 오닐의 조카였다면 약박(弱拍)의 순간에 총질을 해서 모든 걸 망쳐버렸을 것이다.

"한 잔 더?" 나는 이렇게 말하고 담배에 불을 붙여 연소 화약의 냄새를 덮어버렸다. "내가 사죠."

「워」는 크리스마스 전에 끝났다. 세 아가씨가 무대에서 내려왔고, 한 쌍의 남녀가 등장했다. 그들의 테마는 채찍 쇼였다. 남매 사이가 분명했는데, 나이 차이가 적어도 100살은 되는 것 같았다. 남자가 든 채찍은 길이가 1미터에 불과했다. 역시 천장이 낮았기 때문이다.

* War, What Is It Good For | 70년대 반전(反戰) 음악의 대표곡(1969).
* * Captain Mainwaring | 2차 세계대전을 배경으로 한 BBC의 유명 시트콤「아빠의 군대」(Dad's Army)에 나오는 은행장겸 국방 시민군 소대장(1968~77년 방영).

그러나 그는 10미터쯤 되는 채찍인 것처럼 물건을 휘둘렀다. 퀸 (Queen)의 「위 아 더 챔피언스」(We Are The Champions)가 두 사람의 채찍 쇼를 지배하고 있었다. 오닐은 새로 나온 진 토닉을 조금씩 홀짝이고 있었다.

"자 그럼." 나는 테이블 위에서 재킷의 위치를 조정하며 말했다. "내가 원하는 건 하나밖에 없어."

"지옥에나 가버려."

"안 그래도 갈 거야. 가서 당신 자리도 마련해드리지. 하지만 먼저 당신이 새라 울프한테 무슨 짓을 했는지 알아야겠어."

오닐이 잔을 들이키다 말고 내게 몸을 돌렸다. 정말로 모르겠다는 얼굴이었다.

"내가 그 여자한테 뭔 짓을 '했냐'고? 도대체 어쩌다가 그런 생각을 하게 된 거야?"

"새라가 없어졌잖아."

"없어졌다. 그렇군. 당신의 멜로드라마는 누굴 찾을 수 없으면 그렇게 말하는 모양이지?"

"아버지가 죽었다고. 그건 알고 있지?"

오닐은 한참동안 날 바라보았다.

"그래, 알고 있지." 오닐이 말했다. "내가 궁금한 건 네놈이 그걸 어떻게 알았느냐는 거다."

"대답은 그쪽이 먼저 해야 할 것 같은데."

그러나 오닐은 이미 배짱을 회복하고 있었다. 내가 재킷을 그에게 더 가까이 옮겼는데도 오닐은 전혀 위축되지 않았다.

"네놈이 죽였겠지." 오닐의 반응은 화가 나 있었지만 기뻐하는 것도 같았다. "그게 사태의 전말 아닌가? 용자(勇者) 토머스 랭 용병께서 일을 맡아 처리한 것이지. 이봐, 친구. 이번 건은 빠져나가기 쉽지 않을 거야. 알아둬."

"그레쥬에이트 연구는 뭐지?"

오닐의 얼굴에서 분노와 즐거움의 기운이 서서히 빠져나갔다. 대답을 할 것 같은 얼굴은 아니었다. 나는 계속 압박해보기로 했다.

"내가 생각하는 그레쥬에이트 연구에 대해 말해볼까." 나는 시작했다. "얼마나 잘 알고 있는지 10점 만점으로 평가해주면 좋겠어."

오닐은 꼼짝 않고 앉아 있었다.

"우선 첫째, 그레쥬에이트 연구는 사람마다 의미가 달라. 어떤 사람들에게는 신형 군항공기를 개발하고 판매하는 사업을 의미하지. 당연히 기밀이고. 별로 기분 좋은 얘기는 아니군. 아마 불법일 거야. 어쩌면 아닐 수도 있고. 다른 사람들한테는, 여기서부터 얘기가 재미있어지는데 말이야, 그레쥬에이트 연구가 테러 활동을 조작하는 공작을 의미하지. 그래야 이 항공기를 만든 사람들이 그 장난감을 효과적으로 선전할 수 있거든. 구매자들을 유혹해서 한몫 단단히 잡으려면 사람들이 죽어줘야 할 테니까. 기밀이고, 기분도 안 좋은 데다 완전 불법이지. 그런데 알렉산더 울프가 이 두 번째 집단의 낌새를 알아차리고는 그들의 행동을 수수방관하지 않겠다고 나선 거야. 그러자 두 번째 집단이 파티 모임에서 울프가 마약을 거래한다고 소문을 내기 시작했어. 평판을 떨어뜨려 울프가 착수할지도 모르는 방해 공작에 대비하려는 것이었겠지. 그중에는 아마 정보기관에서 합법적으로 활동하는 사람들도 있을 거야. 그러나 그게 별 효과가 없자 죽이겠다는 협박이 시작되었지. 그런데 '살해 협박'을 해도 그가 굴복하지 않자 진짜로 울프를 죽여 버린 거야. 어쩌면 딸도 함께 죽여 버렸을지도 모르고."

오닐은 미동도 하지 않고 가만히 있었다.

내가 계속 말을 이었다.

"여기서 내가 제일 유감인 집단은, 물론 울프는 빼고 말이야, 자기들은 합법적인 첫 번째 집단이라고 생각하지만 시종일관 불법인 두 번째 집단을 돕고, 부추기고, 기타 형태의 지원을 제공하면서도 그 사실을 모르는 사람들이야. 그런 사람들이 있다면 분명 스컹크의 꼬리를 잡은 셈이겠지."

오닐이 내 어깨 너머를 쳐다보고 있었다. 오닐을 만난 이후 처음으로 그가 무슨 생각을 하고 있는지 가늠이 안 됐다.

"자, 내 얘기는 끝났어. 뭐 괜찮았던 것 같기는 한데, 이제 심사위원들의 평가를 들어봐야겠지." 내가 말했다.

그러나 오닐은 여전히 대답이 없었다. 나는 몸을 돌려 입구 쪽으로 향해 있는 그의 시선을 좇았다. 문지기 한 명이 우리 테이블을 가리키고 있었다. 그가 고개를 끄덕이고 뒤로 물러서는 게 보였다. 그러자 말랐지만 다부진 체구의 반스 러셀 P가 술집으로 성큼 들어오는 게 아닌가! 그는 곧바로 우리 쪽으로 왔다.

나는 그 자리에서 두 사람을 쏴 죽이고, 바로 캐나다 행 비행기를 잡아탔다. 거기서 메리 베스라는 여자와 결혼했고, 도자기 사업도 새로 시작해 큰 성공을 거두었다.

젠장, 난 그랬어야만 했다.

12

그는 힘 센 말을 좋아하지 않고,
어떤 사람의 다리도 원하지 않네.

「영국 국교 기도서」(1662)

"랭 선생, 요 미꾸라지 같으니라고. 참 걸물
이야. 무슨 말인지 알겠어?"

반스와 나는 또 다른 링컨 디플로매트에 타고 있었다. 아니 같은 차
였는데, 내가 내린 다음 누군가 재떨이를 비운 건지도 몰랐다. 우리는
워털루 브리지 아래 주차했다. 근처 국립극장의 커다란 네온사인이 피
터 홀 경이 연출한 연극 「엄마, 그렇게 뜨겁진 않아요」(It Ain't Half
Hot, Mum)와 이런저런 공연물을 광고하고 있었다.

이번에는 오닐이 조수석에 앉았고, 마이크 루카스가 다시 운전대를
잡고 있었다. 나는 마이크가 시체 가방에 들어가 워싱턴행 비행기에
탑승하지 않았다는 사실에 적이 놀랐다. 코르크 스트리트의 화랑에서
망신살이 뻗쳤지만 반스가 한 번 더 기회를 주기로 한 게 분명했다. 그
소동은 마이크 잘못이 아니었다. 그러나 이 세계에선 잘못을 저지르는
것과 책임을 지는 것 사이에는 별 관계가 없다.

우리 뒤로 디플로매트 한 대가 더 있었고, 거기엔 칼들이 여럿 대기

하고 있었다. 발터 총은 줘버렸다. 놈들이 어쩌나 가지고 싶어 하던지.

"무슨 뜻인지 알 것 같은데요, 반스 씨. 칭찬으로 받아들이죠." 내가 대꾸했다.

"네가 내 말을 어떻게 받아들이는지는 전혀 관심 없어, 눈곱만큼도." 반스는 옆 창문으로 밖을 응시하고 있었다. "제기랄, 문제투성이로군."

오닐이 헛기침을 하고는 자리에서 몸을 뒤척였다.

"반스 씨 얘기는 말이야, 랭 자네가 아주 복잡한 일에 끼어들었다는 거야. 자네는 세부 사실을 전혀 몰라. 그런데 자네가 끼어드는 바람에 우리 일이 상당히 골치가 아파졌어."

오닐은 과감하게 '우리'라고 했지만 반스는 개의치 않았다.

"솔직히 말해서……."

나는 오닐의 말을 가로막았다.

"입 닥쳐요." 그의 얼굴이 약간 상기되었다. "내가 관심 있는 건 딱 하나요. 난 새라 울프가 안전한지만 알면 돼. 다른 건 다 필요 없어요."

반스는 다시 창밖을 내다보았다.

"퇴근하시오, 딕." 반스가 말했다.

잠시 정적이 흘렀고, 오닐은 상처를 받은 듯했다. 아무 잘못도 없는데 저녁도 못 먹고 집에 가야 할 처지가 된 것이다.

"아니 그래도……."

"퇴근하시라니까요. 전화드리리다."

마이크가 상체를 구부려 오닐이 내릴 수 있게 문을 열어 주었다. 상황이 이러니 그도 자리를 뜨지 않을 수 없었을 것이다.

"잘 가요, 딕." 내가 말했다. "말도 못 하게 즐거웠수다. 내 시체가 강에 떠오르거든 명복이나 빌어 줘요."

오닐은 서류 가방을 들고 차에서 내린 뒤 문을 꽝 닫았다. 그리고는 뒤도 돌아보지 않고 워털루 브리지로 이어지는 계단을 걸어 올라갔다.

"랭. 좀 걷지." 반스가 말했다.

반스는 내가 대답도 하기 전에 차 밖으로 나가 템스강 강둑을 걷기 시작했다. 백미러를 보니, 루카스가 나를 쳐다보고 있었다.

"대단한 양반이에요." 내가 말했다.

루카스는 고개를 돌려 멀어지고 있는 반스를 보더니, 다시 백미러를 쳐다보았다.

"봄 조심해요." 루카스가 말했다.

나는 문고리에 손을 올린 채 잠시 생각에 잠겼다. 마이크 루카스의 목소리가 심상치 않았다.

"구체적으로 뭘 조심하라는 겁니까?"

루카스가 어깨를 약간 웅크리고는 손을 입에 갖다 댔다. 입 모양을 감추기 위해서였다.

"잘은 몰라요. 하나님께 맹세하건데 잘 모릅니다. 하지만 뭔가 안 좋은 일이 일어날 것 같아요……."

우리 뒤에 있는 차 문이 열렸다가 닫히는 소리가 나자 루카스가 황급히 입을 다물었다.

나는 루카스의 어깨에 손을 얹었다.

"고마워요." 나는 이렇게 말하고 차에서 내렸다.

칼 두 명이 차 양 옆으로 천천히 다가와 나를 향해 목을 부풀렸다. 반스는 20미터쯤 떨어진 곳에서 이쪽을 쳐다보고 있었다. 내가 오기를 기다리는 게 분명했다.

"런던은 밤이 좋아." 우리가 함께 걸으면서 반스가 내뱉은 첫 마디였다.

"그건 나도 마찬가지입니다. 강이 참 예쁘네요."

"예쁘긴, 개뿔." 반스가 말했다. "밤엔 잘 안 보여서 좋다고 한 거야."

나는 웃음을 터뜨렸다가 그의 말이 진담임을 깨닫고 즉시 멈추었다. 반스는 화가 나 있었다. 불현듯 반스의 런던 임지(任地)가 과거 그가 저지른 모종의 중대 과실이나 범죄를 징계하는 좌천의 성격일 것이라는 생각이 들었다. 그는 이곳 런던에서 자신이 당하고 있는 부당한 처우를 매일매일 분개하고 있는 것이다. 애먼 런던에 화풀이를 하면서.

한참 생각의 말을 달리고 있는데 반스가 끼어들었다.

"오닐 말이 자네한테 나름의 의견이 있다더군. 연구 중인 시나리오 말이야. 그래?"

"그럼요."

"자세히 한 번 말해보게나."

말해주지 못할 이유가 딱히 있는 것도 아니어서 나는 샬라에서 오닐에게 늘어놨던 얘기를 다시 들려주었다. 물론 여기저기에 첨삭을 하기는 했다. 반스는 내 얘기를 듣고 별다른 흥미를 보이지는 않았다. 내가 얘기를 마치자 그는 한숨을 쉬었다. 길고 지친다는, '이런 망할 놈과 뭘 해야 하나' 하는 그럼 한숨 말이다.

"솔직히 말하죠." 나는 반스가 내 생각을 오해하도록 놔두고 싶지 않았다. "나는 당신이 위험하고 부패했으며 노회한 거짓말쟁이라고 봅니다. 새라의 처지가 더 나빠지지 않으리라는 판단만 서면 지금이라도 기꺼이 당신을 죽이고 싶어요."

그렇게까지 말했는데도 반스는 개의치 않는 눈치였다.

"오, 그래. 자네가 아까 한 얘기 있지?" 반스가 말했다.

"그게 뭐요?"

"물론 다 적어놨겠지? 변호사, 거래 은행, 어머니, 거기다 여왕한테까지 한 부씩 보내서 자네가 죽으면 열어볼 수 있도록 해놨을 거야. 안 그런가?"

"당연하죠. 영국에도 텔레비전 프로는 있다고요."

"골치 아프게 됐군. 담배 피우겠나?"

반스가 말보로 한 갑을 꺼내서 건넸다. 우리는 잠시 동안 함께 담배를 피웠고, 나는 서로를 증오하는 두 남자가 무슨 친구라도 되는 것처럼 불붙은 종이를 함께 빨아대고 있는 이 상황이 정말 묘하다는 생각을 했다.

반스는 담뱃불을 끄고, 강기슭의 난간에 기대어 템스강의 매끈한 검은 물을 내려다보았다. 나는 몇 미터 떨어져 있었다. 이 말도 안 되는 친구 놀이가 너무 나가면 안 되었기 때문이다.

"좋아, 랭. 보자고." 반스가 입을 열었다. "멍청한 것 같진 않으니까 한 번만 말하겠어. 자네는 가난뱅이야."

그는 꽁초를 던졌고, 다시 말을 이었다.

"큰 건이 있네. 우리는 소동을 좀 벌이고, 거래를 할 거야. 후우, 그게 뭐 그리 대단한 일인가?"

나는 이 문제를 차분하게 접근하기로 마음먹었다. 물론 잘 안 되면 반스를 강물에 던져버리고 줄행랑을 쳐야 할 테지만.

"문제가 심각한 거죠." 내가 천천히 대꾸했다. "당신이나 나나 민주국가에서 태어나 자랐잖아요. 민주국가에서는 국민의 의사가 중요하죠. 이 건의 경우 정부가 호주머니를 채우겠다고 자국민이나 타국 시민을 죽여서는 안 된다는 게 국민의 뜻일 것 같군요. 물론 다음 주 수요일엔 국민이 그게 괜찮은 생각이라고 말할 수도 있겠지만 말입니다. 그러나 적어도 지금은 우리가 그런 활동을 '나쁘다'는 단어로 표현해야 한다는 게 국민의 뜻일 겁니다."

나는 마지막 한 모금을 빨고는 꽁초를 강물에 던져 버렸다. 꽁초가 그리는 궤적이 길고 느리게 느껴졌다.

"자네의 멋진 연설을 듣고 있자니 두 가지 문제 제기를 하고 싶어지는군, 랭." 반스는 한참 있다가 말을 이었다. "첫째, 우리 가운데 누구도 민주국가에 살고 있지 않아. 4년에 한 번씩 투표를 한다고 민주주의는 아니지. 말도 안 되는 소리야. 둘째, 주머니를 채우긴 누가 채운다는 건가?"

"아, 그렇군요." 나는 이마를 쳤다. "몰랐네. 무기 팔아서 번 돈을 전부 아동구호기금에 전달하시겠죠. 이게 엄청난 규모의 자선사업이었어, 그걸 몰랐다니, 쯧쯧. 알렉산더 울프가 정말 감격하겠습니다그려." 나는 차분한 접근법에서 점점 벗어나고 있었다. "하지만 잠깐만요. 울프의 내장이 시티 지구의 한 건물 벽에 도배되어 있는 건 아세요? 그는 제대로 감사 인사도 못할 처지입니다, 반스 씨." 나는 삿대질까지 하고 있었다. "당신 그 머리통 좀 검사해봐야 하는 것 아닙니까!"

나는 그에게서 떨어져 강을 따라 걷기 시작했다. 이어폰을 한 칼 둘이 나를 막아설 태세였다.

"그 돈이 다 어디로 간다고 생각하나, 랭?"

반스는 움직이지 않았다. 목소리만 조금 높였을 뿐이었다. 나는 걸음을 멈추었다.

"아랍의 어떤 플레이보이가 샌 마틴 밸리에 도착해서 M1 에이브럼스 전차 50대와 F16 전투기 6대를 샀다고 쳐. 5억 달러쯤 수표를 결제하겠지. 자네는 그 돈이 어디로 가리라고 생각하나? 내가 먹을 것 같아? 빌 클린턴이 챙길까? 망할 데이비드 레터맨이 쓱싹할까? 어디로 갈 것 같나?"

"제발 알려주시지요." 내가 말했다.

"말해주지. 자네도 이미 알고 있겠지만 말이야. 그 돈은 미국 국민한테 돌아가. 2억 5천만 명의 미국 국민이 그 돈을 챙기는 거야."

나는 더듬더듬 산수를 했다. 10으로 나누고……

"두 당 2천 달러씩 가지는 겁니까? 남자, 여자, 아이 할 것 없이요?" 나는 침을 삼켰다. "그런데 난 그게 왜 정말처럼 들리지 않는 것일까요?"

"그 돈 때문에 15만 명이 직장을 다니면서 먹고 살 수 있는 거야." 반스가 말했다. "또 그 직장 덕택에 30만 명을 부양할 수 있는 거고. 그 5억 달러 덕분에 사람들은 기름도 사고, 밀가루도 사고, 일제 자동차도 사면서 흥청망청 살 수 있는 것이지. 이제 또 다른 50만 명이 그들에게 일제 자동차를 팔고, 또 다른 50만 명은 그 일제 차를 수리하고, 창문을 닦아주고, 타이어를 고쳐줄 테지. 다시 또 다른 50만 명은 그 망할 일제 자동차가 돌아다닐 길을 만들고 말이야. 이렇게 2억 5천만 명의 선량한 민주 시민이 너나없이 살아가려면 미국이 마지막 남은 잘 하는 것을 고수하지 않을 수 없어. 무기 제조가 바로 그것이고."

나는 템스강을 내려다보았다. 듣고 있자니 머리가 혼란스러웠던 탓이다. 나는 어디서부터 치고 들어가야 할지 고민했다.

"그래, 그 선량한 민주 시민들을 위해 시체가 여기저기 쌓이는 건

대단한 일이 아니라는 거군요. 그게 당신 말의 요지인 겁니까?"

"그렇지. 그 선량한 민주 시민들 중 다른 얘기를 할 사람도 없고."

"알렉산더 울프라면 생각이 다를 듯한데."

"그래 봤자지."

나는 계속 강을 쳐다보았다. 강물이 걸쭉하고, 따뜻해보였다.

"이건 솔직한 심정이야, 랭. 그래 봤자라니까. 1대 다수의 게임인 게지. 울프는 투표에서 진 거고. 그게 민주주의지. 한 가지 더 알려줄까?"

나는 몸을 돌려 반스를 바라보았고, 그도 이제 나를 보고 있었다. 반스의 주름진 얼굴 위에 극장의 네온사인이 깜박였다.

"지금까지 얘기하면서 내가 빼놓은 미국 시민이 2백만 명 정도 있어. 그 사람들이 올해 어떻게 되는지 아나?"

반스가 나를 향해 걸어왔다. 천천히, 그리고 대담하게.

"변호사라도 됩니까?"

"죽는 거야."

언짢은 기색도 별로 없어 보였다.

"노년, 자동차 사고, 백혈병, 심장마비, 음주 폭행, 추락. 누가 뭘 알겠어? 아무튼 미국인 2백만 명이 올해 죽어. 말해보게. 자네라면 그 사람들의 죽음에 일일이 다 눈물을 흘려줄 텐가?"

"그건 아니죠."

"왜 아니지? 뭐가 다른데? 죽는 건 어차피 다 똑같아, 랭."

"그 사람들이 죽는 거랑 나하고는 아무 상관이 없다는 게 다르죠."

"젠장, 자네 군인 출신 아니었나!"

우리는 얼굴을 맞대고 있었고, 반스의 언성은 꽤 높았다.

"자네는 동포들의 이익을 위해 사람 죽이는 훈련을 받았어. 안 그런가?"

나는 대답하려고 했지만, 반스는 기회를 주지 않았다.

"사실이야, 아니야?"

반스의 날숨에서 이상하게 단내가 났다.

"그건 아주 위험한 생각이에요, 구닥다리 아저씨. 그렇고말고요. 제발 부탁이니, 책 좀 읽으시지요."

"민주 시민은 책을 읽지 않아, 랭. 국민은 책을 읽지 않는다고. 국민은 개똥철학 같은 데엔 관심 없어. 국민이 신경을 쓰는 건, 그들이 정부에 원하는 건 임금이 꾸준히 인상되는 것뿐이야. 그들은 매년 임금이 인상되기를 원하지. 그게 중단되면 새 정부를 세우는 거고. 국민이 원하는 게 바로 그거야. 그게 그들이 원하는 전부라고. 친구, 그게 민주주의 아닌가?"

나는 심호흡을 한 번 했다. 사실 몇 번을 그렇게 했다. 이제부터 내가 러셀 반스에게 하고자 하는 행위를 실행에 옮기면 꽤 오랫동안 숨을 쉬지 못할 수도 있었기 때문이다.

반스는 여전히 나를 지켜보고 있었다. 내가 어떻게 반응할지, 나의 약점이 무엇인지 가늠하고 있었던 것이다. 나는 몸을 돌려 걷기 시작했다. 칼들이 양쪽으로 내게 다가왔다. 그러나 나는 계속 걸었다. 반스가 지시하기 전까지는 행동에 나서지 않을 거라고 판단했기 때문이다. 내가 몇 걸음 더 내딛자 그가 신호를 보냈다.

왼쪽으로 붙은 칼이 손을 내밀어 내 팔을 붙잡았다. 그러나 나는 그의 제압 시도를 손쉽게 빠져나올 수 있었다. 내가 그의 손목을 비틀어 강하게 밀어붙이자 그도 물러날 수밖에 없었다. 다른 칼은 자기 팔로 1

초 정도 내 목을 감을 수 있었을 뿐이다. 나는 놈의 발등을 세게 밟고, 사타구니에도 일격을 가했다. 그는 팔을 풀지 않을 수 없었고, 나는 결국 나를 포위한 두 놈 사이에 놓이게 됐다. 그들에게 치명타를 안겨줘 날 결코 잊지 못하도록 하겠다는 마음이 굴뚝같았다.

헌데 별안간 아무 일도 없었다는 듯 두 놈이 물러섰다. 그들은 옷매무새까지 바로 잡았다. 듣지 못했지만 반스가 뭐라고 지시한 게 틀림없었다. 그가 칼들 사이를 뚫고 내게 다가왔다.

"알았네, 랭. 자네 우리한테 정말 화가 나 있군. 나도 전혀 마음에 들어 하지 않고 말이야. 낙심천만일세. 하지만 그런 거야 중요한 게 아니니."

반스는 담배를 한 대 꺼내서 피워 물었다. 내게는 권하지도 않았다.

"자네가 우릴 애먹이고 괴롭히려고 한다면 말이야, 랭." 반스가 코로 연기를 내뿜으면서 천천히 말했다. "그로 인해 어떤 대가를 치르게 될지 아는 것도 좋을 것 같군."

반스는 내 어깨 너머를 보면서 누군가에게 고개를 끄덕였다.

"머더(Murder)." 그가 말했다.

그리고 나서 반스는 내게 미소를 지었다.

난 속으로 '안녕하세요' 라고 했다. 이거 재미있어지겠는데.

우리는 1시간가량 M4 고속도로를 타고 달렸다. 내 생각으로는 레딩 근처 어디쯤에서 차가 고속도로를 빠져나온 것 같다. 정확히 어느 분기점이었는지, 우리가 몇 번 국도들을 탔는지 알려주고 싶지만 이동시간 내내 나는 디플로매트 바닥 카펫에 얼굴을 처박고 있어야 했고, 그러니 감각기관으로 접수한 정보는 제한적일 수밖에 없었다. 카펫은

암청색이었고, 레몬 냄새가 났다. 별 도움은 안 되겠지만.

막판 15분은 차가 느리게 움직였다. 그러나 그건 교통정체나 안개 때문일 수도 있었고, 뜻밖에 도로로 뛰쳐나온 기린 때문이었을지도 모른다.

그리고 나서 우리는 자갈길에 이르렀다. 이제 얼마 안 남았군 하고 속으로 중얼거렸다. 영국의 사유 도로 대다수에는 자갈이 깔려 있기 때문이다. 이제 언제라도 밖으로 나갈 수 있다는 생각이 들었다. 물론 간선도로의 날카로운 고속 주행음이 여전히 들리겠지만 말이다.

그러나 그 자갈길은 평범한 진입 차도가 아니었다.

그 길은 계속 이어졌다. 그러고도 쉬지 않고 계속되었다. 이윽고 우리가 모퉁이를 돌아 주차 공간에 차를 대려 한다는 생각이 들었을 때도 차는 여전히 달렸다.

마침내 차가 멈추었다.

그런데 멈추는가 싶더니 다시 출발했고, 또 한참을 달렸다.

문제의 자갈길이 진입 차도가 아닐지도 모른다는 생각이 들기 시작했다. 정말이지 링컨 디플로매트는 놀라운 제작 기술을 바탕으로 자체 보증한 주행거리를 넘어서는 순간 해체 분리되도록 설계된 게 틀림없었다. 내가 지금 듣고 있는 소리는 섀시에서 바퀴가 떨어져나가는 소음이리라.

드디어, 마침내, 우리는 멈췄다. 이번에는 꽤 오랫동안 멈춰 있다는 걸 알 수 있었다. 내 목덜미에 올려졌던 12사이즈 구두가 스르르 내려가더니 차 밖으로 나갔던 것이다. 나는 머리를 들고, 열린 문을 통해 밖을 내다보았다.

대저택이 눈에 들어왔다. 엄청나게 큰 집이었다. 이런 진입 차도의 끝에 허름한 집이 있을 리는 없었다. 그러나 그렇다손 치더라도 이 집은 정말 으리으리했다. 자연스럽게 19세기 말이 떠올랐다. 물론 더 이른 시기의 요소들을 답습하고 있었고, 프랑스 양식도 많이 끼워 넣었지만 말이다. 글쎄, 끼워 넣은 게 아니라 충실하게 벽돌을 이어 쌓았고, 이음매에 회를 발랐으며, 구슬로 장식했고, 연귀 이음을 했고, 빗각을 만들었고, 모서리를 깎아냈다고 상찬해야 할지 모르겠다. 아마 이 저택도 하원의 가드레일을 제작한 사람들이 만들었으리라.

나를 진료해주는 치과 의사는 「컨트리 라이프」기간호들을 대기실에 비치해두고 있다. 그래서 나는 이런 저택의 가격이 어느 정도인지 대충 알고 있다. 침실이 40개쯤 되고, 런던에서 1시간 거리에 위치하며, 가격은 상상을 초월하는 금액이다. 정말 상상의 상상을 초월하는 액수 말이다.

나는 이런 집에 불을 밝히려면 전등이 몇 개나 필요할지 무심코 계산하고 있었다. 바로 그때 칼이 나를 붙잡아 차 밖으로 밀어냈다. 골프백처럼, 그러나 클럽이 많이 들어 있지 않은 골프백처럼 난 쉽게 떠밀려 나갔다.

13
마흔 넘은 사람은 다 악당이다.
조지 버나드 쇼

나는 어떤 방으로 안내되었다. 빨간 방이었
다. 벽지도 빨강, 커튼도 빨강, 카펫도 빨강. 그들은 거실이라고 했다.
그러나 그들이 그 방의 용도를 거실로만 사용하기로 결정한 이유를 난
아직도 모르겠다. 이 정도 크기의 방이라면 거실 말고도 분명 다른 많
은 용도로 사용할 수 있다. 요컨대 오페라를 무대에 올릴 수도 있고,
사이클 경기를 열 수도 있으며, 프리스비도 할 수 있고, 그 모든 것을
동시에 할 수도 있다. 게다가 가구를 하나도 옮길 필요 없이 말이다.

이렇게 큰 방은 비도 올 것 같았다.

나는 한동안 문 옆에서 서성거렸다. 그림을 구경했고, 재떨이도 뒤
집어 보았으며, 뭐 그런 것들을 했다. 그러다가 곧 싫증이 나서 맞은편
에 있는 벽난로로 향했다. 거기로 가던 중간쯤에서 걸음을 멈추고 앉
아서 쉬어야만 했다. 혈기왕성했던 젊은 시절은 이제 지났기 때문이
다. 앉아서 쉬고 있는데, 내가 들어온 곳과 다른 쪽 문이 열렸다. 뭔가
웅성거리는 소리가 들려왔다. 칼은 회색 줄무늬 바지와 검정색 상의를

입은 집사장 같은 사람과 무슨 이야기를 나누고 있었다.

두 사람은 이따금 내 쪽을 흘긋거렸다. 그러더니 칼이 고개를 끄덕이고는 자리를 물러나 방을 빠져나갔다.

나는 무심코 그 집사장이 내게로 오겠거니 하고 생각했다. 그런데 웬걸, 그는 200미터 떨어진 지점에서 큰소리로 말했다.

"한 잔 하시겠습니까, 랭 씨?"

오래 생각할 필요도 없었다.

"스카치위스키 주십시오." 나도 큰소리로 답했다.

알아들은 듯했다.

집사장은 테이블이 놓여 있는 100미터 지점에서 멈췄고, 작은 은제 상자를 열고는 안을 내려다보지도 않고 담배를 꺼냈다. 그는 불을 붙이고, 계속 걸어왔다.

그가 다가올수록 대강의 용모를 파악할 수 있었다. 나이는 50대였고, 실내에서는 꽤나 인상이 좋아 보였다. 얼굴에서 이상하게 광채가 났다. 전기스탠드와 샹들리에의 반사광이 이마에서 어른거렸고, 그가 걸음을 내딛을 때마다 불빛이 번쩍였다. 그런데 그게 땀이나 기름이 아니라 광채였던 것이다.

그는 10미터 정도를 앞에 두고 내게 미소를 지으며 손을 내밀었다. 그 상태로 그는 계속 다가왔고, 나는 의식하지 못한 채 자리에서 일어나 오랜 친구처럼 그를 맞이할 준비를 했다.

악수를 청한 그의 손은 뜨겁고 건조했다. 그는 내 팔꿈치를 잡고 소파에 앉도록 이끌었다. 그리고는 그도 내 옆으로 미끄러지듯 앉았다. 어찌나 가까이 앉았는지 무릎이 닿을 정도였다. 그가 이런 식으로 항상 내방객과 무릎을 맞대고 앉는다면 절대로 이 방에서 본전을 뽑고 있지 않다고 말해야만 할 것이다.

"머더(Murder)입니다." 그가 말했다.

잠시 침묵. 난 독자 여러분이 그 이유를 간파했을 것이라고 확신한다.

"죄송합니다만?"

"나임 무르다(Naimh Murdah)입니다." 그는 이렇게 말하고, 내가 머릿속으로 철자를 정리하는 동안 날 느긋하게 바라보았다. "반갑습니다. 만나서 반가워요."

그의 목소리는 부드러웠고, 말투는 교양 있는 사람의 그것이었다. 나는 그가 다른 언어도 열 개 넘게 할 것 같다는 인상을 받았다. 그는 피우는 담배를 대충 주발이 있는 쪽으로 지향하고 재를 털었다. 그리고는 내게 상체를 굽혔다.

"러셀한테서 얘기 많이 들었습니다. 정말이지 당신을 만나 뵙고 싶었습니다."

무르다 씨에 대해 확실히 말할 수 있는 것은 두 가지였다. 그는 집사장이 아니었다. 그리고 얼굴의 광채는 돈이었다.

돈에서 기인하는 것이 아니라 돈으로 샀다는 말이다. 그것은 정말로 돈이었다. 그는 돈을 먹었고, 돈을 입었고, 돈을 탔고, 돈을 숨 쉬었다. 오랫동안 풍족하게 그런 활동을 했더니 돈이 드디어 무르다의 피부의 온갖 털구멍에서 분비되기 시작한 것이다. 여러분은 이런 일이 가능하지 않다고 생각할지 모르겠다. 그러나 무르다는 바로 그 돈 때문에 아름답게 보였다.

무르다는 호탕하게 웃었다.

"정말로 만나 뵙고 싶었습니다, 그럼요. 알다시피 러셀은 대단한 사람이죠. 정말 대단하고말고요. 하지만 가끔은 좌절이 그에게 도움이. 된다는 생각이 듭니다. 사실 반스는 좀 오만하지요. 나는 랭 씨, 당신 같은 분이 그런 사람에게 필요하다고 생각합니다."

눈동자가 검었다. 믿기지 않을 정도로 검은 눈동자였다. 심지어 눈꺼풀의 가장자리까지 검었다. 남자니까 그건 당연히 화장이어야 했지만 화장도 아니었다.

"내 생각에 당신은." 무르다가 여전히 광채를 발하면서 말했다. "여러 사람을 방해하고, 좌절감을 안겨준 것 같습니다. 하나님께서 랭 씨 당신을 우리에게 보낸 이유도 아마 그 때문일 겁니다. 어떻게 생각하세요?"

나도 호탕하게 웃는 것으로 답을 대신했다. 그가 수상쩍은 얘기를 단 한 마디도 안 한 마당에 그 이유를 어떻게 안단 말인가. 요컨대 나는 거기서 술에 취한 얼간이처럼 킬킬거리고 있었던 셈이다.

어딘가에서 문이 열렸고, 별안간 위스키를 담은 쟁반이 우리 사이에 나타났다. 검정 옷을 입은 가정부도 옆에 서 있었다. 우리는 각자 잔을 하나씩 챙겼다. 무르다는 자신의 잔에 소다수를 가득 따랐고, 나는 내 잔에 스카치위스키를 조금 부었다. 가정부는 미소도 끄덕임도 없이 자리에서 물러났다. 그녀는 단 한 마디도 입 밖에 내지 않았다.

나는 위스키를 한 모금 들이켰다. 삼키기도 전에 취기가 올라왔다.

"무기를 거래하시는 분이군요." 내가 말했다.

내가 정확히 어떤 반응을 기대했는지는 잘 모르겠다. 그러나 뭔가 반응을 기대하기는 했을 것이다. 그가 움찔한다거나, 얼굴을 붉힌다거나, 화를 낸다거나, 내게 총을 쏜다거나, 앞에 언급한 내용을 전부 실행에 옮기리라고 생각했다. 그러나 아무 일도 일어나지 않았다. 잠시도 주저하는 기색이 없었다. 그는 아주 오랫동안 내가 무슨 말을 하려고 했는지 알고 있었다는 듯 응수했다.

"그렇습니다, 랭 씨. 무슨 죄 때문인지는 모르겠지만 그러고 있습니다."

대단하다는 생각이 들었다. 솔직담백했다. 어쩌다 무기 거래상이 되었다니, 거부인 만큼 터무니없고 재미있었다.

무르다가 눈을 내리뜨자 겸손해보이기까지 했다.

"나는 무기를 사고, 또 팝니다, 맞아요." 그가 말했다. "크게 성공했다는 말도 해야 할 것 같군요. 물론 당신은 나를 비난하겠지요. 당신네 나라 사람들도 많이 그럽디다. 내 직업이 치러야 할 죗값 가운데 하나인 것 같습니다. 내가 참고 견뎌야만 하는 것이죠."

나는 무르다가 나를 조롱할 거라고 예상했다. 그러나 말투가 꼭 그렇게 들리지도 않았다. 정말이지 그는 나의 비난에 신경이 쓰이고, 마음이 아픈 듯했다.

"나는 내 인생과 행위를 찬찬히 살펴보았습니다. 종교인 친구들이 많이 도와줬죠. 이제 나는 하나님께 답할 수 있다는 생각이 들어요. 당신의 질문을 예상하고 솔직히 얘기하자면 '오직' 하나님에게만 답할 수 있다는 것이지요. 좀 걸을까요?" 무르다는 다시 미소를 지었다. 미안해하는 태도가 담긴 그의 온화한 미소는 참으로 매력적이었다. 그는 나 같은 사람들을 다루는 데 익숙한 사람처럼 날 다루고 있었다. 점잖고 예의 바른 영화배우 같았다고나 할까. 나는 하마터면 그에게 사인을 해달라고 부탁할 뻔했다.

"가구가 좋군요." 내가 말했다.

우리는 방을 구경하고 있었다. 다리도 풀어주고, 폐에도 신선한 공기를 담으며, 먹진 않았지만 이런저런 음식도 소화시키는 중이었던 셈이다. 이 그림을 완성하려면 발치에서 돌아다닐 개 몇 마리와 기대고 설 화려한 장식의 대문이 필요했다. 그러나 우리에겐 그런 게 없었고, 나는 가구로 만족하며 대충 때우는 중이었다.

"상감 세공입니다." 무르다가 말했다. 내가 팔꿈치로 짚고 선 커다란 목재 장식장을 가리켰다.

나는 사람들이 내게 식물 이름을 가르쳐줄 때 하는 것처럼 그저 고개를 끄덕였다. 고상하게 머리를 숙이고 복잡한 황동 상감 장식을 들여다보는 것도 필수였다.

"널빤지 한 장과 황동 판을 가져다 접착제로 붙이는 거지요. 그런 다음 문양을 잘라냅니다. 저기 보이시죠." 무르다가 얼핏 비슷해보이는 장식장을 가리켰다. "저게 '양각' 세공입니다. 아시겠죠? 정확히 반대에요. 버리는 게 없습니다."

나는 사려 깊게 고개를 끄덕였고, 두 장식장에 번갈아 시선을 던졌다. 그러면서도 내 머리는 이런 물건에 돈지랄을 할 거면 도대체 오토바이를 몇 대나 살 수 있는지 가늠하고 있었다.

무르다는 충분히 걸은 것 같았고, 다시 소파에 앉았다. 마치 이제 장난감 상자가 비었으니 그만 자리를 옮기자고 말하는 듯했다.

"같은 대상이라도 두 개의 정반대 이미지를 갖습니다, 랭 씨." 무르다가 담배를 꺼내면서 말했다. "어쩌면 저 두 개의 장식장이 우리의 사소한 문제와 닮았다고 말할 수도 있겠네요."

"그런 것 같군요." 나는 기다렸다. 그러나 무르다는 자세히 말할 준비가 안 되어 있었다. "물론, 먼저 당신이 무슨 말씀을 하려는지 대강이라도 알아야겠습니다만."

무르다가 내게 몸을 돌렸다. 광채는 여전했다. 실내에서 돋보이는 호감 가는 인상도 마찬가지였고. 그러나 아까까지의 붙임성은 사라져 가고 있었다. 벽난로의 쇠살대 안에서 탁탁 소리를 내며 꺼졌고, 아무도 온기를 느끼지 못할 지경이었다.

"랭 씨, 분명히 해두겠는데 나는 지금 그레쥬에이트 연구 얘기를 하는 겁니다."

그의 표정은 상기되어 있었다.

"분명히요." 나는 따라 말했다.

"나는 어떤 사람들과 관계를 맺고 있습니다." 그가 말했다.

그는 이제 내 앞에 서 있었다. 두 손을 넓게 벌린 모습은 요즘 정치인들이 흔히 사용하는 '나의 비전에 동참해주셔서 감사합니다' 하는 자세였다. 나는 소파 위에 축 늘어져 있었고 말이다. 주변에서 누군가 피시 스틱*을 튀기고 있다는 사실을 제외하면 달리 바뀐 건 거의 없다. 이 방에는 참으로 어울리지 않는 냄새였다.

"그 사람들은 대개가 내 친구들입니다." 무르다가 말을 이어갔다. "여러 해 동안 함께 사업을 해온 사람들이죠. 그들은 나를 신뢰하고, 나를 의지합니다. 알아들으시겠습니까?"

물론 그는 내게 구체적인 관계를 알겠느냐고 물은 것이 아니었다. 그는 다만 '신뢰'와 '믿음' 같은 단어들이 내가 사는 그곳에서도 여전히 어떤 의미를 갖는지 알고자 했을 뿐이다.

---

* fishfingers | 가늘고 긴 생선 토막 튀김.

나는 고개를 끄덕이면서 급하면 나도 그 단어들을 철자할 수 있음을 알렸다.

"나는 그 사람들에 대한 우애 행위로 어떤 위험을 감수하기로 했습니다. 나로서는 꽤나 드문 일이죠."

나는 그 말이 농담이라고 생각하고는 미소를 지었다. 내 웃음에 그도 기분이 좋아졌던 모양이다.

"나는 개인적으로 상당량의 제품을 거래하기로 했습니다."

그는 잠시 뜸을 들이면서 나를 바라보았다. 뭔가 반응을 기대하는 눈치였다.

"당신이 그 제품의 성격을 잘 알고 있으리라 생각합니다만?"

"헬리콥터겠지요." 내가 대꾸했다.

이 시점에서 바보처럼 굴어봐야 아무 소용이 없을 것 같았다.

"맞습니다. 헬리콥터예요. 개인적으로는 그런 물건들을 싫어한다는 걸 알아주셨으면 좋겠습니다. 하지만 듣자하니 성능이 아주 우수하다고 하더군요."

그가 약간 흥분했다는 생각이 들었다. 이런 저택과, 어쩌면 비슷한 집 수십 채의 대금을 지불해줬을 야비하고 불쾌한 기계들에 대한 혐오를 그가 가장했다는 생각도 함께. 나는 상황을 좀 바로잡을 필요가 있겠다고 판단했다. 평범한 사람들을 대신해서 말이다.

"확실히 그렇더군요." 내가 말했다. "당신이 팔려는 물건은 순식간에 평범한 마을을 쑥대밭으로 만들 수 있습니다. 당연히 거기 사는 주민들도 함께요."

무르다가 잠시 눈을 감았다. 그런 일을 떠올리니 고통스럽다는 듯. 아마 고통스러웠을 것이다. 그러나 잠시 고통을 느꼈을지는 몰라도 그리 오래 가지는 않았다.

"말했듯이, 랭 씨. 나는 당신에게 나를 정당화할 필요가 없다고 생각합니다. 그 상품의 용처에 나는 관심이 없어요. 내 친구들과 나 자신을 위해서 그 상품을 파는 것만이 내 관심 사항입니다."

무르다는 두 손을 맞잡고 잠시 기다렸다. 모든 사태가 이제는 나의 문제가 되기라도 한 양.

"그러면 광고를 하시지요." 나는 잠시 후에 이렇게 말했다. "「우먼스 오운」 같은 데 말입니다."

"음." 무르다는 내가 바보인 양 대꾸했다. "당신은 사업을 모릅니다, 랭 씨."

나는 어깨를 으쓱했다.

"나는 사업을 하는 사람입니다." 그가 말을 이어갔다. "내가 경쟁하는 시장에 대해 알려면 내 말을 믿어야 해요."

그에게 뭔가 생각이 떠오른 듯했다.

"요컨대 나는 당신에게 최선의 방법을 알려드리지 않습니다……."

그리고 나서 그는 자신이 곤경에 처했음을 깨달았다. 내 이력서엔 그게 무엇이든 내가 최선의 방법을 취했다는 게 존재하지 않으니까.

"오토바이 타기요?" 나는 친절하게 예를 들어 주었다.

무르다가 미소를 지었다.

"그렇습니다."

그가 다시 소파에 앉았다. 이번에는 훨씬 더 멀리 떨어져서.

"내가 취급하는 물건은 「우먼스 오운」의 광고 지면에서보다 더 정교하게 다루어야만 할 겁니다. 새로운 쥐덫을 만들고 있다고 해봅시다. 그 물건은 새로운 쥐덫이라고 광고해야겠지요. 반면에 당신이 뱀 올가

미를 팔려고 한다면 먼저 뱀이 왜 나쁜지를 설명해야 할 겁니다. 뱀을 잡아야만 하는 이유를 말이죠. 내 말 이해하시겠습니까? 그러고 나서 도 한참 후에야 당신은 뱀 올가미라는 제품을 들고 나올 수 있을 것입니다. 알아듣겠어요?"

무르다는 느긋하게 웃었다.

"그래서……" 내가 대꾸했다. "당신은 테러 활동을 후원할 예정이군요. 당신의 장난감이 9시 뉴스에 나올 수 있도록 말입니다. 그런 얘기는 나도 알아요. 내가 안다는 걸 구닥다리 아저씨도 알고요."

나는 차고 있던 손목시계를 힐끗 보았다. 10분 후에 다른 무기 거래상과 면담이 있기라도 한 것처럼 말이다. 그러나 무르다는 서두르는 사람이 아니었고, 느긋했다.

"사실 내가 하고 싶은 얘기가 바로 그것입니다." 그가 말했다. "그렇다면 내가 정확히 어디에서 이 일에 찬성해야 합니까? 그러니까 내 말은, 당신이 제공한 정보를 바탕으로 내가 뭘 해야 합니까? 수첩에 적을까요? 노래라도 한 곡 만들까요? 뭘 해야 하죠?"

무르다는 잠시 나를 바라보더니, 이어서 숨을 깊이 들이쉬었다가 코로 천천히, 조심스럽게 날숨을 내뱉었다. 마치 호흡법 수업을 받기라도 한 것처럼 말이다.

"랭 씨, 당신이 우리를 위해서 그 테러 활동을 해야 합니다."

잠시 침묵. 긴 정적. 현기증이 느껴졌다. 그 거대한 방의 벽들이 빠르게 수축하는 듯하다가 다시 팽창했다. 내가 그 어느 때보다 더 작고 보잘것없는 존재로 느껴졌다.

"아하."

다시 침묵. 피시 스틱 냄새가 그 어느 때보다 더 강렬했다.

"혹시라도 내가 여기서 발언권이 있습니까?" 쉰 목소리가 나왔다.

무슨 이유에선지 목이 말썽을 피우고 있었다.

"그러니까 내가 이를테면, 생각해줘서 고맙지만 닥치시지 하고 말하면 대충 무슨 일이 일어나리라고 예상할 수 있을까요?"

이번에는 무르다가 손목시계를 힐끗 보았다. 그는 별안간 짜증이 솟구쳤는지 더 이상 웃지 않았다.

"랭 씨, 이건 당신이 시간 내서 생각하고 말고 할 사안이 아닙니다."

목에서 차가운 기운이 느껴졌고, 나는 몸을 돌렸다. 반스와 루카스가 문 옆에 서 있었다. 반스는 느긋한 표정이었지만 루카스는 그렇지 못했다. 무르다가 고개를 끄덕이자 두 미국인이 그의 소파 양쪽으로 도열했다. 그렇게 셋이 나를 바라보았다. 무르다가 루카스에게 손을 내밀었다. 시선을 돌리지 않은 채 손바닥은 위로 향하고 있었다.

루카스가 상의 안쪽으로 손을 집어넣더니 자동 권총을 한 정 꺼냈다. 슈타이어(Steyr) 9밀리였던 것 같다. 물론 그게 중요한 건 아니지만. 루카스가 무르다의 손에 조심스럽게 총을 올려놓았다. 그리고 몸을 돌려 나를 바라보았다. 두 눈을 크게 뜨고 있었고, 도저히 해독할 수 없는 어떤 메시지가 담겨 있었다.

"랭 씨." 무르다가 입을 열었다. "당신은 두 사람의 안위를 고려해야 합니다. 물론 당신 자신과 울프 양이겠지요. 당신이 당신의 목숨에 얼마만큼의 가치를 부여하는지는 모르겠지만 여자의 안위를 걱정한다면 그건 순전히 의협심의 발로이겠지요. 난 당신이 울프 양의 안위를 진지하게 고려했으면 합니다."

최악의 사태는 끝났다는 듯 그의 얼굴이 갑자기 밝게 빛났다.

"물론 나는 당신이 아무 이유도 없이 그렇게 하리라고 기대하지는 않습니다만." 그가 말을 덧붙였다.

무르다는 그 말을 내뱉으면서 공이치기를 당겨 총알을 장전했다. 그는 권총을 느슨하게 쥐고, 나를 향해 턱을 쳐들었다. 손바닥에서 땀이 샘솟았고, 목구멍이 막혔다. 나는 가만히 있었다. 그게 내가 할 수 있는 전부였기 때문이다.

무르다는 잠시 나를 찬찬히 살펴보았다. 그러더니 손을 내밀어 루카스의 목 옆면에 총구를 들이대고 두 번 방아쇠를 당겼다.

순식간이었다. 전혀 예기치 못한 사태였고, 너무 터무니가 없어서 순간적이었지만 나는 웃을 뻔했다. 세 남자가 거기 서 있었다. 탕, 탕 총소리가 났고, 이제는 두 명뿐이었다. 정말이지 기묘했다.

내가 오줌을 지렸다는 걸 깨달았다. 많이는 아니었지만 그래도 꽤 싸고 말았다.

나는 눈을 한 번 깜박였고, 무르다가 반스에게 총을 건네는 광경을 바라보았다. 반스는 내 뒤쪽으로 나 있는 문을 향해 신호를 보냈다.

"왜 저런 거지? 왜 저렇게 끔찍한 일을 하는 것일까?"

이 말은 나의 목소리여야 했다. 그러나 그건 내 목소리가 아니었다. 그 주인공은 무르다였다. 부드럽고, 침착하며, 완전히 통제되어 있는 목소리.

"끔찍한 일이었습니다, 랭 씨." 그가 말했다. "끔찍하죠. 아무 이유가 없기 때문에 끔찍한 것입니다. 사실 우리는 항상 죽음의 이유를 찾으려고 노력하지요. 안 그렇습니까?"

그의 얼굴을 쳐다보았지만 정신을 집중할 수 없었다. 들렸다 안 들렸다 하는 그의 목소리처럼 그의 얼굴도 가까워졌다 멀어졌다를 반복하고 있었기 때문이다.

"그가 죽어야 할 이유가 없었다고 해도 내겐 죽일 이유가 있었어요. 랭 씨, 당신에게 한 가지 사실을 알려주기 위해 내가 그를 죽인 겁니다. 단지 그 한 가지 사실을 위해서요."

무르다는 잠시 멈추었다가 말을 이었다.

"내가 사람을 죽일 수 있다는 걸 당신께 보여줘야 했습니다."

무르다는 루카스의 시신을 내려다보았고, 나도 그의 시선을 좇았다.

못 볼 광경이었다. 총구가 살집과 어찌나 가까웠던지 팽창 가스가 탄환을 따라 들어가서 총상 부위가 새카맣고 처참하게 부어올라 있었다. 나는 오래 보고 있을 수가 없었다.

"내 말 이해하시겠습니까?" 무르다는 머리를 한쪽으로 기울이면서 상체를 숙였다. "이 사람은…… 신임장을 받고 파견된 미국 외교관이었습니다. 미 국무부 직원이기도 하고요. 확신하건데 친구도 많을 거고, 아내, 어쩌면 아이들도 있을 겁니다. 그런 사람이 이렇게 사라지는 건 있을 수 없는 일이겠지요?"

사람들이 내 앞에서 허리를 구부리고 루카스의 시신을 옮겼다. 그들의 양복저고리가 부딪치는 소리 때문에 나는 무르다의 말에 바짝 귀를 기울여야 했다.

"당신이 진실에 눈을 떴으면 좋겠습니다, 랭 씨. 내가 저 남자가 사라지기를 원하면 그렇게 된다는 진실을. 나는 여기 내 집에서 한 남자에게 총을 쐈습니다. 그는 내 카펫 위에 피를 흘리게 만들었지요. 내가 그렇게 하고 싶었기 때문입니다. 날 막을 수 있는 사람은 아무도 없습니다. 경찰도, 비밀 공작원도, 루카스의 친구들도 말이죠. 분명히 말하는데 당신도 날 막을 수 없습니다. 내 말 듣고 있나요?"

나는 고개를 들고 다시 그를 쳐다보았다. 이번에는 그의 얼굴이 좀 더 선명하게 보였다. 검정 눈동자. 광채. 무르다는 매고 있는 넥타이를 말쑥하게 바로잡았다.

"랭 씨. 울프 양의 안위를 생각해볼 이유를 내가 충분히 제시했나요?"

나는 고개를 끄덕였다.

그들은 다시 나를 런던으로 싣고 갔다. 디플로매트의 카펫에 처박힌 채 말이다. 그들은 템스강 남쪽 어딘가에 날 버렸다.

나는 워털루 브리지를 걸었고, 스트랜드 가를 지났다. 가끔 걸음을 멈췄지만 이유는 없었다. 18살 먹은 거지들의 손에 동전을 쥐어주기도 했다. 나는 이 현실이 꿈이기를 바랐다. 그간 온갖 잡다한 꿈이 현실이 됐음을 원해 왔다는 점을 감안하면 참으로 천양지차였다.

마이크 루카스는 내게 조심하라고 말했다. 그는 위험을 무릅쓰고 내게 조심하라고 알렸다. 난 루카스라는 남자를 모른다. 날 위해서 위험을 감수하라고 그에게 부탁한 적도 없다. 하지만 그는 그렇게 했다. 루카스는 너그러운 신사였다. 일 때문에 어쩔 수 없이 가야 하는 곳이 마음에 들지 않았고, 내가 그곳에 끌려가는 것도 내켜하지 않았던 너그러운 신사.

탕, 탕.

과거로 돌아갈 수 없었다. 세상 일이 굴러가는 것도 멈출 수 없었다.

나는 나 자신이 유감스러웠다. 마이크 루카스에게도 미안했고, 지나쳤던 거지들도 안됐다는 생각이 들었다. 그러나 제일 불쌍한 건 나였다. 이제 그런 생각은 그쳐야 했다. 나는 집을 향해 걷기 시작했다.

　더 이상 내 아파트에 머무는 것을 경계해야 할 이유가 없어졌다. 지난주 내내 날 쫓아다니며 못 살게 굴었던 사람들이 이제 전부 그 실체를 드러냈기 때문이었다. 내 침대에서 잘 수 있다는 사실이야말로 정말 이 모든 난마 같은 사태 속에서 단 하나 좋은 일이었다. 나는 빠른 속도로 베이스워터를 향해 발걸음을 내딛었다. 난 그렇게 걸으면서 사태의 밝은 면을 보려고 애썼다.

　마음이 편치 않았다. 내가 적절하게 대응했는지조차 자신이 없었다. 그러나 난 사정이 여의치 않을 때도 항상 사태의 밝은 면을 보려고 노력했다. 사정이 여의치 않다고 말하는 게 뭔 의미일까? 도대체 무엇과 비교한단 말인가? 이렇게 말할 수는 있겠지. 몇 시간 또는 몇 년 전의 상황과 비교하라고. 그러나 요점은 그게 아니다. 자동차 두 대가 브레이크 따위는 무시하고 벽을 향해 돌진하는데, 한 차가 다른 차보다 약간 빨리 벽을 들이박았다고 해도 뒤 차가 앞 차보다 사정이 훨씬 더 낫다고 얘기할 수는 없는 노릇 아닌가.

　우리는 생의 매 순간 죽음과 재난을 곁에 두고 살아간다. 그것은 우리를 호시탐탐 노린다. 물론 많은 경우 비켜가기도 한다. 수없이 고속도로를 달려도 앞바퀴가 터지는 일은 없다. 장애를 일으키지 않고 우리 몸을 통과하는 바이러스도 많다. 길을 걷다가 간발의 차이로 피아노가 떨어지는 일도 다반사다. 헌데, 그 피아노가 한 달 뒤에 떨어진들 무슨 차이가 있을까.

　그러니 재난이 비켜갈 때마다 우리가 무릎을 꿇고 고마워하지 않는다면 재난이 닥쳤을 때 한탄한다는 것도 어불성설이다. 우리는 물론 다른 누구라도. 우리는 재난을 다른 어떤 일과도 비교하지 않기 때문이다.

아무튼 우리 모두는 죽는다. 아니, 아예 태어나지 않았을지도 모르겠다. 정말 모든 것이 꿈일지도 모르겠다.

그렇다. 그것이 바로 내가 본 사태의 밝은 면이었다.

14

그리하여 이제 자유는 좀처럼 잠에서 깨지 않게 됐다.
그녀가 선사하는 유일한 흥분은 심장이 분개할 때뿐.
그녀가 여전히 살아 있음을 알 수 있는 유일한 기회.

토머스 무어

동네 길가로 접어들었는데 전혀 예상 밖의 두 가지 물건이 주차되어 있었다. 먼저 내 가와사키가 보였다. 타박상에 피투성이였지만 그런대로 모양새를 유지하고 있었다. 다른 하나는 밝은 빨강색의 TVR이었다.

로니가 운전대를 붙잡고 잠들어 있었다. 외투를 끌어올려 코까지 가리고 있었다. 나는 조수석 문을 열고 들어가 그녀의 옆에 앉았다. 그러자 그녀가 고개를 들었고, 실눈으로 날 보았다.

"안녕." 내가 말했다.

"안녕하세요." 로니는 눈을 몇 번 깜박이고는 밖의 도로를 내다보았다. "맙소사, 지금 몇 시죠? 추워 죽겠네."

"12시 45분입니다. 들어가실래요?"

로니는 내 제안을 숙고했다.

"당신 참 노골적이군요, 토머스."

"내가 노골적이라고요? 그거야 경우에 따라 다르겠죠, 안 그래요?"

나는 다시 차문을 열었다.

"어떤 경우요?"

"당신이 여기까지 차를 몰고 왔는지, 아니면 내가 당신의 차 주위로 길을 새로 닦았는지에 따라서요."

로니는 한 번 더 생각했다.

"차 한 잔 주세요."

우리는 부엌에 앉아 있었고, 말은 많이 하지 않았다. 그저 차를 홀짝였고, 담배를 피웠다. 로니는 딴 데 정신이 팔려 있었다. 어설프게 추측해보자면 그녀는 운 것 같았다. 그게 아니면 새로 산 마스카라로 절묘한 넝마조각 효과를 내보려고 한 것이었거나. 로니에게 스카치위스키를 조금 권했지만 내켜하지 않았다. 그래서 나는 병에 담긴 마지막 네 방울까지 탈탈 털어 마셨다. 난 로니에게 집중하려고 애썼고, 루카스와 반스와 무르다를 잊으려고 했다. 그녀의 기분이 엉망이었고, 나와 함께 있었으니까. 나머지는 여기 없었으니까.

"토머스, 뭐 좀 물어봐도 돼요?"

"그러세요."

"당신 게이예요?"

아니 정말로. 여러분은 이럴 때 보통 영화나 연극, 좋아하는 스키 슬로프 같은 것들을 이야기하지 않나.

"아닙니다, 로니. 난 게이가 아니에요. 그러는 당신은요?"

"저도요."

로니는 자신의 찻잔을 빤히 들여다보았다. 그런데 난 티백을 끓였으니까 그녀는 거기서 어떤 답도 찾을 수 없었다.

"무슨 일 있어요? 남자 친구 이름이 뭐죠?" 나는 담배에 불을 붙이며 물었다.

"필립이요. 자고 있어요. 아니 어딘가 밖에 있겠죠. 실은 잘 몰라요. 솔직히 말해 신경 쓰고 싶지도 않네요."

"로니. 그저 말뿐인 것 같은데요."

"아뇨, 정말로. 이제 필립 일은 전혀 개의치 않아요."

말이 세련된 여성의 저주와 악담을 듣는 일은 늘 묘한 짜릿함 같은 것이 있다.

"다퉜군요."

"완전히 갈라섰어요."

"그렇군요, 로니."

"오늘 밤 함께 잘래요?"

나는 눈을 깜박였다. 그리고는, 그런 일은 감히 상상해본 적도 없다는 걸 분명히 하기 위해 다시 한 번 눈을 깜박였다.

"나랑 자고 싶은 거예요?"

"예."

"같은 시간에 잠을 자겠다는 게 아니고 같은 침대에서 자겠다고요?"

"부탁해요."

"로니……."

"당신이 원하면 옷은 벗지 않을게요. 토머스, 내가 부탁한다는 말을 다시 하지 않도록 해줘요. 그런 일은 여자의 자존심에 커다란 상처가 된답니다."

"남자의 자존심에는 커다란 훈장이 되겠군요."

"제발, 그 입 좀 닥쳐요." 로니는 찻잔으로 얼굴을 가렸다. "이제 당신이 싫어졌어요."

"하! 알았다고요, 알았어요."

결국 우리는 함께 자리에서 일어났고, 침실로 갔다.

공교롭게도 로니는 정말 옷을 벗지 않았다. 역시 공교롭게도, 나 또한 옷을 벗을 수 없었다. 우리는 나란히 침대에 누워 한동안 천장을 응시했다. 웬만큼 시간이 흘렀다고 판단한 나는 손을 내밀어 그녀의 손을 잡았다. 따뜻하고, 건조했다. 만지기에 딱 좋은 손이었다.

"무슨 생각해요?"

솔직히 우리 가운데 누가 먼저 이 말을 했는지 기억에 없다. 우리 둘다 동트기 전까지 오십 번쯤 그 말을 했다.

"아무것도."

이 말도 우리 둘 다 오십 번쯤 했다.

로니가 불행하다는 것, 그게 요지였다. 그녀가 내게 자기 인생사를 털어놨다고 말할 수는 없었다. 이상한 이야기 꾸러미가 긴 시간에 걸쳐 산발적으로 툭툭 떨어졌다. 꼭 할인 판매 북클럽 회원이 된 것 같았다. 어쨌거나 종달새가 나이팅게일에게 바통을 넘길 때쯤에는 로니의 신상을 꽤 많이 알게 됐다.

로니는 세 명의 아이들 중 둘째였다. 많은 사람들이 둘째를 일컬어 '거 봐, 그렇다니까, 둘째는 어쩔 수가 없어' 라는 말을 입에 달고 산다. 그러나 나도 둘째지만 그 점에 크게 구애받았던 적은 없다. 로니의 아버지는 시티 지구에서 서민의 고혈을 빨아먹는 직업에 종사했다.*

그녀 위아래로 오빠와 남동생이 있었고, 그들도 아버지와 비슷한 직업을 염두에 둔 듯했다. 어머니는 로니가 십대일 때부터 심해(深海) 낚시에 몰두해서 매년 6개월씩 먼 바다를 떠돈다고 했다. 그 사이 아버지는 정부와 놀아났고. 로니는 어머니가 어디로 떠났는지는 말하지 않았다.

"무슨 생각해요?" 이번에는 로니가 물었다.

"아무것도요."

"그러지 말고요, 제발."

"모르겠어요. 그냥······ 생각나는 대로 생각하고 있죠."

나는 그녀의 손을 어루만졌다.

"새라 생각해요?"

로니가 그걸 물어보리라는 건 이미 어느 정도 짐작했었다. 난 일부러 필립 얘기를 꺼내지 않고 자제했지만 그녀는 도저히 참을 수 없었나 보다.

"개중에요."

나는 로니의 손을 살포시 쥐면서 말을 이었다.

"그러니까 내 말은 여러 사람 중에서 새라도 떠오른다는 거죠. 솔직히 난 새라를 잘 모르겠어요."

"새라는 당신을 좋아해요."

난 웃지 않을 수 없었다.

"턱도 없고, 천문학적으로도 불가능합니다. 처음 만났을 때 그녀는 내가 자기 아버지를 죽이려 한다고 생각했어요. 지난번엔 저녁 시간 내내 내가 적을 코앞에 두고도 꽁무니만 내빼는 겁쟁이라는 걸 증명하려고 했고요."

---

* 「이사야」, 3장 15절 참조.

당장은 키스 사건은 말하지 않는 게 상책이라고 판단했다.

"적이라니요?" 로니가 물었다.

"얘기가 길어요."

"당신 목소리는 듣기 좋거든요."

나는 베개 위에서 고개를 돌려 로니를 바라보았다.

"로니. 이 나라에서는 사연이 길다고 하면 얘기하고 싶지 않다고 에
둘러서 말하는 거랍니다."

눈을 떴다. 내가 곯아떨어졌을 가능성이 있다는 얘기였다. 그런데
언제 곯아떨어졌는지 도무지 알 수가 없었다. 드는 생각이라곤 집에
불이 났다는 것뿐이었다.

침대를 박차고 일어나 부엌으로 달려갔다. 로니가 프라이팬으로 베
이컨을 불고문하고 있는 광경이 눈에 들어왔다. 프라이팬에서 솟구친
연기가 창문으로 쏟아져 들어온 햇빛 속에서 뛰놀고 있었다. 어딘가에
선 4라디오 방송이 지글거리고 있었고. 로니는 내 단 하나 남은 깨끗
한 셔츠를 꿰차고 있었다. 약간 짜증이 났다. 특별한 날에 대비해 안
입고 아껴둔 셔츠였는데. 뭐랄까, 손자 녀석의 21살 성인식 같은 날 말
이다. 그러나 셔츠를 걸친 그녀의 모습이 근사해서 그냥 눈감아 주기
로 했다.

"베이컨은 어떻게 해서 드세요?"

"바삭바삭한 게 좋지요."

거짓말이다. 어깨 너머로 드러난 베이컨의 상태로 볼 때 내가 할 수
있는 말은 그리 많지 않았다.

"커피 드시려면 준비해주세요." 로니가 말했다.

그리고는 다시 프라이팬을 이용한 불고문에 집중했다.

"알았어요, 커피."

내가 인스턴트커피가 든 병을 열려고 하자 로니가 혀를 끌끌 차더니 턱을 들어 옆을 가리켰다. 밤새 쇼핑의 요정이 찾아와 온갖 좋은 먹을 거리를 놓고 간 게 틀림없었다.

나는 냉장고를 열었고, 내가 아닌 다른 사람의 인생을 보았다. 계란, 치즈, 요구르트, 스테이크용 고기, 우유, 버터, 백포도주 2병. 지난 36 년 동안 나를 거쳐 간 그 어떤 냉장고에서도 이런 사양이 구비된 적은 없었다. 나는 주전자에 물을 받고, 스위치를 켰다.

"내가 이 물건 값을 전부 치러야겠죠?"

"오, 제발. 애처럼 굴지 좀 마세요."

로니는 능란한 요리사만 할 수 있다는 한 손 달걀 깨기를 시도했고, 그 결과 프라이팬 위에 벌어진 것은 거의 개밥 수준이었다. 문제는 내 가 개를 키우지 않는다는 거.

"화랑에는 출근 안 합니까?" 나는 멜포드 표 아침 식사용 커피를 주 전자에 숟가락으로 덜면서 물었다.

참으로 묘한 상황이라 할 만했다.

"전화했어요. 테리에게 차가 고장 났다고 거짓말 좀 쳤죠. 브레이크 가 망가졌는데 얼마나 늦을지 모르겠다고요."

잠시 그녀의 거짓부렁을 생각해봤다.

"브레이크가 망가졌으면 빨리 도착해야 하는 거 아니에요?"

로니는 깔깔거렸고, 내 앞에 검고 하얗고 노란 물질이 담긴 접시를 내밀었다. 음식은 시각적으로는 차마 말할 수 없었지만 맛은 정말 좋 았다.

"고마워요, 토머스."

우리는 하이드파크를 산책 중이었다. 특별히 어디를 가겠다는 건 아니었다. 한동안 손을 잡고 걸었는데, 문득 별 생각 없이 손을 놓았다. 손을 잡는 게 무슨 인생의 중대사도 아니었고 말이다. 해가 중천에 떠오르면서 런던이 그 위용을 드러냈다.

"뭐가 고마운데요?"

로니는 땅을 내려다보았고, 있지도 않은 무언가에 발길질을 했다.

"어젯밤에 나랑 섹스하지 않은 거요."

"천만에요."

나는 로니가 내게 어떤 반응을 기대하고 있는지 도무지 알 수 없었다. 그 말이 대화를 시작하자는 것인지 아니면 끝내자는 것인지도 감이 안 잡혔다. 그래서 이런 말을 보탰다.

"나한테 감사하다니 고마운 일이군요."

그녀는 이 반응이 대화를 끝내자는 말로 들렸던 모양이다.

"오, 제발요."

"아니, 정말요. 대단히 고맙게 생각하고 있습니다. 내가 매일 밤 수많은 여자들과 사랑을 나눌 수는 없거든요. 뭐, 항상 성공하는 것도 아니고요. 멋진 변화였습니다."

우리는 좀 더 걸었다. 비둘기 한 마리가 우리를 향해 곧바로 날아오더니 막판에 방향을 바꾸어 다시 쏜살같이 날아갔다. 자기가 생각하던 원래의 대상이 아님을 별안간 깨달았다는 듯이. 말 몇 마리가 로튼 로*를 지나갔고, 트위드 재킷을 걸친 남자들이 타고 있었다. 아마 근위 기병대였을 것이다. 말들이 아주 똑똑해보였다.

"누구 있어요, 토머스? 지금요?"

"여자 말입니까?"

"당연한 거 아니에요? 자는 사람 있냐고요?"

"잔다는 게 무슨 말인지……?"

"얼른 질문에 답하세요. 안 그러면 경찰을 부르겠어요."

로니는 웃고 있었다. 나 때문이었다. 내가 그녀를 미소 짓게 만든 것이다. 기분 좋은 경험이었다.

"아니요, 로니. 나는 요즘 아무하고도 안 자요."

"남자하고도요?"

"여부가 있겠습니까. 동물하고도요. 그 어떤 종류의 침엽수하고도요."

"괜찮다면 왜 그런지 물어봐도 될까요? 당신이 잔다고 해도 아무 상관없어요."

나는 한숨을 내쉬었다. 그 질문에 어떻게 답해야 할지 알 수 없었다. 설사 모르겠다고 해도 궁지에서 빠져나갈 수는 없을 것 같았다. 나는 어떤 사태가 벌어질지도 모르면서 입을 열었다.

"섹스에서 얻게 되는 즐거움보다 불행이 더 크기 때문이죠. 남자와 여자는 서로 원하는 게 달라요. 더구나 둘 중 하나는 늘 실망하죠. 나는 지나친 요구를 들어주지 않고, 요구하는 것도 싫어해요. 섹스를 그렇게 잘하지도 못합니다. 혼자 지내는 것에도 익숙해졌고요. 글쎄, 그 밖에도 많은 이유가 있겠죠."

나는 말을 중단하고 숨을 몰아쉬었다.

---

* **Rotten Row** | 하이드파크의 승마 도로.

"알았어요." 로니가 말했다. 그녀가 몸을 돌리더니 뒤로 걸어갔다. 내 얼굴을 더 잘 보려는 듯했다. "그 가운데 어느 게 진짜죠?"

"B요." 나는 잠시 생각해본 뒤에 대꾸했다. "우리는 원하는 게 달라요. 남자들은 여자와 섹스하고 싶어 하죠. 그 다음에는 또 다른 여자와 섹스하려고 해요. 그리고 또요. 그 다음에는 밥을 먹고, 한숨 자야겠죠. 남자들은 다른 여자, 다른 여자, 그리고 또 다른 여자와 죽을 때까지 섹스를 하고 싶어 한답니다. 반면에 여자들은." 이제 여자 차례였고, 난 여성이 아니니까 어휘를 보다 신중하게 선택해야겠지 라고 판단했다. "여자들은 관계를 원합니다. 그들은 관계를 맺지 못하기도 하고, 수많은 남자와 동침한 후에야 비로소 원하는 관계를 얻죠. 하지만 여자들이 궁극적으로 원하는 것은 관계죠. 관계가 목표인 셈이죠. 남자들은 목표가 없습니다. 타고 나기를 그렇게 타고 났어요. 그래서 남자들은 목표를 만들죠. 이를테면 무리를 지어서 축구장을 찾잖아요. 남자들은 싸움을 하고, 부자가 되기 위해 노력하고, 전쟁을 벌이고, 자신들에게 진정한 목표가 없다는 사실을 만회하려고 온갖 어리석은 일을 해댑니다."

"고환도 있잖아요." 로니가 말했다.

"물론 그것도 차이라면 차이죠."

"솔직히 말해 봐요. 내가 당신과 관계를 맺고 싶어 한다고 생각해요?"

교활하기 짝이 없었다. 직격타를 맞았다. 한 방 먹었군.

"글쎄요. 당신이 뭘 원하는지 추측하고 싶진 않군요."

"시시해. 날 잡아 봐요, 토머스."

"당신을요?"

로니는 걸음을 멈췄고, 이를 드러내고 싱긋 웃었다.

"이게 훨씬 낫네."

공중전화 박스가 보였다. 로니가 화랑에 전화를 했다. 그녀는 고장난 차 때문에 무리를 했고, 오후에는 쉬어야 할 것 같다고 알렸다. 그런 다음 우리는 차를 타고 클래리지스*로 가서 점심을 먹었다.

난 언젠가는 로니에게 이런저런 일들이 일어났고, 또 앞으로 일어날지 모르는 일까지 실토해야 되리라고 알고 있었다. 아마 약간의 거짓말을 보태야 할 것이다. 나 자신뿐만 아니라 그녀를 위해서도 말이다. 새라 얘기도 하지 않을 수 없을 것이다. 내가 최대한 이리저리 발뺌한 이유는 바로 새라가 엮여 있었기 때문이니까.

나는 로니가 무척 마음에 들었다. 만약 로니가 곤경에 처한 처녀였다면, 그녀가 검은 산의 검은 성에 갇혀 있었다면 어쩌면 난 그녀와 사랑에 빠졌을지도 모른다. 그러나 로니는 그런 처지에 처해 있지 않았다. 로니는 지금 내 맞은편에 앉아 있다. 그녀는 수다를 떨고 있었고, 도버산(産) 서대기를 곁들인 로켓 샐러드**를 주문하고 있었다. 오스트리아 민속 의상을 한 현악 4중주단이 뒤쪽 홀에서 모차르트인가를 연주하고 있었고.

나는 식당 안을 조심스레 살폈다. 나를 미행하는 자들이 어디에 있는지 확인해야 했다. 지금쯤이면 한 팀 이상이 나를 쫓고 있어야 했다. 딱 부러지게 미행자라고 할 만한 사람은 주변에 없었다.

---

* Claridges | 런던 중심부의 메이페어(Mayfair)에 있는 최고급 호텔.

** rocket salad | 로켓은 겨자과의 식물.

만약 저절로 부풀어 오르는 밀가루 빵 껍데기 같은 얼굴의 70살 먹은 과부들을 CIA가 새로 영입하지 않았다면 말이다.

더구나 난 미행보다는 도청에 더 신경이 쓰였다. 클래리지스는 불쑥 선택한 식당이었다. 따라서 감청 장비를 설치할 기회나 시간은 전혀 없었다고 봐도 됐다. 그래서 나는 나머지 식당 공간을 등지고 앉아 혹 모르는 음향채집가가 들고 있을 지향성 마이크의 작동을 최대한 방해하기로 했다. 나는 로니가 선택한 완벽한 포도주 푸이이 퓌세*를 각자의 커다란 잔에 따른 뒤 대화를 시작했다.

나는 먼저 로니에게 새라의 아버지가 죽었고, 그가 죽는 걸 목격했다고 털어놓았다. 가장 안 좋은 얘기는 얼른 끝내고 싶었다. 그녀도 나락에 빠지겠지만 격려와 위안으로 차츰 충격을 극복하게 하면서 그녀의 천성의 용기를 회복할 시간을 주어야겠다고 생각했다. 또한 내가 겁을 집어먹었다고 오판하게 해서도 안 되었다. 그런 생각은 서로 득이 될 게 없기 때문이다.

로니는 내 얘기를 잘 받아들였다. 도버산 서대기보다도 잘. 그녀는 애꿎은 생선을 건드리지도 않았다. 급사가 치워간 서대기의 눈에는 '제가 무슨 잘못이라도?' 하는 슬픈 표정이 어려 있었다.

내 얘기를 끝마쳤을 즈음 현악 4중주단은 이미 모차르트를 팽개쳤고, 영화 「슈퍼맨」의 주제곡을 연주하고 있었다. 포도주도 이미 동이 난 상태였다. 로니는 식탁보를 빤히 내려다보면서 미간을 찌푸렸다. 그녀가 누군가에게 전화를 걸고 싶어 한다는 걸 알 수 있었다. 그녀가 뭔가를 치고 싶다는 걸 알 수 있었다. 거리로 뛰쳐나가, 세상은 이토록 끔찍하게 타락했는데 어떻게 천하태평으로 먹고, 쇼핑하고, 웃을 수 있냐고 고함치고 싶다는 걸 알 수 있었다. 그 심정이 충분히 이해가 됐

다. 알렉산더 울프가 어떤 미친놈의 총격으로 벌집이 된 걸 목격한 뒤
론 나 또한 그러고 싶었으니까. 이윽고 로니가 입을 열었다. 그녀의 목
소리는 분노로 떨고 있었다.

"그래서 당신이 그 일을 한단 말이에요? 그들이 당신에게 시킨 일을
한다는 거예요?"

나는 로니를 바라보았고, 어깨를 약간 으쓱했다.

"그래요, 로니. 그 일을 할 겁니다. 하고 싶진 않아요. 그런데 하지
않으면 더 안 좋은 일이 닥칠 것 같아요."

"그걸 이유랍시고 말하는 거예요?"

"그래요. 대부분의 사람은 일을 할 때 그런 식의 이유를 대요. 내가
그들의 명령에 따르지 않으면 새라를 죽이겠죠. 이미 아버지를 죽였으
니 새라의 목숨이야 아무것도 아니죠."

"하지만 사람들은 그냥도 죽어요."

로니의 눈에서 눈물이 왈칵 쏟아졌다. 그 순간, 포도주 담당 급사가
와서 한 병을 더 강매하려고 하지 않았다면 난 그녀를 안아줬을 것이
다. 나는 테이블 위로 그녀의 손을 꼭 잡아줬다.

"누가 뭐라 해도 결국 사람들은 죽어요."

나는 이렇게 말하면서 반스의 비열한 말투가 떠올라서 나 자신이 싫
어졌다. 내가 말을 이었다.

"내가 하지 않아도 그들은 다른 사람이나 다른 방법을 찾을 겁니다.
결과는 똑같아요. 하지만 새라는 죽겠죠. 십중팔구요."

* Pouilly-fuiss | 프랑스 부르곤뉴산(産) 최고급 포도주 중의 하나.

로니가 다시 테이블을 내려다보았다. 그녀도 내 말이 맞다는 걸 알고 있었다. 그럼에도 불구하고 로니는 모든 사항을 거듭 확인하고 있었다. 한동안 집을 떠나는 사람처럼. 가스는 잠갔는지, 텔레비전 전원은 껐는지, 냉장고 코드는 뽑았는지.

"하지만 당신은요?" 잠시 후 로니가 말했다. "십중팔구 그렇다면 당신은 어떻게 되는데요? 그들은 당신을 죽일 거예요. 안 그래요? 도움이 되든 안 되든 결국 당신을 죽일 거라고요."

"날 내버려두지는 않겠지요. 그 점은 거짓말할 수 없죠."

"거짓말이라니요?" 로니가 재빨리 되물었다. 그렇다고 그녀가 이 말을 액면 그대로 받아들인 것 같지는 않았다.

"이미 한 번 나를 죽이려고 했거든요, 로니. 그런데 실패했어요. 당신은 내가 장도 못 보는 게으름뱅이라고 생각하겠지만 다른 일이라면 앞가림 정도는 해요."

나는 잠시 말을 멈추고 그녀가 웃는지 보았다.

"적어도 스포츠카를 갖고 날 돌봐줄 멋진 여자 정도는 찾을 수 있죠."

로니가 고개를 들고 살짝 미소를 지었다.

"이미 그런 사람을 한 명 구한 것 같은데요." 그녀가 지갑을 꺼내면서 말했다.

식당 안에 있을 때 이미 비가 오기 시작했다. 로니는 TVR의 지붕을 내려놓은 상태였고, 코널리 가죽 시트를 적시지 않으려면 우리는 최대한 빨리 메이페어(Mayfair)로 달려가야 했다.

나는 자동차 뚜껑 덮개의 잠금쇠와 씨름하고 있었다. 차체와 앞 유리 사이의 15센티미터 틈을 어떻게 메워야 할지 알아내기 위해 고군

분투 중이었다. 바로 그때 내 어깨 위에 누군가의 손이 닿는 것이 느껴졌다. 나는 될 수 있는 대로 평정을 유지하려고 했다.

"당신 대체 누구야?" 낯선 목소리였다.

나는 천천히 몸을 일으켜 돌아섰다. 그는 키가 나만 했고, 나이도 엇비슷해보였다. 그러나 나보다는 훨씬 더 부자였다. 셔츠는 저민 스트리트, 양복은 새빌 로에서 맞춰 입은 것이었다.* 독특한 억양으로 볼 때 값비싼 등록금을 내야 하는 사립학교 출신임도 알 수 있었다. 뒷좌석 덮개를 접고 있던 로니가 고개를 들었다.

"필립." 그녀의 호명은 내 예상대로였다.

"이 자식 대체 누구야?" 필립은 여전히 나를 보면서 말했다.

"안녕하세요, 필립."

나는 친절한 태도를 보이려고 애썼다. 정말로 말이다.

"웃기고 있네." 필립이 말했다.

그는 로니에게 돌아서서 이렇게 말했다.

"내 보드카를 마신 놈이 이 자식이야?"

후드가 달린 밝은 색상의 방한복을 걸친 한 무리의 관광객이 가던 길을 멈추고 우리 셋을 향해 미소를 지었다. 그들은 우리가 절친한 친구 사이라고 짐작했을 것이다. 나도 우리가 그러기를 바랐다. 그러나 가끔은 현실이 희망을 배반하는 법.

"필립, 제발 유치하게 굴지 마."

로니가 덮개 커버를 쾅 닫고는 빙 돌아서 차 옆으로 왔다. 셋의 역학 관계가 약간 바뀌었고, 나는 두 사람에게서 떨어져 거리를 두었다.

---

* Jermyn Street, Savile Row | 둘 다 고급 셔츠와 양복점 가게들이 즐비한 곳.

나는 막판에야 내가 다른 사람의 혼전 다툼에 말려들었다는 것을 깨달았다. 그러나 필립은 막무가내였다.

"이런 우라질. 당신 지금 뭐 하는 거야?" 필립은 턱을 쳐들면서 말했다.

"이러지 마세요." 내가 대꾸했다.

"필립, 제발요."

"이런 개자식 같으니라고, 너 도대체 누구야?"

필립은 오른손을 뻗어 내 옷깃을 움켜쥐었다. 근데 그렇게 단단히 쥔 것 같지는 않아 나와 한판 뜨겠다는 결의도 없어 보였다. 안심이 되었다. 난 그의 손을 내려다보았고, 이어 로니를 쳐다보았다. 그녀에게 이 사태를 중단시킬 기회를 주고 싶었다.

"필립, 제발요. 바보 같은 짓 하지 말아요."

그녀가 최악의 어휘를 선택했음이 분명했다. 남자가 노골적인 곤경에 처한 자신을 스스로 번복하려고 하는데 여자가 바보라고 했다가는 절대 그를 진정시킬 수 없다. 나라면 유감이라고 하거나, 그의 이마를 어루만져주거나, 미소를 짓거나, 호르몬 분출을 차단하기 위해 뭐든 했겠지만.

"내가 물었잖아." 필립이 거듭 말했다. "당신 대체 뭐야? 내 냉장고에서 술을 꺼내 마신 게 너야? 내 집에서 놀아난 게 너냐고?"

"제발 진정하고 좀 놓으세요. 내 재킷이 다 구겨지겠어요."

현명한 대응이었다. 나는 그를 위협하지 않았고, 도전하지 않았으며, 대들지 않았다. 내 양복저고리만을 솔직하게 걱정했다. 남자 대 남자로서.

"이 망할 자식, 양복이 뭐가 대수라고."

상황이 걷잡을 수 없이 비화되었다. 가능한 모든 외교적 수단을 동원했지만 먹히지 않았고, 난 폭력을 쓰기로 했다.

일단 그를 밀었다. 그러자 그는 밀리지 않으려고 버텼다. 사람들은 으레 그렇게 반응한다. 다음 단계는 그의 반작용을 이용해 후퇴하는 것이다. 나는 그의 팔을 똑바로 편 다음 돌렸다. 필립이 내 옷깃을 계속 붙들고 있으려면 손목을 뒤집어야 했다. 나는 그의 손 위에 내 손을 얹어, 그가 계속 움켜쥐도록 했다. 이어서 나는 나의 다른 팔 아랫부분을 이용해 그의 팔꿈치 아래쪽에 서서히 압력을 가했다. 독자 여러분이 관심을 가질 수도 있으므로 알려드리자면 이것은 '닛교'(二敎)라고 하는 합기도 기술이다. 이 기술을 쓰면 별다른 노력 없이도 엄청난 고통을 상대방에게 가할 수 있다.

필립은 무릎이 꺾이면서 길바닥에 주저앉았다. 얼굴은 사색이 되었다. 그는 손목관절에 가해진 압력을 털어내기 위해 필사적으로 몸부림쳤다. 나는 그를 놓아 주었고, 그의 무릎이 땅에 닿았다. 내가 필립의 체면을 많이 살려줄수록 그가 다른 모험을 시도할 가능성은 줄어든다고 보았다. 더구나 로니가 그에게 무릎을 꿇고 오후 내내 얘기하는 것도 원하지 않았다.

"아이고." 나는 무슨 일이 일어난 건지 모르겠다는 듯 애매한 미소를 지으며 말했다. "괜찮으세요?"

필립은 손목을 어루만지면서 내게 증오에 찬 시선을 날렸다. 그러나 우리 모두 그가 더 이상 날뛰지 않으리라는 것을 잘 알고 있었다. 더구나 그는 내가 부러 그를 다치게 했다는 것도 몰랐다.

로니가 우리들 사이로 끼어 들어와 필립의 가슴에 천천히 손을 얹었다.

"필립. 너 때문에 이게 다 뭐야?"

"나 때문이라고?"

"그럼 너 때문이지. 난 업무 중이야."

"거짓말하지 마. 넌 저놈하고 잤어. 내가 바보로 보이니?"

이 정도 비난이라면 분기탱천해서 맞고함과 삿대질이 오가야 했다. 그러나 로니는 내게 몸을 돌려 한쪽 눈을 반쯤 감으며 신호를 보냈다.

"이분은 아서 콜린스 씨야." 로니가 말했다.

필립은 로니의 말에 미간을 찌푸렸고, 결국 난색을 표했다..

"우리가 지난번에 배스(Bath)에서 본 그 3부작을 그린 사람이 바로 이분이라고. 알겠어? 당신도 마음에 든다고 했잖아."

필립은 로니를, 이어서 나를, 그리고 다시 로니를 보았다. 우리는 필립이 사태를 곱씹어 보기를 기다렸고, 그 사이에도 지구는 자전을 멈추지 않았다. 필립은 자신이 실수를 저질렀을 가능성에 당황하고 있었다. 그러나 나를 반격하지 않아도 될 상당한 이유를 확보했다는 것에 안도하는 기색이 역력했다. 아시겠지만 난 이 지긋지긋한 놈을 꾸짖어 내칠 만반의 준비가 되어 있었다. 필립은 내게 용서를 구했다. 아무튼 그는 내가 생각했던 사내놈은 아니었다. 우리는 순식간에 완전히 다른 동아리로 탈바꿈했다. 웃음꽃이 피었고, 필립은 실없는 놈이 되었다.

"양들과 함께 있는 그림이었던가요?" 필립은 넥타이를 다듬었고, 셔츠의 커프스를 밖으로 내놓으면서 물었다. 숙련된 자세와 동작이었다..

나는 로니를 쳐다보았지만, 그녀는 그것에 답할 마음이 전혀 없었다.

"사실은 천사들입니다." 내가 말했다. "하지만 많은 사람들이 양으로 보더군요."

그는 내 대답에 만족한 듯했다. 그의 얼굴에 미소가 번졌다.

"오 이런, 대단히 죄송합니다. 절 어떻게 생각하실런지요? 전 그저…… 그러니까, 뭐 대단한 문제는 아니었던 것 같습니다만, 그렇죠? 그냥 그런 사람도 있겠거니 하고…… 예, 신경 쓰지 마세요."

차라리 그에겐 이런 태도가 어울렸다. 나는 다 이해한다는 듯 팔을 넓게 벌렸다. 나도 하루에 서너 번씩 똑같은 실수를 저지른다는 말과 함께.

"잠깐 실례 좀 해도 될까요, 콜린스 씨?" 필립은 그렇게 말하고, 로니의 팔꿈치를 잡아끌었다.

"물론이죠."

필립과 난 이제 절친한 사이가 되어 있었으니까.

두 사람은 몇 미터 떨어진 곳에서 얘기를 나누었고, 난 내가 최소한 5분 동안 담배를 피우지 않았음을 깨달았다. 그렇다면 바로 잡아야지. 후드가 달린 밝은 색상의 방한복을 입은 여행객 무리가 아직도 한참 길을 내려간 곳에서 걱정스러운 듯 맴돌고 있었다. 나는 손을 흔들었다. 그래요, 런던은 미친 곳이지만 여러분은 관광 잘 마치고, 멋진 시간을 보내세요 라는 의미를 담아서.

필립은 로니와 화해하려고 애쓰고 있었다. 그건 분명했다. 그런데 보아하니 필립은 '제발 날 용서해줘' 카드가 아닌 '내가 널 용서하지' 카드를 쓰고 있었다. 나는 첫 번째 방법이 결국엔 더 쓸모가 많다는 것을 알고 있다. 로니의 입 모양은 묘하게 비틀려 있었다. 반쯤은 사과를 받아들이겠다는 듯했고, 지루하고 따분하다는 의사도 읽혔다. 그녀는 가끔 나를 힐끗 보면서 지겨워 죽겠다는 무언의 메시지를 던졌다.

나도 그녀에게 미소로 화답했다. 바로 그때 필립이 주머니에 손을 집어넣더니 종이 조각을 꺼냈다. 길쭉하고 얇았다. 항공권이었다. 나랑 해외로 가서 주말을 보내자. 짜릿한 섹스를 즐기면서 마음껏 취해 보자는 것. 필립은 비행기 표를 로니에게 건네고는 그녀의 이마에 키스를 했다. 내가 볼 땐 또 실수하는 거였다. 필립은 서부 지방의 저명한 화가 아서 콜린스에게 손을 흔들고는 자리를 떴다.

로니는 그가 가는 것을 지켜본 뒤 내게 천천히 다가왔다.

"천사라고요." 그녀가 말했다.

"아서 콜린스라고 합니다." 내가 대꾸했다.

로니는 항공권을 쳐다보면서 한숨을 내쉬었다.

"필립은 우리가 다시 시작할 수 있을 거라고 생각해요. 우리 관계가 너무나 소중하다나요."

우리는 함께 걸으면서 잠시 보도를 빤히 내려다보았다.

"그래, 필립이 함께 파리라도 가자는 거예요? 진부한대요. 나라면……."

"프라하에요." 로니가 말했다. 바로 그때 내 머릿속에서 형광등이 깜박였다.

그녀가 항공권을 펼치면서 덧붙였다.

"프라하가 새로운 베네치아라네요."

"프라하라." 나는 되풀이 말하면서 고개를 끄덕였다. "체코슬로바키아의 수도죠, 아마."

"정확히는 체크 공화국이래요. 필립이 특별히 강조하던걸요. 슬로바키아는 이제 완전히 망해서 그 아름다움이 예전의 반에도 미치지 못한대요. 시내 광장 근처에 있는 호텔을 예약했다네요."

로니가 항공권을 다시 살펴보았고, 나는 그녀의 목구멍에서 숨넘어가는 소리를 들었다. 그녀의 시선을 좇았지만 옷소매를 기어오르는 타란툴라 거미 따위는 보이지 않았다.

"왜 그래요?"

"CED." 로니가 항공권 봉투를 봉하면서 말했다.

나는 미간을 찌푸렸다.

"그가 뭐요?"

로니가 깨닫고 있는 사실을 나는 전혀 알 수 없었다. 머릿속에선 아직도 형광등이 깜박거리고 있었다.

"그가 누군지 알겠어요, 로니?"

"그는 OK였죠? 새라의 수첩에 CED OK라고 써 있었죠, 그렇죠?"

"맞아요."

로니가 내게 비행기 표를 건넸다.

"항공편을 보세요."

나는 보았다.

진작에 그 사실을 눈치 챘어야 했다. 로니와 나만 빼고는 누구라도 알았을 것이다. 선라인 트래블 사가 제공한 로니 크라이튼 양의 여행 스케줄에 따르면 새로 탄생한 체크 공화국의 국영 항공사는 CEDOK 이었다.

15

모두가 자기를 승자로 참칭하는 전쟁,
거기에 승자는 존재하지 않는다.
모두가 패자인 것이다.

N. 체임벌레인

그리하여 내 인생의 두 가닥이 프라하에서
만나게 된다. 새라는 프라하로 갔다. 그 미국놈들이 날 보내려고 하는
곳도 프라하였다. 그들이 끝끝내 데드 우드 작전*이라고 칭한 활동의
1단계 무대가 프라하였던 셈이다. 나는 듣자마자 좋은 명칭이 아니라
고 했지만 소용없었다. 고위 인사가 작전명을 낙점했거나 서류 작업이
이미 완료되었기 때문일 것이다. 그들은 작전명을 바꿀 생각이 없었
다. 작전명은 데드우드다, 알겠나, 톰.

데드우드 작전 — 적어도 공식적으로는 — 은 어떤 테러 집단을 침
투시키는 내용의 규격화된 표준 작전이었다. 2단계로, 현장에 도착하
면 그들 자신의 목숨은 물론 가능한 한 그들의 공급책, 회계, 동조자,
친구와 혈족의 목숨까지 절단 내는 작전이었다.

새로울 것도 없었다. 전 세계 정보기관들은 끊임없이 이런 표준 작
전을 실행하고, 또 다양한 수준의 성패를 맛본다.

두 번째 가닥은 새라, 반스, 무르다, 그리고 그레쥬에이트 연구가 연

결된 가닥이었다. 이 가닥은 간악한 독재정부들에게 헬리콥터를 팔아
먹는 것이었다. 그래서 나는 나만의 방식으로 그 두 번째 가닥을 '젠장
할'로 부르기로 했다.

　그 두 가닥이 프라하에서 만나는 것이다.

　출발은 금요일 밤으로 예정되어 있었다. 나는 6일 낮 동안 미국인들
에게서 브리핑을 받았고, 5일 밤 동안 로니와 손을 잡고 차를 마셨다.

　소년 필립은 나한테서 손목이 부러질 뻔했던 날 바로 프라하로 날아
갔다. 체코공화국의 벨벳 혁명가**들과 큰 건의 거래 협정을 체결해야
만 했던 것이다. 당황한 로니는 아주 비참해 했다. 내가 등장하기 전까
지 로니의 삶은 스릴 만점의 롤러코스터는 아니었을 것이다. 그렇다고
무슨 고통으로 점철된 삶도 아니었을 테고, 어쩌다 보니 테러와 암살
의 세계에 갑자기 발을 들여놓게 됐고, 관계마저 급속히 와해되고 있
었던 셈인데, 아무튼 로니는 안정을 찾지 못했다.

　나는 그녀에게 키스를 한 번 해주었다.

　데드우드 작전의 브리핑은 헨리온템스 근교의 붉은 벽돌로 지은
1930년대식 대저택에서 이루어졌다. 쪽모이 세공 마루의 면적이 5평
방km에 이르렀지만 그 3분의 1이 습기 탓에 죄다 끝이 말려 있었고,
제대로 물이 내려가는 화장실은 하나뿐이었다.

---

* Operation Dead Wood | 고목(古木) 작전.

* * Velvet revolutionary | 1989년 말 체코의 독재정권을 무너뜨린 무혈혁명을 '벨벳 혁명'이라고 부른다.

그들은 가구, 그러니까 의자와 책상 몇 개, 그리고 야전 침대를 아예 가져왔고, 별 생각 없이 되는대로 집 안 여기저기에 배치했다. 나는 대부분의 시간을 응접실에서 보냈다. 슬라이드를 봤고, 테이프를 들었고, 접선 절차를 숙지했고, 미네소타에서 농장 노동자로 살아온 가짜 이력을 달달 외웠다. 그 시간이 학창 시절과 비슷했다고 말할 수는 없다. 십대 시절보다 더 열심히 공부해야만 했으니까. 그런데 이상하게도 분위기는 익숙했다.

나는 매일 가와사키를 타고 그곳에 출퇴근했기 때문에 그들은 내 오토바이를 고쳐놓아야만 했다. 그들은 내게 밤에도 머물 것을 요구했다. 그러나 나는 떠나기 전에 런던을 좀 더 깊이 느껴보고 싶다고 했고, 그들도 이에 만족하는 듯했다. 미국인들은 애국심을 소중히 여긴다.

출연진은 끊임없이 바뀌었다. 그러나 인원이 6명 이하로 줄어드는 법은 결코 없었다. 샘이라는 집사가 한 명 있었고, 반스는 들락날락했고, 칼 두세 명이 부엌을 어슬렁대며 차를 끓여 마시거나 문간에서 턱걸이를 했다.

그리고, 전문가들이 있었다.

첫 번째 인물은 자신을 스미스라고 소개했는데, 정말 같지 않아서 오히려 난 그의 말을 믿었다. 그는 안경을 썼고, 꼭 끼는 조끼를 걸쳤으며, 단신의 부풀어 오른 체구였는데, 테러의 황금기였던 1960~70년대 얘기를 많이 했다. 스미스가 전 세계를 돌아다니며 바더마인호프와 여러 적군파를 추적했다는 얘기는 잭슨 파이브의 순회공연을 쫓아다닌 십대 소녀 얘기 같았다. 포스터, 배지, 친필 사인을 받은 사진 등등.

스미스가 보기에 마르크스주의 혁명가들은 시시하기 이를 데 없었다. 그들 대다수는 80년대 초반에 활동을 접고 보험과 채권에 달려들었다는 것이다. 물론 이탈리아의 붉은 여단이 간혹 재결합해서 옛 노래를 부르기는 했지만. 중미와 남미에서 활동하는 '광영의 길'*이나 기타 조직들은 스미스의 전공이 아니었다. 음반사 모타운(Motown) 팬이 재즈를 사랑하듯, 그건 언급할 필요조차 없었다. 나는 몇 번 지나가는 말로 급진주의 아일랜드 공화국군에 대해 내 딴에는 꽤 적절한 질문을 던져봤지만 스미스는 『이상한 나라의 앨리스』에 나오는 체셔 고양이 같은 표정을 짓더니 화제를 획 바꾸었다.

다음 타자는 골드먼이었다. 키가 크고 말랐는데, 자신의 일을 혐오하는 것을 즐기는 유형이었다. 골드먼은 의식(儀式)에 열중하는 듯했다. 그는 수화기를 제자리에 놓는 일에서부터 우표를 핥아서 붙이는 행위에 이르기까지 만사 제대로 된 방법과 그렇지 못한 방법을 또렷하게 구분했다. 그는 어떤 일탈도 참지 못했다. 하루 동안 지도를 받은 나는 그가 엘리자 둘리틀** 같다는 생각을 했다.

골드먼은 앞으로 내가 더렐(Durrell)이라는 이름으로 불리게 된다고 알려주었다. 나는 직접 이름을 고를 수 있느냐고 물었고, 그는 안 된다고 대답했다. 데드우드 작전 파일에 이미 더렐이라는 이름이 기재되어 있었다. 나는 티펙스(Tippex)라는 이름은 어떠냐고 물었고, 그는 그런 바보 같은 이름이 어디 있느냐고 대꾸했다. 이제 나는 더렐이라는 이름에 익숙해져야 했다.

* Shining Path(Sendero Luminoso) | 모택동주의를 추종하는 페루의 게릴라 조직.

* * Eliza Doolittle | 영화 「마이 페어 레이디」에 나오는 엘리자 둘리틀은 정확한 억양은 익혔지만 예의 바른 대화술은 배우지 못한 것으로 나온다.

트래비스는 비무장 교전 교관이었다. 그들이 트래비스에게 1시간만을 허용하자 그는 한숨을 푹 쉬더니 '눈알과 불알'을 잊지 말라고 강조한 다음 떠나 버렸다.

마지막 날에는 입안자들이 왔다. 남자 둘, 여자 둘이었는데, 모두 은행원처럼 옷을 입었고, 커다란 서류 가방을 들고 있었다. 나는 시험 삼아 여자들에게 추파를 던져 보았지만 여자들은 전혀 반응하지 않았다. 그러나 남자 두 명 가운데 단신은 냉큼 받아 물었을지도 모르겠다.

넷 중에서 키 큰 남자 루이스가 가장 우호적이었다. 대부분의 이야기도 루이스가 했다. 그는 자기 일을 아는 것 같았다. 자기가 무슨 일을 하는지 밝히지 않음으로써 자기가 그 일에 얼마나 정통한지 드러내는 식이었다고나 할까. 루이스는 나를 톰이라고 불렀다.

이 모든 것에서 한 가지, 딱 한 가지 분명한 것이 있었다. 데드우드 작전은 급조된 게 아니었다. 이 사람들은 엊그제부터 모인 게 아니었다. 데드우드 작전은 내가 붙잡혀오기 몇 달 전부터 진행 중이었다.

"혹시 킨텍스라는 말을 들어본 적이 있는지요, 톰?"

루이스는 다리를 꼬았고, 데이비드 프로스트*처럼 나를 향해 상체를 굽혔다.

"전혀 모르겠는데요, 루이스. 전혀."

나는 그들을 약 올릴 요량으로 또 다시 담배를 피워 물었다.

"그거야 뭐, 좋습니다. 당신이 무엇보다 숙지해야 될 것은, 아 물론 이미 알고 있으리라 짐작합니다만⋯⋯ 이 세상엔 더 이상 이상주의자는 없다는 거지요."

"당신과 나를 제외하고요, 루이스."

여자 가운데 한 명이 손목시계를 보았다.

"좋아요, 톰. 당신과 나는 빼고요. 하지만 자유의 투사들, 해방투쟁에 나선 사람들, 신 새벽의 설계자들, 이런 것들은 이제 과거지사가 되었습니다. 요즘 활동하는 테러 분자들은 사업가들입니다."

어떤 여자가 방 뒤쪽 어딘가에서 헛기침을 했다.

"물론 여성 사업가들도 있지요." 그가 말을 보탰다. "실제로 이 시대 아이들에게 테러는 전도유망한 직업입니다. 정말이에요. 전망도 있고, 여행도 많이 하고, 경비도 빵빵하고, 은퇴도 일찍 할 수 있습니다. 내게 아들이 있다면 법조계나 테러 분야를 추천할 겁니다. 솔직히 테러리스트들이 변호사들보다 해도 덜 끼칠 거예요."

이건 농담이었다.

"혹시 그 돈이 어디에서 나오는지 궁금하지 않습니까?"

루이스는 나를 바라보면서 눈썹을 치켜 올렸다. 나는 유치원생처럼 고개를 끄덕였다.

"그러니까, 악당들이 많습니다. 시리아, 리비아, 쿠바는 여전히 테러를 국가산업으로 봅니다. 가끔씩 수표도 큰 걸로 쓰고요. 그렇게 해서 미국 대사관 창문에 벽돌이 날아들면 희희낙락하는 것이죠. 그러나 지난 십 년 동안 그들은 보잘것없는 지위로 떨어졌습니다. 요즘은 수익이 가장 중요한데, 수익 하면 모든 길이 불가리아로 통합니다."

루이스는 허리를 펴고 의자에 깊숙이 앉았다. 여자 한 명이 나서서 클립보드의 내용을 읽으라는 신호였다.

---

* David Frost(1939~) | 영국의 작가이자 방송인으로, 미 대통령 닉슨과의 대담으로 일약 스타덤에 오른 TV쇼 진행자.

물론 클립보드는 만약을 대비해 들고 있는 것뿐, 그녀는 자기가 할 말을 틀림없이 다 외우고 있었다.

"킨텍스는" 그녀가 입을 열었다. "표면상 국가가 운영하는 무역회사입니다. 소피아 외곽에 본사가 있고, 수출입 업무에 529명의 인력을 채용하고 있습니다. 킨텍스는 중동에서 서유럽과 북아메리카로 밀수되는 마약의 80퍼센트 이상을 비밀리에 취급합니다. 그 대가로 합법 및 불법 무기가 빈번하게 중동의 반군세력에게 적송되고요. 헤로인이 중서유럽의 엄선된 밀거래망으로 유입되는 것도 마찬가지입니다. 그 일련의 활동에 가담하고 있는 사람들은 대개는 불가리아인이 아닙니다. 관련 창고와 숙박 시설은 흑해 연안의 바르나와 부르가스에 있지요. 킨텍스는 글로부스라는 새로운 회사를 세워, 유럽 전역에서 수거되는 마약 판매 대금도 세탁합니다. 현금으로 금과 보석을 사고, 터키와 동유럽에 산재한 일련의 사업체들을 통해 고객들에게 이익을 재분배하는 것입니다."

그녀는 고개를 들고 루이스를 쳐다보았다. 그가 더 듣고 싶어 하는지 확인하려는 것이었다. 그러나 루이스는 오히려 나를 보았다. 그는 내 표정이 이미 흐리멍덩해져 있음을 확인하고는 가볍게 고개를 가로저었다.

"대단한 사람들이지 않습니까?" 루이스가 입을 열었다. "메흐메트 알리 아그카*에게 총을 쥐어준 자들도 바로 그들이죠."

그러나 나는 그 이야기에도 시큰둥했다.

"놈이 1981년에 교황 요한 바오로 2세 저격을 시도했고, 신문의 헤드라인을 장식했었습니다." 그가 덧붙였다.

나는 아, 그렇군요 하는 태도로 고개를 끄덕였다. 내가 얼마나 깊은 인상을 받았는지 드러내주는 게 필요했다.

"킨텍스는" 루이스가 말을 이었다. "말하자면 원스톱 쇼핑이 가능한 가게입니다, 톰. 당신이 이 세상에서 뭔가 말썽을 피우고 싶다거나, 나라 몇 개를 혼란에 빠뜨리고 싶다거나, 혹은 수백만 명의 삶을 망가뜨리고 싶다면 신용카드만 달랑 들고 킨텍스로 가면 됩니다. 최저가로 모시니까요."

루이스는 웃고 있었다. 그러나 난 그가 정의의 분노로 이글거리고 있음을 알 수 있었다. 그래서 방 안의 다른 동료들도 살펴보았다. 아니나 다를까, 다른 세 사람도 각자의 머릿속에 비슷한 종류의 정념을 불태우고 있는 게 훤히 보였다.

"그렇다면 킨텍스가 바로 알렉산더 울프가 거래하던 사람들이겠군요."

나는 이렇게 말하면서도 그들이 아니라고 대답해주기를 간절히 바랐다.

"그렇습니다." 루이스가 대답했다.

참으로 끔찍하고 가혹한 순간이었다! 그레쥬에이트 연구의 실체가 무엇인지, 데드우드 작전의 진짜 목표가 무엇인지 이들은, 심지어 루이스조차 전혀 모르고 있었다. 이들은 자신이 마약 테러, 아니 마약이 개입된 테러, 아니 그들이 그걸 뭐라 부르든 악의 세력에 맞서 전투를 수행하고 있다고 생각하고 있었다. 이들은 고마운 미국과 나머지 세계를 대신해서 정의를 실현하고 있다고 철썩 같이 믿고 있었다. 이게 바로 CIA의 통상적인 업무이고, 거기에 일탈이란 있을 수 없다.

* **Mehmet Ali Agca**(1958~) | 1981년 교황 저격을 시도한 터키인 암살범.

282 *The Gun Seller*

단순하고, 복잡할 것도 없는 취지였다. 그들은 나를 이 하급 테러 조직에 잠입시켰고, 저녁이면 공중전화 부스를 찾아, 내부 조직원들의 이름과 주소 따위를 보고하기를 바랐다. 아무것도 모르는 교관들이 내게 비밀공작을 가르치고 있었고, 나는 그 사실에 약간 전율했다.

이들은 침투 계획을 설명했고, 나는 작전의 매 단계를 백만 번쯤 숙지해야 했다. 그들은 내가 영국인이라서 한 번에 한 가지 이상을 생각할 수 없으리라고 걱정했던 것 같다. 내가 시나리오 전체를 쉽게 익히자 그들은 서로의 등을 두드리며 '잘 했어, 훌륭하군'을 연발했다.

지친 표정의 샘이라는 사람이 람브루스코 포도주에 절인 고기 완자를 저녁 식사로 내왔다. 맛이 역겨웠다. 루이스와 동료들은 서류 가방을 챙겼고, 나와 돌아가면서 악수를 했는데 그때마다 의미심장한 고갯짓을 해댔다. 이윽고 그들은 차에 탑승했고, 노란색 벽돌 길을 따라 사라졌다. 나는 손을 흔들어 주지 않았다.

나는 칼들에게 산책을 좀 하겠다고 알리고는 저택 뒤로 조성된 정원으로 나아갔다. 완만한 경사의 잔디밭이 강으로 향했고, 템스강 전체에서 가장 아름다운 경관이 펼쳐져 있었다.

밤 기온은 온화했고, 맞은편 강변에 젊은 부부들과 개를 산책시키는 노인들이 여전히 눈에 띄었다. 대형 모터보트 몇 척이 근처에 정박 중이었고, 강물이 살랑살랑 일렁이면서 선체에 부딪치고 있었다. 보트의 창문에서 쏟아져 나오는 노랑 불빛이 부드럽고 온화하게 반짝였다. 사람들은 웃고 있었고, 다정함과 유쾌함이 내게도 느껴졌다.

나는 깊은 우울에 빠져 들었다.

반스는 자정 직후에 도착했다. 그는 우리가 처음 만났을 때와는 아주 딴판인 모습을 하고 있었다. 브룩스 브라더스* 같은 옷은 온데간데 없었다. 반스는 당장이라도 니카라과의 정글에 투입되어 폭탄을 떨어뜨릴 옷차림을 하고 있었다. 카키색(황갈색) 바지, 암녹색 능직 셔츠, 레드윙** 부츠 등. 천으로 된 시곗줄의 군용 시계 같은 것이 롤렉스가 있던 자리를 차지하고 있었다. 난 그가 당장에라도 거울 앞에 서서, 위장 크림을 바를 것만 같다는 생각이 들었다. 얼굴의 주름살은 전보다 더 깊어져 있었다.

반스가 칼들에게 자리에서 물러나라고 명령했고, 우리 두 사람은 응접실에 자리를 잡고 앉았다. 그는 잭 다니엘스[미국 테네시산 고급 위스키] 반 병, 말보로 한 보루, 위장 도색이 된 지포 라이터 한 개를 꺼냈다.

"새라는요?" 내가 물었다.

말해놓고도 바보 같은 질문을 했다는 생각이 들었다. 그러나 묻지 않을 수도 없었다. 요컨대 그녀야말로 내가 이 모든 일을 하는 이유였으므로. 새라가 그날 아침 버스 앞으로 뛰어 들었거나 말라리아로 죽었다는 사실이 확인되면 난 당연히 작전에서 발을 뺄 것이니까. 반스가 내게 이실직고하지 않는다고 해도 대답할 때 보이는 얼굴 표정에서 뭔가 단서를 포착할 수 있을지도 몰랐다.

"잘 지내오. 아주 잘 지내지."

* **Brooks Brothers** | 클래식한 느낌의 남녀 기성복 브랜드.
* **Red Wing** | 신발 제조회사 겸 그 상표.

그가 위스키를 잔 두 개에 붓더니 하나를 쪽모이 세공 마루 위로 쭉 미끄러뜨려 내게 보냈다.

"새라와 얘기하고 싶습니다."

반스는 기가 꺾이거나 위축되지 않았다.

"새라가 무사한지 알아야겠습니다. 살아 있고, 잘 있는지요."

"잘 지내고 있다고 말하지 않나."

반스는 술을 한 모금 마셨다.

"당신이야 그렇게 말하겠지요. 하지만 당신은 미치광이고, 당신 말을 믿을 수가 없어요."

"나도 자네가 엄청나게 싫어, 토머스."

우리 두 사람은 이제 정면으로 마주보고 앉아 술을 마시고 담배를 피웠다. 그러나 이상적인 요원?상사 관계라고 하기에는 뭔가가 부족했고, 분위기는 시시각각으로 냉랭해졌다.

"자네 문제가 뭔지 아나?" 반스가 잠시 후에 입을 열었다.

"그럼요, 내 문젯거리가 뭔지는 아주 잘 알죠. L. L. 빈 카탈로그에서 옷을 구매해 입고, 지금 내 앞에 앉아 있거든요." *

반스는 못 들은 체했다. 어쩌면 정말로 듣지 못했을 수도.

"토머스, 자네 문제는 자네가 영국인이라는 거야."

반스는 특이한 동작으로 머리를 돌렸다. 가끔씩 그의 목에서 뼈가 우지끈 뚝딱 하는 소리가 났는데, 그는 이 소리를 즐기는 듯했다.

"자네 문제는 이 염병할 섬나라의 문제라고."

"잠깐만요. 정말이지, 제대로 잠깐만요. 말도 안 돼요. 어디 감히 미국인이 이 나라의 문제를 얘기할 수 있단 말입니까!"

"도대체가 배알이 없어, 토머스. 자네도 그렇고, 이 나라도 마찬가지야. 옛날에는 배알이 있었을지 모르지만 다 잃어버렸지. 글쎄, 모르겠어, 뭐 신경 쓰고 싶지도 않고."

"이봐요, 구닥다리 아저씨, 말조심해요. 경고하겠는데 여기 영국에서는 '배알'이 용기를 뜻합니다. 당신네 미국인들이 '델타', '탱고', '찰리', '파파'라고 할 때마다 이게 뭐 욕을 퍼붓는 건지 아님 그때마다 발기하는 건지 우린 알 수 없지요. 중요한 문화적 차이가 있다고요, 문화적 차이가."

솔직히 피가 약간 거꾸로 솟구쳤고, 난 이렇게 말을 보탰다.

"가치에 차이가 있다는 게 아니오. 정말이지 당신 엉덩이에 전봇대를 박아주고 싶군."

반스는 그 말을 듣고 웃었다. 내가 기대했던 반응은 아니었다. 나는 반스가 나를 때려주기를 내심 간절히 바라고 있었다. 그래야 나도 그의 목을 가격한 다음 편안한 마음으로 밤으로 총총히 사라질 수 있을 텐데.

"토머스." 반스가 말했다. "긴장이 좀 풀렸으면 싶은데. 아마 기분이 더 나아졌을 거야."

"훨씬 나아졌습니다. 고맙군요."

"나도 마찬가지."

반스가 일어나 내 잔을 다시 채웠고, 담배와 라이터를 무릎에 던졌다.

"토머스, 솔직히 말하겠어. 지금은 새라 울프를 만날 수가 없네. 불가능해. 하지만 새라를 만나게 해주지 않으면 자네가 날 위해 아무것도 하려 들지 않겠지? 어때, 나름 공정한가?"

---

*L.L. Bean | 낚시와 사냥용 의류 브랜드로, 반스가 입은 옷을 야유하는 뜻.

나는 위스키를 한 모금 들이켰고, 담배를 하나 꺼냈다.

"당신들에게 새라가 없군요?"

반스는 다시 웃었다. 나는 어떻게 해서든 이 상황에 종지부를 찍어야만 했다.

"우리에게 새라가 있다고 말한 적도 없을 텐데, 토머스. 어떻게 생각하나? 우리가 모처의 침대맡에 그녀를 묶어두고 있을까? 이봐, 우리를 좀 믿어 보라고. 알겠지만 우리는 이걸로 먹고 살아. 우리는 이런 상황에 빠삭하다고."

반스는 다시 의자에 앉아 괴상한 소리를 내는 목 스트레칭을 하기 시작했다. 나는 내가 뭐라도 도움이 되어야 한다고 간절히 생각했다.

"새라가 필요하다면 우린 언제라도 그녀와 접촉할 수 있어. 자네, 지금 보아하니 그저 다소곳한 영국놈이야. 그러니 그럴 필요가 없을 것 같군. 그런가?"

"아니요, 그렇지 않습니다."

나는 담뱃불을 비벼 끄고 자리에서 일어섰다. 반스는 구애받지 않는 눈치였다.

"새라를 만나야겠어요. 새라가 괜찮은지 확인해주십시오. 그렇지 않으면 아무 일도 안 할 겁니다. 아무 일도 안 할 뿐만 아니라 그 사실을 증명하기 위해 당신을 죽일지도 모릅니다. 알겠어요?"

나는 천천히 반스에게 다가섰다. 그가 큰소리로 칼들을 호출할지도 모른다는 생각이 들었다. 그러나 아무래도 상관없었다. 나는 몇 초의 시간이면 충분했기 때문이다. 반면 칼들은 그 우스꽝스러운 몸뚱이를 시동 거는 데 1시간쯤 걸릴 터였다. 그러나 다음 순간, 나는 반스가 여유작작인 이유를 깨달았다.

그는 자기 옆에 놓인 서류 가방에 손을 집어넣었다. 반스의 손이 다시 나타났을 때 회색 금속의 번쩍임이 내 눈에 포착되었다. 그것은 커다란 총이었다. 반스는 자기 사타구니 위로 느슨하게 총을 들고는 내 명치를 겨냥했다. 둘 사이의 거리는 2.5미터 정도였다.

"와우, 지미니 크리켓*이네." 내가 말했다. "당신 곧 발기하겠네요, 반스 씨. 무르팍에 들고 있는 그것, 콜트의 델타 엘리트 아닌가요?"

이번에는 반스가 대답하지 않았다. 그저 바라만 볼 뿐.

"구경이 10밀리고." 내가 말했다. "좆이 작거나 표적의 정곡을 꿰뚫을 자신이 없는 사람들이 쓰는 총이잖아요."

나는 반스의 총격을 모면하면서 2.5미터 간격을 돌파할 방법을 궁리했다. 쉬울 것 같지는 않았지만 불가능한 것도 아니었다. 배알, 아니 용기를 발휘할 수 있다면 말이다. 아, 물론 실행 후에도 배알을 잃지 말아야만.

반스는 내가 뭔가 궁리 중임을 알아챈 것이 틀림없었다. 그가 공이치기를 뒤로 당겼으니까. 아주 천천히. 만족스러운 장전음이 들렸다는 걸 인정해야겠다.

"자네, 글레이저 슬러그가 뭔지 아나?"

반스가 조용히 말했다. 마치 꿈을 꾸는 듯했다.

"아니요, 구닥다리 아저씨. 그게 뭔대요? 아니, 총은 안 쏘고 따분하게 만들기 신공으로 죽일 셈인가? 자, 어서 쏴요."

"글레이저 세이프티 슬러그 총탄은 구리로 만든 캡슐이지. 액체 테플론 속에 작은 납 탄환을 가득 채웠고."

---

* Jiminy Cricket | 디즈니의 애니메이션「피노키오」에서 피노키오의 양심 역할을 하는 귀뚜라미의 이름.

반스는 내가 이 말을 접수할 때까지 기다렸다가 설명을 계속했다.

"글레이저 총탄은 충돌하면서 에너지의 95퍼센트를 표적으로 이전해. 절대 어딘가로 사라지는 법이 없지. 산탄도 없어. 맞으면 다 죽어."

그는 말을 중단하고 위스키를 한 모금 마셨다.

"몸통에 엄청나게 큰 구멍이 생기고 말이야."

우리는 한동안 그 상태 그대로 있어야 했다. 반스는 위스키를 맛보았고, 나는 삶을 맛보면서 말이다. 나는 땀을 흘리고 있었고, 어깨뼈가 들썩이기 시작했다.

"좋아요. 내가 지금 당장 당신을 죽일 것 같지는 않군요."

"그 얘기를 들으니 기쁘군." 반스가 한참 후에 대답했다. 그러나 그는 콜트를 여전히 치우지 않고 있었다.

"내 몸에 큼직한 구멍이 생긴다면 당신에게도 그리 좋지는 않겠지요."

"그렇다고 딱히 내가 다치는 건 아니지."

"나는 새라를 만나야겠습니다, 반스. 내가 여기 있는 건 새라 때문입니다. 그게 안 된다면 이 모든 게 아무 소용이 없지요."

다시 수백 년이 흘렀고, 그가 웃는 모습이 내 눈에 들어왔다. 허나 난 그 이유를 몰랐고, 그가 언제부터 웃었는지도 몰랐다. 흡사 영화가 상영되기 전에 극장 조명이 정말로 꺼지고 있는지 몰랐듯이.

그리고 나는 얻어맞았다. 아니, 차라리 애무였다. 니나 리치의 플뢰르 드 플뢰르. 10억 분의 1의 농도였지만 나는 감지할 수 있었다.

우리는 강둑에 앉아 있었다. 단 둘뿐이었다. 칼들이 어딘가에 있었지만 반스가 일정한 거리를 유지하도록 사전에 지시했고, 그들은 명령을 따랐다. 달이 떠 있었고, 우리가 앉은 쪽으로 달빛이 수면에 반사되어 새라의 얼굴이 유백색으로 빛났다.

새라의 낯은 까칠했지만 굉장히 멋져 보였다. 살이 좀 빠진 모습이었다. 꽤나 울었을 텐데, 그렇게 핼쑥해진 모습도 그녀와 잘 어울렸다. 아버지가 죽었다는 얘기를 12시간 전에 통고받았다고 했다. 그 순간, 난 그 어느 때보다 그녀를 안아주고 싶었다. 그러나 이유는 모르겠지만 그렇게 해서는 안 될 것 같았다.

우리는 잠시 말없이 앉아 저만치 물 위를 바라보고 있었다. 대형 모터보트들은 불이 꺼져 있었고, 오리들도 이미 오래 전에 사라져 보이지 않았다. 달빛이 검고 고요한 강물에 한 줄기 빛을 뿌리고 있었다.

"있잖아요." 새라가 입을 열었다.

"예."

다시 한 번 긴 침묵이 흘렀다. 우리 둘 다 무슨 말을 해야 할지 궁리하고 있었다. 우리를 짓누르고 있는 거대한 콘크리트 공을 들어 올려야만 했다. 이리저리 돌면서 마땅히 쥘 곳을 찾아보지만 절대 그런 곳을 찾을 수 없는 공처럼.

먼저 입을 연 것은 새라였다.

"솔직히 말해 봐요. 당신은 우리 말을 안 믿었죠, 그렇죠?"

새라가 웃음을 참았고, 나 역시 하마터면 내가 당신의 아버지를 죽이려 하지 않았음을 당신 역시 믿지 않았다고 응수할 뻔했다. 나는 겨우 자제할 수 있었다.

"예, 그렇습니다."

"당신은 우리를 허튼수작이나 일삼는 사람으로 생각했어요. 한밤중에 유령을 찾아 헤매는 미치광이 미국인들 정도로요."

"뭐, 그랬다고 할 수 있죠."

새라가 다시 울기 시작했다. 나는 한바탕의 흐느낌이 지나가기를 기다렸다. 울음소리가 어느 정도 잦아들자 나는 담배 두 개에 불을 붙였고, 한 대를 새라에게 건넸다. 그녀는 담배를 깊이 빨았고, 생기지도 않은 재를 몇 초마다 강물에 털었다. 나는 그녀를 묵묵히 지켜보면서도 보지 않는 체했다.

"새라, 정말 유감입니다. 모든 게 다요. 일어난 일들, 그리고 당신에 대해서도요. 나는……."

도무지 적당한 말을 생각해낼 수 없었다. 하지만 무슨 얘기라도 해야 할 것만 같았다.

"어떻게 해서든지 상황을 제대로 돌려놓고 싶습니다. 그러니까 내 말은 당신 아버지가……."

새라가 고개를 들고 나를 향해 미소를 지었다. 걱정하지 말라고 얘기하는 웃음이었다.

"그래요, 아직 선택의 여지는 있잖아요." 나는 머뭇거리면서 말을 이어나갔다. "무슨 일이 일어나든 옳고 그른 것을 선택할 수 있잖아요. 난 옳은 일을 하고 싶어요. 내 말 알아듣겠어요?"

새라는 고개를 끄덕였다. 정말이지 그녀와 잘 어울리는 동작이었다. 사실 나도 내가 무슨 말을 했는지 전혀 몰랐다. 할 말이 너무 많았는데, 그 내용을 분류하고 정리할 내 뇌는 형편없이 작았다. 크리스마스 삼 일 전의 우체국 상황. 내 머리는 그런 상태였다.

새라가 한숨을 내쉬었다.

"아빠는 좋은 분이셨어요, 토머스."

뭐라고 답해야 할까?

"그러셨을 거라고 믿습니다. 나도 아버님이 좋았어요."

그 말은 사실이었다.

"전 일 년 전까지도 그걸 몰랐어요. 부모님이 정말 어떤 분들인지 그 누가 알겠어요. 안 그래요? 좋든 나쁘든, 그분들은 그냥 거기 계세요."

그녀가 잠시 숨을 돌린 뒤 말을 이었다.

"돌아가실 때까지는……."

우리는 한동안 강물을 물끄러미 바라보았다.

"당신 부모님은 살아 계세요?" 그녀가 물었다.

"아니요. 아버지는 내가 열세 살 때 돌아가셨습니다. 심장마비였죠. 어머니는 4년 전에 돌아가셨고요."

"유감이에요."

나는 이 상황이 믿겨지지 않았다. 새라는 줄곧 예의를 차리고 있었다.

"괜찮아요. 엄마는 예순여덟이셨는 걸요."

새라는 내게 몸을 기댔고, 나도 내가 아주 조용히 이야기하고 있다는 걸 깨달았다. 이유는 모르겠다. 그녀의 불행을 배려해서 그랬는지, 아니면 그녀가 되찾은 작은 평정심을 내 큰 목소리로 망쳐버리고 싶지 않아서 그랬는지.

"어머니랑 제일 좋았던 기억은 뭐예요?"

슬픔을 자아내는 질문은 아니었다. 새라의 목소리는 정말로 알고 싶다는 투였다. 내 어린 시절 이야기를 듣고 즐길 태세가 되어 있었다.

"제일 좋았던 기억이라." 나는 잠시 생각했다. "매일 저녁 7시에서 8시 사이요."

"왜죠?"

"진토닉을 드셨거든요. 7시 정각에요. 딱 한 잔. 그러면 다음 1시간 동안 엄마는 내가 아는 가장 행복하고 재미있는 여자가 되셨죠."

"그 후에는요?"

"슬퍼하셨죠. 다른 단어는 필요 없어요. 내 엄마는 아주 슬픈 여자였습니다. 아버지가 안 계셔서 슬퍼하셨고, 자기 신세도 한탄하셨죠. 내가 엄마 주치의였다면 하루 6회 진토닉 처방을 했을 거예요."

잠시나마 나도 울고 싶다는 생각이 들었다. 그냥 지나갔다.

"당신은요?" 내가 물었다.

새라는 자기 엄마에 대해 열심히 생각할 게 없었다. 아무튼 그녀는 뜸을 들였다. 속으로 상황을 정리하면서 미소를 지을 시간이 필요했던 것 같다.

"엄마하고는 즐거웠던 기억이 전혀 없어요. 내가 열두 살 때 테니스 선생과 바람이 나더니 다음해 여름에 사라져 버렸죠. 지금까지 우리한 테 일어난 가장 좋은 일이었어요. 우리 아빠는……" 새라는 훈훈한 기억을 더듬으며 두 눈을 감았다. "……오빠와 제게 체스를 가르쳐주었어요. 우리가 여덟 살인가 아홉 살일 때였어요. 마이클은 체스를 잘 뒀고, 정말 빨리 배웠답니다. 나도 잘 두긴 했지만 마이클이 더 잘 뒀어요. 그런데 아빠는 체스를 가르치면서 퀸 없이 우리와 게임을 했답니다. 항상 검은 말을 선택하셨고, 항상 퀸 없이 게임을 하셨죠. 마이클과 내 실력이 점점 좋아지는데도 퀸을 사용하시는 법이 없었어요. 마이클이 10수만에 이길 때조차도 아빠는 계속해서 퀸 없이 게임에 임하셨어요. 결국엔 마이클도 퀸 없이 게임에 나서 이길 수 있는 단계까지 이르렀죠. 그런데도 아빠는 자신의 방침을 고수하셨고, 뒀다 하면 졌지요. 아빠는 말을 제대로 갖추고 체스를 두신 적이 단 한 번도 없었어요."

새라는 크게 웃었다. 몸을 쭉 펴더니 팔베개를 하고 드러누워 버렸다.

"아빠의 쉰 살 생신 때 마이클이 작은 나무 상자에 담아서 검정색 퀸을 선물했지요. 아빠는 우셨고요. 아빠가 우시는 걸 보고 있자니 기분이 묘했답니다. 하지만 돌이켜 생각해보면 우리가 체스를 배우고, 점점 강해지는 걸 지켜보시는 게 당신께는 커다란 낙이었을 거예요. 그 느낌을 잃고 싶지 않으셨던 것 같아요. 아빠는 우리가 이기기를 바라셨으니까요."

별안간 눈물을 왈칵 쏟았다. 새라는 침착함을 잃었고, 연약한 몸을 마구 떨었고, 거의 숨도 쉬지 못할 지경이었다. 나는 함께 누워서 새라를 꼭 안아줬다. 그녀를 이 모든 곤경에서 구해내겠다고 다짐했다.

"괜찮아요." 내가 말했다. "다 잘 될 거예요."

물론 잘 되고 있는 일은 없었다. 오늘도, 아니 내일도, 수백 년 뒤에도.

16

그녀는 끝없는 수다를 잘도 조잘대고,
그 솜씨는 거짓 속에서도 언제나
신성하게 빛나네.

에드워드 영

프라하행 여객기 편에서 폭발물 소동이 있었다. 폭탄은 없었지만 많은 사람들이 겁을 집어먹고 공포에 떨었다.

우리가 좌석을 확인하고 앉자마자 조종사의 목소리가 구내방송으로 울렸다. 우리에게 최대한 빨리 비행기에서 내리라는 내용이었다. "신사 숙녀 여러분, 브리티시 항공사에서 알려드립니다" 같은 말은 나오지도 않았다. 우리는 당장 비행기에서 내려야 했다.

승객들은 라일락색 페인트가 칠해진 방에서 대기하며 어슬렁거렸다. 의자가 승객 수보다 열 개 정도 모자랐고, 음악도 없었고, 흡연 금지였다. 그래도 난 담배를 피워 물었다. 짙은 화장의 여승무원이 내게 담뱃불을 끄라고 말했다. 나는 내가 천식 환자이고, 스트레스를 받을 경우 식물성 확장제로 담배를 처방받았다고 설명했다. 그 해명에 모두가 분노했다. 비흡연자들보다 흡연자들이 나를 더 증오했다.

마침내 항공기에 다시 탑승하게 된 우리는 모두 자기 좌석 아래쪽을 유심히 살펴보았다. 폭발물 탐지견이 그날 감기에 걸렸을지 모른다고 염려했거나, 모든 수색 대원들이 간과했을 작은 검정 더플백이 어딘가에 있다고 염려했거나.

옛날에 어떤 남자가 정신과를 찾았다고 한다. 그는 자신이 비행을 두려워한다고 정신과 의사에게 고백했다. 그는 자신이 탑승하는 비행기에 반드시 폭탄이 설치되어 있을 것이라고 믿었고, 그 사실을 두려워했다. 정신과 의사는 그 공포증을 치료하려고 시도했지만 여의치 않았고, 그래서 자신의 환자를 통계학자에게 보냈다. 통계학자는 계산기를 꺼내서 남자에게 그가 탑승할 다음번 항공편에 폭탄이 설치될 확률이 50만분의 1이라고 알려줬다. 남자는 여전히 불안해 했다. 그는 자기가 50만 대 중의 1대에 탑승하게 되리라고 확신했다. 통계학자는 다시 계산기를 꺼냈다. 그리고 이렇게 말했다. "좋아요. 확률이 1,000만분의 1이 되면 더 안전하다고 느끼시겠습니까?" 남자는 당연히 그럴 거라고 대꾸했다. 통계학자가 말했다. "당신이 다음번에 탑승하게 될 항공편에 서로 아무 관계없는 폭탄 2개가 설치될 확률이 정확히 1,000만분의 1입니다." 남자는 뭐가 뭔지 모르겠다는 표정으로 말했다. "그렇다면 좋긴 한데, 내게 어떤 도움이 되는 겁니까?" 통계학자는 이렇게 대꾸했다고 한다. "아주 간단합니다. 당신이 직접 폭탄을 들고 비행기에 탑승하면 됩니다."

나는 옆 좌석에 앉은 레스터 출신의 회색 양복을 입은 사업가에게 이 얘기를 들려줬다. 그러나 그는 전혀 웃지 않았고, 아예 승무원을 부르더니 내 짐을 조사해봐야 한다고 일러바쳤다. 나는 승무원에게 방금 한 얘기를 다시 해야 했다. 다음 순서는 부조종사였다. 그는 내 발치에서 못마땅한 얼굴을 하고 그 얘기를 들었다. 난 다시는 옆 좌석의 이웃에게 친절한 말을 건네지 않을 테다.

어쩌면 내가 항공기 폭발물에 대한 승객들의 심정을 오판했었을 수도 있다. 가능하다. 그러나 보다 큰 이유는, 폭탄을 설치했다는 거짓 전화가 어디에서 걸려왔고, 그게 어떤 의미인지를 아는 사람은 탑승객 중 내가 유일한 사람이었기 때문이리라.

데드우드 작전의 1단계는 그렇게 육중한 굉음을 내며 향후의 무대를 펼쳐가고 있었다.

프라하 공항은 터미널 건물 정면에 걸린 '프라하 공항'이라는 간판보다도 좀 더 작았다. 터무니없이 큰, 스탈린 시대풍의 산물이었다. 그 간판은 무선항법 장치가 개발되기 이전에 세워져서 조종사들이 대서양 한가운데에서도 이 간판을 식별할 수 있을 것 같았으니까.

그래도 안은 공항이었다. 당신이 세계 어디를 가도 공항은 똑같다. 카트를 잘 구르게 하기 위한 돌바닥, 물론 카트도 있어야 하고, 악어가죽 혁대를 전시하는 유리 진열장도 있어야 한다. 인류의 역사가 천 년을 더 지속한다 한들 아무도 사겠다고 나서는 사람이 없을 테지만.

소비에트의 심연에서 체코가 탈출했다는 소식이 입국 관리 직원들에게는 아직 전달되지 않았음에 틀림없다. 그들은 유리 상자 속에서 여전히 냉전 중이었다. 여권 사진과 그들 앞에 서 있는 퇴폐적 제국주의자를 번갈아 훑어보며 역겨운 시선을 던지고 있었다. 내가 그 제국주의자였다. 나는 하와이 셔츠를 입고 그들 앞에 서는 큰 실수를 범했다. 나의 방종과 퇴폐성이 그 셔츠 때문에 배가되었을 것이다. 물론 난 다음에도 그렇게 할 만큼 어리석지 않다. 그러나 아마 다음엔 누군가 유리 상자의 열쇠를 발견하고는 이 가련한 자식들에게 당신들도 유로 디즈니와 문화적 경제적 공간을 공유하고 있다는 점을 알려줄 것이다. 나는 "난 이미 당신을 잊었어요"의 노랫말을 체코어로 배워두기로 마음먹었다.

나는 환전을 좀 했고, 택시를 잡으려고 터미널 밖으로 나갔다. 선선한 저녁이었다. 주차장에 스탈린 시대풍의 커다란 물웅덩이가 파여 있었고, 하늘 가득 새로 만든 네온사인 광고판이 물웅덩이에 푸른색과 잿빛으로 비쳐있는 탓에 더 서늘한 느낌이 들었다. 터미널 건물의 모퉁이를 돌자, 바람이 지면을 타고 올라와 나를 맞아주었다. 휘발유 냄새가 밴 빗방울이 내 뺨을 핥았고, 정강이를 희롱하는가 싶더니 바지를 잡아당겼다. 나는 이국의 정취를 만끽하면서 한동안 거기 그대로 서 있었다. 내가 한 나라에서 다른 나라로 이동해 왔음을 절절히 느꼈다.

드디어 택시를 발견했고, 나는 운전수에게 유창한 영어로 웬체슬라스 광장*까지 가 달라고 말했다. 그리고는 깨달았다. "저는 얼간이 관광객입니다. 부디 제가 가진 걸 몽땅 가져가세요." 분명 체코어로는 이렇게 통역되었을 것이다. 차종은 타트라**였고, 운전수는 나쁜 놈이었다. 운전이 빠르고 능숙하기는 했다. 그는 판을 막 싹쓸이한 도박꾼처럼 혼잣말로 즐겁게 노래를 불렀다.

• • •

* **Wenceslas Square** | 프라하의 신시가지에 있는 문화와 비즈니스의 중심지.

* * **Tatra** | 1850년에 창설된, 세계에서 3번째로 오래된 체코의 자동차 회사. 1919년부터 '타트라' 라는 이름을 사용.

어떤 도시에서도 볼 수 없는 아름다운 광경 중의 하나가 펼쳐졌다. 웬체슬라스 광장은 광장이라고 말할 수가 없었다. 광장을 내려다보는 — 이게 정말 광장이라면 — 육중한 느낌의 국립 박물관에서부터 시작 되는 2차선 내리막길이 웬체슬라스 광장의 전모였다. 웬체슬라스 광 장에 대해서 아는 건 하나도 없었지만 그곳이 중요한 장소임은 확연히 느낄 수 있었다. 과거와 현대의 역사적 사건들이 회색과 노란색의 포 석이 깔린 길이 800미터의 이 광장에서 무수히 일어났음을 냄새로 알 수 있었다. '프라하의 분위기'가 감지되었다. 프라하의 봄, 여름, 겨울, 가을이 왔다 갔으며, 아마 다시 올 터였다.

운전수는 자신이 원하는 금액을 말했고, 나는 택시를 사고 싶은 게 아니라 그 안에서 보낸 15분 동안에 대해 요금을 지불하고 싶을 뿐이 라고 승강이하면서 몇 분을 잡아먹었다. 운전수는 내가 탄 게 리무진 서비스라고 말했다. 아니 적어도 "리무진"이라고 말하면서 여러 차례 어깨를 으쓱했다. 결국 그가 요구 금액을 조금 깎아주겠다고는 했지만 나는 여전히 엄청난 요금을 물어야 했다. 나는 가방을 챙겼고, 걷기 시 작했다.

요원 교육을 담당한 미국인들은 거처는 알아서 찾으라고 내게 말했 다. 머물 곳을 찾으면서 오랜 시간을 보낸 사람처럼 보이는 유일하게 확실한 방법은 실제로 머물 곳을 찾으면서 오랜 시간을 보내는 것뿐이 다. 해서 나는 편안한 마음으로 걷기 시작해, 약 2시간 동안 프라하 원 (Prague One)을 답사했다. 프라하 원은 구시가의 중심지이다. 교회 26 개, 화랑과 박물관 14개, 오페라 하우스 1개 — 모차르트가 「돈 죠반 니」를 초연한 곳이라고 했다 —, 극장 8개, 맥도널드 1개가 거기 있었다. 이 중 한 건물은 밖으로 50미터의 줄이 늘어서 있었다.

나는 분위기를 느껴 보려고 술집도 몇 군데 들렀다. 맥주는 길쭉하고 곧은 유리잔에 담겨 나왔는데, 옆에 'Budweiser'라고 찍혀 있었다. 나는 현대의 체코인들은 어떻게 걷고, 말하고, 옷을 입고, 즐기는지를 유심히 관찰했다. 대부분의 급사는 나를 독일인으로 보았는데, 이 도시가 독일인들로 북적이고 있었다는 점을 고려하면 충분히 있을 수 있는 실수였다. 독일 사람들은 12명이 한 무리를 구성해 이동했고, 배낭을 졌으며, 넓적다리가 거대했다. 그들은 걸을 때 가로를 다 차지하고 산개(散開)해 걷는 특이한 보행법을 연출했다. 그러나 다시 한 번 더 생각해보면 대다수의 독일인에게는 프라하가 빠른 전차로 두세 시간이면 올 수 있는 거리에 있는 도시일 뿐이었다. 그들이 이곳을 자기들 정원의 끄트머리쯤으로 취급한다고 해도 별로 놀랄 일이 아니었던 것이다.

나는 강변의 한 카페에서 삶은 돼지고기와 고기 만두로 식사를 했다. 그리고, 옆 테이블에 앉은 어떤 웨일스인 부부의 추천에 따라 찰스 브리지*를 산책했다. 웨일스인 부부는 그 다리가 아주 인상적인 구조물이라고 알려줬지만 거리의 악사들이 난간에서 1미터 간격으로 진을 치고 있는 바람에 실제로는 아무것도 볼 수가 없었다. 한 천 명쯤 되어 보였던 그 악사들은 누구랄 것도 없이 다 밥 딜런의 노래를 연주하고 있었다.

나는 즐라타 프라하(Zlata Praha)에 숙소를 정했다. 즐라타 프라하는 성 근처 언덕배기에 있는 싸구려 하숙집이었다.

---

* **Charles Bridge** | 프라하 블타바강(Vltava)을 가로지르는 역사적인 다리(1357).

주인아줌마는 크고 지저분한 방과 작고 깨끗한 방 중에서 고르라고 했다. 나는 직접 청소하면 돼지, 하고 생각하면서 크고 더러운 방을 선택했다. 그녀가 방을 안내해주고 자리를 뜨자 나는 내 선택이 어리석었음을 깨달았다. 나는 내 아파트도 청소해본 적이 없는 사람 아닌가!

나는 짐을 풀고, 침대에 누워 담배를 피웠다. 새라를 생각했고, 그녀의 아버지와 반스를 생각했다. 내 부모, 로니와 헬리콥터, 오토바이와 독일인들, 맥도날드 햄버거도 생각났다.

나는 많은 것들을 생각했다.

8시에 잠에서 깨었다. 도시가 서서히 시동을 걸어 하루의 일상을 시작하는 소리가 들려왔다. 유일하게 낯선 소음은 도심 전차 소리였다. 자갈길과 다리를 지나면서 내는 쉿쉿 소리와 가벼운 충돌음이 무척 생소했다. 내가 계속 하와이 셔츠를 입고 지내야 하는지 의심스러울 지경이었다.

9시에 나는 시청 광장에 나와 있었다. 콧수염을 기른 단신의 남자가 마차를 타고 도시 관광을 해보라며 나를 괴롭혔다. 마차라고는 했지만 별스럽게 생긴 그의 탈것에 흥미가 생겨 마음이 흔들리기도 했다. 그러나 그 탈것은 미니 모크*의 윗부분을 도려낸 차량과 아주 흡사했다. 엔진을 떼어냈고, 전조등이 있던 자리에는 말을 이어붙일 수 있는 채가 설치되어 있었는데 나름의 흥취가 느껴지기도 했다. 나는 고맙지만 사양하겠다는 말을 열 번쯤 하다가 결국 꺼져버리라는 말을 내뱉었다.

나는 길가 테이블 파라솔에 코카콜라 마크가 있는 카페를 찾았다. 미국인들이 말한 장소가 그곳이었다. 톰, 거기 도착하면 테이블 파라솔에 코카콜라 마크가 있는 카페가 눈에 띌 겁니다. 그러나 그들이 하지 않은 말, 파악하지 못한 사실이 있었다. 코카콜라 파라솔은 근처 일대에서 매우 성실하게 활동 중이었다. 광장을 중심으로 100미터 반경 안에 20여개의 업소가 코카콜라 파라솔을 가로에 펼쳐놓고 있었다. 카멜 담배 파라솔은 두 배 더 많은 수준에 불과했다. 코카콜라 영업부장이 유타 주 본사 건물에서 지정 주차공간과 노고를 치하하는 황동명판을 받고 있을 때 카멜의 영업부장은 어딘가 구덩이에 처박혀 죽어갔나 보다.

나는 20분 만에 접선지를 찾아냈다. 니콜라스라는 곳이었다. 커피한 잔에 2파운드를 받고 있었다.

미국인들은 내게 실내로 들어가라고 했지만 화창한 오전이고 해서 나는 지시대로 하고 싶지 않았다. 밖에 자리를 잡고 앉아 광장과 지나가는 독일인들을 구경했다. 커피를 주문하는데 남자 둘이 카페에서 빠져나와 근처 테이블에 앉는 게 보였다. 그들은 젊고 건강해보였고, 둘다 선글라스를 끼고 있었다. 특별히 나를 쳐다보지는 않았다. 그들은 아마 나를 만나려고 1시간쯤 안에서 죽치고 있었을 것이다. 내가 모든 걸 망쳐버린 셈이었다.

기분 최고였다.

나는 의자의 위치를 바꾸고, 잠시 눈을 감고 있었다. 눈초리의 주름살로 햇빛이 쏟아졌다.

"대장." 목소리가 들려왔다. "망중한을 즐기시는 듯하군요."

눈을 뜨고 주위를 살폈다. 갈색 우비를 입은 형체가 나를 내려다보고 있는 게 느껴졌다.

---

* Mini Moke | '영국 자동차 회사' (BMC)의 제품군 가운데 하나.

"여기 자리 있나요?" 솔로몬이 물었다.

그리고는 대답도 듣기 전에 자리를 꿰차고 앉았다.

나는 그를 빤히 보았다.

"안녕, 데이비드." 그렇게 나는 운을 뗐다.

나는 담배를 하나 빼서 물었고, 그는 급사에게 신호를 했다. 선글라스 2명을 힐끗 쳐다보았는데, 그들은 내가 고개를 돌릴 때마다 나오는 다른 먼데를 바라보고 있었다.

"카바, 프로짐."* 솔로몬의 말투는 꽤나 솜씨 좋게 들렸다. 그가 내게로 몸을 돌리면서 말했다.

"커피는 맛있는데, 음식은 형편없어요. 우편엽서에 쓸 만한 내용은 그뿐이죠."

"설마 자넨 아니겠지?"

"자넨 아니라니요? 그럼 누구게요?"

나는 계속해서 솔로몬을 빤히 쳐다보았다. 완전히 예상을 벗어나는 사태였다.

"잠깐만 기다려 봐. 정말 자네야?" 내가 말했다.

"여기 앉아 있는 게 나라는 말씀이세요? 아니면 선배가 만나야 하는 사람이 나라는 말씀이세요?"

"데이비드."

"둘 다예요, 선배."

솔로몬은 급사가 커피를 내려놓도록 허리를 펴서 의자에 기대어 앉았다. 그는 한 모금을 마시고는, 됐다는 투로 입술을 움직여 입맛을 다셨다.

"영광스럽게도 선배가 여기 체류하는 동안 훈련교관으로 활동하게 됐어요. 우리 관계가 유익했으면 싶네요."

나는 선글라스들을 바라보면서 고개를 끄덕였다.

"저 사람들은 자네 패야?"

"그거였군요, 대장. 저 사람들이 그다지 좋아할 만한 생각은 아니지 만 맞긴 합니다."

"미국인인가?"

솔로몬이 고개를 끄덕였다.

"아무렴요. 이 작전은 공동으로 진행되고 있습니다. 사실 그 어느 때보다 더 많은 걸 공유하고 있는 셈이죠. 뭐, 대체로 좋은 것도 같 고요."

나는 잠시 생각에 잠겼다. 내가 말했다.

"그렇다면 그들이 왜 내게 말해주지 않은 거지? 내가 자네를 안다는 걸 알고 있으면서도 자네가 접선자임을 내게 알려주지 않은 이유가 도 대체 뭘까?"

솔로몬은 어깨를 으쓱했다.

"우리는 거대한 톱니바퀴식 기계 장치의 작은 이빨에 불과한 것 아 닐까요, 선배?"

어쩌면 그런 듯했다.

물론 나는 솔로몬에게 온갖 것을 물어보고 싶었다.

나는 그와 함께 처음으로 돌아가서 반스, 오닐, 무르다, 데드우드 작 전, 그레쥬에이트 연구에 대해 우리가 알고 있는 모든 사실을 재구성 해보고 싶었다.

* **Kava, prosim** | '커피 주세요'를 뜻하는 체코어.

둘이 알고 있는 내용을 바탕으로 일종의 삼각 측량을 시도하면 이 혼돈이 도대체 어떻게 굴러가고 있는지 가늠해볼 수 있을 것도 같았다.

그러나 나는 그렇게 할 수 없었다. 엄청난 이유들이 있었고, 나는 거기 따라야만 했다. 솔로몬에게 내가 알고 있다고 생각하는 것을 말하면 그가 적절한 조치를 취하거나 그릇된 행동에 나설 터였다. 아마도 새라와 나는 살해당하고, 계속해서 공작을 진행하는 것이 적절한 조치가 될 터였다. 작전이 연기될 수도 있겠지만 때와 장소를 달리해서 재개될 것이며, 요컨대 절대로 중단되지는 않을 것이었다. 솔로몬이 취할 그릇된 행동을 생각해보지는 않았다. 솔로몬이 그릇된 행동을 할라치면 그가 다른 편에 가담하고 있어야 하는데, 사태가 거기에까지 이르면 누가 누구인지 도대체 아무도 그 정체를 알 수가 없기 때문이었다.

그래서 나는 우선은 입 닥치고 솔로몬의 얘기를 들었다. 솔로몬이 앞으로 48시간 동안 내가 무얼 해야 하는지 상세하게 지시했다. 그는 빠른 속도였지만 침착하게 말했다. 우리가 90분 동안 많은 내용을 전달하고 접수할 수 있었던 이유는 솔로몬이 미국 놈들과는 다르게 "이게 정말로 중요하다"는 말을 두 마디에 한 번씩 집어넣지 않았기 때문이었다.

선글라스들은 콜라를 마셨다.

오후 시간은 혼자서 보냈다. 한동안 누릴 수 없을, 마지막 자유 시간이라는 생각이 들었고, 나는 터무니없는 행동을 해댔다. 포도주를 마셨고, 오래된 신문을 읽었으며, 야외 공연으로 연주되는 말러의 곡을 들었고, 전반적으로 유한계급 신사처럼 쓸데없는 짓거리를 해댔다.

술집에서는 컴퓨터 소프트웨어 회사에서 일한다는 프랑스 여자를 만났고, 나는 그녀에게 나랑 섹스하고 싶으냐고 물었다. 그녀는 프랑스식으로 그저 어깨를 으쓱했고, 나는 그게 싫다는 의미라고 받아들였다.

8시에 약속이 있었다. 그런데도 나는 8시 10분까지 카페에서 빈둥거렸다. 삶은 돼지고기와 고기만두를 한 번 더 시켜 먹었고, 줄담배를 피워댔다. 나는 계산을 하고, 밖으로 나왔다. 시원한 저녁이었다. 드디어 작전 행동에 돌입한다는 생각이 들자 나의 맥박이 상승하기 시작했다.

사실 기분이 좋을 이유가 전혀 없었다. 맡은 임무는 불가능에 가까웠고, 앞으로 헤쳐 나가야 할 길은 길고 험난한 데다가 지원도 거의 받지 못할 게 뻔했으며, 살아서 일흔 살이 될 가능성도 바닥까지 추락한 상태였다.

그러나 무슨 이유에서인지 나는 기분이 좋았다.

◦ ◦ ◦

솔로몬이 선글라스들 중의 한 명과 약속 장소에서 나를 기다리고 있었다. 물론 그가 그때도 선글라스를 끼고 있었던 건 아니다. 날은 이미 충분히 어두워져 있었고, 나는 잽싸게 그를 부를 다른 이름을 생각해내야 했다. 잠시 생각한 후 떠올린 이름은 '선글라스 안 낀 놈'이었다. 아마도 그때 크리족(族) 인디언*이 내게 강림하지 않았을까 싶다.

나는 늦어서 미안하다고 사과했다. 솔로몬은 웃으면서 늦지 않았다고 대꾸했다. 솔로몬의 반응에 짜증이 솟구쳤다. 우리 세 사람은 디젤유를 사용하는 회색의 더러운 메르세데스에 탑승했다.

---

* Cree Indian | 캐나다 중앙부에 살았던 아메리카 원주민.

선글라스 안 낀 놈이 운전을 했다. 우리는 프라하에서 동쪽으로 뻗어나가는 대로를 타고 출발했다.

30분 후에 우리는 프라하 교외를 지났고, 길은 어느새 2차선으로 좁아져 있었다. 우리는 느긋하게 달렸다. 정말이지 외국에서 비밀 작전을 망치는 최악의 방법은 속도위반 딱지를 떼이는 것이다. 선글라스 안 낀 놈은 그 사실을 아주 잘 알고 있는 것 같았다. 솔로몬과 나는 스쳐 지나가는 시골 경관을 화제 삼아 가끔씩 이야기를 나누었다. 꽤나 초록색이라든지, 어떤 곳은 웨일스와 상당히 비슷하다든지 하는 내용이었다. 물론 우리 가운데서 실제로 웨일스에 가 본 사람이 있기나 한 건지는 잘 모르겠지만 말이다. 그것 말고는 별다른 얘기가 없었다. 대신 우리는 김이 서린 뒤쪽 창문에다가 그림을 그리면서 놀았다. 밖에서 대륙의 유럽이 펼쳐지는 가운데 솔로몬은 꽃을 그렸고, 나는 웃는 얼굴을 그렸다.

1시간쯤 지나자 도로 표지판들에 브르노(Brno)라는 지명이 보이기 시작했다. 한 번도 제대로 표기된 적이 없고, 그래서 제대로 발음된 적도 없는 그 브르노 말이다. 그러나 우리가 그렇게 멀리까지 가지 않으리라는 것을 나는 알고 있었다. 우리는 북쪽으로 방향을 틀어 코스텔레치(Kostelec)로 향했다. 그리고 거의 동시에 다시 동쪽으로 방향을 바꿔 훨씬 더 비좁은 도로로 들어섰다. 이번에는 도로 표지판도 전혀 없었다. 상황이 대충 요약되고 있었다.

우리는 짙은 소나무 숲을 몇 킬로미터 더 꾸불거리며 나아갔다. 선글라스 안 낀 놈이 차폭등을 쓰기 시작했고, 우리는 느리게 이동했다. 그렇게 몇 킬로미터를 더 간 후에 그가 차량 등을 전부 껐다. 그리고는 내게도 "야간 투시에 방해가 된다"면서 담뱃불을 끄라고 말했다.

그렇게 우리는 불쑥 거기에 도착했다.

그들은 한 농가의 지하실에 그를 가두고 있었다. 얼마나 오래 감금 중이었는지는 알 수가 없었다. 허나 더 오래 가지 않으리라는 것만은 분명했다. 그는 내 나이 정도였고, 신장도 내 키 정도였으며, 굶기기 전까지는 아마 체중도 나랑 비슷했을 것이다. 그들은 그의 이름이 리키이고, 미네소타 출신이라고 말했다. 그가 겁에 질려서 제 정신이 아니고, 가능하다면 미네소타로 돌아가고 싶어 한다는 얘기는 하지 않았다. 아마 그럴 필요를 못 느꼈기 때문일 것이다. 그러나 그의 눈을 보면 이 사실을 분명히 알 수 있었다. 그 누구의 눈에서 확인할 수 있는 그 어떤 것보다도 너 선명하게 말이나.

리키는 17살에 체제에서 이탈했다. 학교에서 쫓겨났고, 가족한테서 버림을 받았으며, 젊은이가 낙오할 수 있는 거의 모든 것에서 탈락했다. 그러나 그는 곧바로 다른 일에 빠져들었다. 그는 거기서 자부심과 만족을 느꼈다. 한동안이었지만, 아무튼.

리키는 지금 심각한 불행에 빠져 있었다. 낯선 나라의 낯선 건물 지하실에서 낯선 사람들의 감시를 받으며 발가벗겨진 상태에 놓이면 누구라도 그럴 것이다. 분명히 고문을 당했을 것이고, 또 당할 터였다. 똑같은 곤경에 처한 영웅이 고개를 젖히고 코웃음 치면서 자기를 고문하는 자들에게 대갚음 받을 준비나 하라고 엄포를 놓는 것. 수많은 영화에서 볼 수 있는 그런 장면이 리키의 마음 한구석에서 깜박이고 있음을 알 수 있었다. 사실 리키도 다른 수백만의 10대 청소년들처럼 어둠의 세계에 발을 들여놓았고, 사람들이 불행 속에서 어떻게 행동하는지를 자연스럽게 익혔다. 일단 참지만 다음에 복수하는 것이 그들의 방법이다.

그러나 리키는 그다지 똑똑하지 못했고, 영화에 나오는 그 장면들이 가르쳐 준 중요한 교훈들을 모르고 있었다. 사실 교훈은 딱 하나뿐이고, 아주 중요하다고 할 수 있다. 영화는 실제가 아니라는 게 그 교훈이다. 정말이다. 영화는 현실이 아니다.

내가 고이 간직해 왔을 환상을 깨뜨리는 것 같아서 미안하지만 실제로 리키와 같은 상황에 처하면 누구도 상대방에게 복수할 테니까 기다리라고 말하지 못한다. 오만하게 코웃음 치는 것도 어림없는 일이다. 상대방의 눈에다가 침을 뱉어 주겠다고? 아서라. 단언하건대 단 한 번에 속박을 풀고 탈출하는 것은 절대적으로 불가능하다. 그들은 꼼짝하지 못하며, 벌벌 떨고, 울며, 구걸한다. 문자 그대로 어머니를 찾으면서 빈다. 콧물이 흐르고, 다리가 떨리며, 흐느끼고 울먹인다. 이게 사람의, 모든 인간의 정체다. 실제의 삶은 이렇다.

유감이지만 그게 냉엄한 현실이다.

내 아버지는 그물을 치고 딸기를 재배하셨다. 가끔씩 빨갛고 달콤하며 토실한 과육에 눈독을 들인 새가 그물 아래로 내려와 딸기를 훔쳐 먹고 달아나고는 했다. 그런데 다시 한 번 그 새가 그물 아래로 내려와 딸기를 훔쳐 먹는 일까지는 문제없이 하다가 탈출 과업에는 실패하는 일이 종종 발생했다. 놈들은 그물코에 걸리면 거억 거억 울면서 거칠게 날갯짓을 해댔다. 아버지는 감자밭에서 일하시다가 고개를 들고는 휘파람으로 나를 부르셨다. 그리고는 내게 가서 그물에 걸린 새를 풀어주라고 말씀하셨다. 그 일에는 상당히 신중한 행동과 단계가 필요했다. 일단 새를 꼭 붙잡고, 얽힌 것을 풀어야 녀석을 놓아줄 수 있는 것이다.

문제는 유년 시절에 경험하고 해야만 했던 그 모든 과제 중에서 내가 이 일을 가장 싫어했다는 것이다.

공포는 놀람이다. 공포는 모든 감정 가운데서도 가장 섬뜩한 감정이다. 분노한 동물도 대단하기는 하다. 그러나 많은 경우 그저 놀랍다는 정도이다. 그러나 공포에 질려 벌벌 떠는 동물은 결코 다시는 보고 싶지 않은 대상이다. 심하게 떨면서 응시하는 시선, 겁에 질려 곤두선 깃털이라니!

그런데 지금 내가 여기서 그런 사태를 목도하고 있었다.

"망할 것 같으니." 미국인 한 명이 부엌으로 들어와 주전자와 씨름하면서 내뱉은 말이었다.

솔로몬과 나는 서로를 바라보았다. 그들이 단 한 마디도 입 밖에 내지 않고 리키를 끌고 간 후로 우리는 20분 동안 테이블에 앉아 있었다. 나는 솔로몬이 나만큼이나 충격을 받았다는 사실을 알았고, 그도 내가 그 사실을 알고 있음을 알았다. 그래서 우리는 그냥 거기에 앉아 있었다. 나는 벽을 멍하니 쳐다보았고, 그는 엄지손톱으로 의자의 옆면을 긁어댔다.

"그 사람은 이제 어떻게 되는 겁니까?" 나는 여전히 벽을 보며 물었다.

"당신 알 바 아니오." 미국인이 숟가락으로 커피 가루를 잔에 퍼 담으며 대꾸했다. "오늘 이후로는 누구의 소관도 아니게 되겠지요."

그가 그렇게 말하면서 웃었던 것 같다. 그러나 잘 모르겠다.

리키는 테러리스트였다. 아무튼 미국인들은 그를 테러리스트라고 생각했고, 그들이 리키를 증오하는 이유 또한 그 때문이었다. 미국인들은 테러리스트라면 좌우지간 미워했다. 그런데 리키가 특별했던 건, 그들이 리키를 더 증오했던 까닭은 그가 미국인이면서 테러리스트였기 때문이다. 이런 사태는 도무지 올발라 보이지 않았던 것이다. 오클라호마시티 연방 건물이 폭파되기 전까지* 평범한 미국인들은 공공장소에 폭탄을 설치하고 터뜨리는 행위가 투우나 모리스 댄스**처럼 별스러운 유럽적 전통이라고 생각했다. 그 전통이 유럽을 벗어나 동쪽으로 확산되어, 낙타 기수들, 머리에 터번을 두른 놈들, 이슬람의 자식들에게 퍼졌다고 보는 것이다. 따라서 쇼핑몰과 대사관 건물을 폭파하는 것, 선출된 정부 관리를 저격하는 것, 돈이 아닌 다른 어떤 것을 명분으로 747 비행기를 공중 납치하는 것은 완전히 비미국적이며 비미네소타적인 것이었다. 그러나 오클라호마시티 사건으로 많은 것이 바뀌었다. 그 모든 게 나쁜 쪽으로 말이다. 리키는 자신의 이데올로기 때문에 비싼 대가를 치르고 있었다.

리키는 미국인 테러리스트였고, 자기편을 배신한 셈이었다.

나는 동틀녘에 프라하로 돌아왔다. 그러나 잠자리에 들 수가 없었다. 아니 침대로 가기는 했지만 드러누워 이불을 뒤집어쓰지는 않았다. 나는 침대 언저리에 앉아 벽을 바라보면서 애꿎은 말보로만 축냈다. 방에 텔레비전이 있었다면 봤을지도 모르겠다. 아니 틀지 않았을지도. 독일어로 더빙된 구닥다리 「매그넘」*** 에피소드가 벽보다 더 나았을 것 같지도 않다.

그들은 경찰이 8시에 들이닥칠 것이라고 내게 알려주었다. 그러나 실제 사태는 7시 조금 넘어서 일어났다. 계단에서 구둣발 치받는 소리가 들려왔다. 내 쪽에서 상황을 완벽하게 통제하지 못하는 가운데 졸린 눈을 비비며 당황하도록 그런 사소한 책략이 동원되었을 것이다. 이 사람들, 도저히 믿을 수 없는 족속들이었다.

경찰은 십여 명이었다. 다 제복을 입었는데, 상황 전체를 상당히 극적으로 연출했다. 그들은 문을 박차고 들어와 고함을 쳤고, 가구까지 때려 부쉈다. 우두머리가 영어를 좀 했지만 "아프다"는 비명을 알아듣는 정도까지는 아니었다. 그들은 사색이 된 주인아줌마를 뒤로 하고 계단을 따라 나를 끌고 내려갔다. 어쩌면 그녀는 새벽에 경찰차가 들이닥쳐 입주자를 잡아가는 일이 제발 좀 그치기를 바랐을지도 모르겠다. 다른 입주자들은 머리에 까치집을 하고서 열린 문틈으로 소심하게 나를 지켜보았다.

경찰서에서는 한동안 어떤 방에 유치되었다. 커피도 없었고, 담배도 없었고, 우호적인 사람도 없었다. 다시 약간의 고함과 구타와 몸수색 후에 나는 감방에 갇혔다. 허리띠도 빼앗겼고, 구두끈도 압수당했다.

전반적으로 보아 그들은 아주 효율적으로 업무를 수행했다.

다른 두 명이 이미 감방을 차지하고 있었다. 둘 다 남자였는데, 내가 들어가도 자리에서 일어나지 않았다. 둘 가운데 한 명은 일어나고 싶었어도 일어날 수가 없었을 것이다. 내 평생에 그렇게 취해본 적이 없을 것 같은 만취 상태였다. 그는 60세였고, 의식이 없었다. 그의 온몸 땀구멍, 털구멍에서 알코올이 뚝뚝 떨어졌다.

---

* 1995년 4월 19일의 폭탄 테러로, 범인으로 지목된 티모시 맥베이는 미국 백인이었다(참고로 이 소설은 1996년 영국에서 출간).

** Morris dancing | 영국에서 기원한 가장무도의 일종.

*** Magnum | 하와이를 배경으로 토머스 매그넘이라는 사립 탐정이 나오는 1980년대 미국의 텔레비전 연속극.

숙인 고개가 가슴팍 앞까지 처져 있었는데, 그 안에 척수가 있다는 사실을 해부학적으로 도저히 믿을 수 없었다.

티셔츠 차림에 황갈색 바지를 입은 다른 남자는 더 젊었고, 더 알 수 없었다. 그는 머리에서 발끝까지, 다시 발끝에서 머리까지 나를 한 번 쭉 훑어보았다. 그가 손목과 손가락의 뼈들로 우지끈 뚝딱거리는 놀이를 하는 와중에 나는 다른 술 취한 사람을 의자에서 들어 조금쯤은 거칠게 구석에 내려놓았다. 나는 티셔츠 맞은편에 자리를 잡고 앉아 두 눈을 감았다.

"독일 사람이오?"

경찰이 손목시계까지 가져가는 바람에 얼마나 잠이 들었는지 알 수 없었다. 내가 손목시계로 목매어 죽는 방법을 찾아낼까 봐 우려했나 보다. 하지만 엉덩이가 저린 걸로 보아 적어도 두세 시간은 흐른 것 같았다.

주정뱅이 아저씨는 사라졌고, 이제 티셔츠가 내 옆에 앉아 있었다.

"독일 사람이오?" 그가 다시 물었다.

나는 고개를 가로 젓고는 다시 두 눈을 감았다. 그렇게 길게 심호흡을 하고 나는 다른 사람으로 변신했다.

티셔츠가 가려운 데를 긁는 소리가 들렸다. 천천히, 오랫동안, 사려 깊게 긁는 소리였다.

"미국인?" 그가 다시 물어왔다.

나는 여전히 두 눈을 감은 채로 고개를 끄덕였다. 그러면서 기이한 평화의 감흥을 느꼈다. 누군가 다른 사람이 된다는 게 생각보다 훨씬 더 쉬웠던 것이다.

그들은 티셔츠를 4일 동안 감금했고, 나는 10일 동안 머물렀다. 면도도, 흡연도 허용되지 않았다. 누가 요리를 했는지 식사를 하기가 정말 힘들었다. 그들은 런던 발 항공편의 폭탄 소동을 한두 차례 취조했고, 내게 사진을 확인해달라고 요구하기도 했다. 처음에는 두세 장이더니 곧 흥미를 잃었는지 나중에는 범죄자 목록 전부를 들고 왔다. 아무튼 난 사진들에 집중하지 않았고, 내가 하품을 할 때마다 그들은 등짝을 때렸다.

열흘째 되는 날 밤 그들은 나를 하얀 방으로 데려가 백만 가지 다른 각도로 사진을 찍었다. 그리고는 혁대와 구두끈과 시계를 돌려주었다. 그들은 심지어 내게 면도기까지 선물했다. 그러나 손잡이가 날보다 더 날카로워 보였고, 텁수룩한 수염이 나의 변신에 보탬이 되는 듯도 하여 면도기는 거절하기로 했다.

밖은 어두웠다. 춥고 어두웠다. '난 이런 날씨에 구애받지 않아' 류의 방식으로, 그러나 가늘게 비가 오고 있었다. 나는 비는 물론 지상의 삶이 제공하는 다른 많은 것도 아랑곳하지 않는다는 투로 천천히 걸었다. 하지만 오래 기다리지는 않았으면 하고 바랐다.

실제로 전혀 그럴 필요가 없었다.

암녹색 포르쉐 911이었다. 그걸 알아보기 위해 무슨 대단한 능력이 필요한 것도 아니었다. 프라하의 거리에서 포르쉐는 나만큼이나 드문 존재였기 때문이다. 그 차가 100미터 정도 내 옆을 천천히 따라오더니 이윽고 마음을 정했는지 나를 추월해 길모퉁이에서 멈춰 섰다. 내가 10미터 지점 이내로 다가서자 조수석 문이 열렸다. 나는 걷는 속도를 늦추고 앞뒤를 확인한 다음 고개를 숙여 운전자를 살펴보았다.

운전자는 40대 중반의 사각턱으로, 머리칼이 멋지게 회색으로 바뀌는 중이었다. 포르쉐 판매 담당자들이었다면 그를 "소유가 당연한 고객"으로 치켜세울 만했다. 그러나 직업을 고려하면 그가 정말 차 주인일 가능성은 아주 낮았다.

물론 그 당시에는 그의 직업을 알 길이 없었지만 말이다.

"태워 드릴까?" 그가 말했다.

어디에서나 들을 수 있는 말로, 아마 그랬을 것이다. 그는 내가 그의 제안과 그에 대해서 생각해보는 중이라고 보았는지, 거래를 매듭짓자는 미소를 보탰다. 치아가 아주 고르고 튼튼했다.

나는 운전자 뒤를 힐끗 보았다. 거기 비좁은 뒷좌석에 티셔츠가 몸을 웅크린 채 앉아 있었다. 물론 지금은 티셔츠가 아니라 구김살 하나 없는 야한 보라색 옷을 입고 있었지만. 그는 순간적으로 내가 놀라는 표정을 즐기는가 싶더니 이내 나를 향해 고개를 끄덕였다. 반쯤은 인사요, 반쯤은 타라는 의사 표시였다. 내가 차에 오르자 운전자가 카뷰레터 조절판을 조작하고는 한 번 놀아보자는 투로 클러치를 당겼다. 나는 잽싸게 문을 닫아야만 했다. 두 사람은 그 짓이 아주 재미있다고 생각하는 듯했다. 진짜 이름이 휴고였을 리 없고, 절대로 휴고도 아닌 티셔츠가 내 앞으로 던힐 한 갑을 쑥 내밀었다. 나는 한 대를 받았고, 계기반의 라이터를 눌렀다.

"어디로 갈까?" 운전자가 말했다.

나는 어깨를 으쓱하고는, 시내로 가자고 했다. 사실 그게 중요한 게 아니었다. 그는 고개를 끄덕였고, 혼잣말로 계속해서 노래를 흥얼거렸다. 아마도 푸치니였던 것 같다. 아니 어쩌면 테이크 댓*이었을지도. 나는 앉아서 담배를 피웠고, 이런 일에는 익숙하다는 듯 아무 말도 하지 않았다.

"그건 그렇고, 난 그렉이요." 운전자가 말했다.

그는 웃었고, 나는 아무렴 그렇겠지 하고 속으로 생각했다.

그가 운전대에서 한 손을 떼어 내게로 내밀었다. 우리는 악수를 했
다. 짧았지만 우애가 넘치는 악수였다. 나는 아무 대꾸도 하지 않았다.
내가 남의 명령 따위는 듣지 않는 사람으로, 내킬 때만 얘기한다는 것
을 보여줄 필요가 있었다.

잠시 후에 그가 고개를 돌려 나를 바라보았다. 아까보다 더 굳은 표
정으로, 그리 우호적이지 않았다. 내가 그에게 대답해줘야 할 때였다.

"난 리키라고 하오."

---

* **Take That** | 영국의 팝 밴드

Chapter
Two

THE *GUN SELLER*

17
진담이 아닌가요?
존 매켄로

이제 나는 조직의 일원이 되었다. 배역이 있었고, 계급도 있었다. 6개의 국적, 3개의 대륙, 4개의 종교, 2개의 성별로 진용도 화려했다. 우리는 누이가 한 명 포함된 행복한 형제들의 무리였다. 거듭 말하지만 누이도 행복했다. 그녀는 따로 욕실을 썼다. 우리는 열심히 일했고, 열심히 놀았고, 열심히 마셨고, 심지어 열심히 잤다. 실제로 우리는 부지런히 노력했다. 우리는 무기를 다루었고, 능숙하게 조작했다. 우리는 더 큰 세계관을 가지고 있었고, 그 세계관에 따라 정치를 토론했다.

우리 조직의 이름은 '정의의 칼'이었다.

캠프는 2~3주마다 바뀌었고, 지금까지는 리비아, 불가리아, 사우스 캐롤라이나, 수리남의 강들에서 물을 길어왔다. 물론 마실 물을 길어왔다는 얘기가 아니다. 마실 물은 일주일에 2번 초콜릿 및 담배와 함께 공수되는 플라스틱 병으로 해결했다. 그맘때쯤 '정의의 칼'은 바두아*로

낙착을 보았던 것 같다. '탄산가스가 부드럽게 포화되어서' 발포성과 김빠진 느낌이 조화를 이루었기 때문이다.

마지막 몇 달을 경과하면서 우리 모두가 바뀌었다는 것을 인정해야 겠다. 체력 단련, 비무장 전투, 통신 교육, 무기 사용법, 전략 및 전술 계획, 이 모든 게 처음에는 경쟁심과 회의감 속에서 부담으로 작용했 다. 이제는 그런 불길하고, 싫다는 생각이 완전히 사라졌다고 기쁘게 얘기할 수 있었다. 진정한 '군인 정신'이 그 자리를 확고하게 대체했 던 것이다. 천 번을 반복하고서야 우리 모두가 비로소 이해한 농담들 이 있었다. 원만하게 해결된 연애 사건들도 있었다. 우리는 돌아가면 서 요리를 했고, 각자의 다양한 특선 요리들을 시식하고 품평하면서 서로를 칭찬해주었다. 가장 인기 있는 요리 중 하나였다고 믿는 내 품 목은 감자 샐러드를 곁들인 햄버거였다. 그 요리의 비법은 날달걀에 있었다.

12월 중순이었고, 우리는 스위스로 떠날 예정이었다. 스키를 타면서 휴식을 좀 취하고, 네덜란드 정치인을 1명 살해한다는 계획을 세웠다.

우리는 즐거웠고, 잘 살고 있었으며, 스스로가 중요한 인물이라는 느낌을 가졌다. 인생에서 더 이상 무엇을 바라겠는가?

우리는 지도자를 인정했고, 리더는 프란시스코(Francisco)였다. 누구 에게는 프랜시스(Francis)였고, 다른 이들에게는 시스코(Cisco)였고, 내 게는 '감시인'을 의미했다(내가 솔로몬과 나눈 비밀 메시지에서). 프란시 스코는 베네수엘라에서 여덟 자녀의 다섯째로 태어났으며, 어렸을 때 소아마비를 앓았다고 했다.

* **Badoit** | 프랑스산 탄산수 브랜드.

그의 말을 의심할 이유는 전혀 없었다. 나는 그의 부자연한 오른쪽 다리가 소아마비에서 연유한다고 보았다. 그는 기분에 따라서, 또 그가 상대방에게 요구하거나 베푸는 것에 따라 가끔 과장되게 절뚝거렸다. 라티파는 프란시스코가 아름답다고 말했는데, 나는 그녀의 말에도 일리가 있다고 생각했다. 물론 긴 속눈썹과 황갈색 피부가 그녀의 취향이라면 말이다. 프란시스코는 작은 체구에 근육질이었고, 유독 배우처럼 행동했다. 아마도 내가 바이런 역을 맡는다면* 그에게 연락을 해야 할 것이다.

라티파에게 프란시스코는 영웅과 다름없는 오빠였다. 현명하고, 섬세하며, 관대했으니 말 다했던 것이다. 베른하르트에게 그는 냉혹하고 침착한 프로였다. 사이러스와 휴고에게 그는 모든 것이 성에 차지 않는 열렬한 이상주의자였다. 벤저민에게 그는 주저하는 학자였다. 벤저민은 신을 믿었고, 모든 행동에 확신을 갖고 나서고자 했기 때문이다. 턱수염과 말투가 인상적인 미네소타 출신의 무정부주의자 리키에게는 프란시스코가 등을 탁탁 쳐대며 맥주를 마시는 로큰롤 모험가였다. 그는 브루스 스프링스틴의 노래를 엄청 많이 알았다. 프란시스코는 정말이지 모든 배역을 소화할 수 있었다.

진짜 프란시스코가 있었는데 언젠가 마르세유발 파리행 비행기에서 그를 만났던 것 같다. 우리는 짝을 지어 여행했는데 따로 앉아야 했다. 나는 통로 쪽 좌석으로 프란시스코보다 6줄 더 뒤에 있었다. 그때 조종실 앞쪽에서 자다가 일어난 5살쯤 되어 보이는 아이 하나가 울면서 보채기 시작했다. 아이 엄마가 녀석의 안전벨트를 끄르고, 통로를 따라 화장실로 데려가고 있었다. 바로 그때 비행기가 한쪽으로 약간 기울면서, 아이가 프란시스코의 어깨와 부딪쳤다.

프란시스코가 아이를 쳤다.

세계는 아니었다. 물론 주먹으로도 아니었다. 내가 변호사라도 그 건에서라면 프란시스코의 행위가 급하게 밀치는 것이었지 구타나 가격이 아님을 증명할 수 있었을 것이다. 아이가 다시 중심을 잡고 똑바로 일어설 수 있게 말이다. 그러나 나는 변호사가 아니었고, 확실히 프란시스코는 아이를 쳤다. 나 말고는 그 광경을 목격한 사람이 아무도 없는 것 같았다. 더구나 아이 자신이 깜짝 놀라서 울음을 그쳤다. 요컨대 다섯 살 아이를 겨냥해 본능적으로 화를 분출한 그 반응에서 나는 프란시스코에 대해 많은 걸 깨달을 수 있었다.

그건 그렇고, 우리의 비참했던 과거를 아는 사람은 아부도 없었다. 우리 일곱은 정말이지 서로 잘 지냈다. 우리는 일하면서 휘파람을 불 정도였다.

우리의 타락을 증명할 수도 있다고 보았던 한 가지가 전혀 등장하지 않았다. 인류사에 등장했던 거의 모든 비밀결사의 타락을 증명해줬던 바로 그것 말이다. 우리 '정의의 칼'은 새로운 세계 질서의 설계자이자 자유라는 대의의 기수로서 진정 실제로 설거지를 함께 했던 것이다.

나는 그런 선례를 결코 알지 못한다.

뮈렌이라는 마을은 웅장하고 유명한 산 3개의 품에 안겨 있었다. 융프라우, 몽크, 아이거. 혹시라도 여러분이 대자연의 전설에 흥미가 있다면 몽크(수도사)가 사람 잡아먹는 도깨비한테서 젊은 여자를 구해냈다는 얘기를 알고 싶을지도 모르겠다.**

---

* **시인 바이런**(Byron, 1788~1824) | 다리가 부자유했으나 사교계의 총아로 등장하며 끊임없이 연애에 몰두했다.

** **Monke** | 독일어 표기는 Mönke(묑케)이고, 영어 몽크(monk)에는 '수도사'라는 뜻도 있다. 영국 작가 루이스(Matthew Gregory Lewis, 1775~1818)의 고딕풍 소설 『수도사』(The Monk, 1796)를 연상시킴.

몽크는 올리고세(Oligocene) 이후로 별다른 노력 없이 그 일을 성공적으로 수행해 왔다. 올리고세 때 이 3개의 바위 산맥이 무자비한 지각 변화 속에서 탄생한 것이다.

뮈렌은 작은 마을이다. 차도 없고, 쓰레기도 없고, 신용카드도 사용할 수 없다. 이 마을이 성장해서 더 커질 가능성도 거의 없었다. 헬리콥터와 케이블카로만 이 마을에 접근할 수 있었다. 그래서인지 주민들과 방문객들을 먹여 살리기 위해 산으로 운반되는 소시지와 맥주의 양이 얼마 안 됐다. 하지만 현지인들은 대체로 거기에 만족하고 있었다. 커다란 호텔이 3개, 더 작은 규모의 민박집이 10여 개 있었고, 100채 정도의 농가와 샬레가 흩어져 있었다. 지하에 파묻힌 것 같은 스위스 건물 특유의 과장되게 높이 올린 지붕을 모든 주택이 이고 있었다. 스위스인들이 핵 방공호를 병적으로 좋아하는 걸 떠올리면 충분히 가능한 일이기도 했다.

뮈렌에 마을을 세우기로 결심하고 착수한 사람은 어떤 영국인이라고 했다. 그러나 오늘날 뮈렌이 특별히 영국적인 휴양지는 아니었다. 여름에는 독일인과 오스트리아인이 올라와 걷거나 자전거를 탔다. 겨울에는 이탈리아인, 프랑스인, 일본인, 미국인이 와서 스키를 탔다. 그들은 만국 공통이라 할 밝고 화려한 색상의 레저용 복장을 했다.

스위스 사람들은 1년 내내 돈을 번다. 특히 11월부터 4월까지가 성수기이다. 스키장 말고도 쇼핑 명소와 환전소가 여러 군데 있다. 돈 버는 활동이 올림픽에서 정식 종목으로 채택되리라는 희망도 드높다. 스위스인들은 조용히 그들의 기회와 가능성을 즐기고 있었다.

뮈렌이 특별히 프란시스코의 마음에 든 한 가지 이유가 있었다. 이번 거사는 우리의 존재를 대내외에 천명하는 첫 번째 활동이었고, 우리는 모두 약간 흥분해 있었다. 의연하기로 정평이 나 있던 사이러스조차 예외가 아니었다. 뮈렌이라는 마을은 작고, 스위스에 있었으며, 주민들이 법을 잘 지키는 데다 가기가 어려웠기 때문에 경찰력이 전혀 배치되어 있지 않았던 것이다.

심지어는 파트타임 경찰도 전혀 없었다.

* * *

베른하르트와 나는 오늘 아침 도착해, 수속을 하고 호텔에 투숙했다. 그는 융프라우 호텔이었고, 나는 아이거 호텔이었다.

프런트의 아가씨는 여권이라는 물건을 한 번도 본 적 없는 것 마냥 내 여권을 들여다보았고, 무려 20분을 잡아먹으면서 스위스의 호텔 직원들이 침대를 하나 내주기 전에 알아내고자 하는 것들의 경이적인 목록을 작성해나갔다. 순간적으로 중간 이름에서 막혔지만 지리 선생의 이름으로 냉큼 둘러댔던 것 같다. 우편번호를 물어볼 때는 확실히 주저했지만, 그것도 증조할머니가 태어나는 데 산파로 기여했던 분의 우편번호로 때워 넣었다. 그러나 그것 말고는 대체로 보아 나는 막힘 없이 질문에 술술 답했다.

나는 짐을 풀었고, 오렌지색, 노란색, 라일락색이 들어간 방한 재킷으로 갈아입었다. 사람들 눈에 띄기를 원하지 않는다면 스키장에서는 그런 옷을 입어줘야 하는 법이다. 그렇게 준비를 마친 나는 호텔을 걸어 나왔고, 언덕을 올라 마을을 구경했다.

아름다운 오후였다. 신이 가끔은 날씨와 경치에서 정말이지 놀라운 재능을 발휘하기도 한다는 사실을 깨닫게 될 때가 있다. 하루 중 그 시간대에는 초보자용 활강 코스가 거의 텅 비어 있었다. 해가 쇨토른 너머로 떨어지기 전에 다시 한 번 스키 타기에 좋은 시간이 펼쳐질 터였다. 해가 뉘엿뉘엿 넘어갈 때면 한창 스키를 즐기던 사람들은 별안간 자기들이 해발 2,000미터 고지대에 머물고 있음을 깨닫는다.

나는 한동안 술집 밖에 앉아서 엽서를 쓰는 체했다. 그러면서 가끔씩 엄청나게 어린 프랑스 어린이들의 무리에 시선을 던졌다. 아이들은 여성 강사의 지도를 받으며 악어 대형으로 활강 코스를 내려오는 중이었다. 아이들 하나하나가 꼭 소화기 크기만 했다. 물론 300파운드어치의 고어텍스와 오리털 점퍼도 그들의 필수품이었고. 아이들은 그들의 아마존 지도자를 좇아 뱀처럼 미끄러져 내려왔다. 어떤 아이들은 똑바로 서 있었고, 다른 아이들은 허리를 잔뜩 구부렸으며, 너무 작아서 똑바로 선 것인지 허리를 굽힌 것인지 식별할 수 없는 아이들까지 있었다.

앞으로 얼마나 더 있으면 임신한 엄마들이 스키장에 나타나 부른 배를 쓰다듬으며 태아에게 기술 지도를 하고, 모차르트를 흥얼거려 줄지가 갑자기 궁금해졌다.

* * *

디르크 판데르 후베가 스코틀랜드인 아내 로나 및 10대의 두 딸과 함께 같은 날 저녁 8시에 에델바이스 호텔에 도착했다. 그들은 장장 6시간 동안 여행을 해서 목적지에 도착했다. 디르크는 지쳤고, 화를 냈으며, 뚱뚱했다.

요즘 정치인들은 대개 뚱뚱하지 않다. 그들이 과거보다 더 열심히 일하기 때문이거나, 혹은 현대의 유권자들은 한 바퀴 빙 돌 필요 없이 자기들이 찍는 사람의 앞과 뒤를 한꺼번에 볼 수 있는 걸 선호하기 때문일 것이다. 그러나 디르크는 이런 추세를 거스르는 사람처럼 보였다. 그의 몸을 보고 있으면 더 이른 세기가 생각났다. 정치가 오후 2시에서 4시 사이에 하는 활동이었던 시절 말이다. 좋기는 했을 것이다. 그런 다음에는 화려한 바지로 갈아입고, 카드놀이를 하거나 푸아그라를 먹으면서 저녁 시간을 보냈을 테니. 디르크는 트레이닝복과 털 달린 부츠를 입고 신었다. 그런 복장은 네덜란드 사람으로서는 자연스러운 것이었다. 가슴 위로는 분홍색 끈고리에 매달린 안경이 덜렁거리는 모습도 보였고.

그와 로나는 로비 한가운데 서서 온 사방에 루이뷔통 로고가 찍힌 그들의 화려한 가방들을 지휘하고 있었고, 두 딸은 질풍노도의 청소년기에 갇혔는지 얼굴을 찌푸린 채 바닥에 발길질을 해댔다.

나는 술집에서 그들을 지켜봤고, 베른하르트는 신문 가판대에서 상황을 염탐했다.

다음날에는 프란시스코가 지시한 대로 기술적인 내용을 점검하는 예행연습을 했다. 모든 절차를 절반의 속도, 심지어 4분의 1의 속도로 시연했고, 문제가 생기거나 문제처럼 보이는 게 문제가 될 것 같으면 중단하고 확인 점검했다. 다음날에는 제 속도로 해보는 정식 무대 연습이 예정되어 있었다. 물론 내일도 총 대신 스키 지팡이를 사용할 것이지만 말이다. 아무튼 오늘은 기술적인 내용을 확인하는 예행연습이었다.

실행조는 나와 베른하르트와 휴고였고, 라티파가 지원 요원으로 대기했다. 우리는 라티파를 동원할 필요가 없기를 바랐다. 그녀가 스키를 탈 줄 몰랐기 때문이다. 디르크도 스키를 탈 줄 몰랐다. 네덜란드에는 담뱃갑보다 더 큰 언덕도 거의 없으니까. 아무튼 그는 돈을 쓰면서 휴가를 왔고, 국사에 지친 정치인이 망중한을 즐기는 모습을 담도록 사진 기자도 한 명 대동했다. 따라서 디르크가 스키를 타지 않으면 모든 계획이 수포로 돌아갈 판이었다.

우리는 장비를 대여하는 디르크와 로나를 지켜보았다. 그들은 이런저런 불평이 많았고, 마침내 스키 부츠를 신고는 터벅터벅 걷기 시작했다. 그들은 초보자용 활강 코스를 약 50미터 정도 걸어서 올라갔다. 가끔씩 걸음을 멈추고 주위 경관에 감탄을 하는가 하면 장비를 만지작거리는 것도 목격되었다. 로나는 기꺼이 아래로 내려갈 준비가 되어 있었지만 디르크는 150가지 이유를 대면서 어디로도 가지 않을 태세였다. 우리 역시 오랫동안 아무것도 하지 않으면서 꼼짝 않고 가만히 있어야 했기 때문에 슬슬 몸이 근질거리기 시작했다. 바로 그때 네덜란드의 그 재무부 차관이 사색이 되어 슬로프를 3미터 정도 미끄러져 내려가더니 주저앉았다.

베른하르트와 나는 눈빛을 교환했다. 뮈렌에 도착한 후로 우리가 서로에게 묵인한 유일한 시선이었다. 나는 곧 고개를 돌렸고, 무릎을 긁었다.

다시 디르크를 보았을 때는 그도 웃고 있었다. '이제 나는 아드레날린이 분출하는 속도광'이라고 선언하는 듯한 웃음이었다. 다른 남자들이 여자와 술에 탐닉하듯이 위험과 모험을 추구하는 속도광 말이다. 나는 굉장히 색다른 모험을 원한다. 본래대로라면 나는 이미 죽은 목숨이다. 내가 사는 인생은 여벌이다. 그는 이렇게 얘기하는 듯했다.

판데르 후베 네는 연습을 세 번 했다. 매번 활강할 때마다 코스를 1미터씩 더 올라갔고, 디르크의 경우는 뚱뚱한 게 더 유리하기도 했다. 그리고 나서 그들은 점심을 먹으러 카페에 들어갔다. 두 사람이 무거운 발걸음으로 눈밭에서 벗어나자 나는 딸들을 확인하기 위해 산 쪽으로 시선을 돌렸다. 두 아이가 스키를 얼마나 잘 타고, 정상적이라면 얼마나 멀리까지 나아갈지 확인할 필요가 있었다. 그들이 조금이라도 착하다면 부모의 시선이 닿는 더 낮은 쪽 슬로프에서 놀고 있을 터였고, 부모 말을 안 듣고 비행에 끌리는 십대로 보이는 것의 절반만큼이라도 디르크와 로나를 증오한다면 지금쯤 헝가리에 가 있어야 했다.

나는 그들의 흔적을 전혀 찾을 수 없었고, 그래서 다시 슬로프를 내려가려고 했다. 바로 그때 한 남자가 내 시야에 들어왔다. 내 위로 산꼭대기에 서 있었는데 계곡을 내려다보고 있었다. 너무 멀리 떨어져 있어서 그의 특징을 냉큼 파악하기가 쉽지 않았다. 그러나 비록 그렇다고는 해도 유독 눈에 띤다는 생각을 떨칠 수가 없었다. 스키와 스키 지팡이와 부츠와 선글라스는 고사하고 털모자까지 없었기 때문이 아니었다.

그가 두드러져 보였던 이유는 갈색 우비 때문이었다. 「선데이 익스프레스」의 마지막 면 광고를 보고 구입한 그 갈색 우비 말이다.

18

오늘밤은 내게 가슴 아픈 낮일 뿐입니다.

『베니스의 상인』

"방아쇠는 누가 당기죠?" 솔로몬이 대답을 들으려면 기다려야만 했다. 사실 그는 모든 대답을 기다려야만 했다. 난 스케이트장에서 스케이트를 타고 있었고, 그는 장외에 있었으니까. 내가 한 바퀴를 도는 데 대충 30초가 걸렸고, 그때마다 한 마디씩 답변을 했으므로 비위에 거슬릴 여지가 상당했다. 짐작하겠지만 내겐 많은 여지가 필요치 않았다. 약간의 여지만 있어도 난 상대방의 화를 돋울 수 있었다.

"은유적인 표현으로 방아쇠를 얘기한 건가?" 난 그를 지나치면서 이렇게 말했다.

그리고는 어깨 너머로 힐끗 보았다. 솔로몬은 미소를 지었고, 턱을 약간 쳐들었다. 꼭 관대한 부모 같았다. 솔로몬은 그리고 나서 다시 몸을 돌려 아까부터 지켜보던 컬링 게임을 관람했다.

다시 한 바퀴. 확성기에서 명랑한 스위스식 취주악이 울려 퍼졌다.

"선배, 말 그대로 방아쇠 얘기를 하는 거예요. 그러니까……."

"나야."

나는 다시 솔로몬에게서 멀어졌다.

나는 확실히 스케이트 타는 법을 터득하고 있었다. 내 앞에서 달리는 한 독일 소녀의 멋진 U자 회전을 흉내 내기 시작했는데, 상당히 잘되고 있었다. 나는 그녀에게 결코 뒤지지 않았고, 그건 상당히 기분 좋은 일이었다. 아이는 6살 정도 되었음에 틀림없었다.

"소총을 쓸 겁니까?"

다시 솔로몬. 그는 두 손을 모으고 호호거리면서 물었다.

이번 대답은 더 오래 기다려야만 했다. 내가 아이스링크 저쪽에서 넘어졌기 때문이다. 순간, 골반이 부러졌다는 생각이 스쳤지만 다행히 괜찮았다. 만약 그랬다면 모든 문제가 일거에 해결될 터였고, 그건 상당히 치욕적인 사태였다.

나는 다시 일어나 남은 바퀴를 돌았고 그와 가까워졌다.

"내일 도착해." 내가 말했다.

공교롭게도 이 말이 딱 부러지는 사실은 아니었다. 그러나 이런 특수한 보고 상황에서 사실을 정확히 전달하려면 1주일 반은 걸릴 것이다.

소총은 내일 도착하지 못할 것이다. 다른 부품들은 이미 도착했지만.

내가 하도 강력하게 추천한 탓에 프란시스코도 PM L96A1을 사용하는 데 동의했다. 예쁜 이름이 아니라는 건 나도 안다. 기억하기 쉬운 이름도 아니다. 그러나 영국 육군에서 '녹색 물건'이라는 별명으로 통하는 PM은 임무 수행 능력이 아주 탁월했다. 군인들이 '녹색 물건'이라고 부르는 이유는 아마 이 총기가 녹색에다가 정말 대단한 물건이기 때문일 것이다. 이 화기는 7.62밀리 총탄을 놀라운 정확도로 발사하고, 나 같은 웬만한 사수도 600미터 거리에서 목표물을 명중시킬 수 있을 정도다.

제조사의 보증에 의하면 그랬다. 나는 프란시스코에게 200미터당 2.5센티미터 이상의 오차가 나는 화기는 사용하지 않겠다고 엄포를 놓았었다.

결국 그가 '녹색 물건' 한 정을 해체된 상태로 입수하기에 이르렀다. 제조사에서 흔히 하는 말로 '비밀 저격 방식'을 확보했다. 부품 대부분이 이미 뮈렌에 도착한 상태였다. 간이 조준기는 베른하르트의 사진기 앞에 달린 200밀리 렌즈로 위장해 들여왔다. 탑재대는 안에 숨겼다. 노리쇠는 휴고의 면도기 손잡이로 쓰이고 있었다. 라티파는 레밍턴 매 그넘 총탄 2발을 터무니없이 비싼 에나멜가죽 구두의 양쪽 뒤축에 숨겼다. 우리에게 없는 것은 총열뿐이었다. 총열은 프란시스코의 알파로메오 지붕에 실려 뮈렌 인근의 벵겐으로 들어오는 중이었다. 사람들이 겨울 스포츠를 즐기는 데 필요한 다른 기다란 금속 장비들과 섞으면 은폐하기 쉬웠기 때문이다.

방아쇠는 내가 직접 가져왔다. 그것도 바지 주머니에 넣어서 말이다. 확실히 나는 창의적인 인간 유형은 아닌 것 같다.

우리는 개머리판과 총열 덮개는 없이 하기로 이미 결정한 상태였다. 이 두 가지는 감추기가 쉽지 않을 뿐만 아니라, 솔직히 말해서 없어도 무방한 것들이다. 그건 2각대도 마찬가지였다. 사람들이 뭐라 하던 화기는 결국 관 1개, 납 조각, 그리고 약간의 화약에 지나지 않는 물건이다. 거기에 탄소섬유 소재를 덕지덕지 붙인다고 해서 목표물이 더 잘 죽는 건 결코 아니다. 화기를 정말로 치명적이게 만드는 단 한 가지 추가 요소는 그걸 사용하겠다는 의지로 무장한 사람의 존재이다. 사실 감사하게도 이 사악한 구세계에서조차 그런 사람을 찾기는 아주 어렵다.

바로 나 같은 사람 말이다.

솔로몬은 내게 새라 얘기를 전혀 하지 않았다. 전혀. 그녀가 어떻게 지내는지, 어디에 있는지……. 마지막으로 봤을 때 그녀가 무얼 입고 있었는지 같은 얘기로 대충 때울 수도 있었다. 그러나 그는 단 한 마디도 입 밖에 내지 않았다.

아마 미국인들이 그에게 아무 말도 하지 말라고 지시했을 것이다. 나쁜 얘기든 좋은 얘기든 말이다. "들어보라고, 데이비드. 재미있을 거야. 랭을 분석한 우리 자료에 따르면 말이지, 연애 얘기를 해주면 임무 수행에 지장이 있겠어." 아마 이런 식이었을 것이다. 그리고 "지금은 바짝 조여 줘야 해" 같은 말이 보태졌을 것이다. 그러나 솔로몬은 내게 무슨 말을 하고 말지와 관련해서는 혼자 결정을 내릴 수 있을 만큼 이미 날 잘 알고 있었다. 그런 그가 내게 아무 말도 하지 않았다. 그렇다면 둘 중 하나였다. 첫째, 새라에 관해 아는 게 하나도 없다. 둘째, 그가 입수한 소식은 좋은 내용이 아니다. 아니, 하나가 더 있을 수 있겠다. 많은 경우, 가장 단순한 이유가 가능성도 가장 크기 때문에, 솔로몬이 내게 아무 얘기도 안 한 가장 큰 이유는 어쩌면 내가 묻지 않았기 때문일 수도 있다.

내가 왜 묻지 않았을까? 그 이유는 나도 모르겠다.

나는 아이거 호텔의 내 방 욕조에 몸을 담그고 있었다. 15분마다 발로 수도꼭지를 틀어 온수를 추가하면서. 나는 계속 그 문제를 곰곰 생각했다. 혹 듣게 될 소식이 두려웠을까? 가능한 일이었다. 아니면 내가 암암리에 솔로몬과 접선하는 것을 너무 위험하다고 간주했기 때문이었을 수도 있다. 이러쿵저러쿵 이야기가 길어져 접선 시간이 늘어나면 나쁜 아니라 그의 목숨도 위태로워질 수 있었다. 그것도 가능한 일이었다.

아니 어쩌면, 어쩌면…… 내가 관심을 끊어버렸는지도 몰랐다. 사실 이게 내가 마지막으로 도달한 이유였다. 나는 그 이유라는 괴물 주위를 조심스럽게 돌면서 자세히 살폈고, 가끔씩 날카로운 막대기로 쑤셔보기도 하면서 그게 불쑥 일어나 나를 물겠다고 덮치지나 않을까 전전긍긍했다. 정말이지 내가 이 모든 일을 감수하는 건 새라 때문이라고 스스로를 기만하고 있었는지도 모른다. 이제는 내게도 좋은 친구가 많이 생겼고, 더 심원한 대의까지 발견했으며, 아침에 침대를 박차고 일어날 이유가 더 많아졌음을 선선히 인정해야 하는 것일까? 난 자랑스런 '정의의 칼' 조직원이 아닌가!

그런 이유가 가능하지 않다는 것은 분명했다.

그건 터무니없는 생각이었다.

나는 침대로 기어 올라갔고, 이내 곯아떨어졌다.

추웠다. 커튼을 열면서 처음 든 생각은 춥다는 것이었다. '얘야, 넌 지금 알프스에 있단다'를 상기시켜주는 잿빛의 냉담한 추위. 나는 살짝 걱정이 되었다. 여기까지 왔지만 스키가 썩 내키지 않는 사람들이 추위를 핑계로 침대에 머물 가능성이 더 많아졌기 때문이다. 그런데 우리 작전은 슬로프에 사람들이 많이 있어야 유리했다. 추위는 내 손가락의 반응 속도도 늦출 테고, 불가능하지는 않다고 할지라도 효과적인 저격을 매우 어렵게 할 터였다. 추위로 인해 저격 소음이 더 멀리까지 전파되리라는 것 역시 아주 심각한 문제였다.

녹색 물건은 특별히 시끄러운 총이 아니다. 맞기도 전에 사람들을 대경실색케 하는 M16과는 차원이 다른 화기이다. 그러나 아무리 그렇다고 해도 당신이 그 물건을 손에 쥐고, 저명한 유럽의 정치인을 향해 조준기의 십자선을 맞추는 당사자가 된다면 소음과 같은 특성에 조금 더 민감해질 것이다. 아니, 말이야 바른 말이지, 모든 특성에 다 민감해질 것이다. 당신은 사람들이 잠시라도 신경을 끄고 딴 데를 봐주었으면 하고 바라게 된다. 방아쇠를 당기면 800미터 떨어진 곳에서도 입술을 향해 가던 모든 컵이 멈추고, 모든 귀가 쫑긋 서며, 모든 눈썹이 치켜 올라가고, "이게 내체 무슨 소리야?" 하는 말이 수백 개의 입에서 수십 개의 언어로 튀어나온다. 이런 사실을 상기하게 되면 사수는 조금일지라도 능력을 충분히 발휘하지 못하게 된다. 당구에서는 이런 경우를 삑사리라고 부른다. 저격 암살 분야에서는 그런 상황을 뭐라고 부르는지 모르겠다. 역시 삑사리라고 부르지 않을까.

나는 아침을 든든히 먹었다. 향후 24시간 동안 음식물 섭취 상황이 급격히 바뀌고, 이후로도 바뀐 조건이 지속되어 턱수염이 하얗게 샐 가능성에 대비해 칼로리를 비축해 두려는 조치였다. 식사를 마친 나는 지하에 있는 스키 장비실로 내려갔다. 한 프랑스인 가족도 그곳으로 터벅터벅 내려가고 있었다. 누구 장갑을 누가 가져갔고, 선크림은 어디로 갔으며, 스키 부츠는 왜 이렇게 아픈 것인지 하는 등의 얘기가 들려왔다. 그래서 나는 눈에 띄는 가장 먼 의자로 자리를 정했고, 거기서 장비를 그러모으기로 했다.

베른하르트의 사진기는 무겁고, 다루기도 힘들었다. 내 가슴팍에서 이리저리 아프게 부딪쳤는데, 실제보다 2배는 더 가짜 같다는 느낌이 들었다. 노리쇠와 총탄 1발은 허리에 차는 나일론 소재의 작은 가방에 집어넣었고, 총열은 스키 지팡이 한 짝 내부에 숨겼다. 170그램짜리 지팡이와 거의 1.8킬로그램에 육박하는 지팡이를 혹시라도 구별하지 못할까 봐 노리쇠가 들어 있는 짝의 손잡이에는 붉은 점으로 표시까지 해두었다. 나머지 총탄 3발은 욕실 창문 밖으로 이미 던져 버린 상태였다. 한 발로 성공하지 못할 경우 훨씬 더 커다란 곤경에 처할 것이기 때문에 한 발이면 족하다고 생각했기 때문이다. 사실 바로 그 순간에는 내가 더 커다란 곤경에 처할 수도 있다는 생각은 아예 하지도 않았다. 나는 방아쇠 끝부분으로 손톱 소제를 하면서 1분을 허비했다. 그리고는 종이 냅킨으로 방아쇠 뭉치를 조심스럽게 싸서 호주머니에 집어넣었다.

나는 자리에서 일어나 심호흡을 한 다음 그 '프랑스인 가족'을 뒤로하고 터벅터벅 걸어서 화장실로 갔다.

저주 받은 저격수는 배불리 먹은 아침 식사를 게우고 말았다.

라티파의 선글라스가 머리 위에 걸쳐 있었다. 대기하라는 신호인데, 사실 아무 의미도 없었다. 선글라스가 안 보일 경우는, 판데르 후베 네가 실내에 머물면서 원반 튕기기 놀이를 한다는 얘기였다. 눈에 선글라스를 끼고 있으면, 그들이 활강 코스로 향했다는 신호였다.

결국 머리에 걸친 선글라스는 뭐든지 다 될 수 있었다.

나는 초보자용 활강 코스의 발치를 뚜벅뚜벅 가로질러서 케이블카 타는 곳으로 향했다. 거기에는 이미 휴고가 있었다. 오렌지색과 청록색이 혼합된 옷을 입고 있었고, 그의 선글라스 역시 머리 위에 올라가 있었다.

그가 나를 똑바로 쳐다보았다.

우리가 배운 온갖 지식과 훈련에도 불구하고, 프란시스코의 가르침을 들으면서 그토록 진지하게 우리 모두 고개를 끄덕였음에도 불구하고, 그 모든 것에도 불구하고, 휴고는 나를 똑바로 쳐다보았다. 내가 그에게 눈을 맞춰줄 때까지 그가 계속 나를 쳐다볼 것임을 직감했다. 도리가 없었다. 나도 그를 쳐다보았다. 이 상황이 얼른 종료되기를 바라면서 말이다.

휴고의 두 눈이 빛나고 있었다. 달리 표현할 말을 찾을 수 없었다. 그의 두 눈은 '자, 이제 시작이야' 하는 흥분과 재미로 빛나고 있었다. 크리스마스 아침을 맞이하는 어린애 같았다고나 할까.

휴고가 장갑 낀 손을 들어 귀에 꽂힌 워크맨의 헤드폰을 만지작거렸다. 평범한 스키광이 그를 보았다면 속으로 창피한 줄 알라며 혀를 끌끌 찼을 것이다. 지상에서 가장 아름다운 경치를 감상하며 활주하는 것으로도 모자라서 건즈 앤 로지즈*를 꼭 들어야만 하나. 그 헤드폰이 엉덩이에 꽂힌 단파 수신기와 연결되어 있는 걸 몰랐다면 나 역시 그 물건과 휴고의 행태에 화를 냈을 것이다. 베른하르트가 자기만의 독특한 예보를 그 수신기로 전달해주고 있었다.

나는 무선 수신 장치를 휴대하지 않기로 이미 약속되어 있었다. 내가 체포될 경우, 당국이 공범 가능성을 수사하는 시나리오를 미연에 차단하기 위한 조치였다. 프란시스코가 이 말을 꺼냈을 때, 라티파가 손을 뻗어 내 팔을 꼭 잡았었다.

나는 휴고와 그의 반짝이는 두 눈만을 볼 수 있을 뿐이었다.

---

* Guns N' Roses | 1985년에 창립한 미국의 하드록 그룹.

고도 해발 3,000미터가 약간 넘는 쉴토른산(山) 정상에는 피즈 글로리아(Piz Gloria)라는 식당이 서 있었, 아니 앉아 있었다. 웬만한 스포츠카 한 대 가격을 지불하면 유리와 강철로 지은 이 놀라운 구조물에 입장해서 누구라도 커피를 마시고, 청명한 날에는 무려 여섯 나라의 경관을 조망할 수도 있다.

여러분이 나와 같은 처지라면 그 여섯 나라가 무엇 무엇일지 헤아리고 가늠하면서 청명한 날씨를 만끽했겠지만, 시간이 좀 더 많다면 도대체 뮈렌 사람들은 저렇게 높은 곳에 건물을 어떻게 올렸으며, 짓는 과정에선 또 얼마나 많은 사람들이 죽었을까 궁금해 했을 것이다. 당신이 이런 건물을 본 적이 있고, 영국의 평균적인 건축업자가 부엌 확장 공사의 견적 일자를 산출하는 걸 경험했다면 스위스인을 존경하지 않을 수 없는 것이다.

이 식당의 또 다른 자랑거리는 「제임스 본드」의 촬영지라는 사실이다. '피즈 글로리아'라는 극중 명칭이 이후 줄곧 사용되고 있고, 시설 운영자는 007 기념품을 판매할 수 있는 권리까지 누리고 있다. 아 물론, 커피 값을 지불하면서 파산하지 않은 방문객들에게 한해서.

간단히 말해서 피즈 글로리아는 뮈렌을 찾은 관광객이라면 시간을 내서 꼭 방문해야만 하는 명소였고, 판데르 후베 네도 어젯밤 '뵈프 앙 크루트'*로 저녁 식사를 하면서 시간을 내어 꼭 가보기로 했다.

휴고와 나는 정상에서 내려와 헤어졌다. 나는 안으로 들어갔고, 이 산이라는 실체가 얼마나 멋있을 수 있는지 고개를 절레절레 흔들며 넋을 놓고 바라보았다. 휴고는 밖에서 어슬렁거리며 담배를 피웠고, 스키 바인딩을 만지작거렸다. 그는 가파른 언덕과 고운 눈가루를 찾아다니면서 진지하게 스키를 타는 사람의 외양을 흉내 내고 있었다.

나는 엽서를 몇 장 더 썼고, 가끔씩 오스트리아, 이탈리아, 프랑스, 혹은 눈이 쌓인 다른 어떤 곳을 내려다보았다. 그러자 급사들이 서서히 나가 달라는 신호를 보내기 시작했다. '정의의 칼' 예산이 2잔째 커피까지 지불 가능한지가 문득 궁금해졌다. 바로 그때 밝은 색상의 옷이 마구 움직이는 모습이 내 눈에 들어왔다. 나는 고개를 들었고, 휴고가 밖에서 손을 흔들고 있었다.

식당에 있던 다른 사람들도 전부 그를 보았다. 아마 오스트리아와 이탈리아와 프랑스의 주민 수천 명이 그를 보았을 것이다. 정말이지 그것은 대책 없는 아마추어적 행동이었다. 프란시스코가 현장에 있었다면 훈련 기간 중 무수히 그랬던 것처럼 휴고의 등짝을 거칠게 후려쳤을 것이다. 그러나 프란시스코는 거기 없었고, 휴고는 별다른 이유도 없이 스스로를 바보로 만들고 있었다. 나는 좌절했다. 그나마 호기심을 느낀 구경꾼들 가운데 그가 정확히 누구에게 무슨 일로 손짓을 하는지 알 만한 사람이 한 명도 없다는 게 불행 중 다행이었다.

휴고는 눈에 선글라스를 끼고 있었다.

나는 두 가지 이유에서 스키를 타고 천천히 활강했다. 첫째, 실제로 총을 쏠 시간이 닥쳤을 때 호흡 상태를 가능한 한 침착하게 유지하고 싶었기 때문이다. 둘째이자 더 중요한 이유는, 다리가 부러져서 소총 부품을 몸 여기저기에 숨긴 채 들것에 실려 산을 내려가고 싶지 않았기 때문이다.

---

* boeuf en croûte | 프랑스판 '비프 웰링턴'.

나는 최대한 크고 느리게 횡으로 호를 그리면서 활강했고, 이윽고 수풀에 도착했다. 사면의 경사는 정말 걱정스러울 만큼 경이로웠다. 솔직히 어떤 바보라도 디르크와 로나가 무수히 넘어지지 않고 심지어 다시 일어나서 슬로프를 내려올 수 있을 만큼 능숙하게 스키를 타는 사람들이 아니라는 것쯤은 알 수 있었다. 내가 만약 디르크나, 디르크의 친구나, 그저 옆에서 스키를 타는 사람이었다면 포기하라고 말했을 것이다. 다시 케이블카를 타고 내려가서 더 완만한 코스를 찾아보는 게 상책이라고.

그러나 프란시스코는 디르크의 성향을 자신했다. 그는 자기가 목표물을 잘 알고 있다고 생각했다. 프란시스코의 분석에 따르면 디르크는 돈에 철두철미한 것으로 나타났다. 사실 따져보면 재무부 장관이라니 그럴 것도 같았다. 디르크와 로나가 활강을 포기하기로 결정하면 케이블카를 다시 타고 내려가는 비용을 치러야 하는데, 그것은 그들에게 일종의 무거운 벌금인 셈이었다.

프란시스코는 디르크가 결국 스키를 타고 활강을 시도할 것이라는 데 기꺼이 내 목숨을 걸었다.

그가 전날 밤 에델바이스 호텔의 술집에 라티파를 파견한 것은 다만 확인 차원에서였다. 디르크는 브랜디를 연거푸 들이켰고, 쉴토른을 정복할 각오가 되어 있는 남자의 기개를 뽐내면서 그녀에게 다정한 밀어를 속삭였다. 디르크는 처음에는 약간 걱정하는 눈치였다. 그러나 라티파의 매력적인 속눈썹과 탄력 있는 가슴에 그도 결국 굴복하고 말았다. 그는 자신이 무사히 활강을 마치면 다음날 저녁에 술을 한 잔 사겠다고 약속했다.

라티파는 행운을 빌었고, 9시 정각에 만나자고 약속했다.

휴고는 예상 피격 장소를 확인하고, 거기 서서 담배를 피우며 이를 드러내고 싱긋 웃었다. 대체로 보아 유쾌한 시간이라고 할 수 없었다. 나는 스키를 타고 그를 지나쳐서 10미터 정도 더 깊숙이 숲으로 들어갔다. 그리고는 몸을 돌려 산 위쪽을 바라보며 위치와 각도와 엄폐물을 확인했다. 점검을 끝낸 후, 나는 휴고에게 고개를 끄덕여 주었다.

그가 피우던 담배를 버리고 어깨를 으쓱하더니 사면을 따라 출발했다. 휴고가 작은 눈덩이를 돌아 별 필요도 없는 점프를 연출하자 공중에 눈가루가 날렸다. 그렇게 그는 100미터 정도를 더 내려가서 슬로프 저쪽에 완벽에 가깝게 멈추어 섰다. 그리고는 나한테서 몸을 돌리고 바지의 지퍼를 끄른 다음 바위에 대고 오줌을 누었다.

나도 오줌을 누고 싶었다. 그러나 일단 오줌을 누기 시작하면 절대로 멈출 수 없을 것 같았다. 그냥 오줌을 누었다가는 내게 한 무더기의 옷 말고는 아무것도 남아나지 않을 것 같은 생각마저 들었다.

나는 사진기 앞부분에서 렌즈를 떼어내 뚜껑을 제거하고 산을 지향해 접안경으로 관측을 시작했다. 렌즈에 김이 서려 잘 보이지 않았다. 나는 상의의 지퍼를 열고, 조준기를 안에 집어넣었다. 체온으로 그걸 조금이나마 데워보려는 심산이었다.

춥고, 조용했다. 소총을 조립하는데 손가락 떨리는 소리가 들릴 지경이었다.

이제 나는 그를 포착했다. 800미터 정도 떨어져 있는 듯했다. 그는 여전히 뚱뚱했다. 말하자면 그는 저격수들이 꿈꾸는 실루엣을 갖추고 있는 셈이었다. 물론 그들이 뭔가를 꿈꾼다면 말이지만.

나와 그의 거리는 상당했지만 디르크가 끔찍한 시간을 보내고 있음을 잘 알 수 있었다. 그의 몸짓과 표정은 짧고 간단한 문장을 토해내고 있었다. 나 죽어. 디르크는 엉덩이를 뒤로 쭉 뺐고, 가슴은 앞으로 잔뜩 숙였으며, 두 다리는 두려움과 기진맥진으로 뻣뻣했다. 그렇게 그는 초저속으로 움직이고 있었다.

로나는 디르크보다 조금 더 잘 내려오고 있었지만 그렇다고 월등히 잘 하는 것은 아니었다. 어설프고 서툴렀지만 조금씩 나아지는 실력을 바탕으로 그녀는 될 수 있는 대로 천천히 슬로프를 내려왔다. 비참한 꼬락서니의 남편을 너무 멀리 앞질러 나가면 안 되겠다고 생각하는 듯했다.

나는 기다렸다.

약 600미터 거리로 좁혀졌다. 나는 숨을 깊이 들이쉬었다. 그렇게 혈액에 산소를 가득 충전하고 숨을 멈춘 다음, 그 상태를 유지해보았다. 그러고 나서 조준기에 날숨이 닿지 않도록 다시 입 옆쪽으로 숨을 내쉬었다.

400미터 지점. 디르크는 한 열다섯 번쯤 넘어졌다. 이제는 일어서려고 서두르는 기색도 전혀 없었다. 나는 그가 숨을 헐떡이는 걸 지켜보면서 노리쇠 손잡이를 뒤로 당겼다. 노리쇠 안의 격침이 잡아당겨지면서 찰칵이는 소리가 엄청 크게 들렸다. 오 젠장, 총을 쏘면 엄청난 소음이 발생하겠군. 별안간 눈사태가 일어나지 않을까 하는 생각도 들었다. 수천 톤의 눈에 파묻힐지도 모른다며 끝없이 상상을 해대는 스스로를 자제해야 했다. 내 몸뚱이가 몇 년 동안 발견되지 못하면 어떡하지? 요놈의 방한 재킷이 내가 발견될 때쯤에 촌티가 팍팍 나면 어떡하지? 나는 눈을 다섯 번 깜박거렸다. 호흡과 시야와 허둥댐을 진정할 필요가 있었다. 눈사태가 일어나기에는 날씨가 너무 추웠다. 눈사태가 일어나려면 일단 눈이 많이 내리고, 다음으로 햇빛이 많이 비쳐야 한다. 지금은 그런 조건이 하나도 없었다. 정신 차려라. 나는 조준기를 통해 목표물을 관측했다. 디르크가 다시 일어나고 있는 게 보였다.

그가 일어서더니 나를 바라보았다.

아니 적어도 내 쪽을 보고 있었다. 그는 고글에서 눈을 털어내면서 숲 쪽을 유심히 살폈다.

그는 나를 볼 수 없었다. 그건 불가능했다. 나는 자연스럽게 형성된 엄폐물에 몸을 숨기고 있었고, 총을 거치하는 홈도 최소한으로 파놓고 있었다. 디르크가 식별하려고 했던 게 무엇이었든 간에 모든 것은 뒤범벅된 자연림의 형상 속에 감추어져 있었다. 그는 나를 볼 수 없었다.

그렇다면 그는 무엇을 보고 있었을까?

나는 천천히 고개를 숙여 돌린 다음 주위를 살폈다. 혹시 독립독행하는 크로스컨트리 스키선수나 길을 헤매는 알프스 산양, 아니면 「노노 나네트」*의 주연 배우라도 나타난 건 아닌지 확인해야 했다. 아무튼 디르크의 시선을 사로잡았을지도 모르는 대상은 중요했으니까. 나는 숨을 죽이고, 왼쪽에서 오른쪽으로 천천히 고개를 돌리면서 사면을 훑었고, 소리에 집중했다.

아무것도 없었다.

나는 다시 엄폐물 위로 고개를 내밀었고, 조준기로 디르크를 확인했다. 왼쪽, 오른쪽, 위, 아래.

디르크가 안 보였다.

---

* **No, No Nanette** | 수차 영화화되기도 한 미국의 뮤지컬 코미디(1925년 초연).

나는 고개를 쑥 내밀었다. 절대로 해서는 안 되는 금지 수칙을 어긴 것이다. 아무튼 그의 흔적을 포착하려면 눈을 찌를 듯 반짝이는 설원의 사면을 일별하는 수밖에 없었다. 별안간 입에서 피 맛이 느껴졌다. 가슴 팍 안에서는 심장이 두방망이질 처댔다. 마치 뚫고 나올 것처럼 말이다.

거기 있었다. 300미터 지점. 아까보다 더 빠르게 움직이고 있었다. 그는 더 완만한 경사에서 직활강을 시도 중이었다. 그는 순식간에 슬로프 먼데로 이동해 버렸다. 나는 다시 눈을 가늘게 떴다. 조준기에 오른쪽 눈을 대고, 왼쪽 눈은 감았다.

200미터 지점. 나는 길고 고른 들숨을 머금고 그대로 멈추었다. 내 허파는 4분의 3이 채워졌고, 그 상태를 유지했다.

디르크는 이제 지그재그로 활강하고 있었다. 나의 사선과 일치했다. 그가 완벽하게 내 시야에 놓였다. 나는 언제라도 사격을 가할 수 있었다. 그러나 나는 이번 시도를 내 인생에서 가장 확실한 총격으로 만들어야 함을 잘 알고 있었다. 방아쇠에 손가락을 걸었다. 손가락의 두 번째 관절과 세 번째 관절 사이의 살집에 팽팽한 긴장감이 전해져 왔다. 나는 기다렸다.

디르크가 150미터 지점에서 멈추었다. 그가 산 정상을 바라보았다. 그리고 이어서 산 아래를 내려다보았다. 그러더니 내 쪽으로 몸을 돌렸다. 그는 헐떡거리며 비지땀을 흘리고 있었다. 나는 조준기의 십자선을 그의 가슴 정중앙에 맞췄다. 내가 프란시스코에게 약속한 그대로였다. 내가 모두에게 장담한 그대로였다.

꼭 쥐듯이 당겨라. 절대로 힘을 들여 잡아당겨서는 안 된다. 할 수 있는 한 최대로 서서히, 그리고 사랑스럽게 방아쇠를 당길 것.

19

여러분 안녕하십니까.
BBC 9시 뉴스입니다.

피터 시슨스

우리는 이후로도 36시간 동안 뮈렌을 벗어나지 않았다. 그렇게 하자고 한 것은 나였다.

나는 프란시스코에게 그들이 맨 먼저 기차 출발 상황을 확인할 것이라고 얘기했다. 저격이 있고 나서 12시간 이내에 뮈렌을 떠나거나 떠나려고 시도한 사람은 유무죄 여부에 상관없이 누구라도 지옥 같은 시간을 보내게 될 것이라고 말했다.

프란시스코는 잠시 입술을 깨물더니, 이윽고 조용히 웃으면서 내 말에 동의했다. 뮈렌에 머무르자는 제안이 그에게 더 근사하고 대담무쌍한 행동 계획으로 비쳤던 것 같다. 그런데 침착함과 대담함이야말로 프란시스코가 언제가 실릴 「뉴스위크」의 인물 정보란에서 자기 이름 밑에 부기되었으면 하고 기대하는 특징들이었다. 침울한 인상의 사진에 붙은 설명. "프란시스코. 침착하고 대담함." 이렇게 말이다.

사실 내가 뮈렌에 더 머무르고자 했던 이유는 솔로몬과 이야기할 기회를 갖기 위해서였다. 나는 그 이유를 프란시스코에게는 이실직고하지 않기로 했다.

　그렇게 해서 우리는 사건 현장에 따로따로 죽치고 머물게 됐다. 그렇게 다른 모든 이들과 더불어 멍청히 있는데, 헬리콥터들이 당도했다. 먼저 경찰, 다음은 적십자, 그리고 그 다음은 아니나 다를까 텔레비전 방송진. 저격이 있었다는 풍설은 불과 15분 만에 마을 전체로 파다하게 퍼졌다. 그러나 관광객 대다수는 그 사건을 화제 삼아 서로 대화를 하기에는 충격을 너무 심하게 받은 듯했다. 그들은 이곳저곳을 배회하며 두리번거렸고, 난색을 표하며 자녀들을 멀리 못 가게 했다.

　스위스인들은 술집에 모여 낮은 목소리로 서로에게 웅성거렸다. 그들은 낭패스러웠거나 이 사건이 자신들의 영업에 미칠 영향을 걱정했다. 파급 효과를 냉큼 진단하는 것도 쉬운 일은 아니었다. 어쩌면 그들은 걱정할 필요가 없었는지도 몰랐다. 해질녘이면 술집과 식당들이 평소보다 더 붐볐다. 의견이나 소문 따위를 놓치고 싶은 사람이 아무도 없었던 것이다. 그들은 이 소름이 끼치도록 참혹한 사건과 관련해 구할 수 있는 온갖 해석을 목말라 했다.

　그들이 맨 먼저 비난한 표적은 이라크인이었다. 요즘은 확실히 이라크가 동네북인 것 같았다. 그 이론이 1시간 정도나 지속되었을까……. 더 현명한 사람들이 차분하게 문제를 제기했다. 이라크인들이 그런 공작을 벌일 수는 없었다. 주민들 모르게 마을에 잠입하는 것조차 불가능한 데 저격은 당치도 않았다. 말투, 피부색, 무릎을 꿇고 메카를 향해 기도를 올리는 행위. 빈틈없는 스위스인들이 이런 행태들을 놓칠 리는 없었다.

　다음으로 가능성이 있는 시나리오라며 제시된 게 5종경기 선수였

345

다. 스키로 30킬로미터를 주파하고 탈진한 우리의 5종경기 선수께서 발부리가 걸려 넘어지는 바람에 0.22구경 연습용 라이플총이 발사되었고, 재수 없게도 판데르 후베 씨가 횡사하고 말았다는 얘기였다. 그 이론도 요상하기는 마찬가지였지만 상당히 많은 사람들의 지지를 받았다. 일단은 악의가 배제되었기 때문일 것이다. 스위스인들은 눈 덮인 자신들의 낙원에 적의나 원한 따위를 절대로 허용하고 싶지 않은 것 같았다.

한동안은 그 두 가지 소문이 경합하며 공존하는 듯하더니 이내 기괴한 변종 이론이 탄생했다. 그 시나리오에는 이라크인 5종경기 선수가 등장했다. 어느 모로 봐도 난감하기 짝이 없는 내용이었다. 아무튼 이랬다. 지난 동계 올림픽 경기에서 스칸디나비아 국가 선수들이 엄청난 능력을 바탕으로 커다란 성공을 거두자 질투심에 눈이 먼 한 이라크인 5종경기 선수가 광분하기 시작했다는 것이었다. 무스타파라는 이름이 언급되는 걸 들었다는 사람을 알고 있다는 사람까지 나왔다. 아마도 그 무스타파가 지금도 저기 바깥 어딘가에서 산을 배회하며 장신의 금발 스키 선수들을 찾아 헤매고 있을지 모를 일이었다.

그런 다음에는 소강상태가 이어졌다. 술집은 텅 비었고, 카페들은 밤에 철시했으며, 급사들은 음식이 남은 접시들을 치우면서 당황스럽다는 표정을 주고받았다.

나 역시 무슨 일이 벌어지고 있는 것인지 깨닫는 데에 시간이 필요했다.

관광객들은 마을에서 설왕설래 중이던 시나리오들에 도통 만족하지 못했고, 삼삼오오 호텔 방에 틀어박혀 전지전능한 CNN을 경배하기 시작했다. 「현장을 가다」(Man On The Spot)의 톰 해밀턴이 세상 사람들에게 '방금 들어온'최신 뉴스'의 혜택을 베풀고 있었던 것이다.

라티파와 나는 '춤 빌덴 히르쉬'*라는 술집의 텔레비전 앞에 모여 있었다. 물론 우리 말고도 적당히 취한 독일인 십수 명이 함께 하고 있었다. 톰 해밀턴이 "이번 살인 사건은 어쩌면 활동가들의 소행일지도 모른다"는 보도를 자세히 전하는 중이었다. 톰의 연봉이 20만 달러쯤 될 것 같다는 생각이 들었다. 나는 그 일이 활동가 고사하고 수동적 하수인의 소행일 가능성을 어쩌면 그토록 가차 없이 배제할 수 있었는지 그에게 묻고 싶어졌다. 사실 그렇게 할 수도 있었다. 지금 있는 술집으로부터 200미터가 채 안 되는 곳에서 톰이 화려한 방송 조명을 받으며 자기 일에 매진하고 있었기 때문이다. 불과 20분 전까지만 해도 나는 밖에서 그들의 녹화 준비 작업을 구경하고 있었다. CNN의 한 기술 요원이 톰의 넥타이에 무선 마이크를 달아주자 톰이 자기가 직접 하겠다며 그를 물리쳤었다. 그는 넥타이의 매듭이 망가지는 것을 바라지 않는 눈치였다.

성명서는 지역 시각으로 10시 정각에 발표될 예정이었다. 사이러스가 그 임무를 제대로 수행해, 성명서가 계획대로 전달되었다면 CNN이 진위 여부를 확인하고 있을 터였다. 나머지 방송 요원들이 조금이라도 톰 같으면 아예 따로 시간을 할애해 성명서를 읽어주고 있을 가능성도 많았다. 프란시스코는 '헤게모니'라는 단어를 집어넣어야 한다고 주장했다. 그 단어가 들어가서 그들이 조금쯤은 더 깜짝 놀랐을지도 몰랐다.

마침내 11시 25분에 성명서가 방송으로 나왔다. 성명의 내용이 느리고, 선명하게 전달되었다. CNN의 앵커맨 더그 로즈의 무거운 표정은 이렇게 말하고 있었다. "젠장, 골치 아픈 놈들이 나타났군."

'정의의 칼'이 나타났다.

엄마, 얼른 와보세요. 우리가 나왔어요. 텔레비전에서 우리 얘길 하고 있어요.

생각건대, 내가 원했다면 그날 밤 라티파와 잘 수도 있었을 것이다.

그날 CNN 보도의 나머지는 시대 변천에 따른 테러 관련 자료 영상으로 채워졌다. 그리고 그 대미는 지난주 초에 발생한 바스크 분리주의 조직의 바르셀로나 정부청사 폭탄 공격 사건이었다.** 턱수염을 한 어떤 남자가 다가와서, 자기가 썼다는 광신 행위 연구 책자를 강매하려고 했다. 작은 소동을 치른 우리는 다시 CNN이라는 주요 화제로 복귀했다. 요컨대, 지금 CNN을 보고 있는 사람들에게 그들이 정말로 해야 할 일은 CNN을 보는 것이라고 힘주어 말했던 것이다.

나는 아이거 호텔의 내 침대에 혼자 누워서 양손에 위스키와 담배를 들고 번갈아서 마시고 피우는 중이었다. 이만큼 광고를 해대는 고급 호텔에 투숙하면 우리에게 뭔 일이 일어날지 궁금했다. 우리가 죽을 수도 있지 않을까? 혹시 평행 우주에 있는 것은 아닐까? 아니, 시간이 거꾸로 흐른 것은 아닐까?

짐작하시겠지만 나는 점점 더 술에 취해 가고 있었다. 문 두드리는 소리를 한 번에 냉큼 알아듣지 못한 것도 그 때문이었다.

---

* Zum Wilden Hirsch('야생 사슴 네').

** 이 소설은 '복선' 차원에서 여러 흠들이 있고, 특히 '정의의 칼' 조직원들의 행적이 앞의 서술 내용과 미세하게 충돌한다. 바스크 분리주의 단체가 바르셀로나에서 폭탄 테러를 할 리는 없다. 에스파냐 북부에서 그나마 번화한 도시인 빌바오나 수도 마드리드에서 해야 할 것이다.

아니 한 번에 알아들었으면서도 문 두드리는 소리가 안 났다고 스스로에게 억지를 부린 건지도 모르겠다. 아니 어쩌면 CNN 방송의 미망에서 깨어나는 10분, 어쩌면 10시간 동안 밖에서 누가 계속 문을 두드린 것인지도 몰랐다. 나는 침대를 박차고 일어났다.

"누구세요?"

아무 대답이 없었다.

내게는 무기가 없었다. 물론 무기를 사용할 의지도 없었고 말이다. 나는 문을 활짝 열고 고개를 내밀었다. 있을 게 있을 것이었다.

단신의 남자 한 명이 복도에 서 있었다. 내 키 정도의 사람을 미워할 만큼 그렇게 작은 키였다.

"밸푸어 씨 되십니까?"

나는 순간적으로 머리가 텅 비었다. 비밀공작을 수행하는 요원들이 흔히 경험하는 백지 상태가 그런 것일 듯했다. 자기가 누구로 존재해야 하고, 실제로는 누구이며, 어떤 손으로 펜을 쥐어야 하는지 등을 깜박하는 경우가 있을 테니 말이다. 위스키를 마시면 이런 에피소드가 빈발한다는 것을 나는 깨달았다.

그가 나를 빤히 쳐다보고 있었다. 나는 정신을 차리려고 애쓰면서 기침을 하는 척했다. 밸푸어, 그런가, 아닌가? 밸푸어는 내가 사용 중인 이름이었다. 그런데 누구한테 쓰는 이름이었지? 나는 솔로몬에게는 랭이었고, 프란시스코에게는 리키였고, 대부분의 미국인에게는 더렐이었고, 그리고 …… 밸푸어이기도 했다. 맞다. 나는 호텔 사람들에게 밸푸어였다. 따라서 그들이 밸푸어라고 했다면, 그리고 그들이 밸푸어라고 했음을 내가 의심할 여지가 없다면 나는 경찰에게도 밸푸어였다.

나는 고개를 끄덕였다.

"함께 가주셔야겠습니다."

그가 휙 돌아서더니 복도를 따라서 뚜벅뚜벅 걸어갔다. 나는 재킷과 방 열쇠를 챙기고, 그를 따라갔다. 밸푸어 씨는 다른 사람들도 똑같이 할 거라고 생각하고 기대되는 모든 법을 준수하는 선량한 시민이었기 때문이다. 우리는 승강기로 걸어갔고, 나는 그의 발을 내려다보았다. 그가 신고 있는 바닥이 두꺼운 구두가 눈에 들어왔다. 그는 정말이지 엄청 키가 작았다.

밖에는 눈이 오고 있었다. 사실을 말하자면, 그곳은 항상 눈이 오는 곳이다. 하지만 기억해주기 바란다. 내가 이제야 겨우 정신을 차리기 시작했음을 말이다. 하얀색 하키 퍽들이 나부끼면서 지면을 두드리고 있었다. 마치 하늘나라에서 베개 싸움을 한 파편들이 나부끼는 듯했다. 모든 게 덮이면서 부드러워지고 있었다. 그렇게 모든 것이 누그러지는 듯했다.

우리는 10분가량 걸었다. 그가 나보다 일곱 걸음 앞서서 걸었고, 우리는 마을 외곽에 있는 한 작은 건물에 이르렀다. 단층의 목재 건물이었는데, 아주 낡았던 것 같다. 아니었을 수도 있고. 창틀에는 느슨하게 덧문이 달려 있었다. 눈에 찍힌 발자국으로 보건대 많은 사람들이 그 건물을 출입했음을 알 수 있었다. 아니 어쩌면 한사람이 찍어놓은 발자국이었을 수도 있고. 그 사람이 계속해서 뭔가를 잊어먹었을 수도 있지 않겠는가.

그 집으로 걸어 들어가는 것 자체가 이상한 경험이었다. 내가 술에 취하지 않았다면 그만큼 더 이상했을 것이다. 뭔가를 가져와야만 했다는 생각이 들었다. 정확히 말해서, 황금이나 유향 말이다. 정체를 몰라서 그렇지 몰약도 그렇게 나쁘지는 않겠다고 생각했다.

땅딸보가 옆문에 서서 어깨 너머로 나를 보더니 문을 한 번 두드렸다. 한참 정도가 지났을까, 어딘가의 빗장이 풀렸다. 그러고도 서너 개의 빗장이 더 풀리는 것 같았다. 마침내 문이 활짝 열렸다. 백발의 여자 한 명이 잠시 땅딸보를 쳐다보더니 그보다 오래 나를 유심히 살펴보았다. 그리고는 고개를 끄덕인 다음 우리가 들어갈 수 있게 옆으로 비켜섰다.

디르크 판데르 후베가 하나밖에 없는 방 안 의자에 앉아 안경을 닦고 있었다. 그는 두꺼운 외투를 입고 있었고, 목은 스카프를 동여매고 있었다. 두 발은 어찌나 디룩디룩 살이 쪘는지 신발 옆면이 터져버릴 것 같았다. 가죽 끈이 달린 검정색 옥스퍼드 화로 비싼 신발이었다. 사실은 그가 구두를 자세히 관찰하는 듯 보였기 때문에 나도 그 사실을 알아챘을 뿐이었다.

"장관님, 토머스 랭입니다." 솔로몬이 어둠 속에서 걸어 나오며 말했다.

그는 그렇게 말하면서도 디르크보다는 나를 더 많이 보았다.

디르크는 천천히 안경을 닦았고, 닦은 안경을 조심스럽게 코에 걸치면서 바닥을 응시했다. 이윽고 그가 고개를 들고, 나를 바라보았다. 우호적인 표정은 아니었다. 그는 브로콜리를 먹지 않으려고 애쓰는 아이처럼 입으로 숨을 쉬고 있었다.

"안녕하십니까?" 나는 손을 내밀면서 말했다.

디르크는 솔로몬을 쳐다보았다. 아무도 자기에게 내 손까지 잡아야

함을 사전에 알려주지는 않았다는 투였다. 이윽고 그는 하는 수 없이 축 늘어지고 젖은 손을 내게 내밀었다.

우리는 한동안 서로를 빤히 쳐다보았다.

"이제 가도 됩니까?" 디르크가 말했다.

솔로몬이 잠깐 머뭇거렸다. 우리 셋이 두런두런 모여 앉아 카드놀이라도 좀 했으면 하는 아쉬운 표정이었다.

"물론입니다." 솔로몬이 말했다.

디르크가 자리에서 일어나고서야 나는 그가 비록 뚱뚱하기는 해도 뮈렌에 처음 당도했을 때만큼 비대하지는 않다는 사실을 깨달았다.

그것은 라이프 텍(Life-Tec) 사의 방탄복이 부린 재주였다. 정말이지 대단한 물건이라고 하지 않을 수 없었다. 라이프 텍 인체 장갑은 생명을 보호해주는 데서 기대할 수 있는 모든 임무를 효과적으로 수행하는 탁월한 장비였다. 그러나 외관을 돋보이게 해주는 물건은 못 되었다. 스키복과 함께 착용하면 약간 뚱뚱한 사람도 고도 비만처럼 보이는 것이다. 디르크 같은 사람은 빵빵하게 부풀어 오른 기구처럼 보이고 말이다.

나는 그들이 디르크와 어떤 종류의 거래를 했는지 도무지 추측할 수 없었다. 덧붙이면 네덜란드 정부와도 말이다. 나한테 나서서 얘기해줄 사람이 없다는 것은 분명했다. 어쩌면 디르크가 안식 휴가나 은퇴나 파면 대상이었는지 몰랐다. 그가 10살짜리 소녀들과 침대에서 뒹굴다 들켰을 수도 있겠다. 아니 어쩌면 그들이 그저 돈을 많이 주고 그를 매수했는지도 몰랐다. 가끔은 그런 제안에도 사람들이 넘어가니까 말이다.

아무튼 그들은 공작을 완료했고, 디르크는 나뿐만 아니라 자신을 위해서도 향후 몇 달 동안 몸을 숨기고 있어야 할 터였다. 만약 그가 다음 주에 국제회의 석상에 뿅 하고 나타나 북유럽 국가들이 변동 환율제를 도입해야 한다고 선언하면 사태가 참으로 기괴하게 비칠 테고, 수많은 의혹들을 해명해야만 할 것이다. CNN조차 이 건을 속보로 내보내면서 끝까지 추적할 테고 말이다.

디르크는 해명 없이 자리를 떴다. 백발의 여자가 그를 문밖으로 안내했고, 디르크와 땅딸보는 함께 어둠 속으로 사라졌다.

"기분은 좀 어때요, 선배?"

이제 의자에 앉은 사람은 나였다. 간단한 상호 보고가 끝났고, 솔로몬은 내 주위를 천천히 걷고 있었다. 나의 도덕과 기질과 혈중 알코올 농도를 측정하면서 말이다. 그는 손가락 하나를 입술에 대고는 나를 보지 않는 체했다.

"좋아, 고맙군. 데이비드. 자네는 어떤가?"

"안심이에요, 대장. 그래요, 정말 안심입니다."

잠시 정적. 그는 말보다는 생각에 집중하고 있었다.

"그건 그렇고." 솔로몬이 다시 입을 열었다. "선배가 사격을 그렇게 잘 하다니 축하해요. 미국 동료들도 선배 능력을 흡족해 합니다."

나를 향한 솔로몬의 미소는 활기가 없었다. 듣기 좋은 얘기는 이걸로 끝이고, 골치 아픈 얘기를 꺼내야 한다는 불편한 심기가 느껴졌다.

"그들이 만족했다니 기분 좋군." 내가 대꾸했다. "이젠 뭘 하면 되지?"

나는 담배에 불을 붙였고, 연기 고리를 만들려고 했다. 그러나 솔로몬이 계속 서성이는 바람에 공기의 흐름이 교란되어 여의치가 않았다.

담배 연기가 보기 흉한 줄무늬로 흩어지는 걸 지켜보다가 솔로몬이 내게 대답을 하지 않고 있음을 불현듯 깨달았다.

"데이비드?"

"예, 대장." 그가 잠깐 뜸을 들였다가 대꾸했다. "이젠 뭘 하느냐고요? 적절하고, 예리한 질문입니다. 가장 완벽한 대답을 듣고 싶은 것이겠지요."

분명 뭔가가 잘못 되어 있었다. 솔로몬은 절대로 이렇게 말하는 사람이 아니다. 이렇게 말하는 사람은 나다. 그것도 술에 취했을 때. 솔로몬은 절대로 그러는 법이 없다.

"뭐야?" 내가 말했다. "다 끝난 건가? 악당들은 체포됐고, 목표를 달성한 거야?"

솔로몬이 내 오른쪽 어깨 뒤쪽 어딘가에서 걸음을 멈추었다.

"앞으로는 상황이 좀 힘들어질 겁니다, 대장."

나는 고개를 돌리고 그를 바라보았다. 그리고는 미소를 지어 보였다. 그러나 그는 웃지 않았다.

"지금까지는 안 힘들었나? 방탄조끼 입은 사람한테 총 쏘는 게 안 힘든 거면……."

그러나 솔로몬은 내 말을 듣고 있지 않았다. 그것 역시도 그답지 않은 행동이었다.

"그들은 선배가 계속해서 공작에 투입되기를 원하고 있습니다." 그가 말했다.

그들이 그러리라는 것은 당연했다. 나는 알고 있었다. 테러리스트를 잡는 건 이 작전의 목표가 아니었고, 목표였던 적도 없으니까. 그들은 내가 계속해서 공작에 투입되기를 원했다. 그들은 이 모든 사태를 지속시키고 싶어 했다. 크게 한 방 터뜨릴 수 있는 상황이 무르익을 때까지 말이다.

"대장." 솔로몬이 잠시 후에 입을 열었다. "하나 물어볼게요. 부디 솔직하게 대답해주셨으면 좋겠습니다."

이런 식의 대화는 정말이지 마음에 들지 않았다. 지독하게 잘못 되어 있었다. 생선 요리를 먹는데 적포도주라니! 만찬용 복장에 갈색 구두라니! 사태가 이런 식으로 돌아갈 줄이야.

"말해 봐." 내가 대꾸했다.

솔로몬은 정말로 걱정스런 눈빛이었다.

"솔직하게 대답해주실 거죠? 묻기 전에 알아야겠어요."

"데이비드, 그럴 수는 없지." 내가 웃었다. 난 그가 어깨의 힘을 빼고, 날 그만 놀래켰으면 싶었다.

"자네 입 냄새가 얼마나 심한지 말해달라고 하는 거라면 솔직히 대답해줄 걸세. 하지만 모르겠어…… 다른 걸 묻는 거라면 그래, 나는 아마 거짓말을 할 것 같은데."

솔로몬은 성에 차지 않는 눈치였다. 당연히 전혀 만족스럽지 못할 터였다. 하지만 내가 달리 무슨 말을 할 수 있었겠는가?

솔로몬이 천천히, 그리고 신중하게 헛기침을 했다. 앞으로 한동안 다시는 그 일을 할 수 없을지도 모른다는 비장함이 배어 있었다.

"새라 울프와는 정확히 어떤 사이예요?"

정말이지 나는 당황했다. 도대체 뭐가 뭔지 전혀 알 수 없었다. 나는 가만히 기다렸고, 솔로몬은 앞뒤로 천천히 왔다 갔다 했다. 입술을 오므리고, 애꿎은 바닥에 인상을 쓰는 자태가 10대의 아들에게 수음 행위를 화제로 삼아 대화를 시도해야 하는 불편한 부모 같았다. 내가 그런 경험을 해본 적은 없지만 그런 노력에 얼굴을 붉히면서 안절부절 못 하는 상황이 꽤 많이 등장하리라는 것쯤은 충분히 짐작할 수 있었다. 옷소매에 묻은 작은 얼룩에도 별안간 엄청난 주의를 기울여야 함을 깨닫고 말이다.

"그건 왜 묻는 거지, 데이비드?"

"제발요, 대장. 그냥……."

오늘이 솔로몬한테 별로인 날이라는 게 분명했다. 그는 심호흡을 했다.

"……제발 말씀해주세요."

나는 한동안 그를 지켜보았다. 화도 났고, 꼭 그만큼 미안하기도 했다.

"'옛 정을 생각해서'라고 말하려는 거지?"

"아무래도 상관없어요." 솔로몬이 대꾸했다. "대장이 대답만 하면요. 옛 정이든 새 정이든 말씀 좀 해주세요."

나는 새로 담배에 불을 붙였다. 그리고는 내 손을 바라보았다. 전에도 여러 번 해본 것처럼 그에게 답하기 전에 스스로에게 답해보았다.

새라 울프. 회색 눈동자. 초록색 줄이 들어가 있지. 목의 힘줄이 멋지고. 그래, 생각나는군.

내가 정말로 뭘 느꼈던 걸까? 사랑? 글쎄, 그렇게 답할 수는 없지 않을까? 그렇게 나 스스로에게 사랑의 책임을 지울 수 있을 만큼 내가 상황을 잘 아는 게 절대로 아니었다. 사랑은 말이다. 그것은 소리이다. 그 말이 특정한 감정과 제휴하는 것은 임의적이고, 헤아릴 수 없으며, 궁극적으로 무의미하다. 아니, 여러분만 괜찮다면 나 다시 돌아가야겠다.

연민은 어떨까? 내가 새라 울프를 동정하는 이유는…… 이유가 뭐였지? 그녀는 오빠를 잃었고, 아버지까지 잃었으며, 지금 어두운 탑에 갇혀 있다. 그런 이유라면 내가 그녀를 불쌍히 여길 수도 있겠다는 생각이 들었다. 새라가 나를 자신의 구원자로 여기고 있다는 사실을 고려하면 더더욱 그렇고 말이다.

우정? 아서라. 난 새라에 대해 아는 게 거의 없지 않은가.

그렇다면 대체 뭐지?

"나, 새라를 사랑해." 누군가 이렇게 말하는 소리가 들렸다. 그리고 그게 나라는 걸 깨달았다.

솔로몬이 잠시 두 눈을 감았다. '또' 잘못된 대답이라는 투였다. 그가 천천히 내키지 않는다는 자세로 벽에 붙어 있는 탁자로 걸어갔다. 그러더니 거기 있는 작은 플라스틱 상자를 집어 들었다. 그가 잠시 손으로 상자의 무게를 가늠했다. 상자를 내게 건네줄지, 아니면 문 밖 눈 속으로 내던져 버릴지 고민하는 것 같았다. 그러더니 그가 주머니를 뒤지기 시작했다. 솔로몬이 뭘 찾고 있던 심중에 있던 대상은 마지막 호주머니에 들어 있었다. 나는 이런 일이 다른 사람한테서도 일어나는 현상임을 깨닫고는 조금쯤 흡족해 하고 있었다. 그가 연필형 전등을 꺼냈다. 그리고는 내게 전등과 상자를 건넸다. 솔로몬은 몸을 돌려 자리를 피해주었다. 직접 살펴보라는 것이었다.

나는 상자를 열었다. 당연한 수순이었다. 밀봉된 상자를 받으면 누구라도 그렇게 하는 법이니까. 나는 노란색 플라스틱 뚜껑을 실질적으로, 그리고 은유적으로 젖혔다. 그 즉시로 나의 심장은 박동이 느려졌다.

상자에는 슬라이드 사진이 들어 있었다. 거기에 뭐가 찍혔든 탐탁지 않은 내용일 것임을 직감했다.

첫 번째 사진을 꺼내서 전등 앞에 비춰 보았다.

새라 울프였다. 확실했다.

화창한 날이었고, 검정 드레스를 입고 있었다. 런던의 한 택시에서 내리는 중이었다. 좋아. 괜찮아. 나쁠 게 전혀 없었다. 새라는 웃고 있었다. 아주 행복한 미소였다. 가능한 일이었고, 다행이었다. 새라가 하루 종일 베개를 껴안고 흐느껴 우는 걸 바라지는 않았으니. 다음 사진을 볼까.

운전수에게 요금을 지불하고 있었다. 다시 한 번, 문제 될 게 전혀 없었다. 택시를 탔으면 요금을 내는 게 당연하지. 안 그런가. 이 사진들은 적어도 135밀리, 아니 그 이상 되는 망원 렌즈로 촬영한 것이었다. 장면들이 밀접한 것으로 보아 기계식 연속 촬영 방식으로 찍었음을 알 수 있었다. 누가 왜 이런 일을…….

새라는 이제 택시에서 내려 보도로 향하는 중이었다. 여전히 웃고 있었다. 택시 운전수가 그녀의 엉덩이를 보고 있었다. 내가 택시 운전수라도 그러고 있었을 것이다. 새라가 탑승 중에 운전수의 목덜미를 보았을 테니 그도 그녀의 엉덩이를 보는 게 공평한 거래였다. 아니 어쩌면 공정하지 않을지도 모르지만 이 세상이 완벽하다고 얘기한 사람은 없었으니 그냥 넘어가도록 하자.

나는 고개를 들고 솔로몬의 등짝을 힐끗 보았다. 그는 머리를 숙이고 있었다.

자, 이제 다음 사진을 보시죠.

남자의 팔이었다. 아니 팔과 어깨였다. 암회색 양복을 걸친. 그 팔이 새라의 허리에 가 있었고, 그녀는 키스라도 기다리는 듯 고개를 뒤로 젖히고 있었다. 미소는 한층 더 크고, 돋보였다. 다시 한 번, 뭘 걱정해야 한단 말인가? 우리가 청교도도 아니고. 여자가 누구랑 점심을 먹으러 외출할 수도 있지. 싹싹하게 굴기도 하고, 만나서 즐겁기도 할 테고 말이야. 그런 일로 경찰을 불러야 할까, 아서라.

이제는 팔들이 서로를 감싸고 있었다. 새라의 머리가 사진기 쪽을 향하고 있어서 놈의 얼굴이 보이지는 않았지만 껴안고 있다는 것만큼은 분명했다. 그것도 아주 제대로 꼭 안고 있었다. 따라서 그가 새라의 은행 관리인일 가능성은 거의 없었다. 그렇다면 누구?

이번 사진은 앞의 것과 거의 똑같았다. 그러나 두 사람이 돌기 시작했다. 놈의 머리가 새라의 목에서 떨어지고 있었다.

이제 두 사람은 나를 향해 걸어오고 있었다. 서로의 팔은 여전히 서로를 휘감고 있었고. 놈의 얼굴을 볼 수가 없었다. 지나가는 사람이 카메라 앞으로 지나가면서 그를 가렸던 탓이다. 아무튼 새라의 얼굴은 확실히 보였다. 그녀의 표정은 어땠을까? 행복? 기쁨? 환희? 황홀? 공손한 우아함이었다. 사진은 이제 딱 한 장 남아 있었다.

오, 그래. 나는 속으로 중얼거렸다. 이 얘기였군.

"오, 그래." 나는 큰소리로 말했다. "이 얘기였군."

솔로몬은 돌아보지 않았다.

남자 한 명과 여자 한 명이 나를 향해 다가오고 있었다. 나는 그 두 사람을 다 알았다. 나는 새라와 사랑에 빠졌다고 이미 자백한 상태였다. 그러나 그게 진솔한 감정인지 사실 자신이 없었다. 아니 시시각각으로 자신감이 사라지고 있었다.

그는 키가 컸고, 노숙한 호인 인상이었다. 비싼 양복을 걸치고 있었고, 웃고 있었다. 그들은 둘 다 웃고 있었다. 아주 커다란 웃음이었다. 어찌나 열심히 웃어대고 있는지 금방이라도 두 사람의 머리 뚜껑이 떨어져 나갈 것 같았다.

그 지랄 맞은 두 인간이 무엇 때문에 저렇게 즐거워하는지, 물론 나도 알고 싶었다. 그게 농담이라면 나도 듣고 싶었다. 내장이 파열될 것처럼 그렇게 웃긴지 내가 직접 판단해주리라. 그게 옆에 있는 사람을 붙잡고 몸을 가누어야 할 정도로 웃긴 농담인지 내가 직접 확인하고 싶었다.

난 분명 그 농담의 정체를 알 수 없었다. 다만 확실한 것은 내가 웃을 수 없었다는 사실이다. 그것만은 분명했다.

어두운 탑에 갇힌 내 연인에게 팔을 두르고 웃음을 선사하는 사진 속의 남자는 러셀 P. 반스였다. 그가 새라에게 웃음을, 즐거움을, 또 어쩌면 자기 자신을 채워 넣고 있는지도 몰랐다.

우리는 잠시 쉬어야 했다. 방 저쪽으로 상자를 던져 버리고 나서 다음 얘기를 계속해보자.

20

인생은 오열,
흐느낌, 웃음으로 채워진다.
허나 생각해보면 흐느낌이 압도적이다.

O. 헨리

나는 솔로몬에게 모든 사실을 털어놓았다. 그래야만 했다. 짐작하겠지만 그는 똑똑한 친구이다. 내가 알고 지내온 사람 중에서 가장 똑똑한 축에 들었다. 이 시점에서 그의 지력을 활용하지 않고 계속 망설이는 것은 바보짓이었다. 그 사진들을 보기 전까지 나는 상당히 독자적이었다. 그러나 이제는 나의 진로가 궤도를 상당히 벗어났음을 인정하지 않을 수 없었다.

새벽 4시가 되어서야 얘기를 끝마칠 수 있었다. 그보다 이미 오래전에 솔로몬은 자기 배낭을 열고, 이 세계의 솔로몬들이라면 반드시 구비해야 할 것들을 꺼냈다. 차가 담긴 보온병, 플라스틱 컵 2개, 오렌지 2개, 껍질을 벗길 수 있는 주머니칼, 캐드베리(Cadbury) 사의 밀크 초콜릿 200그램.

우리는 먹고 마셨고, 담배를 피웠고, 흡연에 불만을 토로했다. 나는 그레쥬에이트 연구 얘기를 처음부터 중간까지 자세히 설명했다. 내가 지금 민주주의를 수호하기 위해 하고 있는 일을 하는 게 아니라는 것을. 나는 모두가 편안하게 잠자리에 들 수 있도록 애쓰는 게 아니었다. 이 세상을 더 자유롭고, 행복한 곳으로 만드는 노력을 하는 것도 아니었다. 나는 다만 무기를 팔고 있었던 것이다. 이 모든 사태가 시작된 후로 내가 한 일이라고는 무기를 파는 것뿐이었다.

내 얘기는 결국 솔로몬도 무기를 파는 일에 가담 중이라는 소리였다. 나는 무기를 파는 외판원이었고, 솔로몬은 마케팅 담당 쪽이었던 셈이다. 나는 그가 이런 생각을 별로 내켜하지 않으리라는 것을 알았다.

솔로몬은 내 얘기에 귀를 기울였고, 고개를 끄덕였으며, 제때에 올바른 순서로 적절한 질문을 던졌다. 그가 내 말을 믿는지 안 믿는지 알 수가 없었다. 그렇다고 솔로몬에게 내색을 할 수 있는 것도 아니었다.

나는 이야기를 마쳤고, 의자에 깊숙이 앉으며 초콜릿 덩어리 몇 개를 만지작거렸다. 캐드베리 사 초콜릿을 스위스로 가져오다니, 뉴캐슬에 석탄을 가져온 것과 진배없다는 생각이 스쳐 지나갔다. 그러나 이내 그렇지 않다고 마음을 굳게 고쳐먹었다. 스위스산 초콜릿은 내가 어렸을 때부터 이미 심각한 하향세였고, 요즘은 나이 드신 아주머니들에게 선물할 때나 요긴한 정도이다. 반면 캐드베리 사 초콜릿은 꾸준히 향상을 거듭해 왔고, 이제는 세계의 다른 어떤 초콜릿보다 더 싸고 품질도 우수하다. 뭐, 이게 내 생각이다.

"내가 이렇게 말해도 괜찮다면, 그것 참 터무니없는 이야기로군요, 대장." 솔로몬이 자리에서 일어나 벽을 응시했다. 거기에 창문이 있었다면 아마 틀림없이 창문 밖을 응시했겠지만 창문은 없었고 그럴 수도 없었다.

"그런 셈이지." 나도 동의했다.

우리는 다시 사진 얘기로 돌아왔다. 그게 무슨 의미일지를 함께 심사숙고했다. 우리는 추론하고 가정하면서 어쩌면 어쩔지를 궁리했다. 어느새 눈이 새벽의 여명을 받아 덧문 사이와 출입문 아래로 아침이 오고 있음을 알려주었다. 그때쯤에는 우리도 모든 측면에서 검토를 마친 상태였다.

가능성은 세 가지였다.

부차적 가능성이 매우 많으리라는 것은 분명했지만 그 순간만큼은 넓은 차원에서 상황을 다루고 싶다는 판단을 했고, 우리는 그 부차적 가능성들을 세 가지 시나리오로 압축했다. 다음과 같았다. 반스가 새라에게 들이대고 있다. 새라가 반스에게 들이대고 있다. 어느 누구도 상대방에게 들이대고 있지 않으며 두 사람이 서로 사랑하고 있다. 같은 미국인끼리 낯선 도시에서 긴 오후를 함께 보내고 있는 것이다.

"새라가 반스에게 들이대고 있다면." 내가 먼저 말을 시작했다. "목적이 뭐지? 거기서 뭘 기대하고 있는 걸까?"

솔로몬이 고개를 끄덕였고, 이어 얼굴을 문지르더니 두 눈을 꼭 감았다.

"반스가 섹스하고 나서 하는 고백을 노린 걸까요?" 솔로몬은 자신의 말소리에 주춤했다. "새라가 녹음이나 촬영 같은 걸 해서 「워싱턴 포스트」에 보내려고 했을지도 모르지요."

그 생각이 별로 마음에 들지 않았다. 그건 솔로몬도 마찬가지였다.

"가능성이 낮다고 봐." 내가 말했다.

솔로몬이 다시 고개를 끄덕였다. 그는 필요 이상으로 내 말에 동의하고 있었다. 내가 이런저런 일들로 자제심을 잃고 자포자기하지 않아서 안도감을 느꼈기 때문일 테고, 다시 이성적이고 낙관적으로 사고할 수 있도록 돌려놓고자 했기 때문이었다.

"그렇다면 반스가 새라에게 들이대고 있는 걸까요?"

솔로몬이 머리를 한쪽으로 기울이고 말했다. 치켜 올린 그의 눈썹이 양치기 개처럼 나를 닮달하고 있었다.

"어쩌면. 자진해서 포로가 되면 반항하는 것보다는 낫지. 놈이 새라에게 뭔가를 얘기해줄 수도 있을 거야. 이 모든 일이 다 배후에서 조종되는 거라고 알려주었을지도 모르고. 반스라면 모든 정보를 장악하고 있을 테니까."

하시만 그 시나리오 역시 별로인 듯했다.

우리에게 남은 가능성이라고는 세 번째 시나리오뿐이었다.

그런데, 새라 울프 같은 여자가 뭐가 좋다고 러셀 P. 반스 같은 남자와 어울리는 것일까? 그녀가 왜 그와 함께 걷고, 웃고, 놀아나는 것일까? 정말이지 새라가 그놈과 사랑에 빠졌다면? 사실 나는 그렇다고 거의 확신하고 있었다.

좋다. 반스는 잘 생겼다. 체격도 좋다. 그는 지적이다. 물론 좀 멍청한 방식이긴 하지만. 그에게는 권력이 있다. 옷도 잘 입는다. 그러나 이런 것들을 제외하면 도대체 뭐가 그녀를 사로잡은 것일까? 젠장, 내 말은 그러니까, 반스는 미국 정부의 부패한 대리인으로 활약할 만큼 충분히 노회한 자였다.

나는 호텔로 터벅터벅 걸어가면서 러셀 P. 반스의 성적 매력을 곰곰이 되씹어 보았다. 어느새 완연한 새벽이었다. 새로 쌓인 눈이 그 하얀 기운을 강렬하게 뿜어내고 있었다. 눈이 바지 안으로도 들어왔고, 부츠의 밑창에도 덕지덕지 붙었다. 바로 앞발 밑의 눈은 이렇게 말하는 듯했다. "제발 나를 밟지 마세요, 제발……, 오."

러셀 빵꾸똥꾸 반스.

나는 투숙하는 호텔에 들어섰고, 최대한 조용히 내 방으로 향했다. 문을 열고, 조용히 안으로 들어갔다. 순간 나는 그 자리에 얼어붙고 말았다. 내 방한 재킷도 반쯤은 얼어붙었을 것이다. 나는 눈 속을 헤치며 걸어온 후였다. 내 몸 주위로는 알프스의 차갑고 청명한 대기만이 흐르고 있었다. 그런 내게 실내의 온갖 냄새는 강렬하고 선명했다. 술집의 김빠진 맥주 냄새, 카펫에 떨어진 샴푸 냄새, 지하 수영장에서 나는 염소 냄새, 사방 도처에서 나는 선크림 냄새. 그런데 그것들 말고도 다른 냄새가 있었다. 내 방에서는 절대로 나서는 안 되는 냄새였다.

내가 혼자 투숙하는 비용만을 치르고 있었으므로 더욱더 그랬다. 스위스의 호텔들은 이런 사안에 엄격하기로 악명이 높지 않은가.

라티파가 내 침대에 늘어져 자고 있었다. 홑이불로 벌거벗은 몸뚱이를 가린 자태가 루벤스 회화의 작중 인물 같았다.

"도대체 어디 갔다 온 거예요?"

라티파는 이불로 몸을 턱까지 가리고 자리에서 일어났다. 나는 침대 끝에 앉아서 부츠를 벗었다.

"좀 걸었어요."

"걸어서 어디요?" 여전히 잠에 취한 라티파가 잽싸게 말을 받았다. 자기를 대하는 태도가 못마땅하다는 듯 내게 화도 내고 있었다. "이렇게 눈이 오는데 어디를 간 거예요? 도대체 뭘 하는 거죠?"

나는 남은 한쪽 부츠를 발에서 뽑아내고, 천천히 몸을 돌려 그녀를 바라보았다.

"나는 오늘 총으로 사람을 쏴 죽였어요, 라디파." 나는 그녀에게 리키였기 때문에 라티파를 라디파로 발음했다. "방아쇠를 당겨서 사람을 쏴 죽였다고요." 나는 고개를 돌리고, 바닥을 내려다보았다.

어느새 시인의 마음이 투사의 몸에 빙의해 있었다. 나는 전투의 잔혹함에 넌더리를 내고 있었다.

내가 깔고 앉은 이불의 팽팽한 긴장이 다소 완화되었다. 라티파가 나를 한동안 물끄러미 바라보았다.

"밤새 걸었어요?"

나는 한숨을 내쉬었다.

"걷다, 앉았다 했죠. 생각을 했어요. 인생이 대체 뭔지……."

내가 가장하고 있던 리키는 구변이 좋은 사람이 아니었다. 따라서 이 정도 대답만으로도 충분했다. 리키가 내뱉은 인생이라는 말이 한동안 우리 사이에서 부유(浮遊)했다.

"사람들은 다 죽어요, 리키." 라티파가 말했다. "어딜 가나 죽음이 넘쳐나죠. 살인은 말할 것도 없고요."

이불은 더욱 더 느슨해졌다. 라티파의 손이 침대 옆에 있는 내 손까지 서서히 다가왔다.

도대체 나는 왜 가는 곳마다 이런 주장을 계속해서 들어야만 하는 것일까? 모두가 이 모양이니 너라도 정직하게 굴어야 할 것 아닌가! 별안간 그녀의 말을 반박하면서 내가 누구고, 정말로 어떻게 생각하는지를 또박또박 알려주고 싶었다. 디르크를 죽이고, 다른 누구를 죽여도 프란시스코의 망할 자만심을 제외하면 아무것도 바꾸지 못한다고 말이다. 프란시스코의 자아는 전 세계의 빈민을 두 배 이상 수용하고도 여분의 공간에 수백만의 부르주아까지 들어갈 만큼 컸다.

다행히도 나는 유능한 프로였다. 나는 다만 고개를 주억거렸고, 낙담한 체했으며, 한숨을 조금 더 내쉬었다. 라티파의 손은 내게로 조금 더 다가와 있었다.

"당신 기분이 좋지 않다니 다행이에요." 그녀가 잠시 생각해본 후 이렇게 말했다. 오래 깊이 생각한 게 아니라 확실히 조금 생각한 것이었다. "당신이 아무것도 못 느낀다면 사랑이나 열정이 없다는 뜻일 테니까요. 우리 같은 사람은 열정이 없으면 아무것도 아니죠."

열정이 있어도 우리는 별 존재가 아니라고 나는 생각했다. 그러면서 셔츠를 벗었다.

나는 이미 딴 생각을 하고 있었다. 짐작하시겠지만.

사진이 결정적이었다. 나는 다른 사람들의 주의 주장에 오랫동안 이리저리 치이다가 더 이상 전혀 신경 쓰지 않는 단계로 진입했음을 깨달았다. 나는 무르다와 그의 헬리콥터에 관심이 없었다. 새라 울프와 반스도 신경이 쓰이지 않았다. 오닐과 솔로몬, 프란시스코와 재수 없는 '정의의 칼' 조직도 더 이상 안중에 없었다. 나는 논쟁에서 누가 이기고, 전쟁에서 누가 이길지에 아무런 흥미가 없었다.

나는 나 자신도 별로 걱정하지 않았다.

라티파의 손가락이 내 손등을 간질이고 있었다.

섹스에 관해 말하자면, 남자들은 정말이지 좋아 죽는 입장과 미안해하는 태도 사이에서 이러지도 저러지도 못하는 진퇴양난의 처지에 놓여 있다. 내가 볼 때 그렇다는 얘기이다.

두 성별의 성 활동 기제는 양립 불가능하다. 그것이 냉엄하고 잔혹한 진실이다. 하나는 쇼핑하기에 좋고, 간편하게 주행할 수 있으며, 주차도 아주 편한 소형 자동차이다. 다른 하나는 무거운 짐을 싣고 장거리 여행을 하기에 적합한 대형 자동차이다. 요컨대 더 크고, 더 복잡하고, 유지 관리하기가 더 어려운 셈이다. 당신이 브리스틀에서 노리치로 골동품을 옮기려고 하는데, 피아트 판다(Fiat Panda)를 쓰려고 하지는 않을 것이다. 그런 활동에는 볼보가 적합하다. 어느 한쪽이 다른 쪽보다 낫다는 게 아니다. 그저 다를 뿐이다. 그게 다다.

차이가 있다는 사실을 요즘 세태는 감히 인정하지 못한다. 동일성이 우리 시대의 종교로 확고하게 자리를 잡으면서, 이단자들은 과거 그 어느 때보다 더 배척당하고 있다. 그러나 나는 차이가 있다는 사실을 인정해야만 하겠다. 합리적인 사람이라면 사실 앞에서 겸손해야 한다고 항상 생각해 왔기 때문이다. 사실 앞에서 겸손할 것이며, 긍지를 가지고 견해를 표명하라고 조지 버나드 쇼도 말한 바 있다.

사실 그도 그렇게 하지는 않았다. 나는 다만 내 논변에 뭔가 권위를 부여하고 싶었을 뿐이다. 여러분이 내 얘기를 내켜지 않으리라는 걸 잘 아니까 말이다.

남자가 성 충동에 굴복하면 그건 그런 것이다. 그건 순간이고, 발작이다. 지속되지 않는 사건이다. 반면에 남자가 덜룩스* 색상표에서 최대한 많은 명칭을 기억해내려고 노력하거나, 뭐가 됐든 자신만의 유예 조치를 취해 자제라도 할라치면 기술 좋은 냉혈한이라는 비난을 들어야 한다. 어느 쪽이든 당신이 이성애를 하는 남자라면 성적인 만남에서 모종의 신임을 받는다는 게 대단히 어려운 과제인 셈이다.

---

* **Dulux** | 임피리얼 케미컬 인더스트리스(Imperial Chemical Industries) 사에서 생산하는 페인트 브랜드

 물론 믿음과 신뢰가 행위의 요점은 아니다. 그러나 다시 한 번, 조금치라도 신뢰를 얻어야 그런 말도 할 수 있는 법. 사실 요즘 남자들은 전혀 신뢰받지 못하고 있다. 성 활동의 무대에서 남자들은 여자의 기준으로 판정을 받는다. 당신이 내키는 대로 씩씩거리면서 불만을 토로하고, 비난을 할 수도 있겠지만 그게 사실이다. ─ 남자들이 다른 분야에서 여자들을 심판한다는 것은 물론 분명한 사실이다. 그들은 여자들에게 선심을 쓰고, 압제하고, 배제하고, 차별하고, 비참한 존재로 내몬다. 그러나 침대에서 뒹구는 문제에 이르면, 판정을 내리는 쪽은 여자들이다. 피아트 판다가 볼보가 되려고 노력하지 그 반대는 아닌 것이다. 당신은 절정에 도달하는 데 15분씩 걸린다며 여자를 비난하는 남자들 얘기를 들어본 적이 없을 것이다. 있다고 해도 그건 허약함이나 오만함 또는 이기적이라는 비난을 수반하지는 않는다. 남자들은 대개 고개를 주억거리며 수긍한다. 여자의 몸은 그렇게 되어 있고, 여자가 내게 요구하는 것이 그것이며, 나는 그 요구를 만족시켜주지 못했다는 식이다. 나는 병신이고, 얼른 양말 쪼가리를 찾아 신고, 자리를 떠야 한다.

 솔직히 말해서 이건 불공평하고 터무니없다. 피아트 판다의 뒷좌석에 옷장을 집어넣을 수 없다고 해서 그 차를 쓰레기라고 부르는 게 황당한 것과 마찬가지이다. 피아트 판다가 온갖 다른 이유들로 고물차일 수는 있다. 고장이 잦다, 기름을 많이 먹는다, 뒤쪽 창문에 혐오스런 똥색으로 '터보'라는 문구가 적혀 있다 등등. 그러나 구체적으로 의도된 특성, 곧 소형이라는 점 때문에 고물이 될 수는 없다. 그건 볼보가 단지 크다고 고물차일 수 없는 것과 똑같다.

 여러분이 원한다면 나를 장작더미 위에 매달고 태워도 좋다. 그러나 두 차는 그냥 다를 뿐이다. 그게 다다. 다른 일을 하도록, 다른 속도를 내도록, 다른 유형의 도로를 주행하도록 만들어진 것이다. 두 차는 다르다. 같지 않다. 비슷하지 않다.

이렇게까지 얘기했는데도 내 기분은 별로 나아지지 않았다.

라티파와 나는 아침 식사를 하기 전에 두 번 사랑을 나누었다. 밥을 먹고는 한 번 더 했다. 그렇게 오전 중반쯤에는 고동색을 떠올리기에 이르렀다. 고동색은 딜룩스 색상표에서 31번이다. 그날 난 개인 최고 기록을 세웠다.

"시스코. 궁금한 게 있습니다." 내가 말했다.

"그래? 말해보라고, 릭."

프란시스코가 고개를 돌려 나를 힐끗 보고는, 계기반으로 손을 뻗어 차량 라이터를 뽑았다.

나는 천천히 오랫동안 미네소타 식으로 뜸을 들였다.

"돈은 어디서 나는 거죠?"

프란시스코의 대답을 들으려면 2킬로미터를 더 달려야 했다.

우리는 그의 알파 로메오에 타고 있었다. 단 둘뿐이었다. 자동차는 마르세유를 출발해 파리로 향하는 태양 가득한 도로를 질주 중이었다. 만약에 그가 브루스 스프링스틴의 「본 인 더 유에스에이」(Born In The USA)를 한 번만 더 틀었다면 나는 어쩌면 코피를 쏟았을지도 몰랐다.

디르크 판데르 후베를 저격한 지 3일이 지난 후였고, 이제 '정의의 칼'은 꽤나 무적인 것 같았다. 신문들은 이미 다른 사건 사고들을 다루기 시작했고, 경찰 역시 확실한 단서를 전혀 발견하지 못한 채 곤혹스러워 하고 있었던 것이다.

"돈이 어디서 났을까." 프란시스코가 손가락으로 운전대를 두드리며 내 말을 되풀이했다.

"그래요." 내가 대꾸했다.

도로가 윙윙거렸다. 크고 확실한 게 프랑스식 소음 같았다고나 할까.

"그건 왜 알고 싶은 거지?"

나는 어깨를 으쓱했다.

"뭐…… 그러니까…… 그냥 생각해보는 거죠."

그는 광기에 사로잡힌 로큰롤 가수처럼 웃어댔다.

"생각하지 말게, 리키. 자네는 그냥 하면 돼. 탁월한 행동가로서 임무에만 집중하자고."

나도 따라서 웃었다. 프란스시코는 늘 이런 식으로 내 기분을 맞춰주었다. 만약에 그가 나보다 15센티미터쯤 더 컸다면 대범한 형처럼 내 머리를 헝클어뜨렸을 것이다.

"예. 그냥 생각일 뿐이죠. 그런데……."

나는 말을 멈추었다. 암청색 경찰차가 우리를 지나 쏜살같이 달려갔고, 우리는 둘 다 약 30초쯤 좌석에 더 똑바로 앉았다. 프란시스코가 가속기에서 발을 천천히 떼어, 경찰차가 우리를 추월하도록 했다.

"자꾸 생각이 나는 거죠." 내가 말했다. "이를테면, 호텔에서 수표를 쓸 때라든가…… 꽤 비싸잖아요…… 우리가 여섯 명이니까…… 호텔이랑 다른 비용…… 거기다 비행기 값까지…… 엄청나죠. 그러니까 그 돈이 어디서 나는 걸지 궁금해지는 거고요. 누군가 물주가 있는 거겠죠?"

프란시스코가 알겠다는 듯이 고개를 끄덕였다.

"맞아, 리키. 돈을 대는 사람이 있지. 누군가는 항상 돈을 대야 하는 법이고."

"그렇겠죠? 그럴 줄 알았어요. 누군가는 돈을 대야죠. 그런데……
그게 누구죠?"

프란시스코는 한동안 정면을 주시했다. 이윽고 그가 천천히 고개를
돌려 나를 바라보았다. 오랫동안. 그 오랫동안 전방 도로를 주시하며
사고로 뒤집히는 트럭이 없는지를 살피는 임무가 내게로 떨어졌다. 죽
지 않으려면 어쩔 수 없었다.

엇갈리는 이 두 개의 시선 속에서도 나는 최대한 그에게 내가 순진
무구한 멍청이임을 드러내야 했다. 리키는 위험한 인물이 아니라고,
나는 말하고 있었다. 리키는 믿음직한 행동 대원이고, 다만 누가 돈을
대는지 알고 싶은 순진한 영혼일 뿐이라고 말이다. 리키는 전혀 위협
적이지 않고, 위협적이었던 적도 없으며, 위협적일 수도 없는 조무래
기라고 말이다.

나는 소심하게 우는 소리를 했다.

"길 좀 보세요. 그러니까, 다 알아서 하시겠지만."

프란시스코는 잠시 입술을 깨물었고, 별안간 나를 향해 크게 웃더니
다시 고개를 돌리고 정면을 주시했다.

"그렉이라고, 기억해?" 그가 즐거운 노래를 부르듯이 말했다.

나는 심하게 난색을 표했다. 리키는 지난 몇 시간 동안의 일 외에는
뭘 기억하는 데 소질이 없었기 때문이다.

"그렉 말일세." 그가 다시 말했다. "포르쉐 운전하던. 시가 피우고.
여권 때문에 사진도 찍어줬잖아."

나는 잠시 뜸을 들였다가, 이윽고 활달하게 고개를 끄덕였다.

"그렉. 맞아요, 생각났습니다. 포르쉐를 몰았어요." 내가 다시 말했다.

프란시스코가 미소를 지었다. 어쩌면 그는 이제 내게 얘기를 해줘도 괜찮겠다고 생각하는 듯했다. 파리에 도착할 때쯤이면 내가 아무것도 기억하지 못할 테니까.

"그 사람이야. 아주 영리한 친구지."

"예?" 그게 무슨 말이냐는 듯 내가 대꾸했다.

"그렇다니까." 프란시스코가 말했다. "정말 영리하지. 영리한 데다 돈까지 많고 말이야."

나는 그의 반응을 잠시 곰곰 생각했다.

"난 재수 없었는데요." 내가 말했다.

프란시스코가 놀라서 날 바라보았다. 그러더니 즐겁다는 듯 웃음을 터뜨렸다. 그는 쥐고 있던 운전대를 주먹으로 두드렸다.

"맞아, 그놈 정말 재수 없지." 그가 큰소리로 맞장구를 쳤다. "싫고 지겨운 놈이야."

나도 그와 함께 크게 웃었다. 주인을 기쁘게 할 말을 찾아 했다는 자부심 속에서 말이다. 아무튼 우리는 차차 진정했다. 프란시스코가 손을 뻗어 브루스 스프링스틴을 껐다. 정말이지 그에게 키스라도 해주고 싶은 심정이었다.

"그렉은 딴 사람이랑 작업을 해." 프란시스코의 얼굴이 갑자기 심각해졌다. "취리히에 있는데. 일종의 재정 담당이라고 할 수 있지. 그들이 돈을 굴리고, 거래를 하고, 큰 건들을 취급해. 여러 가지 사업을 하지. 알겠어?"

그가 나를 빤히 쳐다보았고, 나는 본분을 다해 미간을 찌푸렸다. 뭔가에 몰두하는 일이 어렸다는 인상을 줘야 했다. 그도 나의 이런 태도를 원하는 것 같았다.

"아무튼." 그가 말했다. "그렉에게 요청을 하면 돈이 들어오고. 우리는 그 돈을 갖고 이것저것 하는 거지. 그냥 뭉개고 있든, 잃어버리든, 뭐든 말이야."

"꼭 우리가 은행 계좌를 갖고 있는 것 같네요?" 나는 이를 드러내고 웃으면서 말했다.

프란시스코도 나랑 똑같이 웃었다.

"그런 셈이지. 우리에게는 은행 계좌가 있다고, 리키. 그것도 많이."

나는 그런 상황이 너무나 특이해서 경이롭다는 투로 고개를 가로저었다. 그러고 다시 미간을 찌푸렸다.

"그렇게 그렉이 우리에게 돈을 대는 거군요? 하지만 그 사람 돈은 아니겠죠?"

"그렇지. 그의 돈은 아니지. 그가 돈을 취급하면서 해먹기도 하는 모양이야. 그것도 아주 크게. 포르쉐를 모는 걸 보면 알 수 있지. 내가 가진 거라곤 이 지랄 같은 알파 로메오뿐이잖아. 아무튼 그의 돈은 아니야."

"그럼 누구예요?" 내가 물었다. 아마도 이어서 재빨리, "한 사람인가? 많습니까?"

"한 명." 프란시스코가 대답했다. 그리고는 마침내 내게 결정적인 시선을 날렸다. 프란시스코는 나를 회계 감사하고 있었고, 신중히 평가하고 있었다. 그는 내가 자기를 화나게 했던 모든 경험, 내가 자기를 기쁘게 했던 모든 경험을 반추하고 있었다. 프란시스코는 딱히 내가 알아야 할 이유나 권리가 전혀 없는 그 하나의 정보를 쥐어줘도 될 만큼 내가 '정의의 칼'에 충분히 기여했는지를 가늠하고 있었다.

그러더니 그가 코를 킁킁거렸다. 뭔가 중요한 얘기를 할라치면 항상 이런 반응 양상을 보이는 프란시스코였다.

"이름은 몰라." 그가 말했다. "진짜 이름 말이야. 하지만 돈 때문에 은행에서 사용하는 이름은 알지."

"그래요?" 나는 대꾸했다.

나는 숨이 막히고 긴장된다는 표정을 지어 보였다. 프란시스코는 이제 나를 가지고 노는 재미에 빠져서 아는 걸 다 얘기하고 있었다.

"정말요?" 나는 다시 한 번 호응해주었다.

"루카스야." 그가 마침내 입을 열었다. "마이클 루카스."

나는 고개를 끄덕였다.

"대단하군요." 내가 말했다.

잠시 후 나는 머리를 창 쪽에 기대고 잠이 든 척했다.

파리로 향하는 도중 뭔가가 있었던 것 같다. 틀림없었다. 이상한 생각이 머릿속에 떠올랐다. 솔직히 전에는 그런 생각을 해본 적이 없었다.

'살인하지 말라'가 최고의 계명이라고 나는 항상 생각해 왔다. 가장 중요한 것이라고 말이다. 이웃의 재산을 탐하는 것도 분명 피해야 할 일이다. 간음하는 것, 아버지와 어머니를 공경하지 않는 것, 우상을 숭배하는 것도 마찬가지이다.

그러나 '살인하지 말라'는 십계명 가운데서도 으뜸이다. 모두가 그 사실을 알고 있다. 아마도 그 계명이 가장 정당하고, 가장 참되며, 가장 절대적이기 때문일 것이다.

그런데 모두가 잊고 지내는 십계명이 있다. 이웃에게 불리한 거짓 증언을 하지 말라는 것이 바로 그것이다. '살인하지 말라'는 계명과 비교하면 확실히 하찮아 보인다. 사소한 것을 문제시하는 것일 수도 있다.

그러나 그런 상황이 당신 눈앞에서 펼쳐진다고 해보자. 당신의 뇌가 사태의 전후 내용을 갈무리할 기회를 가지기도 전에 본능적으로 당신이 거기에 반응한다면 당신은 그게 바로 인생이고 도덕이고 참된 가치임을 깨닫게 된다. 사태가 그랬으면 하고 생각한 대로는 절대 돌아가지 않는 것 같다.

무르다는 마이크 루카스의 목에 총알구멍을 냈다. 사악한 것을 많이 봐온 내 인생이지만 그렇게 사악한 일은 처음이었다. 요컨대 무르다는 편익을 위해, 재미로, 또는 깔끔한 수완을 뽐내려고 살인을 했다. 무르다가 죽인 사람에게 불리한 거짓 증언을 한다면 그것은 그의 육체적 생존뿐만 아니라 정신적 삶도 빼앗는 것이다. 그의 존재, 그의 기억, 그의 명성을 죽이는 일이다. 단지 자신의 흔적을 감추기 위해 죽은 사람의 이름을 사용해 누명까지 씌우다니. 머리가 약간 돈 28살의 CIA 요원이 모든 죄를 뒤집어쓰게 될 터였다. 바로 그 순간 내 주변 사태가 다르게 보이기 시작했다.

정말이지 나는 화가 났다.

21

바지 단추가 터진 것 같다.

믹 재거

프란시스코는 우리에게 10일간의 휴가를 주었다. 베른하르트는 함부르크에 가서 휴식과 재충전을 하겠다고 말했다. 그의 얼굴 표정에서 어떤 성적 유희가 포함될 수도 있다는 것을 알 수 있었다. 사이러스는 에비앙 레뱅에 갔다. 그의 어머니가 죽어가고 있다고 했다. 그런데 나중에 알고 보니 사이러스의 어머니는 리스본에서 죽어가고 있었다. 사이러스는 어머니가 임종할 때조차도 될 수 있는 대로 멀리 벗어나고자 했던 것이다. 벤저민과 휴고는 스쿠버다이빙을 하겠다고 하이파로 날아갔다. 프란시스코는 파리의 안전 가옥에 머물면서 고독한 사령관의 역할을 다했다.

나는 런던에 가겠다고 말했다. 그러자 라티파가 자기도 따라가겠다고 나섰다.

"런던에 가면 정말 재미있을 거예요. 내가 이것저것 당신에게 구경시켜 드리죠. 런던은 정말 대단한 도시예요."

라티파는 나를 보고 싱긋 웃으면서 윙크를 했다.

"됐거든요." 내가 대꾸했다. "당신이랑 함께 다니고 싶지 않습니다."

확실히 말이 심하기는 했다. 사실 그렇게 무정하게 말하고 싶지도 않았다. 그러나 런던에서 라티파를 옆에 끼고 돌아다니는 위험을 감수하고 싶지는 않았다. 어떤 얼간이가 나타나서, "토머스, 오랜만이군. 저 아가씨는 누구야?" 하고 큰 소리로 인사하는 상황이라니! 생각만 해도 끔찍했다. 나는 자유롭게 돌아다닐 수 있어야만 했고, 생각해낼 수 있는 방법이라고는 면박을 줘서 라티파를 따돌리는 것뿐이었다.

물론 조부모님이나 일곱이나 되는 자식들, 또는 성병 치료 의사를 찾아가야 한다고 얘기를 꾸며낼 수도 있었다. 그러나 결국에는 방해하지 말고 썩 꺼지라는 면박이 더 낫겠다는 생각이 들었던 것이다.

나는 밸푸어 여권을 사용해 파리에서 암스테르담으로 날아갔다. 거기서 1시간 동안 혹시라도 있을지 모르는 미국인 미행을 소독했다. 사실 그들이 나를 미행할 특별한 이유는 없었다. 뮈렌에서 벌어진 충격 사건에 그들은 만족했고, 이제 나는 확실한 팀원이었기 때문이다. 더구나 솔로몬은 다음 접선 때까지 내가 자유로울 것이라는 언질을 이미 해준 상태였다.

그렇다고는 해도, 나는 다음 며칠 동안만이라도 정직했던 예전의 나로 돌아가고 싶었다. 어느 편의 그 누구라도 내가 하는 일이나 가는 곳을 두고 "와우, 이게 누구야?" 하며 인사말을 건네지 않았으면 싶었다. 나는 스키폴 공항에서 오슬로행 표를 산 다음 쓰레기통에 던져 버렸다. 그리고는 갈아입을 옷과 새 선글라스를 샀다. 잠시 화장실에 들어갔다 나온 나는 친근하고 변변찮은 존재인 토머스 랭으로 변신해 있었다.

히스로 공항에는 저녁 6시에 도착했고, 나는 포스트 하우스 호텔에 투숙했다. 이 호텔은 공항에서 아주 가까웠기 때문에 손쉽게 이용할 수 있었다. 하지만 역시 공항에서 아주 가까웠기 때문에 아주 끔찍한 숙박업소였다는 점도 말해 둬야겠다.

나는 목욕을 아주 오래 했고, 그 다음 담배와 재떨이를 들고 침대로 뛰어 올라갔다. 이제 로니에게 전화를 걸 차례였다. 짐작하시겠지만 로니의 도움이 필요했고, 나는 그렇게 커다란 쇼를 준비하고 있었다. 뭔 말인지 모르겠다고? 계속 읽으시라.

우리는 한참을 이야기했다. 아주 좋았다. 누가 뭐라 해도 좋을 수밖에 없었다. 결국에는 무르다가 전화비용을 내야 할 터이니 특별히 더 좋았다. 내가 룸서비스에 주문한 샴페인과 스테이크는 물론이고, 침대 가장자리에 걸려 넘어져 전등을 깨도 그가 비용을 치러야 했다. 물론 나는 청구되는 액수만큼을 그가 버는 데 100분의 1초의 시간도 안 걸리리라는 걸 잘 알고 있었다. 그러나 당신이 전쟁에 나선다면 기꺼이 이런 작은 승리부터 챙겨야 한다.

한판 싸움이 여러분을 기다리고 있다.

"콜린스 씨, 앉으십시오."

접수원이 스위치를 누르더니, 허공에 대고 얘기했다.

"콜린스 씨께서 배러클러프 씨를 찾아오셨습니다."

물론 허공은 아니었고, 그녀는 헤드셋에 달린 가느다란 마이크에 대고 이야기하는 것이었다. 그 헤드셋도 그녀의 커다란 헤어스타일에 파묻혀 잘 보이지 않았지만. 요컨대 내가 그 사실을 깨닫는 데 족히 5분이 걸렸고, 나는 그동안 아무라도 불러서 저 접수원이 환각에 빠져 있다고 말하고 싶었다.

"잠시만 기다려주세요." 그녀가 말했다. 물론 그녀가 내게 말한 건지, 마이크에 대고 말한 건지는 알 수 없었지만.

그녀와 나는 스메츠 펠데 케르크플라인(Smeets Velde Kerkplein) 사무실에 있었다. 스메츠 펠데 케르크플라인이라니, 이게 스크래블 게임*이라면 아마 상당한 점수가 걸려 있는 단어이리라. 나는 톤턴에서 온 화가 아서 콜린스였다.

필립이 아서 콜린스를 기억하고 있을지는 사실 자신이 없었다. 뭐, 그가 기억하지 못한다고 해도 어쩔 수 없었지만. 그래도 여기 12층까지 올라오려면 작더라도 뭔가 연줄이 필요했고, 콜린스라고 속이는 게 가장 확실해보였다. 어차피 '남의 약혼녀랑 잔 놈'을 대충 땜질한 신분이었지만.

나는 자리에서 일어나 방 안을 천천히 걸었다. 화가처럼 머리를 한쪽으로 기울이고, 벽을 덮고 있는 다양한 현대미술 작품들을 살펴봤다. 대부분 회색과 청록색으로 떡칠이 되어 있었다. 거기에 이상한, 정말 이상한 진홍색 줄무늬가 들어가 있었고 말이다. 무슨 실험실에서 제작되었다는 인상을 지울 수가 없었다. 스메츠 펠데 케르크플라인 사를 처음 방문하는 투자자의 가슴에 자신감과 낙관주의를 극대화해 심어주겠다는 구체적인 목표가 있는 듯도 했다. 나야 아무런 감동을 받지 못했지만, 뭐 다른 이유로 여기 온 거니까.

복도를 따라 노란색 참나무로 만든 문이 하나 활짝 열렸고, 필립이 머리를 내밀었다.

---

* Scrabble | 단어 만들기 놀이로, 상표명이다.

그가 잠시 나를 살펴보았다. 그러더니 걸어 나와 열린 문을 붙잡고 기다렸다.

"아서." 필립이 주저하며 입을 열었다. "안녕하십니까?"

그가 착용한 밝은 노란색 바지 멜빵이 유독 돋보였다.

필립은 등을 보인 채 내가 마실 커피를 따르는 중이었다.

"내 이름은 아서가 아닙니다." 나는 의자에 풀썩 주저앉으며 말했다.

그의 머리가 빠르게 돌면서 날 보는 듯하더니 다시 원위치로 돌아갔다.

"젠장." 그가 토해낸 말이었다. 그는 셔츠의 소매 끝동을 빨고 있었다.

이윽고 그가 고개를 돌리고, 열린 문 쪽으로 크게 소리쳤다.

"제인, 걸레 좀 가져다줄래요?"

필립은 엉망진창이 된 커피와 우유와 흠뻑 젖은 비스킷을 내려다보았고, 이내 자신이 신경 쓸 일이 아니라고 판단했다.

"죄송합니다만." 필립이 여전히 셔츠를 핥으면서 말했다. "뭐라고 말씀하셨지요?"

그는 내 뒤를 돌아서 성역과도 같은 자기 책상으로 향했다. 그는 그 신성한 자리에 천천히 앉았다. 치질 때문이거나 내가 뭔가 위험한 일을 할지도 모른다고 생각했기 때문일 것이다. 나는 웃어 보였다. 그의 치질을 선고하고 싶었다.

"나는 아서가 아닙니다." 내가 다시 말했다.

잠시 정적이 흘렀다. 필립의 뇌가 우웅 하고 가동되면서 가능한 천 가지 반응이 연산되고 있음을 그의 눈을 통해 알 수 있었다. 꼭 과일들이 빙글빙글 돌아가는 슬롯머신 같았다.

"뭐라고요?" 마침내 그가 입을 열었다.

레몬 두 개에 체리 한 송이. 다시 시작 버튼을 누를 것.

"그날 로니가 당신에게 거짓말을 했습니다." 나는 변명조로 이렇게 말했다.

그가 앉은 의자에서 몸을 뒤로 기울였다. 그의 얼굴에 차분하고 유쾌한 미소가 어렸다. '네가 무슨 말을 해도 화를 안 낸다'는 결연한 웃음이었다.

"지금 로니가 거짓말을 했다는 겁니까?"

잠시 멈춤.

"말씀이 지나치시군요." 그가 덧붙였다.

"당신한테 죄를 지어서 그런 게 아니었습니다. 당신이 아셔야 할 게, 그러니까, 우리 사이에는 아무 일도 없었습니다."

나는 잠시 뜸을 들였다. '나는 잠시 뜸을 들였다'라고 말하는 데 필요한 시간만큼. 그리고 결정타를 날렸다.

"그때까지는요."

필립이 움찔했다. 눈에 보였다.

역력했다. 안 그랬으면 내가 그걸 어떻게 알겠는가. 움찔하는 동작이 너무 커서 확 뛰어오르는 것 같았을 정도였다.

필립은 하고 있던 바지 멜빵을 내려다보았고, 황동 소재의 길이 조절기 하나를 손톱으로 찍찍 긁어댔다.

"그때까지라고요. 알겠습니다." 필립이 고개를 들었다. "미안합니다만 귀하의 진짜 이름을 묻지 않을 수가 없군요. 그래야 우리의 대화에 뭐라도 진전이 있을 것 같습니다. 그러니까, 당신이 아서 콜린스가 아니라면······."

그가 말꼬리를 흐렸다. 절박하고 전전긍긍한 상태였지만 들키고 싶지는 않았던 것이다. 아무튼 내 앞에선 절대 내색하고 싶지 않았을 것이다.

"내 이름은 랭입니다, 토머스 랭. 먼저 지금 사태가 당신에게 상당한 충격으로 다가갔으리라는 점을 잘 알고 있다는 것을 말씀드리고 싶습니다."

필립은 내 사과를 거절했고, 한동안 자기 자리에 그대로 앉아 있었다. 이제 뭘 해야 하는지 고민하면서 그는 손가락 관절을 씹어댔다.

그는 5분 후에도 여전히 그대로 앉아 있었다. 바로 그때 문이 열렸고, 아마도 제인일 것으로 추정되는 줄무늬 셔츠를 입은 여자가 걸레를 들고 들어왔다. 그리고 로니가 옆에 서 있었다.

두 여자는 한동안 문간에 그대로 서 있었다. 네 개의 눈알이 네 개의 벽과 천장과 바닥에 부딪치며 이리저리 휙휙 날아다니는 소리가 들리는 듯했다. 필립과 나도 자리에서 일어나 똑같이 눈알 던지기를 했다. 당신이 영화감독이었다면 카메라의 위치를 선택하느라고 골치깨나 썩였을 것이다. 극적인 장면이 한동안 그대로 유지되었다. 우리 모두는 지옥 같은 무대에서 몸부림치고 있었다. 로니가 침묵을 깼다.

"자기." 그녀의 목소리는 다정했다.

가엾은 필립이 그 부름에 앞으로 한 걸음 내디뎠다.

그러나 로니는 책상의 내가 있는 쪽으로 다가왔다. 필립은 하는 수 없이 발걸음을 돌려 제인을 향해 모호한 자세를 취하지 않을 수 없었다. 커피를 엎질러서 이 모양이 됐고, 비스킷도 흠뻑 젖어버렸으니 수고스럽겠지만 좀 치워주시겠어요?

필립이 사태를 수습하고 우리에게 고개를 돌렸을 즈음, 로니는 이미 내 팔에 안겨 급행열차처럼 나를 껴안고 있었다. 나도 그녀를 안아주었다. 상황이 그런 반응을 요구하는 듯했고, 나 또한 그러고 싶었기 때문이다. 로니에게서는 아주 좋은 냄새가 났다.

잠시 후 로니가 약간 떨어져서 상체를 뒤로 젖히고 나를 바라보았다. 어쩌면 그녀의 두 눈에 눈물이 어렸던 것 같기도 하다. 그렇게 그녀는 확실하게 연기에 몰두하고 있었다. 이윽고 그녀가 고개를 돌려 필립을 바라보았다.

"필립…… 내가 무슨 말을 할 수 있겠어요?" 로니가 입을 열었다.

그녀가 할 수 있는 말이라고는 그게 다였다.

필립은 목덜미를 긁었다. 얼굴이 빨개졌다. 그는 다시 셔츠의 소매 끝동에 묻은 커피 얼룩을 내려다보았다. 천생 그도 영국인이었다.

"잠깐 자리 좀 비켜주시겠어요, 제인?" 필립은 고개를 수그린 채 이렇게 말했다.

그 말이 제인에게는 기분 좋게 들렸을 것이다. 그녀는 바람처럼 방을 빠져나갔다.

"그렇군." 필립은 당당한 웃음을 지어 보였다.

"맞아요, 그렇습니다." 나도 웃었다. 그러나 나의 웃음은 어색하고 거북했다. "결국 그렇게 된 것 같습니다. 유감이에요, 필립. 저……."

우리 세 사람은 그렇게 한 시대를 계속 서 있었다. 누구라도 잽싸게 다음 대사를 쳐주기를 바라면서 말이다. 이윽고 로니가 내게 고개를 돌렸다. 그녀는 눈짓으로 이제 그걸 하라고 말하고 있었다.

나는 심호흡을 했다.

"그런데요, 필립." 나는 로니에게서 돌아서 필립의 책상으로 한 걸음 다가갔다. "내가 당신에게…… 그러니까…… 뭐 하나 부탁할 수 있을까요?"

필립은 내가 자기를 건물로 때리기라도 했다는 표정이었다.

"부탁?!"

그의 입에서 비명처럼 튀어나온 반응이었다. 나는 그가 불같이 화를 내는 행동의 득실을 재어보고 있음을 알 수 있었다.

로니가 내 뒤에서 불만스럽게 투덜거렸다.

"토머스, 그러지 마세요."

필립이 그녀를 바라보았고, 살짝 미간을 찌푸렸다.

그러나 로니는 전혀 개의치 않았다.

"토머스, 하지 않기로 약속했잖아요." 그녀가 작게 속삭였다.

아름다운 호연이었다.

필립도 뭔가 냄새를 맡았다. 이 방에서 우리만이 유일하게 행복한 한 쌍이라고 선언한 지 30초가 채 안 되었는데 바야흐로 로니와 내가 다툴 기미를 보였던 것이다. 물론 필립은 유쾌하다고는 할 수 없었겠지만 확실히 아까보다 덜 비참해져 있었다.

"무슨 부탁이죠?" 그가 가슴 앞으로 팔짱을 끼고 물었다.

"토머스, 제발!" 로니가 다시 말했다. 정말로 화난 목소리였다.

나는 그녀에게 약간 몸을 돌리고 대꾸했다. 그러나 전에도 이 문제로 여러 번 다툰 것처럼 난 그녀를 바라보지 않고 출입문에 시선을 고정했다.

"필립이 거절할 수도 있겠죠." 내가 말했다. "하지만, 뭐, 물어볼 수는 있는 거잖아요."

로니가 앞으로 발걸음을 옮겨 책상 모서리 근방까지 다가왔다. 이제 그녀는 거의 우리 둘 사이에 있게 됐다. 필립이 로니의 허벅지를 내려다보았다. 그가 우리의 상대적 지위를 가늠하고 있음을 알 수 있었다. 내가 여기서 완전히 끝난 것은 아직 아니라고, 그는 생각하고 있었다.

"당신은 필립을 이용해서는 안 돼요, 토머스." 로니가 책상으로 한 발짝 더 다가서며 말했다. "절대로. 그건 공평하지 못해요. 지금은 아니에요."

"오, 제발." 나는 낙심천만이라는 듯 이렇게 말했다.

"무슨 부탁입니까?" 필립이 다시 물었다.

그의 마음속에서 호기심이 발동하고 있다는 걸 알 수 있었다.

로니가 더 가까이 다가섰다.

"아니, 안 돼요, 필립. 하지 마세요. 우린 갈게요, 그만⋯⋯."

"하지만." 나는 여전히 고개를 수그린 채 입을 열었다. "다시는 내게 이런 기회가 안 올 수도 있습니다. 물어봐야겠어요. 이건 내 일입니다, 안 그래요? 사람들에게 물어보라고요."

나는 점점 더 막 나가고 있었고, 필립은 그 순간을 만끽하고 있었다.

"제발 듣지 마세요, 필립. 미안해요⋯⋯." 로니는 나를 화난 표정으로 노려보았다.

"아니, 괜찮습니다." 필립이 입을 열었다.

그가 천천히 나를 바라보았다. 이제 자기는 실수만 하지 않으면 된다고 필립은 생각하고 있었다.

"당신 일이라는 게 도대체 뭡니까, 토머스?"

토머스라고 부르다니, 무척이나 친절하고 관대한 일이었다. 자신의 약혼녀를 훔쳐간 놈에게 그토록 상냥하고, 우호적이며, 바위처럼 충실한 태도를 보이다니!

"토머스는 기자예요." 로니가 말했다. 나는 대꾸할 기회조차 없었다.

'기자'라는 말이 꽤나 끔찍한 직업인 것처럼 튀어나왔다. 이제 그냥 밀고 나가야 했다.

"당신이 기자 일을 하는데, 내게 부탁할 게 있으시다? 시작해보시죠."

필립은 어느새 웃고 있었다. 자비롭게 패배를 받아들이다니, 신사였다.

"토머스, 꼭 이럴 때 그 부탁을 해야겠어요? 약속했잖아요……."

로니는 머뭇거렸고, 필립은 더 듣고 싶어 했다.

"뭘?" 내가 아주 사납게 받아쳤다.

로니가 나를 매섭게 노려보더니, 이윽고 홱 돌아서서 벽을 응시했다. 그 와중에 로니의 몸이 필립의 팔꿈치에 살짝 닿았다. 필립이 움찔하면서 몸을 굽혔다. 계획대로 착착 진행되고 있었다. 이제 거의 다 왔다고, 그는 생각하고 있었다. 조금만 더 침착하게!

"국가의 안위와 관련된 일입니다." 나는 심드렁하게, 술에 취한 것처럼 말했다.

내 평생에 만나본 몇 안 되는 기자들은 다 이랬던 것 같다. 자기들보다 못한 사람들을 끊임없이 상대하므로 지치지 않을 수 없다는 특유의 태도 말이다. 난 지금 그 태도를 흉내 내고 있었고, 꽤 그럴싸해 보였다.

"요즘 다국적기업들이 정부를 능가하지요." 이제는 영국의 모든 얼간이들도 그 사실을 알아야만 한다는 투로 운을 뗐다.

"어느 신문에 실릴 얘기입니까, 토머스?"

나는 의자에 털썩 주저앉았다. 두 사람은 책상 저쪽에 함께 서 있었고, 나만 몸을 구부리고 단정치 못하게 앉아 있었다. 나는 트림을 몇 번 하고, 이빨 사이에 낀 시금치만 파내기 시작하면 됐다. 필립은 자기가 승자가 되어 가고 있음을 알았다.

"어느 신문이라도 상관없지요." 나는 심술궂은 어깨 짓과 함께 이렇게 받아쳤다.

필립은 이제 나를 동정하고 있었다. 내가 위협적이라는 것을 도저히 믿을 수 없다는 눈치였다.

"그러니까 당신은 어떤…… 정보를 원하는 모양이로군요?"

최종 승리가 눈앞에 보였다.

"바로 그렇습니다." 나는 대꾸했다. "사실은 돈의 흐름에 관한 거죠. 여러 가지 통화 관련 법률을 회피하면서 아무도 모르게 송금하는 것 말입니다. 사실 그 대부분이 다 꿍꿍이속이 있겠지만 제가 알고 싶은 건 한두 건 정도죠."

나는 그렇게 말하면서 실제로 트림을 약간 했다. 로니도 그 소리를 들었고, 고개를 돌려 나를 바라보았다.

"오 제발, 저 사람에게 닥치고 사라지라고 말해주세요, 필립." 로니가 말했다. 그녀는 나를 노려보았다. 살짝 겁이 날 지경이었다. "저 사람은 여기 무단 침입한 거잖아요……."

"신경 꺼주시죠." 내가 대꾸했다. 나도 저능아처럼 멍청하게 그녀를 노려보았다. 우리 두 사람이 몇 년째 불행한 결혼 생활을 유지해오고 있는 것 같은 착각에 빠질 지경이었다. "필립은 상관하지 않아요. 그렇죠, 필?"

필립은 상관없다고 말하려고 했다. 자기도 나름대로 다 생각과 판단이 있다는 걸 알리려고 했다. 그러나 로니는 그를 가만두지 않았다. 그녀가 불을 뿜었다.

"필립은 지금 참고 있다고요, 멍청이 아저씨." 로니가 소리쳤다. "필립은 예의바른 사람이에요."

"나는 안 그렇고?"

"당신이 말썽을 일으켰잖아!"

"당신이 나설 일은 아니지!"

"오, 그래요. 섬세하시기도 해라."

우리는 모루를 앞에 두고 망치와 부젓가락을 휘두르며 맹렬하게 다투었다. 예행연습도 하지 않았는데 이렇게 죽이 잘 맞을 수가!

험악한 분위기가 계속되었다. 필립은 어쩌면 이 모든 불상사가 자기 때문에 시작되었을지도 모른다고 생각했을지도 모른다. 막판에 그가 입을 열었던 것이다.

"토머스, 당신은 특정 자금의 흐름을 추적하고 싶은 거군요? 사람들이 일반적으로 쓰는 방법을 파악하고 싶은 것일 수도 있겠고요?"

드디어 걸려들었어!

"둘 다면 더할 나위가 없겠죠, 필." 내가 대꾸했다.

1시간 반 후에 나는 필립의 사무실을 나왔다. 손에는 '그에게 빚을 지고 있는 친구들 상당수'의 목록이 들려 있었다. 나는 시티 지구를 벗어나 화이트홀로 직행했다. 그리고 거기서 오닐과 메스꺼운 점심을 함께 했다. 물론 음식 자체는 아주 맛있었다.

우리는 잠시 양배추와 왕*을 화제로 이야기를 나누었다. 그리고는 본론으로 들어가 지금까지 벌어진 이야기를 들려주었다. 오닐의 얼굴 색깔이 분홍에서 흰색으로, 이어서 초록색으로 서서히 바뀌었다. 내가 이 모든 사태를 꽤나 흥미진진하게 마감할 수 있을 것 같다면서 나름의 계획을 제시하자 그는 마침내 회색이 되었다.

"랭." 그가 커피를 마시면서 음산한 소리로 말했다. "안 됩니다……. 음…… 내 생각에는 당신이 뭘 시도할 수 있는 여지가 거의 없어 보입니다……."

"오닐 씨, 난 지금 당신의 허락을 구하고 있는 게 아닙니다."

그가 말을 중단했다. 자리에 꼭 붙들려 있는 그의 입이 모호하게 들썩이고 있었다.

"나는 지금 당신에게 어떤 일이 벌어질지 얘기하고 있는 겁니다. 예의상 미리 알려드리는 거란 말입니다." 이런 상황에서 쓰기에는 좀 이상한 말이기는 했다. 예의상이라니……. "당신과 솔로몬과 당신 부서가 손실을 최소화하면서 여기서 빠져나올 수 있었으면 좋겠군요. 하고 말고는 물론 당신한테 달려 있겠습니다만."

"하지만……." 그는 겨우 말을 이어갔다. "안 돼요……. 차라리…… 경찰에 신고하도록 하세요."

물론 그 자신도 자기가 제시한 해법이 얼마나 설득력이 없는지를 잘 알고 있었다.

"물론 그럴 수도 있을 겁니다." 내가 대꾸했다. "당신 부서가 48시간 이내에 폐쇄되고, 쓰던 사무실들이 농림수산부의 탁아시설로 바뀌는 꼴을 보고 싶으면, 그렇다면 좋습니다. 나를 경찰에 넘기는 것도 훌륭한 사태 수습책이라고 할 수 있겠지요. 자, 이제 그 주소를 내게 주시죠?"

---

* '양배추와 왕'(Cabbages and Kings) | 루이스 캐럴의 『이상한 나라의 앨리스』에 나오는 「모르스와 카펜터」 이야기를 암시, 혹은 O. 헨리의 가장 유명한 동명의 작품집을 암시한다.

오닐의 입이 들썩이는 듯했지만 그는 이내 머리를 흔들면서 정신을 차렸다. 결정을 한 듯했다. 그가 연극조의 과장된 표정을 얼굴에 띄웠다. 식당에서 점심을 먹고 있던 다른 모든 사람들에게 '내가 지금 이 남자에게 중요한 종이 쪼가리를 줄 것'이라고 그렇게 말하고 있었다.

나는 오닐에게서 주소가 적힌 쪽지를 받았다. 나는 냉큼 커피를 들이켰고, 자리에서 일어났다. 문 앞에 도착해서 오닐이 앉아 있는 좌석을 돌아다보았다. 그가 다음 달 휴가로 뭘 할 수 있을지 궁금해 하고 있는 게 눈에 선했다.

주소는 켄티쉬 타운(Kentish Town)으로 되어 있었다. 낮은 층의 60년대식 공영주택 단지였다. 목조 부분은 새로 페인트를 칠했고, 창틀 아래에는 화초 가꾸는 상자가 달려 있었으며, 산울타리는 손질되어 있었고, 차고들은 한쪽 면이 잔돌붙임 방식으로 마감되어 있었다. 승강기도 여전히 가동 중이었다.

나는 승강기에 올랐고, 2층에서 문이 열리기를 기다렸다. 이 공영주택 단지는 유지 관리가 아주 잘 되고 있었다. 관료 행정의 지독한 모순을 떠올리지 않을 수 없는 대목이었다. 런던의 대다수 지역에서 쓰레기통은 중산계급 거주 지구에서 수거되어 공영주택 단지에 버려진다. 그곳의 거리를 걷다보면 자동차가 불에 타고 있는 광경도 흔히 목격할 수 있다. 그러나 여기는 아니었다. 이곳의 건물은 별 탈 없이 운영되고 있었고, 주민들도 상당히 품위 있게 살고 있었다. 나머지 사회 성원들이 집도 없이 이동주택 차량에 지친 몸을 싣고 지평선 너머로 사라지고 있다는 생각이 안 들 정도였다. 나는 누군가에게 강경한 내용의 편지를 쓰고 싶다는 생각이 들었다. 쓴 다음에는 그걸 북북 찢어서 아래

잔디밭으로 던져버리고 말이다.

유리창이 달린 14호 방문이 활짝 열렸다. 여자가 한 명 서 있었다.

"안녕하세요. 저는 토머스 랭이라고 합니다. 레이너 씨를 만나 뵙고 싶은데요."

밥 레이너는 내가 하는 얘기를 들으면서 금붕어에게 먹이를 주었다.

그는 안경을 끼고 있었고, 노란색 골프 스웨터를 입고 있었다. 거친 일을 하는 사람들도 비번인 날에는 그렇게 하고 있을 것 같았다. 레이너의 아내가 나를 위해 차와 비스킷을 내왔다. 처음 10분간은 어색하기 이를 데 없었다. 나는 머리는 좀 괜찮으냐고 물었고, 그는 이상한 두통에 계속 시달리고 있다고 말했다. 나는 정말 미안하다고 거듭 사과했고, 그는 걱정하지 말라고 대답했다. 머리를 얻어맞기 전에도 두통에 시달렸다는 것이었다.

사실은 이와 달랐을 테지만 지나간 일이므로 어쩔 수 없다는 얘기였을 것이다. 밥은 진정한 프로였다.

"해보시겠습니까?" 내가 물었다.

그가 수족관의 한쪽을 가볍게 두드렸다. 물고기들은 조금도 구애받지 않는 듯했다.

"그럽시다." 레이너가 잠시 후에 답했다.

"좋습니다." 내가 말했다.

그렇게 되었다. 비용은 무르다가 치를 거였으니까.

22

옥스퍼드의 똑똑한 사람들은
응당 알아야 할 모든 걸 알고 있다.
그러나 그들은 총명한 두꺼비 토드 씨의 절반만큼도 모른다.

케네스 그레이엄

런던 휴가의 나머지 기간 동안 나는 한두 가지 일을 더 처리했다.

먼저 나는 이해할 수 없는 장문의 진술서를 하나 타이핑했다. 내가 이 공작 활동에서 선량하고 영리한 사람처럼 행동한 부분만 썼다. 그런 다음 스위스 코티지의 내셔널 웨스트민스터 은행의 홀커스턴 씨에게 그 진술서를 맡겼다. 진술서가 길었던 이유는 짧게 요약해서 쓸 시간이 없었기 때문이며, 이해할 수 없는 진술서가 될 수밖에 없었던 이유는 사용한 타이프라이터에서 'd'자가 안 먹었기 때문이다.

홀커스턴은 걱정하는 표정이었다. 나 때문인지, 내가 건네준 두툼한 갈색 봉투 때문인지는 알 수 없었지만. 그가 개봉 시점과 관련해 다른 구체적인 지시 사항이 있느냐고 물었다. 내가 그에게 알아서 하라고 말하자 그는 재빨리 봉투를 내려놓고, 다른 사람을 불러 금고로 가져가게 했다.

나는 울프가 내게 보내준 나머지 돈도 여행자 수표로 바꿨다.

주머니가 빵빵해진 나는 토튼햄 코트 로드에 있는 블리츠 일렉트로 닉스로 갔다. 거기서 터번을 두른 아주 친절한 남자와 1시간 동안 무선 주파수에 관한 얘기를 나누었다. 그는 센헤이저 마이크로포트 SK 2012 모델이 단연 최고로, 그걸 대체할 물건은 없다고 알려줬고, 나는 그걸 사기로 했다.

다음 목적지는 이슬링턴*이었다. 담당 변호사를 만나야 했다. 그는 반갑게 내 손을 잡았고, 언제 한 번 만나서 다시 골프라도 치자며 15분 동안 떠들었다. 나 역시 그거 좋은 생각이라며 맞장구를 쳐주었다. 그러나 엄밀히 말해서, 우리가 다시 만나서 골프를 치려면 그 전에 먼저 골프를 쳤어야만 했다. 내가 이 사실을 지적하자 그의 얼굴이 벌게졌다. 그는 어떻게든 사태를 수습해야 했고, 자기가 로버트 랭**이라는 사람과 나를 혼동했다고 말했다. 나는 아마도 그랬을 거라고 대꾸해주었다. 그리고는 유언장을 받아쓰게 하고, 서명했다. 내 명의의 모든 동산과 부동산을 세이브 더 칠드런 기금***에 유증하겠다는 내용을 거기에 담았다.

그리고 나자 다시 참호로 돌아갈 때까지 48시간밖에 남지 않았음을 깨달았다. 그 와중에 우연히 새라 울프를 만났다.

방금 그녀를 우연히 만났다고 말했는데, 정말로 우연히 만났기 때문에 그렇게 말한 것이다.

---

* Islington | 런던 중앙의 London Borough of Islington 구역의 중심부.

* * Robert Lang(1970~) | 체코 출신의 아이스하키 선수.

* * * Save The Children Fund | 1919년 영국에서 창립한 국제어린이보호기금.

나는 며칠 동안 포드 피에스타(Ford Fiesta)를 한 대 빌렸고, 런던 여기저기를 다니면서 마지막으로 부모님과 빚쟁이들을 만났다. 그러다가 간절한 생각이 사무쳤던지 코르크 스트리트까지 가게 됐다. 특별한 이유가 없었기 때문에 되는대로 움직였다. 왼쪽, 오른쪽, 다시 왼쪽으로 차를 몰았는데, 대부분이 철시한 화랑들을 운전해서 지나가고 있는 나 자신을 발견했던 것이다. 나는 더 즐거웠던 나날을 떠올리고 있었다. 물론, 한 번 더 생각해보면 사실 전혀 즐거운 나날은 아니었다. 그러나 그런 나날이 있었고, 거기에는 새라가 있었다. 그러니 행복한 상태에 근접했다고 할 수 있으리라.

해는 낮게 드리웠고, 여전히 밝았다. 순간적으로 고개를 돌려 글래스 빌딩을 바라보는데 라디오에서 "정말 멋지지 않습니까?" 하는 말이 새어나왔던 것 같다. 나는 다시 고개를 돌렸다. 바로 그때 한 줄기 파란 광선이 어떤 밴 뒤쪽에서 내게로 쏜살같이 날아와 꽂혔다.

쏜살같이 날아오다니, 청구서에서나 썼을 법한 말이었다. 요컨대 발을 옮겼다, 거닐었다, 천천히 걸어 나왔다, 보통 걸음으로 걸었다는 식으로 얘기할 수도 있었을 것이다. 사실 이런 묘사가 진실에 더 가까웠다.

브레이크를 밟았지만 너무 늦고 말았다. 운전대를 쥔 팔은 뻣뻣하게 굳었고, 나는 공포와 놀람 속에서 상황을 주시했다. 파란색 섬광은 먼저 뒤로 물러서는가 싶더니 잠시 요지부동의 상태에 있다가 주먹으로 피에스타의 보닛을 내려쳤다. 앞 범퍼가 그 충격으로 내려친 사람의 정강이에 닿은 듯했다.

다행히 아무 일도 일어나지 않았다. 범퍼가 더러웠다면 그녀에게 흙먼지라도 묻었을 것이다. 그러나 범퍼는 더럽지 않았고, 흙먼지도 묻지 않았다. 사태가 반전되었다. 이제 내가 불같이 화를 낼 차례였다. 나는 문을 열고, 차 밖으로 몸을 반쯤 내밀었다. 도대체 뭐 하는 짓이 냐고 따질 기세였다. 그런데 내가 부러뜨릴 뻔했던 다리가 낯이 익었 다. 나는 고개를 들고, 그 파란 옷의 얼굴을 쳐다보았다. 사내들을 횡 설수설하게 만드는 놀라운 회색 눈동자가 거기 있었다. 거기에 덤으로 탁월한 치아까지. 물론 지금은 몇 개밖에 안 보였지만.

"맙소사." 내 입에서 나온 말이었다. "새라."

그녀는 사색이 되어 나를 노려보고 있었다. 반쯤은 충격을 받았고, 나머지 반도 사실 충격을 받아서였겠지.

"토머스?"

우리는 서로를 바라보았다.

우리는 영국, 런던, 코르크 스트리트의 그곳에 서 있었다. 햇살은 눈 부셨고, 자동차에서는 스티비 원더가 흘러나왔다. 우리 주위의 모든 것이 바뀌는 듯했다.

그 일이 어떻게 일어났는지는 모르겠다. 아무튼 불과 몇 초 만에 온 갖 쇼핑객, 상인, 건축업자, 관광객, 교통 감시관과 그들의 구두, 셔츠, 바지, 드레스, 양말, 가방, 손목시계, 집, 자동차, 대부금, 결혼, 식욕, 야망 등이 사라져 버렸다.

새라와 나만 거기 아주 조용한 세계에 서 있었다.

"당신 괜찮은 거예요?" 나는 천 년 후에 이렇게 물었다.

고작 한 말이라니……. 뭐 하러 그런 얘기를 했는지는 나도 몰랐다. 내가 다치게 한 건 아니므로 괜찮은 거냐고 물은 걸까, 아니면 다른 많 은 사람들이 그녀에게 위해를 가하지 않았기 때문에 괜찮은 거냐고 물은 걸까?

새라도 어떻게 해석해야 할지 모르겠다는 표정으로 날 바라보았다. 그러나 잠시 후 우리는 앞의 해석을 바탕으로 상황을 진행해 나가기로 했던 것 같다.

"괜찮아요." 그녀가 대꾸했다.

그 순간 다시 우리 영화의 엑스트라들이 점심을 다 먹고 돌아온 듯 움직이기 시작했다. 소음들이 들려왔다. 재잘거림, 발 끄는 소리, 기침 소리, 물건이 떨어지는 소리 등등. 새라가 자기 손을 어루만지고 있었다. 나는 고개를 돌려 포드의 보닛을 살펴봤다. 쑥 들어가 있었다.

"정말이에요?" 내가 말했다. "아무래도……."

"정말이에요, 토머스. 괜찮아요."

잠시 정적이 흘렀다. 새라는 그 사이에 옷매무새를 바르게 했고, 나는 그러는 그녀를 지켜보았다. 이윽고 그녀가 고개를 들어 나를 바라보았다.

"당신은요?"

"나요?" 내가 말했다. "그러니까 나는……."

도대체 어디에서부터 시작해야 한담?

우리는 술집으로 갔다. 버클리 스퀘어* 근처의 마구간을 개조한 단지 구석에 처박힌 듀크 오브 셈훼어셔라는 곳이었다.

새라는 자리에 앉자마자 핸드백을 열었다. 그녀가 그 안의 내용물과 씨름하면서 여자다움을 한껏 뽐내는 동안 나는 그녀에게 한 잔 하겠느냐고 물었다. 새라는 큰 잔으로 위스키를 마시겠다고 대꾸했다. 나는 방금 전에 큰 충격을 받은 사람에게 알코올을 줘도 되는 것인지 순간적으로 헷갈렸다. 그러나 런던에 있는 술집에 들어가서 따끈한 차를 요구할 수는 없지 않은가. 나는 바가 있는 곳으로 갔고, 맥켈란 (Macallan) 더블 두 잔을 주문했다.

나는 새라와 창문과 출입문을 조심스럽게 살폈다.

그들이 틀림없이 그녀를 미행하고 있을 터였다. 틀림없이.

그들이 감시도 붙이지 않은 채 새라가 자유롭게 돌아다니도록 내버려 둔다는 건 도저히 상상할 수 없는 일이었다. 그 순간 나는 용맹한 사자였고, 새라는 밧줄에 묶인 염소였다. 그녀가 돌아다니도록 내버려 둔다는 것은 미친 짓이었다.

그러나 그게 사실이 아니라면.

아무도 들어오지 않았다. 아무도 안을 들여다보지 않았다. 주변을 배회하는 사람도, 암암리에 곁눈질로 관찰하는 사람도 없었다. 아무것도 없었다. 전혀. 나는 새라를 바라보았다.

새라는 핸드백과의 씨름을 마쳤고, 이제 바로 앉아서 술집 한가운데로 시선을 던지고 있었다. 그녀의 얼굴 표정은 완전히 텅 비어 있었다. 정신이 멍한 듯, 아무것도 생각하지 않고 있었다. 아니 온갖 것을 생각하느라 정체나 불통 상태였는지도……. 알 수 없었다. 내가 자기를 바라보고 있다는 것을 안다는 것만큼은 확실했다. 그런데도 새라가 내게 시선을 던지지 않고 있다는 것은 분명 이상한 징조였다. 하지만 그렇다고 이상한 게 죄는 아니니까.

나는 잔을 받아서 새라가 있는 테이블로 돌아왔다.

---

* Berkeley Square | 런던 서쪽 끝의 주택가.

"고마워요." 그녀가 나한테서 잔을 받으며 말했다. 새라는 위스키 한 잔을 단숨에 목구멍 안으로 털어 넣었다.

"서두르지 마세요." 내가 말했다.

새라는 한동안 진짜 공격적인 태도로 나를 바라보았다. 내가 그녀의 앞길을 막고서 이래라저래라 지시하는 또 다른 하수인인 것처럼 말이다. 그러다가 내가 누구인지 기억해 내고는, 아니 어쩌면 내가 누구인지 생각난 체하는 법이 떠올랐는지 배시시 웃었다. 나도 미소로 화답했다.

"셰리 오크통에서 12년간 숙성된 거예요." 내가 쾌활하게 말했다. "스코틀랜드 고지의 산허리에서 이 순간만을 기다려온 싱글 몰트 위스키인 셈이죠."

내가 시시한 얘기를 장황하게 늘어놓고 있다는 게 분명했다. 그러나 이 상황에서는 그래도 될 것 같았다. 나는 총에 맞았고, 흠씬 두들겨 맞기까지 했으며, 오토바이에서 나동그라졌고, 감금당했고, 거짓말에 속았고, 협박을 받았고, 동침까지 당했고, 은인인 체하는 놈들의 돈을 받았고, 한 번도 본 적이 없는 사람을 저격해야만 했다. 나는 여러 달 동안 죽음을 무릅썼고, 몇 시간 후면 다시 그런 상황에 놓이게 될 처지였다. 나뿐만 아니라 다른 많은 사람의 목숨도 걸려 있었는데, 그들 중 일부는 내가 정말로 좋아하는 사람들이었다.

그리고 그 모든 것의 이유이자 원인이 지금 내 앞에 앉아 있었다. 내가 아는 한 현재 도전하고 있는 이 퀴즈쇼의 최종 상품이기도 했다. 그녀는 지금 안전하고 따뜻한 런던의 술집에서 술을 마시고 있다. 밖에 있는 사람들은 이리저리 거닐었고, 커프스단추를 사거나 드물게 화창한 날씨를 화제 삼아 얘기를 나누고 있었다.

여러분이라도 시시한 얘기를 장황하게 늘어놓았으리라고 생각한다.

우리는 다시 포드에 탑승했고, 나는 차를 몰았다.

새라는 여전히 별 말이 없었다. 그녀가 확실히 한 말이라곤 자신을 미행하는 사람이 없다는 정도였다. 나는 다행이라고, 안심이라고 말했지만 도저히 믿을 수 없었다. 내가 여기저기로 차를 몰면서 백미러를 계속 주시한 이유다. 우리는 비좁은 일방통행로를 따라갔고, 차가 없는 가로수 길을 주행했으며, 웨스트웨이에서 계속 차선을 바꿔 보았지만 아무것도 없었다. 나는 돈이 드는 일도 해보기로 마음먹고, 여러 층으로 지어진 주차장에도 두 군데나 들어갔다가 바로 나왔다. 이런 주차장은 미행 차량에게는 악몽과도 같은 시설이다. 그러나 역시 아무것도 없었다.

나는 새라를 차 안에 남겨두고 밖으로 나와서 혹시라도 설치되어 있을지 모를 무선 송신기를 확인했다. 그렇게 15분 동안 손으로 범퍼와 바퀴 안쪽을 훑은 다음에야 비로소 나는 미행이 없다는 결론을 내렸다. 서너 번 이상 차를 세우고 하늘을 주시하며 경찰 헬리콥터가 떴는지까지 확인했을 정도이니 내가 얼마나 긴장했는지 다들 짐작하실 것이다.

아무것도 없었다.

내가 도박사였다면, 내기를 걸 뭔가가 있었다면, 우리가 깨끗하고, 꼬리를 밟히지 않았고, 감시당하고 있지 않다는 데 전부를 걸었을 것이다.

그렇게 조용하고 평온한 세상에 우리 둘뿐이었다.

사람들은 황혼이라고도 하고, 해가 저문다고도 하고, 땅거미가 진다고도 하지만 내가 보기에는 결코 올바른 표현이 아니다. 과거에는 그런 말들이 뭔가 좋지 않은 일이 들이닥친다는 의미였을 것이다. 밤에는 뭔가가 들이닥치고, 일어나니까 말이다. 사람들이 지는 해를 연상했을 수도 있다. 해가 지면서 날이 저문다는 것을 상기하면 그렇게 생각할 수도 있을 것 같다. 그러나 책을 한 권이라도 읽어보았다면 날은 저물거나 새는 게 아님을 알 수 있다. 날은 별안간 시작된다. 책을 보면 날은 별안간 시작되고, 밤은 저문다.

실제로 밤은 땅에서 솟아오른다. 낮은 끝끝내 버틴다. 마지막까지 파티 장소를 떠나지 않는 쾌활하고 열정적인 손님처럼 말이다. 그 와중에도 대지는 어두워진다. 밤의 기운이 당신의 발목을 감싼다. 떨어뜨린 콘택트렌즈도 영원히 삼켜버린다. 그렇게 당신은 잦아드는 무도회의 환희 속에서 도랑에 빠져버린 그 올가미를 그리워하는 것이다.

햄스테드 히스*로 밤이 솟아올랐다. 새라와 나는 함께 산책했다. 가끔은 손을 잡았고, 따로 떨어져 걷기도 하면서 말이다.

우리는 대부분 말이 없었다. 잔디와 흙과 돌에 걸리는 우리 발소리만 유난히 명명하게 들려왔다. 제비들이 여기저기로 빠르게 날아다녔다. 나무들과 덤불을 쏜살같이 들고나는 게 꼭 은밀한 동성애자들 같았다. 실제로 은밀한 동성애자들이 이곳저곳을 바삐 오가고 있었다. 꼭 제비들처럼 말이다. 그날 밤 히스에서는 많은 일이 벌어지고 있었다. 아니 어쩌면 매일 밤 그럴지도. 남자들이 한 명, 두 명, 세 명, 또는 그 이상씩 모여서 도처에 포진하고 있는 듯했다. 찰나의 전하(電荷)로 서로를 훑어보고, 평가하고, 신호를 던지고, 흥정하고, 거래하는 이것을 알아야 그들도 집에 돌아가서 「모스 수사반장」**의 줄거리에 집중할 수 있으리라.

나는 남자는 이런 존재라고 생각했다. 속박을 벗어난 자유로운 남성의 섹슈얼리티란 바로 이런 것이다. 사랑 없이가 아니라 사랑과는 별도인 것이다. 짧고, 깔끔하며, 효과도 탁월하다. 피아트 판다처럼.

"무슨 생각해요?" 새라가 내딛는 발걸음이 닿는 지면을 뚫어져라 보면서 물었다.

"당신이요." 나는 조금의 망설임도 없이 이렇게 대답했다.

"나요?" 그녀가 대구했다. 우리는 잠시 더 걸었다. "좋은 쪽인가요, 나쁜 쪽인가요?"

"좋은 쪽이고말고요."

나는 그녀를 바라보았다. 그러나 새라는 여전히 미간을 찌푸린 채 아래를 내려다보고 있었다.

"당연히 좋은 쪽이죠." 내가 다시 말했다.

연못에 이르렀다. 우리는 옆에 서서 연못을 바라보았다. 그리고는 거기에 돌까지 던졌다. 잘은 모르지만 저 먼 옛날부터 사람들을 물 쪽으로 이끄는 어떤 심리 기제가 있는 것 같다. 아무튼 우리는 거기에 감사했다. 우리가 마지막으로 함께했던 헨리온템스의 강 언덕이 생각났다. 그 후 나는 프라하로 날아갔고, '정의의 칼' 조직원이 되었고, 온갖 일들을 겪었지.

"토머스." 새라가 불렀다.

---

* **Hampstead Heath** | 런던 북서부의 고지대로 유원지가 있다.
* * **Inspector Morse** | 영국 텔레비전 시리즈로, 영국 소설가 콜린 덱스터(Colin Dexter, 1930~)가 쓴 13편의 『모스 수사반장』연작을 33회로 만든 드라마이다(1987~2000년 방영). 중견 형사반장 모스는 재규어를 몰고, 맥주와 오페라와 시와 미술, 영국 전통맥주, 옛 차, 단어 맞추기 등을 좋아하는 캐릭터로, 퉁한 성격이지만 생생한 페르소나를 구현했다.

나는 고개를 돌려 그녀의 얼굴을 바라보았다. 새라가 마음속으로 뭔가를 연습했고, 이제 서둘러서 그 얘기를 꺼내려 한다는 생각이 별안간 들었다.

"새라." 내가 대꾸했다.

그녀는 계속해서 아래를 보고 있었다.

"토머스, 함께 도망치는 건 어때요?" 그녀가 잠시 말을 멈추었다. 그러더니 이윽고 고개를 들어 나를 바라보았다. 그 아름답고 커다란 회색 눈동자라니! 새라의 두 눈에서 절박함이 읽혔다. "그러니까, 함께요. 그냥 다 잊고 떠나는 거예요."

그녀를 바라보는 내게서 한숨이 새어 나왔다. 다른 세계로 튀면 일이 잘 풀릴지도 모르겠다는 생각이 들기는 했다. 다른 세계, 다른 우주, 다른 시간. 우리처럼 서로 너무 다른 사람들이라면 정말이지 이 모든 걸 뒤로 할 수도 있을 것 같았다. 태양 가득한 카리브해의 섬으로 도망쳐 한 1년 동안 아찔한 섹스를 즐기며 파인애플 주스나 실컷 먹어도 될 것 같았다.

그러나 지금으로선 그럴 수가 없었다. 오랫동안 생각해오던 것을 난 비로소 알게 됐다. 그리고 그렇게 알게 된 사실들이 싫었다.

나는 심호흡을 했다.

"러셀 반스는 얼마나 잘 알죠?" 내가 물었다.

새라가 눈을 깜박였다.

"무슨 말이에요?"

"러셀 반스를 얼마나 잘 아느냐고 물었습니다."

새라가 잠시 나를 똑바로 쳐다보더니 웃음 같은 것을 터뜨렸다. 나도 난처한 상황에 처하면 꼭 그렇게 한다는 게 떠올랐다.

"밴스요……" 그녀는 시선을 외면하고 고개를 흔들면서 말했다. 마치 내가 코카콜라가 더 좋은지, 펩시콜라가 더 좋은지 묻기라도 한 것처럼 말이다. "도대체 그건 왜……?"

나는 새라의 팔꿈치를 움켜잡고, 날 바라보도록 돌려 세웠다.

"그 망할 질문에 답해보세요, 제발."

새라의 두 눈에서 보였던 절박함은 이제 돌연한 공포로 바뀌고 있었다. 나는 그녀를 위협하고 있었다. 더 정확하게 솔직히 말하자면 나를 위협하고 있는 것이기도 했다.

"토머스, 당신이 무슨 말을 하고 있는지 모르겠군요."

그걸로 끝이었다.

그녀의 이 한 마디로 마지막 희망의 빛이 사라지고 말았다. 밤이 차오르고 있었다. 우리는 연못가에 서 있었다. 새라는 내게 거짓말을 했고, 나는 짐작하던 바를 확신하게 됐다.

"그들에게 전화한 건 당신이었어요, 그렇죠?"

새라는 붙들고 있던 내 손에서 잠시잠깐 빠져나가려고 했고, 다시 한 번 웃었다.

"토머스, 당신 정말…… 도대체 왜 이러는 거예요?"

"제발, 새라." 나는 그녀의 팔꿈치를 더 세게 쥐면서 말했다. "연기하지 말아요."

새라는 이제 정말로 놀라는 듯했고, 빠져나가려고 몸부림을 쳤다. 나는 놓아주지 않았다.

"맙소사……." 그녀가 말했다.

새라의 반응에도 나는 고개를 흔들며 그녀를 놓아주지 않았다. 결국 그녀도 저항을 포기했다. 새라는 내게 험상궂은 얼굴을 했고, 나는 고개를 가로저었다. 그녀가 겁먹은 표정을 지었을 때도 역시 나는 고개를 가로저었다. 나는 기다렸고, 그녀는 이런저런 수들을 모두 중단했다.

"새라." 내가 비로소 입을 열었다. "내 말 들어봐요. 멕 라이언*이 누군지는 알죠?" 새라가 고개를 끄덕였다. "멕 라이언은 당신이 지금 하고자 하는 연기를 하면서 수백만 달러를 받아요. 그 이유가 뭔지 알아요?"

새라는 아무 말 없이 날 쏘아봤다.

"잘 하기가 아주 어렵기 때문이죠. 이렇게 가까운 거리에서 그런 연기를 훌륭히 해낼 수 있는 사람은 전 세계에서 수십 명도 안 될 거예요. 그러니 연기하지 말아요. 꾸미지 마세요. 거짓말 하지 말아요."

새라는 입을 다물었고, 갑자기 긴장을 풀고 누그러지는 듯했다. 나도 팔꿈치를 잡고 있던 손의 힘을 풀었다. 그리고 완전히 놓아주었다. 우리는 다 큰 어른처럼 그렇게 거기 서 있었다.

"그들에게 전화한 사람은 바로 당신이었어요." 내가 다시 말했다. "내가 당신 집에 간 첫날 밤 당신이 그들에게 전화를 했어요. 내가 오토바이 사고를 당한 날에도 식당에서 그들에게 전화한 건 바로 당신이었죠."

마지막 말은 하고 싶지 않았다. 그러나 누군가는 해야 했다.

"당신이 그들에게 전화를 해서……" 내가 말했다. "당신 아버지가 죽게 된 거예요."

새라는 햄스테드 히스의 벤치에서 달빛을 받으며 1시간 동안 내 팔을 붙잡고 울었다. 이 세상의 모든 눈물이 그녀의 얼굴을 타고 흘러 대지를 적시는 것 같았다.

한 번은 울음소리가 너무 크고 격렬해져서 멀리 여기저기 흩어져 있던 청중이 모이기까지 했다. 그들은 경찰을 불러야 하는 것 아니냐며 서로 쑥덕거리다가 그러지 않는 게 더 낫겠다고 생각한 모양이었다. 나는 왜 그녀를 안아주었던 것일까? 자기 아버지를 배신하고, 나를 휴지 조각처럼 쓰고 버린 여자를 내가 왜 안아주었던 것일까?

도무지 알 수가 없었다.

마침내 울음소리가 잦아들었지만 나는 계속해서 그녀를 안고 있었다. 아이들이 잔뜩 울어 젖힌 후 해대는 딸꾹질로 새라의 몸도 들썩였다.

"아버지가 돌아가시는 건 계획에 없었어요." 새라가 별안간 분명하고 강한 어조로 말했다. 이 목소리는 어딘가 다른 곳에서 나는 것은 아닌가 하고 의심이 들 지경이었다. 어쩌면 그랬을지도. "그 일은 일어나서는 안 되는 거였어요." 새라는 소매로 콧물을 닦았다. "아버지는 괜찮을 거라고, 원래 약속된 거였어요. 아버지가 중단하기만 하면 아무 일도 일어나지 않을 거라고 했죠. 우리 둘 다 무사할 거라고요. 우리 둘 다……"

새라가 말을 더듬었다. 목소리가 차분했음에도 불구하고 나는 새라가 죄책감 때문에 괴로워하고 있다는 걸 알 수 있었다.

"둘 다 뭐요?" 내가 물었다.

새라가 머리를 뒤로 젖히자 긴 목이 드러났다. 나 말고 다른 사람에게 그 목을 내놓는 것 같았다.

그녀가 웃었다.

---

* **Meg Ryan**(1961~) | 할리우드의 여배우.

"부자가 된다고요." 새라가 말했다.

그 순간에는 나도 웃어야 할 것 같았다. 정말이지 우스꽝스럽게 들렸다. 부자라니. 이름 같기도 했고, 나라 같기도 했고, 무슨 샐러드 같기도 했다. 그 말이 무엇이었든 간에 많은 돈을 갖게 됨을 의미할 수는 없었다. 정말이지 너무 우스꽝스러울 따름이었다.

"그들이 당신에게 부자가 될 수 있다고 얘기했어요?" 내가 물었다.

새라는 숨을 깊이 들이쉬고 내쉬었다. 그녀는 결코 웃을 일이 아니었다는 듯 재빨리 웃음을 거두었다.

"예." 그녀가 말했다. "부자가 된다고요. 돈을 벌 수 있다고요. 우리가 돈을 벌 수 있다고 했어요."

"그 말을 누구에게 했죠? 둘 다한테?"

"오 맙소사, 아니요. 아버지는⋯⋯."

새라가 잠시 말을 멈추었다. 그녀의 몸이 한바탕 격렬하게 떨렸다. 새라는 턱을 위로 쳐들고, 두 눈을 감았다.

"아버진 그런 일 따윈 안중에도 없었어요." 그녀가 말했다.

나는 그의 얼굴을 떠올렸다. 열정적이고, 결연하며, 거듭난 듯한 표정 말이다. 알렉산더 울프는 평생에 걸쳐 큰돈을 벌었고, 스스로 앞길을 개척해 자수성가한 사람이었다. 그러다가 어느 순간 그것이 인생의 목표가 될 수 없음을 깨달았던 것이다. 그는 상황을 바로잡고, 돌려놓을 기회를 포착했던 것이다.

토머스, 당신은 좋은 사람입니까?

"그래서 그들이 당신에게 돈을 주었군요." 내가 말했다.

새라가 눈을 떴고, 급히 미소를 지었다. 그리고는 다시 콧물을 닦았다.

"온갖 것들을 주었죠. 여자가 원하는 모든 것을요. 아버지가 지원을 중단하기로 결정할 때까지 내가 가졌던 모든 것을요."

우리는 그렇게 한참을 앉아 있었다. 손을 잡고, 생각하면서, 그녀가 무엇을 했는지 이야기했다. 그러나 대화는 많이 진척되지 않았다.

우리 두 사람은 서로 상대방과 지금껏 나눈 대화 중에서 이번이 가장 중요하고, 심각하며, 긴 이야기가 될 거라고 처음에 생각했다. 그러나 거의 동시에 우리는 그렇지 않으리라는 걸 깨달았다. 이렇다 할 요점이랄 게 없었다. 할 말이 너무 많았다. 이런저런 일들에 대해 수많은 해명이 이루어져야 했다. 그러나 어찌 보면 그 가운데 쓸모 있는 얘기는 전혀 없었다고도 할 수 있다.

그래서 내가 그 내용을 요약하기로 한다.

알렉산더 울프가 이끄는 게인 파커라는 회사는 스프링, 지레, 문손잡이, 카펫 연결 장치, 혁대 버클 등 서구인들이 일상에서 필요로 하는 수천 가지 용품을 제작했다. 그들은 플라스틱과 금속 제품, 전기 및 기계 부품을 생산했다. 소매상으로 직행하는 일반 소비재도 있었고, 중간재로 다른 제조업자에게 팔려가는 것들도 있었으며, 미국 정부에 납품되는 제품도 있었다.

처음에는 이런 사업 방식이 게인 파커 사에 유리하게 작용했다. 대형 소매 체인의 수석 구매자가 마음에 들어 하는 변기 좌대를 생산할 수 있으면 제대로 잘 하는 것이다. 군용 변기 좌대에 요구되는 특별 사양을 준수해서 미국 정부가 원하는 제품을 생산할 수 있다고 해보자. 분명히 얘기해두는데 그런 게 있다. 군대는 항상 그들만의 독특한 설계 구조를 보유한다. 추측컨대 그 제품 사양 설명서는 A4 용지 30쪽은 족히 될 것이다. 아무튼 그런 물건을 납품할 수 있으면 제대로 잘 하는 것이다.

물론 게인 파커 사는 변기 좌대를 만들지 않았다. 그들은 아주 작은 전기 스위치와 반도체가 들어간 더 근사한 물건을 제작했다. 그 스위치는 자동 온도 조절 장치 생산업체의 필수품이었을 뿐만 아니라 군대에서 설계한 신형 디젤 발전기의 냉각 시스템에도 쓰였다. 그리하여 1972년 2월 게인 파커 사와 알렉산더 울프는 미 국방부의 도급 계약자가 되기에 이르렀다.

그 계약을 맺으면서 이루 헤아릴 수 없는 특혜가 발생했다. 게인 파커 사는 일반 시장에서라면 5달러만 받아도 운이 좋은 상품을 80달러에 매길 수 있게 되었고, 심지어 그렇게 해도 좋다는 격려까지 받았다. 군납 계약이 품질의 보증수표로 기능하면서 첨단 소형 스위치를 구매하려는 전 세계의 고객들이 울프의 집 앞에서 문전성시를 이루었다.

그 순간부터 모든 것이 탄탄대로였다. 소재 산업 분야에서 울프의 입지는 날이 갈수록 견고해졌다. 그와 함께 울프가 이 세계를 지배하는 주요 인사들과 접촉하는 일도 잦아졌다. 그들은 울프에게 미소를 지었고, 농담을 했으며, 롱아일랜드의 세인트 레지스 골프 클럽 회원이 될 수 있도록 배려해주었다. 그들은 한밤중에 그에게 전화를 걸어 이런저런 것들을 화제 삼아 오랫동안 이야기를 나누었다. 그들은 울프에게 햄튼스로 함께 요트 항해를 가자고 청했고, 더 중요하게는 보답으로 그가 부탁한 초대에 응해주었다. 그들은 울프의 가족에게 크리스마스카드와 선물을 보냈고, 결국에 가서는 200석 규모의 공화당 만찬회에 그를 부르기 시작했다. 재정 적자와 미국의 경제 재건에 관한 수많은 대화가 그 자리에서 오갔다. 울프는 지위가 높아지면서 더 많은 계약을 따낼 수 있었고, 저녁 식사 모임도 더 작고 은밀해졌다. 그들은 더 이상 정당 정치 따위에는 관심이 없었다. 그들은 우리가 흔히 이해하는 바의 정치를 더 많이 얘기했다.

그러던 어느 저녁 식사 모임에서였다. 보르도산 적포도주에 혀가 잔뜩 꼬인 해군 제독 한 명이 우연히 알게 됐다는 소문을 울프에게 들려주었다. 소문의 내용은 너무 황당했고, 울프는 그게 사실이라고 생각하지 않았다. 그는 그 얘기가 너무 우스꽝스럽다고 생각했고, 늦은 밤의 전화 통화에서 어울리던 고위 인사 중 한 명한테 그 내용을 들려주었다. 그러다가 결정적인 대목을 이야기하기 전에 전화선이 불통이라는 사실을 알게 되었다.

알렉산더 울프가 군산복합체와 대결하기로 결심한 날 모든 게 바뀌기 시작했다. 그와 그의 가족은 물론 사업에도 이상이 생겼다. 사태는 빠르게 진전되었고, 영원히 바뀌고 말았다. 군산복합체는 잠에서 깬 거대한 괴물처럼 거대하고 날카로운 발을 들어 그를 날려버렸다.

그들은 기존의 계약을 취소했고, 미래의 계약도 체결하지 않았다. 울프의 납품업자들은 파산했고, 직원들은 짐을 쌌으며, 그는 탈세 혐의로 조사를 받았다. 그들은 몇 달에 걸쳐 게인 파커 사의 주식을 샀다가 몇 시간 만에 팔아치웠고, 목적을 달성하지 못하자 마약을 밀수하고 있다고 뒤집어씌웠다. 울프는 심지어 페어웨이를 교체해주지 않았다는 것을 빌미로 세인트 레지스 클럽에서까지 쫓겨났다.

그러나 울프는 전혀 굴하지 않았다. 그는 빛을 보았다고 믿었던 것이다. 그러나 이런 사태가 새라 울프에게는 문제가 됐다. 야수도 그 사실을 알고 있었다. 군산복합체는 알고 있었다. 알렉산더 울프가 사회에 첫 발을 내딛었을 때 독일어가 모국어였고, 미국이 그의 첫 번째 종교였다는 사실을. 그는 열일곱 살 때부터 트럭 짐칸에서 옷걸이를 팔았다. 그는 뉴햄프셔의 로즈(Lowes)에 있는 한 지하실에서 혼자 살았다. 부모는 둘 다 죽어서 안 계셨고, 그는 단돈 10달러도 없었다. 알렉산더 울프는 그런 환경에서 자랐고, 기꺼이 돌아갈 준비가 되어 있었다. 알렉산더 울프에게는 가난이 미지의 음산한 대상, 그래서 두려운 무엇이 아니었다. 그는 살다 보면 언제라도 가난해질 수 있다고 생각했다.

그러나 울프의 딸은 달랐다. 새라 울프는 커다란 저택, 커다란 수영장, 커다란 차, 비싼 치열교정 치료 말고는 경험한 게 없었다. 그녀는 가난이 죽도록 두려웠다. 미지의 대상이 두려웠던 새라는 유혹에 넘어갔다. 야수는 그 사실을 알고 있었다.

한 남자가 나타나 그녀에게 제안을 했다.

"그래요." 새라가 말했다.

"그렇군요." 나도 대꾸했다.

새라의 이빨이 딱딱거리고 있었다. 우리가 그 자리에 꽤 오래 머물렀다는 생각이 비로소 들었다. 더구나 난 아직도 할 일이 많이 남아 있었다.

"집에 데려다 드릴게요." 내가 자리에서 일어나며 말했다.

그러나 새라는 나와 함께 일어나지 않았고, 벤치에 더욱 바짝 붙어버렸다. 두 팔을 배 위에 걸치고 있는 게 꼭 어디가 아픈 것 같았다. 사실 그녀는 고통스러워하고 있었다. 입을 연 새라의 목소리는 놀라울 정도로 차분하고 조용했다. 그녀가 하는 말을 들으려면 고개를 바짝 수그려야 했다. 내가 고개를 숙이면 숙일수록 그녀도 내 시선을 피하려고 고개를 숙였다.

"저를 벌하지 마세요." 새라가 말했다. "저 때문에 아버지가 죽었다고 혼내지 마세요, 토머스. 당신 아니어도 이미 충분히 대가를 치르고 있으니까요."

"당신을 혼내지 않아요, 새라." 내가 말했다. "그저 당신을 집에 데려다주려는 것뿐입니다."

새라가 고개를 들고, 다시 나를 바라보았다. 새로운 두려움이 그녀의 두 눈에 스멀거리고 있었다.

"그렇다면 왜죠?" 그녀가 말했다. "우리는 지금 여기 함께 있어요. 무슨 일이라도 할 수 있죠. 어디라도 갈 수 있고요."

나는 땅을 내려다보았다. 그녀는 아직 상황을 이해하지 못하고 있었다.

"그렇다면 어디로 가고 싶은데요?" 내가 물었다.

"장소는 중요하지 않아요." 새라가 대꾸했다. 절박함이 커졌는지 목소리도 커졌다. "우리가 갈 수 있다는 게 중요하죠. 그러니까, 오 제발, 토머스, 알잖아요……. 그들은 나를 위협하면서 당신을 통제했고, 당신을 위협하면서 나를 통제했어요. 그게 그들의 방식이에요. 이제 그건 끝났어요. 우리는 어디라도 갈 수 있어요. 함께 도망쳐요."

나는 고개를 흔들었다.

"이제는 그렇게 간단한 문제가 아니게 됐어요." 내가 말했다. "그럴 수만 있다면야."

나는 말을 중단했고, 잠시 생각해보았다. 새라에게 어느 선까지 얘기해줘야 할지 머리를 굴렸다. 아무것도 얘기해줄 수 없었다. 젠장.

"이 문제는 우리만 관련된 게 아니에요." 내가 말했다. "우리가 도망쳐 버리면 다른 사람들이 죽을 겁니다. 우리 때문에요."

"다른 사람들이요?" 새라가 말했다. "무슨 말을 하는 거예요? 다른 어떤 사람들이요?"

나는 새라에게 미소를 지어 보였다. 그녀가 조금 더 안심하기를 바랐고, 겁먹지 않기를 바랐기 때문이며, 그 모든 과거를 생생히 기억하고 있었기 때문이기도 했다.

"새라. 당신과 나는 ⋯⋯."

나는 잠시 주저했다.

"뭐요?"

나는 심호흡을 했다. 그 말 말고는 다른 방법이 없었다.

"우리는 올바른 일을 해야 합니다." 내가 말했다.

23

요컨대 동양이나 서양 따위는 존재하지 않는다.
국경도, 혈통도, 출신 성분도 필요 없다.
강한 남자 두 명이 정면으로 충돌할 때는
그들이 지구의 정반대편 출신이라는 것은
아무 문제가 안 된다.

루디야드 키플링

영화 같을 거라고 기대하면서 카사블랑카에 가서는 안 된다.

요컨대, 눈코 뜰 새 없이 바쁘지 않고 일정이 허락한다면 카사블랑카에는 절대 가지 마시라.

사람들은 흔히 나이지리아와 그 주변 해안 국가들을 아프리카의 '겨드랑이'라고 부른다. 그러나 이건 공정하지 못하다. 내 경험으로 볼 때 지구의 이 지역 사람들, 문화, 풍광, 맥주는 단연 최고이기 때문이다. 그러나 여러분이 어두운 방에서 눈을 가늘게 뜨고 지도를 볼라치면 그 지역의 해안선이 보이는 순간 스스로에게 이렇게 말하는 것도 '사실'이다. "나이지리아는 뭔가 구린 데가 있을 것 같아."

불쌍한 나이지리아.

그러나 나이지리아가 겨드랑이라면 모로코는 어깨이다. 더불어서 모로코가 어깨라면 카사블랑카는 그 어깨의 크고, 빨갛고, 꼴사나운 반점이다. 당신과 당신의 약혼자가 해변에 가기로 한 날 아침에 보게 되는 보기 흉한 자국 말이다. 각자가 선호하는 성별에 따라 구체적으로 얘기해보면, 브래지어 고리와 바지 멜빵 때문에 쓸려서 벗겨진 꼴사나운 흉터가 되시겠다. 여러분은 이제부터는 신선한 채소를 더 많이 먹겠다고 다짐해야 한다.

카사블랑카는 비대하고 무질서하게 확장 중인 산업 도시이다. 콘크리트 먼지와 디젤유 냄새가 도시 전체에서 진동한다. 카사블랑카의 햇빛은 색깔을 충만하게 머금는 게 아니라 표백해 버리는 것 같다. 종이상자와 함석판으로 지은 빈민가에서 살아남으려고 애쓰는 50만의 빈민을 구경할 게 아니라면 볼 만한 풍경도 없다. 내가 아는 한 카사블랑카에는 박물관도 하나 없다.

여러분은 내가 카사블랑카를 싫어한다고 생각하실 듯하다. 내가 온갖 억지로 카사블랑카를 방문할 생각을 감히 못 하게 한다고 생각하실지도 모르겠다. 그러나 내가 꼭 그러려는 것은 아니다. 다만 당신이 나랑 비슷하다고 해보자. 잉그리드 버그만이 담황색 프록코트를 입고 지나가다가 당신을 똑바로 쳐다보면서 얼굴을 붉히고, 가슴을 설레리라는 기대가 있을 수 있다. 그런 기대 속에서 술집, 카페, 호텔, 치과 병원 따위의 출입문을 지켜보면서 평생을 바친 후 신께 감사하면서 아무튼 인생에 의미가 있었다는 식으로 이 도시를 언급하는 사람 이야기를 들어보았을 것이다. 이런 이야기 가운데 어느 한 단편이라도 들어본 적이 있다면 카사블랑카는 젠장, 망할 대실망인 장소가 되리라는 것이다.

우리는 두 팀으로 나뉘었다. 피부색이 하얀 흰둥이들과 갈색 피부의 올리브들이 그 두 편이었다.

프란시스코, 라티파, 벤저민, 휴고가 올리브였고, 베른하르트, 사이러스, 내가 흰둥이였다.

이런 조 편성이 약간 구닥다리로 비칠지 모르겠다. 아니 심지어는 충격으로 다가갈지도. 여러분은 테러 조직이라면 기회를 균등하게 보장하는 사용자들이고, 따라서 우리의 과업에서는 피부색에 따른 구별이 절대로 용납되지 않으리라는 관념에 익숙할 것이다. 뭐, 이상적인 세계에서라면 테러리스트들도 그럴 것 같다. 그러나 카사블랑카는 현실이고, 다른 세계였다.

흰둥이들은 카사블랑카의 거리를 온전히 걸을 수 없다.

아니, 다닐 수는 있다. 그러나 각오를 단단히 해야만 한다. 50명쯤 되는 아이들이 주변을 돌아다닐 것이다. 그들은 부르고, 고함지고, 가리키고, 웃고, "미국 달러, 싸게 팔아요, 최저 가격" 등을 외치며 해시시 같은 것들을 흥정해 팔려고 한다.

당신이 흰둥이 관광객이라면 이런 일이야 즉석에서 그때그때 처리하면 된다. 당연하다. 미소를 지어보이면서 답례하거나, 고개를 가로젓거나, "라, 쇼크란"*이라고 말할 수도 있다. 이런 반응은 훨씬 더 큰 웃음과 고함과 손가락질로 이어지고, 이번에는 새로 50명의 아이들이 합세한다. 당신은 어쩌면 하멜른의 피리 부는 사나이가 된 기분일지도 모른다. 대개는 최선을 다해 그 경험을 즐기면 된다. 요컨대 당신은 손님이자 방문객으로, 낯설고 이국적으로 보이며, 아마도 짧은 반바지와 우스꽝스러운 하와이 셔츠를 입고 있을 것이다. 상황이 그럴진대 그들이 왜 당신을 손가락질하지 않겠는가? 50미터를 걸어서 담뱃가게에 가는데 어떻게 45분이 걸리지 않겠는가?

---

* la, shokran | 아랍어로 '고맙지만 사양하겠습니다'라는 뜻.

왜 교통 정체가 일어나지 않겠는가? 모로코의 석간신문들이 그 이야기를 왜 싣지 않겠는가? 사실 그게 여러분들이 해외에 나가는 이유라고도 할 수 있다. 해외여행이란 그런 것이다.

물론 당신이 관광객이라면 그렇다는 얘기이다.

그러나 당신이 자동 화기로 무장하고 미국 영사관 건물을 접수한 다음 영사와 그 직원들을 붙잡아, 1,000만 달러의 몸값과 양심수 230명의 즉각 석방을 요구하고는 플라스틱 폭약 C4 60킬로그램으로 건물을 폭파해 버리고 제트기로 탈출하겠다는 생각으로 해외에 나갔다면. 그게 입국 신고서의 방문 목적 란에 당신이 써 넣을 뻔했던 내용이었으나 다행히 그런 실수 따위는 하지 않을 만큼 고도로 훈련받은 프로라면. 그렇다면 당신은 아이들이 노상에서 쳐다보고 손가락질하는 짓 따위는 필요 없고, 바라지도 않을 것이다.

그런 이유로 올리브들은 정탐을 했고, 흰둥이들은 공격을 준비했다.

우리는 하이 모하메디 지구의 폐교 건물을 본부로 삼았다. 이 지구는 과거 한때 초록이 무성했던 고급 교외였을 테지만 더는 아니었다. 초록의 기운은 함석판으로 집을 짓고 사는 사람들로 인해 이미 온데간데없었다. 하수 시설은 길가의 도랑이었고, 도로 역시 우여곡절 끝에 만들어진 길 같은 것이었다. 인샬라. 그게 알라의 뜻이라면.

이곳은 빈민들이 우글거리는 가난한 곳으로, 음식마저 질이 나빴고 모자랐다. 맑고 깨끗한 물도 긴 겨울밤에 노인들이 손자들에게 들려주는 옛날이야기에서나 나왔다. 하이 모하메디에는 그런 노인이 많지도 않았다. 여기서는 이빨이 하나도 없는 마흔다섯 먹은 사람이 흔히 노인이었다. 아리도록 달콤한 박하 차만이 빈곤한 삶의 위안이 되어 주는 것 같았다.

학교 건물은 컸다. ㄷ자형 2층 건물로, 안에는 시멘트 운동장이 조성되어 있었다. 한때 거기서 아이들이 축구를 했고, 기도를 올렸고, 유럽인 관광객들을 괴롭히는 법을 배웠을 터였다. 외부는 4.5미터 높이의 벽이 둘러쳐져 있었고, 운동장으로 이어지는 단 한 개의 철문이 유일한 통로였다.

그곳이 바로 우리가 계획을 짜고, 훈련을 하고, 휴식을 취하는 무대였다.

아, 그리고 가끔씩 서로 격렬한 논쟁을 벌이기도 하는.

다툼이나 논쟁은 사소한 일들로 시작되었다. 흡연 때문에 별안간 짜증을 내기도 하고, 마지막 남은 커피를 누가 마셨는지 추궁하는가 하면, 오늘은 누가 랜드로버의 앞좌석에 앉을 것인가로 옥신각신하는 등 레퍼토리는 차고 넘쳤다. 그런데 그런 다툼들이 서서히 심각해지고 있었다.

다툼이 생겨도 나는 처음에는 그냥 참았다. 우리가 여기서 벌이는 공작은 지금까지 시도한 그 어떤 활동보다 규모가 컸고, 훨씬 중요했기 때문이다. 사태의 엄중함을 비교하면 방해물이 없던 뮈렌은 누워서 떡먹기였다.

카사블랑카에는 경찰이 있었고, 아마도 그들 때문에 우리가 더 긴장감을 느끼면서 부루퉁해 앵돌아졌고, 다투고 불화했을 것이다. 정말이지 경찰이 도처에 깔려 있었다. 경찰이 온갖 형태와 규모로 등장했다. 심지어 제복마저 각양각색이었다. 분명 각양각색의 권력기관과 관계당국에 독자적으로 소속되어 있었을 것이다. 카사블랑카의 이런 현실은 결국 다음과 같은 사실로 요약된다. 당신이 그들을 달갑지 않게 쳐다본다고 그들이 느끼는 순간, 당신의 인생은 영원히 골로 갈 수 있다.

카사블랑카에 있는 모든 경찰서의 출입구에는 경기관총을 휴대한 경비병이 두 명씩 서 있다.

경기관총을 휴대한 경관이 두 명씩이나. 왜일까?

근처에서 하루 종일 이 사람들을 관찰해보면 그들이 단 한 명의 범죄자도 잡지 않고, 단 한 건의 폭동도 진압하지 않으며, 적대적인 외국 세력의 공격을 단 한 건도 격퇴하지 않는다는 걸 분명하게 알 수 있다. 요컨대 그들은 평범한 모로코 사람들의 삶을 어떤 식으로든 개선하는 활동을 전혀 하지 않는다.

물론 그 사람들에게 돈을 쓰기로 결정한 사람들, 아마도 그들은 밀라노의 고급 양복점에 제복 디자인을 의뢰했고, 온통 머리를 휘감는 신형 선글라스도 주문했을 텐데, 그 결정권자들은 이렇게 말할 것이다. "우리가 모든 경찰서에 두 치수 작은 사이즈의 상의와 경기관총을 지급한 경관을 두 명씩 외곽에 배치하고 있기 때문에 공격 받지 않는 것이고 말고." 이 논리에는 어떠한 타협도 없고, 아마도 여러분은 고개를 조아린 채 뒷걸음질로 경찰서를 나와야만 할 것이다.

모로코의 경찰은 국가적 표식이다. 국가를 술집의 덩치 큰 녀석이라고 상상해보자. 국민은 같은 술집에 출입하는 작은 녀석쯤 된다. 큰 녀석이 문신이 새겨진 이두박근을 과시한다. 그러면서 작은 녀석에게 "야, 네가 내 맥주 엎질렀냐?"라고 말하는 것이다.

모로코 경찰은 문신이다.

확실히 우리에게는 그들이 문제였다. 일단 파악해야 할 소속이 너무 많았다. 거기에 각각의 소속 부대원들이 또 너무 많았다. 게다가 부대원 한 명 한 명이 중무장 상태였다. 거의 모든 것을 갖추고 있었던 것이다.

우리가 긴장감을 못 이기고 계속해서 과민 반응을 보인 것은 아마도 그런 이유 때문이었을 것이다. 5일 전에 벤저민이, 체스를 좋아하고, 한때 랍비가 되려고까지 했던 조용한 어조의 그 벤저민이 나를 염병할 개자식이라고 부른 것도 아마 그 때문이었을 것이다.

우리는 식당으로 쓰는 큰 방의 간이 탁자 주위에 둘러앉아 있었다. 우리는 사이러스와 라티파가 준비한 타진* 스튜를 먹고 있었고, 모두 입을 굳게 다물고 있었다. 흰둥이들은 그날 하루 종일 영사관 건물의 앞부분을 실물 크기의 모형으로 제작하느라고 진이 빠져 있었다. 우리에게서는 나무 냄새가 났다.

그 모형이 우리 뒤에 서 있었다. 마치 학교 연극의 무대 장치 같았다. 가끔씩 누군가가 고개를 들고 모형을 살펴보았다. 자신들이 과연 실물을 보게 될지 궁금해 하는 듯했다. 이미 실물을 본 사람들은 과연 다른 것은 보게 될지 궁금했을 것이다.

"넌 염병할 개새끼야." 벤저민이 자리에서 벌떡 일어나서는 한 손은 주먹을 쥐고, 다른 손은 주먹을 편 채 이렇게 말했다.

잠시 정적이 흘렀다. 벤저민이 누구를 지칭했는지 당장 알 수 없었다.

"나를 뭐라고 부른 거야?" 리키가 의자에서 자세를 약간 바로하면서 말했다.

---

* tajine | 알제리, 모로코, 튀니지 등 북아프리카에서 사용하는 묵직한 토기 그릇.

화를 잘 내지는 않지만 일단 발동이 걸리면 무지막지한 악당으로 돌변하는 리키의 일성이었다.

"들은 대로지." 벤저민이 대꾸했다.

순간 그가 나를 가격하며 싸움을 시작할지 괴성을 지르며 울어 버릴지 판단이 안 섰다.

나는 프란시스코에게 시선을 돌렸다. 그가 벤저민에게 자리에 앉으라든가, 나가라든가, 뭐가 됐든 다른 식으로 제지해주기를 기대하면서. 그러나 프란시스코는 오히려 나를 물끄러미 바라보면서 음식물만 우적우적 씹고 있었다.

"내가 너에게 뭘 했다고 지랄이야?" 리키는 벤저민에게 고개를 돌리면서 말했다.

벤저민은 그 자리에 서서 두 주먹을 불끈 쥐고 나를 계속 노려보았다. 분위기가 심상치 않음을 느낀 휴고가 스튜 요리가 끝내준다며 끼어들었다. 모두가 이런 반응에 기꺼이 동참했다. 정말 환상적이라는 둥, 그렇게 짜지 않아서 좋다는 둥 말이다. 아 물론, 그 모두에서 나와 벤저민은 빼야 한다. 그는 나를 노려보았고, 나도 그를 쏘아보았다. 아무튼 영문을 알고 있는 것은 벤저민뿐이었다.

이윽고 벤저민이 홱 돌아서더니 성큼성큼 걸어서 식당을 나가버렸다. 잠시 후에는 철제 대문이 열리면서 바닥에 긁히는 소리가 들렸다. 그리고는 랜드로버의 시동 소리도.

프란시스코는 계속 나를 바라보았다.

그 사건이 있고 5일이 지났다. 그 사이 벤저민은 내게 몇 번 미소를 지었고, 이제 우리는 만반의 준비를 갖춘 상태였다.

우리는 모형을 부수었고, 짐을 쌌고, 배수의 진을 쳤고, 기도를 올렸다. 와우, 정말 흥미진진했다.

내일 아침 9시 35분. 라티파가 미국 영사관에서 비자 신청을 문의할 예정이었다. 9시 40분. 베른하르트와 나는 상무관 로저 부캐넌 씨와 약속이 잡혀 있었다. 9시 47분. 프란시스코와 휴고가 플라스틱 생수통 네 개가 실린 카트와, 영사관의 실비 호바스에게로 전달될 송장을 들고 도착할 예정이었다.

물은 실비라는 사람이 실제로 주문해둔 것이었다. 물론 물통 아래 놓인 종이 상자 여섯 개는 전혀 기대하지 않았겠지만.

9시 55분. 사이러스와 벤저민이 영사관의 서쪽 벽에 랜드로버를 충돌시키면서 진입 작전이 개시될 것이었다.

"그건 왜죠?" 솔로몬이 물었다.

"왜긴 뭐가 왜야?" 내가 대꾸했다.

솔로몬이 입에 물고 있던 연필을 꺼내서 작전 계획도를 가리켰다.

"랜드로버 말이에요. 그런 식으로는 벽을 뚫고 들어갈 수 없어요. 두께가 60센티미터나 되는 강화 콘크리트라고요. 게다가 길가를 따라서 보호 기둥까지 설치되어 있는데. 보호 기둥을 무너뜨린다고 해도 그 즉시로 속도가 줄어들고 말 겁니다."

나는 고개를 흔들었다.

"소음을 내서 혼잡한 상황을 유도하려는 것뿐이야." 내가 대꾸했다. "사고 소음과 함께 경적을 계속 울리게 하는 거지. 벤저민이 피투성이로 운전석 문을 열고 나와 쓰러지면 사이러스가 응급 구조반을 소리쳐서 부를 거야. 소음의 정체를 알려고 하는 사람들을 최대한 많이 건물

서쪽으로 몰리게 하는 게 우리 계획인 셈이지."

"응급 구조가 가능한 거예요?" 솔로몬이 말했다.

"1층에 있어. 계단 옆에 비품실이 있거든."

"할 수 있는 사람은 있는 거예요?"

"미국인 직원이라면 누구나 다 교육을 받지. 하지만 잭이 나설 가능성이 가장 많아."

"잭이요?"

"잭 웨버라고 있어." 내가 말했다. "영사관 경비인데, 18년 동안 미 해병대에서 복무했지. 오른쪽 허리에 표준형 9밀리 베레타를 휴대하고 있는 자야."

나는 말을 중단했다. 솔로몬이 뭘 생각하는지 알 수 있었다.

"그래서요?" 그가 물었다.

"라티파에게 최루탄통이 있어." 내가 말했다.

솔로몬이 뭔가를 받아 적었다. 하지만 자기가 뭘 적는다고 해서 상황이 달라지지 않으리라는 것을 안다는 듯 그 행동은 느리기만 했다.

나도 그 사실을 알았다.

"라티파는 숄더백에 우지 기관단총*도 들고 갈 거야." 내가 말했다.

우리는 솔로몬이 빌린 푸조에 앉아 있었다. 차는 라 스칼라(La Sqala) 근처의 고지에 주차되어 있었다. 라 스칼라는 한때 항구를 조망하며, 주요 포대가 주둔했던 폐허가 된 18세기의 유적지였다. 그곳은 카사블랑카에서 발견할 수 있는, 그런 대로 멋진 곳이었다. 그러나 우리는 아무도 그 풍광을 즐기지 못하고 있었다.

"그래 이제 어떻게 되는 거지?" 나는 솔로몬이 빌린 차의 계기판으로 담배에 불을 붙이면서 말했다.

　계기판이라고 한 이유는 거기 설치된 라이터를 뽑는데 계기판 전체가 따라서 뽑힐 것처럼 들썩였기 때문이다. 계기판을 원위치시키는 데에는 약간의 시간이 필요했다. 나는 열린 창문으로 담배 연기를 뿜어 내려고 했지만 잘 안 됐다.

　솔로몬은 계속 자기 메모를 보고 있었다.

　"어쩌면, 아마도……" 나는 솔로몬을 재촉했다. "모로코 경찰과 CIA 요원들이 환기갱 속에 숨어 있겠지. 우리가 건물 진입을 시도하면 놈들이 갑자기 나타나서, '너희들을 체포한다'고 말할 거야. '정의의 칼'은 물론이고, 우리 조직과 거래해 온 놈이 법정에서 증언할 거고. 이 모든 게 일사천리로 진행되겠지."

　솔로몬이 숨을 깊이 들이쉬었다가 천천히 내뱉었다. 그러더니 그가 배를 문질렀다. 10년 만에 처음으로 다시 보는 광경이었다. 솔로몬의 십이지장궤양이 재발했던 것이다. 그가 유일하게 사고 행위와 판단을 중지하지 않을 수 없는 유일한 병증이 바로 십이지장궤양이었다.

　솔로몬이 고개를 돌리고는 나를 바라보았다.

　"저는 이제 영국으로 돌아가야 해요." 그가 말했다.

　우리는 한참 동안 서로를 바라보았다. 나는 웃지 않을 수 없었다. 정확히 얘기하면, 상황 자체는 웃기지 않았다. 그냥 입에서 웃음이 터져 나왔던 것뿐이다.

　"당연히 그래야지." 마침내 내가 입을 열었다. "그래, 영국으로 돌아가야 하고 말고. 말 되는군."

---

* **Uzi** | 이스라엘 방위산업체(IMI)에서 생산한 최초의 기관단총으로 현재 50여 개국에서 군용 및 경찰용으로 사용 중이다.

"보세요, 선배." 솔로몬이 입을 열었다. 나는 그의 표정에서 그가 이 상황을 얼마나 내켜하지 않는지 알 수 있었다.

"'그동안 아주 훌륭하게 일처리를 해줘서 정말 고맙소, 솔로몬 씨.'" 나는 러셀 반스의 목소리를 흉내 내서 이렇게 말했다. "'귀하의 노련한 일 처리와 헌신에 정말 감사드리고 싶소. 괜찮다면 여기서부터는 우리가 상황을 접수해서 처리하도록 하겠소.' 와우, 이것 참 완벽하군."

"대장, 내 말 들으세요." 솔로몬은 30초 사이에 두 번씩이나 나를 또렷하게 호칭했다. "이제 그만 빠져나와서 도망쳐요."

나는 솔로몬에게 미소를 지어 보였다. 그의 말이 빨라졌다.

"탕헤르까지 태워 드릴게요." 그가 말했다. "일단 세우타*로 들어가서, 에스파냐행 카페리를 타세요. 모로코 경찰에는 내가 신고하겠습니다. 영사관 외곽에 경찰차를 배치시키면 모든 계획이 유야무야되면서 아무 일도 일어나지 않을 거예요."

나는 솔로몬의 두 눈을 들여다보았다. 그 안에 온갖 고뇌가 들어 있었다. 그의 죄책감이 보였고, 부끄러움이 읽혔고, 당연히 십이지장궤양의 격통도 느껴졌다.

나는 창문 밖으로 담배를 던져버렸다.

"재미있군." 내가 대꾸했다. "새라 울프도 나한테 그러자더군. 도망치자더란 말이지. CIA 놈들을 미치게 만들고는, 멀리 태양 가득한 해변으로 말이야."

솔로몬은 내가 언제 새라를 만났고, 왜 그녀 말을 듣지 않았느냐고 묻지 않았다. 그는 자신만의 문제로도 너무 벅찼던 것이다. 그러나 생각해보면, 그 벅찬 문제가 바로 나였다.

"그러니까요." 그가 말했다. "선배, 도망치세요. 제발, 대장." 솔로몬이 손을 내밀어 내 팔을 잡았다. "이건 미친 짓이에요, 이 모든 게 다요. 선배가 그 건물에 들어가면 살아서 나오지 못할 겁니다. 그걸 알아야 해요."

나는 가만히 앉아 있었고, 그는 더욱 격앙되었다.

"오 젠장. 지금까지 내내 그런 말을 한 건 선배라고요. 이 모든 걸 다 알고 있는 사람은 대장뿐이라고요."

"진정하게, 데이비드. 자네도 다 알고 있잖아."

나는 말하면서 그의 표정을 살폈다. 탁월한 지적이었다. 그러나 그가 미간을 찌푸리거나, 놀라서 입을 크게 벌리거나, 지금 무슨 얘기를 하고 있는 거냐며 반응할 시간은 100분의 1초도 안 되었다. 안타깝게도 그는 그 기회를 놓치고 말았다. 그 촌각의 시간이 지나자마자 나는 그 사실을 깨달았고, 그도 내가 그 사실을 알았음을 알았다.

"새라와 반스가 함께 찍힌 사진 있지?" 내가 말했다. 솔로몬의 얼굴은 표정이 텅 비어 있었다. "그게 무슨 의미인지 자네도 알 거야. 딱 한 가지 설명만이 가능하다는 걸 자네도 알지."

드디어 솔로몬이 눈을 깜박였고, 잡았던 손의 힘을 풀었다.

"그런 일이 일어났는데 그 두 사람이 어떻게 함께 있을 수 있겠나?" 내가 말했다. "한 가지 설명밖에 가능하지 않아. 사건 이후가 아니라 사건 발생 이전인 거지. 그 사진은 알렉산더 울프가 죽기 전에 찍은 거야. 자네는 반스가 무슨 일을 하고 있는지 알고 있었어. 당연히 새라가 무슨 일을 하고 있는지도 알고 있었거나, 충분히 추측이 가능한 상황이었지. 그런데도 내게 알려주지 않고 말이야."

---

* **Ceuta** | 모로코에 있는 에스파냐령 자치 도시.

솔로몬이 두 눈을 감았다. 그가 용서를 구하고 있었다면, 그건 큰 소리로 명확하게 요구하는 것도 아니었고, 내게 구한 것도 아니었다.

"지금 UCLA는 어디에 있지?" 내가 잠시 후에 물었다.

솔로몬은 천천히 고개를 가로저었다.

"그런 기계는 전혀 몰라요." 그는 여전히 눈을 감은 채였다.

"데이비드……."

내가 말을 꺼냈지만 솔로몬이 말을 끊었다.

"제발요, 선배."

어쩔 수 없었다. 그가 무얼 생각해야 하는지, 무얼 결정해야 하는지 생각하고 결정할 시간이 필요했다.

"대장, 내가 아는 건." 마침내 솔로몬이 입을 열었다. 그러자 별안간 옛 시절이 연상되었다. "미군 수송기 한 대가 오늘 정오에 지브롤터의 영국 공군 기지에 착륙했고, 상당량의 기계 부품을 하역했다는 것뿐이에요. 그게 답니다."

나는 고개를 끄덕였다. 솔로몬은 어느새 눈을 뜨고 있었다.

"얼마나 크지?"

솔로몬이 다시 심호흡을 했다.

"거기 있는 친구의 친구의 친구가 그러는데요. 두 상자였답니다. 각각 대충 6 x 3 x 3미터 정도래요. 승객도 열여섯 명이 함께 왔다는데, 그중 아홉 명은 제복을 입고 있었다는군요. 그 사람들이 곧바로 상자를 인수해, 따로 마련된 격납고로 가져갔답니다."

"반스는?" 나는 물었다.

솔로몬은 잠시 생각에 잠겼다.

"몰라요, 대장. 그런데 친구가 미국 외교관인 듯한 사람을 무리에서 본 것 같다고 하더군요.”

외교관, 디플로매트, 젠장할.

“친구가 그러는데.” 솔로몬이 말을 이어갔다. “민간인 복장이 확실한 사람도 한 명 있었답니다.”

나는 자세를 바로 하고 똑바로 앉았다. 손바닥에서 땀이 솟구치는 게 느껴졌다.

“민간인 복장이 확실하다고?” 내가 말했다.

솔로몬이 한쪽으로 머리를 기울였다. 정확한 세부 사항을 기억해 내려고 애쓰고 있었던 것이다. 마치 당연히 그래야만 하는 것처럼.

“검정색 상의에 줄무늬가 들어간 검정색 바지였데요. 친구 말로는 호텔 웨이터 같았다는데요.”

그렇다면 피부의 광채, 돈의 광채. 바로 무르다의 광채였다.

옳거니 하고, 나는 생각했다. 악당들이 전부 여기 납시었군.

우리는 다시 차를 몰고 시내로 향했다. 그 사이에 나는 솔로몬에게 내가 뭘 할지, 그가 내게 뭘 해줘야 하는지 설명했다.

그는 돌아오는 내내 내가 하는 설명 가운데 단 한 대목도 내켜하지 않았지만 가끔씩 고개를 끄덕이기는 했다. 아무튼 솔로몬은 내가 화룡정점을 찍지 않으리라는 걸 알아챈 것 같다.

영사관 건물에 이르자 솔로몬이 속도를 줄인 다음 주변을 천천히 돌았다. 마침 칠레소나무가 눈에 들어왔다. 우리는 고개를 들고 한동안 높이 뻗은 울창한 가지들을 쳐다보았다. 이윽고 내가 솔로몬에게 고개를 끄덕이자, 그가 밖으로 나가 자동차 트렁크를 열었다.

안에는 꾸러미가 두 개 있었다. 하나는 구두 상자 크기의 직육면체였고, 나머지 하나는 길이가 거의 1.5미터에 이르는 관이었다. 둘 다 기름이 안 배는 갈색 납지에 싸여 있었다. 상표도 없었고, 일련번호도 없었고, 유통 기한도 없었다.

솔로몬은 정말 그것들에 손도 대고 싶어 하지 않았다. 해서 내가 직접 그 꾸러미들을 꺼냈다.

그가 차 문을 닫고, 엔진의 시동을 걸었다. 나는 영사관 건물 벽을 향해 걸어갔다.

24

귀를 기울이시오! 나의 맥박이 조용한 북처럼 울리며,
당신에게 내가 갈 거라고 말할 것입니다.

헨리 킹 주교

카사블랑카의 미국 영사관은 잎이 무성한 물라이 유세스 가로수길 중간에 있다. 이 대로는 프랑스의 19세기식 장려함이 간직된, 아주 작은 이문화 집단의 거주지라 할 수 있다. 식민주의자들이 기반 시설을 설계하면서 고된 일과를 보낸 후 긴장을 풀고 휴식을 취할 만한 곳이 필요했던 것이다.

프랑스인들은 모로코에 와서 도로와 철도와 병원과 학교를 지었고, 패션 감각도 전달해주었다. 보통의 프랑스인들은 이 모든 것이 현대 문명에 필요 불가결한 것이라고 생각한다. 오후 다섯 시가 되자 프랑스인들은 자신들이 한 일을 돌아보면서 스스로를 치하했고, 이제부터는 자신들도 토후국의 왕처럼 지내도 되겠다고 생각했다. 실제로 그들은 한동안 그렇게 살 수 있었다.

그러나 이웃한 알제리가 눈앞에서 날아가 버렸고, 프랑스인들도 가끔씩은 결핍 속에서 사는 게 더 나을지도 모른다는 걸 깨달았다. 그들은 루이뷔통 가방을 열고, 면도 후 로션 병을 챙겼고, 화장실 수조 뒤에 짱박아 뒀던 또 다른 병을 챙겨 야반도주했다. 자세히 살펴보면 화장실 수조 뒤에 숨겨뒀던 병에도 면도 후에 바르는 로션이 들어 있었겠지.

프랑스인들이 두고 떠난 치장 벽토 세공의 고대광실을 차지한 사람들은 군주도, 술탄도, 백만장자 자본가도 아니었다. 나이트클럽 가수도, 축구 선수도, 조직 폭력배 두목도, 텔레비전 연속극의 인기 탤런트도 아니었다. 놀랍게도 그 고대광실을 차지한 집단은 외교관들이었다.

나는 이 현상을 놀랍고도 굉장하다고 했는데, 그 사태가 이제는 완연하고도 확고한 현실로 자리 잡았기 때문이다. 전 세계의 모든 나라, 모든 도시에서 외교관들은 가장 비싸고, 사람들이 가장 탐내는 부동산에서 살고, 일한다. 대저택, 성, 궁전, 그리고 인근에는 사슴을 방사해 놓은 공원까지. 그곳이 어떤 곳이고 어디에 위치해 있든 외교관들은 불쑥 걸어 들어가 둘러본 다음 "좋아, 이 정도면 쓸 만하군" 하고 말한다.

베른하르트와 나는 넥타이를 바로 하고, 차고 있는 시계를 확인한 다음 빠른 걸음으로 계단을 올라 정문에 이르렀다.

"제가 두 신사 분에게 어떤 도움을 드리면 될까요?"

'콜 미 로저'* 부캐넌은 50대 초반이었다. 그는 미국 외교가에서 자신이 다다를 수 있는 최고 지위까지 오른 인물이었다. 카사블랑카는 그의 마지막 임지였고, 그는 여기서 3년째 근무 중이었으며, 이곳에 만족하고 있음이 확실했다. 사람들도 좋았고, 모로코라는 나라도 좋았으며, 음식이 약간 느끼하지만, 뭐 그것만 빼면 아주 훌륭했다.

기름진 음식에 '콜 미 로저'가 입맛을 잃었던 적은 거의 없는 것 같았다. 몸무게가 적어도 100킬로그램에, 키는 173센티미터였는데 상당히 위압적인 느낌을 자아냈다.

베른하르트와 나는 눈썹을 치켜 올린 채 서로를 바라보았다. 우리 가운데 누가 먼저 말을 꺼내느냐는 별로 안 중요한 문제인 것처럼 말이다.

"부캐넌 씨." 나는 근엄하게 입을 열었다. "저와 제 동료가 보내드린 편지에서 말씀드렸다시피 우리는 현재 북아프리카 지역에서 생산되는 부엌용 고무장갑 중에서 가장 우수한 제품을 만들고 있습니다."

베른하르트가 천천히 고개를 끄덕였다. 자기 같았으면 더 나아가 전 세계라고 말했을지도 모르겠다는 듯이. 하지만 아무려면 어떠랴.

나는 말을 이었다.

"우리는 페즈와 라바트에 생산 시설이 있고, 조만간 마라케시 외곽에도 공장을 세울 겁니다. 우리 제품은 아주 우수합니다. 그 점이라면 전적으로 자신이 있습니다. 귀하께서 요즘 사람들이 '신 남성'이라고 부르는 부류에 속한다면 우리 제품에 관해 들어보셨거나, 어쩌면 사용해보셨을지도 모르겠습니다."

나는 바보처럼 깔깔거리며 웃었고, 베른하르트와 로저도 거기 동참했다. 부엌용 고무장갑을 사용하는 남성이라니, 그건 탁월한 생각이었다. 베른하르트가 내 이야기를 받았다. 그가 의자에서 몸을 앞으로 기울인 채 침울하고, 존경스런 독일인의 자세로 입을 열었다.

"우리가 보유한 설비 생산 규모가 북아메리카 시장 진출을 타진할 만큼 성장하기에 이르렀습니다.

* **Call-Me-Roger** | 로저(Roger)는 군대 및 민간항공 용어로 '수신 완료'(Received)의 'R'을 대표하는 단어이다. 부캐넌이 전형적인 관료임을 뜻한다.

그래서 우리가 준비해야 하는 여러 절차와 관련해서 귀하에게서 약간의 도움을 받을 수도 있겠다고 생각한 것입니다."

'콜 미 로저'가 고개를 끄덕이며 메모장에 뭔가를 받아 적었다. 그의 책상에는 우리가 자기 앞으로 보낸 편지도 있었다. 그는 '고무'라는 단어에 동그라미를 친 것 같았다. 나는 그에게 이유를 묻고 싶었지만 지금은 때가 아니었고, 참았다.

"로저." 나는 자리에서 일어서면서 말했다. "본격적으로 얘기를 시작하기 전에……."

로저가 고개를 들었다.

"복도를 따라가서 오른쪽으로 두 번째 문입니다."

"고맙습니다." 내가 말했다.

화장실에는 아무도 없었고, 소나무 냄새가 났다. 나는 문을 잠그고, 시간을 확인한 다음 변기 위로 올라가 조심스럽게 창문을 열었다.

왼쪽으로는 스프링클러가 널따란 잔디밭에 우아한 곡선으로 물을 뿌려대고 있었다. 날염 옷을 입은 여자 한 명이 벽 옆에 서서 손톱을 물어뜯고 있었고, 2~3미터 떨어진 곳에서는 작은 개 한 마리가 똥을 누는 것도 보였다. 멀리 구석에서는 반바지와 노란색 티셔츠를 걸친 정원사가 무릎을 구부린 채 알 수 없는 관목과 씨름 중이었다.

그리고 오른쪽으로는 아무것도 보이지 않았다.

벽이 보였고, 잔디밭이 있었고, 화단이 있다는 것 정도.

아, 그리고, 칠레소나무가 한 그루 보였다.

나는 변기에서 내려왔고, 다시 시계를 보았으며, 문을 열고 화장실을 나와 복도로 들어섰다.

복도에는 사람이 없었다.

나는 재빨리 층계까지 걸어갔고, 한 번에 두 계단씩 나는 듯이 내려 갔다. 특정한 음조는 없었지만 손으로 난간까지 두드린 걸로 봐서 기분이 좋았던 것 같다. 나는 와이셔츠 차림으로 서류를 들고 있는 한 남자를 지나치면서 큰 소리로 아침 인사를 건넸다. 그가 뭔가 답례를 하기에는 나는 바람처럼 빠른 속도였다.

나는 2층에 도착했고, 오른쪽으로 방향을 틀었다. 복도가 한층 붐비고 있었다.

여자 두 명이 중간에 서서 대화에 열중하고 있었고, 왼쪽으로는 한 남자가 사무실 문을 잠그고 있었다. 아니 열고 있었는지도.

나는 시계를 힐끗 보았고, 속도를 늦추었다. 주머니에서 뭔가를 찾는 듯한 분위기가 묻어나도록 연기를 하면서 말이다. 어, 어딘가에 두었는데, 여기가 아니면 저긴가, 아니 아예 챙기지 않은 것 아냐, 그렇다면 다시 가서 찾아봐야 하나? 나는 복도에 서서 미간을 찌푸렸고, 왼쪽의 남자는 사무실 문을 연 상태에서 나를 바라보며 길을 잃었느냐고 물을 찰나였다.

나는 주머니에서 손을 꺼내면서 그에게 미소를 지어 보였다. 손에는 열쇠고리가 들려 있었고.

"찾았어." 나는 들으라고 중얼거렸다.

그는 내게 딱히 목적이 있다고는 할 수 없는 목례로 화답했다. 나는 계속해서 걸어갔다.

복도 끝에서 벨 소리가 울렸고, 나는 오른손에 든 열쇠를 쨍그랑거리면서 조금 더 빨리 걸었다. 승강기 문이 스르르 열리면서 작은 바퀴가 달린 카트가 복도 쪽으로 빠져나왔다.

프란시스코와 휴고였다. 파란색 작업복이 상당히 깔끔했다. 그들이 카트를 조심스럽게 승강기에서 밀고 나왔다. 프란시스코는 카트를 밀었고, 휴고는 물통 위에 두 손을 올려놓고 있었다. 긴장하지 마, 나는 속으로 휴고에게 그렇게 말하고 있었다. 나는 카트가 앞으로 지나가도록 걸음을 늦추었다. 아무쪼록 물뿐이라고 생각해. 넌 카트를 분만실로 들어가는 아내라고 생각하고 그걸 따라가기만 하면 돼.

프란시스코는 천천히 걸으면서 사무실 문에 붙어 있는 방 번호들을 확인했다. 정말이지 아주 느긋해보였다. 반면에 휴고는 계속해서 두리번거렸고, 혀로 입술을 핥았다.

나는 게시판 앞에 멈췄고, 적힌 내용들을 살펴봤다. 그중에 세 장을 뜯어냈다. 두 장은 화재 발생시 피난 훈련 지침이었고, 나머지 한 장은 일요일 정오에 밥 앤 티나스에서 바비큐 파티가 열릴 예정이니 모두 참석하라는 고지 내용을 담고 있었다. 나는 거기 서서, 꼭 숙지해야 할 내용이라도 되는 것처럼 고지문과 지침서를 읽었다. 그리고 손목시계를 보았다.

늦어지고 있었다.

45초가 늦었다.

믿을 수가 없었다. 우리는 모든 것에 동의했고, 모든 것을 연습했고, 모든 것을 맹세했고, 다시 모든 것을 연습했다. 그런데 그 망할 자식들이 늑장을 부리고 있는 것이었다.

"예?" 어떤 목소리가 들려왔다.

55초.

나는 복도를 쳐다보았다. 프란시스코와 휴고는 이미 접수처에 다다른 상태였다. 여자가 책상에 앉아서 커다란 안경 너머로 그들을 살펴보고 있었다.

망할, 65초.

"살렘 알리쿰."* 프란시스코가 낮은 목소리로 말했다.

"알리쿰 살렘." 여자도 인사를 했다.

70초.

휴고가 손으로 물통을 두드리더니 고개를 돌려 나를 바라보았다.

난 앞으로 걸어 나갔다. 두 걸음을 내딛었을까, 그러자 소리가 들렸다.

확실히 들렸고, 느낄 수 있었다. 그것은 폭발음 같았다.

텔레비전에서 자동차들이 충돌하는 것을 보면서 듣는 소리는 음량 조절기로 충돌음을 일정하게 조정한 것이다. 여러분은 어쩌면 그게 다라고, 자동차 충돌음은 원래 그런 것이라고 생각하고 있을지도 모르겠다. 그러나 여러분은 사태의 진실을 잊고 있거나, 운이 좋아서 아예 모르고 있는 것이다. 0.5t의 금속이 또 다른 0.5t의 금속이나 건물의 벽과 충돌할 때 발생하는 에너지는 엄청나다. 100미터 정도 떨어진 사람조차 머리에서 발끝까지 온 몸이 충격과 공포에 휩싸일 정도의 에너지인 것이다.

사이러스가 칼로 망가뜨린 랜드로버의 경적이 짐승의 울부짖음처럼 침묵을 갈라놓고 있었다. 곧이어 그 경적음은 문 열리는 소리, 의자 부딪치는 소리, 사람들이 밀치락달치락하며 출입구 쪽으로 몰리는 소리 따위에 묻혀버렸다. 사람들은 서로를 바라보았고, 복도 쪽도 돌아보았다.

---

* **Salem alicoum** | 아랍어로 '신의 평화가 함께 하기를'이라는 뜻으로, 인사말로 쓰임.

이윽고 그들 모두가 입을 열었다. 대다수는 하느님, 맙소사, 도대체 이게 무슨 일이람 같은 소리를 내뱉었다. 그러더니 별안간 십여 명이 달리기 시작했다. 그들은 걸려 넘어졌고, 넘어진 사람을 뛰어넘거나 밟고 쓰러지면서 계단통으로 달아났다.

"밖에서 무슨 일이 일어났는지 우리도 가서 봐야 할 것 같소?" 프란시스코가 책상 뒤의 여자에게 말했다.

그녀는 그를 바라보았고, 복도도 힐끗 보았다.

"글쎄요…… 뭐……." 그녀는 그렇게 말하면서 전화기에 손을 댔다.

그녀가 누구에게 전화를 걸려고 한 건지는 알 수 없었다.

프란시스코와 나는 100분의 1초 동안 서로를 바라보았다.

"저게……." 나는 여자를 신경질적으로 바라보며 이렇게 말했다. "그러니까, 저게 폭탄 소리처럼 안 들려?"

그녀는 한 손은 전화기 위에, 다른 한 손은 손바닥을 들어 창문을 가리키면서, 자신이 정신을 차리는 동안 이 세상이 운행을 멈추고 잠깐만 기다려주기를 바라고 있었다.

어딘가에서 비명 소리가 들려왔다.

누군가가 벤저민의 셔츠에 묻은 피를 보았거나, 넘어졌거나 아니면 그저 비명을 지르고 싶었는지도 모르겠다. 그 소리에 여자는 반쯤 일어섰다.

"저게 뭘 것 같소?" 프란시스코가 물었다. 휴고는 어느새 그녀의 책상 옆으로 가 있었고.

이번에는 그녀가 프란시스코와 눈을 마주치지 못했다.

"알려줄 거예요." 그녀가 내 뒤 쪽으로 복도를 바라보면서 말했다. "각자 위치에 그대로 있으면 어떻게 해야 하는지 지시가 있을 거예요."

그녀가 그런 말을 내뱉고 있을 때 찰깍이는 금속성의 소리가 들렸다. 여자도 그게 그 자리에 어울리지 않는 소리임을 바로 눈치 챘다. 금속성의 찰깍임 중에도 좋은 것과 나쁜 것이 있는데, 이게 그중에서도 최악이라는 것이 분명했고, 그녀는 끔찍한 상황을 직감했다.

여자는 몸을 돌려 휴고를 쳐다보았다.

"아가씨." 그가 눈을 번득이며 말했다. "이걸 어쩌나."

그렇게 우리는 현장을 접수했다.

별다른 노력도 없이 성과를 거두자 기분이 좋았다.

우리는 35분 만에 건물을 장악했다. 어쩌면 상황이 훨씬 더 나쁠 수도 있었다.

모로코인 직원들이 1층에서 밖으로 빠져나갔고, 휴고와 사이러스가 3층과 4층을 이 잡듯이 뒤져서 사람들을 현관 계단으로 끌고 내려와 건물 밖으로 내보냈다. 그들은 이 과정에서 "어서", "움직여" 같은 불필요한 고함을 무척이나 질러댔다.

벤저민과 라티파는 현관 로비에 배치되어 있었으므로 필요하다면 건물 앞에서 뒤쪽으로 신속하게 이동할 수 있었다. 물론 그럴 필요까지는 없다는 걸 잘 우리 모두 잘 알고 있었지만 말이다. 아무튼 한동안은 그랬다.

경찰이 출동했다. 처음에 자동차, 다음으로 지프, 마지막으로 트럭이 나타났다. 그들은 몸에 꼭 끼는 제복을 입었고, 주변 사방에 배치되었다. 고함을 지르고, 자동차들을 통제하는 광경이 상당히 어수선하게 느껴졌다. 고개를 수그리고 황급히 이동하면서 저격에 대비할지, 아니면 아랑곳없이 무사태평하게 거리를 걸어 다닐지 아직도 방침이 정해지지 않은 것 같았다. 아마 지붕 위에 있는 베른하르트를 보았을 테지만 그의 정체가 무엇인지, 그가 거기서 무얼 하고 있는지 아직 모르는 게 분명했다.

프란시스코와 나는 영사의 사무실에 있었다.

우리는 이곳에 총 8명의 인질을 붙잡아 두고 있었다. 다섯은 남자, 셋은 여자로, 베른하르트가 어디서 구해온 싸구려 경찰 수갑으로 묶어 놓았다. 우리는 그들에게 아주 아름다운 켈림 융단* 위에 주저앉으라고 요구했고, 한 사람이라도 융단 밖으로 비어져 나오면 프란시스코와 내가 기관단총으로 쏘아 죽일 수도 있음을 똑똑히 알렸다. 그때 가지고 들어갔던 슈타이어 아우크(Steyr AUG)가 아직도 눈에 선하다.

우리는 영사에 대해서는 예외를 허락했다. 당연하다. 우리는 짐승이 아니었기 때문이다. 우리는 위계질서와 행동 수칙을 아는 사람들이었고, 중요한 사람을 책상다리를 하고 바닥에 앉히고 싶지는 않았다. 더구나 영사는 전화 통화를 하면서 협상을 해야만 할 테니까.

벤저민이 전화 교환 임무를 맡고 있었다. 건물의 어떤 사무실을 찾는 전화든 모두 영사의 이 집무실로 연결되도록 조치가 완료되었다.

· · ·

그리하여 모로코 영토에서 라바트 주재 대사 다음으로 서열 제2위이자 카사블랑카에서 미국 정부를 정식으로 대표하는 제임스 비먼 씨가 지금 자기 책상에 앉아 냉정하게 가늠하는 시선으로 프란시스코를 빤히 쳐다보고 있었다.

우리는 사전 조사를 통해 그 인물을 잘 파악하고 있었다. 비면은 직업적인 외교관으로, 그런 직책에서 흔히 예상할 수 있는 은퇴한 구두 판매원 같은 사람이 아니었다. 그는 대통령 선거 운동 기금에 5,000만 달러를 기부하고, 보답으로 커다란 책상과 한 해 300끼의 공짜 점심을 받은 사람이었다. 비면은 50대 후반에 키가 컸고, 거구인 데다 두뇌 회전이 아주 빨랐다. 그는 이 상황을 현명하게 판단해 잘 대처할 그런 인물이었다.

우리가 원하는 것도 바로 그것이었다.

"화장실 문제는 어떻게 합니까?" 비면이 물었다.

"30분마다 한 명씩 가게 될 겁니다." 프란시스코가 답변했다. "당신들끼리 순번을 정하면, 우리 가운데 한 명이 동행할 것이오. 화장실에 가서도 여러분은 문을 닫을 수 없습니다."

프란시스코는 창문 쪽으로 다가가서 밖의 거리를 내다보았다. 그가 쌍안경을 눈에 가져갔다.

나는 손목시계를 보았다. 10시 41분.

그들이 새벽에 들이닥칠 것이라고 나는 속으로 생각했다. 건물 소탕 작전이란 게 처음 시작된 이래로 진압 대원들이 늘 그래 왔기 때문이다.

새벽. 우리가 지치고, 배도 고프며, 지루함까지 느끼는 데다 겁도 나는 시간대가 바로 새벽이었다.

그들은 새벽에 들이닥칠 것이었다. 분명히 낮게 솟은 태양을 등지고 동쪽 방향에서 진입할 것이었다.

---

* Kelim rug | 기도용 또는 장식용으로 제작되는 중동산 융단으로, '켈림'은 터키어이다.

11시 20분. 영사가 첫 번째 전화를 받았다.

경찰 수사 책임자 와피크 하산이 프란시스코에게 자신을 소개했고, 비먼의 안부를 물었다. 그에게는 모두 현명하게 행동할 것이며, 이 사태가 별 탈 없이 마무리되기를 바란다는 희망을 피력하는 것 말고는 구체적으로 할 말이 없었다. 프란시스코는 자기가 영어를 잘 한다고 답변했고, 비먼은 이틀 전에 열린 만찬 때 자기가 하산의 집에 갔었다고 말했다. 비먼과 하산은 만찬 석상에서 카사블랑카가 너무 조용하다는 얘기를 주고받았던 모양이었다.

11시 40분. 언론의 시간이었다. 그들은 우리를 방해해서 미안한 게 틀림없었다. 그런데 우리가 발표할 성명서나 있을까? 프란시스코는 자기 이름의 철자를 두 번이나 또박또박 말했다. 그리고는 CNN이 현장에 도착하는 대로 그 대표에게 성명서를 전달하겠노라고 밝혔다.

11시 55분. 다시 전화벨이 울렸다. 비먼이 전화를 받았고, 내일이나 모레 다시 전화를 할 수 있을지는 자기도 현재로서는 알 수 없다고 말했다. 프란시스코가 그에게서 수화기를 빼앗아 잠시 듣더니 웃음을 터뜨리고 말았다. 전화를 건 사람은 노스캐롤라이나에서 온 관광객이었는데, 그는 영사관이 리전시 호텔에서 제공하는 음료수의 품질을 보장해줄 수 있는지 알고 싶어 했다.

비먼조차 그 사람 말에 미소를 지었다.

14시 15분. 대치 상황이었지만 그들이 우리에게 점심 식사를 보내왔다. 양고기와 야채가 들어간 스튜 요리에 쿠스쿠스*도 큰 솥으로 한 가득이었다. 벤저민이 정문 계단에서 요리를 받아오는 동안 라티파는 문간에서 초조하게 자신의 우지 기관단총을 앞뒤로 흔들어댔다.

사이러스가 어딘가에서 종이 접시를 몇 개 찾아냈다. 그러나 식탁용

날붙이는 구경도 할 수 없었다. 결국 우리는 앉아서 음식이 식기를 기다리는 수밖에 없었다. 손가락으로 퍼서 먹어야 했으니 어쩌겠는가.

생각해보면 음식은 아주 맛있었다.

15시 10분. 트럭들이 움직이는 소리가 들렸고, 프란시스코가 창문으로 달려갔다.

우리 두 사람은 경찰 운전수들이 기어를 조작해 전진과 후퇴를 거듭하는 것을 지켜보았다.

"왜 저러는 거지?" 프란시스코가 쌍안경으로 관찰하면서 중얼거렸다.

나는 어깨를 으쓱했다.

"교통경찰이 왔나?"

프란시스코가 내게 짜증스런 표정을 날렸다.

"제길, 나도 모르겠어요." 내가 말했다. "뭐 할 게 있나 보죠. 어쩌면 시끄럽게 하면서 땅굴을 파고 있는지도 모르고. 아무튼 우리가 할 수 있는 일은 없잖아요."

프란시스코가 짧게 입술을 깨물었다. 그러더니 책상으로 걸어갔다. 그는 수화기를 들고, 로비에 전화를 걸었다. 라티파가 전화를 받았음에 틀림없었다.

"라트, 경계 태세 유지하고." 프란시스코가 말했다. "뭐라도 들리거나 보이는 게 있으면 내게 바로 전화로 보고하도록 해."

그가 조금쯤은 거칠게 수화기를 내려놓았다.

---

* couscous | 찐 밀에 고기와 야채 등을 곁들인 북아프리카 요리.

너도 꾸미는 것만큼 그렇게 냉정할 수는 없는 인간이로구나, 하고 나는 생각했다.

16시쯤부터 전화통이 불을 뿜었다. 모로코인과 미국인들이 5분 간격으로 전화를 해대며, 전화를 받은 사람 말고 다른 사람과 통화하겠다고 계속 요구해 왔던 것이다.

프란시스코는 근무 교대가 필요하다고 판단했고, 사이러스와 벤저민을 2층으로 불러들였다. 나는 1층으로 내려가 라티파와 합류했다.

라티파는 현관 한가운데 서서 창문들을 주시하고 있었다. 그런데 낌새가 이상했다. 우지 기관단총을 이 손에서 저 손으로 주고받으며 왼발과 오른발로 번갈아서 깡충깡충 뛰고 있었던 것이다.

"왜 그래? 화장실 가고 싶은 거야?"

그녀가 나를 바라보며 고개를 끄덕였고, 나는 그녀에게 걱정하지 말고, 가서 일 보라고 말했다.

"해가 지고 있어." 라티파가 말했다. 그녀는 어느새 담배를 반 갑이나 피워대고 있었다.

나는 손목시계를 내려다보았고, 뒤쪽 창문으로 바깥도 확인했다. 아니나 다를까 해가 지면서 밤이 깨어나고 있었다.

"그렇군." 내가 말했다.

라티파가 접수처 책상 쪽의 창유리 반사광을 이용해 머리를 매만졌다.

"나, 밖에 좀 나갔다 올게." 내가 말했다.

라티파는 깜짝 놀라서 주위를 살펴봤다.

"뭐라고? 너 미쳤어?"

"그냥 한 번 훑어보고 오겠다는 거야. 그게 다라고."

"뭘 훑어봐?" 라티파가 말했다. 그녀는 내게 화를 내고 있었다. 마치 내가 정말로 그녀를 영원히 등져 버리기라도 할 것처럼 말이다. "지붕에 있는 베른하르트가 누구보다 더 잘 볼 수 있다고. 도대체 뭐 때문에 밖에 나가려는 거야?"

나는 잠시 입맛을 다시고는, 다시 시계를 보았다.

"저 나무가 신경이 쓰여서 그래." 내가 말했다.

"뭐, 나무를 보겠다고?" 라티파가 말했다.

"벽 위로 뻗은 가지들 말이야. 한 번 살펴봐야겠어."

라티파가 내 어깨까지 다가와 창문으로 밖을 내다보았다. 스프링클러가 여전히 물을 뿜어대고 있었다.

"어떤 나무?"

"저기 저거. 칠레소나무 말이야."

17시 10분.

해가 지평선 아래로 몸을 절반쯤 담갔다.

라티파는 현관 계단의 발치에 앉아서 한 발로 대리석 바닥을 문지르며 우지를 가지고 놀았다.

나는 그녀를 바라보았고, 함께 나누었던 섹스를 생각했다. 웃음과 좌절과 스파게티도 생각났다. 라티파는 가끔씩 미친 듯이 화를 내기도 했다. 확실히 그녀는 생각할 수 있는 거의 모든 방법으로 심란해 하거나 절망했다. 그러나 라티파는 대단하기도 했다.

"괜찮을 거야." 내가 말했다.

라티파가 고개를 들고 나를 돌아보았다.

그녀도 나와 같은 것들을 생각하는지 궁금해졌다.

"안 괜찮을 거라고 누가 얘기라도 했어?" 라티파가 대꾸했다. 그녀는 손가락으로 머리칼을 훑었고, 그 일부를 얼굴 앞으로 끌어와 시선을 가려버렸다.

나는 웃었다.

"리키." 사이러스가 2층 난간 위로 몸을 굽히고 나를 불렀다.

"왜?" 내가 대꾸했다.

"올라와. 시스코가 보재."

인질들은 등과 등을 기대거나 무릎 속에 머리를 처박은 채 융단 위에 널브러져 있었다. 규율이 완화되었던지 일부는 융단 가장자리 밖으로 다리를 내놓고 있기도 했다. 세 사람인가 네 사람은 내키지 않는 투로 조용히 「스와니 리버」(Swannee River)를 부르고 있었다.

"무슨 일 있어요?" 내가 물었다.

프란시스코가 비면을 가리켰고, 비면은 내게 전화 수화기를 내밀었다. 나는 난색을 표하며 손사래를 쳤다. 틀림없이 마누라일 거고, 받으면 30분 안에 집으로 가야만 한다는 것처럼 말이다. 그러나 비면은 내민 손을 거두지 않았다.

"당신이 미국 사람인 걸 압니다." 그가 말했다.

나는 그래서 뭐? 하는 투로 어깨를 으쓱했다.

"얘기해 봐, 리키. 안 될 것도 없지." 프란시스코가 말했다.

나는 다시 한 번 어깨를 으쓱했다. 이건 시간 낭비일 뿐으로 기분이 언짢다는 의중을 내비쳐야 했다. 그리고는 책상으로 천천히 다가갔다.

비먼이 쳐다보는 가운데 나는 수화기를 받아들었다.

"망할 미국놈 같으니라고." 그가 속삭였다.

"엿이나 드셔!" 나는 대꾸해주고, 수화기를 귀에 가져갔다. "예?"

딸깍 소리, 왱 소리, 그리고 다시 딸깍 소리가 들렸다.

"랭." 드디어 사람 목소리가 들렸다.

이제 시작이로군, 하고 나는 생각했다.

"그렇소." 리키가 말했다.

"어떤가?"

진저리가 나는 러셀 P. 반스의 목소리였다. 쉿쉿 거리는 잡음 속에서도 그의 목소리는 자신감이 넘쳐흘렀다.

"도대체 뭐야?" 리키가 말했다.

"손 좀 흔들어 보라고, 토머스." 반스가 말했다.

나는 프란시스코에게 손을 흔들어 쌍안경을 달라고 했다. 그가 책상 너머로 쌍안경을 건네줬다. 나는 창문 쪽으로 갔다.

"자네는 왼쪽이 보고 싶겠지." 반스가 말했다.

나는 그렇게 하지 않았다.

길모퉁이에 지프와 군용 트럭이 원형으로 포진했고, 그 안으로 일군의 사람들이 모여 있었다. 일부는 제복을 입고 있었고, 제복을 입지 않은 사람도 보였다.

나는 쌍안경을 눈에 대고, 확대된 배율로 나무와 집들을 훑어봤다. 렌즈 속에서 반스가 지나갔다. 다시 돌아와 쌍안경의 가시 범위를 고정했다. 그가 거기에 있었다. 귀에는 전화기를 붙이고, 눈에는 쌍안경을 대고 말이다. 반스가 정말로 손을 흔들고 있었다.

나는 나머지 사람들을 점검했다. 그러나 줄무늬가 들어간 회색 바지를 입은 사람은 안 보였다.

"안부 인사나 전할까 하고 말이야, 톰." 반스가 말했다.

"그러시겠지." 리키가 말했다.

전화선이 우지끈 뚝딱 하는 소리를 냈고, 우리는 서로 먼저 얘기하기를 기다렸다. 당연히 내가 반스보다 더 오래 기다릴 수 있는 처지였다.

"해서 말이야, 톰. 거기서 언제 나올 텐가?" 반스가 결국 입을 열었다.

나는 쌍안경에서 시선을 떼어 프란시스코와 비먼과 인질들을 힐끗 보았다. 그들을 바라보았고, 다른 사람들도 생각했다.

"우리는 나가지 않을 거요." 리키가 말했다. 프란시스코가 천천히 고개를 끄덕였다.

나는 다시 쌍안경에 눈을 갖다댔다. 반스가 웃는 게 보였다. 웃음소리는 들리지 않았다. 그가 전화기를 얼굴에서 멀리 떼고 있었기 때문이다. 그러나 반스가 머리를 뒤로 젖히고 이빨을 드러내는 모습은 훤히 보였다. 잠시 후 그가 주변 사람들에게 무슨 말을 하자 그중 일부가 따라 웃었다.

"그래, 톰. 언제……."

"그런 일은 없을 거요." 리키가 말했다. 반스는 계속 웃었다. "당신이 누구든 당신의 어떤 시도도 성공하지 못할 거요."

반스가 고개를 가로 저었다. 나의 연기를 즐기는 게 틀림없었다.

"당신이 영리한 사람일지도 모르지." 나는 반스가 고개를 끄덕이는 걸 보면서 말했다. "지식과 교양이 넘치는 사람일 수도 있겠고. 어쩌면 대학 물을 먹었을지도 몰라." 반스의 얼굴에서 웃음기가 살짝 가셨다. 기분이 조금 나아졌다. "하지만 당신이 무슨 일을 해도 잘 안 될 거요."

반스가 쌍안경을 눈에서 떼고는 이쪽을 빤히 쳐다보았다. 나를 보고자 해서가 아니라 내가 그를 보도록 하기 위해서였다. 그의 얼굴은 돌처럼 굳어 있었다.

"내 말을 허투루 듣지 마시오, 그레쥬에이트 선생." 내가 말했다.

반스는 꼼짝 하지 않았고, 우리 사이의 거리가 200미터나 되었지만 그의 두 눈에서는 레이저 광선이 나오고 있었다. 잠시 후 그가 고함을 치면서 무슨 말인가를 했다. 그리고는 다시 수화기를 귀에 갖다 댔다.

"잘 들어, 너 이 자식. 네가 거기서 나오든 말든 상관하지 않겠다. 네 놈이 거기서 나올 때 온전히 걸어 나오든, 커다란 시체 가방에 들어가서 나오든, 주머니 몇 개에 나뉘어서 나오든 내 알 바 아니야. 하지만 하나 알려주지, 랭……." 반스가 전화기를 입에 더 바짝 갖다댔다. 그의 목소리에서 침이 튀는 소리까지 들렸다. "쓸데없이 끼어들어서 참견하지 않는 게 좋을 거야. 내 말 알아듣겠어? 일이 그냥 진행되도록 내버려두는 게 좋을 거라고 분명히 경고해 둔다."

"좋소." 리키가 말했다.

"그래." 반스도 말했다.

그가 옆으로 시선을 돌려 고개를 끄덕이는 게 보였다.

"오른쪽을 한 번 보도록 해, 랭. 파란색 도요타 말이야."

나는 들은 대로 했다. 자동차의 앞 유리가 쌍안경의 화상 속으로 미끄러져 들어왔다. 나는 거기에 시야를 고정했다.

나임 무르다와 새라 울프였다. 도요타의 앞좌석에 나란히 앉아서 뜨거운 뭔가가 담긴 플라스틱 컵을 홀짝이고 있었다. 결승전이 시작되기를 기다리는 모양새였다. 새라는 뭔가를 내려다보고 있거나 아무것도 보지 않았고, 무르다는 백미러로 자신의 용모를 확인하고 있었다. 그는 인질극에는 관심이 없는 듯했다.

"일 말이야, 랭." 반스의 목소리가 들렸다. "이 일은 모두에게 좋은 것이니까."

그가 잠시 말을 중단했고, 나는 다시 왼쪽으로 쌍안경을 돌렸다. 마침 반스가 웃는 게 보였다.

"저." 나는 목소리에 걱정을 좀 담아서 반스를 불렀다. "그녀와 잠깐 얘기할 수 있게 해줘요."

흘깃 보았더니 프란시스코가 의자에서 자세를 바로 했다. 그에게 뭔가 해명을 해야만 했다. 나는 수화기를 얼굴에서 떼고, 어깨 너머로 난처한 미소를 지어 보였다.

"엄마예요." 나는 말했다. "걱정이 많으신가 봐요."

우리 둘 다 그 말에 약간의 웃음을 띠었다.

나는 다시 쌍안경을 들여다보았다. 반스가 어느새 도요타 옆에 서 있었다. 새라가 차 안에서 전화기를 입에 가져가는 게 보였다. 무르다는 자기 자리에서 옆으로 몸을 돌려 그녀를 지켜보았다.

"토머스?" 새라가 입을 열었다. 그녀의 목소리는 낮게 갈라져 있었다.

"안녕하세요." 내가 말했다.

잠시 정적이 흘렀다. 지지거리는 신호음을 사이에 두고 우리는 몇 가지 재미있는 생각을 나누었다. 이윽고 그녀가 입을 열었다.

"전 당신을 기다리고 있어요."

내가 듣고 싶은 말이었다.

무르다가 무슨 말을 했는데, 알아들을 수는 없었다. 이어서 반스가 차 안으로 손을 뻗어 새라에게서 전화기를 가져갔다.

"이러고 있을 시간이 없어, 톰. 거기서 나오면 하고 싶은 말은 얼마든지 할 수 있다고." 반스가 미소를 지었다. "그래, 더 할 얘기 있나, 토머스?"

나는 선 채, 나를 주시하고 있는 반스를 주시했다. 나는 최대한 기다렸다. 그는 내가 어떤 결단을 내렸는지 알아야 했다. 새라는 나를 기다리고 있었다.

오, 신이시여, 반드시 성공해야 합니다.

"아니오." 나는 대꾸했다.

25

*이 일은 아주 신중해야 합니다.
엄청나게 까다롭거든요.*

발레리 싱글턴

나는 성명서 발표를 잠시 미루자고 프란시스코를 설득했다.

그는 당장이라도 성명서를 발표하고 싶어 했지만 나는 몇 시간 정도 더 미룬다고 해서 특별히 문제가 되지는 않을 거라고 말했다. 그들이 우리가 누군지 일단 알게 되면 이름을 붙일 텐데, 그러면 이야기가 조금 시들해질 거라고 나는 주장했다. 나중에 총격전이 발생해도 우리가 신비에 싸인 사람들로 비칠 수 있다는 말까지 보탰다.

나는 몇 시간만 더 미루자고 말했다.

그리하여 우리는 차례로 근무를 서면서 밤을 지새우게 됐다.

지붕 근무는 다들 내켜 하지 않았다. 춥고 쓸쓸했기 때문이다. 결국 지붕에서 1시간 이상 경계를 선 사람은 아무도 없었다. 그 외에도 우리는 식사를 했고, 잡담을 나누었고, 입을 다물고 있었으며, 각자의 인생과 우리가 어쩌다가 이 지경이 되었는지를 생각했다. 우리는 인질범이었을까? 아니면 인질이었을까?

그날 밤 우리는 더 이상 아무런 음식을 제공받지 못했다. 그러나 휴고가 구내식당에서 냉동된 햄버거 빵을 조금 찾아냈다. 우리는 그것을 비면의 책상 위에 펼쳐놓은 다음, 그것이 녹기를 기다리면서 다른 할 일이 도무지 생각나지 않을 때마다 찔러보았다.

인질들은 꾸벅꾸벅 졸았고, 대부분의 시간 동안 손을 맞잡고 있었다. 프란시스코는 그들을 분리할지 혹은 건물 여기저기에 분산할지에 대해 장고를 거듭했지만 그렇게 했다가는 경비가 더 많이 필요할 뿐이라고 최종적으로 판단했다. 아마 그의 생각이 옳았을 것이다. 프란시스코는 꽤 많은 사안을 올바르게 판단하고 있었다. 조언을 받아들인 것도 대단히 멋진 변화였다. 전 세계를 통틀어 봐도 독단적인 태도로, "아니, 넌 이렇게 하도록 해!"라고 말할 수 있을 정도로 인질극 대치 상황에 정통한 테러리스트는 많지 않을 거라고 생각한다. 프란시스코도 나머지 우리들만큼이나 해도(海圖)에도 없는 미지의 바다를 항해 중이었고, 그는 그런 상황에서 좀 더 융통성을 발휘했던 것이다.

막 4시를 넘은 시각이었다. 나는 미리 정해 놓은 대로 라티파와 로비에서 근무를 서고 있었다. 바로 그때 프란시스코가 언론에 발표할 성명서를 들고 절뚝거리며 계단을 내려왔다.

"라트." 그가 매력적인 미소를 지으며 라티파를 불렀다. "가서 우리를 대신해서 세상 사람들에게 말해줘."

이에 라티파는 프란시스코에게 미소로 화답했다. 사려 깊은 오빠가 이렇게 명예로운 임무를 자신에게 부여한 것이 감격스러웠던 것이다. 그러나 그녀도 그 흥분과 전율을 그렇게 많이 드러내지는 않았다. 라티파는 프란시스코에게서 봉투를 받았고, 그가 다시 절뚝거리며 계단을 올라가는 모습을 사랑스럽게 지켜보았다.

"사람들이 널 기다리고 있어." 프란시스코는 돌아보지 않고 말했다. "주고 와. 가서 다른 누구 말고 CNN에 똑바로 전달하라고 해. 성명서를 한 마디 한 마디 처음부터 끝까지 발표하지 않으면 여기서 미국인들이 죽어나갈 거라고 얘기해."

그가 층계참에서 걸음을 멈추고 우리에게로 돌아섰다.

"리키, 자네는 라티파를 엄호해주게." 그게 내게 말했다.

나는 고개를 끄덕였고, 우리는 프란시스코가 사라지는 걸 지켜보았다. 라티파가 연모의 정을 담아 한숨을 토해냈다. 정말 대단한 남자라고 그녀는 생각하고 있었다. 나의 영웅, 그가 나를 선택했어.

물론 프란시스코가 라티파를 선정한 진짜 이유는 용감무쌍한 모로코 경찰이 우리에게 여자들이 있다는 걸 알면 무장 공격의 가능성이 아주 조금이나마 줄어들지도 모른다고 생각했기 때문이다. 그러나 난 그 사실을 지적하면서까지 라티파의 황홀한 기분을 망치고 싶지는 않았다.

라티파는 주 출입구를 통해 밖을 내다보았다. 손에는 봉투를 꼭 쥐고 있었고, 텔레비전 방송팀의 밝은 조명을 실눈으로 확인했다. 그녀는 한 손으로 머리털을 가다듬었다.

"이제 유명 인사가 되는군."

내가 이렇게 말하자 라티파가 얼굴을 찌푸렸다.

그녀는 안내 데스크로 걸어갔고, 창유리의 반사광을 이용해 셔츠의 옷매무새를 바로 했다. 나도 따라갔다.

"주고 해." 나는 라티파에게서 봉투를 받아들었고, 셔츠의 옷깃을 근사하게 잡아주었다.

귀 뒤쪽의 머리털도 풍성한 느낌이 나도록 신경을 썼고, 뺨에 묻은 얼룩도 닦아주었다. 라티파는 자리에 서서 내가 그러도록 가만히 있었다. 그건 친밀한 행동이 아니었다. 중립 코너에 자리를 잡고 앉아 다음 회를 기다리는 권투 선수와 흡사했다고나 할까. 난 감독이자 보조자가 되어 작전을 지시하고, 몸을 마사지하고, 씻어주고, 크림을 발라주는 역할을 했고.

나는 다시 주머니에 손을 집어넣어 봉투를 꺼냈고, 라티파에게 건네주었다. 그녀는 심호흡을 했다.

나는 라티파의 어깨를 끌어안았다.

"괜찮을 거야." 내가 말했다.

"텔레비전에 나간 적이 한 번도 없어." 라티파가 말했다.

새벽. 일출. 동틀녘. 뭐가 됐든 상관은 없었다.

지평선은 여전히 어둠침침했지만, 서서히 오렌지색으로 물들고 있었다. 밤은 다시 땅속으로 움츠러들고 있었고, 태양이 하늘의 가장자리를 간질이고 있었다.

인질들은 대부분 잠이 든 상태였다. 보아 하니 밤사이에 좀 더 다닥다닥 붙어 있었다. 사람들이 흔히 예상하는 것보다 밤 기온이 훨씬 더 쌀쌀했던 탓이다. 융단 밖으로 비어져 나온 다리도 더 이상 보이지 않았다.

수화기를 내게 건네주는 프란시스코의 표정은 지쳐 있었다. 그는 비먼의 책상 위에 다리를 올리고 CNN을 보고 있던 중이었다. 자고 있던 비먼에게 친절을 베풀겠다는 의도인지 소리가 아주 작았다.

물론 나도 피곤하고 지친 상태였다. 그러나 어쩌면 그 순간 내 혈관에 아드레날린이 조금 더 많았는지도 모르겠다. 나는 프란시스코에게서 수화기를 받아들었다.

"예."

전기 잡음이 끓다가 반스가 등장했다.

"5시 30분 모닝콜일세." 반스의 목소리에는 웃음기가 실려 있었다.

"뭘 원하는 거요?"

그 순간 나는 깨달았다. 내가 영국식 억양으로 말해 버렸다는 것을. 서둘러 프란시스코를 바라보았다. 다행히 그는 알아채지 못한 눈치였다. 나는 다시 창문 쪽으로 몸을 돌리고, 반스의 얘기를 들었다. 그가 말을 끝냈을 때 나는 깊은 숨을 내쉬었다. 간절히 희망하면서 동시에 전혀 개의치 않겠다는 두 가지 상반된 감정 상태가 공존했던 것이다.

"언제죠?" 내가 물었다.

반스가 킬킬거리며 웃었다. 나도 별다른 강세 없이 따라 웃었다.

"50분 남았어." 그는 이렇게 말하고 전화를 끊었다.

창문 쪽에서 고개를 돌리자 프란시스코가 나를 보고 있었다. 그의 속눈썹이 유난히 길어 보였다.

새라가 나를 기다리고 있었다.

"아침 식사를 갖다주겠답니다." 다행히 이번에는 미네소타 억양이었다.

프란시스코가 고개를 끄덕였다.

이제 곧 태양이 기어올라 창턱 위를 점령할 기세였다. 나는 인질들과 비먼과 CNN 방송이 흘러나오는 TV 수상기 앞에서 꾸벅꾸벅 졸고 있는 프란시스코를 뒤로 하고 영사의 집무실을 빠져나와 승강기를 타고 옥상으로 향했다.

3분이 지났고, 이제 47분이 남았다. 사태가 예정대로 착착 진행되고 있었다. 나는 다시 계단을 걸어 로비로 내려갔다.

복도는 텅 비어 있었고, 계단통도 텅 비어 있었으며, 뱃속까지 허했다. 유난스럽게 귀의 혈관이 크게 진동했다. 발로 카펫을 밟는 소리보다 훨씬 더 컸다. 나는 3층 층계참에서 걸음을 멈추었고, 거리를 내다보았다.

아침 이 시간치고는 인파가 꽤 많았다.

나는 미래를 생각했고, 그 때문에 현재를 잊고 있었다. 현재는 내게 일어난 적이 없었고, 일어나고 있지도 않았다. 오직 미래만이 존재했다. 삶과 죽음. 사느냐 죽느냐. 이것이 중요한 문제였다. 발걸음보다 훨씬 더 중요했다. 발걸음은 망각과 비교하면 사소한 것이었다.

나는 계단을 중간쯤 내려온 상태였고, 막 모서리를 돌아 중이층에 이르렀다. 바로 그때 발걸음 소리가 들렸고, 뭔가 심상치 않음을 직감했다. 달리는 발걸음 소리였는데, 이 건물에서는 누구도 뛰어서는 안 되었기 때문이다. 지금은 아니었다. 이제 46분이 채 남지 않은 상황이었다.

벤저민이 모서리를 돌아 걸음을 멈추었다.

"무슨 일이야, 벤저민?" 나는 최대한 침착하게 물었다.

그가 거칠게 숨을 내쉬면서 한동안 나를 노려보았다.

"대체 어디 갔던 거야?" 벤저민이 말했다.

나는 미간을 찌푸렸다.

"지붕에. 그러니까……."

그가 말을 잘랐다.

"지붕에는 라티파가 있어."

우리는 서로를 빤히 쳐다보았다. 벤저민은 입으로 거친 숨을 토해 내고 있었다. 급히 뛰어와서이기도 했고, 분노 때문이기도 했다.

"라티파에게 로비로 내려오라고 말하러 갔던 거야, 벤. 아침 식사가 올 예정이거든……."

벤저민이 슈타이어를 견착하고, 개머리판에 뺨을 대어 두 손으로 수평이 되게 총을 쥐었다. 그는 분노에 차 있었다.

그런데 슈타이어의 총열이 사라지고 보이지 않았다.

어떻게 그런 일이 있을 수 있을까? 나는 속으로 생각했다. 6조 우선의 홈이 파인 길이 42센티미터의 슈타이어 총열이 어떻게 사라질 수 있을까?

물론 그런 일은 있을 수 없었고, 있지도 않았다.

다만 나의 관점 때문이었다.

"염병할 개자식." 벤저민이 말했다.

나는 거기 그대로 서서 총구의 블랙홀을 빤히 쳐다보았다.

남은 시간은 45분. 솔직히 까놓고 말해서, 지금은 벤저민이 배신이라는 크고 광범위하며 복잡한 주제를 화제로 꺼내기에는 가장 안 좋은 시간이었다. 나는 그에게 최대한의 예의를 갖추면서 그 문제는 나중에 얘기해보자고 제안했다. 그러나 벤저민은 지금이 더 낫다고 생각한 모양이었다.

그렇기 때문에 그가 다시 한 번 말했겠지.

"염병할 개자식."

그의 관점이었다.

사달의 일부는 벤저민이 나를 단 한 번도 믿지 않았다는 데 있었다. 정말이지 그게 사태의 핵심이었다. 벤저민은 처음부터 혐의를 두었고, 이제 내가 반박하려고 들자 자신이 의심하는 내용을 들려주었다.

벤자민은 이 모든 것이 군사훈련을 받으면서 시작되었다고 말했다.

정말이야, 벤지?

그래.

벤저민은 밤에 자지 않고 누워서 텐트 지붕을 바라보면서 도대체 미네소타 촌놈이 M16 분해를 어디서 어떻게 배웠는지 의아하게 생각했었다. 나는 눈을 감고도 다른 모든 대원보다 배나 빨리 분해 결합을 해치울 수 있었으니까. 그때부터 벤저민은 내 말투와 복장과 음악 취향을 의혹의 눈초리로 보기 시작했던 게 틀림없었다. 맥주를 사러간다면서 랜드로버를 끌고 나갔는데 주행 거리가 그렇게 많은 것은 또 어찌된 일인가?

물론 이것은 아주 사소한 문제였고, 그래서 지금까지 리키는 아무런 문제없이 어울릴 수 있었다.

그러나 사달의 나머지 부분은 의외로 심각했다. 내가 반스와 나눈 전화 통화 내용을 벤저민이 들었던 것이다.

남은 시간은 41분.

"그래서 어쩌겠다는 거지, 벤지?" 내가 말했다.

벤저민은 뺨을 개머리판에 더 단단히 밀착했다. 그의 손가락이 방아쇠 위에서 하얗게 변하는 게 보였다.

"쏠 거야?" 내가 말했다. "지금? 그 방아쇠를 당길 거야?"

벤저민은 입술을 핥았다. 그는 내가 무슨 생각을 하는지 알아챘다.

벤저민이 몸을 약간 씰룩거리더니 슈타이어의 개머리판에서 얼굴을 뗐다. 그는 여전히 눈을 동그랗게 뜨고 날 바라보았다.

"라티파." 벤저민이 어깨 너머로 라티파를 불렀다.

제법 큰 소리였지만 우렁차다고 할 만큼은 아니었다. 그도 자기 목소리에 문제가 있다고 느끼는 듯했다.

"그들도 총소리를 듣게 될 거야, 벤지." 내가 말했다. "인질을 죽였다고 생각할 거라고. 건물에 난입해 우릴 다 죽이겠지."

'죽인다'는 말이 벤저민을 자극하고 말았다. 일순간 나는 그가 방아쇠를 당길지도 모른다는 생각이 들었다.

"라티파."

벤저민이 다시 그녀를 불렀다. 이번에는 좀 더 크게였다. 사실 그래야만 했을 것이다. 벤저민이 한 번 더 라티파를 큰 소리로 부르도록 내버려둘 수는 없었다. 나는 아주 천천히 그를 향해 다가갔다. 왼손은 최대한 축 처진 상태를 유지해, 공격할 의사가 없음을 확실히 했다.

"벤지, 저기 밖에는 많은 사람들이 있어." 내가 다가서면서 말했다. "그들이 지금 듣고 싶어 하는 게 바로 총소리라고. 그걸 자네가 들려주겠다는 거야?"

벤저민은 다시 입술을 핥았다. 한 번. 두 번. 그가 계단 쪽으로 고개를 돌렸다.

순간 나는 왼손으로 총열을 잡고, 그의 어깨 쪽으로 밀었다. 선택의 여지가 없었다. 만약에 내가 슈타이어를 벤저민에게서 당기면 자동으로 방아쇠가 당겨지고, 나 또한 죽사발이 되고 말 테니까. 나는 슈타이어를 뒤로 밀었고, 옆으로 제쳤다. 벤저민의 얼굴이 개머리판에서 더 멀어졌고, 나는 오른손을 벤저민의 코 높이까지 들어올렸다.

그가 돌덩이처럼 무너져 내렸다. 아니 돌보다 더 빨랐다. 어떤 묵직한 힘이 벤저민을 바닥으로 끌어당기는 것 같았다. 순간, 내가 그를 죽인 것인지도 모르겠다는 생각까지 들었다. 다행히도 벤저민의 머리가 좌우로 움직이는 게 눈에 들어왔다. 그의 입술에서 피가 나는 것도 보였다.

나는 벤저민의 손에서 천천히 슈타이어를 빼내 조정간을 안전 모드로 돌려놓는 데 성공했다. 바로 그때 라피타가 계단통에서 큰 소리로 외쳤다.

"왜 그래?"

라티파가 계단을 내려오는 소리가 들렸다. 빠르지 않았지만 그렇다고 느린 것도 아니었다.

나는 벤저민을 내려다보았다.

그게 민주주의야, 벤지. 한 사람이 여러 사람에 맞서는.

라티파가 계단 모퉁이를 돌았다. 우지가 여전히 그녀의 어깨에 걸려 있었다.

"맙소사!" 라티파가 피를 보고 외마디 비명을 토해 냈다. "뭔 일이야?"

"모르겠어." 내가 말했다. 나는 라티파의 시선을 외면한 채 고개를 숙이고 벤저민의 얼굴을 걱정스럽게 살펴보았다. "넘어졌나 봐."

라티파가 나를 스칠 듯 지나쳐서 벤저민 옆에 쪼그리고 앉았다. 그녀가 그러는 사이, 나는 손목시계를 힐끗 보았다.

39분.

라티파가 고개를 돌리고 나를 올려다보았다.

"벤저민은 내가 돌볼 테니까 로비로 내려가, 릭." 라티파가 말했다.

나는 로비로 내려갔다.

그리고 계속해서 로비와 정문 출입구와 계단을 지나, 계단에서 경찰 차단선까지 167미터의 공간도 횡단했다.

거기 도착했을 쯤 머리가 뜨거웠다. 머리 위로 두 손을 올리고, 꼭 쥐었기 때문이었다.

그들이 내 몸을 수색한 것은 당연했다. 왕립 몸수색 학교에 입학하기 위해 몸수색 시험을 치르는 듯했다. 무려 다섯 번에 걸쳐 머리에서 발끝까지 입, 귀, 가랑이, 신발 밑창까지 샅샅이 뒤졌다. 내가 입은 옷은 너덜너덜해졌고, 수색이 일단락된 후의 몰골은 포장이 뜯긴 크리스마스 선물 같았다.

그들은 몸수색을 하는 데 16분이 걸렸다.

나는 다시 5분 동안 경찰차 옆으로 사지를 벌린 채 몸을 기대고 있어야 했다. 그들은 고함을 쳐댔고, 서로 밀치락달치락하며 지나갔다. 나는 땅을 내려다보았다. 새라가 나를 기다리고 있었다.

오 제발, 그래야만 합니다.

다시 1분이 흘렀고, 고함 소리와 부대 이동도 계속되었다. 나는 주변을 둘러보았다. 조만간에 무슨 일이 일어나지 않으면 나라도 나서서 일어나게 해야 한다고 생각하면서 말이다. 젠장할 벤저민 녀석. 경찰차에 너무 무리한 자세로 기대고 있어서인지 어깨가 아파오기 시작했다.

"잘 했어, 토머스." 목소리가 들려왔다.

나는 팔 아래로 왼쪽을 바라보았다. 오래 신어서 닳은 레드윙 부츠가 눈에 들어왔다. 한 짝은 땅바닥에 닿아 있었고, 다른 한 짝은 지면과 수직을 이루고 있었으며, 앞코에는 흙이 묻어 있었다. 나는 천천히 고개를 들어 러셀 반스의 나머지 몸뚱이를 확인했다.

그가 경찰차의 문에 기대어 미소를 지으면서 내게 말보로를 한 대 꺼내주었다. 반스는 가죽 소재의 항공 재킷을 입고 있었는데, 왼쪽 가슴 부분에 코너라는 이름이 박음질되어 있었다. 코너란 놈은 대체 누구일까?

몸수색을 한 요원들은 비록 약간이긴 했지만 그래도 조금 물러났다. 반스를 존중하는 듯 보였다. 그러나 다수는 여전히 내게서 눈길을 떼지 않았다. 혹시라도 빠뜨리고 놓친 게 있을 수도 있다고 생각하는 듯했다.

나는 고개를 흔들어 담배를 거절했다.

"새라를 보게 해주세요." 내가 말했다.

그녀가 나를 기다리고 있었기 때문이다.

반스는 한동안 나를 지켜보다가 다시 미소를 지었다. 그는 기분이 좋았다. 느긋했고, 여유가 있었다. 반스에게는 이미 끝난 게임이었다.

그가 왼쪽을 보았다.

"물론이지." 반스가 말했다.

그가 경찰차를 가볍게 밀치면서 자기를 따라오라는 시늉을 했다. 눌렸던 차 문짝의 금속판이 빵 하고 솟아올랐다. 꼭 끼는 제복과 얼굴을 다 가릴 듯한 최신식 선글라스를 착용한 모로코 경찰이 쩍 갈라지면서 길을 터주었다. 우리는 파란색 도요타 쪽으로 천천히 걸어갔다.

오른쪽으로 철제 방벽 뒤에는 텔레비전 방송팀이 포진하고 있었다. 바닥에는 케이블이 똬리를 틀고 있었고, 방송 조명이 마지막 남은 밤의 잔영을 쫓아내고 있었다. 카메라의 일부가 나를 쫓아오기는 했지만 대부분 계속해서 건물에 시선을 집중하고 있었다.

CNN이 가장 좋은 자리를 차지하고 있는 것 같았다.

무르다가 먼저 차에서 나왔다. 새라는 그냥 앉아서 기다렸다. 그녀는 허벅지 사이에 두 손을 끼우고, 앞 유리로 전방을 주시하고 있었다. 우리가 불과 몇 미터 이내로 가까워지고 나서야 비로소 그녀가 고개를 돌리고 나를 바라보았다. 새라는 미소를 지으려고 애썼다.

당신을 기다리고 있었어요, 토머스.

"랭 씨." 무르다가 자동차 뒤로 돌아 나와 새라와 나 사이에 끼어들면서 말했다.

그는 암회색 외투를 입고 있었고, 흰색 셔츠에 넥타이는 하지 않은 모습이었다. 이마의 광채는 내 기억보다는 약간 더 무디어진 듯했다. 그 몇 시간 사이에 턱 주위로 수염이 짧게 송송 났기 때문일까. 그러나 그것만 빼면 무르다는 여전히 매력적으로 보였다.

어떻게 매력적으로 보이지 않을 수 있겠는가?

무르다가 1~2초가량 내 얼굴을 물끄러미 바라보더니, 만족한다는 고갯짓을 짧게 했다. 자기 정원의 잔디를 꽤나 준수하게 깎는 정도의 일을 했다는 듯 말이다.

"좋았어." 무르다의 입에서 나온 말이었다.

나도 그를 빤히 쳐다보았다. 시선에서는 표정을 전부 빼버렸다. 지금은 그에게 어떤 정보도 주고 싶지 않았기 때문이다.

"뭐가 좋다는 겁니까?" 내가 물었다.

무르다는 대답은 하지 않고 내 어깨 너머를 바라보면서 뭔가 신호를 보냈다. 나도 뒤에서 이루어지는 움직임을 느낄 수 있었다.

"이따 보세, 톰." 반스가 말했다.

고개를 돌렸다. 반스는 이미 출발하는 중이었다. 천천히 뒤로 걷는 자세는 태평하고 유연하면서도 '네가 그리울 거'라는 식이었다. 눈이 마주치자 반스는 내게 짧고 얄궂은 경례를 붙였다. 그리고는 몸을 돌려 여러 차량의 뒤쪽에 주차되어 있는 어떤 군용 지프를 향해 나아갔다. 반스가 다가가자 사복을 입은 금발 남자가 엔진의 시동을 걸었다. 그리고는 지프 앞쪽으로 몰려 있던 사람들에게 비키라는 신호로 경적을 두 번 울렸다. 나는 다시 무르다에게로 몸을 돌렸다.

그가 내 얼굴을 좀 더 자세히 살펴보았다. 꼭 성형외과 의사 같았다.

"뭐가 좋다는 겁니까?" 내가 다시 물었다.

그리고 내 실문이 우리가 놓인 두 세계 사이의 상막한 공간을 여행하는 동안 나는 기다렸다.

"당신은 내가 바라는 대로 해주었습니다." 마침내 무르다가 입을 열었다. "내가 예상한 대로요."

그가 다시 고개를 끄덕였다. 여기를 조금 잘라내고, 저기를 이어붙이면. 그래 이 얼굴로도 뭔가를 할 수 있겠어.

"랭 씨, 내 친구들 가운데 몇몇은." 무르다가 말을 이어갔다. "당신이 문제를 일으킬 거라고 했습니다. 당신이 일을 망치려 들 수도 있다고 말이지요." 그가 더 깊게 숨을 들이쉬었다. "하지만 내가 옳았어요. 그러니까 좋다는 겁니다."

내 얼굴을 계속 살피던 무르다가 이윽고 한쪽으로 발걸음을 옮기더니 도요타의 조수석 문을 열었다.

나는 새라가 자기 자리에서 천천히 몸을 돌려 차에서 내리는 모습을 지켜보았다. 그녀는 새벽의 한기를 물리치려는 듯 앞으로 팔짱을 낀 채 똑바로 서서 나를 향해 얼굴을 들었다.

우리는 아주 가까이에 있었다.

"토머스." 새라가 나를 불렀다. 나는 그녀의 눈동자 속으로 깊숙이 뛰어들었고, 내가 여기까지 오게 된 이유를 생각했다. 나는 그 키스를 잊지 못하고 있었다.

"새라." 나도 그녀를 불렀다.

나는 두 손을 뻗어 새라를 안았다. 모든 것과 모든 사람으로부터 그녀를 보호하고, 감싸고, 숨기고 싶었다. 새라는 자기 몸 앞으로 두 손을 모은 채 거기 그대로 서 있었다.

나는 오른손을 옆으로 내려 우리 몸 사이의 배 쪽으로 집어넣었다. 내가 찾는 게 있었다.

물건이 손에 닿았고, 나는 그것을 단단히 쥐었다.

"안녕." 내가 속삭였다.

새라가 나를 쳐다보았다.

"안녕." 그녀도 말했다.

금속은 새라의 체온 때문에 따뜻해져 있었다.

나는 그녀를 뒤로 하고 천천히 몸을 돌려 무르다에게 향했다.

무르다는 핸드폰에 대고 낮은 목소리로 얘기 중이었다. 그가 나를 보면서 미소를 지었다. 그리고 다음 순간, 그는 나의 표정 속에서 뭔가가 잘못 되었음을 깨달았다. 무르다는 나의 손을 힐끗 보았다. 순식간에 그의 얼굴에서 미소가 사라졌다.

"맙소사." 뒤에서 들려온 소리였다. 누군가 다른 사람도 내가 쥐고 있는 총을 보았다는 얘기였다.

물론 자신할 수는 없었다. 무르다의 두 눈을 노려보는 데 집중하고 있었기 때문이다.

"이제 끝났어." 내가 말했다.

무르다도 나를 노려보았다. 핸드폰으로 하던 통화는 어느새 중단되어 있었다.

"이제 끝났어." 내가 다시 말했다.

"지금…… 무슨 말을 하고 있는 건가?" 무르다가 말했다.

무르다는 그 자리에 서서 내 손에 들려 있는 총을 보고 있었다. 우리가 연출한 극적 장면이 주변에 파문처럼 퍼져나갔다.

"넌 이제 '끝났다'는 말이야." 내가 말했다.

26

해가 모자를 눌러썼네.
우 우 우 만세!
L. 아서 로즈, 더글러스 퍼버

이제 우리는 다시 영사관 지붕 위에 있었다. 이미 짐작들 하셨겠지만 말이다.

태양은 지평선 위로 거의 다 솟아올랐고, 하늘의 어두운 기운도 허옇게 내려앉은 안개 속으로 흩어지고 있었다. 나 같으면 지금 헬리콥터를 출동시켰겠다는 생각이 들었다. 태양은 아주 강렬했고, 아주 밝았으며, 대책 없이 눈부셨다. 의외로 어쩌면 헬리콥터가 이미 현장에 당도해 있는지도 몰랐다. 한 50대쯤이 20미터 상공에서 선회하며, 내가 기름이 안 배는 갈색 납지에 싸인 포장 두 개를 뜯는 걸 지켜보고 있는 것 아냐?!

물론 놈들이 도착했다면 소리가 들리기는 하겠지.

나는 그러기를 바랐다.

"원하는 게 뭔가?" 무르다가 말했다.

그는 내 뒤에 있었다. 거리는 6미터 정도. 나는 화재 발생 시 탈출용으로 설치된 비상계단에 무르다를 수갑으로 묶어놓고, 내 일에 몰두하고 있었다. 그게 별로 마음에 들지 않았으리라. 무르다는 흥분한 듯했다.

"뭘 원해?" 그가 소리를 질렀다.

나는 대답하지 않았고, 그는 계속해서 고함을 쳐댔다. 정확히 얘기하면 단어나 말이 아니었다. 아니 적어도, 나는 한 마디도 알아들을 수가 없었다. 그가 내는 소음을 차단하기 위해 나는 휘파람을 불면서 조립 작업에 열중했다. 클립 A를 걸쇠 B에 부착했고, 케이블 C가 브래킷 D에 걸리적거리지 않도록 조치했다.

"내가 원하는 건 말이야." 마침내 내가 입을 열었다. "네가 앞으로 벌어질 일을 지켜보는 거야. 그것뿐이라고."

무르다의 기분이 얼마나 처참할지 확인해 볼 필요가 있었다. 나는 몸을 돌려 그를 바라보았다.

예상대로였다. 하지만 나는 내가 그의 상태에 크게 구애받지 않고 있음을 깨달았다.

"네 놈은 제정신이 아니야." 무르다가 손목 관절을 끌어당기면서 외쳤다. "내가 여기 있어. 알아?"

그는 웃었다. 아니 웃는 것 같았다. 내가 얼마나 어리석은지 도저히 믿을 수가 없었기 때문이리라.

"내가 여기 있어. 그레쥬에이트는 오지 않아. 내가 여기 있으니까."

나는 다시 고개를 돌리고, 햇볕이 비치는 낮은 벽을 실눈을 뜨고 바라보았다.

"글쎄, 그랬으면 좋으련만. 안 그래, 나임? 정말이지 그랬으면 좋겠어. 네가 여전히 한 표 이상을 행사할 수 있으면 그렇게 되겠지."

잠시 정적이 흘렀다. 나는 다시 그에게로 몸을 돌렸다. 무르다의 찬

연했던 광채는 시무룩한 얼굴 속에서 사라지고 온데간데없었다.

"표?"

마침내 터져 나온 무르다의 목소리는 시무룩하기 이를 데 없었다.

"그래, 표." 내가 다시 말했다.

나를 쳐다보는 무르다의 시선은 신중했다.

"무슨 말인지 모르겠는데." 그가 말했다.

난 심호흡을 하고, 그에게 자초지종을 설명해주었다.

"넌 무기 거래상이 아니야, 나임." 내가 말을 시작했다. "더 이상은 아니지. 내가 너에게서 그 특권을 빼앗아 버렸으니까. 죗값을 치르고 있는 셈이라고나 할까. 넌 이제 부자가 아니야. 권력도 없고, 연줄도 없어. 개릭 클럽 회원도 아니고." 개릭 클럽 회원은 그냥 말을 쏟아 붓다 보니 하게 된 말이었다. 난 그가 개릭 클럽 회원인지 아닌지 몰랐다. "지금 이 순간 넌 우리들처럼 한 사람의 개인일 뿐이야. 한 사람의 개인으로서 네가 행사할 수 있는 건 한 표뿐인 게지. 그것조차 행사하지 못하는 경우도 종종 있지만."

무르다는 신중하게 생각을 거듭한 끝에 대답했다. 그는 내가 흥분해서 제정신이 아니고, 따라서 조심해서 살살 나를 구슬려야 한다는 걸 알았다.

"무슨 말을 하는지 모르겠어." 무르다가 말했다.

"아니, 넌 알아." 내가 대꾸했다. "내가 무슨 말을 하는지 과연 내가 알고 있는지를 모를 뿐이지." 태양이 우리를 좀 더 잘 보고 싶어서인지 약간 더 솟아올랐다. "난 지금 그레쥬에이트 공작이 성공하면 직접적으로 이득을 보는 스물여섯 명 얘기를 하고 있어. 간접적으로 이득을 보게 될 수백, 아니 어쩌면 수천 명도 있겠군. 이 일을 성사시키기 위해 공작을 벌이고, 로비를 하고, 뇌물을 주고, 협박하고, 살인까지 한 사람들 말이야. 그들에게도 전부 한 표씩이 있겠지. 지금쯤 반스가 그들에게 사실을 알리고, 가부를 묻고 있을 거야. 그 결과가 어떻게 나올지 누가 알겠어?"

무르다는 이제 가만히 있었다. 그는 두 눈을 동그랗게 떴고, 입은 쩍 벌리고 있었다. 뭔가를 맛보았는데 내키지 않는 것처럼 말이다.

"스물여섯 명." 무르다의 목소리는 아주 조용했다. "스물여섯 명이라는 걸 어떻게 알았어? 그걸 어떻게 안 거야?"

나는 겸손한 표정을 지어 보였다.

"금융 담당 기사를 했었거든, 1시간 동안. 스메즈 펠데 케르크플라인 직원 한 명이 나를 위해서 당신 돈의 흐름을 추적해줬지. 이런저런 얘기도 들려주고 말이야."

무르다는 시선을 떨구었다. 생각을 집중하는 듯했다. 마침내 정보를 누설한 사람을 떠올린 듯했지만 지금 이런 처지에서는 아무 짝에도 쓸모없는 생각이었다.

"물론 네 생각대로 일이 진행될 수도 있어." 무르다가 정신을 차리도록 해야 했다. "어쩌면 스물여섯 명이 다 모여서 계획을 취소하기로 하고 철수할지도 모르지. 하지만 나라면 절대로 목숨을 걸지 않겠어."

나는 잠시 뜸을 들였다. 이렇게 저렇게 상황을 요리할 수 있는 주도권이 내게 있었기 때문이다.

"아무튼 네 목숨을 가지고 도박을 하니 아주 즐겁군." 내가 말했다.

무르다는 내 말에 큰 충격을 받아 거의 인사불성이 되었다.

"네 놈은 제정신이 아니야." 그가 고함쳤다. "알아? 네가 미쳤다는 걸?"

"좋아. 그렇다면 그들에게 전화해. 반스에게 전화해서 계획을 중단하라고 말해. 네가 미친놈과 옥상에 있고, 파티는 이제 끝났다고 말이야. 네가 가진 한 표를 행사할 때라고."

무르다가 고개를 가로 저었다.

"오지 않을 거야." 무르다가 말했다. 이내 훨씬 풀이 죽은 목소리가 들려왔다. "오지 않을 거야. 내가 여기 있으니까."

나는 어깨를 으쓱했다. 달리 생각나는 몸동작이 없었기 때문이다. 그 순간 나는 오싹한 느낌을 받았다. 군에 복무하면서 낙하산을 메고 뛰어내릴 때 느끼곤 했던 감정이 새록새록 피어났던 것이다.

"원하는 걸 말해." 별안간 무르다가 이렇게 외치면서 차고 있던 수갑으로 비상 탈출 계단의 쇠파이프를 요란하게 부딪치기 시작했다.

그에게 시선을 돌리자 피로 물든 손목이 선명하게 보였다.

아이고 끔찍해라!

"해가 뜨는 걸 지켜보고 싶어." 내가 대꾸했다.

프란시스코, 사이러스, 라티파, 베른하르트, 그리고 피철철 벤저민이 옥상으로 합류했다. 재미있는 사람들이 옥상에 모여 있는 듯했기 때문이다. 그들은 다양하게 두려워했고, 혼란스러워 했다. 도대체 무슨 일이 일어나고 있는지 알 수가 없었던 탓이리라. 그들은 대본에 씌어 있는 각자의 역할을 잃어버린 상태였고, 누군가가 냉큼 나서서 대본의 쪽수를 알려주기를 바라고 있었다.

벤저민이 최선을 다해 다른 동료들에게 내 험담을 했다는 것은 말할 필요가 없었다. 그러나 내가 무르다의 목에 총을 겨눈 채 다시 영사관 안으로 들어오자 그의 노력은 이내 수포로 돌아가고 말았다. 그들의 눈에는 이 사태가 이상하고, 기이했다. 리키가 배신을 했다는 벤저민의 엉성한 주장과 일치하지 않았기 때문이다.

그들은 그렇게 내 앞에 서 있었다. 그들은 나와 무르다를 번갈아 쳐다보면서 사태를 가늠하려고 애썼다. 벤저민은 나를 총으로 쏴 죽이지 못해 안절부절 못했고 말이다.

"리키, 대체 이게 뭐야?" 프란시스코가 물었다.

나는 천천히 일어섰다. 무릎이 삐걱대는 게 느껴졌다. 나는 한 걸음 뒤로 물러나, 내가 성취한 영웅적 노력의 결과를 감탄하며 바라보았다.

그리고는 고개를 돌리고, 손을 들어 무르다를 가리켰다. 이 연설을 몇 번이나 연습했는지 모르겠다. 아무튼 그 내용을 거의 다 외우고 있을 정도였다.

"이 사람은 무기 거래상이었습니다."

나는 일장연설을 시작했다. 나는 비상 탈출 계단 쪽으로 조금 더 가까이 다가갔다. 모두가 내 말을 분명히 들을 수 있도록 하기 위해서였다.

"이름은 나임 무르다고, 회사 일곱 개의 최고 경영자에다가 무려 41개 기업의 대주주이기도 하지요. 런던과 뉴욕, 캘리포니아, 프랑스 남부, 스코틀랜드 서부, 그리고 또 어딘가의 북부에 수영장이 딸린 집들을 가지고 있습니다. 전체 순 자산이 10억 달러가 넘고요."

그렇게 말하고 고개를 돌려 무르다를 바라보면서 말했다.

"그때는 신났을 거야, 나임. 정말로 호시절이었을 것 같아."

나는 다시 내 청중에게 고개를 돌려 말했다.

"더 중요한 사실이 있습니다. 우리가 볼 때 말이죠. 이자는 90개가 넘는 은행 계좌를 갖고 있는데, 그중의 한 개가 지난 6개월 동안 우리의 활동 자금을 대주었다는 것입니다."

아무도 끼어들 생각을 못 하고 있었다. 나는 마지막 일격을 가했다.

"이자가 '정의의 칼' 조직을 고안하고, 조직하고, 물자를 공급하고, 돈을 댄 장본인입니다."

잠시 정적이 흘렀다.

라티파만 겨우 소리를 냈다. 코웃음이었는데, 믿을 수 없다는 것인지, 두렵다는 것인지, 화가 난다는 것인지 분간을 할 수가 없었다. 나머지는 모두 조용했다.

그들은 한동안 무르다를 째려보았고, 나도 이에 동참했다. 무르다의 목에도 피가 묻었음을 그제야 깨달았다. 내가 계단으로 끌고 올라오면서 꽤나 거칠게 다루었나 보다. 하지만 그것을 제외하면 그의 외모는 여전히 매력적이었다. 왜 안 그렇겠는가?

"말도 안 돼." 결국 라티파의 입에서 터져 나온 소리였다.

"맞아." 내가 대꾸했다. "말이 안 돼지. 무르다 씨, 이건 헛소리예요. 당신이라면 그 말을 믿겠어요?"

무르다가 우리에게 시선을 던지고 있었다. 우리 중에서 가장 덜 미친 놈을 찾아내겠다는 필사적 의도가 전해졌다.

"당신이라면 그 말을 믿겠습니까?" 나는 한 번 더 말했다.

"우리는 혁명가들이야." 사이러스가 별안간 끼어들었다. 그 말에 나는 프란시스코를 쳐다보았다. 그런 말을 해야 하는 것은 프란시스코였기 때문이다.

그러나 프란시스코는 미간을 찌푸린 채 주위를 둘러보고 있었다. 그는 계획된 행동과 실제로 벌어지고 있는 사태의 차이를 곰곰 생각 중이었다. 테러 활동 안내 책자에는 이런 내용이 전혀 적혀 있지 않다는 게 프란시스코의 불만 사항이었다.

"물론 우리는 혁명가들이지." 내가 말을 받았다. "우리는 상업적 후원자가 있는 혁명가들인 셈이야. 그게 다지. 이자가." 나는 말을 이어가면서 최대한 극적으로 무르다를 가리켰다. "자기 무기를 팔려고 자네를, 우리 모두를, 세상 사람들을 조종한 겁니다." 그들이 몸을 움찔했다. "마케팅이라는 거지요. 그것도 공격적인 마케팅. 겨우 수선화나 자라는 곳에서 무기를 사게 만드는 겁니다. 이자가 하는 게 바로 그것이에요."

나는 고개를 돌려 무르다를 바라보았다. 그가 고개를 끄덕이며, 맞아 그 말은 다 사실이야 하고 인정하기를 기대하면서 말이다. 그러나 무르다는 별로 얘기하고 싶지 않은 모양이었다. 긴 침묵이 이어졌다. 수많은 생각들이 서로 부딪치며 브라운 운동*처럼 난무했다.

"무기." 프란시스코가 마침내 입을 열었다. 그의 목소리는 낮게 갈라져 있었다. 마치 먼데서 전화를 하는 듯했다. "어떤 무기?"

그렇지. 그들이 나의 말귀를 알아듣도록 해야만 하고, 할 수 있는 때가 온 셈이었다. 내 말을 믿도록 말이다.

"헬리콥터예요." 내가 말했다. 그들 모두 일제히 나를 바라보았다. 그건 무르다도 마찬가지였다. "헬리콥터가 와서 우릴 모두 죽일 겁니다."

무르다가 헛기침을 했다.

"헬리콥터는 오지 않아." 무르다가 말했다. 그가 나를 설득하려는 건지, 자신을 설득하려는 건지 분간이 안 됐다.

---

* Brownian motion | 액체나 기체 안에 떠서 움직이는 미소 입자의 불규칙한 운동을 '브라운 운동'이라고 한다.

"내가 여기 있으니까 헬리콥터는 오지 않을 거요."

나는 나머지 일행에게 몸을 돌려 말했다.

"곧 헬리콥터가 나타날 겁니다. 저쪽에서요." 나는 해를 가리켰다. 몸을 돌려 내가 가리킨 곳을 바라보는 사람은 베른하르트뿐이었다. 나머지는 계속해서 빤히 나를 지켜볼 뿐. "지금까지 여러분이 봐온 그 어떤 기종보다 더 작고, 더 빠르고, 무장도 더 우수한 헬리콥터예요. 이제 곧 헬리콥터가 나타나면 이 건물 지붕에는 남아나는 게 없을 겁니다. 지붕은 물론이고, 위에서 2층까지도 쑥대밭이 되고 말 거예요. 그놈은 엄청난 무장력을 과시하는 괴물입니다."

잠시 정적. 일행의 일부는 그들이 선 발밑을 내려다보았다. 벤저민이 입을 열고 무슨 말인가를 하려고 했다. 아니 고함을 칠 가능성이 더 높았다. 그러나 프란시스코가 손을 뻗어 벤저민의 어깨에 올리면서 그를 제지했다. 그리고는 나를 보았다.

"그들이 헬리콥터를 보낸다고 했어, 릭." 프란시스코가 말했다.

와우.

사태가 심상치 않았다. 정말이지 크게 잘못 되어 있었다. 나는 주위의 다른 얼굴들을 살펴보았다. 벤저민과 눈이 마주치자 그는 더 이상 참지 못했다.

"모르겠어, 이 염병할 자식아?" 벤저민이 악을 썼다. 웃는 것 같기도 했는데, 나를 엄청 미워한다는 것은 분명했다. "우리가 해냈어." 그가 제자리에서 폴짝폴짝 뛰었다. 벤저민의 코에서 다시 피가 나기 시작했다. "우리가 해냈다고. 네 놈이 배반했지만 말이야."

나는 고개를 돌려 프란시스코를 바라보았다.

"그들이 우리에게 전화를 했네, 릭." 프란시스코가 말했다. 그의 목소리는 여전히 차분했고, 멀리 있는 것처럼 들렸다. "10분 전에."

"그래요?" 내가 말했다.

프란시스코가 말하는 가운데 그들 모두가 이제 나를 바라보고 있었다.

"헬리콥터가 와서 우리를 공항으로 데려갈 거야." 그가 한숨을 내쉬자 어깨가 약간 들썩였다. "우리가 이긴 거지."

이런 맙소사. 나는 속으로 생각했다.

그렇게 우리는 여기 모래투성이 아스팔트 사막 위에 서 있었다. 에어컨 환기구 서너 개가 야자수처럼 버티고 있는 바로 그 옥상 말이다. 우리는 거기서 삶인지 죽음인지 모를 실체를 기다리고 있었다. 태양 아래 새로운 세상이 펼쳐질까, 아니면 명계의 암흑이 우리를 기다리고 있는 것일까?

이제 내가 말할 차례였다. 이미 몇 차례 설득을 시도했지만 동지란 놈들은 나를 지붕 밖으로 던져버리자는 멍청한 소리나 해댔고, 나는 그들을 제지해야 했다. 시간이 흘렀고, 태양은 완벽했다. 신께서 허리를 숙여, 태양을 티(tee) 위에 올려놓고, 골프백에서 드라이버를 찾고 있었다. 지금이야말로 완벽한 때였고, 나는 입을 열었다.

"그래서 어떻게 할 건데요?"

아무도 대답하지 않았다. 아무도 대답할 수 없었기 때문이다. 물론 우리 모두가 일어났으면 하고 바라는 사태를 알고 있었다. 그러나 바라는 것만으로는 충분하지 않았다. 이상과 현실 사이에 무거운 그림자가 드리웠다. 나는 주위에서 쏟아지는 시선을 확인했다.

"여기서 그냥 빈둥거리며 기다리는 겁니까? 그게 다예요?"

"닥쳐." 벤저민이 응수했다.

나는 그의 말을 무시했다. 그래야만 했다.

"여기 옥상에서 헬리콥터를 기다려라. 전화로 그들이 이렇게 얘기 했단 말이죠?"

여전히 아무도 대답하지 않았다. 내가 다시 강조했다.

"그들이 혹시라도 우리에게 줄 서서 기다리라고 하지는 않았나요? 우리 주위로 오렌지색 동그라미를 쳐놓으라고 하지는 않던가요?" 여전한 침묵. "그러니까 저는 그들이 어쩌면 그렇게 쉽게 우리의 요구를 들어주겠다고 한 건지가 궁금한 겁니다."

나는 이 말의 대부분을 베른하르트를 바라보면서 했다. 확신이 없는 유일한 사람이 베른하르트라고 느꼈기 때문이다. 나머지는 모두가 지 푸라기라도 잡으려는 심정이었다. 그들은 흥분했고, 희망에 차 있었으 며, 창가에 앉을지 말지 계획을 세우느라 정신이 없었다. 정말이지 면 세점에 들를 시간이 있을지 궁금해 하는지도 모를 지경이었다. 그러나 베른하르트만큼은 나처럼 이따금씩 고개를 두리번거리면서 실눈을 뜨 고 해가 떠 있는 쪽을 관찰했다. 그도 지금이야말로 공격을 단행하기 에 좋은 시간이라고 생각하고 있었을 것이다. 더할 나위가 없었다. 여 기 지붕에서 베른하르트는 넘어오기 직전이었다.

나는 무르다에게 고개를 돌렸다.

"말해." 내가 말했다.

무르다는 고개를 흔들었다. 거부하는 게 아니었다. 그는 혼란스러워 하고 있었다. 두려웠을 테고, 다른 감정도 복합적이었을 테지. 내가 무 르다에게로 몇 걸음 옮기자 벤저민이 공중에 슈타이어를 흔들어댔다.

나는 계속 걸어갔다.

"내가 한 얘기가 사실이라고 말해! 네가 누구인지 저들에게 말해!"

무르다가 잠깐 동안 두 눈을 감았다가 다시 떴다. 어쩌면 잘 정돈된 잔디밭과 하얀 상의를 걸친 급사들이나 자기 침실 가운데 어느 하나의 천장이 눈에 띄기를 기대했는지도 모를 일이었다. 그러나 무르다 앞에 펼쳐진 광경은 한 무리의 더럽고, 굶주렸으며, 겁에 질린 사람들뿐이었다. 더구나 그놈들은 총까지 갖고 있었다. 그는 난간에 기대어 주저 앉았다.

"넌 내 말이 옳다는 걸 알아." 내가 말했다. "헬리콥터가 여기로 날아올 거고, 그게 뭘 할 것인지도 알지. 자, 말해." 나는 몇 걸음 더 내딛었다. "저 사람들에게 무슨 일이 벌어지고 있으며, 어떻게 죽게 될 것인지 말해. 네 한 표를 행사하라고."

그러나 무르다는 이미 기진한 상태였다. 그는 턱을 가슴팍으로 떨어뜨린 채 다시 두 눈을 감았다.

"무르다……." 나는 그를 부르다가 중단했다. 누군가가 짧게 쉿 하고 조용히 하라는 소리를 냈던 것이다.

베른하르트였다. 그는 가만히 서서 바닥을 내려다보며 귀를 쫑긋 세우고 있었다.

"들려요." 그가 말했다.

아무도 움직이지 않았다. 우리는 돌덩이처럼 얼어붙었다.

나도 그 소리를 들을 수 있었다. 이어서 라티파와 프란시스코도 그 소리를 들었다.

멀찌감치 있는 병 속에서 파리가 왱왱거리는 듯한 소리였다.

무르다도 그 소리를 들었다. 아니, 우리가 그 소리를 들었다고 생각했을지도. 그가 턱을 쳐들고 눈을 동그랗게 떴다.

그러나 나는 더 이상 무르다의 얘기를 기다릴 수 없었고, 나는 난간으로 걸어갔다.

"지금 뭐 하는 거야?" 프란시스코가 말했다.

"헬리콥터가 우리를 공격할 겁니다." 내가 말했다.

"우리를 데려가려고 오는 거야, 리키."

"우릴 죽일 거예요, 프란시스코."

"저 개자식! 대체 지금 뭐 하는 거야?" 벤저민이 외마디 비명을 질렀다.

그들이 전부 나를 쳐다보고 있었다. 들으면서, 보고 있었던 셈이다. 나는 기름이 배지 않는 갈색 납지로 싸인 물건이 있는 쪽으로 걸어가서 안에 들어 있던 보물을 꺼냈다.

영국산 재블린은 경량으로, 초음속을 자랑하는, 독립형 지대공 미사일 시스템이다. 2단계로 작동하는 고체 연료 로켓 엔진은 5~6킬로미터의 유효 사거리를 제공하고, 무게는 다 합해도 27킬로그램 남짓에 불과하다. 색깔도 올리브그린 색인 한, 원하는 어떤 색상도 가능하다.

미사일은 조작이 간편한 두 개의 기본 단위로 구성되어 있다. 미사일이 들어간 채 봉인된 발사통이 하나요, 반자동 조준 유도 시스템이 나머지 하나다. 여기에는 값비싼 소형 첨단 전자 장비가 들어가 있다. 조립된 재블린은 맡은 바 임무를 단 한 차례지만 최고 수준으로 수행할 수 있다.

그 맡은 바 임무는 헬리콥터를 격추하는 것이다.

짐작들 하시겠지만 바로 그런 이유로 내가 이 무기를 주문한 것이다. 밥 레이너는 내가 돈만 제대로 주면 자동식 차 제조기가 됐든, 헤어드라이어가 됐든, BMW 컨버터블이 됐든 뭐라도 구해줬을 것이다.

그러나 나는, "아니야, 밥. 그런 것들은 집어치우라고. 난 커다란 장난감이 필요해. 재블린을 원한단 말이지" 하고 말했다.

밥에 따르면, 이 재블린은 콜체스터 인근의 육군 군수품 창고를 출발하는 대형 트럭 화물칸에 적재되었던 물건이라고 했다. 여러분은 우리 시대에 도대체 어떻게 그런 일이 일어날 수 있는 것이냐고 의문을 제기할지도 모르겠다. 컴퓨터로 관리되는 재고, 인수증, 정문을 지키는 경비병들은 다 뭐냐는 생각이 들 것이다. 하지만 내 말을 믿어 달라. 군대도 해로즈*와 전혀 다르지 않다. 그들도 주식 가치 하락에 노상 골머리를 썩는 것이다.

레이너의 친구 몇 명이 트럭에서 재블린을 조심스럽게 빼내 VW 미니버스 바닥에 옮겨 실었다. 그리고 감사하게도 그 버스가 2,000킬로미터를 무사히 주행해 탕헤르에 당도해주었다.

버스를 운전한 부부가 재블린을 싣고 있었다는 것을 알았는지 난 모른다. 그 부부가 뉴질랜드 사람이었다는 것밖에는.

"당장 그거 내려놔!" 벤저민이 괴성을 질렀다.

"뭐?" 내가 대꾸했다.

"죽여 버릴 거야." 그가 옥상 가장자리로 다가가면서 빽빽거렸다.

벤저민이 하던 말을 멈추었다. 아니 묻혀버렸는지도. 왱왱거리는 소리가 하늘을 가득 채웠던 것이다. 병 속의 파리가 잔뜩 화를 내고 있었다. "상관없어." 내가 대꾸했다. "어차피 이걸 내려놔도 난 죽어. 한 번 해보는 거야."

---

* **Harrods** | 영국 유수의 백화점.

"시스코!" 벤저민이 절망적으로 프란시스코를 불렀다. "우리가 이 겼잖아요. 우리가 이겼다고 말했잖아요."

벤저민의 외침에 대답을 해주는 사람은 아무도 없었다. 그는 다시 발을 구르면서 이렇게 말했다.

"리키가 헬리콥터를 공격하면 그들이 우릴 죽일 거야!"

아귀다툼 같은 함성이 더 많이 들렸다. 훨씬 더 많이. 그러나 그 고함 소리가 어디서 나는 것인지 알기가 더욱 어려워졌다. 왱왱거리던 소리가 서서히 타타타거리는 소리로 바뀌고 있었기 때문이다. 타타타거리는 소리는 해가 떠 있는 쪽에서 났다.

"리키, 당장 내려놔." 프란시스코가 말했다. 그는 바로 뒤에 서 있었다.

"헬기가 우릴 공격할 거예요, 프란시스코." 내가 말했다.

"내려놔, 리키. 다섯을 세겠다. 그때까지 안 내려놓으면 쏘겠어. 정말이야."

프란시스코의 말은 어쩌면 진심인 것 같기도 했다. 그가 정말 이 소리를 구원이라고 믿고 있는지도 몰랐다. 헬리콥터의 날개 소리가 절대로 죽음일 리 없다고 생각할 수도 있었다.

"하나." 그가 숫자를 세기 시작했다.

"너한테 달렸어, 나임." 나는 조준기의 고무로 된 접안부에 눈을 갖다 대면서 말했다. "지금이라도 사실을 말해. 저 괴물이 뭔지, 그리고 뭘 하게 될지 말하라고."

"놈이 우릴 죽일 거예요!" 벤저민이 고래고래 소리를 질렀다. 그가 내 왼쪽 어딘가에서 길길이 날뛰고 있을 터였다.

"둘." 프란시스코가 둘을 셌다.

나는 유도 장비의 스위치를 켰다. 왱왱거리는 소리는 이제 사라지고 안 들렸다. 더 낮은 주파수의 헬리콥터 소음에 묻혀버린 탓이었다. 묵 지하게 울리는 저음과 날개 치는 소리뿐.

"어서 말해, 나임. 이자들이 날 쏘면 모두가 죽어. 진실을 말하 라고."

태양이 하늘을 덮었다. 무표정하고, 냉혹하게. 태양과 타타타거리는 소리뿐이었다.

"셋." 프란시스코가 셋을 셌다. 별안간 내 왼쪽 귀 뒤로 금속의 기운 이 느껴졌다.

수저일 수도 있었겠지만 그럴 것 같지는 않았다.

"할 거야, 말 거야, 나임? 어쩔 거야?"

"넷." 프란시스코가 넷까지 세고 말았다.

이제 헬리콥터의 소음은 태양만큼이나 크게 들렸다.

"그만 해!" 프란시스코가 말했다.

아니, 그건 프란시스코가 아니었다. 무르다였다. 그는 말을 하는 게 아니었다. 정신이 나가서 비명을 질러대고 있었던 것이다. 무르다는 수갑을 풀려고 몸부림을 쳤고, 피를 흘렸으며, 비명을 질러댔고, 지붕 에 쌓인 모래에 발길질을 해댔다. 프란시스코가 무르다에게로 돌아서 입 닥치라고 소리를 질렀다. 베른하르트와 라티파는 서로에게, 그리고 나에게 고함을 쳤다.

그랬던 것 같다. 확실하진 않지만. 그리고는 몽땅 사라져 버렸다. 바 람처럼, 연기처럼. 나만 고요한 세계에 홀로 남았다.

이제 나는 똑똑히 볼 수 있었다.

작고, 검고, 빨랐다. 정면에서 본 모습은 꼭 곤충 같았다.

그레쥬에이트였다.

히드라 로켓. 헬파이어 공대지 미사일. 50구경 기관포. 최고 시속 640킬로미터. 기회는 단 한 번뿐이었다.

놈은 다가와서 표적을 제거할 터였다. 우리한테서 두려워할 게 아무 것도 없었다. 한 무리의 테러 분자들이 자동소총으로 무장했다고는 하지만 제정신이 아니었고, 그들은 아무것도 맞출 수 없었다.

반면에 그레쥬에이트는 버튼 하나만 누르면 건물의 방 한 개를 완전히 날려버릴 수 있었다.

기회는 단 한 번뿐이었다.

망할 놈의 햇빛. 너무 눈이 부셔서 조준경의 화상을 확인할 수 없었다.

눈에서 눈물이 났다. 하지만 나는 눈을 감지 않았다.

내려놔. 벤저민이 말하고 있었다. 내 귀에 대고 외치고 있었다. 1,000킬로미터 떨어진 곳에서. 내려놔.

젠장, 너무 빨랐다. 순식간에 지붕에서 800미터 거리까지 다가왔다.

염병할 개자식 같으니.

목덜미로 차갑고, 단단한 것이 느껴졌다. 누군가가 나를 제지하려는 게 틀림없었다. 그것은 총구였다.

널 쏴버리겠어, 하고 벤저민이 소리쳤다.

안전장치를 개방하고, 방아쇠를 당겨. 너의 재블린은 이제 준비를 마쳤다고.

숨이 막혔다.

내려놔.

옥상에 폭탄이 작렬했고, 산산조각 났다. 숨 쉴 겨를도 없이 기관포 세례가 이어졌다. 믿을 수 없는 소음이었다. 귀청이 터질 듯했고, 온

몸이 떨렸다. 돌덩이가 튀었다. 모든 조각이 포탄 파편만큼이나 치명적이었다. 흙먼지, 맹렬함, 파괴. 나는 움찔하면서 고개를 돌렸다. 눈물이 얼굴을 타고 내렸다.

헬리콥터가 그렇게 한 차례 지나갔다. 엄청난 속도였다. 내가 지금껏 보아온 그 어떤 것, 전투기를 제외한 그 어떤 것보다 더 빨랐다. 헬기의 회전 능력 또한 믿기지가 않았다. 주 회전 날개가 가라앉는가 싶더니 그냥 회전하는 것이었다. 한 방향으로 최고 속도를 내고 있었는데, 회전하더니 다시 반대 방향으로 여전히 최고 속도를 내며 날아왔다. 그 사이에 미적거림 따위는 없었다.

헬기에서 나오는 배기관 가스까지 느낄 수 있었다.

나는 다시 재블린을 들어올렸다. 그 와중에 벤저민의 머리와 어깨가 9미터쯤 떨어진 곳에 널브러져 있는 게 보였다. 벤저민의 나머지 부분은, 젠장 알 게 뭐람.

프란시스코 역시 다시 내게 고함을 쳐댔다. 그러나 이번에는 에스파냐어였다. 그러니 그게 무슨 소린지 내가 어찌 알겠는가.

놈이 다시 오고 있었다. 400미터.

이번에는 놈을 똑바로 볼 수 있었다.

해는 내 뒤에 있었다. 빠른 속도로 중천에 떠오른 태양이 나를 향해 다가오는 증오스런 검은 물체를 환히 비춰주었다.

조준기의 십자선에 검은 점이 고정되었다.

놈은 똑바로 날아오고 있었다. 무얼 주저하랴. 미친 테러 분자들이 왜 망설이겠는가? 그들한테서 아무것도 두려워할 게 없었다.

나는 조종사의 얼굴을 보았다. 조준기 속이 아닌 마음속에서. 헬기가 한 차례 지나간 후로 조종사의 얼굴이 뇌리를 떠나지 않았다.

간다.

방아쇠를 당기자 열감지 포열이 작동했다. 1단계 엔진이 가동되면서 미사일이 추진되기 시작하자 나는 난간으로 밀렸다.

아이작 뉴턴이 떠오르는 대목이었다. 힘을 바짝 쓰면서 발사관을 그대로 유지해줘야 했다.

이제 간다. 그 무엇보다 빠르겠지. 하지만 난 널 볼 수 있어.

너 이 염병할 개자식을 보고 말 테다.

2단계 엔진이 점화되면서 재블린이 쏜살같이 날아갔다. 토끼를 쫓는 사냥개처럼 말이다.

나는 발사관을 그대로 붙잡고 있었다. 조준기의 십자선을 그대로 유지하기만 하면 됐다.

카메라가 미사일 꼬리에서 나오는 불꽃을 추적하면서, 조준기의 신호와 비교해 오차가 생기면 수정한 정보를 미사일에 재전송한다.

나는 발사관과 조준기를 십자선에 맞춰 그대로 들고 있기만 하면 됐다.

2초.

1초.

라티파의 뺨이 파편에 찢겨서 피가 많이 나고 있었다.

우리는 비면의 집무실로 대피했다. 내가 수건으로 상처를 지혈하는 동안 비면이 휴고의 슈타이어로 우리를 엄호해줬다.

다른 인질 몇 명도 우리의 무기를 받아들고 있었다. 그들은 방 여기저기로 흩어져, 잔뜩 긴장한 채 창문 밖을 응시했다. 나는 방 안을 둘러보았다. 불안해 하는 얼굴들이 보이자 별안간 진이 다 빠져 버렸다.

배도 고팠다. 정말이지 배가 고파 죽을 지경이었다.

복도에서 소음이 들려왔다. 발자국 소리도 들렸고, 사람들의 목소리도 들렸는데, 아랍어, 프랑스어, 영어가 뒤섞여 있었다.

"소리 좀 키워보세요." 나는 비먼에게 말했다.

그가 어깨 너머로 텔레비전을 힐끗 보았다. 수상기 안에서 금발의 여자가 무슨 말인가를 하고 있었다. 화면 아래 자막에는 '코니 페어팩스 – 카사블랑카'라고 씌어 있었다. 그녀가 무언가를 읽고 있었다.

비먼이 걸어가서 소리를 키웠다.

코니의 목소리는 듣기가 아주 좋았다.

라티파는 얼굴이 아주 예뻤다. 찢긴 상처에서 흐르던 피도 이제 멈춘 상태였다.

"…… 3시간 전에 아랍인으로 추정되는 한 젊은 여성이 CNN에 전달한 것입니다." 코니의 리포트에 이어, 심각한 곤경에 처한 듯한 검정색 소형 헬리콥터를 촬영한 화면이 삽입되었다.

코니가 성명서를 읽기 시작했다.

"내 이름은 토머스 랭입니다. 미국 정보기관의 장교들이 나를 강제로 이 작전에 동원했습니다. 외관상으로는 '정의의 칼'이라는 테러 조직에 침투하는 모양새를 취했죠."

화면이 다시 코니에게로 넘어갔다. 그녀가 고개를 들고, 이어폰을 더 바짝 밀어 넣었다.

남자의 목소리가 들렸다.

"코니 기자, 그들이 오스트리아에서 발생한 저격 사건도 저지르지 않았나요?"

코니가 그렇다고 답했다. 맞는 말이었다. 오스트리아가 아니라 스위스라는 것만 빼고. 코니가 다시 성명서를 읽기 시작했다.

"'정의의 칼'은 사실 서방의 한 무기상이 돈을 대고 있습니다. 그는 미국 CIA의 변절자들과도 연계되어 있습니다."

복도의 소란스러움은 이미 잠잠해져 있었다. 출입구 쪽을 확인해보았더니 솔로몬이 거기 서서 나를 바라보고 있었다. 그가 한 번 고개를 끄덕이고는 천천히 방 안으로 들어왔다. 솔로몬 뒤로 꼭 끼는 제복을 입은 모로코 경찰들이 눈에 띄었다.

"사실이야." 무르다의 괴성이 들려왔다.

나는 다시 텔레비전 쪽으로 고개를 돌렸다. 어떻게 된 것인지 무르다가 옥상에서 고백하는 장면이 방영되고 있었다. 솔직히 상태가 그렇게 좋지는 못했다. 머리 몇 개의 윗부분이 이따금씩 이리저리 움직이는 게 보였다. 무르다의 목소리는 상당히 왜곡되어 있었고, 배경 소음도 심했다. 내가 비상 탈출 계단 가까이에 무선 마이크를 두지 못했기 때문이었다. 그러나 그럼에도 불구하고 그게 무르다임을 나는 알 수 있었고, 그건 다른 사람들도 무르다임을 인지할 수 있다는 얘기였다.

코니의 리포트가 계속되었다.

"랭 씨는 자신의 성명서를 마치면서 CNN에 254.125메가헤르츠의 주파수 신호를 녹음하라고 일렀습니다. 이 내용이 그 VHF 주파수에서 녹음한 내용입니다. 관련자의 목소리는 아직까지 확인되지 않았습니다만……"

나는 비먼에게 손짓을 했다.

"원하시면 꺼도 됩니다." 내가 말했다.

그러나 비먼은 텔레비전을 계속해서 켜놨고, 나는 그와 다툴 생각 따위는 없었다. 솔로몬이 비먼의 책상 끝에 걸터앉았다. 그는 잠시 라티파를 보았고, 이윽고 내게로 시선을 돌렸다.

"용의자들을 검거해야 하는 거 아냐?" 내가 말했다.

솔로몬이 미소를 지었다.

"무르다 씨는 검거했어요. 울프 양도 잘 있고요. 러셀 P. 반스 씨는……."

"그놈은 그레쥬에이트를 몰고 있었지." 내가 대꾸했다.

솔로몬이 눈썹을 치켜 올렸다. 아니 눈썹은 그 자리에 가만히 있고, 그의 몸이 약간 가라앉은 건지도. 솔로몬은 오늘 더 이상 놀라고 싶지 않은 눈치였다.

"그 구닥다리 놈이 해병대에서 헬리콥터를 몰았겠지." 내가 말했다. "그래서 여기에 연루된 거겠고 말이야."

나는 라티파의 얼굴에서 조심스럽게 수건을 떼었다. 더 이상 피는 흐르지 않았다.

"여기서 전화 한 통 할 수 있을까?" 내가 솔로몬에게 물었다.

열흘 후 우리는 영국 공군의 허큘리스를 타고 귀국했다. 좌석은 딱딱했고, 기내는 시끄러웠고, 영화도 안 틀어줬다. 그래도 난 즐거웠다.

맞은편에 누워 잠이 든 솔로몬을 즐거운 마음으로 지켜보았다. 갈색 우비는 베개가 되어 머리를 받치고 있었고, 두 손은 배 위에서 깍지를 끼고 있었다. 솔로몬은 항상 좋은 친구였다. 그러나 지금은 잠들어 있고, 난 하마터면 사랑의 감정을 느낄 뻔했다.

아니 어쩌면 누군가 다른 사람에 대비해서 나의 애정 기제가 예열되고 있었던 것인지도. 그래, 아마 그랬을 것이다.

우리는 자정 직후에 콜티스홀 기지에 착륙했다. 격납고로 천천히 이동하는 동안 많은 차량이 우리를 뒤따랐다. 잠시 후 문이 열리자 노포크의 차가운 공기가 밀려 들어왔다. 나는 심호흡을 했다.

밖에서 오닐이 기다리고 있었다. 외투 주머니에 손을 깊이 쑤셔 박고, 어깨는 귀까지 잔뜩 웅크린 채였다. 그가 턱으로 내게 신호를 보냈다. 솔로몬과 나는 그를 좇아서 로버에 올랐다.

오닐과 솔로몬은 앞좌석에 탔고, 나는 뒷좌석으로 천천히 미끄러져 들어갔다. 나는 그 순간을 즐기고 싶었다.

"안녕하세요." 내가 말했다.

"안녕." 로니의 목소리였다.

말이 잠시 끊겼지만 훨씬 더 나았다. 로니와 나는 서로를 바라보면서 미소를 지었고, 고개를 끄덕였다.

"크라이튼 양이 당신의 귀환을 직접 보시겠다고 몹시 원하셨습니다." 오닐이 장갑으로 앞 유리의 물기를 닦아내며 말했다.

"정말이요?" 내가 말했다.

"그럼요." 로니가 대꾸했다.

오닐이 엔진의 시동을 걸었고, 솔로몬은 김 서림 방지 장치를 살펴보고 있었다.

"하긴." 내가 말했다. "크라이튼 양은 원하는 건 뭐든 이루는 분이니."

로니와 나는 계속해서 웃었다. 로버는 서서히 기지를 빠져나갔고, 우리의 웃음소리는 노포크의 밤하늘에 잔물결처럼 퍼져나갔다.

이후 6개월 동안 지대공 미사일 시스템 재블린의 해외 판매가 약 40퍼센트 증가했다.